मेरी राजनीतिक जीवन यात्रा

देश के पूर्वोत्तर क्षेत्र से आनेवाले श्री संगमा ने अपने व्यक्तित्व तथा अपनी उपलब्धियों से उस प्रतिभा को सिद्ध किया, जो देश के उस सुदूर कोने में विद्यमान है।

—अटल बिहारी वाजपेयी
भारत के पूर्व प्रधानमंत्री

सार्वजनिक जीवन में श्री संगमा का उदय उनकी सोच और उनकी सहृदयता के साथ ही उनके मिलनसार तथा अनौपचारिक स्वभाव के गुणों का प्रमाण है।

—डॉ. मनमोहन सिंह
भारत के पूर्व प्रधानमंत्री

उत्कृष्ट सांसद और एक बड़ा कद रखनेवाले नेता, श्री संगमा ने अपने पूरे राजनीतिक जीवन में अनेक सार्वजनिक पदों की शोभा बढ़ाई है, उन्हें सुशोभित किया है।

—सोमनाथ चटर्जी
लोकसभा के पूर्व स्पीकर

मेरी राजनीतिक जीवन यात्रा

चुनिंदा भाषण और व्याख्यान

1979–2004

पी.ए. संगमा

संपादक

संजय झा

प्रकाशक

प्रभात पेपरबैक्स

4/19 आसफ अली रोड, नई दिल्ली–110002

फोन : 23289777 • हेल्पलाइन नं. : 7827007777

इ-मेल : prabhatbooks@gmail.com ❖ वेब ठिकाना : www.prabhatbooks.com

संस्करण

प्रथम, 2019

अनुवाद

हरीश जैन

मूल्य

पाँच सौ रुपए

अ.मा.पु.स. 978-93-5322-848-4

मुद्रक

आर–टेक ऑफसेट प्रिंटर्स, दिल्ली

———————— ★ ————————

MERI RAJNEETIK JEEVAN YATRA
by Shri P. A. Sangma
(Hindi translation of ‘A Life in Politics’)

Published by **PRABHAT PAPERBACKS**
4/19 Asaf Ali Road, New Delhi-110002
by arrangement with HarperCollins Publishers India

ISBN 978-93-5322-848-4

₹500.00

पूर्वकथन

मुझे यह जानकर गर्व हो रहा है कि श्री पी.ए. संगमा के जीवन और उपलब्धियों का चित्रण करनेवाली पुस्तक 'मेरी राजनीतिक जीवन-यात्रा' का प्रकाशन किया जा रहा है। इस पुस्तक में देश के विविध विषयों पर श्री संगमा के चुनिंदा भाषणों तथा उनके अद्वितीय गुणों के बारे में कई नेताओं के संदेशों को शामिल किया गया है। मुझे यह विश्वास है कि इनके बारे में पढ़कर देश के युवाओं को यह विश्वास होगा कि वे भी निरंतर ज्ञानार्जन एवं कठोर परिश्रम के माध्यम से सफलता की नई ऊँचाइयों को प्राप्त कर सकते हैं। पूर्वोत्तर भारत की क्षेत्रीय आकांक्षाओं, राष्ट्रीय मुद्दों और विकास के लिए संभावित दृष्टिकोण सहित अनेक विषयों पर उनके सुविचारित भाषणों का बहुत अधिक महत्त्व है।

मैं संगमाजी में पूर्वोत्तर भारत का महान् नेता देखता हूँ, जिसने राष्ट्रीय नेता के रूप में ख्याति प्राप्त की। उनकी दूरदृष्टि एवं विचार देश के लिए और विशेष रूप से मेघालय के लिए, अत्यंत महत्त्वपूर्ण हैं। राज्य के औद्योगिकीकरण और आर्थिक विकास से संबंधित मामलों पर संगमाजी गांधीवादी दृष्टिकोण रखते थे। शिलांग विकास प्राधिकरण की स्थापना और उस क्षेत्र की सुंदरता में उनकी भूमिका तथा राज्य के किसानों द्वारा सामना की जा रही समस्याओं का समाधान करने में अपने दृष्टिकोण से वे राज्य की जनता के प्रिय नेता बन गए।

मैं श्री पी.ए. संगमा को कुशल सांसद और महान् राष्ट्रीय नेता के रूप में उनकी भूमिका के लिए अभिवादन करता हूँ तथा उनके सभी प्रयासों की सफलता की कामना करता हूँ।

17 जनवरी, 2012, नई दिल्ली

(डॉ. ए.पी.जे. अब्दुल कलाम)

प्रधानमंत्री

मैं श्री पी.ए. संगमा को कई वर्षों से जानता हूँ और हमने उत्तर-पूर्व क्षेत्र के हितों को प्रोत्साहित करने के लिए संयुक्त रूप से कार्य किया है। श्री संगमा ने आठ बार सांसद के रूप में देश की सेवा करके एक लंबा व विशिष्ट रिकॉर्ड बनाया है। मैं राज्यसभा में विपक्ष के नेता के रूप में उनके साथ होनेवाले संवाद के दौरान लोकसभा अध्यक्ष के रूप में उनके कार्यकाल का स्मरण करता हूँ। वे निष्पक्षता से अपने कर्तव्य का निर्वहण किया करते थे और उन्होंने सदन के सदस्यों की दृष्टि में सम्मान अर्जित किया। श्री संगमा ने 1980 के दशक में मेघालय के मुख्यमंत्री के रूप में अपनी सेवाएँ प्रदान कीं और न सिर्फ राज्य के विकास के लिए कठोर परिश्रम किया, बल्कि उन्होंने मेघालय एवं पूर्वोत्तर की समस्याओं पर भारत सरकार का ध्यान केंद्रित करने के लिए भी कार्य किया। मेघालय के एक छोटे से गाँव में जन्म लेनेवाले किसी व्यक्ति के लिए यह छोटी उपलब्धि नहीं है। श्री संगमा का सार्वजनिक जीवन में उदय उनके मन व मस्तिष्क के गुणों तथा उनके मित्रवत् और अनौपचारिक स्वभाव का परिचायक है।

मैं श्री संगमा को शुभकामनाएँ देता हूँ तथा उनके स्वस्थ व समृद्ध जीवन की कामना करता हूँ।

नई दिल्ली

(मनमोहन सिंह)

अटल बिहारी वाजपेयी

मुझे यह जानकर प्रसन्नता हुई कि पूर्व लोकसभा अध्यक्ष एवं पूर्व केंद्रीय मंत्री और जनप्रतिनिधि श्री पी.ए. संगमा के व्यक्तित्व व कृतित्व पर पुस्तक का प्रकाशन किया जा रहा है।

छठी लोकसभा से मुझे उनके साथ काम करने का अवसर मिला। मैंने उन्हें लोकसभा में एक जागरूक जनप्रतिनिधि के रूप में, केंद्रीय मंत्री और लोकसभा अध्यक्ष के रूप में कार्य करते हुए देखा है। भूमिका चाहे जो भी रही हो, उन्होंने उसे बखूबी और बेबाकी से निभाया है। विषयों पर उनकी पकड़; संसदीय, संवैधानिक एवं कानूनी मामलों पर उनका विशुद्ध ज्ञान और उनकी वाक्पटुता ने सभी पर अपनी अमिट छाप छोड़ी है। सहजता, सरलता और सादगी ने उनके व्यक्तित्व को गढ़ा है। देखने में वे जरूर छोटे दिखते हैं, मगर बड़े व्यक्तित्व के धनी हैं। संक्षेप में कहना हो तो छोटी काया, बड़ा व्यक्तित्व!

विषयों और मुद्दों के प्रति उनकी अडिगता व निर्भीकता प्रशंसा की पात्र बनी। भारत के उत्तर-पूर्व क्षेत्र से आए श्री संगमा ने अपने व्यक्तित्व व कृतित्व से सिद्ध कर दिया कि देश के कोने-कोने में प्रतिभाएँ छिपी हैं। आवश्यकता है उनको सामने लाने और अवसर देने की। श्री संगमा को राजधानी दिल्ली में यदि 'उत्तर-पूर्व का दूत' कहा जाए तो अतिशयोक्ति नहीं होगी।

विरले गुणों के विरले श्री पी.ए. संगमा के स्वस्थ, समृद्ध, सफल एवं सक्रिय भविष्य और दीर्घायु के लिए मेरी शुभकामनाएँ।

अटल बिहारी वाजपेयी

नई दिल्ली

(अटल बिहारी वाजपेयी)

पूर्व लोकसभा अध्यक्ष

उत्कृष्ट संसद् सदस्य और महान् नेता श्री पी.ए. संगमा ने अपनी राजनीतिक जीवन-यात्रा के दौरान अनेक कार्य किए। उन्होंने कई सार्वजनिक पदों की गरिमा को बढ़ाया है। लोकसभा अध्यक्ष के कार्यकाल में मेरे पूर्ववर्ती अध्यक्ष ने कई तरीकों से इस कार्यालय की प्रतिष्ठा में वृद्धि की है। वे सदन तथा उसकी सार्वजनिक छवि के शिष्टाचार और गरिमा के बारे में सदैव चिंतित रहते थे। उन्होंने सदन के सुचारु संचालन पर विशेष जोर दिया और इस दिशा में अपने प्रयासों में उन्हें सदन के सभी पक्षों का साथ मिला। देश की स्वतंत्रता की स्वर्ण जयंती बनाने के उपलक्ष्य में अगस्त 1997 में लोकसभा के विशेष सत्र का आयोजन करने की उनकी पहल अत्यंत सराहनीय है। इस पहल से देशवासियों को स्वतंत्रता आंदोलन के मार्गदर्शी मूल्यों का स्मरण होने के साथ-साथ राष्ट्रीय आत्मनिरीक्षण, विशेष रूप से गणतंत्र की संस्थाओं की स्थिति तथा देश के समक्ष उपस्थित चुनौतियों की पहचान करने का अवसर प्राप्त हुआ।

वे पूर्वोत्तर भारत के लोगों की साधारणता, ईमानदारी, निर्मलता और अंतर्निहित गुणों का वास्तविक प्रतिनिधित्व करते थे। उन्होंने इन गुणों का नई दिल्ली में राष्ट्रीय राजनीति के मंच पर भी अच्छी तरह से उपयोग किया, जहाँ वे अत्यधिक सम्मानित व्यक्ति बने। कमजोर वर्गों, महिलाओं और कार्यशील वर्ग के प्रति अपनी स्थायी चिंता के कारण वे देश भर के लोगों के प्रिय नेता बन गए थे। वे निरंतर विनोदपूर्णता तथा उपयुक्त तथ्यों व आँकड़ों से संपन्न रहते थे और उनकी वृहद् राष्ट्रीय दूरदर्शिता को संपूर्ण सदन बड़े ध्यान से सुनता था। इस अवसर पर उन्हें बधाई देते हुए मैं उनके स्वास्थ्य और दीर्घायु की कामना करता हूँ।

Somnath Chatterjee

नई दिल्ली

(सोमनाथ चटर्जी)

सड़क परिवहन एवं राजमार्ग मंत्री

मुझे यह जानकर प्रसन्नता हो रही है कि हमारे समय के सर्वाधिक लोकप्रिय और स्नेहशील सांसद श्री पी.ए. संगमा की पुस्तक का प्रकाशन किया जा रहा है। श्री संगमा का ग्यारहवीं लोकसभा के अध्यक्ष के रूप में सर्वसम्मति से चयन होने से उनकी लोकप्रियता शिखर पर पहुँच गई और यहाँ तक कि विपक्ष के सदस्यों ने भी उनकी सराहना की। सदन की शिष्टता, गरिमा और स्वायत्तता को बनाए रखने के उनके प्रयासों के कारण उन्हें राष्ट्रीय स्तर का सम्मान प्राप्त हुआ तथा उत्कृष्ट सांसद की ख्याति प्राप्त हुई। श्री संगमा अत्यंत लोकप्रिय पीठासीन अधिकारी हैं और वे संसदीय परंपराओं की सहज समझ के लिए तथा नियमों के ज्ञान के लिए सम्मानित होते हैं।

मेघालय राज्य के वेस्ट गारो हिल्स जिले से भारतीय संसद् तक की उनकी यात्रा वास्तविक रूप से प्रेरणादायक है। उन्होंने कांग्रेस पार्टी के कार्यकर्ता के रूप में राजनीति में शामिल होने से पहले प्रारंभिक वर्षों के दौरान व्याख्याता, अधिवक्ता और एक पत्रकार के रूप में भी कार्य किया। छठी लोकसभा में उनके पहली बार निर्वाचित होने के बाद से उन्हें लगातार सात बार लोकसभा के लिए निर्वाचित किया गया। सरकार में, श्री संगमा ने श्रम मंत्री तथा सूचना एवं प्रसारण मंत्री सहित कई महत्त्वपूर्ण पदों पर कार्य किया।

श्री संगमा ने मेघालय के लोगों के साथ हृदय की गहराइयों से संबंध रखा और राज्य के मुख्यमंत्री के रूप में भी कार्य किया। मेघालय के लोग मेघालय के दैनिक समाचार-पत्र 'चंदमबेनी कलरंग' के संपादक के रूप में उनके संपादन-कौशल को याद करते हैं।

निजी जीवन में भी वे स्नेहशील तथा प्रिय मित्र रहे हैं। मैं श्री संगमा और उनके परिवार की प्रसन्नता की कामना करता हूँ और भविष्य में उनके प्रयासों की सफलता की कामना भी करता हूँ।

नई दिल्ली

(कमल नाथ)

रक्षा मंत्री

मुझे यह जानकर खुशी हो रही है कि श्री पी.ए. संगमा की पुस्तक का प्रकाशन किया जा रहा है। श्री संगमा ने अनेक महत्त्वपूर्ण पदों पर कार्य किया है और उन्हें एक योग्य संसद् सदस्य के रूप में जाना जाता है। श्री संगमा को ग्यारहवीं लोकसभा के अध्यक्ष के रूप में सर्वसम्मति से चुना गया था। इन्होंने केंद्र तथा राज्य सरकारों में विभिन्न मंत्री स्तरीय पदों पर भी अपनी सेवाएँ प्रदान की हैं। श्री संगमा एक विनम्र और मृदुभाषी व्यक्ति के रूप में लोकप्रिय हैं।

मुझे पूर्ण विश्वास है कि इस पुस्तक के माध्यम से इनके जीवन के अन्य पक्षों पर भी प्रकाश डाला जाएगा। मुझे यह आशा है कि पाठकों के बीच यह पुस्तक लोकप्रिय सिद्ध होगी।

शुभकामनाओं सहित,

(ए.के. एंटनी)

स्वास्थ्य एवं परिवार कल्याण मंत्री

मुझे यह जानकर गर्व की अनुभूति हो रही है कि श्री पी.ए. संगमा, पूर्व लोकसभा अध्यक्ष की पुस्तक का प्रकाशन किया जा रहा है।

श्री संगमा व्याख्याता, प्रतिष्ठित अधिवक्ता, पत्रकार, महान् सांसद और राजनीतिक दिग्गज रहे हैं। सौम्य एवं सुशील व्यक्तित्व के धनी पी.ए. संगमा ने हर व्यक्ति के हृदय पर अपनी गहरी छाप छोड़ी है। पी.ए. संगमा महान् परोपकारी तथा सामाजिक कार्यकर्ता रहे हैं, जिन्होंने मेघालय के सामाजिक व आर्थिक रूप से पिछड़े हुए लोगों की निष्काम भाव से सेवा की है। उन्होंने कांग्रेस पार्टी तथा भारत सरकार में प्रतिष्ठित पदों पर कार्य किया। वे एक प्रज्ञावान् तथा बुद्धिजीवी व्यक्ति थे और उन्हें लोकसभा की कार्यवाही को कुशलता व युक्तिसंगत रूप से संचालित करने के लिए ख्याति प्राप्त थी।

श्री संगमा की पुस्तक देश और यहाँ के लोगों की उनके द्वारा की गई सेवा के प्रति न सिर्फ वास्तविक श्रद्धांजलि होगी, बल्कि इस पुस्तक के माध्यम से श्री संगमा के अज्ञात योगदानों के बारे में भी जानकारी प्राप्त हो सकेगी।

मैं इस महान् कार्य के पूर्ण होने के लिए श्री संगमा को हृदय की गहराइयों से शुभकामनाएँ देता हूँ।

नई दिल्ली

(गुलाम नबी आजाद)

नव एवं नवीकरणीय ऊर्जा मंत्री

मुझे यह जानकर प्रसन्नता हो रही है कि उत्कृष्ट सांसद, पूर्व लोकसभा अध्यक्ष और लोकसभा के आठ बार सदस्य रह चुके श्री पी.ए. संगमा पर पुस्तक का प्रकाशन किया जा रहा है।

मुझे एक लंबे समय से श्री संगमा को जानने का सौभाग्य प्राप्त है। श्री संगमा ने अपनी विनम्र शुरुआत तथा भौगोलिक रूप से दूरस्थ क्षेत्र से होने के बावजूद राष्ट्रीय राजनीतिक परिदृश्य में स्वयं को स्थापित किया। उन्होंने संवैधानिक कानून संबंधी विशेषज्ञ के रूप में अपने प्रारंभिक कॅरियर की शुरुआत की और एक अधिवक्ता व पत्रकार के रूप में कार्य किया; परंतु उन्हें जल्द ही राजनीति में शामिल कर लिया गया। अत्यंत प्रारंभ से शुरुआत करते हुए उन्होंने कांग्रेस पार्टी में राज्य और राष्ट्रीय दोनों स्तरों पर लगभग सभी पदों पर कार्य किया। उनकी गहन प्रतिबद्धता और बुद्धि को देखते हुए पार्टी ने उन्हें केंद्र सरकार में कई मंत्री पद दिए। उन्होंने उद्योग, वाणिज्य, कोयला तथा सूचना एवं प्रसारण मंत्रालय सहित कई महत्त्वपूर्ण मंत्रालयों में मंत्री के रूप में कार्य किया। सभी राजनीतिक दलों द्वारा सर्वसम्मति से लोकसभा अध्यक्ष के रूप में उनका निर्वाचन होना उनके राजनीतिक जीवन का अविस्मरणीय समय था। उन्होंने किसी विपक्षी पार्टी से अध्यक्ष, सबसे युवा अध्यक्ष और देश के जनजातीय समुदाय से प्रथम लोकसभा अध्यक्ष के रूप में गौरव प्राप्त किया।

उनकी कई उपलब्धियों के अतिरिक्त उन्हें प्रगतिशील मुद्दों के लिए भी ख्याति प्राप्त थी। महिला सशक्तीकरण, सार्वजनिक जीवन में नैतिक मूल्य, वंचितों के लिए सामाजिक सुरक्षा के उपाय, औद्योगिक कामगारों के लिए पेंशन और बाल श्रम उन्मूलन आदि ऐसे कुछ नेक कार्य थे, जिनमें न सिर्फ उनका विश्वास था, बल्कि उन्होंने अपने सभी दायित्वों का निर्वहण करते हुए नीतिगत पहल के माध्यम से इन मुद्दों का समर्थन करते हुए आगे बढ़ाया।

उनका जीवन परिश्रम, नैतिक मूल्यों, साधारणता और सत्यनिष्ठा जैसे मानवीय मूल्यों की सीख प्रदान करता है। उनके इन्हीं गुणों के कारण मेरा उनके साथ व्यक्तिगत संवाद होता था।

मैं उनकी सफलता तथा स्वस्थ जीवन की कामना करता हूँ।

नई दिल्ली

(फारूख अब्दुल्ला)

राज्यपाल, उत्तराखंड

मैं श्री पी.ए. संगमा को लगभग पच्चीस वर्षों से जानती हूँ और मैंने इनके साथ विभिन्न स्तरों पर निकट रूप से कार्य भी किया है। प्रतिबद्ध और साहसिक पुरुष संगमाजी ने लोकसभा अध्यक्ष के पद सहित राज्य में, पार्टी में और केंद्रीय मंत्रालयों में कई पदों पर कार्य किया है। श्री संगमा को सत्ता और ख्याति के शिखर पर पहुँचने में कोई न रोक सका। मुझे विश्वास है कि उन्हें अभी बहुत कार्य करना है और भविष्य में वह और अधिक ख्याति प्राप्त करेंगे।

मैं देश की सेवा करने के लिए उन्हें शुभकामनाएँ देती हूँ।

(मार्गरेट अल्वा)

राज्यपाल, असम

जब मैं उड़ीसा का मुख्यमंत्री था तो श्री पी.ए. संगमा कांग्रेस पार्टी में उच्च पद पर आसीन थे। वे सभी के प्रिय हैं। वे कुछ समय तक इस पद पर बने रहे। श्री संगमा मेरे अच्छे मित्र है तथा अत्यंत सौम्य व्यक्तित्व के धनी हैं।

श्री संगमा ने राजनीति में आने से पहले व्याख्याता, अधिवक्ता और एक पत्रकार के रूप में भी कार्य किया है। इसलिए वे अत्यधिक अनुभवी व्यक्ति हैं। उन्होंने मेघालय में कांग्रेस पार्टी के एक कार्यकर्ता के रूप में अपने राजनीतिक कॅरियर की शुरुआत की थी और कांग्रेस पार्टी में उनका अभूतपूर्व उदय हुआ। श्री पी.ए. संगमा ने छठी लोकसभा के चुनावों की तैयारी के समय सन् 1977 में राष्ट्रीय राजनीति में पदार्पण किया। वे कांग्रेस के टिकट पर अपने मूल राज्य मेघालय के तुरा लोकसभा क्षेत्र से निर्वाचित हुए थे। श्री संगमा ने तीस वर्षीय युवा के रूप में संसद् भवन में उस समय प्रवेश किया, जब कांग्रेस पार्टी स्वतंत्रता के बाद पहली बार सत्ता से बाहर हो रही थी। वर्ष 1980 में श्री संगमा इसी लोकसभा क्षेत्र से लोकसभा लिए पुनर्निर्वाचित हुए थे।

पार्टी संगठन में भी श्री संगमा ने तेज गति से प्रगति की और वे केंद्रीय मंत्रिमंडल में शामिल होने से पहले सन् 1980 में अखिल भारतीय कांग्रेस समिति के संयुक्त सचिव बन गए थे। उन्होंने उद्योग, वाणिज्य, आपूर्ति, गृह, श्रम, कोयला और सूचना एवं प्रसारण मंत्रालय में माननीय मंत्री के रूप में भी देश की सेवा की है।

श्री संगमा की मेघालय राज्य के बारे में गहन समझ के कारण कांग्रेस पार्टी नेतृत्व ने सन् 1988 में मेघालय राज्य के लिए उनकी सेवाएँ प्राप्त कीं।

संसद् में लगातार पाँचवीं बार निर्वाचित होने के उपरांत श्री संगमा को ग्यारहवीं लोकसभा के अध्यक्ष के रूप में सर्वसम्मति से चुना गया था। उन्होंने लोकसभा अध्यक्ष के रूप में सदन की कार्यवाही को निष्पक्षता, पारदर्शिता, विनम्रता और बुद्धि से संचालित करने के लिए प्रतिष्ठा प्राप्त की। जिस समय से उन्होंने लोकसभा अध्यक्ष का कार्यभार ग्रहण किया था, उसी समय से उन्होंने अत्यंत मनोहर तथा विश्वसनीय ढंग से अपनी जिम्मेदारियों का निर्वहण किया।

संसदीय सुधारों के प्रति उनका अद्वितीय दृष्टिकोण था। लोकसभा अध्यक्ष के रूप में उन्होंने यह सुनिश्चित किया कि हंगामेदार वाद-विवादों के बीच भी सदन के सदस्य नियमों का

अनुपालन करें। उन्होंने संसद् में मुक्त वाद-विवाद, स्पष्ट विचार-विमर्श और स्वस्थ आलोचना को सुनिश्चित किया। श्री संगमा ने अपने अल्प समय के कार्यकाल में सत्ताधारी गठबंधन और विपक्ष दोनों पक्षों से प्रशंसा प्राप्त की। उन्होंने राजनीति में महिलाओं व पुरुषों की भागीदारी को सुविधाजनक बनाने के लिए सराहनीय पहल करते समय इतिहास की अद्‌भुत समझ का प्रदर्शन किया। उन्होंने सार्वजनिक जीवन में नैतिक मूल्यों और सत्यनिष्ठा के महत्त्व पर भी जोर दिया।

श्री पी.ए. संगमा बहुआयामी व्यक्तित्व के धनी हैं। सदन के शिष्टाचार, गरिमा, स्वतंत्रता और प्रतिष्ठा के लिए उनकी चिंता के कारण उन्हें अद्वितीय सांसद की गरिमा प्राप्त हुई।

मैं उनके अच्छे स्वास्थ्य की कामना करता हूँ और चाहता हूँ कि वे समाज व देश के लिए निरंतर कार्य करते रहें।

गुवाहाटी

(जानकी बल्लभ पटनायक)

मुख्यमंत्री, सिक्किम

मुझे यह जानकर अत्यधिक प्रसन्नता हो रही है कि श्री पी.ए. संगमा पर एक पुस्तक का प्रकाशन किया जा रहा है। पूर्वोत्तर भारत के किसी व्यक्ति, विशेष रूप से श्री संगमा, द्वारा लोकसभा अध्यक्ष जैसे उच्च पद तक पहुँचना मेरे लिए आश्चर्य, विस्मय, गौरव और सम्मान का विषय है।

यह मेरे लिए सौभाग्य का विषय है कि पूर्वोत्तर भारत के एक व्यक्ति ने अपने विशुद्ध परिश्रम, ज्ञान, व्यावसायिकता एवं ईमानदारी से देश को बहुत योगदान दिया और भारत माता का समूत होने का गौरव प्राप्त किया। वे लोकसभा की कार्यवाही का संचालन बेहतरीन ढंग से और कुशलतापूर्वक करते थे।

मुझे पिछले कई दशकों से राजनीतिक कार्यकर्ता और मुख्यमंत्री दोनों के रूप में अनेक अवसरों पर श्री संगमा के साथ कार्य करने का सौभाग्य प्राप्त हुआ। स्वच्छ और शुद्ध हृदय के व्यक्ति श्री संगमा की उपस्थिति से मित्रता और परस्पर आदर का भाव उत्पन्न होता है। राष्ट्रीय और क्षेत्रीय महत्त्व के मुद्दों पर उनके साथ नियमित आधार पर संवाद एवं बातचीत का मुझे बहुत लाभ प्राप्त हुआ है। वे जनता की नवोन्मेष तरीके से सेवा करने के कारण ज्ञान व बुद्धि के धनी व्यक्ति थे।

यह कहने की आवश्यकता नहीं है कि उनके लिए कुछ शब्द लिखना मेरे सौभाग्य का विषय है। मुझे यह अवसर प्रदान करने के लिए मैं श्री संगमा और उनकी सुपुत्री सुश्री अगाथा संगमा का बहुत आभारी हूँ।

(पवन चामलिंग)

मुख्यमंत्री, नागालैंड

मुझे यह जानकर प्रसन्नता हो रही है कि श्री पी.ए. संगमा की पुस्तक का प्रकाशन किया जा रहा है। यदि मुझे एक शब्द में उनकी विशेषता बताने को कहा जाए तो मैं उन्हें 'डायनेमिक' ही कहूँगा, क्योंकि डायनामाइट की तरह उनमें भी अत्यधिक ऊर्जा और शक्ति थी; और यदि मुझे किसी व्यक्ति से उनकी तुलना करने को कहा जाए तो मैं उनकी तुलना किसी अन्य से नहीं, बल्कि नेपोलियन बोनापार्ट से करूँगा, जिन्होंने अपना छोटा कद होने के बावजूद एक समय के दौरान संपूर्ण यूरोपीय महाद्वीप को अपने अधीन कर लिया था। उनके बारे में जैसा कहा जाता था कि 'नेपोलियन के कदम रखते ही यूरोपीय महाद्वीप हिल जाएगा', संगमा भी ऐसे ही व्यक्ति हैं, जो अपने छोटे कद एवं जनजातीय पृष्ठभूमि से होने के बावजूद कठोर परिश्रम तथा एकाग्रता एवं समर्पण के माध्यम से शिखर पर पहुँचे।

राजनीति में निकट सहयोगी तथा पारिवारिक मित्र के रूप में मैंने संगमाजी को एक राजनीतिक व पारिवारिक व्यक्ति के रूप में निकट से देखा है। वे इन सभी भूमिकाओं में प्रशंसा एवं सराहना के पात्र हैं। वे साधारण, सरल तथा जमीन से जुड़े व्यक्ति थे, जो स्वयं को किसी भी परिस्थिति में ढाल लेते हैं और सभी के साथ घुल-मिल जाते हैं तथा जिन्हें मित्र व शत्रु दोनों से सम्मान एवं प्रशंसा प्राप्त होती है। वे वास्तविक रूप से जननायक हैं। वे शीर्ष नेताओं की सूची में शामिल हैं। वे जनता के मन को पढ़ लेते हैं तथा उनकी आकांक्षाओं को भी समझते हैं, इसीलिए वे उनके साथ अच्छा संवाद स्थापित कर लेते हैं। मुझे लगता है कि उनका यही गुण जनता के साथ उनके सफल संबंध का कारण है। वे सक्रिय तथा सकारात्मक व्यक्तित्व के धनी हैं। उनका स्वभाव हँसमुख है और उनके साथ रहकर कोई व्यक्ति दु:खी नहीं हो सकता है। मैं उन्हें थोड़ा सा राजनीतिक विद्रोही होने के साथ-साथ बहुआयामी व्यक्तित्व का धनी भी मानता हूँ, जिनका अनुकरण करना कठिन है और नकल करना तो असंभव है। वे न सिर्फ स्पष्टवादी तथा खरे व्यक्ति हैं, बल्कि अपने व्यवहार में भी निष्कपट हैं। एक साधारण जनजातीय व्यक्ति की तरह उनमें पाखंड का कोई भी तत्त्व नहीं है। वे अपने विचारों को निडरता व मुखरता से अभिव्यक्त करने के कारण कई बार राजनीतिक संकट में फँसे हैं। परंतु एक नेता के रूप में

मैं उनकी अत्यंत प्रशंसा करता हूँ। वे अपने मित्रों के प्रति सदैव विनम्र तथा उदार रहते हैं एवं अपने शत्रुओं को सदैव क्षमा कर देते हैं।

राजनीति के क्षेत्र में आठ बार लोकसभा में निर्वाचन, केंद्रीय मंत्री के रूप में कार्य, लोकसभा अध्यक्ष के रूप में कार्य करने के साथ-साथ मेघालय के मुख्यमंत्री तथा मेघालय विधानसभा का सदस्य होने के कारण मैं उन्हें निकट से जानता हूँ। वे पूर्वोत्तर क्षेत्र का चमकता हुआ सितारा हैं। केंद्रीय श्रम मंत्री तथा लोकसभा अध्यक्ष के रूप में उनका कार्य-प्रदर्शन अद्भुत था और वह उनकी नेतृत्व क्षमता एवं राजनेता जैसे गुणों का प्रत्यक्ष प्रमाण है। उनमें राजनेताओंवाले सभी गुण मौजूद थे, जैसे जटिल परिस्थितियों को सँभालने तथा सहमति बनाने की कुशलता प्राकृतिक रूप से थी। पूर्वोत्तर भारत के किसी व्यक्ति द्वारा पी.ए. संगमा जितनी अधिक लोकप्रियता प्राप्त करना तो दूर, बल्कि वे उनका रिकॉर्ड तोड़ने के बारे में भी नहीं सोच सकते।

मैं नागालैंड, असम, मेघालय और पश्चिम बंगाल में कई चुनाव अभियानों में श्री संगमा के साथ रहा। मैंने देखा कि वे कितनी आसानी से जनता तथा उनसे मिलने आनेवाले कार्यकर्ताओं के साथ सामंजस्य स्थापित कर लेते थे। तुरा लोकसभा निर्वाचन क्षेत्र के लिए उनके चुनाव अभियानों में से एक अभियान के दौरान मुझे भी तुरा जाने का अवसर प्राप्त हुआ था। मैंने देखा कि उनका विशाल आवासीय परिसर चुनाव प्रचार अभियान की भूमि बन गया था, जहाँ पर दूर-दराज के गाँवों से लोग आए थे और टेंट लगाकर वहाँ रह रहे थे। वे सभी ग्रामीण लोग अपनी चादरें, बिस्तरे, चावल, मांस और सब्जियाँ आदि स्वयं अपने साथ लेकर आए थे। यह पी.ए. संगमा पर लोगों के विश्वास और प्रेम का परिचायक होने के साथ-साथ उनकी उदारता, आतिथ्य-सत्कार तथा मानवता का भी प्रमाण है।

पी.ए. संगमा की अन्य महत्त्वपूर्ण उपलब्धि यह है कि वे राजनीतिक एवं सार्वजनिक कार्यों में पूर्णकालिक व्यस्त होने के बावजूद एक सफल गृहस्थ हैं। मैंने उन्हें एक प्रिय और देखभाल करनेवाले पति तथा अपने बच्चों का लालन-पालन करनेवाले पिता के रूप में भी देखा है। जिस तरह से उन्होंने अपने बच्चों का पालन-पोषण किया है, वह अनुकरणीय है। मैं विशेष रूप से उनकी पुत्री अगाथा संगमा के पालन-पोषण के लिए प्रसन्न हूँ। अगाथा संगमा उनकी उत्तराधिकारी तथा केंद्र सरकार में पूर्वोत्तर भारत का प्रतिनिधित्व करनेवाला चेहरा बन सकती हैं और मुझे कोई संदेह नहीं है कि अगाथा भी अपने पिता पी.ए. संगमा की तरह पूर्वोत्तर भारत के सितारे के रूप में चमकेंगी तथा अपने विद्वान् पिता की श्रेष्ठ उत्तराधिकारी सिद्ध होंगी। मुझे विश्वास है कि पी.ए. संगमा के दोनों पुत्र जेम्स पैंगसैंग के. संगमा एवं कोनार्ड के. संगमा भी अपने पिता के नक्शे-कदम पर आगे बढ़ेंगे और देश के लोगों की सेवा करने में अपना समय तथा समर्पण देंगे। वैसे तो पी.ए. संगमा आयु और राजनीति दोनों में मुझसे विशिष्ट हैं, परंतु मैं

अपने साथ उनके संबंध को महत्त्व देता हूँ तथा मुझे मित्र एवं साथी के रूप में स्वीकार करने हेतु उनका आभार भी व्यक्त करता हूँ।

मैं ईश्वर से उनके अच्छे स्वास्थ्य एवं दीर्घायु की कामना करता हूँ, जिससे कि वे भविष्य में भी देश तथा क्षेत्र के लोगों की सेवा करते रहें।

कोहिमा

(निफ्यू रियो)

प्रस्तावना

मेरे राजनीतिक जीवन के दौरान विद्यार्थियों से कई बातचीतों में से एक बातचीत के दौरान मुझसे भारतीय संसदीय प्रणाली की शक्ति के बारे में पूछा गया। मैंने अपने जीवन की एक सुंदर कहानी के माध्यम से इस प्रश्न का उत्तर दिया। कैबिनेट मंत्री बनने पर मैंने श्री माधवराव सिंधिया और बूटा सिंह के साथ शपथ ग्रहण की। सिंधिया का संबंध राजसी परंपरा से था, बूटा सिंह पंजाब के एक साधारण व्यक्ति के पुत्र थे और मैं पूर्वोत्तर भारत के दूरस्थ इलाके से एक जनजाति से संबद्ध साधारण व्यक्ति था। शपथ ग्रहण करने के उपरांत हम तीनों अलग-अलग पृष्ठभूमि के लोग एक समान बन गए थे। यही भारतीय संसदीय प्रणाली की सुंदरता है। यह देश के दूरस्थ इलाके के लोगों के लिए अवसरों के द्वार खोल देती है और सभी को उनके विकास के लिए समान अवसर प्रदान करती है।

मैं संसदीय लोकतंत्र की व्यवस्था में दृढ़ विश्वास रखता हूँ। मैं यह महसूस करता हूँ कि भारत के विशाल आकार और जटिलताओं के होते हुए तथा इसकी सामासिक संरचना में देश के लिए संसदीय लोकतंत्र की व्यवस्था ही श्रेष्ठ एवं उपयुक्त है। संसदीय लोकतंत्र इस प्रमुख सिद्धांत के आधार पर कार्य करता है कि वैधता का वास्तविक स्रोत जनता ही है। कोई सरकार वैध इसलिए होती है, क्योंकि वह निर्वाचित होती है, अर्थात् जनता द्वारा चुनी जाती है। मैंने लगभग तीस वर्षों तक भारतीय संसद् को देखा है, जिसमें से मुझे नौ बार लोकसभा के लिए निर्वाचित किया गया था। इस दौरान मैंने इंदिरा गांधी से लेकर मोरारजी देसाई, चरण सिंह, चंद्रशेखर, राजीव गांधी, वी.पी. सिंह, देवगौड़ा, आई.के. गुजराल, अटल बिहारी वाजपेयी और डॉ. मनमोहन सिंह आदि दस प्रधानमंत्रियों को देखा है। लोकसभा में मैंने एन. संजीव रेड्डी, के.एस. हेगड़े, रवि राय, शिवराज पाटिल, बलराम जाखड़, जी.एम.सी. बालयोगी, मनोहर जोशी और सोमनाथ चटर्जी जैसे आदरणीय एवं विद्वान् अध्यक्षों को देखा है। मैंने देश की सेवा करने के लिए तथा देश की लोकतांत्रिक संस्थाओं के संरक्षण के लिए दिन-रात कार्य करनेवाले अनेक माननीय संसद् सदस्यों को भी देखा है। यह सूची बहुत लंबी है। इनमें शामिल हैं—भूपेश गुप्ता, पीलू मोदी, इंद्रजीत गुप्त, एल.के. आडवाणी, एच.एन. बहुगुणा, जगजीवन राम, सुषमा स्वराज, माधव राव सिंधिया, राजेश पायलट, मधु दंडवते, शरद पवार, निर्मल चंद्र चटर्जी, वाई.वी. चव्हाण, एस.बी.

चव्हाण, बीजू पटनायक, प्रो. एन.जी. रंगा, नीतीश कुमार, शरद यादव, सी.एम. स्टीफन, वसंत साठे, मुलायम सिंह यादव, उमर अब्दुल्ला और जसवंत सिंह। इन प्रतिष्ठित व्यक्तियों के अतिरिक्त अनेक दलों के ऐसे अनेक संसद् सदस्य हैं, जिन्होंने मुझे प्रेरित किया है।

वर्तमान समय में, मैं देश के अन्य संस्थानों की तरह इस महान् संस्था के पतन के लिए भी अत्यंत चिंतित हूँ। जिस प्रकार से संसद् की अवमानना की जा रही है, वह चिंता का विषय है। जनता के बीच आम धारणा यह है कि संसद् प्राधिकार अब अपवित्र बन गया है। मैं इस धारणा से पूर्ण रूप से असहमत हूँ। मेरा यह मानना है कि संसद् की कार्य-प्रणाली एवं शैली बदल गई है, न कि भारतीय संसद् की वैधता और प्राधिकार बदला है। स्वतंत्रता के प्रारंभिक वर्षों के दौरान शहरी पृष्ठभूमि के बुद्धिजीवियों द्वारा संसद् का प्रतिनिधित्व किया जाता था, जो नीतियों, कार्यक्रमों और प्रज्ञा तथा मुद्दों पर आधारित वाद-विवाद को महत्त्व देते थे। वर्तमान समय में अधिकतर कानून निर्माता मुख्य रूप से ग्रामीण पृष्ठभूमि से हैं। सरकार की कई महत्त्वपूर्ण नीतियों को आकृति देनेवाले व्यक्तियों के विचार संसद् में अनुपस्थित हो गए हैं। आजकल, संसद् के सदस्य अपनी लोकप्रियता को बनाने के लिए सदन की दीर्घा में प्रवेश और सदन की कार्यवाही में बाधा पहुँचानेवाले कार्य करते हैं। सदन की कार्यवाही का सीधा प्रसारण होने से संसद् सदस्यों के बीच यह प्रवृत्ति और अधिक बढ़ी है।

जनता की समस्याओं के बारे में वास्तविक रूप से चिंतित संसद् सदस्यों को अपने विचार करने में कठिनाई होती है। वे सदन में अपने विचार व्यक्त करने के लिए समय के लिए संघर्ष करते हैं। पूर्व लोकसभा अध्यक्ष होने के नाते मेरा यह विचार है कि लोकसभा लोकतंत्र का पवित्र सदन है। यह संसद् हम सभी के लिए आदर्श है और हमें इसकी पवित्रता को बनाए रखना चाहिए। सदन में गरिमा के साथ वाद-विवाद एवं असहमति व्यक्त होनी चाहिए तथा शालीनता से समझौता और विद्वेष के बिना सम्मान होना चाहिए। सदन का अधिदेश तथा मूल कार्य कानून का निर्माण करना है। सीमित समय होने के कारण संसद् सदस्यों को सुशासन तथा जनता की आकांक्षाओं को पूरा करने के लिए सीमित समय में इष्टतम परिणाम प्राप्त करने चाहिए। यदि संसद् की कार्यवाही रोचक, बुद्धि तथा हास्य से परिपूर्ण नहीं होगी तो जनता उसे देखना पसंद नहीं करेगी। मैंने लोकसभा अध्यक्ष के रूप में सदैव पारदर्शिता व निष्पक्षता से कार्य किया है और संसद् सदस्यों को उनके विचारों की अभिव्यक्ति के लिए समान अवसर प्रदान करने का प्रयास किया है।

मैं देश में घटित हो रही कुछ घटनाओं के लिए चिंतित हूँ। हम देश की संस्थाओं को सुरक्षित और सुदृढ़ नहीं रख पा रहे हैं। हमारे देश में व्यवस्थाएँ तो हैं, परंतु वे कार्य नहीं करतीं। हमारे संस्थानों का पतन हो रहा है। मैं प्रधानमंत्री के पद के बारे में विशेष रूप से चिंतित हूँ। मेरा यह दृढ़ विचार है कि प्रधानमंत्री का एक संविधानोत्तर सर्वाधिकार प्राप्त संस्था के अधीन होना खतरनाक परंपरा है। बिना किसी निजी पूर्वग्रह के मेरा यह भी मानना है कि सबसे बड़ा

लोकतांत्रिक देश होने के कारण भारत के लोकतंत्र के हित में होगा कि भारत के प्रधानमंत्री को लोकसभा से ही चुना जाए। हमें जनता द्वारा प्रत्यक्ष रूप से प्रधानमंत्री को चुनने पर विचार तथा इसकी संभावना पर वाद-विवाद शुरू कर देना चाहिए। 1.2 अरब से अधिक जनसंख्यावाले भारत देश में योग्य प्रधानमंत्री प्रदान करने की पर्याप्त क्षमता है।

इस पृष्ठभूमि के संदर्भ में मैंने देश की जनता के समक्ष अपने विचार और अनुभव रखने के लिए संवाद कार्यक्रमों के माध्यम से प्रयास किया है। इस पुस्तक में मंत्री के रूप में मेरे लोकसभा और राज्यसभा के चुनिंदा भाषणों को शामिल किया गया है। मुझे आशा है कि इस पुस्तक को पढ़कर पाठक मेरे राज़नीतिक और संसदीय जीवन में मुझे प्रेरित करनेवाले विचारों और चिंताओं को समझ सकेंगे।

—पी.ए. संगमा

अनुक्रम

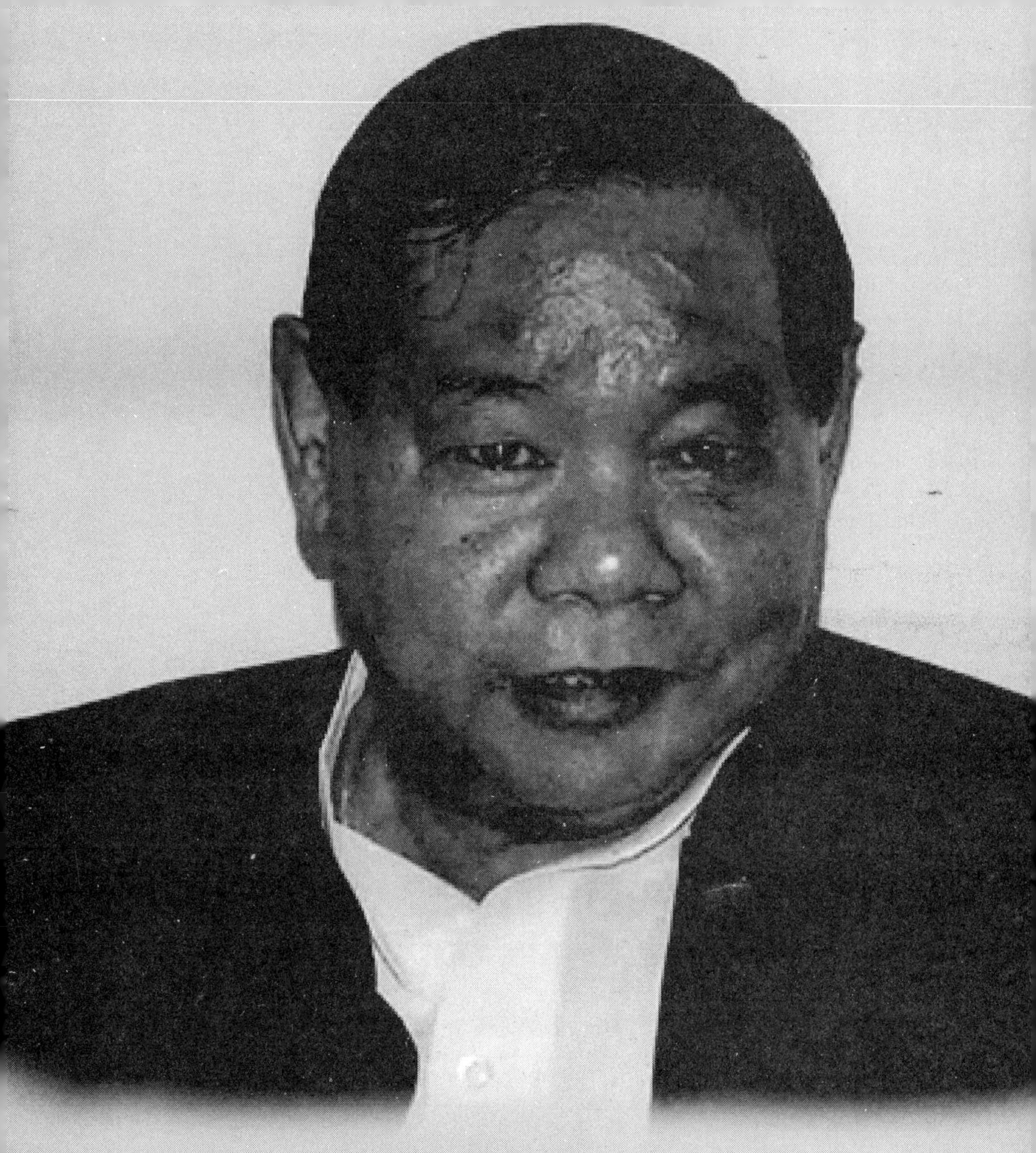

भाग-1

परिचय

श्री पी.ए. संगमा भारत के राजनीतिक परिदृश्य में सर्वाधिक सक्रिय और सर्वाधिक लोकप्रिय व्यक्ति रहे हैं। उनका जन्म पूर्वोत्तर भारत में 1 सितंबर, 1947 को वेस्ट गारो हिल्स, मेघालय में एक छोटे से गाँव चपाहाटी में हुआ था। उनके माता-पिता चिमरी ए. संगमा और डिप्चोन चे. मारक बहुत साधारण पृष्ठभूमि से थे। छोटे से जनजातीय गाँव एवं गारो जनजाति के छोटे जनजातीय ईसाई अल्पसंख्यक समाज में पले-बढ़े युवा संगमा को अपने जीवन में पहले ही यह अहसास हो गया था कि उन्हें अपना विकास करने के लिए कठिन संघर्ष करना पड़ेगा। यह कहा जाता है कि किसी व्यक्ति की मानसिक क्षमता का विकास उसके सामाजिक परिवेश पर निर्भर करता है। एक विशिष्ट जनजातीय व्यक्ति होने के कारण पी.ए. संगमा में किसी भी प्रकार का छल-कपट कभी नहीं था। उनका स्वभाव नरम है, परंतु वे दृढ़ संकल्पित व्यक्ति थे। पी.ए. संगमा कम बोलना पसंद करते थे, परंतु उन्हें उनके काम के लिए जाना जाता था और उनका यही स्वभाव उन्हें वर्तमान पीढ़ी के अन्य राजनेताओं से विशिष्ट बनाता है। मेघालय में गारो जनजातीय मातृसत्तात्मक समाज का अद्‌भुत उदाहरण है। इन क्षेत्रों के लोग परंपरागत रूप से अपने पिता और भाई के बजाय माता व बहनों से अधिक प्रेरित रहते हैं। युवा संगमा भी इसका अपवाद नहीं थे। पी.ए. संगमा ने कर्मठता, विनम्रता और ईमानदारी के गुण प्रदान करनेवाली अपनी माता चिमरी ए. संगमा से प्रेरित होकर यह जाना कि जीवन में शिक्षा के माध्यम से ही प्रगति की जा सकती है। उन्होंने असम में डिब्रूगढ़ विश्वविद्यालय से अंतरराष्ट्रीय संबंध में विशेषज्ञता के साथ राजनीति विज्ञान में ऑनर्स और स्नातकोत्तर उपाधि प्राप्त की। इसके पश्चात् उन्होंने इसी विश्वविद्यालय से कानून में भी डिग्री प्राप्त की।

पी.ए. संगमा ने 6 जून, 1973 को अपने समुदाय की सोरादिनी कोंगकल संगमा से विवाह किया। उनके दो पुत्र तथा दो पुत्रियाँ हैं। उनके सभी बच्चे अपने-अपने क्षेत्रों में अत्यधिक शिक्षित, गुणवान् और स्थापित व्यक्तित्व हैं। उनके बड़े पुत्र जेम्स ने ब्रुनेल यूनिवर्सिटी, लंदन से जनसंचार में स्नातकोत्तर की उपाधि प्राप्त की है और डॉक्यूमेंट्री फिल्मों को बनाने के कार्य में संलग्न हैं। उनकी सबसे बड़ी पुत्री क्रिस्टी ने जे.जे. कॉलेज ऑफ आर्किटेक्चर, मुंबई से बैचलर ऑफ आर्किटेक्चर किया है तथा ब्रिटेन में कार्डिफ यूनिवर्सिटी से आर्किटेक्चर में पी-एच.डी. की डिग्री भी पूर्ण कर ली है। उनके दूसरे पुत्र कॉनरैड संगमा ने व्हार्टन स्कूल ऑफ मैनेजमेंट, यू.एस.ए. से बी.बी.ए. तथा रॉयल कॉलेज ऑफ मैनेजमेंट, लंदन से एम.बी.ए. किया है। कॉनरैड संगमा वर्ष 2012 में मेघालय विधानसभा में प्रतिपक्ष के नेता रहे हैं और वर्तमान में मेघालय के मुख्यमंत्री

हैं। पी.ए. संगमा की दूसरी तथा अपने सभी भाई-बहनों में सबसे छोटी पुत्री अगाथा ने इंडियन लॉ स्कूल, पुणे से कानून में स्नातक किया है तथा नॉटिंघम यूनिवर्सिटी, ब्रिटेन से स्नातकोत्तर उपाधि भी प्राप्त की है। काफी वर्षों तक उनके पिता द्वारा विकसित की गई तुरा निर्वाचन क्षेत्र से 15वीं लोकसभा के लिए अगाथा निर्वाचित हुई थीं। पी.ए. संगमा को भी सदैव यह विश्वास था कि बच्चों के पैतृक गुण विकसित किए जाने चाहिए और उनको अपना जीवन एवं कॅरियर चुनने में पूरी स्वतंत्रता दी जानी चाहिए।

प्रारंभिक कॅरियर

पी.ए. संगमा वैज्ञानिक ज्ञान, तार्किक सोच तथा देश व देशवासियों की सेवा-भावना से धनी बहुआयामी व्यक्तित्व थे। उन्होंने राजनीति में आने से पहले अपने कॅरियर में अकादमिक, अधिवक्ता और पत्रकार की भूमिका का भी भलीभाँति निर्वहण किया था। उन्होंने अपना प्रारंभिक कॅरियर संवैधानिक कानून के विशेषज्ञ के रूप में शुरू किया था और बाद में वे पत्रकार व अधिवक्ता बने। अधिवक्ता और पत्रकार के रूप में पी.ए. संगमा ने सदैव सत्य को ही अपना धर्म माना। इसके बाद उन्होंने राजनीति में प्रवेश किया तथा देश के लोगों की सेवा की।

उन्होंने कांग्रेस (आई) के जमीनी कार्यकर्ता के रूप में अपना राजनीतिक जीवन शुरू किया और मेहनत के बल पर पार्टी में उनका अभूतपूर्व उदय हुआ। जब वे राष्ट्रीय पार्टी कांग्रेस में शामिल हुए तो पहाड़ी क्षेत्रों के लोग आश्चर्यचकित हो गए थे। उस वक्त क्षेत्रीय दलों का वर्चस्व अधिक था और मेघालय में कांग्रेस का कोई भविष्य नहीं था। उन दिनों राजनीतिक आकांक्षावाला कोई भी युवा किसी राष्ट्रीय पार्टी में शामिल होने के बारे में सोचता तक नहीं था। इस प्रकार, संगमाजी की पहली पसंद इस बात का स्पष्ट संकेत थी कि उनके पास शुरुआत से ही भारत के लिए एक अलग प्रकार की सोच एवं दृष्टि थी, जिसमें उन्होंने भारत के लोगों को आदर एवं प्रतिष्ठा की दृष्टि से सर्वोपरि समझा। युवा कांग्रेस नेता के रूप में पी.ए. संगमाजी ने कैप्टन डब्ल्यू.ए. संगमा और उनकी ऑल पार्टी हिल लीडर्स कॉन्फ्रेंस (ए.पी.एच.एल.सी.) के विरुद्ध अथक संघर्ष किया। उन्होंने क्षेत्रीयतावाद को एक ऐसी बीमारी सिद्ध किया, जिससे केवल संप्रदायवाद और स्थानीयतावाद उत्पन्न होता है। पार्टी के आदर्शों के प्रति उनकी प्रतिबद्धता की पहचान के रूप में तथा उनके संगठनात्मक कौशल को ध्यान में रखते हुए पी.ए. संगमा को वर्ष 1975 में मेघालय प्रदेश कांग्रेस कमेटी का महासचिव नियुक्त किया गया और वे वर्ष 1980 तक इस पद पर बने रहे थे। उन्होंने अपनी मेहनत से मेघालय में कांग्रेस का जनाधार बनाया तथा ए.पी.एच.एल.सी. का कांग्रेस में विलय करवाया। पी.ए. संगमा वर्ष 1980 में अखिल भारतीय कांग्रेस समिति के संयुक्त सचिव बने। राजनीतिक और सार्वजनिक जीवन में पी.ए. संगमा का उदय उनके मन व मस्तिष्क के गुणों का साक्ष्य होने के साथ-साथ उनके भद्र एवं मिलनसार व्यक्तित्व का भी परिचायक है।

राष्ट्रीय राजनीति में प्रवेश

जब देश में छठे आम चुनावों की तैयारी चल रही थी, उस समय सन् 1977 में पी.ए. संगमा ने राष्ट्रीय राजनीति में प्रवेश किया और लगभग तीस वर्षों तक संसद् सदस्य रहे। वह इतिहास में कांग्रेस पार्टी की सबसे बुरी हार के बीच कांग्रेस के टिकट पर अपने गृह राज्य में तुरा निर्वाचन क्षेत्र से लोकसभा के लिए निर्वाचित हुए थे। तीस वर्षीय पी.ए. संगमा ने संसद् में उस समय के दौरान प्रवेश किया, जब आजादी के बाद कांग्रेस पहली बार केंद्र से सत्ता से बाहर होने के कारण देश में बड़ा राजनीतिक बदलाव हो रहा था। अपनी छाप छोड़ने के लिए एक उदीयमान संसद् सदस्य के लिए यह उपयुक्त समय था और वाक्पटु एवं सुवक्ता पी.ए. संगमा ने एक सच्चे और कर्मठ सदस्य के रूप में प्रभाव स्थापित करने के लिए उस अवसर का पूर्ण लाभ उठाया।

दो वर्षों से भी कम समय में राष्ट्रीय राजनीति में एक नया मोड़ आया और जनता पार्टी सत्ता से बाहर हो गई। चौ. चरण सिंह की सरकार कुछ महीने तक ही टिक पाई। वर्ष 1980 के मध्यावधि चुनावों में इंदिरा गांधी के नेतृत्व में कांग्रेस पार्टी ने केंद्र की सत्ता में पुनः वापसी की। संगमा को उनके निर्वाचन क्षेत्र से पुनः लोकसभा के लिए निर्वाचित किया गया था।

इस बार उन्हें केंद्रीय मंत्रिमंडल में शामिल किया गया था और नवंबर 1980 में उन्हें उद्योग मंत्रालय में उप-मंत्री बनाया गया। उप-मंत्री के रूप में उन्होंने पाया कि निर्णय निर्धारण प्रक्रिया के लिए उनके पास कोई भी दस्तावेज प्रस्तुत नहीं किए जा रहे थे। परंतु संगमा एक संघर्षशील व्यक्ति थे और वे किसी भी चुनौती का सामना करने से डरते नहीं थे। एक समय उन्होंने कुछ ऐसा किया, जो किसी और के वश की बात नहीं थी। उन्होंने एक अवांछित व्यक्ति बनने की बजाय इंदिरा गांधी से कहा, "महोदया, यहाँ पर मेरे लिए कोई कार्य नहीं है। मेरे लिए ए.आई. सी.सी. में ही कार्य करना बेहतर होगा, क्योंकि वहाँ पर बहुत कार्य है।" इसका परिणाम यह हुआ कि अब निर्णय निर्धारण की प्रक्रिया में उनकी भूमिका भी महत्त्वपूर्ण हो गई थी। दो वर्षों के बाद उन्हें उप-मंत्री के रूप में वाणिज्य मंत्रालय भेज दिया गया था और वे सन् 1984 तक उस पद पर कार्य करते रहे। वर्ष 1984 के आम चुनाव में भी संगमा ने आठवीं लोकसभा में वापसी की। संगमा की क्षमता और कांग्रेस के आदर्शों के प्रति उनके समर्पण को देखते हुए तत्कालीन प्रधानमंत्री श्री राजीव गांधी ने उन्हें अपने मंत्रिमंडल में शामिल कर लिया और उन्हें इस बार वाणिज्य एवं आपूर्ति मंत्रालय में राज्य मंत्री का प्रभार सौंपा। कुछ समय के लिए उन्होंने गृह राज्य मंत्री के रूप में भी कार्य किया। श्री संगमा ने अक्तूबर 1986 में श्रम राज्य मंत्री (स्वतंत्र प्रभार) के रूप में भी कार्य किया।

संगमा ने अपनी विनम्र शुरुआत और भौगोलिक रूप से दूरस्थ राज्य के मूल निवासी होने के बावजूद राष्ट्रीय राजनीतिक परिदृश्य में स्वयं को स्थापित किया। उन्होंने अपने संपूर्ण जीवन में अपने आप को कभी आगे नहीं बढ़ाया, न ही किसी पद की इच्छा की और नेपथ्य में ही काम करते रहना पसंद किया। उनको सभी सम्मान बिना माँगे ही प्राप्त हुए हैं। उनकी विनम्रता, भद्रता,

कर्तव्यनिष्ठता, शिष्टता, ईमानदारी एवं राष्ट्र के प्रति समर्पण ही ऐसे मुख्य कारक हैं, जिनके कारण वे निरंतर आगे बढ़ते रहे तथा उन्होंने अत्यधिक लोकप्रियता और लोगों का प्रेम प्राप्त किया। विनम्र और मैत्रीपूर्ण स्वभाव के संगमा राष्ट्रीय हितों में मूलभूत अधिकारों को बचाने के लिए किसी से समझौता नहीं करते थे। यह कोई आश्चर्य की बात नहीं है कि श्रम मंत्री के रूप में उनके कार्यकाल के दौरान औद्योगिक हड़ताल और कामबंदी में बहुत कमी हो गई थी। पी.ए. संगमा अपने अनुशासन, कठिन परिश्रम तथा सीमांत और पद दलित समूह के लिए वास्तविक भाव रखने के लिए भविष्य के राजनीतिज्ञों के लिए अभूतपूर्व प्रेरणा के स्रोत हैं। उनकी साधारणता ने और आडंबरों से दूर रहने के स्वभाव ने देश के लोगों के दिलों को जीत लिया।

अपने संपूर्ण राजनीतिक जीवन में श्रीमान पी.ए. संगमा पार्टी नेतृत्व के विश्वास पात्र व्यक्ति बने रहे हैं। कांग्रेस में उनके कार्यकाल के दौरान वे सदैव संकट-मोचक की भूमिका अदा करते थे। जब कभी किसी राजनीतिक परिस्थिति में पार्टी किसी दुविधा में होती थी, तब संगमा को समस्या का समाधान करने के लिए भेजा जाता था; क्योंकि कांग्रेस नेतृत्व को यह पता था कि उनकी परिपक्व राजनीतिक सोच, संगठनात्मक कौशल और स्पष्ट तरीके से किसी स्थिति को भाँपने की योग्यता से वे समस्या का दीर्घावधि समाधान प्रस्तुत करते थे। जहाँ तक पूर्वोत्तर की राजनीति की बात है, अभी तक पी.ए. संगमा ही कांग्रेस के प्रमुख व्यक्ति थे।

अपने अतिकुशल कार्य, विषय पर पूर्ण विशेषज्ञता और तथ्यों व जानकारियों के लिए अद्भुत स्मृति के लिए सुविख्यात संगमा ऐसे मंत्री थे, जो संसद् में अधिकारियों की पर्चियों की मदद के बिना किसी भी उत्तेजित वाद-विवाद और परिचर्चा का जवाब दे सकते थे। उन्होंने अपने संसदीय कार्य को बहुत गंभीरता से लिया। उनकी मित्रशीलता, अपने मंत्रालय की कार्य-प्रणाली का समुचित ज्ञान और उनकी अनुकरणीय विनोदपूर्णता ने उन्हें संसद् में सभी चुनौतियों का सामना करने योग्य व्यक्ति बनाया। वे प्रश्नकाल को बहुत अच्छी तरह से सँभाल लेते थे, क्योंकि वे अत्यंत जटिल मामलों को भी बड़ी आसानी से संचालित कर लेते थे। मंत्री के रूप में अपने संपूर्ण कार्यकाल के दौरान उन्होंने एक ईमानदार और सचेत सांसद के रूप में अपनी छवि बनाई और आजीवन किसी भी विवाद में नहीं फँसे। एक सांसद के रूप में उन्होंने देश के लिए वर्तमान प्रासंगिक मामलों का समर्थन किया। सन् 1979 में ही संगमा ने छोटे-छोटे राज्यों की परिकल्पना कर ली थी। उन्होंने यह भी कहा था कि यदि जनजातियों के हितों का ध्यान रखना है तो ऐसे राज्यों, जहाँ अनुसूचित जातियाँ एवं अनुसूचित जनजातियाँ प्रमुख थीं, में छोटे-छोटे राज्यों का गठन करना प्रशासनिक दृष्टि से बेहतर होगा। झारखंड, उत्तराखंड और छत्तीसगढ़ की वर्तमान स्थिति के संदर्भ में इस विचार पर वाद-विवाद किया जा सकता है। उन्होंने राष्ट्रीय दलों को यह चेतावनी भी दी थी कि यदि विभिन्न राष्ट्रीय दल लोगों की आकांक्षाओं को पूरा करने में असफल होते हैं तो देश के विभिन्न हिस्सों में लोगों की क्षेत्रीय आकांक्षाएँ जाग्रत् हो जाएँगी, जिससे देश के भीतर अधिक-से-अधिक विभाजन की माँग को लेकर भारत में क्षेत्रीय दलों के

विकास का मार्ग प्रशस्त होगा। वर्तमान में, हम क्षेत्रीय पार्टियों के प्रभुत्व और राजनीतिक क्षेत्र में उनके बढ़ते प्रभाव को स्पष्ट रूप से देख सकते हैं। वास्तव में, विधायी निकायों की संरचना में क्षेत्रीय दलों की मजबूत उपस्थिति प्रदर्शित होती है।

वर्ष 2005 में श्रीमान पी.ए. संगमा द्वारा परिकल्पित अन्य महत्त्वपूर्ण विचार भारत के वास्तविक नागरिकों को यूनिक आईडेंटी कार्ड जारी करना था, जिससे कि अवैध प्रवासियों और विदेशियों के बीच विभेद किया जा सके। उन्होंने यह सुझाव संसद् के पटल पर बँगलादेश से बड़ी संख्या में आप्रवासन के मुद्दे पर स्थगन प्रस्ताव में भाग लेते समय दिया था। उन्होंने यह सुझाव दिया कि सरकार को भारत के वास्तविक नागरिकों के अधिकारों को सुरक्षित करने के लिए तत्कालीन प्रस्तावित विदेशी अधिनियम में संशोधन करने की बजाय नागरिकता अधिनियम में संशोधन करने की संभावना तलाश करनी चाहिए। उनके अनुसार, भारत के वास्तविक नागरिकों को पहचान-पत्र जारी किए जाने चाहिए, जिससे कि उन्हें किसी भी प्रकार का मानसिक भय न हो और पुलिस का कोई भी व्यक्ति उनकी पहचान और भारतीयता के बारे में प्रश्न न कर सके। उनके इन महत्त्वपूर्ण विचारों को 'आधार कार्ड अभियान' के माध्यम से भारत सरकार द्वारा आगे बढ़ाया जा रहा है।

संगमा ने मंत्रालयों और सरकार को छोटा करने के विचार का भी समर्थन किया था। अपने संपूर्ण जीवन में संगमा चार आत्म-निर्धारित सिद्धांतों—नामत: निरंतर विचार करना, निरंतर कार्य करना, निरंतर मुसकराना और निरंतर प्रार्थना करने के सिद्धांतों से मार्गदर्शन लेते थे।

मेघालय राज्य में राजनीति

संगमा को संपूर्ण पूर्वोत्तर भारत, विशेष रूप से अपने गृह राज्य, की राजनीतिक वास्तविकताओं की अद्भुत समझ थी। यद्यपि वर्ष 1977 में शुरुआत करते हुए वे दिल्ली में थे और राष्ट्रीय राजनीतिक परिदृश्य में व्यस्त थे, परंतु उन्होंने अपने मूल को कभी नहीं छोड़ा और वे अपने गृह राज्य की राजनीतिक घटनाओं पर निरंतर नजर रखते थे। मेघालय राज्य की उनकी राजनीति की पूर्ण समझ के कारण ही कांग्रेस नेतृत्व ने उन्हें सन् 1988 में मेघालय का मुख्यमंत्री बनाया। उन्होंने मेघालय के राजनीतिक इतिहास में अत्यंत उथल-पुथल भरी अवधि के दौरान 48 सदस्योंवाली गठबंधन सरकार का नेतृत्व किया। वर्ष 1990 में, सरकार के त्याग-पत्र के कारण, संगमा राज्य विधानसभा में नेता प्रतिपक्ष बन गए थे।

राष्ट्र की पुकार

उच्च कोटि के राष्ट्रीय नेता होने के नाते पी.ए. संगमा की ख्याति और स्वीकार्यता ने उत्तर-पूर्वी भारत की भौगोलिक बाधाओं को भी पार कर दिया। वे राष्ट्र की राष्ट्रीय पुकार को अनसुना नहीं कर सके और उन्होंने जल्द ही राष्ट्रीय राजनीति में वापसी की। वे वर्ष 1991 के

लोकसभा चुनावों में लोकसभा के लिए निर्वाचित हुए और उन्हें प्रधानमंत्री पी.वी. नरसिम्हा राव द्वारा मंत्रिमंडल में शामिल कर लिया गया। संगमा को कोयला मंत्रालय का स्वतंत्र प्रभार दिया गया। एक युवा मंत्री होने के बावजूद वे उस समय भी सार्वजनिक क्षेत्र के अधिकारियों के विरुद्ध परिहार्य सतर्कता जाँच और पूछताछों के कारण उत्पन्न परेशानी के माहौल को समझ गए थे, जिसके कारण पी.एस.यू. के अधिकारी/कर्मचारी हतोत्साहित हो गए थे। इसलिए पी.ए. संगमा ने उन्हें पी.एस.यू. में अच्छी तरह योगदान देने के लिए प्रेरित किया। कोयला मंत्री के रूप में उन्होंने अधिकारियों/कर्मचारियों को दंडित करने की परंपरा को अस्वीकार किया। इसका परिणाम बहुत अच्छा निकला। जिस समय उन्होंने पद ग्रहण किया था, उस दौरान कोल इंडिया को 2,800 करोड़ रुपए का नुकसान हो रहा था और उनके कार्यभार ग्रहण करने के छह महीने के समय के भीतर उसी कोल इंडिया ने 164 करोड़ रुपए का कुल लाभ अर्जित किया था। यह इसलिए संभव हो पाया, क्योंकि उन्होंने अधिकारियों को वास्तविक जवाबदेही से काम करने का अवसर प्रदान किया।

फरवरी 1992 में उन्हें श्रम मंत्रालय में प्रधानमंत्री की सहायता करने की अतिरिक्त जिम्मेदारी सौंपी गई। केंद्र सरकार द्वारा घोषित आर्थिक सुधार और उदारीकरण की नीति के संदर्भ में उनके लिए मुख्य चुनौती परेशान और चिंतित श्रम बल को आर्थिक सुधारों के बारे में सहमत करना था। त्रि-पक्षीय औद्योगिक समिति की बैठकों की अथक रूप से अध्यक्षता करते हुए उन्होंने आर्थिक सुधारों की अपरिहार्यता के बारे में श्रम बल को विश्वास दिलाने की दिशा में अतुलनीय प्रयास किए। उन्होंने नए प्रबंधन एवं नई कार्य-संस्कृति की जरूरत पर जोर दिया और उसकी पहचान कार्य-कुशलता, उत्पादकता और आधुनिकीकरण के माध्यम से संपत्ति का सृजन तथा संपत्ति का समान बँटवारा करना थी।

श्रम मंत्री के रूप में कार्य करते हुए उन्होंने कामगारों और श्रमिक संगठनों से निपटने में अत्यधिक धैर्य का प्रदर्शन किया और उन्होंने इसे अपने काम के एक हिस्से के रूप में स्वीकार किया। व्यापार यूनियनों की आलोचना से निपटने के लिए उनकी मुसकान सबसे बड़ा हथियार थी।

संगमा ने जनवरी 1993 में श्रम मंत्री का स्वतंत्र प्रभार ग्रहण किया। फरवरी 1995 में उन्हें कैबिनेट मंत्री का पद दिया गया (इस प्रकार पदोन्नति पानेवाले वे पहले जनजातीय मंत्री थे)। केंद्रीय श्रम मंत्री के रूप में उन्होंने छह बार जेनेवा में अंतरराष्ट्रीय श्रम सम्मेलन में त्रि-स्तरीय भारतीय प्रतिनिधिमंडल की अध्यक्षता की, जहाँ उन्होंने बार-बार अपनी क्षमता और कार्य-कुशलता का परिचय दिया। उन्हें अंतरराष्ट्रीय श्रम मंत्री सम्मेलन वर्ष 1994-95 के लिए एशिया और प्रशांत क्षेत्र का अध्यक्ष भी चुना गया था। जब विदेशी निवेशकों ने भारत को अपना पसंदीदा निवेश देश समझना शुरू किया था, तब तथाकथित 'सामाजिक कार्य' के मुद्दे पर कुछ गुटों में कोलाहल मचने लगा। तब श्री संगमा ने श्रम मंत्री के रूप में कार्य करते हुए वर्ष 1994-95 में गुटनिरपेक्ष और अन्य विकासशील देशों के श्रम मंत्रियों के सम्मेलन का आयोजन किया था।

उन्होंने सभी के बीच यह एकमत प्राप्त किया कि श्रम मानक जैसे सामाजिक मुद्दों के संबंध में अंतरराष्ट्रीय व्यापार का लाभ नहीं उठाया जाना चाहिए।

संगमा ऐसे विलक्षण श्रम मंत्री थे, जिनकी प्रशंसा कार्यशील वर्ग और ट्रेड यूनियनों के नेता किया करते थे। उन्होंने सरकार की औपचारिक नीतियों के ढाँचे में श्रमिक वर्ग का अधिकतम कल्याण करने का सदैव प्रयास किया। ट्रेड यूनियनों को उनका संदेश था—"यदि आप मेरे कार्य से संतुष्ट नहीं हैं तो आप मेरी आलोचना कर सकते हैं और मैं उसका विरोध नहीं करूँगा।" सितंबर 1995 में संगमा ने सूचना एवं प्रसारण मंत्री के रूप में पद ग्रहण किया और ग्यारहवीं लोकसभा के आम चुनावों तक इस पद पर बने रहे। मंत्री पदों के अलावा सांसद के रूप में संगमा अपनी रुचि और पदों के कारण विभिन्न समितियों में भी सक्रिय थे। वे अधीनस्थ विधान संबंधी समिति, संचार संबंधी समिति, सरकारी आश्वासन समिति के सदस्य थे और संसद् सदस्य के रूप में अपने कार्यकाल के दौरान समय-समय पर श्रम, कोयला एवं संचार संबंधी संसदीय परामर्श समिति के अध्यक्ष भी रहे हैं। समितियों के सक्रिय सदस्य के रूप में उन्होंने सभी समितियों में महत्त्वपूर्ण एवं उल्लेखनीय योगदान दिया है। संवैधानिक मामलों में अपनी विशेषज्ञता और सार्वजनिक जीवन में नैतिकता के कारण उन्हें संविधान की कार्य-प्रणाली की समीक्षा करने के लिए वर्ष 2000 से 2002 के बीच राष्ट्रीय आयोग का सदस्य भी नियुक्त किया गया था। उन्होंने वर्ष 1998 से 2004 के दौरान भारतीय लोक प्रशासन संस्थान के उपाध्यक्ष के रूप में भी कार्य किया और राष्ट्रीय जनसंख्या आयोग के सदस्य भी रहे हैं।

प्रमुख नीतिगत पहलें

केंद्र और राज्य स्तरों पर तथा अपने भिन्न-भिन्न महत्त्वपूर्ण विभागों में विविध प्रकार के अनुभव के साथ तीन दशकों से अधिक समय के अविरल राजनीतिक कॅरियर के दौरान श्री संगमा को उनकी कई नीतिगत पहलों के लिए भारत में ख्याति प्राप्त है। इन पहलों में से प्रमुख हैं—

उद्योग मंत्री के रूप में कार्य करते हुए उन्होंने भारत के सीमेंट उद्योग की उत्पादन क्षमता को बढ़ाकर आत्म-निर्भरता के स्तर तक पहुँचाया। कोयला मंत्री के रूप में पी.ए. संगमा ने 7,00,000 श्रमिकों वाले विशाल सार्वजनिक क्षेत्र निगम कोल इंडिया लिमिटेड (सी.आई.एल.) को लाभ कमानेवाले उपक्रम में बदल दिया।

वाणिज्य मंत्री के रूप में पी.ए. संगमा ने पूर्वोत्तर के गैर-परंपरागत क्षेत्र में चाय, रबड़ और काजू जैसे निर्यात के लिए महत्त्वपूर्ण फसलों की प्रस्तुति की। उन्होंने चाय, कॉफी और रबड़ बोर्डों के पेशेवर प्रबंधन की दिशा में कई नीतिगत उपाय भी किए। उनके मंत्रालय ने तंबाकू में बोली प्रणाली पेश की, जिससे तंबाकू उत्पादकों को लाभ मिला और उन्हें उत्पादन की बढ़ती लागत का सामना करने योग्य बनाया।

श्रम मंत्री के रूप में पी.ए. संगमा ने वर्ष 1991 से भारतीय अर्थव्यवस्था के उदारीकरण

के चरण में सामाजिक सुरक्षा और अन्य उपायों की शुरुआत की उनमें से कुछ महत्त्वपूर्ण पहलें निम्नलिखित हैं—

- 1.8 करोड़ औद्योगिक कामगारों के लिए पेंशन शुरू की।
- कृषि और निर्माण क्षेत्र जैसे असंगठित श्रम क्षेत्रों के लिए मजदूरी का युक्तीकरण और रोजगार क्षति प्रतिपूर्ति प्रदान करना शुरू किया।
- सुधारों और कार्यशील लोगों पर संरचनात्मक समायोजन के सामाजिक व आर्थिक प्रभाव की जाँच कराने के लिए सात विशेष औद्योगिक त्रिपक्षों का सृजन और अध्यक्षता की, जिससे कि सुधारों के साथ-साथ औद्योगिक शांति को बनाए रखा जा सके।
- ट्रेड यूनियनों और कार्यशील वर्ग में उत्पादकता बढ़ाने के बारे में जागरूकता फैलाना। संगमा को यह दृढ़ विश्वास था कि ट्रेड यूनियनों को कंपनियों की उत्पादकता को बढ़ाने की दिशा में काम करना चाहिए और साथ-ही-साथ प्रबंधन को भी कामगारों के लिए कल्याणकारी उपाय करने चाहिए, जिससे कि कामगारों का कल्याण करने से अर्थव्यवस्था के कल्याण का मार्ग भी प्रशस्त हो जाए।
- पी.ए. संगमा की अध्यक्षता में दिल्ली में अंतरराष्ट्रीय त्रि-पक्षीय सम्मेलन में आई.एल. यू. अभिसमय को लागू करने से संबंधित सामाजिक प्रावधान के साथ ट्रेड को जोड़ने का विरोध करने के लिए अनेक विकासशील देशों में आम समझ विकसित हुई।
- जिन कर्मचारियों की छँटनी कर दी गई थी, उनको प्रशिक्षित करने और उनके लिए नए अवसर प्रदान करने के लिए 'नेशनल रिन्यूअल फंड' की स्थापना।
- व्यावसायिक प्रशिक्षण के माध्यम से रोजगार ढूँढ़नेवाले तथा कार्यशील लोगों के लिए क्रमश: कौशल विकास एवं पुन: प्रशिक्षण।
- बाल अधिकारों का संरक्षण।

संगमा बाल अधिकारों के समर्थक थे। श्रम मंत्री के रूप में एवं उन्होंने बाल श्रम उन्मूलन को राष्ट्रीय एजेंडा में शीर्ष पर रखा और बाल श्रम उन्मूलन एवं बाल अधिकारों के संरक्षण के लिए राष्ट्रीय व राज्य स्तर पर राजनीतिक सहमति बनाई। उन्होंने बाल श्रम (निरोधन एवं विनियमन) विधेयक, 2016 पेश किया, जो बाद में एक ऐतिहासिक अधिनियम बन गया। यही अधिनियम कुछ हानिकारक रोजगारों में 14 वर्ष से कम उम्र के बच्चों को संलग्न करने का निषेध करने के साथ-साथ कुछ अन्य रोजगारों में बच्चों के काम करने को विनियमित करता है। हालाँकि बाल श्रम का पूर्ण निषेध न करने तथा उसे उद्योग आधारित बनाने के लिए संसद् एवं बाहर दोनों जगह उन्हें आलोचना का सामना करना पड़ा था; लेकिन पी.ए. संगमा उस पृष्ठभूमि को भलीभाँति समझते थे, जिसमें किसी बच्चे को एक श्रमिक के रूप में काम करने के लिए भेजा जाता है। वे स्वयं ऐसी पृष्ठभूमि से संबंध रखते हैं, इसलिए वे अत्यधिक गरीबी के परिवेश

में बाल श्रम पर पूर्ण प्रतिबंध लगाने के नुकसानों से परिचित थे। इसलिए सरकार को बाल अधिकारों का संरक्षण तथा अधिकतम बाल कल्याण की चिंता करनी चाहिए। इस दिशा में श्रम मंत्रालय ने बाल श्रम संबंधी राष्ट्रीय नीति बनाई थी, जिसने न सिर्फ अपेक्षित कानूनी कार्ययोजना का समाधान किया, बल्कि बाल श्रमिकों और उनके परिवारों के लिए सामान्य कल्याण और विकास कार्यक्रमों पर भी ध्यान केंद्रित किया तथा इस उद्देश्य के लिए परियोजना आधारित कार्यवाही योजना भी बनाई। उनके कार्यकाल के दौरान श्रम मंत्रालय ने बीड़ी श्रमिकों के बच्चों की मुफ्त शिक्षा के लिए पर्याप्त संसाधनों में निवेश किया, जो काफी प्रभावशाली सिद्ध हुए। बीड़ी श्रमिकों के बच्चों को प्रदान की गई मुफ्त शिक्षा के कारण कई बच्चे डॉक्टर व इंजीनियर बन गए और बीड़ी श्रमिक भी उद्योग की उत्पादकता एवं लाभ को बढ़ाते हुए एक संतुष्ट टीम के रूप में कार्य करने लगे। बीड़ी श्रमिकों को पहचान-पत्र जारी किए गए थे, जिससे कि उन्हें कल्याण सेवाओं की सही सुपुर्दगी के लिए पहचाना जा सके।

महिला कामगारों की सुरक्षा

श्रम मंत्री के रूप में पी.ए. संगमा ने महिला कामगारों के कल्याण के लिए भी बहुत कार्य किया। सन् 1987 में हमारे देश में 86 प्रतिशत महिला कामगार असंगठित क्षेत्र से थीं और इस समस्या पर उनका ध्यान गया। उनके कार्यकाल के दौरान समान पारिश्रमिक (संशोधन) विधेयक, 1987 पारित हुआ था; जबकि समान पारिश्रमिक अधिनियम, 1976 में भर्तियों में महिलाओं के विरुद्ध होनेवाले भेदभाव को रोकने के प्रावधान थे, परंतु रोजगार के दौरान ऐसा भेदभाव रोकने का कोई विशेष प्रावधान नहीं था। 1976 अधिनियम में दंड का प्रावधान भी तुलनात्मक रूप से हल्का था, जो कि इस महत्त्वपूर्ण कानून के अप्रभावी कार्यान्वयन का कारण था। सन् 1987 के संशोधन से इस कमी को पूरा करके इस अधिनियम को प्रभावशाली बनाया गया था। संगमा ने देश के स्वैच्छिक संगठनों, ट्रेड यूनियनों और नागरिकों से श्रमिक कानूनों के कार्यान्वयन में योगदान देने का अनुरोध किया था; क्योंकि पी.ए. संगमा सरकार और इंस्पेक्टरों की सीमाओं को भलीभाँति जानते थे। श्रमिकों और उनके परिवार का कल्याण पी.ए. संगमा को सदैव प्रिय रहा है।

सूचना एवं प्रसारण मंत्री के रूप में पी.ए. संगमा ने प्रसारण कानून के प्रारूप को तैयार करने का कार्य शुरू किया था, जिससे कि इलेक्ट्रॉनिक मीडिया में वायु तरंगों के उपयोग और निवेश को उदार बनाया जा सके। संगमा को उनकी कई उपलब्धियों के साथ-साथ उनके द्वारा समर्थित सभी प्रगतिशील मुद्दों के लिए जाना जाएगा। महिला सशक्तीकरण, सार्वजनिक जीवन में नैतिक मूल्य, वंचितों के लिए सामाजिक सुरक्षा संबंधी उपाय, औद्योगिक कामगारों के लिए पेंशन, बाल श्रम का उन्मूलन आदि कई उन श्रेष्ठ कार्यों में से थे, जिन पर उनका न सिर्फ विश्वास था, बल्कि उन्होंने अपने सभी दायित्वों के दौरान नीतिगत पहलों के माध्यम से उनका समर्थन भी किया।

सर्वप्रिय लोकसभा अध्यक्ष

श्री संगमा के जीवन का सबसे महत्त्वपूर्ण क्षण वह था, जब उन्होंने अपनी 49 वर्षीय भारतीय संसदीय अनुभव से महत्त्वपूर्ण प्रस्थान किया और उन्हें सर्वसम्मति से ग्यारहवीं लोकसभा का अध्यक्ष निर्वाचित किया गया। उस समय श्री संगमा विपक्ष के सदस्य थे। मेघालय में एक छोटे से जनजातीय गाँव से छोटी सी विनम्र शुरुआत करते हुए वे अपने गुणों, प्रतिबद्धता और मेहनत के आधार पर लोकसभा के अध्यक्ष के उच्च पद पर आसीन हो गए थे। प्रिय, मित्रवत् मुसकान और सादा जीवन व्यतीत करनेवाले तथा बुद्धि एवं हास्य से संपन्न, परंतु दृढ़ व्यक्तित्व के धनी श्री संगमा सदन की कार्यवाही को व्यवस्थित रूप से संचालित किया करते थे। लोकसभा अध्यक्ष संगमा के सुहावने व्यक्तित्व के कारण उन्हें लोकसभा में प्रस्तुत सभी प्रकार के राजनीतिक विचारों में बहुत अधिक सहयोग प्राप्त हुआ। बुद्धिपूर्ण और विवेकशील तरीके से सदन का शिष्टाचार, मर्यादा और स्वायत्तता को बनाए रखने के लिए पी.ए. संगमा की प्रतिबद्धता के कारण उन्हें देश भर में ख्याति प्राप्त हुई।

लोकसभा अध्यक्ष के रूप में श्री संगमा का चयनित होना कई दृष्टियों से ऐतिहासिक था। लोकसभा के इतिहास में श्री संगमा सभी राजनीतिक दलों के पूर्ण समर्थन से सर्वसम्मति से निर्वाचित होनेवाले पहले अध्यक्ष थे। वे इस पद को ग्रहण करनेवाले पहले जनजातीय और पूर्वोत्तर राज्य के व्यक्ति थे। वे विपक्षी दल से होने के बावजूद अध्यक्ष के रूप में चयनित होनेवाले पहले व्यक्ति थे और सबसे युवा अध्यक्ष थे। लोकसभा के अध्यक्ष के रूप में सर्वसम्मति से चयनित होने के पश्चात् 'द ट्रिब्यूनल' ने लिखा कि "सबसे अच्छी बात यह हुई कि ग्यारहवीं लोकसभा के लिए अध्यक्ष के रूप में पी.ए. संगमा को सभी पार्टियों ने सर्वसम्मति से पसंद किया।"

पी.ए. संगमा के भीतर वे सभी गुण मौजूद थे, जो लोकसभा अध्यक्ष में मौजूद होने चाहिए। अर्थात् पी.ए. संगमा कानून प्रशिक्षण, संसद् सदस्य और मंत्री के रूप में सुदीर्घ अनुभव, निष्पक्षता, पारदर्शिता, व्यावहारिक स्वभाव, विनम्रता, बुद्धि एवं प्रज्ञा के लिए प्रतिष्ठित व्यक्ति थे। जब से उन्होंने लोकसभा अध्यक्ष का पद ग्रहण किया था, उन्होंने इतनी अधिक विशिष्ट योग्यता और दृढ़ता के साथ अपनी जिम्मेदारी का निर्वहण किया कि ऐसा प्रतीत होता था कि उन्हें इस कार्य में नैसर्गिक विशेषता प्राप्त थी। संसदीय सुधारों के प्रति उनका दृष्टिकोण अद्भुत था। अध्यक्ष के रूप में उन्होंने यह सुनिश्चित किया कि लोकसभा में अत्यंत प्रचंड बहस के दौरान भी संसद् सदस्य नियमों का अनुपालन करें। उनका मानना था कि संसदीय लोकतंत्र का वास्तविक अर्थ मुक्त वाद-विवाद, स्पष्ट विचार-मनन एवं स्वस्थ आलोचना है और इन उद्देश्यों की प्राप्ति को सुनिश्चित करना अध्यक्ष का दायित्व होता है।

अपने कार्यकाल के प्रारंभिक चरणों में ही सत्ता पक्ष और विपक्ष के बीच तथा सभी सदस्यों के बीच संतुलन स्थापित करने के लिए सत्ता पक्ष व विपक्ष दोनों ही पी.ए. संगमा की प्रशंसा किया करते थे। उन्होंने लोकतंत्र के प्रथम तत्त्व 'विचार-भेद को सम्मान' का सदन में सम्मान किया।

राजनीति में पुरुष और महिला की समान भागीदारी को सुनिश्चित करने तथा सार्वजनिक जीवन में सदाचार और सत्यनिष्ठा के महत्त्व पर जोर देने की दिशा में प्रशंसनीय पहल करते हुए उन्होंने अपने अद्‌भुत सामर्थ्य का प्रदर्शन किया। पी.ए. संगमा ने अपने कार्यकाल के दौरान महिला सशक्तीकरण संबंधी संयुक्त संसदीय स्थायी समिति तथा संविधान (84वाँ संशोधन) संशोधन विधेयक, 1996 पर विचार करने के लिए एक संयुक्त संसदीय समिति के गठन में मार्गदर्शन दिया, जिसके अंतर्गत लोकसभा और विधानसभाओं में महिलाओं के लिए 33 प्रतिशत आरक्षण प्रदान करने की अनुमति माँगी गई थी। उन्होंने संसद् की संयुक्त बैठक में अपने संबोधन के दौरान कहा कि हमें महिला सशक्तीकरण संबंधी राष्ट्रीय नीति का निर्माण करके ही भारत की स्वाधीनता की स्वर्ण जयंती मनानी चाहिए।

संसदीय जीवन में उच्च परंपराओं को बनाए रखने के लिए संगमा का यह मानना था कि संसद् सदस्यों को सदन के भीतर तथा बाहर दोनों जगह आचरण के कुछ मानकों को अपनाना चाहिए। उनका सुविचारित मत था कि विधायिका, कार्यपालिका और न्यायिक अंग का लोकतांत्रिक गवर्नेंस के चरित्र, दिशा, विश्वसनीयता तथा भविष्य पर महत्त्वपूर्ण एवं गहरा प्रभाव पड़ता है। लोकसभा अध्यक्ष के रूप में श्री संगमा के कार्यकाल के दौरान सार्वजनिक जीवन में नैतिक मूल्यों और मानकों पर रिपोर्ट देने के लिए विशेषाधिकार समिति के आठ सदस्यों वाले अध्ययन समूह का गठन होने से संगमा की चारों ओर प्रशंसा हुई। विशेषाधिकार समिति ने अध्ययन समूह की रिपोर्ट पर विचार किया तथा उसे कुछ संशोधनों के साथ अपना लिया गया। बाद में यह रिपोर्ट बारहवीं लोकसभा में प्रस्तुत की गई थी। संगमा के नेतृत्व में संसद् के दोनों सदनों की संयुक्त बैठक के माध्यम से संसद् में एक संकल्प पारित किया गया, जिसमें संसद् के सदस्यों का सदन में व्यवहार तथा पवित्र विधायिका, जनता तथा देश के प्रति उनके उत्तरदायित्वों का स्पष्ट उल्लेख किया गया है। यह एक ऐतिहासिक दस्तावेज है।

लोकसभा अध्यक्ष के रूप में भारत की स्वाधीनता की स्वर्ण जयंती समारोह के रूप में 26 अगस्त, 1997 से 1 सितंबर, 1997 तक संसद् के दोनों सदनों का विशेष सत्र बुलाना संगमा की अन्य महत्त्वपूर्ण पहल थी। इस सत्र में देश की उपलब्धियों का ब्योरा लिया गया तथा भविष्य के लिए राष्ट्रीय एजेंडा भी तैयार किया गया। भारत के संसदीय इतिहास में पहली बार संसद् के विशेष सत्र का प्रारंभ करते हुए लोकसभा अध्यक्ष ने सदन को संबोधित किया तथा दूसरे स्वाधीनता संग्राम की जरूरत पर बल दिया। यह दूसरा स्वतंत्रता संग्राम गरीबों और अमीरों, हमारे संसाधन-संपन्न एवं संसाधनों से वंचित लोगों के बीच संसाधनों का निपुण प्रबंधन तथा शांति और सहिष्णुता के बीच हमारे अंतर्विरोधों से देश को मुक्त करना है। उनके संबोधन के पश्चात् संसद् के सदस्यों में यह आम सहमति बन गई थी कि इससे अच्छा विकल्प कोई और नहीं हो सकता। संसद् के सदस्यों ने न सिर्फ दूसरे स्वतंत्रता संघर्ष के लिए संगमा के आह्वान की प्रशंसा की, बल्कि उनके द्वारा कवर किए गए विस्तृत मुद्दों की सराहना भी की। प्रमुख समाचार-पत्र

'ऑब्जर्वर' ने उनकी तुलना भगवान् बुद्ध से की। 1 सितंबर, 1997 को 'ऑब्जर्वर' की हेडलाइन थी—'Cheerful and smiling Buddha makes an Indian tribe proud'।

संगमा के द्वारा हस्तक्षेप करने के पश्चात् सरकार को 14-15 अगस्त को मध्य रात्रि में संपन्न हुई संसद् की बैठक में नेताजी सुभाषचंद्र बोस के भाषणों में से एक भाषण की रिकॉर्डिंग शामिल करनी पड़ी थी। पहले उस बैठक में केवल महात्मा गांधी और जवाहरलाल नेहरू के भाषणों की रिकॉर्डिंग सुनाने की योजना थी। नेताजी के भाषण की रिकॉर्डिंग चलाने की घोषणा होते ही सभा तालियों के शोर से गूँज उठी। तत्पश्चात् नेताजी का हिंदुस्तानी भाषा में भाषण सुनाया गया। नेताजी के दो मिनट के भाषण के दौरान प्रत्येक वाक्य समाप्त होते ही संपूर्ण सदन में निरंतर तालियों की ध्वनियाँ सुनाई देती थीं।

महिला सशक्तीकरण और विधायिका में महिलाओं के लिए सीटों के आरक्षण का मुद्दा वर्तमान में बहुत प्रचलित है। राजनीतिक प्रतिनिधित्व के माध्यम से महिला सशक्तीकरण के लिए प्रारंभिक मंच पी.ए. संगमा ने ही तैयार किया था; क्योंकि वह एक ऐसे समुदाय से आते थे, जो स्वभाव से मातृसत्तात्मक समुदाय है और उन्होंने यह देखा है कि किस प्रकार महिलाओं ने न सिर्फ उनके समुदाय में, बल्कि उनके राज्य के आर्थिक विकास और राष्ट्र-निर्माण में भी योगदान दिया है। महिलाओं को अधिक-से-अधिक राजनीतिक मंच एवं अवसर प्रदान करने के लिए संगमा की अंतरात्मा की आवाज ने संसद् में महिलाओं की उपस्थिति बढ़ाने के लिए 81वें संविधान संशोधन पर विचार करने के लिए संयुक्त संसदीय समिति के गठन के लिए प्रेरित किया। संगमा ने महिलाओं के सशक्तीकरण से संबंधित संयुक्त संसदीय स्थायी समिति के गठन का भी समर्थन किया। संगमा की पहल पर वर्ष 1997 में भारतीय संसद् ने राजनीति में पुरुषों व महिलाओं की साझेदारी संबंधी अंतर-संसदीय संघ (आई.पी.यू.) के विशेष अंतर-संसदीय सम्मेलन का आयोजन किया। उन्होंने मार्च 1997 में नई दिल्ली में संपन्न भारत के विधायी निकायों के पीठासीन अधिकारियों के 16वें सम्मेलन तथा मार्च 1998 में शिमला में आयोजित 61वें पीठासीन अधिकारी सम्मेलन की अध्यक्षता भी की। संगमा का यह मानना था कि विधायी निकायों में अध्यक्ष, उपाध्यक्ष या किसी अन्य का पद अत्यंत पवित्र पद होता है। इन पदों पर आसीन होनेवाले व्यक्तियों को अवांछित स्वभाव का सहारा नहीं लेना चाहिए और उन्हें यह विशेष तौर पर ध्यान रखना चाहिए कि उनके द्वारा अधिकार के प्रयोग में संविधान और कानून की विधिवत् प्रक्रिया में कोई बाधा उत्पन्न न हो। संगमा ने पीठासीन अधिकारियों द्वारा सदन के संचालन में समय प्रबंधन की जरूरत पर भी जोर देने के लिए समय-समय पर उन्हें यह सुझाव दिया कि पीठासीन अधिकारियों को सहमति के माध्यम से सदन को संचालित करने की कला को सीख लेना चाहिए। उनका यह विचार था कि पीठासीन अधिकारियों को अपने सदन के समय के प्रत्येक सेकंड का ध्यान रखना चाहिए और उसका व्यापक प्रचार भी करना चाहिए, जिससे कि सदन के समय की उपयोगिता और बरबादी के बारे में लोगों को जागरूक किया जा सके।

अध्यक्ष के रूप में संगमा ने विभिन्न महत्त्वपूर्ण अंतरराष्ट्रीय मंचों पर भारतीय संसदीय प्रतिनिधिमंडल का भी नेतृत्व किया है। उन्होंने 42वें और 43वें राष्ट्रमंडल संसदीय संघ सम्मेलनों का क्रमश: अगस्त 1996 में कुआलालंपुर और सितंबर 1997 में पोर्ट लुईस में नेतृत्व किया। उन्होंने सितंबर 1996 में बीजिंग में आयोजित 96वें अंतर्संसदीय संघ सम्मेलन और सितंबर 1997 में काहिरा में आयोजित 98वें सम्मेलन में शिष्टमंडल का नेतृत्व किया। संगमा ने अक्तूबर 1997 में इस्लामाबाद में आयोजित सार्क देशों के अध्यक्षों और संसद् सदस्यों के द्वितीय सम्मेलन में भी भारतीय संसदीय दल का नेतृत्व किया। उन्होंने 'राजनीति में महिलाओं और पुरुषों की भागीदारी' विषय पर आई.पी.यू. के अंतर्संसदीय विशेष सम्मेलन की भी अध्यक्षता की। सार्क संसदों की लोक लेखा समितियों के अध्यक्षों और सदस्यों के पहले सम्मेलन का आयोजन भी उनके महत्त्वपूर्ण कार्यकाल के दौरान अगस्त 1997 में नई दिल्ली में किया गया था।

संगमा अत्यंत लोकप्रिय पीठासीन अधिकारी थे, जिन्हें नियमों की जानकारी तथा संसदीय परंपराओं की अंतर्निहित समझ के लिए ख्याति प्राप्त थी। वे सदन के बाहर भी इसी तरह के उत्कृष्ट व्यक्ति थे। उन्होंने आंदोलनकारी समूहों द्वारा राष्ट्रीय विषयों पर आयोजित अनेक सामाजिक सभाओं एवं बौद्धिक संवाद कार्यक्रमों में अत्यंत उत्साह, निदेशित उद्देश्य और गैर-दलगत वाद-विवादों में भाग लिया तथा अध्यक्ष पद के सामाजिक व सार्वजनिक आयाम को एक नई दिशा प्रदान की।

सदन में शिष्टाचार, स्वतंत्रता और प्रतिष्ठा के प्रति उनकी चिंता के कारण उन्हें उत्कृष्ट सांसद के रूप में प्रतिष्ठा प्राप्त हुई। उनके हँसमुख चेहरे का सदन के सदस्यों के मन पर प्रभाव पड़ता है। पी.ए. संगमा को सभी राजनीतिक दलों द्वारा स्वीकार करने का प्रमुख कारण सदन के दोनों पक्षों के लोगों का विश्वास जीतने की उनकी योग्यता ही थी। वंचित समूह के लिए उनकी गहन चिंता और गरीबी-उन्मूलन तथा सामाजिक-आर्थिक असमानताओं को दूर करने के अपने अथक प्रयासों से वे जन-जन के प्रिय व्यक्ति बन गए थे। वास्तव में, पी.ए. संगमा अंतरराष्ट्रीय ख्याति प्राप्त लोकनायक थे। उनके मानवीय स्वभाव के कारण ही उनके अनेक मित्र थे।

सांसद के रूप में उनके व्यापक अनुभव, संसदीय कार्य एवं प्रथाओं के नियमों का ज्ञान और जटिल परिस्थितियों को सूझ-बूझ के साथ संचालित करने की अपनी उत्कृष्ट योग्यता के कारण पी.ए. संगमा ने दो वर्ष से भी कम समय में लोकसभा अध्यक्ष के पद पर अपने व्यक्तित्व की अमिट छाप छोड़ दी। अपनी मनोहर मुखाकृति, निश्चल मुसकान, तीक्ष्ण प्रज्ञा, अपार उत्साह, निष्पाप आचरण के कारण वे जन-जन के प्रिय नेता बन गए थे और देश भर के लोग संसद् की कार्यवाही के कुशल संचालन के लिए उनकी सराहना करते थे। मीडिया में भी अध्यक्ष के रूप में उनके कार्यकाल की अत्यधिक प्रशंसा की गई।

संगमा एक अच्छे प्रशासक भी थे। लोकसभा अध्यक्ष के कार्यकाल के दौरान उन्होंने लोकसभा सचिवालय के प्रशासन और उसके सर्वाधिक प्रतिष्ठित अंग संसद् ग्रंथालय पर

सकारात्मक प्रभाव छोड़ा। लोकसभा सचिवालय के सभी कर्मचारी अपनी शिकायत सुनाने तथा कार्यालय में सुधार के लिए उन्हें सुझाव देने के लिए मुक्त थे। उनकी शिकायतों या सुझावों पर तत्काल निर्णय लिया जाता था। इससे लोकसभा सचिवालय में खुशी का माहौल उत्पन्न हुआ और वहाँ के कार्य में कुशलता प्राप्त हुई। लोकसभा सचिवालय के अधिकारी और कर्मचारी श्री संगमा के कार्यों तथा उनके प्रेम के लिए उन्हें आज भी हृदय से याद करते हैं। यह हमारे सामाजिक और राजनीतिक जीवन के लोगों के दिल में संगमा के लिए प्रेम का प्रतीक है।

राजनीतिक उपलब्धियाँ

वर्ष 1998 के आम चुनावों में संगमा ने पुनः लोकसभा में वापसी की। वह वर्ष 1977, 1980, 1984, 1991, 1996, 1998, 1999, 2004 और 2006 (उप-चुनाव) में लगातार नौ बार लोकसभा के लिए निर्वाचित हुए थे, जो कि एक रिकॉर्ड है। इन वर्षों के दौरान संगमा ने सरकार में वाणिज्य, उद्योग, गृह मामले, कोयला, श्रम, सूचना एवं प्रसारण जैसे महत्त्वपूर्ण विभागों/मंत्रालयों को सँभाला और ऐसी अनेक नीतिगत पहलें कीं, जो कुल मिलाकर नागरिक-केंद्रित थीं। श्रम मंत्री के रूप में उनका कार्यकाल सबसे लंबे समय तक रहा। श्रम मंत्री के रूप में उनके कार्यकाल के दौरान श्रमिकों और कार्यशील वर्ग के प्रति उनकी संवेदनशीलता के कारण औद्योगिक हड़तालों और कामबंदी में बहुत कमी आई। पी.ए. संगमा सत्ता पक्ष व विपक्ष दोनों में सर्वाधिक स्पष्ट एवं प्रतिष्ठित वक्ता थे और सदन के सभी सदस्य आदर-सम्मान तथा बड़े ध्यान से उनके वक्तव्य को सुना करते थे। उन्होंने मेघालय राज्य विद्यालय शिक्षा बोर्ड (एम.बी.ओ.एस.ई.) और मासूम लोगों पर पुलिस फायरिंग के परिणामस्वरूप नौ लोगों की मृत्यु के मुद्दे पर 10 अक्तूबर, 2005 को लोकसभा से त्याग-पत्र दे दिया।

संगमा वास्तविक रूप से राष्ट्रवादी नेता थे और राष्ट्रवाद तथा भारतीयता की अपनी इस भावना के कारण उन्होंने भारत के प्रधानमंत्री के रूप में किसी भारतीय नागरिक को प्रोजेक्ट करने के मुद्दे पर अपनी पार्टी छोड़कर 'नेशनलिस्ट कांग्रेस पार्टी' (एन.सी.पी.) में शामिल होना उचित समझा। उन्होंने राष्ट्रीयता के मुद्दे पर अपने निर्णय पर अपना पक्ष प्रस्तुत किया। संगमा ने निजी विद्वेष के बिना यह कहा कि सरकार के प्रमुख के उच्च पद को भरने का अर्थ केवल मात्र कानूनी आवश्यकताएँ पूरी करना नहीं है। श्रेष्ठ कानून, देश में उम्मीदवार का मूल और वंश तथा गुण भी महत्त्वपूर्ण होता है। साधारण शब्दों में, संगमा हृदय की गहराइयों से भारतीय थे और वे चाहते थे कि भारत में जन्म लेने वाला व्यक्ति ही भारत का प्रधानमंत्री बने। एक सच्चे जनजातीय होने के नाते उन्हें स्वदेशी नेतृत्व में पूर्ण विश्वास था।

इस राष्ट्रवादी भावना के अतिरिक्त सार्वजनिक जीवन में नैतिक मूल्य भी संगमा को सबसे अधिक प्रिय थे। संगमा ने सार्वजनिक जीवन में नैतिक मूल्यों और मानकों पर रिपोर्ट देने के लिए सांसदों के एक समूह का निर्माण किया। उन्होंने कहा कि हमें गवर्नेंस में एथिक्स के प्रति सजग

रहना चाहिए। हमारे लोकतंत्र में एथिक्स का प्रथम सिद्धांत यह होना चाहिए कि सभी राजनीतिक दल और विधि-निर्माता अपने घोषणा-पत्र में किए गए वायदों के प्रति जवाबदेह होने चाहिए। संगमा के अनुसार, राजनीतिक मूल्यों की यह माँग होनी चाहिए कि 'जन अंतरण उद्योग' का उन्मूलन करने के लिए सभी राजनीतिक दलों के बीच आपसी समझ विकसित हो। संगमा का यह मानना था कि यदि ऐसा नहीं हुआ तो राजनेताओं और नौकरशाही के क्लोन (प्रतिरूप) संसदीय लोकतंत्र की गरिमा के आधार को कमजोर करने के लिए बिना किसी जिम्मेदारी या जवाबदेही के अपनी शक्तियों का दुरुपयोग करेंगे। जब सेवा-प्रदाता वर्ग चुनावों के वित्त-पोषक बन जाते हैं, तब भ्रष्टाचार को बढ़ावा मिलता है। संगमा आपराधिकता के आधार पर विधायी निकायों के सदस्यों की योग्यता और अयोग्यता की व्यापक समीक्षा तथा उसे पुनर्स्थापित करने के समर्थक थे, जिससे कि किसी भी प्रकार की शंका या चुनाव अधिकारियों द्वारा शक्तियों के स्वैच्छिक प्रयोग का प्रश्न ही न उत्पन्न हो। लोकतांत्रिक संस्थाओं की अखंडता के प्रबल समर्थक के रूप में श्री संगमा देश में सुशासन को कमजोर करनेवाले सांस्थानिक क्षय की प्रवृत्ति के प्रति भी चिंतित रहते थे। वे शासन की संस्थाओं, प्रधानमंत्री कार्यालय, चुनाव आयोग, केंद्रीय अन्वेषण ब्यूरो (सी.बी.आई.), सतर्कता आयोग और कानून एवं व्यवस्था और संबद्ध संस्थाओं जैसे पुलिस और आंतरिक सुरक्षा प्रणालियों की अखंडता की रक्षा के प्रति चिंतित रहते थे। उन्होंने राष्ट्रीय सलाहकार परिषद् की स्थापना करने की सार्वजनिक रूप से आलोचना की थी और उनका मानना था कि किसी अन्य पर्यवेक्षक निकाय के अधीन प्रधानमंत्री कार्यालय की पराधीनता अत्यंत खतरनाक प्रवृत्ति है। अपने विचारों और राय को मुक्त रूप से अभिव्यक्त करने में निडरता के कारण उन्हें कभी-कभी राजनीतिक हानि भी उठानी पड़ती थी। परंतु भारत जैसे देश में उनके जैसे गुण किसी अन्य राजनीतिक व्यक्ति में देख पाना असंभव है। भारत एक ऐसा देश है, जहाँ विभिन्न विचारों और वादों के प्रभाव में हम अपनी विरासत, अपनी शासन-प्रणाली और अपने नेतृत्व में विश्वास खो चुके हैं।

संगमा को जनसंख्या अनुसंधान की विशेष जानकारी थी। जनसंख्या समस्या पर उनके भाषण न सिर्फ वैज्ञानिक होते थे, बल्कि उनमें समस्याओं के व्यावहारिक समाधान भी उपस्थित होते थे। वे इस तथ्य को भलीभाँति जानते थे कि इस देश में चाहे जितना विकास हो जाए, रोजगार-सृजन के लिए चाहे जितने प्रयास किए जाएँ, जब तक हम जनसंख्या वृद्धि पर नियंत्रण नहीं करेंगे, तब तक उन सभी प्रयासों का कोई लाभ नहीं होगा। वे जनसंख्या वृद्धि दर और जनसंख्या वृद्धि की संरचना में अंतर को समझते थे और उनके अनुसार, यदि हम समग्र स्थिरता से वर्तमान विकास दर को रोक रहे हैं तो हम ठीक नहीं कर रहे। वे 'बीमारू' राज्यों (बिहार, मध्य प्रदेश, राजस्थान और उत्तर प्रदेश) में जनसंख्या वृद्धि संरचना को जानते थे और इसके संभावित राजनीतिक निहितार्थ अत्यंत भयंकर थे। इसलिए इन राज्यों के लिए क्षेत्र विशेष के आधार पर रणनीति बनाने की जरूरत है। उन्होंने जनसंख्या वृद्धि विषय पर सर्वदलीय सम्मेलन

बुलाने, इस समस्या की चर्चा करने के लिए संसद् की विशेष बैठक आयोजित करने तथा देश में नई जनसंख्या नीति पर सहमति बनाने के लिए सदन के पटल पर सरकार से अनुरोध किया था।

आरक्षण की समस्या

संगमा राजनीतिक और न्यायिक क्षेत्रों में जनजातीय प्रतिनिधित्व के बारे में अत्यधिक सजग थे। हालाँकि आरक्षण नीति जैसे अत्यंत संवेदनशील मुद्दे पर उनका पक्ष राजनीतिक साहस का अद्वितीय उदाहरण है। यद्यपि संगमा अनुसूचित जनजाति समुदाय के सदस्य थे, जो कि आरक्षण नीति का प्रत्यक्ष लाभार्थी समुदाय है, फिर भी वे समाज के कमजोर वर्गों के संरक्षण के लिए आरक्षण की आवश्यकता में विश्वास रखते थे। वे अपने समुदाय की सामाजिक मानसिकता पर आरक्षण के प्रतिकूल प्रभाव से नाखुश थे। उनका मानना था कि आरक्षण को सीढ़ी के रूप प्रयोग किया जा सकता है, बशर्ते कि जिस व्यक्ति को आरक्षण दिया जा रहा है, वह गंतव्य स्थान तक पहुँचने की इच्छा-शक्ति व सामर्थ्य रखता हो! वे सदैव जनजातीय समुदायों को आरक्षण प्रणाली पर आत्मसंतोष करने के विरुद्ध तथा आरक्षण प्रणाली पर अत्यधिक निर्भरता के बारे में चेतावनी देते थे। उनका यह मानना था कि आरक्षण पर असीमित रूप से निर्भर रहे बिना जनजातीय समूह या इस उद्देश्य के लिए वंचित समूहों को अपने समकक्षों के बराबर आने के लिए समर्थ बनाना होगा। वे जनजातीय समूहों को यह चेतावनी देते थे—आरक्षण प्रणाली पर 'निर्भरता की मानसिकता' उन्हें चिकित्सा और इंजीनियरिंग की डिग्रियाँ तो प्रदान कर सकती है, परंतु यह आवश्यक नहीं है कि आरक्षण प्रणाली उन्हें अच्छे चिकित्सक और इंजीनियर बनने का ज्ञान भी प्रदान कर सके। यह उनके प्रतिकूल होगा। उनका मानना है कि जनजातीय लोगों को स्कूल, कॉलेज और प्रशिक्षण केंद्रों जैसी सुविधाएँ प्रदान की जानी चाहिए; परंतु उन्हें इन संसाधनों का उचित उपयोग करके आत्म-निर्भर बनना चाहिए।

वे जनजातीय विद्यार्थियों को प्रेरित करते थे कि वे आरक्षण द्वारा प्रदान किए गए अवसर का उपयोग समाज में ऊपर उठने तथा दाखिले या नौकरियों में अपने लिए अर्हता अंक को कम करने की माँग किए बिना अन्य वर्ग के विद्यार्थियों के बराबर आने के लिए करें। उन्होंने जनजातीय विद्यार्थियों के मन में प्रतिस्पर्धा की भावना को अंतर्ग्रहण करने पर विशेष जोर दिया। मुख्यमंत्री के रूप में अपने कार्यकाल के दौरान संगमा ने शिक्षा के व्यवसायीकरण पर बहुत जोर दिया। वे वर्तमान पीढ़ी के उन चुनिंदा नेताओं में से एक हैं, जिन्होंने आर्थिक आधार पर आरक्षण का सदैव समर्थन किया है। उनका मानना था कि आर्थिक आधार पर आरक्षण ऐसे व्यक्तियों को भी दिया जा सकता है, जो अनुसूचित जाति या जनजातियों से संबंधित न हो। इससे न सिर्फ सामाजिक व आर्थिक समानता उत्पन्न होगी, बल्कि आरक्षण की प्रणाली के विरुद्ध होनेवाला असंतोष एवं विरोध भी कम होगा। एक आदर्श के रूप में पी.ए. संगमा ने न तो स्वयं और न ही अपने बच्चों को उनकी शिक्षा और कॅरियर के दौरान आरक्षण प्रणाली का लाभ लेने की अनुमति प्रदान की।

यदि पी.ए. संगमा या उनके बच्चों को वर्तमान समय में ख्याति प्राप्त है तो वह केवल उनके प्रयासों एवं गुणों के कारण उस स्तर तक पहुँचने की क्षमता और देश के लोगों की सेवा करने के लिए उनकी अति सक्रिय प्रतिबद्धता ही है। उनका परिवार इस बात का एक जीवंत उदाहरण है कि किस प्रकार जनजातीय बच्चे अन्य बच्चों के साथ प्रतिस्पर्धा कर सकते हैं, और यहाँ तक कि यदि उनका उचित मार्गदर्शन किया जाए तो वे अन्य बच्चों से आगे भी निकल सकते हैं।

संगमा ने अपने मंत्री पद संबंधी दायित्वों से बाधित हुए बिना अनेक मंचों से अपने विचारों को मुक्त रूप से, स्पष्ट रूप से तथा निडरता से अभिव्यक्त किया है। संगमा ने अनुसूचित जाति, अनुसूचित जनजाति और अन्य पिछड़ा वर्ग जैसे ऐतिहासिक रूप से पिछड़े सामाजिक समूहों की तीव्र उन्नति के लिए संवैधानिक रक्षोपाय के लिए आवाज उठाई। परंतु वे इस तरह के रक्षोपाय चाहते थे, जिससे भारतीय समाज 'हम' और 'वे' में विभाजित न हो और अंतर-जनजातीय एवं जनजातीय/गैर-जनजातीय संबंधों पर भी कोई प्रभाव न पड़े। वे चाहते थे कि आरक्षण प्रणाली के कारण 'जातीय संघर्ष' और 'जातीय युद्ध' न हो। उन्होंने कोटा व्यवस्था से पीड़ित गैर-जनजातीय विद्यार्थियों की व्यथा के बारे में भी सोचा और यथासंभव उदार स्वभाव से उनकी मदद करने के लिए आगे बढ़े। संगमा ने अनेक गैर-जनजातीय विद्यार्थियों की वित्तीय रूप से मदद की और यहाँ तक कि उनकी पढ़ाई पूरी होने पर उन्हें नौकरियाँ भी प्रदान कीं। यह कोई दूरदर्शी व्यक्ति ही कर सकता है, जिसका हृदय समाज के सभी वर्गों में एकता की भावना स्थापित करने के बारे में चिंतन करता रहता हो।

परमाणु अप्रसार के अग्रणी

संगमा का यह मानना था कि परमाणु हथियारों जैसे जन-विध्वंसक हथियारों का कभी प्रयोग नहीं किया जाना चाहिए और उनका पृथ्वी से उन्मूलन कर दिया जाना चाहिए। परमाणु हथियार और जन-विध्वंस के अन्य परंपरागत हथियारों को कम करने तथा उनका उन्मूलन करने के लिए अपनाए जानेवाले सिद्धांत गैर-विभेदकारी होने चाहिए और ऐसे होने चाहिए, जिससे विश्व के सभी लोगों की समृद्धि व शांति को सुनिश्चित किया जा सके। मई 1998 में किए गए पोखरण-II के बारे में संगमा का मानना था कि यह परीक्षण शांति-सौहार्द के लिए नहीं, बल्कि पड़ोसी देशों से सुरक्षा संबंधी खतरों से रक्षा करने के लिए किया गया था। उन्होंने सैन्य परमाणु ऊर्जा से नागरिक परमाणु ऊर्जा को अलग करने का समर्थन किया। उन्होंने यह महसूस किया कि भारत को शीत युद्ध की मानसिकता का त्याग करना होगा। हम गुटनिरपेक्ष, धर्मशास्त्र और उदार कूटनीति के बीच उतार-चढ़ाव को सहन नहीं कर सकते। हमारे राष्ट्रीय हित में हमें व्यावहारिक बनना होगा। हमारा देश न सिर्फ सबसे बड़ा लोकतांत्रिक देश है, बल्कि दुनिया का सबसे बड़ा कार्यशील लोकतांत्रिक देश भी है। इसलिए, यह महत्त्वपूर्ण है कि अंतरराष्ट्रीय स्तर पर भारत का सम्मान किया जाए।

उत्तर-पूर्व : भारत का गौरव

केंद्र की राजनीति से मेघालय की राजनीति में प्रवेश करना न सिर्फ इस सज्जन राजनीतिज्ञ के जीवन का प्रस्थान-बिंदु था, बल्कि यह मेघालय राज्य की विकास प्रक्रिया और राज्य की दशा के लिए भी प्रस्थान-बिंदु था। मेघालय के लोग केवल इसलिए पिछड़े हुए हैं, क्योंकि उन्हें अवसर और सुविधाएँ प्रदान नहीं की गईं। संगमा की दूरदृष्टि ही मेघालय राज्य के विकास की शानदार क्षमता की पहचान कर सकी थी, चाहे वह मानव संसाधन के क्षेत्र में हो या राज्य में उपलब्ध भूमि संसाधनों सहित प्राकृतिक संसाधनों की उपलब्धता हो। संगमा को यह ज्ञात था कि मेघालय में रेलवे लिंक स्थापित करने से न सिर्फ वहाँ के लोगों को अन्य भागों के साथ संपर्क और आवा-जाही का अवसर मिलेगा, बल्कि इसके खनिज संसाधनों के दोहन की संभवनाएँ भी उत्पन्न होंगी। इसके अलावा, मेघालय में रेलवे लिंक जोड़ना सामाजिक रूप से भी महत्त्वपूर्ण है। रक्षा और व्यापार की दृष्टि से भी रेलवे नेटवर्क महत्त्वपूर्ण है, क्योंकि मेघालय की सीमा बँगलादेश से लगती है और इसका देश के शेष क्षेत्र के साथ सीधा संपर्क होना चाहिए।

इसलिए मेघालय एवं वहाँ के नागरिकों तथा देश के हित में संगमा ने रेलवे में अनुदान माँगों संबंधी सभी बहसों में भाग लिया और उन्होंने संसद् के माध्यम से सरकार के समक्ष पूर्वोत्तर राज्यों में रेलवे लिंक के लिए अपनी माँगों को स्पष्ट रूप से रखा। सदन के पटल पर इस मामले पर उनके निरंतर प्रयास के कारण सरकार पूर्वोत्तर भारत के छह पहाड़ी राज्यों में छह लाइनों का निर्माण करने संबंधी प्रस्ताव को रखने के लिए बाध्य हुई और ब्रह्मपुत्र नदी पर दूसरे सेतु का निर्माण किया।

जहाँ तक पूर्वोत्तर की समस्याओं के संबंध में दृष्टिकोण की बात है, संगमा का मानना था कि विकास के माध्यम से शांति स्थापित होनी चाहिए। शांति स्वाभाविक रूप से मनुष्य के भीतर से आती है। संगमा मणिपुर में सशस्त्र बल (विशेष शक्तियाँ) अधिनियम, 1958 के कार्यान्वयन के दृढ़ आलोचक थे। उन्होंने इस अधिनियम को रद्द करने की पुरजोर माँग की, क्योंकि यह अधिनियम न सिर्फ अपने उद्देश्यों को प्राप्त करने में असफल हुआ है, बल्कि राज्य के आधिपत्य और दमन का प्रतीक भी बन गया है। संगमा को यह भय था कि इससे जनजातीय लोग अलग-थलग पड़ जाएँगे और मुख्यधारा में शामिल नहीं हो पाएँगे। उन्होंने मेघालय और पूर्वोत्तर के लोगों को राज्य एवं क्षेत्र के समग्र विकास में सरकार का सक्रिय रूप से सहयोग करने तथा जनजातीय लोगों की प्राकृतिक साधारणता, साहस, ईमानदारी व आत्म-विश्वास को बनाए रखने का अनुरोध किया। मेघालय राज्य में गैर-जनजातीय लोगों के अधिकारों के संरक्षण के लिए उनके द्वारा निभाई गई भूमिका राज्य के इतिहास में अभूतपूर्व है।

1980 के दशक और 1990 के प्रारंभिक दशक में पूर्वोत्तर भारत का राजनीतिक परिदृश्य देश के समकालीन राजनीतिक परिदृश्य से भिन्न था। वर्ष 1980 में संगमा ने पूर्वोत्तर क्षेत्र के लिए या यदि किन्हीं कारणों से यह संभव न हो तो वैकल्पिक रूप से अनुसूचित जातियों, अनुसूचित

जनजातियों और अल्पसंख्यकों के कल्याण के लिए प्रधानमंत्री के प्रत्यक्ष प्रभार के अधीन एक अलग मंत्रालय का गठन करने का प्रस्ताव रखा। उस मंत्रालय में पूर्वोत्तर क्षेत्र की देखभाल के लिए एक अलग प्रकोष्ठ होना चाहिए, क्योंकि उस क्षेत्र के एक बड़े हिस्से में अनुसूचित जनजातियों के लोग रहते हैं। इसके अतिरिक्त, उस समय के दौरान वहाँ पूर्वोत्तर क्षेत्र के पाँच राज्यों के लिए एक ही राज्यपाल होता था, जिससे न सिर्फ प्रशासनिक असुविधा उत्पन्न हुई, बल्कि संवैधानिक कठिनाइयाँ भी उत्पन्न हुईं। ऐसा भी होता था कि राज्यपाल मेघालय के विरुद्ध असम विधानसभा में भाषण दे रहे हों और मणिपुर में वे नागालैंड के विरुद्ध बोल रहे हों, नागालैंड में असम सरकार के विरुद्ध आदि-आदि। इसी प्रकार, एक राज्य में दूसरे राज्य के बारे में बोलते थे। संगमा ने इस मामले को सरकार के समक्ष तथा सदन के पटल पर उठाया कि सभी पाँच पूर्वोत्तर राज्यों के लिए अलग-अलग राज्यपालों की नियुक्ति होनी चाहिए। अब इन राज्यों के अलग-अलग राज्यपाल हैं। वास्तव में, संगमा के कारण ही पूर्वोत्तर राज्यों में राजनीतिक विकास संभव हो सका है।

मुख्यमंत्री के रूप में अपने अल्प समय के कार्यकाल के दौरान पी.ए. संगमा ने राज्य की समस्याओं का समाधान करने के लिए कई व्यावहारिक उपाय किए। संगमा की सरकार की मुख्य चिंता राज्य में इन्फ्रास्ट्रक्चर के क्षेत्र में निवेश प्राप्त करना थी। संसद् सदस्य के रूप में संगमा ने अपने राज्य तथा संपूर्ण पूर्वोत्तर क्षेत्र में निवेश बढ़ाने के लिए केंद्र सरकार से अनुरोध किया था। उन्होंने यह महसूस किया था कि राज्य के भीतर तथा पड़ोसी राज्यों के बीच परिवहन और संचार व्यवस्था में सुधार करने से मेघालय में मूल्य-वृद्धि की समस्या का समाधान किया जा सकता है। इसलिए उन्होंने पूर्वोत्तर क्षेत्र में रेल नेटवर्क का विस्तार करने के लिए केंद्र सरकार से अनुरोध किया और वर्ष 1977-78 में ही उनका यह विजन बन गया था। उन्होंने खाद्यान्नों से संबंधित मामलों में भी आत्मनिर्भरता पर जोर दिया तथा किसानों से यह अनुरोध किया कि वे ऐसी वस्तुओं का उत्पादन अपने राज्य में करना शुरू कर दें, जिनका आसानी से उत्पादन किया जा सकता है।

संगमा ने औद्योगिकीकरण और राज्य के विकास के लिए गांधीवादी दृष्टिकोण को अपनाया। अपने राज्य की भौगोलिक स्थिति तथा प्राकृतिक संसाधनों की जानकारी रखनेवाले एक व्यावहारिक प्रशासक के रूप में उनका विशेष जोर बड़े स्तर के पूँजी आधारित उद्योगों पर न होकर स्थानीय संसाधनों तथा श्रम पर आधारित कुटीर एवं मझोले उद्योगों पर था। संगमा का मानना था कि ग्रामीण विद्युतीकरण करने से सूक्ष्म स्तर पर विकास किया जा सकता है।

संगमा ने शिलांग विकास प्राधिकरण की स्थापना तथा इस लोकप्रिय पहाड़ी स्टेशन के सौंदर्यीकरण में अहम भूमिका निभाई है। उन्होंने तुरा में 100 बिस्तरों वाले अस्पताल की स्थापना की तथा जवाहरलाल नेहरू खेल-कूद परिसर को कार्यशील बनाया। वे यह भलीभाँति जानते थे कि कृषि और बागबानी के क्षेत्र में किसानों के बीच वैज्ञानिक स्वभाव तथा सही दिशा में नीतियों व परियोजनाओं का उचित कार्यान्वयन किए बिना मेघालय का विकास नहीं किया जा सकता।

उन्होंने नोन-स्टोइन और विलियम नगर में दो मृदा परीक्षण प्रयोगशालाओं की स्थापना की, जिससे कि किसानों को आधुनिक मृदा परीक्षण प्रौद्योगिकी उपलब्ध हो सके। उनका मानना था कि सरकार के ईमानदार प्रयासों से तथा किसानों की तरफ से अभिप्रेरणा के माध्यम से ही राज्य का विकास हो सकता है। उनके अनुसार, किसानों को वित्तीय संस्थाओं की दया पर निर्भर नहीं रहना चाहिए। निजी उधारदाताओं तथा वित्तीय संस्थाओं पर किसानों की निर्भरता को कम करने के लिए राष्ट्रीय स्तर पर कृषि क्षेत्र में सार्वजनिक निवेश में बढ़ोतरी होनी चाहिए। उन्होंने यथासंभव तरीके से किसानों की मदद करने का प्रयास किया। कई क्षेत्रों को 'अनावाड़ी' घोषित किया गया था, जिसके फलस्वरूप लघु अवधि के ऋणों को दीर्घावधि ऋणों में परिवर्तित कर दिया गया था और किसान नए ऋण प्राप्त करने योग्य बन गए थे। भूमि प्रयोग संरचना तथा वन नीति को साथ-साथ सुनिश्चित करने के लिए संपूर्ण राज्य के लिए 'भूमि आयोग' की स्थापना भी की गई थी। सार्वजनिक वितरण प्रणाली को सुदृढ़ करने में उनके द्वारा किए गए उपाय राज्य के इतिहास में अद्वितीय हैं। उनका यह विश्वास था कि सरकार का प्रथम एवं महत्त्वपूर्ण कर्तव्य लोगों को अच्छी गुणवत्तावाली आवश्यक वस्तुओं की पर्याप्त और सुनिश्चित उपलब्धता को सुनिश्चित करना होता है। इसलिए संगमा ने राज्य की सार्वजनिक वितरण प्रणाली को सुदृढ़ करने के लिए प्रभावी कदम उठाए। उनके द्वारा किए गए नीतिगत उपाय गैर-विभेदकारी थे और उनमें राज्य के ग्रामीण एवं शहरी दोनों क्षेत्रों की पी.डी.एस. प्रणाली को सुदृढ़ करने को समान महत्त्व दिया गया था। उन्होंने मेघालय को आर्थिक रूप से सक्षम राज्य के रूप में विकसित करने की दिशा में कार्य किया और उनका मानना था कि यह सक्षमता केंद्रीय अनुदानों पर 100 प्रतिशत निर्भर रहने के बजाय आंतरिक संसाधन जुटाकर ही प्राप्त की जा सकती है। उनके शब्दों में, "जनजातीय होने के नाते हमें आत्मनिर्भर होने का प्रयास करना चाहिए, क्योंकि हम सदैव आत्मनिर्भर रहकर ही गर्व का अनुभव करते हैं। इसलिए हमें अपने स्वयं के संसाधनों को जुटाने का प्रयास करना चाहिए। अनुदानों पर हमारी निर्भरता कम होनी चाहिए, जिससे कि हम आत्मनिर्भर बन सकें।" इस दिशा में एक कदम बढ़ाते हुए संगमा ने राज्य के विकास के लिए आंतरिक संसाधन जुटाने हेतु तौर-तरीकों का पता लगाने के लिए पी.आर. किंदिया की अध्यक्षता में 'मेघालय संसाधन संघटन आयोग' का गठन किया।

श्री संगमा जनता के लोकप्रिय मुख्यमंत्री थे। वे अपने आवास 'रॉक साइड' पर प्रत्येक सुबह 200-300 लोगों से मुलाकात करते थे। उन्हें यह मालूम था कि उनसे मिलने आनेवाले अधिकतर लोग दावकी क्षेत्र, खिलिरियाट क्षेत्र, गारो पहाड़ियों और पश्चिमी खासी पहाड़ियों आदि दूर-दराज के गाँवों से आते हैं। इसके अलावा, अनेक युवा भी नौकरियों के लिए उनसे मिलने आते थे। राज्य की भौगोलिक परिस्थिति और अन्य व्यावहारिक कारणों से मुख्यमंत्री के लिए राज्य के प्रत्येक गाँव में जाकर लोगों से मुलाकात करना संभव नहीं होता। इसलिए संगमा ने जिला स्तर पर लोगों के लिए केंद्र खोलने का नवोन्मेषी उपाय किया, जिससे कि जनता

मुख्यमंत्री को शिकायतें या ऐसे मामले भेज सके, जिसमें मुख्यमंत्री का हस्तक्षेप अपेक्षित हो। इससे जनता, जिला प्रशासन और मुख्यमंत्री कार्यालय के बीच संपर्क स्थापित हो गया, जिससे प्रशासन और मुख्यमंत्री कार्यालय लोगों के निकट आ गया।

मेघालय राज्य और अन्य जनजातीय क्षेत्रों में 'शिक्षा का विकास' से संबंधित विषय पी.ए. संगमा को अत्यंत प्रिय था। उनका यह दृढ़ मत था कि प्राथमिक विद्यालयों के प्रशासन की देख-रेख राज्य सरकार के नियंत्रणाधीन होनी चाहिए और इस मामले पर कोई भी तदर्थवाद नहीं होना चाहिए। इसलिए मेघालय प्राथमिक शिक्षा बोर्ड विधेयक, 1988 उस समय पारित किया गया था, जब पी.ए. संगमा की सरकार सत्ता में थी। इस विधेयक के पारित होने से शिक्षा विभाग के जिला प्रशासन की पुनर्संरचना हुई और सरकार ने जिला परिषदों से प्राथमिक विद्यालयों का प्रशासन अपने हाथ में ले लिया था, क्योंकि जिला परिषद् प्रबंधनों के द्वारा प्राथमिक विद्यालयों की कार्य-प्रणाली को अव्यवस्थित कर दिया गया था। उदाहरण के लिए, शिक्षकों को तीन-चार महीनों तक उनका वेतन नहीं मिलता था, जिसके परिणामस्वरूप शिक्षकों में आक्रोश उत्पन्न होता था और अंततः प्राथमिक विद्यालयों में शिक्षा की गुणवत्ता और स्तर पर प्रतिकूल प्रभाव पड़ता था; क्योंकि असंतुष्ट और भूखे शिक्षकों से विद्यार्थियों के साथ न्याय करने की अपेक्षा नहीं की जा सकती है। इस परिस्थिति में, जिला परिषदों के हाथों से सरकार द्वारा प्राथमिक विद्यालयों की देख-रेख का कार्य राज्य की तत्कालीन सरकार द्वारा सही दिशा में उठाया गया एक महत्त्वपूर्ण कदम था। संगमा सरकार ने राज्य में 10+2 प्रणाली भी पेश की, जिससे राज्य में काफी हद तक बेरोजगारी की समस्या का समाधान हो सका; क्योंकि शिक्षा की 10+2 प्रणाली की संपूर्ण अवधारणा रोजगारोन्मुखी है।

श्री संगमा का यह मानना था कि जनजातीय संस्कृति, जनजातीय पहचान, जनजातीय संस्थाओं और जनजातीय मूल्यों को संरक्षित व सुरक्षित रखना जनजातीय नेताओं का कर्तव्य है। उन्होंने गारो हिल्स में नोकमास, खासी हिल्स में सिम्शीप और जैंतिया हिल्स में डालोइस जैसी जनजातीय संस्थाओं को सुदृढ़ किया। उनका मानना था कि यदि जनजातीय संस्थाओं का सर्वश्रेष्ठ रूप से उपयोग किया जाए तो ये इन इलाकों में पंचायती राज्य प्रणाली के अच्छे स्थानापन्न बन सकते हैं। पी.ए. संगमा की लोकप्रियता इतनी अधिक थी कि विपक्ष के सदस्यों ने स्पष्ट रूप से स्वीकार किया कि राज्य विधानसभा में उन्होंने संगमा के नेतृत्व पर कभी संदेह नहीं किया था। पूर्व प्रधानमंत्री श्री अटल बिहारी वाजपेयी ने उन्हें पूर्वोत्तर भारत के 'ब्रांड एंबेसडर' के रूप में विभूषित किया। संगमा निश्चित रूप से पूर्वोत्तर के चमकते हुए सितारे थे।

पुरस्कार एवं सम्मान

संगमा को उनके कार्य तथा सार्वजनिक जीवन में योगदान के लिए राष्ट्रीय व अंतरराष्ट्रीय दोनों स्तरों पर ख्याति प्राप्त थी। उन्हें श्रमिकों के लिए शुरू अभियान तथा संसदीय प्रणाली में

विशिष्ट योगदान के लिए वर्ष 1997 में टाटा वर्कर्स यूनियन के 'माइकल जॉन रॉल सम्मान' से विभूषित किया गया था। उन्हें भारतीय राष्ट्रीय व्यापार संघ कांग्रेस (आई.एन.टी.यू.सी.) के 'स्वर्ण जयंती सम्मान' से वर्ष 1997 में तत्कालीन राष्ट्रपति डॉ. शंकर दयाल शर्मा द्वारा पुरस्कृत किया गया था। शायद ही कभी ऐसा हुआ हो कि किसी श्रम मंत्री को श्रमिक यूनियन द्वारा पुरस्कार प्रदान किया गया हो; परंतु श्रमिक वर्ग के लिए संगमा की दूरदृष्टि और उनके अथक प्रयासों से प्रसन्न होकर श्रमिक संघ ने उन्हें यह प्रतिष्ठित पुरस्कार प्रदान किया। कंपीटिशन सक्सेस रिव्यू , सी.एस.आर., 1998 द्वारा 'मैन ऑफ द ईयर' के लिए उन्हें नामित किया गया था और जनवरी 2003 में दक्षिण भारतीय शिक्षा सोसाइटी, मुंबई द्वारा सार्वजनिक नेतृत्व श्रेणी में उन्हें 'सरस्वती राष्ट्रीय उत्कृष्टता पुरस्कार' प्रदान किया गया था। इसके अतिरिक्त, पी.ए. संगमा को समाज में उत्कृष्ट सेवाओं, उपलब्धि तथा योगदान के लिए 'मदर टेरेसा बिटीफिकेशन ऑनर', 2003 प्रदान किया गया था। इन संस्थागत पुरस्कारों के अतिरिक्त उन्हें जो वास्तविक पुरस्कार प्राप्त हुआ है, वह जनता की सराहना और प्रशंसा है।

संगमा बहुआयामी व्यक्तित्व के धनी थे। संगमा एक ऐसे विद्वान् व्यक्ति थे, जिन्होंने विभिन्न सामाजिक संगठनों एवं शैक्षणिक संस्थानों के साथ निकट रूप से कार्य किया। मेघालय की जनता पी.ए. संगमा को मेघालय के दैनिक समाचार-पत्र 'चंदमबेनी कलरंग' के संपादक के रूप में उनके कार्यकाल के दौरान उनके कुशल संपादकीय गुणों के लिए सदैव प्रेम से स्मरण करती है। उन्होंने 'इंडिया इन आई.एल.ओ.' पुस्तक के दो संस्करणों तथा 'इन टू द थर्ड मिलेनियम : ए स्पीकर्स पर्सपेक्टिव' नामक अन्य संसदीय पुस्तक का भी संपादन किया। बहुत कम लोग यह जानते हैं कि संगमा बहुभाषी थे, जो गारो, अंग्रेजी, हिंदी, असमिया और बँगला को बहुत आसानी से बोल सकते थे। वे गंभीर पाठक भी थे। उन्हें पठन एवं लेखन के अतिरिक्त जनजातीय, पश्चिमी और भारतीय संगीत में विशेष रुचि थी।

समाज-कल्याण और वंचितों के उत्थान के लिए निरंतर चिंता करने के कारण वे रेड क्रॉस सोसाइटी, यूथ हॉस्टल एसोसिएशन ऑफ इंडिया और अनेक शिक्षण संस्थानों व सामाजिक संगठनों के साथ जुड़े। उन्होंने अपने निर्वाचन क्षेत्र तुरा, मेघालय में गरीब और जरूरतमंद बच्चों के लिए रात्रिकालीन विद्यालयों को खुलवाने में अहम भूमिका निभाई थी। समाज-सेवा और जनजातीय कल्याण उनकी चिंता के विशेष क्षेत्र थे। पी.ए. संगमा आध्यात्मिक व्यक्ति थे। वे आध्यात्मिक और धार्मिक होने के बीच के अंतर को भलीभाँति समझते थे। उनका मानना था कि आध्यात्मिकता किसी भी धर्म से ऊपर है। उनका मानना था कि आध्यात्मिकता की शक्ति हमारे नैतिक पतन से हमारी रक्षा करती है। संगमा के अनुसार, प्रार्थना करने से सभी संदेह दूर हो जाते हैं। संगमा का कहना था कि हमें व्यक्तियों के धर्म के बारे में बात नहीं करनी चाहिए। इसकी बजाय हमें व्यक्तियों की आध्यात्मिकता के बारे में अधिक बात करनी चाहिए। हमारा विशेष जोर आध्यात्मिकता पर होना चाहिए और यह देश के नैतिक पतन को रोकने के लिए आवश्यक है।

ईसाई धर्म से संबद्ध होने के कारण पी.ए. संगमा धार्मिक व तर्कसंगत दोनों ही थे। उनका मानना था कि सही चेतना मनुष्य की श्रेष्ठ मित्र होती है और आत्मग्लानि की चेतना सबसे बड़ी शत्रु होती है। उन्होंने संसद् में यह घोषणा की थी कि जनजातीय लोग उन्हें, चाहे ईसाई हों या नहीं, वे इस देश के सच्चे नागरिक हैं और यह मानना कि किसी जनजातीय व्यक्ति के ईसाई बनते ही वह विदेशी हो जाता है, यह अवधारणा बहुत गलत है।

निष्कर्ष के रूप में यही कहा जा सकता है कि पी.ए. संगमा सौम्य, साधारण, शिक्षित, प्रतिष्ठित और ईमानदार व्यक्तित्व थे, जिन्होंने नेताओं की परंपरागत छवि का अनुसरण न करते हुए अपनी अलग पहचान बनाई। संगमा ने अपने उदार दृष्टिकोण और लोकतांत्रिक व धर्मनिरपेक्ष मूल्यों का हृदय से समर्थन करने के बावजूद अपने मूल को कभी नहीं विस्मृत किया। वे पूर्वोत्तर भारत, विशेष रूप से मेघालय तथा अपने निर्वाचन क्षेत्र के लोगों के लिए हृदय से समर्पित रहते थे। उनका यह मानना था कि गरीबों, जनजातीय लोगों और वंचित समूह की सामाजिक व आर्थिक स्थिति में सुधार करने के लिए देश में कानूनों को बदलने से भी अधिर जरूरी कार्य प्रशासन में बैठे हुए लोगों का हृदय परिवर्तित करने का कार्य है। प्रशासनिक कार्मिकों की पुनर्शिक्षा से उनकी मानसिकता बदल सकती है और हमारे सामाजिक ढाँचे की पुनर्संरचना करने के लिए यह आवश्यक है। कुल मिलाकर, पी.ए. संगमा सफल संसद् सदस्य, निपुण और लोकप्रिय मंत्री, गैर-दलीय वक्ता होने के साथ-साथ साधारण व्यक्ति के रूप में जीवन व्यतीत किया करते थे। वे एक ऐसे सपूत थे, जिन्हें प्रत्येक माता-पिता अपनी संतान के रूप में प्राप्त करके गर्व महसूस करेंगे। इसके साथ-साथ वे एक अच्छे पति तथा पिता भी थे। संगमा ने जिस तरह अपने सभी बच्चों, विशेष रूप से अपनी पुत्रियों, को परिपक्व बनाया है, वह अत्यंत प्रशंसनीय है। उन्होंने अपनी राजनीतिक हैसियत को कभी भी अपने व्यक्तित्व पर हावी नहीं होने दिया। वे अजनबियों की भी बढ़-चढ़कर मदद करते थे। उनके आवास से कोई भी निराश होकर नहीं लौटा। श्री पी.ए. संगमा जन-जन के नेता थे, जो राजनीति को एक मिशन मानते थे, न कि अपना पेशा।

□

भाग-2

लेख

एक ऊर्जावान् एवं प्रभावशाली नेता

—एस.सी. जमीर*

मैंने लगभग पाँच दशकों तक सार्वजनिक जीवन की सफल यात्रा करनेवाले अपने सम्माननीय मित्र श्री पी.ए. संगमा की राजनीतिक सफलता को अत्यंत निकटता से देखा है। सार्वजनिक जीवन में तेजी से प्रसिद्धि के लिए मैं उनकी प्रशंसा करता हूँ। और मुझे वास्तव में गर्व है कि उन्होंने काफी कम समय में एक राष्ट्र स्तरीय नेता के रूप में अपनी पहचान बना ली।

मेरे और श्री संगमा के जीवन में बहुत सी समानताएँ हैं। हम दोनों का संबंध एक जनजातीय पृष्ठभूमि से है। हम दोनों ने विधि में स्नातक की परीक्षा उत्तीर्ण की थी। तीस वर्ष की उम्र में हम अपने-अपने राज्यों से सांसद चुने गए थे। इसी प्रकार, हम दोनों ने केंद्रीय मंत्रियों के रूप में कार्य किया और फिर हम दोनों को अपने-अपने राज्यों का मुख्यमंत्री बनने का भी गौरव प्राप्त हुआ।

श्री संगमा बहुआयामी व्यक्तित्व के धनी हैं। राजनीति में अपना कदम रखने से पूर्व वह एक मेधावी छात्र, प्रवक्ता, अधिवक्ता और पत्रकार थे। समय व्यतीत होने के साथ-साथ वह बहुत ही लोकप्रिय नेता बन गए तथा पूर्वोत्तर क्षेत्र से वे नौ बार संसद् सदस्य के रूप में निर्वाचित हुए।

श्री संगमा देश के सुदूर पूर्वी भाग से संबंधित हैं, जिसकी सीमा बँगलादेश से लगती है। साधारण पृष्ठभूमि होने के बावजूद वे अपने मिलनसार व सौहार्दपूर्ण व्यक्तित्व, बुद्धिमत्ता, निरंतर संघर्ष तथा जनता के लिए अनेक कार्य करने की वजह से राजनीति एवं सार्वजनिक जीवन के शिखर पर पहुँचे। श्री संगमा मेघालय के प्रथम मुख्यमंत्री कैप्टन विलियमसन ए. संगमा के अनुशासित व समर्पित समर्थक थे।

जब मैं नागालैंड का मुख्यमंत्री था, तब से मेरी बातचीत संगमा के साथ आगे बढ़ी और उस समय वह केंद्रीय मंत्री बने थे। क्षेत्रीय राजनीति में श्री संगमा की वापसी और सन् 1988 में नागालैंड का मुख्यमंत्री बनने से ही मुझे उनके निकट रहकर पूर्वोत्तर क्षेत्र एवं कांग्रेस पार्टी के लिए कार्य करने का अवसर प्राप्त हुआ।

राजनीतिक जीवन

वे एक प्रज्ञावान् व प्रखर बुद्धि के व्यक्तित्व थे। वे जटिल-से-जटिल समस्याओं का तत्काल निराकरण कर देते थे। वह एक प्रतिभाशाली वक्ता भी हैं। बहुत कम लोग जानते हैं

* लेखक पूर्व में महाराष्ट्र के राज्यपाल थे।

कि वह बहुभाषी हैं, जो बड़ी सहजता से गारो, अंग्रेजी, हिंदी, असमिया तथा बँगला इत्यादि भाषा बोल सकते हैं।

ग्यारहवें लोकसभा अध्यक्ष के चुनाव के समय उनकी अंतर्निहित विशेषताएँ सामने आईं। तथ्य यह है कि विपक्ष का सदस्य होने के बावजूद उन्हें स्पीकर के रूप में सर्वसम्मति से चुना गया था। यह राजनीति में उनकी लोकप्रियता का प्रमाण है। एक सांसद के रूप में अपने व्यापक अनुभव, संसदीय कार्य एवं नियमों की यथोचित जानकारी, प्रतिकूल परिस्थितियों से निपटने की दक्षता, सामान्य बुद्धिमत्ता इत्यादि के कारण उन्होंने लोकसभा अध्यक्ष के रूप में लोगों पर अपने कार्य की एक विशेष व अनुकरणीय छाप छोड़ी। यह कहना अतिशयोक्ति नहीं होगी कि श्री संगमा भारतीय संसद् के इतिहास में उत्कृष्ट व अनुभवी लोकसभा अध्यक्षों में से एक थे।

यदि हम उनके व्यक्तिगत जीवन के बारे में बात करें तो वे निश्चित रूप से एक स्नेही, मिलनसार व स्पष्टवादी व्यक्ति थे। उनके चेहरे पर आकर्षक मुसकान होती थी और वे बिना किसी संकोच के किसी के साथ भी काफी सहजता से घुल-मिल जाते थे। वास्तव में, एक महान् नेता बनने के सभी आवश्यक गुण उनमें विद्यमान हैं। पूर्वोत्तर-क्षेत्र सहित पूरे देश के लिए कई वर्षों तक उनके साथ कार्य करने के बाद मुझे यह विदित हुआ कि वास्तव में एक राष्ट्रीय नेता के रूप में श्री संगमा में असाधारण व अद्‌भुत क्षमता अंतर्निहित है।

कांग्रेस पार्टी को छोड़ने के उनके फैसले से मुझे बहुत पीड़ा हुई। वास्तव में, मैं दु:खी था। मुझे ऐसा लग रहा था, मानो मेरा दायाँ हाथ काट दिया गया हो! फिर भी हम अच्छे मित्र बने रहे। उनसे अधिक आयु के व्यक्ति के रूप में मैंने हमेशा यह महसूस किया कि उनके जैसे योग्य नेता को हमें सकारात्मक ढंग से प्रोत्साहित किया जाना चाहिए। मैं केवल यही चाहता हूँ और आशा करता हूँ कि हम सामान्यत: देश के सुधार के लिए, और विशेषत: पूर्वोत्तर क्षेत्र के लिए, संयुक्त रूप से एक साथ कार्य करने में सक्षम होंगे।

एकता के सूत्रधार

—जसवंत सिंह*

कुछ दशक पहले संसद् में इस श्रेष्ठ भारतीय, अपने लोगों का महान् प्रतिनिधि तथा एकता के इस सूत्रधार के साथ मेरा संपर्क रहा। प्रसन्नचित्त स्वभाव के व्यक्ति श्री पी.ए. संगमा ने अपने संसदीय कार्यों को उल्लेखनीय रूप से अत्यंत संतुलित रूप से किया तथा इसके प्रति सकारात्मक दृष्टिकोण अपनाया।

लोकसभा में अध्यक्ष के रूप में उनके कार्यकाल को बुद्धिमान व्यक्ति एवं नेतृत्वकर्ता के

* लेखक सांसद व पूर्व विदेश एवं वित्त मंत्री हैं।

रूप में हमेशा याद किया जाएगा। वह एकता के सूत्रधार हैं। उनकी अध्यक्षता में संसद् ने दोनों सदनों की संयुक्त बैठक के माध्यम से एक संकल्प अपनाया कि वास्तव में संसद् के सदस्यों को संसद् में कैसा आचरण करना चाहिए तथा देश और सदन के प्रति उनकी क्या जिम्मेदारियाँ होती हैं। यह संकल्प एक ऐतिहासिक दस्तावेज है।

मुझे खुशी है कि उनकी उपलब्धियों पर एक पुस्तक प्रकाशित की जा रही है। मैं इस प्रयास की सराहना और इसकी सफलता की कामना करता हूँ।

जैसाकि मैं उन्हें जानता हूँ

—नीतीश कुमार*

मैं यह पूर्ण विश्वास के साथ कह सकता हूँ कि पी.ए. संगमाजी भारतीय राजनीतिक परिदृश्य में बहुत लोकप्रिय व्यक्तियों में से एक हैं। वह एक ऐसे व्यक्ति हैं, जिनके परिचय की आवश्यकता नहीं है। उनका मुसकराता हुआ चेहरा प्रत्येक व्यक्ति को प्रफुल्लित कर देता है। सामनेवाले व्यक्ति को परिचय की आवश्यकता नहीं होती है, बल्कि उनको स्वयं का परिचय देना होता है। मुझे अभी भी यह याद है कि जब पहली बार मेरी उनसे मुलाकात हुई तो उन्होंने अत्यंत गर्मजोशी से मेरा स्वागत किया। उनका सरल व्यक्तित्व और मुसकराता हुआ चेहरा उनके दृढ़ संकल्प, अनुशासन और समर्पण को निरूपित करता है, जो कि उनके व्यक्तित्व में ही अंतर्निहित है।

मेघालय राज्य के पश्चिमी गारो हिल्स जिले के एक छोटे आदिवासी गाँव में जीवन की शुरुआत से ही उन्होंने जो कुछ प्राप्त किया, वह उपर्युक्त तीनों गुणों—उनके दृढ़ संकल्प, अनुशासन और समर्पण का ही परिणाम है। ऐसा नहीं है कि वह भारतीय राजनीति में शूटिंग स्टार की तरह दिखाई दिए, बल्कि उन्होंने अपने राजनीतिक जीवन की शुरुआत कांग्रेस कार्यकर्ता के रूप में की और उत्तरोत्तर प्रगति के मार्ग पर अग्रसर रहे।

राजनीति में आने से पूर्व उन्होंने व्याख्याता, अधिवक्ता तथा पत्रकार इत्यादि के रूप में भी कार्य किया है। राजनीतिक क्षेत्र में उनका विकास असाधारण रहा। कुछ वर्ष राज्य की राजनीति में व्यतीत करने के उपरांत जब वे वर्ष 1977 में छठे आम चुनाव में लोकसभा के लिए निर्वाचित हुए, तब से राष्ट्रीय राजनीति में उनके कॅरियर की शुरुआत हुई थी। केंद्र सरकार में एक उपमंत्री, राज्यमंत्री तथा कैबिनेट मंत्री के रूप में कई विभागों में उनका पोर्टफोलियो ईर्ष्या का विषय बन गया था। वह अपने कौशल, विषय में निपुणता तथा प्रखर मस्तिष्क के लिए जाने जाते हैं। वह एक ऐसे मंत्री थे, जो बिना आधिकारिक सहायता के बहस का जवाब दे सकते थे। वह श्रमिक

---

* लेखक बिहार के वर्तमान मुख्यमंत्री हैं।

व मजदूर वर्ग के प्रति विशेष रूप से संवेदनशील थे। श्रम मंत्री के रूप में उनके कार्यकाल के दौरान औद्योगिक हड़तालों में काफी कमी आई थी।

लोकसभा अध्यक्ष के रूप में उनका कार्य-प्रदर्शन सराहनीय था। उन्होंने निष्पक्षतापूर्वक सदन की गरिमा और अधिकार को बनाए रखा। उन्होंने सदस्यों द्वारा नियमों के अनुपालन को भी सुनिश्चित किया। वह खुली चर्चा, विचार-विमर्श और समालोचना सुनिश्चित करने में सफल रहे। अपनी निष्पक्ष कार्यशैली से उन्होंने सत्तारूढ़ गठबंधन और विपक्ष दोनों की प्रशंसा की। उनकी वाक्पटुता और हास्य-प्रिय स्वभाव ने लंबी बहस को रोचक और आनंददायक बना दिया। राजनीतिक जीवन में उच्च परंपरा को बनाए रखने के लिए सदन के अंदर और बाहर दोनों जगह सैद्धांतिक आचरण बनाए रखना उनका सिद्धांत था। वह दूसरों से भी यही उम्मीद रखते थे। प्रशंसा किसी नियम से नहीं, सीधे दिल से निकलती है। मैं संगमाजी की प्रशंसा करता हूँ और उज्ज्वल भविष्य के लिए उन्हें शुभकामनाएँ देता हूँ।

श्रमिकों के नेता

—एम.के. पंधे*

जब पी.ए. संगमा केंद्रीय मंत्रिमंडल में श्रम मंत्री तथा बाद में कोयला मंत्री थे तो मुझे उनके साथ बातचीत करने के कई अवसर मिले। उनकी विशेषता यह थी कि वह हमेशा आगंतुकों के लिए मिलनसार थे। बिना पूर्व निर्धारित समय के कई अवसरों पर उनसे मिलना मुझे याद है। जब भी वह कार्यालय में होते थे तो हमें अपने आवास पर समय देते थे। वह हमेशा हमें बताया करते थे कि केंद्र सरकार के मंत्री को सरकार की आधिकारिक नीतियों को जानना पड़ता है। तथापि वह इस तंत्र में अत्यधिक परिश्रम करते थे और सदैव प्रयास हेतु उद्यत रहते थे। वह मुझसे कहा करते थे कि यदि आप मेरे कार्यों से संतुष्ट नहीं हैं तो आप आलोचना करने के लिए स्वतंत्र हैं—और इसके लिए मैं आपको मना नहीं करूँगा।

व्यापार संघों की आलोचना से निपटने के लिए उनके चेहरे की मुसकान ही उनका एक अमोघ अस्त्र थी। जब व्यापार संघों ने उनके मंत्रालय की नीतियों की आलोचना की तो वह कभी भी उत्तेजित व उग्र नहीं हुए। वह केवल मुसकराते थे और इस मुसकराहट को आलोचना का जवाब बना दिया था। जब उनसे पूछा जाता था कि आप क्यों मुसकराते हैं, तो वह यह टिप्पणी करते थे कि यदि मैं आलोचना से उग्र हो जाऊँ या चिढ़ जाऊँ तो आलोचकों का उत्साहवर्धन होगा। उन्हें झूठी औपचारिकताएँ पसंद नहीं थीं, जो आमतौर पर इस देश में मंत्रियों के आचरण में पाई जाती हैं। वह लिखित भाषणों को पढ़ने के अनिच्छुक थे तथा आधिकारिक बैठकों में भी

---

* लेखक सीटू के वर्तमान अध्यक्ष हैं।

बिना पूर्व तैयारी के ही बोलते थे। भले ही लिखित भाषण आधिकारिक बैठकों में श्रोताओं को अच्छा लगे, फिर भी वे बहस को बढ़ावा देने के लिए समय-समय पर गलत टिप्पणियों को बंद कर देते थे।

मुझे याद है कि दिल्ली में पी.एच.डी. चैंबर ऑफ कॉमर्स द्वारा श्रम कानूनों पर एक सम्मेलन का आयोजन किया गया था, जिसका उद्घाटन पी.ए. संगमा द्वारा किया गया था। संगठन के अध्यक्ष ने प्रारंभिक टिप्पणियों में औद्योगिक विवाद अधिनियम को हटाने के लिए धारा 20ए को हटाने का प्रस्ताव किया, जिसमें इकाई बंद होने से पहले सरकार से समाशोधन की व्यवस्था की गई थी। अपने भाषण में श्री संगमा ने कथित तौर पर टिप्पणी की कि क्या कानून में इस प्रावधान के कारण कर्मचारियों को वर्तमान में किसी भी इकाई को बंद करने में किसी कठिनाई का सामना करना पड़ा है? उन्होंने नोट किया था कि कर्मचारियों ने बिजली बिलों का भुगतान नहीं किया था, इसलिए बिजली आपूर्ति में कटौती की गई थी तथा कई इकाइयाँ बंद कर दी गई थीं। संघ ने विवाद उठाया, लेकिन इकाई किसी तरह बंद हो गई।

मैं सम्मेलन के वक्ताओं में से एक था। जब जलपान के समय मेरी उनसे मुलाकात हुई तो उन्होंने कर्मचारियों की मौजूदगी में बताया कि मुझे नहीं पता कि तुम यहीं हो, अन्यथा मैं आपकी उपस्थिति में अवलोकन नहीं करता। मैंने सोचा कि यहाँ केवल कर्मचारी ही हैं। कर्मचारियों के प्रतिनिधि भी इन टिप्पणियों पर हँस दिए। आई.एल.ओ. सम्मेलनों को लागू करने से संबंधित सामाजिक वर्ग के साथ व्यापार नीति को पसंद करने के सवाल पर श्री संगमा द्वारा की गई पहल उल्लेखनीय थी। भारतीय श्रम सम्मेलनों के दौरान उनकी अध्यक्षता के तहत डब्ल्यू.टी.ओ. प्रावधानों द्वारा इच्छुक आई.एल.ओ. सम्मेलनों के अनुमोदन के साथ व्यापार संबंधों को जोड़ने का विरोध करने का फैसला किया गया। संगमा ने विकासशील देशों के सम्मेलनों को सभी विकासशील देशों के बीच आम समझ को शामिल करने के बारे में सोचा। तदनुसार उन्होंने अपनी अध्यक्षता में अंतरराष्ट्रीय त्रिपक्षीय सम्मेलन दिल्ली में आयोजित किया गया था, जिसमें सामाजिक वर्ग के साथ व्यापार को जोड़ने का विरोध करने पर बड़ी संख्या में विकासशील देशों के बीच एक आम समझ शामिल थी। भारत में सभी व्यापार संघों ने साधारण भूमिका निभाई। वे भारत सरकार के महत्त्वपूर्ण सहयोग को स्वीकार कर रहे हैं। हालाँकि वे इन परंपराओं के अनुमोदन के साथ व्यापार नीतियों को जोड़ने के लिए तैयार नहीं थे, क्योंकि इससे विकासशील देशों के व्यापार पर प्रतिकूल प्रभाव पड़ेगा। पहले से ही वैश्विक स्तर पर विश्व व्यापार में विकासशील देशों की भागीदारी कम हो रही थी और इस तरह के कदम से विकासशील देशों की स्थिति पर और भी नकारात्मक प्रभाव पड़ेगा। पी.आर. में और गिरावट आएगी। विकासशील देशों में व्यापार संघ आंदोलन राष्ट्रीय आंदोलन के माध्यम से अधिक आई.एल.ओ. के योगदानों को लागू कराने का प्रयास करेगा।

सफल त्रिपक्षीय बैठक ने विकासशील देशों के बीच एक आम अवधारणा बना ली और

विश्व व्यापार संगठन ने सामाजिक वर्ग के साथ व्यापार संबंधों को जोड़ने का प्रयास नहीं किया। विकासशील देशों के बीच इस अवधारणा को शामिल करने में श्री पी.ए. संगमा की भूमिका स्मरणीय है। जब वह कोयला मंत्री थे, तब व्यापार संघ ने अधिक बोनस के भुगतान के लिए हड़ताल का नोटिस दिया था। श्री संगमा कोलकाता गए और इस मामले पर चर्चा के लिए व्यापार संघ की एक बैठक बुलाई। व्यवस्थापक वर्ग ने यह तर्क दिया कि कोल इंडिया लिमिटेड के असंतोषजनक कार्य-प्रदर्शन के कारण श्रमिकों को बोनस देना संभव नहीं था, क्योंकि कोयला उद्योग ने इसे अनुमोदन प्रदान नहीं किया था। श्रमिकों के प्रतिनिधियों ने कहा कि कोयला उद्योग के असंतोषजनक कार्य-प्रदर्शन के लिए मजदूर किसी भी तरह जिम्मेदार नहीं थे। उन्होंने नोट किया कि यदि व्यवस्थापक वर्ग उचित कदम उठाता है तो व्यापार संघ कोयला उद्योग के कार्य-निष्पादन में सुधार के लिए तैयार था। पी.ए. संगमा को समस्या का समाधान मिल गया। उन्होंने व्यवस्थापक वर्ग को बताया कि उत्पादन के लक्ष्यों को पूरा करने के लिए व्यापार संघ द्वारा दिए गए आश्वासन के आधार पर श्रमिकों को उच्च बोनस प्रदान किया जाए। कोल इंडिया लिमिटेड को प्रस्ताव से सहमत होना पड़ा और हड़ताल समाप्त हो गई।

एक बार त्रिपक्षीय बैठक में कुछ व्यापार संघों ने नौकरशाही के हस्तक्षेप के कारण श्रमिकों की समस्या से निपटने में श्रम मंत्रालय की नीति की आलोचना की। श्री पी.ए. संगमा ने बैठक में जवाब दिया कि जब तक हमारा प्रशासन कुछ गलतियाँ न करे, आपको बात करने का मौका कैसे मिलेगा? हालाँकि उनके इस उत्तर से व्यापार संघों को संबोधित किया गया था, लेकिन यह वास्तव में उन अधिकारियों के लिए था, जिनके कार्यों की वह अप्रत्यक्ष रूप से आलोचना करना चाहते थे। जब भारत सरकार द्वारा 'राष्ट्रीय नवीनीकरण निधि' की स्थापना की गई थी तो यह श्रम मंत्रालय के अधीन नहीं थी, बल्कि इसे औद्योगिक विकास मंत्रालय को सौंपा गया था।

हमें ऐसा प्रतीत हुआ कि श्री संगमा इस प्रगति से प्रसन्न नहीं थे, परंतु उन्होंने इस संबंध में आधिकारिक रूप से कुछ भी नहीं कहा। व्यापार संघ की सदैव से यह शिकायत रही है कि यह एक राष्ट्रीय रीट्रेंचमेंट फंड था। उनका यह मानना था कि छँटनी किए गए कामगारों को इस निधि की सहायता से नए व्यवसाय में प्रशिक्षित किया जाना चाहिए। परंतु उस क्षेत्र में रोजगार उपलब्ध नहीं थे। व्यापार संघ के अनुरोध पर श्री संगमा कुछ प्रशिक्षण केंद्रों पर गए और एक संयुक्त बैठक में उन्होंने कहा कि मुझे ऐसा प्रतीत हो रहा है कि इस प्रकार के प्रशिक्षण से नए रोजगार का सृजन नहीं हो सकेगा। उन्होंने इस मामले को औद्योगिक विकास मंत्रालय के समक्ष उठाने संबंधी मुद्दे से सहमति व्यक्त की। परंतु इसका कुछ खास सकारात्मक परिणाम नहीं दिखा। अंततोगत्वा निधि का प्रवाह बंद हो गया। आगे श्री संगमा ने यह कहा कि इस प्रकार अनेक सरकारी योजनाओं में होता है। यह हमारे प्रशासनिक कार्य का एक हिस्सा है।

उस समय श्रम मंत्रालय में प्रतिनिधिमंडल को किसी सम्मेलन के एक दिन पूर्व रात्रि-भोजन पर आमंत्रित करने का प्रचलन था। इस दौरान कुछ अनौपचारिक चर्चाएँ भी हुआ करती

थीं। इसमें श्रम मंत्रालय के मंत्री सौहार्दपूर्ण वाद-विवाद की अपील किया करते थे। हालाँकि श्री संगमा का स्वभाव बिल्कुल अलग था। वह कहा करते थे कि आप स्वतंत्र रूप से अपने विचारों को बैठक में सबके समक्ष रखें, अन्यथा वाद-विवाद में नीरसता आ जाएगी और किसी प्रकार का कोई उत्साह नहीं रह जाएगा और ऐसा न किए जाने पर श्रम मंत्रालय के मंत्री की बात सर्वोपरि हो जाएगी।

हालाँकि उनकी इस स्पष्टवादी अभिव्यक्ति के कारण उन्हें उस समय अधिकारियों से कुछ अपमानजनक परिस्थितियों का सामना करना पड़ा। अधिकारी किसी-न-किसी तरह से ऐसा करने में अभ्यस्त हो गए थे। हालाँकि व्यापार संघ में होने के नाते हम इसका आनंद उठाया करते थे।

एक दिन मैं कुछ प्रतिनिधियों के साथ उनसे मुलाकात करने के लिए उनके घर पर गया और मंत्रियों को पर्याप्त रूप से दी गई सुरक्षा व्यवस्था पर टिप्पणी की। उन्होंने जवाब दिया कि मुझे नहीं मालूम है कि इतनी अधिक मात्रा में सुरक्षा व्यवस्था क्यों की गई है? मैंने किसी के साथ किसी भी तरह का कोई बुरा नहीं किया है तो कोई भी व्यक्ति मुझे क्यों चोट पहुँचाना चाहेगा? आगे, उन्होंने मुसकराते हुए कहा कि यदि मेरा अपहरण कर लिया जाए तो कोई भी व्यक्ति फिरौती की रकम देकर मुझे छुड़ाने नहीं आएगा। कई लोग तो यह भी सोचेंगे कि चलो, अच्छा है, छुटकारा मिल गया। संभावित अपहरणकर्ता भी इस बात को जानते हैं, इसलिए वे भी मेरा अपहरण नहीं करना चाहेंगे।

उनके विषय में बहुत सी बातें लिखी जा सकती हैं। राजनीतिक दृष्टि से हम अलग-अलग पार्टियों से संबंध रखते हैं। हालाँकि हमारे संपर्क में आनेवाले उन अनेक व्यक्तियों की छवि भी हमारे मस्तिष्क-पटल पर है, राजनीतिक दृष्टि से जिनकी विचारधारा हमसे बिल्कुल अलग थी। मैंने श्री संगमाजी से जुड़ी कुछ स्मृतियों का संकलन तैयार किया है, जो उनके ओजस्वी व्यक्तित्व की विशेषता को उजागर करने में एक महत्त्वपूर्ण भूमिका निभाने में सहायक सिद्ध होते हैं।

जैसाकि मैंने उन्हें देखा

—बी.बी. दत्त*

यह लेख राजनीतिक परिदृश्य के विरुद्ध अपने समय के सबसे विवादास्पद पूर्वोत्तर राजनेता श्री पी.ए. संगमा के प्रोफाइल के बारे में चित्रण करने का एक विनम्र प्रयास है। यह वृत्तांत उस व्यक्ति से जुड़ा है, जो एक राजनीतिज्ञ हैं और मैं उन्हें भलीभाँति जानता हूँ तथा मैंने तीन दशकों से अधिक समय तक उनके साथ काफी निकटता व घनिष्ठता से काम किया है। इसलिए मेघालय राज्य के गारो हिल्स के प्रभावी व्यक्तित्ववाले राजनीतिज्ञ श्री पी.ए. संगमा के बारे में

* लेखक राज्यसभा के पूर्व सांसद हैं।

जब मैं अपने विचारों को लिखता हूँ तथा जब उनकी छवि हमारे मस्तिष्क-पटल पर पड़ती है तो मेरा मन-विचार अतीत में जाकर चिंतन करने लगता है। वर्ष 1960 से शुरू होनेवाली उस व्यस्त दिनचर्या से राहत प्राप्त करने का यह सुखद व रोमांचकारी अनुभव है, जब सदियों तक निष्क्रियता व पूर्वोत्तर भारत के पहाड़ी क्षेत्रों में निवास करनेवाले व्यक्तियों का मुरझाया मन-मस्तिष्क पुनः जाग्रत् अवस्था में हो गया हो। उन अशांत घटनाओं, द्वंद्वात्मक आकांक्षाओं और विभिन्न सामाजिक समूहों के हितों, उनके नेताओं की भूमिका एवं उनके द्वारा सृजित आवेश तथा काफी समय के बाद उन्हें पुनः एक नए स्वरूप में देखने इत्यादि की समीक्षा करना भी अत्यंत प्रेरणास्पद व शिक्षाप्रद पहल है।

दो ऐतिहासिक घटनाओं से इसे एक नई दिशा व गति मिली तथा उस पुनर्जागरण के इस जटिल स्वरूप को 'स्वायत्तता आंदोलन' के रूप में जाना जाता है, मूलतः जिसका मुख्य उद्देश्य स्वदेशी पहचान और संस्कृति की सुरक्षा था। प्रथम नागा विद्रोह भारत की स्वतंत्रता के तत्काल बाद समाप्त हो गया। नागा जनता हेतु कुल संप्रभुता व पूर्ण स्वाधीनता इस आंदोलन का मुख्य उद्देश्य था। दूसरी बात यह है कि राज्य पुनर्गठन आयोग की रिपोर्टों ने भाषा के आधार पर भारतीय गणराज्य के राज्यों में पूर्व ब्रिटिश भारत के प्रांतों के पुनर्गठन की सिफारिश की थी, जिसमें उन्होंने यह उल्लेख किया था कि उनकी जातीय संख्या काफी कम होने के नाते वे राजनीतिक, आर्थिक और सांस्कृतिक स्वतंत्रता पर संकट महसूस करते थे।

मैंने सेंट एंथनी कॉलेज में अर्थशास्त्र के व्याख्याता के रूप में वर्ष 1962 में कार्यभार ग्रहण किया था और मैं महसूस कर सकता था कि कॉलेज उस जागृति अभियान में बेहतर भूमिका का निर्वहण कर रहा था। सेंट एंथनी उस समय शायद इस क्षेत्र का सबसे बड़ा कॉलेज था, जहाँ अस्सी से अधिक पाँच जनजातियों और पूर्वोत्तर के समुदायों के छात्र शामिल थे और परस्पर एक-दूसरे से मिलते-जुलते थे। अलग-अलग प्लेटफॉर्म से आंदोलन में शामिल एक बड़ी संख्या में राजनीतिज्ञ इस कॉलेज के ही छात्र रहे हैं। कॉलेज की उत्तम संस्कृति व विद्वान् अध्यापकों की प्रेरणास्पद शिक्षा से कॉलेज के स्वतंत्रता-प्रेमी अनेक युवा छात्रों ने अपने आसपास की संबंधित चुनौतियों का सामना करने के लिए स्वयं को तैयार किया। इस माहौल से राजनीतिक कार्यकर्ताओं को अप्रत्याशित लाभ प्राप्त हुआ। इस तरह का माहौल फिर से उत्पन्न किए जाने की आवश्यकता है। श्री हूवर हिनवाटा (इस कॉलेज के एक छात्र) संसद् सदस्य बने, जिनकी वाक्पटुता बेमिसाल थी। श्री जी.जी. स्वेल, एक शिक्षक, न केवल संसद् सदस्य बने, बल्कि उन्हें लोकसभा का उपाध्यक्ष बनने का भी गौरव प्राप्त हुआ। श्री मुइवा, विद्रोही नागा नेता, भी एक एंथोनियन थे, जिन्हें फिजो के बाद एक महान् राजनीतिज्ञ के रूप में ख्याति प्राप्त है। बैंकॉक में दिए गए एक साक्षात्कार में उन्होंने कहा कि सेंट एंथनी कॉलेज का छात्र होने के नाते उन्हें राजनीतिक दृष्टिकोण को यथासंभव विकसित करने की दिशा में विशेष प्रेरणा मिली। श्री मुइवाजी ने प्रोफेसर विभूति गुप्ताजी के नाम का विशेष रूप से उल्लेख किया है, जो कि अत्यंत मूर्धन्य

व राजनीति-शास्त्र के विभागाध्यक्ष हैं। एक बड़ी संख्या में पूर्वोत्तर क्षेत्र के विधायक, सांसद, स्पीकर्स, मंत्री व मुख्यमंत्री पूर्व-एंथोनियन थे। एक बार ख्यातिलब्ध मंत्री के सम्मान में कॉलेज द्वारा आयोजित डिनर पार्टी में फादर जोसेफ, संस्थान के प्राचार्य ने परिहासपूर्ण अंदाज में कहा कि श्रीमानजी, यदि मैं चाहूँ तो किसी भी ओवरग्राउंड या अंडरग्राउंड कैबिनेट की अध्यक्षता कर सकता हूँ। मैं पूर्वोत्तर क्षेत्र के किसी भी हिस्से में सरकार बना या गिरा सकता हूँ, क्योंकि मेरे पास अनेक समर्थक हैं। परंतु उस समय कोई भी व्यक्ति यह कल्पना तक नहीं कर सकता था कि वास्तव में वे एक बेहतर राजनीतिज्ञ हैं, जो सभी को कार्य-प्रदर्शन में पीछे छोड़ सकता है। अभी कॉलेज छोड़े हुए उन्हें केवल दो वर्ष ही हुए थे।

पी.ए. संगमा स्थानीय रूप से काफी लोकप्रिय हैं तथा उनसे मेरी सर्वप्रथम मुलाकात तब हुई, जब वे वर्ष 1966-69 में सेंट एंथनी कॉलेज में स्नातक में दाखिला ले रहे थे। मैं उन्हें एक छात्र के रूप में ही याद करता हूँ, जिन्होंने मेरे मन-मस्तिष्क पर अपनी गहरी छाप छोड़ी। जीवन के प्रत्येक चरण में उनकी यह छाप और भी ज्यादा प्रभावी होती गई। वह मेरी ही कक्षा में थे और स्नातक में अर्थशास्त्र उनका एक मुख्य विषय था। उन दिनों बहुत कम अच्छे छात्र कला या विज्ञानेतर (विज्ञान से इतर) शाखा में दाखिला लेते थे। उस समय सभी होनहार छात्रों का लक्ष्य विज्ञान व अभियांत्रिकी ही था। आर्ट ऑनर्स का कोर्स मुख्यतः द्वितीय श्रेणी के छात्रों को ही ध्यान में रखकर तैयार किया जाता था और प्रथम श्रेणी में उत्तीर्ण छात्रों की संख्या काफी कम होती थी। इसलिए जब कभी भी एक होनहार छात्र विद्यालय में दाखिला लेता था तो यह शिक्षकों के लिए खुशी का स्रोत बन जाता था। मुझे याद है कि छात्रों की प्रोफाइल व अवधारणा पर चर्चा करते समय हम कॉलेज के कॉमन रूप में छात्रों से व्यक्तिशः चर्चा किया करते थे। इस संबंध में पी.ए. संगमा का नाम बार-बार हमारे समक्ष आता था, जो मुझे उनमें विशेष रुचि लेने के लिए उनकी तरफ आकर्षित करता था।

पी.ए. संगमा का नाम कक्षा में बार-बार उठता था, जिसने मुझे उनके प्रति विशेष रुचि लेने के लिए प्रोत्साहित किया। वे शांत और सचेत बैठे रहते थे। ज्यों-ज्यों मैं उन्हें देखता गया, त्यों-त्यों मुझे आभास हुआ कि ऐसा कुछ नहीं है, जो मुझे ज्ञात न हो। परंतु मुझे सबसे अधिक प्रभावित करनेवाली बात यह नहीं थी कि वे एक उत्कृष्ट छात्र थे, बल्कि उनकी कुछ अन्य विशेषताएँ थीं। उनकी छोटी सी कद-काठी, सहज और साफ-सुथरे पहनावे ने उनकी उस विनीत पृष्ठभूमि का संकेत दिया, जिससे वे ताल्लुक रखते थे। परंतु उनकी आंतरिक सूझ-बूझ बिखेरती तीक्ष्ण आँखें तथा रहस्यमयी मुसकराहट न केवल उन बाह्य विशेषताओं को ढकती थी, बल्कि मिश्रित होकर उनके साधारण और आकर्षक व्यक्तित्व की छवि को भी दरशाती थी।

कानून की डिग्री सहित राजनीतिक विज्ञान में स्नातकोत्तर करने के पश्चात् उन्होंने तुरा जिला अदालत में वकालत शुरू की तथा भारतीय युवा कांग्रेस से जुड़ गए। जब मैंने यह सुना तो उनकी पसंद पर मैं काफी आश्चर्यचकित हुआ। उस समय मेघालय में क्षेत्रीय दल मजबूत हुआ करते

थे और कांग्रेस के जीतने की कोई उम्मीद नहीं थी, विशेष रूप से कैप्टन डब्ल्यू.ए. संगमा और बी.बी. लिंगदोह जैसे निष्ठावान् समर्थकों के साथ, जो ए.पी.एच.एल.सी. सरकार का नेतृत्व कर रहे थे। किसी भी प्रकार की राजनीतिक महत्त्वाकांक्षा रखनेवाला कोई भी युवा राष्ट्रीय राजनीतिक पार्टी की ओर नहीं देखता था। जीवन के प्रारंभिक चरण में जब प्रतिरोधी लहर जनजातीय लोगों के मन-मस्तिष्क पर प्रबल थी, ऐसे में संगमा की पहली पसंद एक स्पष्ट संकेत थी कि उनके दिमाग में भारत की एक अलग ही दूरदृष्टि थी, जिसमें उन्होंने अपने लोगों को यथोचित सम्मान दिलाने की कल्पना की थी। युवा कांग्रेसी नेता होने के नाते डब्ल्यू.ए. संगमा का उन्होंने भरपूर विरोध किया तथा ए.पी.एच.एल.सी. पर क्षेत्रीयवाद (एक भाव, जो विकास को बाधित करने का प्रमुख कारण है) का आरोप लगाया।

जून 1975 में राष्ट्रीय आपातकाल की घोषणा के साथ राजनीतिक परिस्थिति में अचानक बदलाव आया। सन् 1976 में उत्तर-पूर्व के क्षेत्रीय मुख्यमंत्रियों ने गुवाहाटी के जवाहर नगर ए.आई. सी.सी. अधिवेशन में कांग्रेस से जुड़ने का फैसला किया। मार्च 1977 में, जब श्रीमती इंदिरा गांधी ने लोकसभा चुनावों की घोषणा की तो मेघालय के डब्ल्यू.ए. संगमा ने एक राजनीतिज्ञ की भाँति सूझ-बूझ दिखाई तथा लोकसभा सीट के लिए कांग्रेस की ओर से श्री पी.ए. संगमा (उनके तीखे आलोचक और विरोधी) को नामांकित करने का निर्णय लिया। मेघालय प्रदेश कांग्रेस कमेटी का एक बुद्धिजीवी सदस्य होने के नाते मैं कांग्रेस नेताओं को निर्धारित करने के करीब था, लेकिन डब्ल्यू.ए. संगमा ने हमारा भी बाँहें फैलाकर स्वागत किया और मैंने स्वयं को चुनाव आयोग में पाया, जिसने श्री पी.ए. संगमा का नामांकन निश्चित किया। मुझे याद है कि डब्ल्यू.ए. संगमा ने किस प्रकार उचित कारणों का हवाला देते हुए अपनी पूर्व ए.पी.एच.एल.सी. से किसी भी अनुभवी व्यक्ति को न चुनने के कारण बढ़ती हुई आलोचनाओं को शांत किया। उन्होंने आयोग को बताया कि "संसद् में ऐसे लोगों की आवश्यकता है, जो राष्ट्रीय राजनीति की माँगों का सामना कर सकते हैं और हमारे क्षेत्रीय हितों की रक्षा कर सकते हैं। मुझे पूर्ण विश्वास है कि उनके पास दोनों का जवाब देने के लिए अपेक्षित साहस और सूझ-बूझ है। हमें इस होनहार नौजवान को एक अवसर देना चाहिए।" यह एक पूर्व कथित बयान और प्रशंसा थी। कैप्टन डब्ल्यू.ए. संगमा को गारो की पहाड़ियों से इस जनजातीय युवा को चुनने के लिए (जिसका पहला चयन कांग्रेस जैसा राष्ट्रीय राजनीतिक दल था) मूल राज्य कांग्रेस के सदस्यों से बहुत सम्मान और सराहना प्राप्त हुई।

उसके बाद से संगमाजी ने कभी पीछे मुड़कर नहीं देखा। अपने छात्र जीवन के दिनों से ही जैसे-जैसे वे एक चरण से दूसरे चरण में आगे बढ़े, अपनी छाप छोड़ते गए। इस अवसर पर, मेरे लिए यह छोटा सा एक किस्सा सुनाना समीचीन और उपयुक्त होगा, अन्यथा न तो यह रिकॉर्ड में रहेगा और न ही इसे याद रखा जाएगा। मेरे विचार से, ये किस्से इस कहानी के नायक पुरनो संगमा के बारे में काफी कुछ बताते हैं। वे वर्ष 1977 का लोकसभा चुनाव जीते, ऐसी स्थिति में जब कांग्रेस को इतिहास में अपनी सबसे बड़ी हार का सामना करना पड़ा था। छठी लोकसभा,

जिसके वे पहली बार सदस्य बने, मात्र 32 महीने ही टिक पाई थी। पार्टी पर नियंत्रण पाने के लिए नेतृत्व की लड़ाई और श्रीमती इंदिरा गांधी द्वारा लिये गए निर्णयों के लगभग पूर्ण रूप से अस्वीकार हो जाने के परिणामस्वरूप उन्हें सत्ता के अखाड़े से बाहर किए जाने के प्रयास शुरू हो गए। सत्ता की लड़ाई ने कांग्रेस को ही नहीं, बल्कि सभी राजनीतिक पार्टियों, संसद् और राष्ट्र को हिलाकर रख दिया।

संकटकालीन स्थिति सच्चे नेताओं के लिए उभरने का सुनहरा अवसर होता है और श्रीमती गांधी ने भारतीय राजनीति की अकल्पनीय रूप से कठिन एवं प्रतिकूल विकेट पर निपुणता से अपनी पारी खेली। इसलिए प्रजातंत्रीय कार्यों के संचालन की राजनीतिक कला में खुद को प्रशिक्षित करने के लिए उम्मीदवारों के पास राजनीतिक शिक्षा प्राप्त करने के लिए यह एक उपयुक्त समय भी था। श्री पी.ए. संगमा फिर से उत्कृष्ट छात्र साबित हुए। जब श्रीमती गांधी ने पार्टी को विभाजित कर अपनी खुद की पार्टी भारतीय राष्ट्रीय कांग्रेस (इंदिरा) का गठन कर लिया था तो कैप्टन संगमा की अगुवाई में वे कांग्रेस के आधिकारिक मंच पर कुछ समय के लिए बने रहे। पी.ए. संगमा ने कुछ समय के लिए आई.एन.सी. और आई.एन.सी.(इ) के मध्य एक मूक निष्पक्षता बनाए रखी और कैप्टन संगमा ने इस समय का उपयोग उत्तर-पूर्व की सभी छोटी प्रांतीय कांग्रेस कमेटियों को राष्ट्रीय राजनीति पर एक आम सहमति बनाने के लिए संगठित करने तथा साथ मिलकर आई.एन.सी.(इ) में शामिल करने के लिए किया। इसके परिणामस्वरूप, उत्तर-पूर्वी पहाड़ी नेताओं के सम्मेलन के नाम पर एक मंच का गठन हुआ और गहन संवाद द्वारा सन् 1976 के जवाहर नगर अधिवेशन में कांग्रेस में शामिल हुए सभी पहाड़ी नेताओं ने जनजातियों की राजनीतिक परंपरा के साथ ऐतिहासिक चिकमंगलूर उपचुनाव से ठीक पहले श्रीमती गांधी की अगुवाई में आई.एन.सी.(इ.) में शामिल होने पर सहमति दी। पी.ए. संगमा राजनीति के मैदान में दृढ़तापूर्वक डटे रहे तथा श्रीमती गांधी का समर्थक होने के नाते संसद् में और भी अधिक सुस्पष्ट, चतुर और सक्रिय हो गए।

जनता पार्टी, जिसने कांग्रेस से एक ही झटके में सत्ता छीन ली थी, की सरकार अपने ही आंतरिक कलह के चलते गिर गई और वर्ष 1980 के आम चुनावों में दो-तिहाई बहुमत के साथ श्रीमती इंदिरा गांधी ने एक बार फिर से वापसी की। आई.एन.सी.(इ) के टिकट पर श्री पी.ए. संगमा ने दूसरी बार सातवीं लोकसभा (जनवरी 1980) में अपना विजयी प्रवेश किया। समस्याओं से निपटने की उनकी क्षमता, प्रभावी तर्क-शक्ति और विषय के ज्ञान ने उनके नेतृत्व को आकर्षण प्रदान किया। उन्हें अखिल भारतीय कांग्रेस कमेटी में संयुक्त सचिव के रूप में पदासीन किया गया और वहाँ अपनी अल्पकालीन एवं अत्यधिक सफल अवधि के बाद उन्हें उद्योगों के लिए केंद्रीय मंत्रालय में उप-मंत्री के रूप में नियुक्त किया गया। यह राष्ट्रीय कार्यकारी सीढ़ी पर चढ़ने की उनकी शुरुआत थी।

उप-मंत्री होने के नाते यह जानकर वे निराश हुए कि कोई भी फाइल उन तक नहीं पहुँच

रही थी। उद्योग मंत्रालय के प्रभारी कैबिनेट मंत्री उन्हें कोई काम नहीं सौंप रहे थे तथा उनकी उपस्थिति को अनदेखा कर रहे थे। चुनौतियों का सामना करने के लिए साहस के पक्के पी.ए. संगमा ने वह किया, जो स्वाभाविक रूप से शायद कोई और नहीं कर सकता था। उन्होंने श्रीमती गांधी को बताया, "मैडम, यहाँ मेरे लिए कोई काम नहीं है। मुझे पार्टी संगठन में काम करना चाहिए, जहाँ बहुत सारा काम है।" यह युक्ति शीघ्र ही काम कर गई तथा फाइलें आनी शुरू हो गईं।

एक प्रबंधक के रूप में अपने अच्छे प्रदर्शन के कारण वे जल्द ही आगे बढ़ गए। चूँकि अधिक-से-अधिक जिम्मेदारियाँ उन्हें सौंप दी गई थीं, अत: वे राष्ट्रीय मुख्यधारा में नजर आने लगे। वाणिज्य राज्य मंत्री होने के नाते उन्होंने बहुत अच्छा प्रदर्शन किया तथा श्री वी.पी. सिंह, जो उस समय मंत्रालय का नेतृत्व कर रहे थे और बाद में गैर-कांग्रेसी सरकार के प्रधानमंत्री बने, के साथ बहुत अच्छे संबंध विकसित किए। संसद् के सदस्यों और सभी राजनीतिक दलों के नेताओं ने पी.ए. संगमा में उनके सामने पेश की गई समस्या की तह तक जाने की क्षमता सहित साहसपूर्वक तत्काल निर्णय लेने तथा किसी भी पार्टी के प्रति पक्षपाती न होनेवाला एक निष्पक्ष और समझदार मंत्री पाया। उनकी यह विशेषता और भी स्पष्ट हो गई, जब कोयला मंत्री होकर उन्होंने कोल इंडिया लिमिटेड को घाटे से उबारकर एक लाभकारी उद्यम में परिवर्तित कर दिया। श्रम मंत्री—एक ऐसा पद, जिससे आमतौर पर नेता प्राथमिक रूप से राजनीति-निर्देशित श्रमिक संघों द्वारा पैदा की गई निष्फल और जटिल समस्याओं से ग्रसित होने के कारणवश दूर रहते थे, के रूप में उनकी नियुक्ति को कई लोगों ने एक प्रकार की पदावनति माना। परंतु कुछ ही महीनों में श्रम मंत्रालय ने खुद को इतना सक्रिय पाया कि उसका स्तर ऊँचा हो गया और विभिन्न मंत्रालयों के अंतर्गत आनेवाले अधिकतर विभागों ने स्वयं को इसके द्वारा पूछे गए प्रश्नों के लिए उत्तरदायी पाया तथा उन्हें इसके सुझावों के अधीन होना पड़ा। भारत के सर्वश्रेष्ठ श्रम मंत्री के रूप में सभी के द्वारा श्री संगमा का सप्रेम उल्लेख किया जा रहा था।

एक छोटा सा उदाहरण दिया जा सकता है, जो उनकी अनूठी अवधारणा तथा मानव संबंधों की समझ को उजागर करेगा कि किस प्रकार वे अपने ज्ञान का उपयोग कार्य-संस्कृति और उत्पादकता को प्रभावित करने के लिए करते थे। मुझे याद है, किस तरह उन्होंने विभिन्न इकाइयों का दौरा कर तथा स्वयं उनके साथ खान में जाकर काम कर कोल इंडिया के अधिकारियों और इंजीनियरों को समय से अधिक काम करने के लिए प्रेरित किया। और फिर, एक दिन उन्होंने अधिकारियों की पत्नियों के सम्मान में रात्रिभोज की घोषणा की, ताकि वे पुरुषों का समर्थन करने के लिए उनका अभिनंदन कर सकें; अभिनंदन उस समर्थन के लिए, जिसमें उन्हें अपने पतियों से वह समय नहीं मिल सका, जो उन्हें मिलना चाहिए था; बच्चों का पालन-पोषण करने के लिए, जिसमें पतियों का अपेक्षित योगदान नहीं था और उन अलग-अलग कार्यों को करने के लिए, जो वे आमतौर पर नहीं करतीं। अत: उनके समय और शक्ति के योगदान के सम्मान में उन्होंने प्रत्येक को एक सुंदर घड़ी उपहार में दी, जिसे उन्होंने अपने हाथ में कम और हृदय में अधिक

पहना। इसमें कोई आश्चर्य की बात नहीं कि उन्होंने हमेशा से घाटे में चल रही कोल इंडिया को एक लाभकारी उद्यम में परिवर्तित कर राष्ट्रीय आकर्षण अपनी ओर आकृष्ट किया। वास्तव में, वे एक प्रेरणादायक उदाहरण हैं कि कैसे एक व्यापक पृष्ठभूमिवाले विभिन्न श्रेणियों के लोगों को जोड़कर उनकी ऊर्जा को राष्ट्र-निर्माण के मिशन को पूरा करने में लगाया जा सकता है।

श्रम तथा कोयला मंत्री के रूप में उन्होंने व्यापार संघ के नेताओं और विपक्षी नेताओं, मुख्य रूप से संघ की गतिविधियों को नियंत्रित करनेवाले वामपंथी दलों के साथ घनिष्ठ मित्रता विकसित कर ली। वे सहायता के लिए आए किसी भी वास्तविक अनुरोध को स्वीकार करते थे तथा आर्थिक श्रम कल्याण परियोजनाओं का समर्थन करने में भी आगे रहते थे। उन्होंने श्रमिक मोरचे पर भी यथोचित शांतिपूर्ण रवैया अपनाया। परंतु साथ ही उन्होंने कभी किसी निरर्थक बात को बरदाश्त नहीं किया। उन्होंने पश्चिम बंगाल और त्रिपुरा में कार्य-संस्कृति को बहुत गंभीरता से प्रभावित करनेवाले वामपंथी संघ की गतिविधियों पर उनकी शांतिप्रिय हाजिर-जवाब शैली में हमला किया। उन्होंने बंगाली में एक नारा लोकप्रिय किया तथा उसे उस भाषा को बोलने की अपनी अद्‍भुत शैली में व्यक्त किया—"आमरा असले गले मैना पाबो, ओवरटाइम दिले काम कोरबो।" जिसका अर्थ है—'हमारी तनख्वाह कार्यालय आने और घर वापस जाने के लिए है। लेकिन यदि हमसे काम की अपेक्षा की जाती है तो हमें ओवरटाइम दिया जाना चाहिए।' मैंने देखा कि किस प्रकार अपने सांसदों समेत वामपंथी नेताओं ने लज्जित महसूस करते हुए कटाक्ष को हँसी में टाल दिया, क्योंकि इसने संगमा (जिन्हें वे प्रेम करते थे और जरूरत का साथी मानते थे) के साथ संबंधों को क्षति पहुँचाए बिना नग्न सत्य को उजागर किया था।

एक समय, जब वे वाणिज्य मंत्री के रूप में उत्तर-पूर्वी क्षेत्र की यात्रा कर रहे थे तो उन्होंने किसी से शत्रुता मोल लिये बिना सर्वत्र एक कड़ा संदेश देने का शानदार तरीका दिखाया। एक प्रेस संवाददाता ने उनका ध्यान एक जनजातीय व्यापारी द्वारा अपने स्थानीय साथी के साथ धोखाधड़ी करने के मामले की ओर खींचा। वह हँसे और उन्होंने ताना दिया, "मुझे यह सुनकर प्रसन्नता हुई। हमारे साथी जनजातीय लोग विकसित हो रहे हैं। मुझे और भी प्रसन्नता होगी, जब वे दिल्ली या कलकत्ता से आनेवाले व्यापारियों को धोखा देंगे।" इस टिप्पणी को मीडिया द्वारा व्यापक रूप से प्रदर्शित किया गया तथा इसका जनजातीय और गैर-जनजातीय लोगों द्वारा खूब आनंद लिया गया। दो विभिन्न सामाजिक मानसिकताओं को समझाने के लिए इसमें उपयुक्त भाव था।

मिजोरम में एक चुनावी अभियान के दौरान उन्होंने कुछ ऐसा ही किया। तब वे गृह मंत्रालय में केंद्रीय राज्य मंत्री थे। गैर-मिजोरमवासियों के लिए वादियों में एक अलग ही नफरत की लहर दौड़ रही थी। अपने साथ मंच पर मौजूद मुख्यमंत्री ललथनहवला के समर्थन सहित उन्होंने एक बड़ी भीड़ को संबोधित किया, "आप लोग गैर-मिजोरम लोगों को 'वाई' बुलाते हो, जिसका अर्थ है—विदेशी। और आप कहते हैं कि यह उनकी भूमि नहीं है तथा उन्हें मिजोरम छोड़कर जाना होगा। उनके पास यहाँ वोट देने या व्यापार करने का अधिकार नहीं होना चाहिए। अब ईशु

की प्रार्थना करने के लिए कोई आपसे प्रश्न करने की हिम्मत नहीं करता। लेकिन क्या मैं आपसे एक बात पूछ सकता हूँ? क्या ईशु एक मिजो थे या एक वाई?" बिना कोई विरोध किए भीड़ ने उन्हें भाव-विभोर होकर ध्यान से सुना। जैसाकि भय था, इस भाषण से कांग्रेस के वोट आधार में कोई कमी नहीं आई। लोगों के दिलो-दिमाग में अपनी पहचान और संस्कृति खोने के डर से उपजे क्षेत्रीयता और सामुदायिकता नाम के गुब्बारे की हवा निकालने के लिए यह एक सीधी चोट थी। यहाँ आत्म-विश्वास और साहस के साथ उठने का एक संदेश था। और एक चुनावी बैठक में यह कहने का साहस दिखाकर (जो किसी अन्य नेता ने न कभी पहले दिखाया और न उनके बाद) उन्होंने यह स्वयं साबित किया।

एक बार पुनः उन्होंने यह साहस नागालैंड के कठिन और बेहद संवेदनशील राजनीतिक क्षेत्र में दिखाया। कुछ हजार मतदाताओं सहित एक छोटे से विधानसभा क्षेत्र के लिए एक उम्मीदवार को चुनाव जीतने के लिए लाखों रुपए की बोली लगाने का जोखिम उठाना पड़ता था। गाँव के लोग कहा करते थे, "ये लोग सिर्फ चुनाव के समय सत्ता पाने और पैसा बनाने के लिए आते हैं। इसी समय में हमें कुछ मिल सकता है। हमें पैसा चाहिए।" परिस्थिति कुछ ऐसी थी कि अगर एक पार्टी को चुनाव में अपना वर्चस्व कायम करना है तो इतना सारा पैसा लगाने की नीति को छोड़ना पूर्णतः बेवकूफी थी। इस विचारधारा के बारे में संगमा को बहुत बुरा महसूस हुआ और वे अपनी सभी चुनावी रैलियों में लोगों से कहते रहे कि "याद रखें, पैसों का यह प्रवाह खतरनाक है। पैसा आग की तरह है। यह शीघ्र ही फैल जाता है और हमारे सारे सामाजिक व सांस्कृतिक मूल्यों को जला देता है, हमारे लगाव को नष्ट कर देता है और हमारे जनजातीय समुदायों को दिवालिया कर देता है। अगर मूल्य नहीं होंगे तो हमारे साथ क्या रहेगा?" यह एक ऐसा संदेश था, जो अभ्यंतर में रह रहे नागाओं के मन की गहराई में बैठ गया। इसने धीरे-धीरे और खामोशी से कार्य किया। आज अगर कुछ क्षेत्रों में परिवर्तन देखने को मिल रहा है तो इसका श्रेय पी.ए. संगमा जैसे नेताओं को जाता है।

उत्तर-पूर्वी कांग्रेस समन्वय समिति, जिसकी क्षेत्र की सभी प्रदेश कांग्रेस समितियाँ सदस्य थीं, के अध्यक्ष के रूप में अपनी क्षमतानुसार उन्होंने अरुणाचल प्रदेश के पासीघाट के संबोधन में प्रभावशाली खुलेपन से कहा, "एक लोकतंत्र में आपके पास हर वैध माँग करने और उसके पूरे होने के लिए आंदोलन करने का अधिकार है। लेकिन एक नजर दौड़ाएँ कि पिछले कुछ दशकों में हमने क्या पाया है? कुछ हजार मतदाताओं पर हमारे पास एक एम.एल.ए. है। लेकिन शेष भारत में लगभग 2 लाख या इससे अधिक मतदाताओं पर एक एम.एल.ए. है। हमारे पास लगभग 30 हजार लोगों पर एक विकास ब्लॉक है, जो शेष भारत के किसी अन्य हिस्से में एक ब्लॉक पर मिलनेवाले जनसंख्या के 1/15वें हिस्से से काफी कम है। हमारे राज्यों और जिलों का आकार छोटा है, लेकिन हमारे पास अपेक्षित अधिकारियों की संख्या सहित समान प्रशासनिक व्यवस्था है और मंत्रियों की संख्या के मामले में भी यह समान है। और भी उदाहरण

दिए जा सकते हैं। मेरे कहने का आशय यह है कि क्या हम इन फायदों का उपयोग अपने राज्य और इसके लोगों के लिए कर रहे हैं ? या हम हमें होनेवाली समस्याओं के लिए दूसरों को दोष देकर अपने साथी जनजातियों की कीमत पर केवल अपने निजी लाभ को बढ़ाने का प्रयास कर रहे हैं ? क्या यह दोषारोपण हमारी सहायता करेगा ? आज हमारे पास इतनी सारी शक्ति है। हमें आत्म-विश्वासी और जिम्मेदारियों को लेना सीखना होगा।" यह कोई ढोंग, चापलूसी, लाड़-प्यार नहीं, एक स्वस्थ लोकमत विकसित करने हेतु लोगों को शिक्षित करने के लिए केवल एक निडर प्रयास का उदाहरण है।

दीमापुर (नागालैंड) में अगली सुबह होनेवाले उत्तर-पूर्वी कांग्रेस समन्वय समिति के सम्मेलन की शुरुआत से एक दिन पूर्व की उस शाम को मैं कभी नहीं भूल सकता। उसका महासचिव होने के नाते मैंने प्रामाणिक तथ्य और आँकड़े एकत्रित करने के लिए अथक प्रयासों के बाद क्षेत्र की आर्थिक और घुसपैठ से संबंधित कुछ रिपोर्ट्स बनाई थीं। दूसरी रिपोर्ट में घुसपैठ पर विचारणीय पृष्ठ थे। मैंने उन्हें वही रिपोर्ट दिखाई, जो उनके अनुमोदन के लिए महासचिव रिपोर्ट बनी थी। उन्होंने एक-एक अनुच्छेद पंक्ति-दर-पंक्ति पढ़ा। उनके चेहरे पर चमक आ गई और उन्होंने कहा, "हाँ, हम इसे कल के सम्मेलन में पारित करेंगे।" उन्होंने एकाएक प्रांतीय कांग्रेस कमेटियों के अध्यक्षों और मुख्यमंत्रियों की गुप्त बैठक बुलाई और उन्हें विस्तार से समझाया कि क्यों इसे सर्वसम्मति से पारित करने के लिए सहमत होना चाहिए। सभी आश्वस्त थे। क्षेत्र की भू-राजनीति में जनसांख्यिकीय बदलाव के असर और भारत एवं भारत की एशिया में वास्तविक स्थिति पर इसके प्रभाव तथा भयानक समस्या पर उनकी स्पष्ट समझ को देख मैं प्रसन्न था। रिपोर्ट ने देश और इसके पड़ोसियों को बड़े स्तर पर प्रभावित किया। अति-संवेदनशील आरक्षण नीति पर उनके निर्णय उनके राजनीतिक साहस का एक अन्य उदाहरण हैं। अनुसूचित जनजाति का एक ऐसा सदस्य, जो इस नीति का प्रत्यक्ष लाभार्थी है, वह लोगों की सामाजिक सोच पर इसके प्रतिकूल प्रभाव के कारण अप्रसन्न है। बढ़ती प्रोत्साहन आश्रयी मनोवृत्ति द्वारा समर्थित गैर-जिम्मेदाराना माँगों को बढ़ावा, नीतियों की पहल करने की शक्ति और लोगों के चहुँमुखी विकास के लिए आवश्यक जिम्मेदारी लेने के साहस को खत्म कर देता है। वे 'अनुसूचित जनजाति' जैसा उपनाम पसंद नहीं करते थे और उन्होंने जनजातीय छात्रों से आरक्षण द्वारा प्राप्त अवसरों का लाभ उठाकर अपने समृद्ध भाइयों व बहनों के साथ प्रवेश और नौकरी में योग्यता अंकों में बिना किसी कमी की माँग किए उनके समकक्ष आने का आह्वान किया। उनके दोनों लड़कों और दोनों लड़कियों ने कभी किसी रियायत की माँग नहीं की तथा उनके अभिभावक ने उन्हें दूसरों के साथ कंधे-से-कंधा मिलाकर चलने की तथा वही शिक्षा दी, जो स्वयं उनमें व्याप्त थी। उनका परिवार एक उदाहरण है कि अगर अच्छे संस्कार दिए जाएँ तो किस प्रकार एक जनजातीय बच्चा भी अन्य से प्रतिस्पर्धा कर सकता है और यहाँ तक कि आगे बढ़ सकता है। कई मंचों से अपने मंत्रालयी दायित्वों और लहर की परवाह किए

बिना उन्होंने अपने विचारों को बेधड़क और खुलकर व्यक्त किया।

फिर भी, ऐतिहासिक रूप से पिछड़े सामाजिक वर्ग जैसे—एस.टी., एस.सी. और ओ.बी.सी. के शीघ्र विकास के लिए संवैधानिक सुरक्षा देने का उन्होंने पक्ष लिया। लेकिन वे इसे कुछ इस प्रकार से चाहते थे कि यह भारतीय समाज को 'हम' और 'वे' में न बाँटे तथा उस क्षति से बचाए, जो यह अंतर्जातीय, जनजातीय, गैर-जनजातीय संबंधों में लाया था; वे संबंध, जो जातिवाद और नस्लीय विवाद नाम की स्थिति में विकसित हुए थे। आरक्षण व्यवस्था द्वारा सताए गैर-जनजातीय छात्रों की प्रतिज्ञा की उन्होंने सराहना की और उतने ही खुले दिल से उनकी सहायता की, जितनी उन्होंने जनजातीय छात्रों की, की थी। मैं बड़ी संख्या में ऐसे गैर-जनजातीय छात्रों को जानता हूँ, जिनकी उन्होंने विभिन्न निजी संस्थानों में प्रवेश लेने में मदद की। उनमें से गरीबों की उन्होंने आर्थिक रूप से सहायता की। यहाँ तक कि उनकी पढ़ाई के बाद उन्हें नौकरी तक दी गई। यह एक ऐसे व्यक्ति के लिए संभव है, जिसके पास एक दूरदृष्टि हो, जिसका हृदय सभी भारतीय वर्गों के लिए समान रूप से धड़के।

पी.ए. संगमा ग्यारहवीं लोकसभा के अध्यक्ष बने। जब राजनीतिक अस्थिरता ने गणतंत्र को हिलाकर रख दिया था और ऐसी स्थिति में लोकसभा के अध्यक्ष के रूप में सर्वसम्मति से एक ही बार में सभी पक्षों द्वारा उनके स्वैच्छिक चयन का रिकॉर्ड अब तक अटूट है। यह उनके द्वारा कमाए गए सद्भाव, मंत्री के रूप में अनूठे नेतृत्व का गुण दरशाने तथा देश के हितों से समझौता किए बिना अपनी ऊर्जा का कतरा-कतरा सभी के लिए न्यायोचित और निष्पक्ष रूप से खर्च करने का परिणाम था।

सत्रों की अध्यक्षता करते हुए उनके ये गुण और अधिक विकसित हो गए। उनमें से काफी सत्र काफी उग्र भी थे। 'वे लोकतंत्र के प्रथम गुण', अर्थात् विचार-भेद का सम्मान भी करते थे और ऐसे उग्र लोकतांत्रिक सत्रों का उन्होंने आनंद लिया। वे कही गई किसी भी बात के विचारणीय अंश की सराहना करते थे और बहुत चातुर्य एवं हाजिर-जवाबी मिजाज में उसे, जिसे वक्त बरबाद किए बिना खारिज किया जाना चाहिए, खारिज कर देते थे। संपूर्ण राष्ट्र, विशेष रूप से युवा पीढ़ी, संसद् की अध्यक्षता करते हुए पी.ए. संगमा को देखने के लिए लालायित हो टी.वी. से चिपक जाती थी। श्री अटल बिहारी वाजपेयी के मन में उनके लिए आदर और प्रेम-भाव जाग्रत् हो गया और संगमा ने भी सहज रूप से इसका प्रतिफल दिया, यहाँ तक कि बेहद विवादास्पद राजनीतिक समस्याओं के मामले में उनके संबंध पार्टी से भी परे हो गए। पी.ए. संगमा ने अपनी कांग्रेसी और धर्मनिरपेक्ष पृष्ठभूमि के साथ और श्री अटल बिहारी वाजपेयी ने हिंदुत्व की छायाओं तले मूल्यों सहित शून्य हो चुकी बहस के स्तर को जीवंत कर इसकी जड़ों में नई जान फूँकी।

पी.ए. संगमा ने लोकसभा सचिवालय के प्रशासन और इसके सबसे महत्त्वपूर्ण भाग संसदीय पुस्तकालय में भी सकारात्मक प्रभाव छोड़ा। स्टाफ के किसी भी सदस्य को उनसे मिलकर

अपनी समस्याओं तथा सुधार के लिए परामर्श देने की अनुमति थी और अगर वे सही और उचित पाए जाते तो उस पर तुरंत काररवाई की जाती थी। इसने लोकसभा अध्यक्ष सचिवालय में खुशी और दक्षता की एक छवि का निर्माण कर दिया। जब मैं संसदीय पुस्तकालय में जाता हूँ तो मेरी कई अधिकारियों से भेंट होती है, जो उत्सुकतावश संगमा के विषय में पूछताछ करते हैं और यह जानने के इच्छुक रहते हैं कि वे पुनः कब केंद्र में कोई भूमिका निभाएँगे। हमारे राजनीतिक व सामाजिक जीवन के किसी भी स्तर के व्यक्ति द्वारा मिले प्रेम का यह केवल एक माप है, जिसका संगमा आनंद लेते हैं।

इन सब के अलावा उनके द्वारा लिया गया एक और साहसी निर्णय था, जो हमेशा मेरी स्मृति में रहेगा। यह भारत की स्वतंत्रता की स्वर्ण जयंती के उत्सव के समय की बात है। कार्यक्रम की तैयारियाँ चल रही थीं। यह तय हुआ था कि प्रारंभिक गीतों के पश्चात् प्रत्येक दो मिनट के लिए महात्मा गांधी और जवाहरलाल नेहरू का भाषण चलाया जाएगा। श्रीमती कृष्णा बोस, जो तब लोकसभा की सदस्य थीं और जो नेताजी के परिवार से संबंध रखती हैं, ने लोकसभा अध्यक्ष को एक सुझाव दिया कि नेताजी के रिकॉर्ड किए गए भाषणों के एक चुने हुए अंश को चलाने के लिए दो मिनट और दिए जाएँ। विभिन्न राजनीतिक दलों से जुड़े हुए हम कुछ लोगों ने एक अनौपचारिक समूह बनाया और मुझसे अध्यक्ष महोदय के साथ एक भेंट निश्चित करने के लिए कहा गया। हम सकारात्मक परिणाम के लिए आश्वस्त नहीं थे, क्योंकि नेताजी की तसवीर संसद् के केंद्रीय कक्ष में लगाने के लिए कुछ सांसदों द्वारा गंभीर प्रयास किए जाने आवश्यक थे और वह भी परिवर्तित राजनीतिक माहौल में 23 जनवरी, 1978 जितने विलंब से। हालाँकि हम श्री संगमा से मिले और अपना प्रस्ताव रखा। उन्होंने कुछ क्षणों के लिए सोचा और फिर अपनी विशिष्ट मुसकान के साथ बोले, "क्यों नहीं! मेरे विचार से, यह बहुत अच्छा सुझाव है।" उन्होंने संबंधित अधिकारियों को बुलाया और उनसे उसे चर्चा के लिए संबंधित समिति द्वारा अंतिम निर्णय के लिए उसका प्रारूप कार्यक्रम में रखने के लिए कहा। उनके दृढ़ और पूर्ण समर्थन के साथ नेताजी के भाषण को दो मिनट का समय देने का निर्णय लिया गया।

स्वर्णिम जयंती के उद्घाटन कार्यक्रम में तीनों भाषण चलाए गए। जो लोग उसके साक्षी बने, उनके लिए वह एक कभी न भुलानेवाली स्मृति बनी रहेगी। सबसे पहले हिंदी में महात्मा गांधी का भाषण चलाया गया और उसके बाद अंग्रेजी में नेहरू का सुप्रसिद्ध 'ट्रिस्ट विद डेस्टिनी' चलाया गया। संसद् का संपूर्ण केंद्रीय कक्ष यू.के. की संसद् के माननीय अध्यक्ष, भारत की संसद् के दोनों सदनों के सांसदों सहित राष्ट्रीय व अंतरराष्ट्रीय उच्चाधिकारियों से भरा हुआ था। सभी ने बहुत ध्यानपूर्वक भाषणों को सुना और प्रत्येक भाषण का करतल-ध्वनि से अभिनंदन किया। फिर आया नेताजी का भाषण। माहौल में एक रोमांचक बदलाव आ गया। लगभग सारा कक्ष तालियों की लयपूर्ण ध्वनि के साथ खड़ा हो गया। किसी ने सोचा भी नहीं था, यह बस हो गया। यह इतना अचानक हुआ कि सामने बैठे कुछ उच्च पदाधिकारी भी आश्चर्यचकित रह गए।

हम में से कई लोगों ने उस क्षण को याद किया, जब स्वतंत्र लोकतांत्रिक भारत, जिसके लिए नेताजी सुभाषचंद्र बोस ने अपना सबकुछ न्योछावर कर दिया तथा भारत माता के उस सपूत को एक यादगार श्रद्धांजलि दी, जिनके योगदानों को सत्ताधारियों और किन्हीं रहस्यमयी कारणों से अंग्रेजी बुद्धिजीवियों द्वारा हमेशा से कम आँका गया। इस श्रद्धांजलि ने यह दरशाया कि कैसे वे क्षेत्र के लोगों की सामूहिक चेतना का हिस्सा बन गए थे और यहीं से हमारे भाग्य सहित मार्ग को प्रभावित करते चले गए। इसने पी.ए. संगमा के साहस को भी दरशाया, जिन्होंने लोकसभा अध्यक्ष के रूप में अपने प्राधिकार का यथोचित उपयोग किया था, अन्यथा इसे चतुराई से अवरुद्ध भी किया जा सकता था। संयोगवश, संगमा ने कभी लोकसभा अध्यक्ष पद से संबंधित नवाचार से समझौता नहीं किया और ऐसा कोई भी प्रयास, जो इसकी मर्यादा को अंश मात्र भी नुकसान पहुँचाए, फिर चाहे वह किसी भी ओर से हुआ हो, सिरे से खारिज करते हुए इस संस्थान के प्रति अपनी निष्ठा को दरशाया।

यह इस मोड़ पर आकर हुआ कि धर्म, भाषा और जाति जैसी बाधाओं को पार करते हुए उनकी प्रसिद्धि अपने समय के अब तक के सबसे ऊँचे स्तर पर पहुँच गई। भारत के उत्तर, दक्षिण, पूर्व, पश्चिम से नेताओं ने उनमें काफी दिलचस्पी दिखाई। उनका नाम और शोहरत दक्षिण, दक्षिण–पूर्व एशिया और मध्य एशिया के राष्ट्रों तक पहुँच गई, जहाँ के लोगों को उनमें अपनत्व का अहसास हुआ। पश्चिम ने उनकी ओर अपेक्षाओं से देखा। उनके भारत का भावी प्रधानमंत्री होने को लेकर चर्चाएँ होने लगीं।

हालाँकि वे एक छोटे से राज्य मेघालय से हैं, जिसकी लोकसभा में 2 और राज्यसभा में केवल 1 सीट है। ऐसे क्षेत्र से, जहाँ का ईसाई अल्पसंख्यक समुदाय भारत की आबादी का केवल 2 प्रतिशत है तथा अनुसूचित जनजाति की संख्या 10 लाख से भी कम है, ऐसे व्यक्ति को इस ऊँचाई तक पहुँचने का अवसर देने के लिए लोकतांत्रिक भारत का हृदय निश्चय ही अपार था। परंतु लोगों की 'पसंद' की पूर्ण अभिव्यक्ति को रोकनेवाली पार्टी व्यवस्था से उत्पन्न बुनियादी बाधा के कारण यह अपने कार्य करने में लाचार भी था।

इसके पश्चात् वास्तविक टकराव शुरू हुआ। राष्ट्रीयता के सिद्धांतों जैसे विवादों पर अपने कार्यों का बचाव करते हुए अन्य उदार आत्माओं सहित राष्ट्रवादी कांग्रेस पार्टी का निर्माण करने के लिए उन्होंने कांग्रेस का त्याग कर दिया। हालाँकि कांग्रेस फिर से और अधिक शक्तिशाली होकर उभरी, जबकि राष्ट्रवादी कांग्रेस पार्टी ने जो निर्णय लिये, उनका वह राजनीतिक रूप से लाभ उठाने में नाकाम रही। बड़ी संख्या में विभिन्न सामाजिक समूहों से संबंधित लोग कहते रहे कि उनका राजनीतिक ग्रहण देश के लिए बहुत बड़ा नुकसान है। ऐसा नहीं होने देना चाहिए था। उनकी सेवाओं का पुन: उपयोग किया जाना चाहिए। दूसरी ओर, ऐसे कई लोग हैं, जिनका मानना है कि इस प्रक्रिया में अपने राजनीतिक भविष्य को जिस प्रकार उन्होंने नष्ट किया, वह राजनीतिक फैसलों में एक बड़ी भूल है, फिर चाहे वह किसी भी कारणवश हुई हो। फिर भी,

यह सवाल निरंतर सताता है कि उनकी वर्तमान स्थिति अनुपयुक्त महत्त्वाकांक्षा का प्रतिफल थी या कांग्रेस के राजनीतिक अंत:प्रवाह का सोचा-समझा परिणाम?

हालाँकि दोनों बातों में सच्चाई है। लेकिन बाकियों के मुकाबले उन्हें करीब से अधिक जानने के कारण उनके लिए मेरा दृष्टिकोण भिन्न है। यह भारत के लिए वास्तविक दूरदृष्टि और सभी शक्तिशाली दलों की सूक्ष्म दृष्टि के बीच का टकराव था। वे मुझे भारत की आत्मा, इसके सांस्कृतिक मूल्यों से ओत-प्रोत और उनकी स्वयं की जनजातीय शासन व्यवस्था में व्याप्त राजनीतिक प्रकृति से संबद्ध लगते थे। यह एक ऐसा गुण है, जो भारत के अत्यधिक विकसित क्षेत्रों से ताल्लुक रखनेवाले हम ज्यादातर लोगों में नहीं है, जहाँ हमारे दर्शन के लिए विदेशी विचारों और सिद्धांतों के प्रभाव में हम अपनी ही विरासत के प्रति लापरवाह हो गए हैं।

इस टकराव ने उस आदमी की कमजोरी को प्रकट किया, जो अभी तक चुनाव में नहीं हारा था। अपने साथियों से इतर राजनीति को एक व्यवसाय के बजाय उन्होंने एक लक्ष्य के रूप में चुना। संसदीय लोकतंत्र पर आधारित पार्टी में पार्टी सर्वशक्तिशाली होती है, लोग नहीं। एक पार्टी सदस्य, चाहे वरिष्ठ हो या शक्तिशाली, जो लोगों के लिए दूरदृष्टि रखता है, उसे सबसे पहले अपनी दूरदृष्टि हेतु अपनी पार्टी को मनाना आवश्यक है। इतने दृढ़ विश्वास और समझ के बावजूद ऐसा न कर पाने पर केवल एक ही मार्ग शेष बचता है—एक नई पार्टी बनाओ, फिर चाहे जो भी परिश्रम या लागत आए। ऐसी व्यवस्था है हमारे देश में और यह बदलने वाली नहीं, इसलिए बेहतर है कि इससे उलझा न जाए। आसान विकल्प यही है कि भेड़-चाल में चलो, कोई प्रश्न न करो और नेताओं की हाँ में हाँ मिलाओ। पार्टी व्यवस्था में बने रहने का यह सबसे बेहतर तरीका है। राजवंशीय शासन का प्रभाव या हमारे लोकतंत्र में मजबूत विपक्ष की अनुपस्थिति को इस तथ्य द्वारा ही समझा जा सकता है कि स्थिरता और सफलता के लिए हमें ऐसे नेता की आवश्यकता है, जिसके पास संसदीय लोकतंत्र पर आधारित पार्टी में 'अध्यक्षीय शैली' में नेतृत्व करने की वंशावली हो। भारत के आम नागरिक वर्ग में जनमे दूरदर्शी नेता के लिए भारतीय राजनीति में कोई जगह नहीं है। रणनीतिक नीतियों को लागू करने जैसे महत्त्वपूर्ण निर्णय लेने के लिए ऐसे व्यक्तियों की कोई आवश्यकता नहीं है। संयोगवश करिश्माई नेता भी, जिन्होंने निर्णय लेने का जोखिम उठाया, पार्टी के विचारों के कारण उन्हें तार्किक निष्कर्ष तक नहीं ले जा सके। स्वतंत्रता का छह दशकों से भी अधिक समय का इतिहास भारत के पहले गणराज्य में ऐसे नेतृत्व की विफलता का साक्षी है।

संगमा स्वाभाविक कारणों से विफल हुए। पिछले अमेरिकी राष्ट्रपति के चुनाव के बाद राजनीतिक विशेषज्ञों तथा बुद्धिजीवियों के बीच भारत में 'ओबामा घटना' के प्रभाव को लेकर काफी वाद-विवाद हुआ। मेरे लिए इसका जवाब 'न' है। राजनीतिक पार्टियों की राजनीति में ऐसे ओबामाओं की मृत्यु हो जाती है। जैसे-जैसे पार्टियाँ पाखंड, चापलूसी, धन और शारीरिक शक्ति पर अधिक निर्भर होती जाती हैं, वैसे-वैसे स्वतंत्र सोच या स्वयं का दृष्टिकोण रखनेवाले

व्यक्तियों को, जो अपने नैतिक धर्म को प्रकट करने लगते हैं, या तो दबा दिया जाता है या पार्टी से बाहर कर दिया जाता है।

अगले दिन संगमा ने मुझे बताया कि वे अपनी आत्मकथा लिख रहे थे। इसमें कोई संदेह नहीं कि यह अपने पाठकों को एक आदिवासी लड़के की मेघालय के गारो गाँव से लेकर विश्व के सबसे बड़े लोकतंत्र की संसद् में लोकसभा की अध्यक्षता तक के सफर के महाकाव्य में घटित किस्सों से मंत्रमुग्ध कर देगी। इसमें कोई संदेह नहीं कि यह अमेरिकी 'लॉग केबिन टू व्हाइट हाउस' का भारतीय संस्करण होगी। एक बार फिर यह संसार को मूल और संप्रदाय की परवाह किए बिना मनुष्य की अदम्य शक्ति से परिचित कराएगा और यह बताएगा कि किस प्रकार भारतीय लोकतंत्र में ऐसी पुण्यात्मा को सम्मान तथा स्थान देने का लचीलापन है। संगमा जानते हैं, यह सब कैसे हुआ। संविधान के सभी गुण-दोषों सहित वे भारत के संविधान की उपज हैं, और यदि उनकी मानें तो भारतीय लोकतंत्र में अपने लोगों को देने के लिए इससे कहीं अधिक है। उन्होंने अकसर संविधान की समीक्षा, पुनरीक्षा तथा पुनर्गठन की वकालत की है। कोई संदेह नहीं कि वे अपनी आत्मकथा में भी इस विषय पर व्यापक रूप से चर्चा करेंगे। भविष्य के गर्भ में पल रहे भारत के दूसरे गणराज्य पर उनके क्या विचार होंगे, इसका हमें बेसब्री से इंतजार रहेगा।

पी.ए. संगमा अब 64 वर्ष के हैं—एक ऐसी आयु, जिसमें मनुष्य तनाव-मुक्त, विवेकशील और दूरदर्शी होता है। उन्होंने पहले ही इसका परिचय दे दिया है कि जनजातीय लोग भी भारत देश को अत्यधिक प्रेम करते हैं और यह भी कि जनजातीय नेता भारत माता के मुकुट पर मूल्यवान् रत्नों की तरह चमक सकते हैं। राष्ट्र को उनसे बहुत अधिक उम्मीदें हैं।

भाग-3

लोकसभा में भाषणों का चयन

राजनीतिक एवं प्रशासनिक मसले

भारत में अकादमिक सुधार की जरूरत*

कोठारी आयोग की अनुशंसा पर संघ लोक सेवा आयोग (यू.पी.एस.सी.) ने एक साल पहले यह निर्णय लिया कि संविधान की आठवीं अनुसूची में वर्णित क्षेत्रीय भाषाओं पर आधारित एक पेपर अनिवार्य विषय के रूप में होना चाहिए। मैंने इस मामले के समर्थन और असमर्थन के रूप में अपने से जुड़े दोनों ही तरह के मित्रों से बातें कीं और उनके हिसाब से मुझे यह पता चला कि अंग्रेजी को इससे हटाया जाना चाहिए। उन्होंने अंग्रेजी के हटाए जाने की पुरजोर हिमायत की। उनके हिसाब से, क्षेत्रीय भाषाओं को ज्यादा बढ़ावा दिया जाना चाहिए, जिससे हिंदी भाषा को भी बढ़ावा मिल सके। जहाँ तक हिंदी और क्षेत्रीय भाषाओं को बढ़ावा देने की बात है, मैं यह पहले ही बता दूँ कि मैं इनमें कोई भेद नहीं कर रहा; लेकिन देश के बहुत से राज्यों में इसे लेकर समस्याएँ हैं, विशेष रूप से मेरे राज्य उत्तर-पूर्व से, जहाँ से मैं आता हूँ। हमारे देश में सैकड़ों भाषाएँ और बोलियाँ बोली जाती हैं। मेरे गारो आदिवासी समुदाय में आठ भाषाएँ बोली जाती हैं। यदि नागालैंड की बात की जाए तो नागा जनजाति में सत्रह भाषाएँ बोली जाती हैं। यदि अरुणाचल प्रदेश की बात करें तो वहाँ पर सत्रह आदिवासी जातियाँ हैं और उनकी सत्रह आदिवासी भाषाएँ हैं। यदि संविधान की आठवीं अनुसूची को देखें तो उसमें आपको केवल चौदह भाषाएँ ही मिलेंगी, जिन्हें क्षेत्रीय भाषाओं के रूप में पहचान प्राप्त हुई है। अब देश के उन हिस्सों के लोगों की भाषाओं को, जिन्हें संविधान की आठवीं अनुसूची के अंतर्गत क्षेत्रीय भाषा के रूप में नहीं स्वीकार किया गया है और देश के उन हिस्सों में, जहाँ पर संविधान की आठवीं अनुसूची में स्वीकृत क्षेत्रीय भाषाएँ, यदि शिक्षा के माध्यम के रूप में उपयोग नहीं की जातीं तो क्या आप इन क्षेत्रों से आनेवाले छात्रों से यह उम्मीद कर सकते हैं कि वे इस तरह की प्रतियोगी परीक्षाओं में सफल हो सकते हैं? जनता पार्टी की सरकार इस मुद्दे पर बहुत ही गंभीर थी और उसने यह अनुमोदन दिया था कि क्षेत्रीय भाषाओं में एक अनिवार्य प्रश्न-पत्र रखा जाएगा। छठी लोकसभा के आदरणीय सदस्य को यह याद होना चाहिए कि मैंने इस विशेष मुद्दे को सदन के सामने

---

* लोकसभा बहस, 12 जून, 1980 संघ लोक सेवा आयोग (यू.पी.एस.सी.) की अट्ठाईसवीं रिपोर्ट पर प्रस्ताव के संबंध में हुई बहस में हिस्सा लेते हुए दिया गया वक्तव्य।

रखा था और सदन द्वारा इस मुद्दे को स्थगित कर दिया गया था। जहाँ तक हमारे क्षेत्र का संबंध है, हम इस अनुसूची को स्वीकृत नहीं कर सकते। हम इसके लिए असमर्थ हैं। हम यह कह रहे हैं कि पूरे देश के लिए अनिवार्य प्रश्न–पत्र के रूप में क्षेत्रीय भाषा का एक प्रश्न–पत्र हो सकता है, लेकिन हमारे क्षेत्र के लोगों के लिए इस तरह के प्रश्न–पत्र के लिए छूट मिलनी चाहिए। उनके लिए अनिवार्य क्षेत्रीय भाषा प्रश्न–पत्र परीक्षा के स्थान पर एक वैकल्पिक प्रश्न–पत्र स्वीकृत किया जाना चाहिए और यह प्रश्न–पत्र उत्तर–पूर्व के छात्रों के लिए अनुमोदित किया जाना चाहिए। इस तरह का प्रावधान एक साल के लिए किया गया था, जैसाकि पिछले साल बहुत सारे छात्रों ने इसकी माँग की थी और बहुत सारे विरोध भी हुए। इसलिए इसे एक साल के लिए लागू किया गया। अब, मैं आदरणीय मंत्रीजी से यह जानना चाहूँगा कि भारत सरकार की इस अत्यंत महत्त्वपूर्ण मुद्दे पर क्या नीति है? भविष्य के लिए, क्या सरकार इस राहत छूट को उत्तर–पूर्व के छात्रों के लिए बढ़ाने वाली है? संघ लोक सेवा आयोग (यू.पी.एस.सी.) की इस परीक्षा में भाग लेने के लिए क्षेत्रीय भाषा प्रश्न–पत्र में परीक्षा न देने की छूट मिलेगी? मैं एक बार फिर आदरणीय मंत्रीजी से अनुरोध करूँगा कि जहाँ तक मेरे क्षेत्र का संबंध है, वहाँ पर अनिवार्य क्षेत्रीय भाषा प्रश्न–पत्र के स्थान पर एक ऐच्छिक प्रश्न–पत्र होना चाहिए। यू.पी.एस.सी. की रिपोर्ट में इस मुद्दे को लेकर बहुत सी बहसें हुई हैं। यह बहस आज से नहीं शुरू है, बल्कि पिछले कई वर्षों से इस मुद्दे पर बहस चल रही है। जहाँ तक अखिल भारतीय सेवा की परीक्षा में अनुसूचित जाति व अनुसूचित जनजाति के लोगों के भाग लेने का सवाल है, आज भारत सरकार की रुचि इस बात में होनी चाहिए कि ऐसे समूह से आनेवाले छात्र इस तरह की परीक्षाओं में आगे आएँ। लेकिन यदि कोठारी आयोग की इस अनुशंसा को स्वीकृत किया गया तो उत्तर–पूर्व के राज्यों में रहनेवाले छात्रों को इस नियम से बहुत हानि होगी। इसलिए, मैं एक बार फिर से उत्तर–पूर्व के लोगों की तरफ से यह अनुरोध करता हूँ कि जिन भाषाओं को आठवीं अनुसूची की क्षेत्रीय भाषा सूची में शामिल नहीं किया गया है, उन क्षेत्रों से आनेवाले छात्रों को एक वैकल्पिक प्रश्न–पत्र के रूप में परीक्षा देने की अनुमति देनी चाहिए। अब, जहाँ तक अनुसूचित जाति और अनुसूचित जनजाति के लोगों के प्रतिनिधित्व का सवाल है, मैं स्वयं एक अनुसूचित जनजाति से आता हूँ। मेरा यह मानना है कि यहाँ पर सवाल अनुसूचित जाति, अनुसूचित जनजाति और बाकी अन्य जातियों के प्रतिनिधित्व का नहीं है। यह द्वंद्व गरीब और अमीर, ग्रामीण और शहरी के बीच का है। आज तक भारत सरकार द्वारा ग्रामीण लोगों के विकास के लिए अनुसूचित जाति और जनजाति के विकास के लिए उठाए गए सभी तरह के कदम इस द्वंद्व को मिटाने में आज के समय में पर्याप्त नहीं हैं। भारत सरकार द्वारा कोचिंग सेंटर्स खोले गए और यह बहुत ही अच्छा काम है। मैं इस काम की प्रशंसा करता हूँ और इसे नियमित किया जाना चाहिए। इसके बावजूद, हम शिक्षा के आधार, यानी नींव से जुड़ी समस्याओं के समाधान, शिक्षा दिए जाने के तरीके से जुड़ी समस्याओं का समाधान नहीं कर पा रहे, क्योंकि समस्या शिक्षा दिए जाने के

तरीके में है। यहाँ पर बहुत से सम्माननीय सदस्य उपस्थित हैं, जिन्होंने मुझे यह बताया और मैं उस तरफ ही इशारा कर रहा हूँ, ऐसा कोई भी छात्र, चाहे वह अनुसूचित जाति से हो या अनुसूचित जनजाति से, वह ब्राह्मण हो या किसी दूसरी उच्च जाति से, यदि वह गाँव में रहता है और उसे कोई शैक्षणिक सुविधा नहीं मिली है और न ही वह किसी अच्छे विद्यालय से पढ़ा है, वह छात्र इस देश की सबसे उच्च प्रतियोगिता परीक्षा को कैसे उत्तीर्ण कर सकता है? इसके लिए जो जरूरी है, वह यह है कि ग्रामीण क्षेत्रों में शिक्षा का स्तर बढ़ाया जाए। यदि हम ग्रामीण क्षेत्रों के दौरे पर जाएँ और वहाँ के विद्यालयों की हालत देखें तो हमें यह ज्ञात होगा कि उनकी स्थिति पर ध्यान देने की बहुत ही सख्त जरूरत है। हममें से अधिकतर लोग ग्रामीण क्षेत्रों से ही आते हैं। हम यह अच्छी तरह से जानते हैं कि गाँवों में रहनेवाले लोगों का जीवन कितना मुश्किल है! मैं अपने ही एक चुनावी क्षेत्र से एक उदाहरण देना चाहूँगा। मेरा यह चुनावी क्षेत्र सबसे पिछड़े चुनावी क्षेत्र के अंतर्गत आता है। पिछले सत्र के बाद मैं अपने इस चुनावी क्षेत्र के दौरे पर गया था। वैसे, मैं एक या डेढ़ महीने पर एक या दो गाँवों के दौरे पर जाता रहता हूँ। आपको यह जानकर आश्चर्य होगा कि उन गाँवों में से मुझे सैकड़ों ज्ञापन मिले। उन ज्ञापनों में जिले का मानचित्र उपलब्ध कराए जाने की माँग की गई थी। लोअर पब्लिक विद्यालयों में उनके ही जिले का मानचित्र नहीं है। इसलिए वे अपने सांसद से यह आशा करते हैं कि वह उनके जिले का मानचित्र उन्हें उपलब्ध कराएँ। मुझे एक ऐसा भी अनुमोदन-पत्र मिला है, जिसमें उन्होंने यह लिखा है कि उनके विद्यालय में ब्लैक बोर्ड नहीं है और वे सांसदजी से यह आशा करते हैं कि उनके विद्यालय में एक ब्लैक बोर्ड उपलब्ध कराया जाए। यदि हमारे विद्यालयों की स्थिति ऐसी है तो हम इन क्षेत्रों में रहनेवाले लड़के और लड़कियों से यह उम्मीद कैसे कर सकते हैं कि वे इस तरह की सर्वोच्च प्रतियोगिता परीक्षा को उत्तीर्ण करें? मैं उनको चुनाव से पहले यह उम्मीद नहीं दे पाया कि मैं उनकी इन समस्याओं का समाधान कर पाऊँगा। लेकिन आज मुझे यहाँ अवसर मिला है कि मैं उनकी समस्याओं पर सवाल छठी लोकसभा के इस सदन में उठाऊँ। मैं अब गारो पहाड़ी के विद्यालयों की स्थिति पर बात करता हूँ। गारो पहाड़ी के विद्यालयों के अध्यापकों द्वारा बहुत बार हड़ताल की गई। उन्हें आठ-नौ महीने से कोई भी वेतन नहीं मिला है। मैंने सदन में इस मामले को कई बार उठाया और आज भी उठा रहा हूँ। मैंने अपने प्रश्नों की सूची दे दी थी और उत्तर के रूप में मुझे यह बताया गया कि मेरे इन सवालों पर कोई भी कार्यवाही नहीं की जा सकती, क्योंकि मेरे सवाल "भारतीय संविधान की छठी अनुसूची के अंतर्गत आते हैं और यह संविधान का एक स्वायत्त प्रावधान है।" इसमें सरकार कोई भी हस्तक्षेप नहीं कर सकती। मैं यह कहना चाहता हूँ कि यह मुद्दा किसी जाति विशेष, जैसे—अनुसूचित जाति, अनुसूचित जनजाति आदि का नहीं है। अनुसूचित जाति और अनुसूचित जनजाति से आनेवाले वे लोग, जिनके पास अपने बच्चों को अच्छी शैक्षणिक सुविधा देने और अच्छे विद्यालयों में पढ़ाने की क्षमता है, वे बच्चे इन प्रतियोगी परीक्षाओं में जरूर आगे आएँगे। जबकि वे ब्राह्मण

परिवार या उच्च जाति के लोग, जिनके पास अपने बच्चों को अच्छे विद्यालयों में पढ़ाने, उच्च शैक्षणिक सुविधा देने की क्षमता नहीं है, उनके बच्चे कभी भी ऐसी प्रतियोगी परीक्षाओं में नहीं उत्तीर्ण हो सकते। इसलिए, यहाँ पर जरूरत यह है कि शिक्षा की गुणवत्ता को, ग्रामीण क्षेत्रों में आनेवाले शैक्षणिक संस्थानों की सुविधाओं को बढ़ाया जाए। हालाँकि यह मामला गृह मंत्रालय के अंतर्गत नहीं आता, लेकिन मेरा यह मानना है कि गृह मंत्रालय इस मामले को, विशेष रूप से शिक्षा मंत्रालय के सामने उठा सकता है; क्योंकि मेरे हिसाब से यह बहुत ही संवेदनशील मुद्दा है। मुझे यह पता है कि मेरे उत्तर-पूर्व के विभिन्न राज्यों के लड़के-लड़कियाँ, जो आई.ए.एस. की परीक्षाओं में भाग लेते हैं और जब परीक्षा देने के लिए बाहर निकलते हैं तो उन्हें रेलगाड़ी की उपलब्धता की समस्या से भी जूझना पड़ता है। हमारा क्षेत्र ट्रेन की सुविधा से पूर्णतः वंचित है। उत्तर-पूर्व क्षेत्र के सात राज्यों में से असम एकमात्र ऐसा राज्य है, जहाँ पर रेलवे की सुविधा है, शेष अन्य राज्यों में किसी भी तरह की रेलवे सुविधा नहीं है। हालाँकि स्नातक के छात्र, जो आई.ए.एस. की परीक्षाओं में बैठते हैं, उन्होंने रेलगाड़ी को चित्र में ही देखा होगा, कभी भी सामने से नहीं देखा होगा। हम इस तरह के बच्चों से यह उम्मीद कैसे कर सकते हैं कि वे इन प्रतियोगी परीक्षाओं में पास हों, साक्षात्कार आदि में भाग लें, अंतरराष्ट्रीय मुद्दों पर बहस करें और दर्शन आदि पर बात करें? यह पूरी तरह से अप्रायोगिक है। इसलिए मेरा यह अनुमोदन है कि शिक्षा का स्तर बढ़ाने के साथ-साथ पिछड़े क्षेत्रों व ग्रामीण क्षेत्रों में शिक्षा का स्तर बढ़ाया जाना चाहिए, अच्छे विद्यालय खोले जाने चाहिए और जरूरत के हिसाब से वित्तीय सहायता भी दी जानी चाहिए। हमारे शहरों में बहुत से अच्छे विद्यालय हैं, लेकिन गाँवों में ऐसे अच्छे विद्यालय नहीं हैं। इसलिए यह असमानता दूर करने के लिए अनिवार्य कदम उठाए जाने चाहिए। मैंने यहाँ पर जरूरी सवालों को उठाया है। मैं एक बार फिर से भारत सरकार से यह अनुरोध करता हूँ कि अनिवार्य पेपर के रूप में क्षेत्रीय भाषाओं की बाध्यता हटाई जानी चाहिए। मेरे राज्य तथा उत्तर-पूर्व के अन्य राज्यों के लिए यह बाध्यता खत्म की जानी चाहिए।

अल्पसंख्यकों पर होनेवाले अत्याचार : सैद्धांतिक और वैचारिक ढाँचा*

श्रीमान अध्यक्ष महोदय, 10 दिसंबर, 1998 को संयुक्त राष्ट्र घोषणा-पत्र द्वारा स्वीकृत मानव अधिकार आयोजन की स्वर्ण जयंती थी। मानव अधिकार के विधेयक में अल्पसंख्यकों के अधिकारों को विशेष स्थान दिया गया है। श्रीमान, मैंने इस सरकार से एक उम्मीद की थी कि

* लोकसभा बहस, 15 दिसंबर, 1998—देश के विभिन्न हिस्सों में अल्पसंख्यकों पर किए गए अत्याचारों पर नियम 193 के अंतर्गत हुई चर्चा में भाग लेते हुए दिया गया वक्तव्य।

वह संयुक्त राष्ट्र के घोषणा-पत्र द्वारा निर्मित मानव अधिकार जयंती के अवसर पर कम-से-कम सर्व-सम्मति से एक विधेयक पास करे या फिर आज के इस बहस के दौरान ही यह करे, क्योंकि यह काम बहुत पहले से विचाराधीन है। मैं सरकार से यह भी अनुमोदन करता हूँ कि संयुक्त राष्ट्र घोषणा-पत्र पर आधारित मानव अधिकार के इस स्वर्ण जयंती समारोह के अवसर पर इसके पीछे निर्धारित कारणों पर भी बात की जानी चाहिए और इसके लिए कुछ माध्यम भी बनाए जाने चाहिए। इस संसद् में इस तरह के विषय पर भी बात होनी चाहिए।

जहाँ तक अल्पसंख्यकों पर होनेवाले अत्याचारों का मामला है, मैं इस पर घटनाओं के आधार पर या फिर किसी एक निश्चित घटना के आधार पर नहीं बात करूँगा और न ही दूसरे सदस्यों द्वारा गिनाई गई घटनाओं का हवाला दूँगा। मैं केवल एक प्रामाणिक घटना का हवाला देना चाहता हूँ और वह बात यह है कि जब से यह सरकार सत्ता में आई, अल्पसंख्यकों पर होनेवाले अत्याचारों की संख्या बढ़ गई है। दूसरा, मैं केंद्र सरकार की जवाबदेही को लेकर चिंतित हूँ। मैं किसी पर भी आक्षेप नहीं लगा रहा। प्रोफेसर पी.जे. कुरियन के सवाल के जवाब में माननीय गृहमंत्रीजी ने इसे खारिज कर दिया और जवाब में यह कहा कि यह कानून व व्यवस्था का मामला है।

❑

मैं यह कहना चाहता हूँ कि यह केवल एक घटना नहीं है, जिसे वे खारिज कर सकते हैं। भले ही यह कानून और व्यवस्था का मामला है। इसका संबंध उनकी विचारधारा से है, जिसके आधार पर वे कुछ नहीं कर रहे हैं। इसका संबंध संघ परिवार की विचारधारा से है, जिस पर कार्यवाही करने की जरूरत है। जैसाकि अब समय नहीं बचा है, इसलिए मैं सीधे मुद्दे पर आता हूँ। मैं इस परिस्थिति का समाधान दो पहलुओं के रूप में बताना चाहूँगा। पहला, भाजपा एवं संघ परिवार की वैचारिक रूपरेखा और दूसरा, भाजपा एवं संघ परिवार का सैद्धांतिक ढाँचा। इनकी वैचारिक रूपरेखा क्या है? भाजपा के मुखपत्र में बहुत ही स्पष्ट रूप में लिखा गया है। इनके मुखपत्र में क्या लिखा गया है? ये सांस्कृतिक राष्ट्रवाद की बात करते हैं। सांस्कृतिक राष्ट्रवाद क्या है? सांस्कृतिक राष्ट्रवाद के अनुसार—आप एक राष्ट्र, एक जन और एक संस्कृति के मंत्र के प्रति प्रतिबद्ध होते हैं। यह परिभाषा वर्ष 1998 में लिखित मुखपत्र में वर्णित है। मैं मुखपत्र का हवाला देना चाहूँगा—

> "भाजपा एक राष्ट्र, एक जन और एक संस्कृति के विचार के प्रति प्रतिबद्ध है। हमारी राष्ट्रवादी दृष्टि भारत की किसी भौगोलिक और राजनीतिक पहचान की सीमा के अंदर बँधी हुई नहीं है, बल्कि यह हमारी अनंतकालीन सांस्कृतिक विरासत से जुड़ी है। यह सांस्कृतिक विरासत सभी क्षेत्रों, धर्म, भाषाओं, सभ्यता और पहचान आदि से मिलकर भारत के इस राष्ट्रवाद का निर्माण करते हैं, जो कि हिंदूवाद का ध्येय है और यही एक राष्ट्र, एक जन और एक संस्कृति की विचारधारा है।"

दूसरा उदाहरण मैं शिक्षा व्यवस्था के भगवाकरण से देना चाहूँगा। मैं मानव संसाधन

विकास मंत्रालय के मंत्री माननीय डॉ. मुरली मनोहर जोशी का बहुत सम्मान करता हूँ। लेकिन जिस तरह का एजेंडा वर्तमान सरकार द्वारा अभी हाल-फिलहाल में लागू किए जाने की नीति चल रही है, उसमें शिक्षा मंत्री द्वारा एक सम्मेलन में जो वक्तव्य दिया गया, मैं अपने स्तर से यह नहीं विश्वास कर पा रहा हूँ कि यह वक्तव्य डॉ. जोशी जैसे सम्मानित व्यक्ति द्वारा दिया जा सकता है! हम सभी इस बात से बहुत अच्छी तरह से वाकिफ हैं कि किस तरह आर.एस.एस. के कार्यकर्ता श्री पी.डी. चितलांगिया से शिक्षा के भगवाकरण को बचाने के लिए कहा गया। सरस्वती-वंदना और वंदे मातरम् को हर जगह लागू किए जाने के बवाल को भी हम सभी अच्छी तरह से जान रहे हैं और संस्कृत को एक अनिवार्य विषय की रूप में लागू किए जाने के लिए जो संघर्ष चल रहा है, उसे भी जान रहे हैं। हम सभी यह सबकुछ जान रहे हैं। लेकिन यहाँ सवाल यह है कि क्या यह सब हाल-फिलहाल में शुरू हुआ? क्या यह एक नया विचार है? नहीं, ऐसा बिल्कुल भी नहीं है। यह बहुत पहले से ही भाजपा के वैचारिक नीति में शामिल रहा है और अब यह इनकी निर्वाचित सदस्यों भाजपा, आर.एस.एस., बजरंग दल आदि द्वारा जगह-जगह पर थोपा जा रहा है और इसे लागू करवाया जा रहा है। शिक्षा व्यवस्था के लिए यह बहुत बड़ा खतरा है। आर.एस.एस. और बजरंग दल बहुत पुराने संगठन हैं, लेकिन पिछले कुछ वर्षों में ये अपने बहुत सक्रिय रूप में नहीं थे; लेकिन अचानक से इनके इतने पुरजोर रूप में सक्रिय हो जाने के क्या कारण हैं? ये संगठन अचानक से क्यों इतना ईसाई-विरोधी, मुसलिम-विरोधी और अल्पसंख्यक-विरोधी हो गए हैं? ऐसा इसलिए है, क्योंकि उन्हें यह अच्छी तरह से पता है कि वर्तमान सरकार उनकी सहायता करने के लिए और उन्हें बचाने के लिए ही है। ये लोग अच्छी तरह से जानते हैं कि एक राष्ट्र, एक जन, एक संस्कृति और हिंदूवाद का नारा देकर यह सब करना बहुत ही आसान है।

मैं माननीय गृहमंत्री श्री लालकृष्ण आडवाणी द्वारा बौद्ध दर्शन पर दिए गए वक्तव्य को सुनकर हैरान रह गया था। 6 नवंबर, 1998 को माननीय गृहमंत्री जब सारनाथ में बुद्ध के त्रिपिटक दर्शन का उद्घाटन कर रहे थे तो उन्होंने बौद्ध दर्शन का हिंदूकरण और आर्यनीकरण कर दिया। श्रीमान, इन्होंने जो कहा था, मैं उसी का उदाहरण दे रहा हूँ। इन्होंने कहा था कि, "बुद्ध ने प्राचीन हिंदू आर्य सभ्यता को फिर से जीवित कर दिया है।" इसके आगे भी इन्होंने कहा कि, "गौतम बुद्ध भगवान् विष्णु के ही पुनरवतार हैं और इनका दर्शन भगवद्गीता से प्रभावित है।"

माननीय गृहमंत्री द्वारा बौद्ध दर्शन पर दी गई इस व्याख्या पर बौद्ध विद्वानों द्वारा जो प्रतिक्रिया दी गई थी, उसके बारे में सब लोग अच्छी तरह से वाकिफ हैं। आज के समय में ये सब हो क्या रहा है? क्या यह संरक्षणवादी विचारधारा है, जो कि आज के समय के नेताओं के दर्शन और विचार आदि से देखने को मिल रहा है?

दूसरा पहलू सैद्धांतिक रूपरेखा से संबंधित है। आज की यह कार्यकारी सरकार का सैद्धांतिक ढाँचा क्या है? हम विश्व हिंदू परिषद्, आर.एस.एस. और बजरंग दल आदि के विभिन्न नेताओं

द्वारा दिए गए वक्तव्यों से अच्छी तरह वाकिफ हैं। मैं इनका नाम नहीं लेना चाहता, क्योंकि इस पर किसी को आपत्ति भी हो सकती है। अगर मैंने इनके नाम ले लिये तो फिर ये नेता अपने आपको आरोपों से बचा नहीं पाएँगे; क्योंकि हममें से सभी को ही यह पता है कि इन संगठनों के सबसे प्रसिद्ध नेता भी ईसाइयों को राष्ट्रद्रोही कह रहे हैं और इन नेताओं के हिसाब से एक बार फिर दूसरा 'भारत छोड़ो' आंदोलन होना चाहिए। गिरजाघरों को इसलिए बंद कर दिया जाना चाहिए, क्योंकि इनमें शराब चढ़ाई जाती है।

❑

ठीक है, मैं अपना वक्तव्य सुधार लेता हूँ। हो सकता है कि मैं गलत हो सकता हूँ। मुझे खुशी होगी, यदि यह गलत साबित हो; लेकिन जैसाकि रिपोर्ट से पता चला है कि दिल्ली के पूर्व मंत्री श्री राजेंद्र गुप्ता ने एक वक्तव्य दिया। मेरे हिसाब से यह सब ईसाई धर्म की अवहेलना की वजह से है। मैं उन पर कोई आक्षेप नहीं लगा रहा। उन्होंने कहा था कि गिरजाघरों में शराब चढ़ाई जाती है और आबकारी विभाग के नियमों के हिसाब से इसे आदेश नहीं दिया जाना चाहिए और इसे बंद कर देना चाहिए। उनका यह वक्तव्य मैंने पढ़ा भी है। मुझे यह नहीं पता कि आप लोगों को यह कैसे नहीं ज्ञात है? जैसाकि आप मेरे वक्तव्य को गलत साबित कर रहे हैं, इसलिए मैं यह सब कह रहा हूँ।

❑

मुझे पता है कि माननीय गृहमंत्रीजी कराची के सेंट पैट्रिक स्कूल से पढ़े हुए हैं। जहाँ तक मुझे पता है, इस देश में बहुत से प्रसिद्ध व्यक्तित्व, जो महत्त्वपूर्ण पदों पर हैं, चाहे वे राजनीतिज्ञ हों, नौकरशाह हों, डिप्लोमेट्स हों, मीडिया पत्रकार हों या फिर उद्योगपति हों—इनमें से बहुत से लोगों ने ईसाई संगठनों से ही शिक्षा ग्रहण की है। मुझे इस बात पर गर्व भी है, क्योंकि हमारे देश के निर्माण में ऐसे लोगों का बहुत ही महत्त्वपूर्ण योगदान है। यदि आप यह स्वीकार करते हैं तो आज के समय में 'बाइबल' की हजारों प्रतियाँ क्यों जलाई जा रही हैं? आज गिरजाघरों पर हमले क्यों किए जा रहे हैं? आपसे मेरा यह सवाल है। आज के समय में गड़े मुरदे क्यों उखाड़े जा रहे हैं? मैं आपसे इसका जवाब जानना चाहता हूँ।

❑

मुझे ऐसा लग रहा है कि इस सरकार को मेरा भाषण बहुत परेशान कर रहा है। इसलिए मैं अब और कुछ नहीं कहना चाहता। मैं थोड़ा विराम ले लेता हूँ। श्री राम विलास पासवान ने अपने भाषण में एक बहुत ही सुंदर बात कही थी, 'हम अपनी सीमाओं को देखें, और हमारी इन सीमाओं की सुरक्षा करनेवाले लोग ये अल्पसंख्यक ही हैं।' मैं एक कदम और आगे आकर यह बताना चाहता हूँ कि यदि कहीं वैश्विक स्तर पर भारत के बारे में कुछ कहा जाता है या फिर किसी चीज के लिए जाना जाता है तो आज के समय में इसे वैश्विक स्तर पर ईसाई-विरोधी,

अल्पसंख्यक-विरोधी कहा जा रहा है। हमें यह ध्यान में रखना होगा कि इन तरीकों से आगे जाकर वैश्विक फलक पर हम अकेले पड़ जाएँगे। वैसे भी, पहले से ही हम (भारत) बहुत सारी पिछली गलतियों से अकेले पड़ गए हैं। यदि आगे भी हम ऐसा ही करते रहे तो मुझे नहीं लगता कि यह हमारे देश के लिए सही होगा। आखिरकार, यह विश्व दो हिस्सों में पहले से ही बँटा हुआ है और मैं इस मामले में बहुत ही साफ-साफ और कटु सत्य बता रहा हूँ कि भारत वैश्वीकरण की इस प्रक्रिया में विश्व स्तर पर स्वयं को अलग करके नहीं रह सकता। इसलिए यह बात याद रखें। मैं बहुत खुश हूँ कि आज हमारे गृहमंत्री इस बात को लेकर बहुत ही सकारात्मक विचार रख रहे हैं। मैं इस बात पर भी बहुत खुश हूँ कि देर से ही सही, पर माननीय प्रधानमंत्री ने यह कहा कि वह इन पक्षों पर सकारात्मक हैं और उनकी इस सकारात्मकता का श्रेय वे अपने मंत्रिमंडल के तीन सबसे विश्वसनीय सदस्यों को मानते हैं। लेकिन मैं केवल एक बात माननीय गृहमंत्रीजी से यह कहना चाहूँगा कि आपकी सकारात्मकता या फिर माननीय प्रधानमंत्री की सकारात्मकता के आने में शायद बहुत देर हो गई है। मैं आपको यह बताना चाहता हूँ कि हिंदू धर्म के लोग रोज सुबह सूर्य नमस्कार करते हैं। वे यह सूर्य नमस्कार अंधेपन से बचने के लिए करते हैं, ऐसा हिंदू धर्म में मानना है। यह मैंने कहीं पर पढ़ा था कि सूर्य नमस्कार करने से व्यक्ति अंधेपन से बच सकता है। लेकिन यह सूर्य नमस्कार श्री आडवाणीजी और माननीय प्रधानमंत्रीजी ने बहुत देर से करना शुरू किया है। वे अंधापन हो जाने के बाद सूर्य नमस्कार की प्रविधि अपना रहे हैं। मैं आपको यह बता दूँ कि इस देश की जनता अंधी नहीं है और इस जनता ने इस बात का प्रमाण अभी हाल-फिलहाल दिल्ली, राजस्थान और मध्य प्रदेश में हुए चुनावों के द्वारा दे दिया है। श्रीमान अध्यक्ष महोदय, आपका बहुत-बहुत धन्यवाद।

भारतीय संसद् की भूमिका*

श्रीमान उपाध्याक्ष्य महोदय, 20 मार्च, 1998 को जब इस सदन में माननीय प्रधानमंत्रीजी ने विश्वास प्रस्ताव का मामला सामने लाया था तो मैंने इस सदन को कुछ याद दिलाया था। मैं फिर से दोहराना चाह रहा हूँ—

> पिछले 22 महीनों के दौरान यह पाँचवाँ विश्वास प्रस्ताव लाया गया है और मुझे यह नहीं पता कि आगे आनेवाले समय में इस सदन में और कितने विश्वास प्रस्ताव लाए जाएँगे! मुझे इस पर पूरा विश्वास था कि एक साल की अवधि में कम-से-कम एक और विश्वास प्रस्ताव तो आ ही जाएगा।

शायद मैं गलत था। खैर, कोई बात नहीं। मैं एक साल के अंतर्गत एक और विश्वास

---

* लोकसभा बहस, 15 अप्रैल, 1999—माननीय प्रधानमंत्री, श्री अटल बिहारी वाजपेयी के नेतृत्व वाले मंत्री परिषद् के विश्वास प्रस्ताव पर बहस में हिस्सा लेते हुए दिया गया वक्तव्य।

प्रस्ताव की उम्मीद किए हुए था। लेकिन आज हम एक साल से थोड़ा अधिक समय के अंदर ही एक नया विश्वास प्रस्ताव लेकर इस सदन में उपस्थित हैं।

आज सुबह इस बहस में भाग लेते हुए माननीय प्रधानमंत्रीजी ने जर्मनी के संविधान से अनुच्छेद 67 का हवाला दिया। उन्होंने यह कहा कि अविश्वास प्रस्ताव एक वैकल्पिक सरकार का प्रस्ताव रखते हुए सदन में लाया जाना चाहिए। मुझे यह नहीं पता कि आज इस सभा में अविश्वास प्रस्ताव की बात कहाँ से की जा रही है? हम इस सदन में स्वयं प्रधानमंत्री द्वारा शुरू किए विश्वास प्रस्ताव पर बहस कर रहे हैं। इसलिए यहाँ पर एक वैकल्पिक विपक्ष का सवाल कहाँ से आया? मैं माननीय प्रधानमंत्री से इस सदन में यह उम्मीद करता हूँ कि वे विश्वास प्रस्ताव के बारे में बात करें। विश्वास प्रस्ताव लाए जाने के क्या कारण हैं? भारतीय राष्ट्रपति क्यों प्रधानमंत्रीजी से विश्वास प्रस्ताव लाने की बात कह रहे हैं? मुझे लगता है कि यह पूरा देश प्रधानमंत्रीजी से शुरू-शुरू में उम्मीद कर रहा था कि वे यह विश्वास मत जीतने के लिए कह रहे हैं। माननीय प्रधानमंत्रीजी ने यहाँ यह कहा कि वे कुछ कहने से पहले बाकी सबको सुनना चाहेंगे। मुझे ऐसा लग रहा था कि इस बहस में विश्वास प्रस्ताव और अविश्वास प्रस्ताव को समझने में गड़बड़ी हुई है। इसलिए, मैं यह पहले ही बता देना चाहता हूँ कि मैं यहाँ पर अविश्वास प्रस्ताव की नहीं, बल्कि विश्वास प्रस्ताव की चर्चा करने जा रहा हूँ।

वर्ष 1998 के आम चुनाव में भाजपा का नारा 'एक योग्य प्रधानमंत्री और एक स्थायी सरकार' था। यह सरकार, जिसने कार्यालय के संचालन को राष्ट्रीय एजेंडा के आधार पर ग्रहण किया था। पिछले 13 महीनों में इस सरकार की न तो मैंने स्थिरता देखी और न ही शासन ही। मुझे ऐसा लगता है कि पिछले तेरह महीनों में यह देश सबसे ज्यादा अशासन की स्थिति से गुजर रहा है। यह अशासन ही इस स्थिति का प्रमाण है। पिछली बार विश्वास प्रस्ताव की बहस में हिस्सा लेते हुए मैंने बहुत ही विस्तृत रूप में इस देश में चल रही राजनीतिक अस्थिरता के बारे में बात की थी। मैंने यह भी बताया था कि हमारे देश के संबंध में स्थिरता से अधिक शासन का महत्त्व है। मैं यहाँ पर दोहराना चाहूँगा कि—

> हमारे देश के लिए एक स्थिर सरकार का होना जरूरी है; लेकिन यदि यह बेहतर संचालन नहीं पर पाती है तो मेरे हिसाब से यहाँ पर सवाल स्थिरता का नहीं है, बल्कि आज का मुद्दा बेहतर संचालन का होना है।

मैंने आगे यह कहा था कि—

> मैं श्रीमान वाजपेयीजी की सरकार की स्थिरता को लेकर नहीं चिंतित हूँ, बल्कि मैं इस अठारह सदस्यीय गठबंधन की सरकार के शासन को लेकर चिंतित हूँ।

मैं वित्तीय मामले से जुड़े सवालों की तरफ भी इशारा करना चाहता हूँ; लेकिन मेरे पास वित्तीय मामलों का कोई अनुभव नहीं है। अभी थोड़ी देर पहले आर्थिक स्थिति के बारे में माननीय वित्त मंत्रीजी ने जो भी कहा था, उसके हिसाब से मुझे यह लगता है कि कल को कोई और व्यक्ति उनके उन सभी सवालों का जवाब जरूर देगा। मेरे पास दूसरे मुद्दे हैं, इसलिए मैं उनके

बारे में बहस करना चाहूँगा। मैं अपना समय माननीय वित्त मंत्री का खंडन करने में बरबाद नहीं करना चाहता। लेकिन वे, जिन्हें इस देश के मामलों की जानकारी नहीं है, उनका क्या? या तो आप अर्थव्यवस्था की बात करें या फिर विदेश नीति की? मैं एक बार फिर से यही कहूँगा कि मैं विदेश नीति के मामलों की बात नहीं करना चाहता। यद्यपि आज सुबह ही वित्त मंत्रीजी ने इसका उल्लेख किया और मेरे सहकर्मी नटवर सिंह कल सुबह या फिर आज देर शाम से ही विदेश नीति की देखभाल विशेष रूप से करेंगे।

देश में कानून व व्यवस्था की हालत को देखिए और राष्ट्र के मनोबल की हालत को देखिए! मुझे ऐसा नहीं लगता कि इन सबके बारे में किसी को भी इलेक्ट्रॉनिक मीडिया या प्रिंट मीडिया के माध्यम से समझाने की जरूरत है। इस बात से कोई फर्क नहीं पड़ता कि सदन में पी.ए. संगमा ने क्या भाषण दिए? जनता को सबकुछ पहले से ही पता है और वह खुद ही यह तय कर सकती है कि संगमा सच बोल रहे हैं या झूठ। मुझे इससे कोई फर्क नहीं पड़ता। मैं इन सब में न ही शामिल हो रहा हूँ और न ही मुझे इन सब मुद्दों पर कोई प्रतिक्रिया देनी है।

आज, मैं यहाँ पर एक विशेष मुद्दे से संबंधित मामले पर बहस करूँगा। इस बहस का क्षेत्र हमारे देश में दिन-पर-दिन संस्थाओं की बिगड़ती हालत पर आधारित है। हमारे देश में जिस तरह संस्थाएँ कमजोर हो रही हैं, जिस तरह से संस्थाओं को कमजोर किया जा रहा है, वह बहुत ही चिंता का विषय है। यदि हम अपनी संस्थाओं को बचाने, प्रोत्साहित करने, मजबूत करने में सक्षम हैं और यदि हम अपने सरकारी तंत्र को मजबूत करने, बचाने में सक्षम हैं तो यह देश—सरकार की अस्थिरता के बावजूद—अच्छी तरह से चल सकता है। मैं आपको बताना चाहता हूँ कि इटली में पचास सालों के अंतर्गत इक्यावन सरकारें बनी हैं और वह देश भी चल रहा है। इसी तरह की स्थिति विश्व के कई और देशों में है। इसलिए हमारे देश के लिए जो महत्त्वपूर्ण बात है, वह यह है कि हम किस तरह अपने देश की संस्थाओं को सुरक्षित, संरक्षित और मजबूती प्रदान कर सकते हैं। मैं बड़े खेद के साथ यह कर रहा हूँ कि पिछले 13 महीनों में हमारे देश की संस्थाओं का बहुत बड़ा नुकसान किया गया है और इन सबके लिए माननीय प्रधानमंत्री को दोषी ठहराने में मुझे कोई भय नहीं। मुझे उन पर पूरा विश्वास है। लेकिन यह सब कैसे हो सकता है? यह सब जान-बूझकर किया जा रहा है या दुर्घटनावश है? यह सोच-समझकर किया जा रहा है या बिना सोचे-समझे? मेरे हिसाब से, शायद इसका कारण शासन में अनुभव की कमी होना है। महामहिम राष्ट्रपति के कार्यालय से जुड़ी संस्थाओं का ही उदाहरण ले सकते हैं। बहस की सुविधा दिए जाने के मुद्दे को लेकर जिस तरह से राष्ट्रपतिजी का नाम माननीय सदन में घसीटा गया, उससे बड़ी बात और क्या हो सकती है! इस मुद्दे को इतना बढ़ाया गया कि संसदीय मामलों के मंत्री को हस्तक्षेप करते हुए यह कहना पड़ा था कि माननीय वक्ता आँकड़ों को बदल लें और फिर बाकी आरोपों को खारिज किया जाएगा। ऐसा जो कुछ भी सदन में हुआ, वह बहुत ही गलत था। आदरणीय राष्ट्रपति और सरकार के बीच आपसी

वार्त्तालाप होता है। इनके लिए गोपनीय संस्थाएँ हैं, पत्राचार के लिए संस्थाएँ हैं; लेकिन आज हम देख रहे हैं—माननीय राष्ट्रपति और प्रधानमंत्री के बीच होनेवाली गुप्त बातें भी पत्रकारों तक पहुँचाई जा रही हैं और उन्हें सार्वजनिक कर दिया जा रहा है। क्या ऐसा करके हम राष्ट्रपति के कार्यालय से जुड़ी संस्थागत गरिमा को नुकसान नहीं पहुँचा रहे?

एडमिरल (नौसेनाध्यक्ष) विष्णु भागवत को बरखास्त करने के मामले को भी हम देख सकते हैं। भारतीय राष्ट्रपति सैन्य बल के सर्वोच्च सेनाध्यक्ष होते हैं। लेकिन हमें पत्रकारों से पता चलता है कि इस मामले में माननीय राष्ट्रपतिजी तक को सूचित नहीं किया गया था।

❑

यह मामला अनुमोदित करने या हस्ताक्षर करने का नहीं है। इस मामले में इस सरकार ने क्या किया? क्या हमें इन सब मामलों की जानकारी समाचार-पत्रों के माध्यम से मिलेगी? माननीय प्रधानमंत्रीजी, यदि यह बात सही नहीं है और यदि हम इस बात को जानबूझकर बढ़ाकर बोल रहे हैं तो ऐसा इसलिए है, क्योंकि आपने इस बारे में कभी भी संसद् में कोई बात नहीं की। मैं आप पर यह दूसरा आरोप लगा रहा हूँ। मैं आपको दोषी करार दे रहा हूँ। आपने संसद् में यह कभी नहीं बताया कि क्या हो रहा है? हमें इन मामलों की जानकारी समाचार-पत्रों और खबरों के माध्यम से पता चली। यहाँ आक्षेप यह है कि इस मामले में महामहिम राष्ट्रपतिजी ने हस्ताक्षर किए ही नहीं थे। राष्ट्रपतिजी को इस मामले में बस सूचित किया गया था। मैं इस तरह के व्यवहार से दु:खी हूँ। माननीय प्रधानमंत्रीजी, मैं एक बार फिर से आपसे यह कहना चाहता हूँ कि मेरे पास आपके विरोध में कोई आरोप है ही नहीं। आपने यह सब ऐसे ही जान-बूझकर नहीं किया था और आप ऐसा कर भी नहीं सकते। आप खुद ही संसद् में आ सकते हैं।

संसद् में आजकल हो क्या रहा है? मैं यह बहुत ही खेद के साथ कह रहा हूँ कि आज के समय में यह संसद् निष्क्रिय हो गई है। पिछले वर्ष संसद् का 17.29 प्रतिशत समय अनियमितता की वजह से व्यर्थ हुआ था। इस बात के जवाब में मुझे यह पता है कि आप यह कहेंगे कि इस अनियमितता की वजह कौन है? यह अव्यवस्था किसके द्वारा बनाई गई थी? क्या इसमें विपक्ष का हाथ नहीं? मुझसे आपको यह वैध सवाल पूछने का पूरा अधिकार है। लेकिन यदि यह व्यवस्था विपक्ष द्वारा बनाई गई थी तो क्या यह आपके गृह मंडल की व्यवस्था बनाने में असफल होने की वजह से नहीं हुआ? क्या आपने कभी यह सोचा है कि इस सदन को कैसे व्यवस्थित किया जाना चाहिए? यदि आपकी ट्रेजरी बेंच के सदस्यों में विपक्ष के नेताओं को सुनने का धैर्य ही नहीं है और यदि माननीय संसदीय कार्य मंत्री विपक्ष को बार-बार भड़काएँगे तो क्या होगा? यदि वे विपक्ष के नेताओं से बिना बात किए और बिना उनकी इच्छा के अपने फैसले उन पर थोप देंगे तो आप विपक्ष से सदन में शांति बनाए रखने की उम्मीद कैसे कर सकते हैं? संसद् की व्यवस्था की पूरी जिम्मेदारी ट्रेजरी बेंच की होती है। यदि पूरे देश में नारे लगाए

जा रहे हैं, यदि पूरा देश इस सदन में आनेवाले माननीय सदस्यों के खिलाफ नारे लगा रहा है, यदि आज पूरा देश इस सभा की कार्यवाही पर सवाल उठा रहा है तो मैं इसकी पूरी जिम्मेदारी आज की इस कार्यकारी सरकार को देता हूँ। यह सरकार की व्यवस्था-प्रणाली की असफलता है। भारतीय संसद् क्या है ? भारतीय संसद् राष्ट्रपति और दोनों सदनों का एक समेकित रूप है।

❑

मैं यहाँ पर गंभीर मुद्दों को उठा रहा हूँ। इसके लिए मैं सिर्फ आपको ही पूरा दोष नहीं दे रहा। इसके लिए शायद हम भी थोड़े-बहुत जिम्मेदार हैं। लेकिन मैं आपको ज्यादा जिम्मेदार मानता हूँ। ये सारे सवाल हमारे देश से जुड़े गंभीर मुद्दे हैं। हमें इन मुद्दों पर ध्यान देना चाहिए। मुझे पूरी उम्मीद है कि आदरणीय प्रधानमंत्री इस मामले में अपनी पूरी सहमति देंगे। मैंने शुरू में ही कहा था कि जो कुछ भी हुआ, वह सब जानबूझकर नहीं किया गया था। श्रीमान वाजपेयीजी अपनी जानकारी में ये सब चीजें नहीं होने दे सकते। इसलिए मैंने इसका कारण शासन में अनुभव की कमी की बात कही और मैं यही सब आपसे भी कह रहा हूँ। इसलिए, आपको इन स्थितियों से सीख लेनी चाहिए।

❑

प्रसार भारती (संशोधन) विधेयक को शुरू करनेवाले विधेयक का क्या हुआ ? इसे लोकसभा में पास किया गया था। सरकार ने इसे राज्यसभा में न भेजने का निर्णय लिया। क्या यह संवैधानिक नियमों और संवैधानिक जरूरतों का उल्लंघन नहीं है ? क्या यह सरकार संसद् को एक सवारी समझती है ? इनके हिसाब से उच्च सदन कोई महत्त्व नहीं रखता ? क्या आपको यह याद नहीं कि ठीक यही स्थिति बिहार के लिए अनुच्छेद 356 को लागू करने के समय हुई थी ? क्या सरकार की यह जिम्मेदारी नहीं होती कि वह यह देखे कि इस सदन में नियमों के पास होने के बाद उन्हें स्वयं ही राज्यसभा में पहुँच जाना चाहिए ? लेकिन इस सरकार ने इसे राज्यसभा में न भेजने का निर्णय लिया, ताकि वह इस फैसले को कभी भी अपनी इच्छानुसार वापस ले सके। आज क्या हम तकनीकी नियमों के हिसाब से चल रहे हैं ? किसी भी राज्य में राष्ट्रपति शासन को लागू करने का निर्णय लोकसभा और राज्यसभा में बहस का मुद्दा नहीं है ? क्या हमारे पास भारतीय संविधान नहीं ? फिर आप ऐसा क्यों कर रहे हैं ?

पिछले 19 महीनों में क्या हुआ है ? मैं इस मामले को लेकर अपने मित्र प्रमोद महाजनजी को दु:खी नहीं करना चाहता। आजकल जो कुछ भी सूचना एवं प्रसारण मंत्रालय में हो रहा है, वह सब काम उनके द्वारा ही किया जाना संभव है। यहाँ पर इस सदन में श्रीमती सुषमा स्वराज भी उपस्थित हैं। वह मेरे बाद सूचना एवं प्रसारण मंत्रालय की बेहतरीन मंत्री थीं।

❑

मैं यहाँ पर न तो वाणिज्य के बारे में बात कर रहा हूँ और न ही आयात व निर्यात के मसलों

पर बात कर रहा हूँ। आज दूरदर्शन में न तो कोई सी.ई.ओ. है और न ही कोई महानिदेशक ही है। इसके कर्मचारी हड़ताल पर हैं। बस, एक प्रमोद महाजनजी दूरदर्शन को अकेले सँभाले हुए हैं। इसलिए मैंने किसी से यह पूछा कि आजकल दूरदर्शन में क्या चल रहा है? उन्होंने मुझे जवाब दिया कि अब वह दूरदर्शन नहीं रहा। फिर मैंने उनसे पूछा कि ऐसा क्यों है? उन्होंने मुझे जवाब दिया कि अब यह सरकार दर्शन है। अब यह पहलेवाला दूरदर्शन नहीं रहा। अब यह बस सरकार का दर्शन देता है।

❑

मैं संसद् के बारे में बात कर रहा हूँ। श्रीमान यशवंत सिन्हाजी, क्या आपको याद है, जब आपने वर्ष 1998-99 में बजट सत्र पेश किया था और भारतीय संविधान के इतिहास में शायद पहली बार सभी मंत्रालयों के लिए अनुदान की माँग की थी? लेकिन केवल एक मंत्रालय, कृषि मंत्रालय, को अनुदान दिए जाने के लिए पूरे 15 मिनट की बहस हुई। इसके लिए श्री बलराम जाखड़ ने 15 मिनट का वक्तव्य दिया था। यदि भारतीय संविधान इस देश के लोगों को बजट प्रस्ताव पर बहस करने से रोकेगी और हम यह सब इसी तरह से छोड़ देंगे तो क्या हम इस देश की जनता के साथ न्याय कर रहे हैं? क्या ऐसे ही देश चलाया जाता है? क्या इसे ही संसद् का चलना कहते हैं? मैं आपसे इन सभी गंभीर मुद्दों पर सवाल कर रहा हूँ।

जिस दिन से आपकी सरकार बनी और आप सत्ता में आए, उस पहले दिन से लेकर अभी तक आपके द्वारा कुल 35 अध्यादेश लाए जा चुके हैं। वे सभी भारतीय संसद् की संस्तुति के बिना ही मंजूर कर लिये गए हैं। क्या यह केवल अध्यादेशों की सरकार है? ऐसी स्थिति में इनके लिए भारतीय संसद् की क्या प्रासंगिकता है? मैं देश की संस्थाओं और संसद् की कमजोरी पर बात कर रहा हूँ। इस देश में संसद् सबसे पवित्र जगह मानी जाती है। यदि इस देश का कानून केवल प्रख्यापित ही किया जाएगा और यदि आप तेरह महीनों में ही 35 अध्यादेशों को प्रख्यापित कर लेंगे तो क्या वे सभी भारतीय संसद् द्वारा मंजूर नहीं किए जा सकते थे? क्या इस तरह से हम भारतीय संसद् के साथ न्याय कर रहे हैं?

चलिए, अब हम शासन से जुड़ी संस्थाओं पर बात करते हैं। आप चाहे किसी भी संस्था की बात करें, मैं किसी एक का नाम नहीं लेना चाह रहा। आज के हिसाब से कोई भी व्यक्ति शासक बन सकता है। आपको बस पार्टी का भक्त होना जरूरी है और आपके पास कोई भी एक पद होना चाहिए। आप अपनी पार्टी के साथ नियमित संपर्क बनाए रखें और खुद को पार्टी का व्यक्ति घोषित कर लीजिए। आज कार्यालयों या किसी संस्था की तटस्थता कहाँ है? कोई भी व्यक्ति किसी भी विचारधारा से हो सकता है। मैं भी एक वैचारिक समझ रखता हूँ। आज मैं भी संचालक बन सकता हूँ। लेकिन जिस समय मैं संचालक बनूँगा, मेरा यह मानना है कि मैं उस समय से यही सोचूँगा कि मैं एक संचालक हूँ और इसके अतिरिक्त कुछ भी नहीं। यदि मैं अपनी जॉब या

पद के प्रति निष्ठावान हूँ और उसके साथ न्याय करना चाहता हूँ तो मैं ऐसा ही करूँगा। आज की स्थिति के हिसाब से इस देश में कोई भी व्यक्ति कुछ भी बन सकता है। मुझे यह लगता है कि हम इन संस्थाओं के साथ न्याय नहीं कर रहे। आज के समय की स्थिति बहुत ही खराब है।

❑

चलिए, अब नौकरशाही पर बात करते हैं। मैं बहुत विस्तार में नहीं जाना चाहता। श्रीमान बेजबरुआ को निदेशक बनानेवाले मामले का क्या हुआ? ग्रामीण विकास मंत्रालय के सचिव का क्या हुआ?

❑

इससे क्या फर्क पड़ता है कि कोई 'अ' नाम का या 'ब' नाम का व्यक्ति भारत सरकार का सचिव नियुक्त किया जाता है और वह मंत्री कहता है कि "वह सचिव के पद का संचालन करने में सक्षम नहीं है और मैं उसे कोई भी काम नहीं सौंप सकती।" ऐसा करना सही नहीं है। हम पहले से व्यवस्थित सरकारी तंत्र को बदनाम कर रहे हैं। मैं इसके अलावा बहुत से दूसरे मुद्दों का हवाला दे सकता हूँ। लेकिन मैं ऐसा नहीं कर सकता, क्योंकि मैंने अपनी पार्टी से आधे घंटे तक बहस करने का समय लिया है।

मैंने एक गुप्त एजेंडा की बात की थी—शिक्षा व्यवस्था के भगवाकरण का गुप्त एजेंडा। भारत के स्कूलों में जिस तरह से आर.एस.एस. काम कर रहा है, उसे लेकर मेरा डर है। डॉ. मुरली मनोहर जोशी मेरी इस बात पर तुरंत उठ खड़े हुए थे और कहा था कि 'आप गलत हैं। श्रीमान संगमा, हमारा कोई गुप्त एजेंडा नहीं है।' मैं इस माननीय सदन में बता देना चाहता हूँ कि मैंने बस केवल अपना संदेह प्रकट किया था। मैंने 'संदेह' शब्द का प्रयोग किया था। क्या हमने इन तेरह महीनों में यह सब होते हुए नहीं देख रहे? मानव संसाधन विकास मंत्रालय के साथ जो कुछ भी इन तेरह महीनों के दौरान हुआ है, क्या हमें वह सब नहीं दिख रहा? क्या इस देश की जनता को यह नहीं दिखा रहा कि शिक्षा मंत्रियों के सम्मेलन में डॉ. मुरली मनोहर जोशी ने आर.एस.एस. से जुड़े एक एक व्यक्ति का परिचय देते हुए कहा था कि यह हमारे देश की शिक्षा नीति का निर्माण करेंगे और यही भविष्य की शिक्षा नीतियों को निर्धारित करेंगे। उस देश की शिक्षा नीति क्या हो सकती है, जहाँ पर सरस्वती वंदना को लागू किए जाने को लेकर बवाल हो और उसे हर स्कूल के लिए अनिवार्य कर दिया जाए? हमें यह सब याद है। मुझे ऐसा नहीं लग रहा कि यह बात कोई भी व्यक्ति भूला हो।

❑

उन विशेषज्ञ का नाम श्रीमान चितलांगिया है। उनका नाम सही से बोल पाना बहुत ही मुश्किल है। श्रीमान मुझे यह सूचना मिली है कि किस तरह से मानव संसाधन विकास मंत्रालय के पदों की नियुक्तियाँ की जा रही हैं। किस तरह से लोगों को नियुक्त किया जा रहा है! किस

तरह से पाठ्यक्रमों को बदला जा रहा है! किस तरह से इतिहास की बातों का पुनर्शुद्धीकरण किया जा रहा है! हमें यह भी अच्छी तरह से पता है कि किस तरह से भारतीय इतिहास अनुसंधान परिषद् को गठित किया गया है! ये लोग भले ही इस बात को नकार दें, लेकिन मैं यह पूरे जोर से कह सकता हूँ कि आज जिस तरह के हालात बन रहे हैं, उनके आगे चलकर हमारे लोकतंत्र को बहुत बड़ा खतरा होने वाला है।

एडमिरल विष्णु भागवत (तत्कालीन नौसेना अध्यक्ष) को जिस तरह से बरखास्त किया गया, हम उसका उदाहरण ले सकते हैं। हमें अखबारों से यह पता चला कि वे राष्ट्रीय सुरक्षा की दृष्टि से बहुत बड़ा खतरा थे। 30 दिसंबर, 1998 के कार्यालयी वक्तव्य से यह बताया गया कि विष्णु भागवत राष्ट्रीय सुरक्षा के लिए बड़ा खतरा थे। इसके अतिरिक्त, यह भी सुनने को मिला कि विष्णु भागवत ने बहुत से ऐसे काम किए, जिससे बचाने के लिए व्यवस्थित कैबिनेट सुरक्षा मंत्रालय को यह मामला सौंप दिया गया। श्रीमान, माननीय राष्ट्रपतिजी को किस तरह से अवहेलित किया जा रहा है, मेरे पास इसका भी संदर्भ है। मैंने ब्रजेश मिश्रा को यह शिकायत करते हुए सुना है कि विपक्षी लोगों से सलाह ली गई थी, श्री प्रसाद एवं पवार से भी सलाह ली गई थी, श्री आई.के. गुजराल आदि से भी सलाह ली गई थी। हम हर दिन एडमिरल विष्णु भागवत और श्री जॉर्ज फर्नांडीस द्वारा पक्ष व विपक्ष में दिए जानेवाले वक्तव्यों को रोजाना पढ़ते हैं। कल मुझे एक पुस्तिका मिली, जिसमें यह लिखा था कि उन्हें क्यों बरखास्त किया गया था? मैं यह पूछना चाहता हूँ कि कैसे जॉर्ज फर्नांडीस जैसा एक साहसी और निर्भीक व्यक्ति, एक स्पष्टवादी व्यक्ति, जो कि मेरे बहुत ही करीबी रहे हैं, मैं उनकी बहुत प्रशंसा भी करता हूँ और जब मैं श्रम मंत्रालय में था और वे वाणिज्य एवं व्यापार संघ के नेता थे, तब उन्होंने मेरी बहुत सहायता की थी—उनके जैसा व्यक्ति आज डरने लगा है और अपने आप को निर्दोष साबित करने के लिए रोज प्रेस के पास आ-जा रहा है। अब उन्हें खुद को सही साबित करने के लिए यह पुस्तिका भी लिखनी पड़ी। अब यहाँ पर सवाल यह है कि यदि रक्षा मंत्रालय सुरक्षा को लेकर इतना आसक्त हो जाएगा तो क्या होगा? देश को बचाने के बजाय वह खुद को ही बचाने में लगा हुआ है। ऐसे में देश कैसे चलेगा?

श्रीमान, मैं आगे अब और बात नहीं करूँगा, क्योंकि हम इन मुद्दों पर एक बहस की उम्मीद कर रहे हैं। मैं इस बहस में हिस्सा ले रहा हूँ, इसलिए मैं एडमिरल के बरखास्त किए जाने के मामले में बहुत ज्यादा खोजबीन नहीं करूँगा। लेकिन मैं केवल यह प्रश्न करना चाहता हूँ कि जब यह मामला इस सदन में आया था, जब अध्यक्ष महोदय ने इसे विश्वास प्रस्ताव के रूप में स्वीकार भी कर लिया था, इसे सदन के समक्ष बहस किए जाने के लिए प्रस्तुत किया जा चुका था, तब सरकार रोज-रोज मीडिया के पास क्यों जा रही थी? सरकार पहले ही संसद् के सामने इस मामले को लेकर क्यों नहीं आई और हम सभी को इस मामले की जानकारी क्यों नहीं दी? हमें सबकुछ समाचार-पत्रों के माध्यम से पता चला। सदन को इस बारे में कुछ भी

नहीं बताया गया था। सरकार अपने इन कार्यों को मीडिया के माध्यम से सही साबित करने में क्यों लगी है, जबकि यह मामला सदन के सामने आ चुका है और जब माननीय अध्यक्ष महोदयजी ने इसे विश्वास प्रस्ताव के रूप में स्वीकृत भी कर लिया है, इसके बाद भी मीडिया के पास जाने की क्या जरूरत है ? मेरे हिसाब से, सरकार को पत्रकारों के पास जाना बंद करना चाहिए। सरकार को जो कुछ भी कहना है, वह माननीय सदन के सामने कहे, अन्यथा ये सभी बातें पक्षपातपूर्ण होने वाली हैं।

मैंने यह कभी नहीं कहा होगा कि मुझमें भविष्य को जानने जैसी कोई क्षमता है; लेकिन मैंने जो कुछ भी 28 मार्च, 1998 को ये सब ही कहा था। मैं जब अपना भाषण पढ़ रहा था, मैंने यह देखा कि जो कुछ भी उस दिन मैंने कहा था, वह सबकुछ आज घटित हो रहा है। मैंने असंचालकता के बारे में बहुत कुछ कहा था और आज वह सब सही साबित हो रहा है। उस दिन की जो दूसरी सबसे मजेदार बात थी, वह शासन के राष्ट्रीय एजेंडा के बारे में मैंने कही थी, जो कि अब राष्ट्रीय जल नीति के मामले में लागू हो रहा है। मैंने यह कहा था कि राष्ट्रीय जल नीति दक्षिण भारत के कुछ लोगों को खुश करने के लिए बनाई जा रही है। मैं माननीय प्रधानमंत्री की बेहतरी की कामना करता हूँ और यह बात कहना चाहूँगा कि—

> आप स्वस्थ रहें और कावेरी जल के मामले में कुछ लोगों को खुश करने में आपने जो संघर्ष किया, मैं आपको उसके लिए धन्यवाद देता हूँ। मैं आशा करता हूँ कि आप इस मामले को हल करने में सफल होंगे। लेकिन मैं आपको यह बता देना चाहता हूँ कि दक्षिण भारत की यह नदी गंगा जितनी ही पावन और शक्तिमान है। मैं बस इस बात को लेकर चिंतित हूँ कि कावेरी का जल और उसके तटवर्ती जल के मामले आपकी सरकार कहीं डुबो न डालें।

मेरे हिसाब से, आज आप उनकी ही वजह से हैं। सारांश रूप में यही सब वे मुद्दे हैं, जिन पर आज हम इस विश्वास प्रस्ताव के रूप में बहस कर रहे हैं। मैं आपकी भलाई के लिए बार-बार कामना नहीं कर सकता हूँ। मुझे यह प्रस्ताव माननीय प्रधानमंत्रीजी पर डालना ही होगा। आपका बहुत-बहुत धन्यवाद।

राजनीतिक स्थिरता और आर्थिक विकास*

श्रीमान उपाध्यक्ष महोदय, सर्वप्रथम मैंने बाकी सभी माननीय सदस्यों के वक्तव्यों को सुना, जिन्होंने मुझसे पहले अपने वक्तव्य बहुत ही विस्तृत रूप में सदन के सामने रखे। मैं भारत के महामहिम राष्ट्रपतिजी को पूरे हृदय से धन्यवाद देता हूँ, जिन्होंने सदन के दोनों ही सदनों को समेकित रूप में एक साथ संबोधित किया। महामहिम राष्ट्रपतिजी ने संसद् में अपनी बात रखते

---

* लोकसभा बहस, 29 अक्तूबर, 1999—संसद् के दोनों सदनों को दिए राष्ट्रपति के अभिभाषण पर धन्यवाद प्रस्ताव में हिस्सा लेते हुए दिया गया वक्तव्य।

हुए कहा कि यह तेरहवीं लोकसभा इस देश की अगली सभा है। उन्होंने देश के अतीत को गौरवपूर्ण और भविष्य को आशा एवं विश्वास के साथ देखने को कहा। माननीय राष्ट्रपतिजी ने कहा कि अतीत में हमने बहुत से अच्छे अवसरों को गँवा दिया है।

अंत में, उन्होंने कहा कि हमें अपनी सामूहिक शक्ति को अच्छे भविष्य के निर्माण में लगाना चाहिए। माननीय राष्ट्रपतिजी की ये बातें वास्तव में देश के प्रति उनकी भावनाओं को प्रकट कर रही थीं। इस सभा के सबसे वरिष्ठतम सदस्य ने भी इस विषय पर इशारा किया था। सरकार की स्थिरता आने से शासन में और राजनीति। में स्थिरता स्वत: ही आ जाएगी। श्री इंद्रजीत गुप्ताजी ने ठीक ही अपना संदेह प्रकट किया। मैं उनकी भावनाओं को यहाँ व्यक्त करना चाहता हूँ—क्या वास्तव में उनके पास कोई शासनादेश है ? क्या वास्तव में यहाँ पर किसी प्रकार की स्थिरता है ? यदि आप पिछली तेरहवीं लोकसभा के चुनाव परिणामों को देखें तो आपको उसमें बहुत से बदलाव देखने को मिल जाएँगे, जैसाकि इस बारे में मुलायम सिंह यादवजी ने पहले ही इशारा किया था। लेकिन मुझे ऐसा महसूस हो रहा है कि हमें इन दो बातों पर जरूर ध्यान देना चाहिए। पहली बात यह है कि भारतीय जनता राष्ट्रीय राजनीतिक दलों से बहुत ही असंतुष्ट नजर आ रही है। भारत की जनता का झुकाव क्षेत्रीय दलों की तरफ ज्यादा बढ़ रहा है। पिछले चुनाव में भाजपा की क्या स्थिति थी ? पिछले लोकसभा चुनाव में भाजपा की स्थिति 182 सीटों पर थी और तेरहवीं लोकसभा में 182 सीटों की ही है। इसमें एक सीट की भी बढ़ोतरी नहीं हुई है। पिछली बार—बारहवीं लोकसभा के चुनाव में—कांग्रेस पार्टी की क्या स्थिति थी ? पिछले साल इनकी सीटों की संख्या 140 थी और इस बार 112 है। चलिए, इसे 112 ही मान लेते हैं। पिछली बार—बारहवीं लोकसभा के चुनाव में सी.पी.एम. की क्या स्थिति थी ? इनके यहाँ सीटों की संख्या 32 थी और आज भी 32 ही है। सी.पी.आई. की पिछले साल के लोकसभा चुनाव में क्या स्थिति थी ? मैं इन सीटों की गणना के बहुत विस्तार में नहीं जाना चाहता। लेकिन इसमें हो रही कमी तो दिख ही रही है। इसलिए इन सात मान्यता प्राप्त राष्ट्रीय राजनीतिक दलों में सिर्फ एक दल बहुजन समाजवादी पार्टी को छोड़ दें तो इनमें से कोई भी पार्टी अपने राजनीतिक स्वरूप में बारहवीं लोकसभा के बाद वृद्धि नहीं कर पाई है। इनमें से किसी भी दल के सदस्यों के सीटों की संख्या में कमी ही आई है, न कि कोई वृद्धि हुई है। हमारे देश में राष्ट्रीय दलों की यह स्थिति है।

वहीं दूसरी तरफ, जब हम क्षेत्रीय दलों की स्थिति को देखें तो उनमें सुधार ही देखने को मिलेगा। चलिए, तेलुगू देशम पार्टी से बात शुरू करते हैं। पिछले लोकसभा चुनाव में इसके सदस्यों की संख्या 17 थी और वर्तमान में बढ़कर 29 है। पिछले साल लोकसभा चुनाव में समाजवादी पार्टी में सदस्यों की संख्या 20 थी और आज उनके सदस्यों की संख्या 26 है। पिछली बार के लोकसभा चुनाव में शिव सेना के सदस्यों की संख्या 6 थी और आज 15 है। बीजेडी में पिछली बार के लोकसभा चुनाव में सीटों की संख्या 9 थी, आज 10 है। पिछली बार के लोकसभा चुनाव में तृणमूल कांग्रेस की सीटों की संख्या 7 थी और अभी 8 है। पी.एम.के. की सीटों की संख्या

4 थी और आज 5 है। श्रीमान वाइको के नेतृत्व में चलनेवाली पार्टी एम.डी.एम.के. में पिछली बार के लोकसभा चुनाव में सीटों की संख्या 3 थी और आज 4 है। इन आँकड़ों के अलावा मेरे पास और भी आँकड़े हैं, लेकिन मैं उन सभी को नहीं गिना सकता।

❑

मेरे हिसाब से, देश के लिए इस तरह की प्रवृत्ति लाभकारी है या नुकसानदेह? मैं इस मुद्दे पर किसी विशेष वजह से नहीं बोल रहा, बल्कि मैं यह बात केंद्रीय सरकार की स्थिरता की चिंता की वजह से बोल रहा हूँ। पिछली बार के लोकसभा चुनाव में हमारे पास 18 दलों के गठबंधनवाली सरकार थी, आज हमारे पास 24–25 राजनीतिक दलों की गठबंधनवाली सरकार है। 18 दलों के गठबंधनवाली सरकार 13 महीने तक चली। अब मुझे नहीं पता कि यह 25 दलीय पार्टी कितने महीनों तक चलेगी?

यह सब केंद्र में एक स्थायी सरकार बनाए रखने की दृष्टि से किया जा रहा है। आज देश में जिस तरह की प्रवृत्ति पनप रही है, मैं उसके बारे में बात कर रहा हूँ।

राष्ट्रीय दल आज जिस प्रकार से अप्रासंगिक होते जा रहे हैं, हम पिछले आम चुनावों के परिणाम से इसका अनुमान लगा सकते हैं और यह प्रवृत्ति निश्चित रूप से बहुत ही नुकसानदायक है। राष्ट्रीय दलों की भूमिका को चिह्नित करना ही होगा। आज जो सबसे पहला मुद्दा है, वह राष्ट्रीय दलों से संबंधित है और इन राष्ट्रीय दलों को इसे जाँचने-परखने की जरूरत है। आज जनता राष्ट्रीय दलों को क्यों खारिज कर रही है? इसके जो भी कारण हैं, वे हमें प्रत्यक्ष रूप में दिख रहे हैं। यदि राष्ट्रीय दल जनता की आकांक्षाओं को संतुष्ट करने में असफल हैं तो निश्चित तौर पर देश के विभिन्न हिस्सों की जनता का झुकाव क्षेत्रीय दलों की तरफ बढ़ेगा ही। मेरे हिसाब से यह एक ऐसा मुद्दा है, जिस पर हम सभी को विचार करना चाहिए।

अब हम वर्तमान सरकार की स्थिरता के बारे में बात करते हैं। मुझे यह पता चला है कि यह सरकार अल्पसंख्यकों की सरकार है। यह बहुसंख्यकों की सरकार नहीं है। एन.डी.ए. का यह 304 वाला आँकड़ा बहुत ही अच्छा है और शायद इसे 'अच्छा महसूस' करनेवाला माना जा सकता है, या फिर इसे देखकर खुश हुआ जा सकता है। जहाँ तक आपकी रुचि का सवाल है, आपको भी खुश होना चाहिए; लेकिन क्या आपको यह लगता है कि यह आँकड़ा देखकर आप अपने को संरक्षित महसूस कर सकते हैं? मैं यहाँ पर एन.डी.ए. और गठबंधन—दोनों को ही अलग-अलग रखकर बात कर रहा हूँ। मैं यह नहीं स्वीकार करता कि एन.डी.ए. और गठबंधन दोनों एक ही हैं।

जनता ने एन.डी.ए. को जनादेश दे दिया है, मैं इसे स्वीकार करता हूँ। लेकिन मेरा सवाल यह है कि पूरा एन.डी.ए. मिलकर आज सरकार क्यों नहीं चला रहा? क्या आज पूरा एन.डी.ए. सत्ता में है? यदि आज पूरा एन.डी.ए. सरकार में होता तो इससे कुछ और आशा की जा सकती

थी। मैं यहाँ पर स्थिरता के लिए 'आशा' शब्द का प्रयोग कर रहा हूँ। लेकिन यह मामला ऐसा है ही नहीं। 304 सदस्यों में से तेलुगू देशम पार्टी के 29 सदस्य इस गठबंधन से बाहर हैं, जिनको निकालकर यह संख्या 275 रह जाती है। यदि आप इनमें से 5 और सदस्यों को निकाल दें, क्योंकि इसमें एक और दल है, जो चौटाला का अखिल भारतीय लोक दल है। यदि यह भी गठबंधन के बाहर है तो भी सरकार की मजबूती घटकर 270 की हो जाती है। यदि आप अकाली दल के 2 और सदस्यों को बाहर निकाल देते हैं तो यह संख्या घटकर 268 हो जाएगी। क्या यह 268 के गठबंधन की सरकार देश में स्थिरता ला सकती है और माननीय राष्ट्रपति द्वारा दिए गए भाषण में सभी वादों को पूरा करने में सक्षम हो सकती है? आज इस सदन में मेरा यही सवाल है, जिसे मैं सदन के सामने उठाना चाहता हूँ। मेरा इशारा विशेष रूप से गठबंधन के दलों की तरफ है, जिन्हें इस विषय पर सोचने की जरूरत है।

जनता को एक स्थिर सरकार देना आपकी सबसे बड़ी जिम्मेदारी है। हम एन.सी.पी. की तरफ से यहाँ पर अव्यवस्था फैलाने के लिए नहीं आए हैं। मैं श्री इंद्रजीत गुप्ता के साथ आपको शुभकामनाएँ देता हूँ कि देश के हित के हिसाब से सरकार की स्थिरता जरूरी है। हम एक स्थिर सरकार चाहते हैं। लेकिन कृपया आप अपने पद पर पहुँचकर आत्म-मुग्धता का काम न करें। भले ही आपको ऐसा लग रहा है कि आप 'अच्छा महसूस' करने की स्थिति में हैं, लेकिन 'सुरक्षित महसूस' करने की स्थिति में नहीं हैं।

जैसाकि श्री सोमनाथ चटर्जी ने उल्लेख किया था कि हमारे देश में ऐसे बहुत से मुद्दे हैं, जिन पर हमें बात करने की जरूरत है। लेकिन समय की कमी की वजह से मैं बहुत विस्तार में नहीं जाना चाहता।

यहाँ पर जो दूसरा महत्त्वपूर्ण विषय है, जिस पर मैं आपका ध्यान आकर्षित करना चाहता हूँ, वह परिच्छेद 28 से संबद्ध है और जो राष्ट्रीय जनतांत्रिक गठबंधन (एन.डी.ए.) का एजेंडा भी है। मैं परिच्छेद 28 से जुड़े प्रासंगिक वाक्यों को यहाँ दोहराना चाहता हूँ, जिसमें यह लिखा है कि—

> हम योग्यता मापदंड के हिसाब से ही कानून बनाएँगे, जो कि देश के उच्च पदों—विधायी, कार्यालय, कार्यकारी अधिकार और न्याय-तंत्र आदि जन्मजात भारतीय नागरिक द्वारा ही संचालित किए जाते हैं।

राष्ट्रीय जनतांत्रिक गठबंधन (एन.डी.ए.) के द्वारा हमें इस एजेंडा के बारे में पता चलता है। क्या यह जानकारी महामहिम राष्ट्रपतिजी के भाषण द्वारा नहीं पता चलती? मैं इस मुद्दे पर सरकार की स्थिति जानना चाहूँगा। क्या आप इस सदन के सामने कोई नियम या कानून लाने जा रहे हैं? यदि हाँ, तो कब? आपको पहले भारतीय संविधान में या फिर भारतीय नागरिकता कानून में, या फिर जनता प्रतिनिधित्व अधिनियम में एक संशोधन लाना होगा अथवा फिर कोई एक नया अधिनियम बनाना होगा। चलिए, यह जिस किसी भी रूप में हो, लेकिन मैं इस एक मुद्दे पर आपकी राय जानना चाहता हूँ।

तीसरा विषय, जिस पर मैं सवाल करना चाहता हूँ, वह मुद्दा जनसंख्या से संबंधित है और इस मुद्दे पर पहले ही श्री इंद्रजीत गुप्ताजी द्वारा सवाल उठाया जा चुका है। माननीय गृहमंत्रीजी ने एक संदर्भ का हवाला माननीय राष्ट्रपतिजी द्वारा जनसंख्या वृद्धि पर दिए हुए भाषण से दिया था। लेकिन मुझे यह कहते हुए खेद हो रहा है कि यह मात्र एक तरह का गलत संदर्भ था। यह जनसंख्या की स्थिरता से संबंधित है। मुझे वास्तव में यह समझ में नहीं आया कि जनसंख्या स्थिरता का मतलब क्या है? मैं जनसंख्या से जुड़ी समस्याओं के सभी पहलुओं पर बात नहीं करना चाहता, क्योंकि हम सभी इन समस्याओं से अच्छी तरह वाकिफ हैं। लेकिन मैं अपने देश की जनसंख्या-समस्या के दो पहलुओं पर सवाल तो कर ही सकता हूँ। पहला सवाल—जनसंख्या वृद्धि दर से है। दूसरा सवाल—जनसंख्या वृद्धि के स्वरूप से जुड़ा हुआ है।

जहाँ तक जनसंख्या वृद्धि की दर का संबंध है, हम सभी को यह पता है कि यह हर एक क्षण में 2.1 प्रतिशत की दर से बढ़ रहा है। इस वृद्धि दर से भारत की जनसंख्या वर्ष 2016 तक 126 करोड़ तक पहुँच जाएगी। यदि आप इस वर्तमान वृद्धि दर को जनसंख्या स्थिरता के रूप में बता रहे हैं तो आप एक प्रामाणिक दर नहीं बता रहे। आप बस, एक तरह की सामान्य स्थिति बनाए रखना चाह रहे हैं। क्या स्थिरता का यही मतलब होता है? यदि आप 'हाँ' कहते हैं तो क्या इसका यह मतलब नहीं है कि आप इस वर्तमान वृद्धि दर को ऐसे ही बिना वृद्धि को दिखाए सामान्य बनाए रखना चाह रहे हैं? इसके बावजूद समस्या का कोई हल नहीं निकलेगा।

सबसे महत्त्वपूर्ण बात जो है, वह जनसंख्या वृद्धि के स्वरूप से संबंधित है। जनसंख्या वृद्धि का यह स्वरूप वास्तव में बहुत अशांत कर देने वाला है। देश की जनसंख्या वृद्धि का लगभग 50 प्रतिशत दुर्भाग्य से देश के केवल चार राज्यों द्वारा बढ़ाया जा रहा है। इन राज्यों को हम 'बीमारू' (BIMARU) राज्य कह सकते हैं। इन राज्यों में बिहार, राजस्थान, मध्य प्रदेश और उत्तर प्रदेश हैं। मैं अपना यह पेपर माननीय गृहमंत्री के सामने प्रस्तुत कर सकता हूँ और जरूरत पड़ने पर भारत के प्रधानमंत्री के सामने भी प्रस्तुत कर सकता हूँ; क्योंकि मैं इस विषय पर दावा कर सकता हूँ। जनसंख्या वृद्धि का यह विषय मेरा सबसे प्रिय विषय रहा है। मैंने इस पर बहुत सी किताबें पढ़ी हैं और शोध भी किया है। मैं आज केवल एक बात यहाँ पर साझा करना चाहूँगा। मेरी चिंता का दूसरा विषय जनसंख्या का विकृत स्वरूप है। हमारे अध्ययनों से पता चलता है कि वर्ष 1996 और 2016 के बीच बीस वर्ष में 2.1 प्रतिशत की दर के हिसाब से जो वृद्धि हमारे देश की जनसंख्या वृद्धि में आगे आकर जुड़ रही है, उसकी कुल संख्या 35 करोड़ तक हो जाएगी। इस 35 करोड़ जनसंख्या वृद्धि का 50 प्रतिशत हिस्सा इन चार 'बीमारू' राज्यों द्वारा बढ़ाया जाएगा। यह इस जनसंख्या वृद्धि का मात्र एक पहलू है।

दूसरी बात जो मैं कहना चाहूँगा, वह यह है कि इस जनसंख्या वृद्धि का एक राजनीतिक कारण भी है। वर्ष 1977 में भारतीय संविधान के एक संशोधन द्वारा भारतीय संसद् के 1971 के आँकड़ों का सीमा-निर्धारण करते हुए रोक लगा दी गई थी। संसद् का यह सीमा-निर्धारण

वर्ष 1971 के आँकड़ों के आधार पर है; क्योंकि हमने संविधान के एक संशोधन द्वारा इस पर रोक लगा दी थी। अब यह रोक वर्ष 2000 तक चलेगी। इस मुद्दे पर आपकी क्या राय है? मुझे लगता है कि सरकार को इसका जवाब देना चाहिए। क्या आप इस रोक को हटाने जा रहे हैं? क्या आप संसदीय निर्वाचक क्षेत्रों के लिए नया सीमा-निर्धारण करने जा रहे हैं? यदि आप ऐसा करते हैं तो आप सदन के इस सीमा-निर्धारण के अवरोध को और कितने वर्षों तक जारी रखेंगे? मैं ऐसा इसलिए कह रहा हूँ, क्योंकि यदि आप इस अवरोध को हटाते हैं और आप संसदीय चुनाव निर्वाचन क्षेत्रों की संख्या, जो जनसंख्या के हिसाब से निर्धारित किए गए हैं, में कमी करते हैं तो इसका जो सबसे पहला परिणाम होगा, वह बिहार होगा। बिहार में आपको 2 और संसदीय सीटें बढ़ानी होंगी। उत्तर प्रदेश में और 14 संसदीय सीटें बढ़ेंगी तथा मध्य प्रदेश में 5 सीटें और बढ़ेंगी। राजस्थान में भी 4 सीटें और बढ़ेंगी, जबकि दूसरी तरफ, तमिलनाडु में 8 संसदीय चुनावी सीटें कम हो जाएँगी।

❑

मैं प्रत्येक राज्य की बात नहीं कर रहा हूँ। हम परिस्थिति को समझने में बहुत मेहनत कर चुके हैं। हमारे देश में जनसंख्या वृद्धि की वर्तमान दर और जनसंख्या वृद्धि के वर्तमान तरीके की वजह से तमिलनाडु से 8 लोकसभा सीटें छिनने वाली हैं; केरल, जो कि एक छोटा राज्य है, से 4 लोकसभा सीटें छिनने वाली हैं; आंध्र प्रदेश से 3 और कर्नाटक से 1 सीट छिनने वाली है। मैं सोचता हूँ कि देश की अर्थव्यवस्था और अन्य सभी पर इस समस्या के अलावा यह हमारे लिए एक राजनीतिक समस्या पैदा करनेवाली है और हमें मिलकर इस समस्या का सामना करना है।

मैं सरकार से अनुरोध करना चाहूँगा कि जनसंख्या वृद्धि के मुद्दे पर हमने सभी पार्टियों की एक बैठक आयोजित की है। इस पर चर्चा करने और हमारे देश में नई जनसंख्या नीति पर सर्वसम्मति बनाने के लिए हमने संसद् का एक विशेष सत्र रखा है, नहीं तो भविष्य में हमें अनेक चुनौतियों का सामना करना पड़ेगा।

मैं शीघ्रता से अन्य मुद्दों पर बात करता हूँ। चौथा मुद्दा, जिसका मैं उल्लेख करना चाहूँगा, वह है—अर्थव्यवस्था। वास्तव में, आज की तारीख में मैं अर्थव्यवस्था पर चर्चा नहीं करूँगा, क्योंकि बजट पर चर्चा के समय हमें मौका मिलेगा। माननीय वित्त मंत्री यहाँ उपस्थित हैं। हम इसे उस समय करेंगे। परंतु मैं केवल यह बताना चाहूँगा कि माननीय राष्ट्रपतिजी के भाषण में एक तरफ तो माननीय राष्ट्रपतिजी उन्नत व्यय प्रबंधन द्वारा वित्तीय ईमानदारी का उल्लेख करते हैं और एक व्यय आयोग के गठन का भी वादा करते हैं। यह आपका विचार है। व्यय आयोग अन्य बातों के साथ-साथ सरकार की ईमानदारी का रोडमैप तैयार करेगा। यह बहुत अच्छा है और मैं माननीय वित्त मंत्री के लगातार आ रहे बयान का स्वागत करना चाहूँगा, जो कहते हैं कि वित्तीय अनुशासन और सरकारी खर्च का समावेशन लाना उनकी सर्वोच्च प्राथमिकता है। माननीय वित्त

मंत्री देश के सम्मुख लगातार यही कहते आए हैं और माननीय राष्ट्रपतिजी ने हमसे वादा किया है कि उन्नत व्यय प्रबंधन द्वारा वित्तीय ईमानदारी और साथ-साथ सरकार की ईमानदारी के लिए व्यय आयोग शीघ्र ही गठित किया जाएगा। यदि वह आपकी नीति है तो इस सरकार को इतने सारे नए विभाग बनाने की क्या जरूरत है ? आपने 'प्राथमिक शिक्षा और साक्षरता' नाम से एक नया विभाग बनाया है। प्राथमिक शिक्षा विभाग बनाने की भारत सरकार को कहाँ आवश्यकता है ? भारतीय संविधान के अंतर्गत प्राथमिक शिक्षा पंचायती राज के अधिकार-क्षेत्र में आती है। शक्ति को केंद्रीय करने की बजाय प्रक्रिया और प्रणाली को केंद्रीयकृत करने की बजाय आप केंद्रीय स्तर पर अधिक-से-अधिक ध्यान केंद्रित क्यों करना चाहते हैं ?

मुझे इस पर कुछ संशय है। यह एक बड़ा प्रश्नचिह्न है कि क्यों भारत सरकार या भाजपा सरकार, जिसकी इतनी सारी जन-शक्ति आर.एस.एस. और वि.हि.प. से आती है, को देश में प्राथमिक शिक्षा का प्रशासन सीधा अपने हाथ में लेना चाहिए ? यह मेरा संशय है और मैं सरकार से इसका जवाब चाहूँगा। यदि उनकी नीति सरकारी ढाँचे को ईमानदार बनाना है तो उन्होंने पेयजल एवं आपूर्ति, सड़क परिवहन और राजमार्ग, पोत, टेलीकॉम सेवाएँ और ऐसे ही अन्य विभाग क्यों बनाए ? वास्तव में, मैं सूचना प्रौद्योगिकी विभाग बनाने का स्वागत करता हूँ, क्योंकि इस समय उसकी आवश्यकता है। यह उनके द्वारा बनाया गया एक नया मंत्रालय है। परंतु मेरा प्रश्न यह है कि उन्हें नए विभाग बनाने की और राजकोष पर इतना भारी वित्तीय बोझ लादने की क्या आवश्यकता थी ?

❑

मैंने हमेशा डटकर सामना किया है और यह ज्ञात भी है कि नए मंत्रालय एवं विभाग बनाने की बजाय मैंने केंद्र में कुछ मंत्रालयों को समाप्त करने की वकालत की है। ग्रामीण विकास मंत्रालय की आवश्यकता नहीं है, युवा मामले और खेल-कूद मंत्रालय की आवश्यकता नहीं है। ये सभी राज्यों से संबंधित विषय हैं। नई दिल्ली में बैठे लोग नहीं समझ सकते कि यहाँ से 3,000 कि.मी. दूर गाँवों में क्या हो रहा है ? केंद्र सरकार द्वारा ग्रामीण विकास एवं खेल-कूद की विशाल स्थापनाएँ बनाने का क्या औचित्य है और क्या नहीं ? मैं इनमें से कुछ को समाप्त करने का समर्थन करता हूँ। उदाहरण के लिए, कृषि को लीजिए। जहाँ तक अनुसंधान का संबंध है, आपके द्वारा आई.सी.ए.आर. के गठन को मैं समझ सकता हूँ; लेकिन कृषि क्यों ? यह केवल राज्यों पर नियंत्रण रखने के लिए है। यह केवल आर्थिक सहायता देने में देरी के लिए है। मैं एक केंद्रीय मंत्री और साथ ही एक मुख्यमंत्री के तौर पर स्वयं के अनुभव के आधार पर बोल रहा हूँ। हमें केंद्रीय मंत्रालयों को ईमानदार बनाना होगा। वे सरकार को ईमानदार बनाने की सोच रहे हैं। मैं इससे पूरी तरह सहमत हूँ। उन्हें आगे बढ़ना चाहिए और वह करना चाहिए; परंतु तब तक उन्हें अनेक नए विभाग नहीं बनाने चाहिए।

यह कहने के बाद मैं अपने वक्तव्य से हटता हूँ और जनजातीय कल्याण के लिए बने

नए मंत्रालय का स्वागत करता हूँ। मैं उसके लिए सरकार को बधाई देता हूँ और सरकार को धन्यवाद देता हूँ। अगले दस वर्षों के लिए अनुसूचित जाति एवं अनुसूचित जनजाति के लिए आरक्षण को आगे बढ़ाने के लिए संविधान संशोधन विधेयक पारित करने के लिए मैं सरकार और संसद् के दोनों सदनों—राज्यसभा व लोकसभा का भी धन्यवाद करूँगा। परंतु माननीय सदस्य, जिन्होंने इस बहस में भाग लिया है? मैंने भाग नहीं लिया, क्योंकि मैं दूसरों को मौका देना चाहता था। उन्होंने अनेक बातें व्यक्त की हैं। उन्होंने कहा है कि इस सब के बावजूद इन पचास वर्षों में ज्यादा कुछ नहीं हुआ है। जब तक कि केंद्र और राज्यों की सरकारें अनुसूचित जातियों एवं अनुसूचित जनजातियों के कल्याण के लिए वास्तव में गंभीर नहीं हो जातीं, मैं कहूँगा कि तब तक कुछ भी नहीं होगा। मैं अधिक विवरण में नहीं जा रहा हूँ, लेकिन मैं एक उदाहरण दूँगा और वह माननीय वित्त मंत्री के ध्यानाकर्षण के लिए है। नौवीं योजना के दस्तावेजों में कहा गया है—कृपया इन्हें जाँच लें कि अनुसूचित जातियों के लिए विशेष अंगभूत योजना के अधीन व्यवस्थित किए गए 2,00,000 करोड़ रुपए से अधिक के व्यय का वास्तव में आठवीं योजना के दौरान उनके लाभार्थ उपयोग नहीं किया गया। मैं आपकी नौवीं योजना के दस्तावेजों से यह पढ़ रहा हूँ। इसी तरह आठवीं योजना अवधि के दौरान जनजातीय उपयोजना के अधीन व्यवस्थित किए गए करीब 2,20,000 करोड़ रुपए का अनुसूचित जातियों के लाभार्थ उपयोग नहीं किया गया। हमने नारों और नारों के साथ पचास वर्ष बिता दिए। मैं और आगे नहीं बढ़ना चाहता। मेरी समझ में, नौवीं पंचवर्षीय योजना के दस्तावेज स्वयं ही अनेक संदेश देते हैं, यदि अनुसूचित जातियों के लिए 2,00,000 करोड़ रुपए खर्च किए गए हैं।

❑

यह आठवीं पंचवर्षीय योजना के बारे में था। आपकी सूचनार्थ आठवीं पंचवर्षीय योजना के दौरान हम सरकार में नहीं थे। हम वहाँ नहीं थे। मैं यह नहीं कह रहा हूँ कि हमने कोई गलती नहीं की। यदि आप सातवीं पंचवर्षीय योजना को देखें तो शायद स्थिति वही है। यदि आप छठी पंचवर्षीय योजना को देखें तो शायद स्थिति वही है।

❑

महोदय, कारगिल के बारे में बहुत कुछ कहा गया है। मैं इस विषय में नहीं बोलने वाला हूँ। श्री इंद्रजीत गुप्ता ने जो कहा, मैं उसका समर्थन करता हूँ। मैं समझता हूँ कि कारगिल से संबंधित यहाँ-वहाँ हमारी विफलताओं के सभी पहलुओं को देखने के लिए एक समिति 'सुब्रह्मण्यम समिति' बनाई गई है। मैं सरकार से अनुरोध करता हूँ कि वह सुब्रह्मण्यम समिति की रिपोर्ट हमें उपलब्ध कराए और इस पर चर्चा की जाए। पोखरण-II पर चर्चा के दौरान मैंने नाभिकीय शिक्षा का समर्थन किया था। उस समय सत्ताधारी पार्टी के सदस्य मुझ पर हँस रहे थे। मुझे खुशी है कि सरकार अब नाभिकीय शिक्षा का एक मसौदा लेकर आई है। राष्ट्रवादी कांग्रेस

पार्टी ने हमारे घोषणा-पत्र में एक कदम आगे जाकर यह कहा है कि सिर्फ नाभिकीय शिक्षा ही क्यों, हमारे पास स्वयं एक राष्ट्रीय सुरक्षा शिक्षा भी होनी चाहिए। मैं चाहूँगा कि सरकार सदन के पटल पर नाभिकीय शिक्षा का मसौदा प्रस्तुत करे और शायद तब हमारे पास इस पर चर्चा करने का समय हो।

श्री सोमनाथ चटर्जी ने सी.टी.बी.टी. का संदर्भ दिया है। श्री इंद्रजीत गुप्ता ने कल होनेवाली डब्ल्यू.टी.ओ. बैठक का संदर्भ दिया है। मैं सभी तरह की बातें नहीं कहने वाला। सी.टी.बी.टी. पर मैं सोचता हूँ, हमें दो बातों पर गौर करना चाहिए। अमेरिका के राष्ट्रपति श्री बिल क्लिंटन ने सबसे पहले सी.टी.बी.टी. पर हस्ताक्षर किए थे। परंतु फिर वहाँ उन्हें अपने प्रस्ताव को कांग्रेस से समर्थन नहीं मिल पाया। वह एक पहलू है। दूसरा पहलू जो हमें दिमाग में रखना है, वह है हमारे पड़ोसी देश पाकिस्तान में एक लोकतांत्रिक सरकार का तख्ता पलट करना। इन दो बातों को ध्यान में रखते हुए मैं सरकार से यह अनुरोध करूँगा कि वह सी.टी.बी.टी. पर हमारे पक्ष के संबंध में अतिरिक्त सावधानी बरते।

माननीय उपाध्यक्ष महोदय, मैं दो और मुद्दे उठाना चाहूँगा। वे बहुत ही महत्त्वपूर्ण हैं। उनमें एक उत्तर-पूर्व से संबंधित है। मैं यह देखकर बहुत निराश हूँ कि माननीय राष्ट्रपतिजी के भाषण में स्पष्ट कहा गया है—"हम उत्तर-पूर्वी परिषद् की पुनर्संरचना करने जा रहे हैं।" माननीय राष्ट्रपतिजी के भाषण में बस यही कहा गया है और इससे अधिक या इससे कम कुछ नहीं। मैं इस बात पर जोर नहीं देना चाहता कि हम पूर्व में क्या करते रहे हैं। परंतु मैं सोचता हूँ कि उत्तर-पूर्व के संबंध में सरकार द्वारा सिर्फ यह वक्तव्य देने कि वे उत्तर-पूर्वी परिषद् की पुनर्संरचना करने जा रही है, से भी अधिक ध्यान दिए जाने की आवश्यकता है।

अंतिम मुद्दा—मैं राष्ट्रपिता महात्मा गांधी के सन् 1931 के लेखों पर माननीय राष्ट्रपतिजी के संबोधन का संदर्भ देना चाहूँगा। उन्होंने अपने सपनों के भारत का ऐसे भारत के रूप में वर्णन किया, जिसमें देश के सभी समुदाय मित्र-भाव से रहें। मैं इस बात को इसलिए उजागर कर रहा हूँ, क्योंकि पोप की भारत-यात्रा के संबंध में इन दिनों हमें लोगों के कुछ वर्गों से आरक्षण के मुद्दे पर अनेक समाचार मिल रहे हैं।

मुझे कोई कारण दिखाई नहीं देता कि क्यों हमें पोप की भारत-यात्रा का कोई विरोध करना चाहिए। यह उनकी दूसरी यात्रा होगी। पहली यात्रा इससे भी कहीं अधिक अवधि की यात्रा थी। वे पूरे भारत में घूमे और भारत के सभी महत्त्वपूर्ण कस्बों व शहरों की यात्रा की। उस समय किसी ने आपत्ति नहीं जताई। तब कोई प्रदर्शन नहीं हुआ। तब प्रेस में कोई बयान नहीं दिया गया, कोई यात्रा आयोजित नहीं की गई। फिर, उनकी दूसरी यात्रा पर यह सब क्यों हो रहा है ? यह इसलिए है, मैं सोचता हूँ, उन्हें ऐसी गतिविधि करने के लिए कहीं से प्रोत्साहन मिल रहा है। कृपया यह सुनिश्चित करें कि उनकी यात्रा सफल और शांतिपूर्ण हो।

मैं ईसाई समुदाय से संबंध रखता हूँ और मैं आपको बता सकता हूँ कि हमारा एक संकोची

समुदाय है। इस महान् देश में ईसाई धर्म के 2000 वर्ष बाद भी कुल जनसंख्या में हमारी केवल 2 प्रतिशत आबादी है। आशंका के लिए जगह कहाँ है? मुझे समझ नहीं आता। हमने इस देश में हर संभव तरीके से अपना योगदान दिया है, खासतौर पर शिक्षा और चिकित्सा के क्षेत्र में। मैं समझता हूँ कि यहाँ उपस्थित माननीय सदस्यों की बड़ी संख्या, मुझे पूर्ण विश्वास है, ईसाई संस्थानों की देन है। हमने अपना काम कर दिया है।

मैं यह भी बताना चाहूँगा कि यह केवल धार्मिक मामला नहीं है। पवित्र पादरी न केवल किसी धार्मिक संगठन के प्रमुख हैं, बल्कि सरकार के प्रमुख, एक संप्रभु राज्य के प्रमुख भी हैं। अत: वे यहाँ केवल गिरजाघर के प्रमुख के तौर पर नहीं आ रहे हैं, बल्कि एक राज्य के प्रमुख के तौर पर भी आ रहे हैं। मैं सोचता हूँ, यदि कुछ अप्रिय घटित होता है तो उसका प्रभाव हमारे राजनयिक संबंधों, हमारे विदेशी मामलों और हमारी विदेश नीति पर पड़ेगा। मैं सरकार से अनुरोध करता हूँ कि वह सुनिश्चित करे कि सबकुछ शांतिपूर्वक हो जाए। मैं यह सब इस देश के ईसाई समुदाय की ओर से बोल रहा हूँ, क्योंकि मैं यह स्वीकार करता हूँ कि हमें न केवल दु:ख पहुँचा है, बल्कि हम इस बारे में वास्तव में व्यथित हैं।

जम्मू व कश्मीर स्वायत्तता—
अनुच्छेद 370 और उससे आगे*

माननीय अध्यक्ष महोदय, मेरा मानना है कि यह बहस बहुत महत्त्वपूर्ण बहस है, क्योंकि हम एक ऐसे क्षेत्र को देख रहे हैं, जो कि बहुत संवेदनशील है—खासतौर पर उस प्रस्ताव के बाद, जिसे जम्मू एवं कश्मीर विधानसभा ने स्वायत्तता के मुद्दे पर अपनाया है।

दुर्भाग्यवश, स्वयं प्रस्ताव के बारे में केंद्रीय नेतृत्व के कथनों में प्रत्यक्ष द्वैधवृत्ति रही है। प्रारंभ में माननीय गृहमंत्री द्वारा यह कहते हुए सुना गया कि इस मामले पर संसद् में चर्चा की जाएगी और शायद संसद् द्वारा इस पर निर्णय लिया जाएगा। माननीय प्रधानमंत्री ने शायद आरंभ में जम्मू एवं कश्मीर के मुख्यमंत्री का यह कहते हुए बचाव किया कि "इसमें कुछ गलत नहीं है, यदि यह भारत के संविधान के ढाँचे के भीतर है।" ये दो महत्त्वपूर्ण बयान देने के बाद कैबिनेट ने इस मामले पर निर्णय लेने में तेजी दिखाई और स्पष्ट रूप से प्रस्ताव को निरस्त कर दिया। मुझे नहीं पता कि जम्मू एवं कश्मीर विधानसभा की प्रत्येक माँग, जो कि राज्य स्वायत्तता समिति की रिपोर्ट पर आधारित थी, का सरकार के पास उपलब्ध समय-सीमा के कारण कैबिनेट द्वारा एक-एक करके वास्तव में विश्लेषण किया गया है और चर्चा की गई है। मुझे कुछ शंका है

* लोकसभा बहस, 26 जुलाई, 2000—स्वायत्तता के लिए जम्मू-कश्मीर विधानसभा की ओर से पारित प्रस्ताव पर नियम 193 के अंतर्गत हुई चर्चा में हिस्सा लेते हुए दिया गया वक्तव्य।

कि क्या प्रत्येक मुद्दे पर, जो कि प्रस्ताव में उठाया गया है, कैबिनेट द्वारा पूर्ण रूप से चर्चा की गई है या नहीं!

मैंने राज्य स्वायत्तता समिति की रिपोर्ट पढ़ी है और मूल रूप से माँगों का दस शीर्षकों के अधीन सार प्रस्तुत किया जा सकता है। इसमें महत्त्व के दस क्षेत्र आते हैं और उन क्षेत्रों में ऐसे मामले हैं, जिन पर वर्ष 1952 में चर्चा हुई थी और जहाँ किसी समझौते तक नहीं पहुँचा जा सका था। अंततः मामलों को बंद कर दिया गया। यह एकदम सही है। हम बाद में देखेंगे कि हम इस बारे में कुछ कर सकते हैं या नहीं। यहाँ कम-से-कम दो मदें हैं, जिन्हें सन् 1952 में स्थगित रखा गया था।

अब, मेरा प्रश्न है कि जब माननीय गृहमंत्री सहमत हो गए हैं और लोगों के बीच यह बयान दिया है कि मामले पर संसद् में चर्चा की जाएगी, फिर अंत में इस पर निर्णय लेने और इसे निरस्त करने की सरकार को क्या आवश्यकता हुई? प्रत्यक्ष तौर पर सरकार द्वारा इसे निरस्त करने का निर्णय लेने के बाद मुझे वास्तव में समझ नहीं आता कि संसद् में यह चर्चा क्या वास्तव में अब अर्थपूर्ण होगी या नहीं, जब तक कि माननीय गृहमंत्री सामने आकर नहीं कहते, "हाँ, हम अब भी खुले दिमाग से सोच रहे हैं; और संसद् में जो भी चर्चा हुई है, उसके आधार पर शायद मामले पर दोबारा विचार किया जाए।"

❑

मैं नहीं समझता कि इस पर यहाँ चर्चा करने का कोई अर्थ है। हालाँकि मामले पर संसद् में चर्चा का निर्णय लेने के बाद मैंने सोचा कि मैं भी कुछ प्रश्न करूँगा। मैं कोई लंबा भाषण नहीं देने वाला।

महोदय, जैसी कि इस सदन को जानकारी है, हालाँकि मैं इसके पूरे इतिहास में नहीं जाना चाहता, मैं सदन को सिर्फ यह याद दिलाना चाहता हूँ कि अक्तूबर 1947 में महाराजा हरि सिंह ने एक विलय-पत्र लिखकर भेजा था, जो सन् 1947 में ही तैयार किया गया था। शायद कुछ लोगों को यह भ्रम था कि महाराजा हरि सिंह का विलय-पत्र अन्य विलय-पत्रों से श्रेष्ठ या भिन्न था। जबकि ऐसा नहीं था।

अन्य शासकों के लिए उसी प्रकार का स्वीकृति का पत्र जम्मू एवं कश्मीर के लिए उपयोग में लाया गया। जम्मू एवं कश्मीर के लिए विशेष रूप से कोई अलग प्रकार का पत्र नहीं था। यह भारत का सामान्य प्रकार का स्वीकृति-पत्र था। यह ध्यान देने योग्य बहुत ही महत्त्वपूर्ण विषय है। इसलिए सन् 1947 में ही इस स्वीकार-पत्र द्वारा जम्मू एवं कश्मीर राज्य कानूनी तौर पर भारत का का एक भाग बन गया। इस बारे में कोई शंका नहीं है।

फिर, वर्ष 1950 में जब हमने अपने संविधान को अपनाया, जम्मू एवं कश्मीर को भारत के संविधान की प्रथम अनुसूची में भाग-ख राज्य के तौर पर शामिल किया गया और 1957 में

जब जम्मू एवं कश्मीर के संविधान को अपनाया गया, राज्य के संविधान ने जम्मू एवं कश्मीर को भारत संघ का एक अभिन्न अंग घोषित किया। इसलिए इस बात पर हमने राष्ट्रीय व अंतरराष्ट्रीय सभी मंचों पर यह बात अनेक बार कही है कि जम्मू एवं कश्मीर भारत का अभिन्न अंग है। मेरा सोचाना है कि इस पर कोई संशय नहीं होना चाहिए।

जम्मू एवं कश्मीर में उस समय चल रहे हालात को स्वीकार करते हुए भारत सरकार ने तब सोचा कि जम्मू एवं कश्मीर का मामला शेष भारत से कुछ अलग है और इसलिए उन्हें विशेष रक्षोपाय तथा विशेष सुरक्षा प्रदान की जानी चाहिए और इसलिए अनुच्छेद 370 लागू किया गया। अब सबकुछ अनुच्छेद 370 पर निर्भर है। अनुच्छेद 370 लगाने से जम्मू एवं कश्मीर को पहले ही स्वायत्तता मिली हुई है। उनका अलग संविधान है, उनका अलग झंडा है और भारतीय संसद् का जम्मू एवं कश्मीर पर सीमित न्यायाधिकार है। ये सभी स्वायत्तताएँ अनुच्छेद 370 द्वारा दी गई थीं। तदनंतर विभिन्न राष्ट्रपति आदेशों द्वारा अनेक संशोधन और शायद नवप्रवर्तन किए गए। मैं हैरान था कि इस मुद्दे को अब क्यों उठाया गया है और जम्मू एवं कश्मीर के लोगों के दिमाग में पीछे से क्या चल रहा है। मैं समझता हूँ कि अनुच्छेद 370 के प्रश्न पर भाजपा या एन.डी.ए. के घटक दलों की स्थिति से हम सब अवगत हैं। ये माँगें उठती रही हैं कि अनुच्छेद 370 को भारत के संविधान से हटा दिया जाए। यह वास्तव में जम्मू एवं कश्मीर के लोगों के दिमाग में अनेक आशंकाएँ भर देता है। मैं समझता हूँ कि केंद्रीय सरकार द्वारा, सत्ताधारी दल और उसके घटक दलों द्वारा यह बात स्पष्ट रूप से समझ जानी चाहिए। मैं माननीय गृहमंत्री से यह जानना चाहूँगा, जब वह जवाब देंगे कि अनुच्छेद 370 की स्थिति पर भाजपा का क्या दृष्टिकोण है और एन.डी.ए. सरकार का क्या दृष्टिकोण है? यदि आप वह स्थिति स्पष्ट कर दें तो मैं समझता हूँ कि जम्मू एवं कश्मीर के लोगों की अनेक आशंकाओं को दूर किया जा सकता है। आखिरकार जम्मू एवं कश्मीर के लोगों द्वारा और बड़ी संख्या में यह स्वीकार किया गया है कि वे भारत का हिस्सा हैं। हमने पहले ही जम्मू एवं कश्मीर विधानसभा के पिछले चुनावों में लोकतंत्रिक प्रक्रिया अपनाई थी। प्रत्येक राजनीतिक दल ने उस चुनाव में भाग लिया, जो कि हम सभी के लिए अत्यंत संतोषप्रद स्थिति है। आज जम्मू एवं कश्मीर में हमारी चुनी गई लोकप्रिय सरकार है, जिससे हम अपनी बात कह सकते हैं, जिससे हम परस्पर बातचीत कर सकते हैं।

यहाँ नेशनल कॉन्फ्रेंस एन.डी.ए. सरकार का एक हिस्सा है। शेख अब्दुल्ला का पौत्र यहाँ मंत्रिपरिषद् में सदस्य है। महाराजा हरि सिंह का पौत्र जम्मू एवं कश्मीर की मंत्रिपरिषद् का सदस्य है। राज्य के मुख्यमंत्री के रूप में डॉ. फारूख अब्दुल्ला विशुद्ध भारतीय हैं, एक सच्चे देशभक्त; कोई भी इस बारे में शक नहीं कर सकता। जब यह सबकुछ हमारे सामने है तो हम मुक्त होकर और बेहिचक विचारों का आदान-प्रदान कर सकते हैं।

जम्मू एवं कश्मीर के नेताओं द्वारा ये आरोप लगाए गए हैं कि राज्य स्वायत्तता समिति की रिपोर्ट—वह रिपोर्ट, जो अप्रैल 1999 में जम्मू एवं कश्मीर विधानसभा में प्रस्तुत की गई थी,

भारत सरकार के पास उनकी टिप्पणियों के लिए केंद्र सरकार के अभिमत के लिए तुरंत भेज दी गई है। मुझे नहीं पता, शायद उन्हें केंद्र सरकार से कोई सही उत्तर प्राप्त नहीं हुआ है। यह एक रूपांतर है। मैं इस पर स्पष्टीकरण चाहूँगा।

दूसरी तरफ, हमें मीडिया से यह राय मिलती है कि जम्मू एवं कश्मीर के मुख्यमंत्री ने न केवल माननीय गृहमंत्री, बल्कि भारत के माननीय प्रधानमंत्री को भी इस प्रभाव से आश्वासन दिया है कि इस रिपोर्ट पर विधानसभा में चर्चा की जानी है और केवल चर्चा की जाएगी, कोई प्रस्ताव नहीं अपनाया जाएगा। हमें मीडिया से यह पता चला है कि यह आश्वासन डॉ. फारूख अब्दुल्ला द्वारा माननीय प्रधानमंत्री और माननीय गृहमंत्री को दिया गया है। और फिर भी उन्होंने विधानसभा में यह प्रस्ताव पारित कर दिया है। क्यों? गलतफहमी कहाँ हुई?

जब कैबिनेट में आखिरकार यह निर्णय लिया कि 'नहीं, इस रिपोर्ट को प्रत्यक्ष तौर पर निरस्त किया जाए।' डॉ. फारूख अब्दुल्ला की कोई प्रतिक्रिया बाहर आए बिना—मुझे नहीं पता, यह सच है या नहीं, लेकिन मीडिया रिपोर्ट कहती है—"खैर, डॉ. फारूख अब्दुल्ला निर्णय ले सकते हैं कि वह एन.डी.ए. सरकार में बने रहना चाहेंगे या नहीं। वह बने रहने या छोड़ने के लिए स्वतंत्र हैं।" मैं सोचता हूँ—जम्मू एवं कश्मीर के नेतृत्व और केंद्र के नेतृत्व में कहीं-न-कहीं वैचारिक मतभेद हैं।

मैं जम्मू एवं कश्मीर के मुख्यमंत्री को धन्यवाद कहना चाहूँगा कि इन सभी उत्तेजनाओं के बावजूद वह अभी भी शांत हैं। वे एन.डी.ए. सरकार से अलग नहीं हुए हैं। वह अभी भी कहते हैं, "ठीक है, मैं चर्चा के लिए सहमत हूँ; मैं बातचीत के लिए सहमत हूँ।" मेरे विचार से, ये बहुत ही सकारात्मक चिह्न हैं, जिनकी इस सदन को सराहना करनी चाहिए। किसी निर्णय पर पहुँचने का कोई प्रश्न ही नहीं है कि उन्होंने जो कुछ किया है, शत-प्रतिशत गलत है। मेरी समझ में यह संसद् के लिए उपयुक्त होगा, शायद यह सरकार के लिए उपयुक्त होगा कि वह इस बात को देखें कि संविधान के अनुच्छेद 370 ने किस तरह काम किया है और यह कितना कारगर है! आखिरकार जो भी स्वायत्तता हमें देनी थी, वह हम उन्हें दे चुके हैं।

यह हो सकता है कि बाहर से विशेषज्ञों की एक टीम द्वारा विशेष प्रकार का अध्ययन किया जाए—जम्मू एवं कश्मीर से नहीं—एक स्वतंत्र निकाय, जो कि भारत के संविधान के अनुच्छेद 370 के कार्य करने का निष्पक्ष दृष्टि से अध्ययन करेगा और देखेगा कि क्या किन्हीं बदलावों की आवश्यकता है? हालाँकि मैंने यह चिह्नित किया था कि कुछ मामले हैं, जिन पर सन् 1952 में चर्चा की गई थी; परंतु उन सब माँगों के सावधानीपूर्वक अध्ययन से मुझे यह प्रतीत होता है कि जम्मू एवं कश्मीर विधानसभा ने वर्ष 1952 से पूर्व की स्थिति में जाने की माँग की है। वास्तव में, मैं व्यक्तिगत तौर पर उससे सहमत नहीं हूँ। मुझे नहीं पता कि हम स्वायत्तता के बारे में क्यों बात कर रहे हैं और क्यों यह शब्द 'स्वायत्तता' इतना आकर्षक है। मैं समझता हूँ कि जम्मू एवं कश्मीर के लोग 'स्वायत्तता' शब्द का उपयोग किए बिना भी जो प्राप्त करना चाहते

हैं, प्राप्त किया जा सकता है। मैं सोचता हूँ कि कैबिनेट ने निश्चित तौर पर इस पर ध्यान दिया है और बहुत चतुराई से प्रस्ताव को निरस्त करते समय एक विकल्प भी रखा कि कुछ परेशानियों से बचने का कोई रास्ता भी है।

श्री संतोष मोहन देव : जब आप बोल रहे हैं, आप दिमाग में रखिए कि आप भी संविधान समीक्षा आयोग के एक सदस्य हैं। आपने अनेक बातें और विचार व्यक्त किए हैं।

पी.ए. संगमा : मुझे यह ज्ञात है। इसीलिए मैं इस बारे में बात कर रहा हूँ। मैं केवल अनुच्छेद 370 के बारे में नहीं सोच रहा हूँ, बल्कि अनुच्छेद 371 के बारे में भी, जो कि उत्तर-पूर्वी राज्यों पर लागू है। आपकी सूचनार्थ मैं आयोग का एक सदस्य होने के नाते असम के भविष्य के बारे में भी सोच रहा हूँ। मैं केवल यही चाहता हूँ कि सरकार को भी एक पहल करनी चाहिए, जहाँ पर विशेष महत्त्ववाले ये मामले कुछ लोगों को सौंपे जा सकें, जो कि निष्पक्ष हैं और एक विशेष अनुच्छेद की कार्य-प्रणाली को देख सकें। यह आयोग पूरे संविधान की कार्य-प्रणाली को देख रहा है। मेरा जोर अनुच्छेद 370 पर है। कैबिनेट ने एन.डी.ए. घोषणा-पत्र को उद्धृत करके अधिकार की सुपुर्दगी की बात की है कि यह केवल स्वायत्तता का मामला नहीं है—यह अधिकार की सुपुर्दगी का मामला है। यह वह बात है, जो कैबिनेट ने प्रस्ताव को अस्वीकार करने का निर्णय लेते हुए कही है।

गृहमंत्री (श्री एल.के. आडवाणी) : हमने 'अस्वीकार' शब्द का प्रयोग नहीं किया है।

पी.ए. संगमा : हाँ, उन्होंने 'अस्वीकार' शब्द का उपयोग नहीं किया, लेकिन इसका कुल और अर्थ—अस्वीकार करना है।

श्री एल.के. आडवाणी : हमने कहा है, हम इसे स्वीकार नहीं कर सकते।

पी.ए. संगमा : इसलिए मैं कह रहा हूँ कि उन्होंने अधिकारों की सुपुर्दगी के बारे में बहुत ही नपे-तुले शब्दों में और सावधानीपूर्वक कहा है।

❑

हाँ, समाचार-पत्रों में यह कहा गया है कि यह अधिकारों की सुपुर्दगी का मामला है, न कि केवल स्वायत्तता का। यही निर्णय का कुल अर्थ है।

मैं समझता हूँ, इसलिए अधिकारों की सुपुर्दगी और आधार पर जोर देना ज्यादा महत्त्वपूर्ण है, जैसाकि मैं हमेशा से कहता आया हूँ—यह सरकारिया आयोग की रिपोर्ट होनी चाहिए। सरकारिया आयोग की रिपोर्ट में सहकारी संघवाद के बारे में कहा गया है। यह एक नया शब्द है; परंतु यह बहुत लोकप्रिय शब्द बन गया है। हो सकता है, इसका कोई रास्ता हो। सरकारिया आयोग की रिपोर्ट के अनुसार, सहकारी संघवाद शेष भारत पर लागू किया जा सकता है; परंतु जहाँ तक जम्मू एवं कश्मीर और उत्तर-पूर्वी राज्यों का संबंध है, मैं सोचता हूँ कि अनुच्छेद 370 एवं अनुच्छेद 371 बहुत महत्त्वपूर्ण हैं और हमें यह देखना होगा कि इन अनुच्छेदों को अधिक प्रभावी और अधिक कार्यशील कैसे बनाया जा सकता है!

मैं ऐसे क्षेत्र से आया हूँ, जहाँ अत्यधिक विद्रोह है। इसलिए हम भी वैसी ही स्थिति का सामना कर रहे हैं, जैसी स्थिति का जम्मू एवं कश्मीर के लोग कर रहे हैं। एक तरफ यहाँ उग्रवादी व आतंकवादी हैं और दूसरी तरफ सुरक्षा बल हैं। हमें पता है, सुरक्षा बल उत्तर-पूर्वी क्षेत्र में किस तरह का बरताव करते हैं।

मैं सोचता हूँ—जम्मू एवं कश्मीर के लोग वहाँ हो रही घटनाओं से सच में ऊब चुके हैं। वे एक तरफ तो उग्रवादियों व आतंकवादियों और दूसरी तरफ सुरक्षा बलों के बीच पिस चुके हैं। मेरी जम्मू एवं कश्मीर के लोगों से बहुत बातचीत हुई है। लोग किसी हल को तलाश रहे हैं। यह वह समय है, जब हम वास्तव में शायद कोई हल निकाल लें, क्योंकि लोग यह चाह रहे हैं। 52 वर्ष की पीड़ा और कड़वे अनुभव के बाद मैं सोचता हूँ, वे अब यह चाह रहे हैं। इसलिए मैं नहीं सोचता कि हमें सबकुछ बंद कर देना चाहिए। मैं यह एकदम स्पष्ट करना चाहता हूँ कि मैं वर्ष 1952 से पूर्व की किसी भी स्वायत्त स्थिति के लिए सहमत नहीं हूँ। परंतु प्रश्न यह है कि संविधान के ढाँचे के भीतर, भारत के संविधान के अनुच्छेद 370 के भीतर रहते हुए क्या हम लोगों के लिए कुछ अधिक कर सकते हैं?

मैं एक पत्रिका में एक लेख पढ़ रहा था, जिसमें कहा गया है—"जम्मू एवं कश्मीर के आठ से दस हजार छात्र, लड़के और लड़कियाँ, 5 लाख से 7 लाख रुपए प्रति व्यक्ति फीस देकर कर्नाटक के विभिन्न कॉलेजों में पढ़ रहे हैं। जम्मू एवं कश्मीर के चार से छह हजार विद्यार्थी महाराष्ट्र में पढ़ रहे हैं वे गुजरात में पढ़ रहे हैं और भारत के अन्य भागों में पढ़ रहे हैं।" उनकी दयनीय स्थिति की कल्पना कीजिए; कल्पना कीजिए कि वे किस पीड़ा से गुजर रहे हैं! इसलिए मैं सोचता हूँ—आर्थिक विकास एक बेहद महत्त्वपूर्ण मुद्दा है; नौकरियों का सृजन एक बहुत महत्त्वपूर्ण मुद्दा है। लोगों को वहाँ नौकरियाँ नहीं मिल रही हैं।

मैं श्री माधवराव सिंधिया की इस बात का समर्थन करता हूँ कि जब हम जम्मू एवं कश्मीर के बारे में बात करते हैं, हमारा पूरा ध्यान कश्मीर घाटी की तरफ चला जाता है। इस प्रक्रिया में हम जम्मू के लोगों को भूल जाते हैं; इस प्रक्रिया में हम लद्दाख के लोगों को भूल जाते हैं। मैं समझता हूँ, यह उनके साथ बहुत बड़ा अन्याय है। जब मैं कुछ महीने पहले जम्मू गया, उन्होंने मुझसे सीधे पूछा, "क्या हम भी आतंकवादी बन जाएँ? क्या हम भी हथियार उठा लें; क्योंकि जब तक हम यह नहीं करेंगे, हम पर सरकार का कोई ध्यान नहीं जाएगा। जो लोग हथियार उठा रहे हैं, जो लोग भूमिगत हो रहे हैं, ये वे लोग हैं, जिन्हें हर संभव मदद मिलती है; सभी संसाधन वहाँ उड़ेले जाते हैं और सभी सुविधाएँ वहाँ दी जाती हैं। केवल इसलिए कि हम लोग साधारण हैं और शांतिप्रिय लोग हैं, हमारी उपेक्षा की जाती है।" मैं सोचता हूँ, यह ध्यान देने लायक अति महत्त्वपूर्ण मुद्दा है। श्री माधवराव सिंधिया ने बहुत प्रभावी तरीके से यह मुद्दा उठाया है।

आखिरकार, लद्दाख ने स्वायत्तता के प्रस्ताव का विरोध किया है और उन्होंने 'नहीं' कहा; जम्मू के लोगों ने भी 'नहीं' कहा। इसका क्या तात्पर्य है? लद्दाख के लोगों और जम्मू के लोगों

ने स्वायत्तता की माँग को अस्वीकार कर दिया है, जो कि जम्मू एवं कश्मीर विधानसभा द्वारा पारित किया गया था। मैं सोचता हूँ, हमें उसे पहचानना चाहिए और उनके लिए कुछ विशेष करना चाहिए।

महोदय, मैं आपसे निवदेन करता हूँ कि इस मामाले को बहुत गंभीरतापूर्वक और सावधानीपूर्वक लिया जाए। चलिए, हम लोग सभी की निंदा न करें। इसे बातचीत से सुलझाया जाना है। मैं अति प्रसन्न हूँ कि भारत सरकार हुर्रियत नेताओं के साथ बातचीत शुरू करने वाली है और वहाँ युद्ध-विराम हो गया है। यह एक बहुत ही सकारात्मक पहल है। इसके लिए मैं सरकार को बधाई देता हूँ। केवल एक प्रश्न है, जो मैंने कहीं पढ़ा है कि क्या इस कदम का प्रधानमंत्री वाजपेयी की सितंबर 2000 की अमेरिका यात्रा से कोई लेना-देना है, जब वे अमेरिकी राष्ट्रपति बिल क्लिंटन से मिलेंगे? हमें नहीं पता कि पिछली बार की अमेरिकी राष्ट्रपति की यात्रा के दौरान राष्ट्रपति बिल क्लिंटन और प्रधानमंत्री वाजपेयी के बीच क्या घटित हुआ? वे सितंबर 2000 में मिलने वाले हैं और इसलिए यहाँ अमेरिका इस सब के बारे में क्या सोचता है? हमें पता है कि आशंकाएँ हैं। मैं इसे एक तरफ रखता हूँ, लेकिन उनसे बातचीत की पहल और युद्ध-विराम स्वागत-योग्य है। इसके लिए मैं सरकार को बधाई देता हूँ।

उत्तर प्रदेश पुनर्गठन विधेयक, 2000*

माननीय अध्यक्ष महोदय, मैं इस विधेयक का समर्थन करने के लिए खड़ा हूँ और मैं पूरे दिल से इसका समर्थन करता हूँ। वास्तव में, मेरे अनुसार उत्तराखंड या उत्तरांचल—यह कुछ भी हो—का बनना, छत्तीसगढ़ और झारखंड का बनना लंबे समय से लंबित है। आज मैं अति प्रसन्न हूँ कि संसद् का यह सत्र उत्तराखंड के लोगों की आकांक्षाओं, छत्तीसगढ़ के लोगों की आकांक्षाओं और झारखंड के लोगों की आकांक्षाओं पर सकारात्मक प्रतिक्रिया व्यक्त कर रहा है। वास्तव में, मेरे विचार माननीय सदस्य श्री वासुदेव आचार्य से भिन्न हैं, जो कहते हैं कि नए राज्यों के गठन से देश की एकता और अखंडता को खतरा होगा। वास्तव में, इसका अन्य तरीका है। यदि देश के विभिन्न भागों में लोगों की आकांक्षाओं को पूरा करने में आज देश विफल हो जाता है तो खतरा है।

आज राष्ट्रीय दलों का पतन क्यों हो रहा है? आज क्षेत्रीय दल मशरूम की तरह क्यों उगते जा रहे हैं? यह इसलिए है, क्योंकि जहाँ तक लोगों की क्षेत्रीय आकांक्षाओं का संबंध है, हम विफल हो गए हैं। आज लोग हथियार क्यों उठा रहे हैं? आज देश आतंकवाद की समस्या

* 1 अगस्त, 2000 को उत्तर प्रदेश पुनर्गठन विधेयक, 2000 में भाग लेते हुए दिया गया भाषण। उत्तर प्रदेश के पुनर्गठन द्वारा 'उत्तराखंड' नाम के अलग राज्य के गठन के लिए विधेयक में कहा गया है।

का सामना क्यों कर रहा है ? यह इसलिए है, क्योंकि हम लोगों की आकांक्षाओं का समय पर जवाब देने में विफल हो गए हैं।

आपके विचार भिन्न हो सकते हैं, परंतु मेरी अपनी समझ है। सभी के पास अपनी स्वयं की समझ होती है। आज लोग अधिक स्वायत्तता की माँग क्यों कर रहे हैं ? यह इसलिए है, क्योंकि हम लोगों की आकांक्षाओं का समय पर जवाब देने में असफल हो गए हैं। मेरे अनुसार, लोगों की आकांक्षाओं का जवाब देना बहुत महत्त्वपूर्ण है। आज इतनी सारी क्षेत्रीय असमानताएँ क्यों हैं ? देश भर में क्षेत्रीय असमानताओं के कारण आज आप स्वयं देख सकते हैं कि इस महान् सदन में क्या हो रहा है। इस सदन का संयोजन उन क्षेत्रीय असमानताओं की एक झलक है। एक दल की सरकार से आज हमारी चौबीस दलों की सरकार है। ऐसा क्यों है ? इसलिए मैं नए राज्यों के गठन के समर्थन में हूँ। मैं इसके साथ हूँ। मेरे विनम्र और व्यक्तिगत विचार के अनुसार, उत्तर प्रदेश को विभक्त किया जाना आवश्यक है। मैं इस विषय पर एकदम स्पष्ट हूँ। मैं श्री अजीत सिंह को अपना पूरा समर्थन देता हूँ, जो कि एक अलग पश्चिमी उत्तर प्रदेश राज्य के आंदोलन का नेतृत्व कर रहे हैं। मैं सोचता हूँ, वह न्यायसंगत हैं। मैं उनका समर्थन करता हूँ। मैं आज सभी चीजों पर चर्चा नहीं करना चाहता। जब अमेरिका जैसा देश, जो कि जनसंख्या की दृष्टि से हमारे देश से छोटा है, में पचास राज्य हो सकते हैं तो भारत में तीस राज्य होना कौन सा गलत है ?

***

मैं जनसंख्या के बारे में बात कर रहा हूँ। हमारा लोकतंत्र लोगों पर निर्भर है। मैं भारत के लोगों के बारे में बात कर रहा हूँ। लोकतंत्र का मतलब यही है। यह कोई भूमि मात्र नहीं है, जिसे लोकतंत्र कहते हैं। आज मैं सोचता हूँ—तीन और जुड़ने के बाद हमारे अट्ठाईस राज्य हो जाएँगे। इसलिए मैं इस विधेयक का पूर्णतया समर्थन करता हूँ। मैं तीन राज्यों के गठन का पूर्णतया समर्थन करता हूँ। मैं सरकार का और अधिकांश राजनीतिक दलों का आभारी हूँ, जिन्होंने इस विधेयक का समर्थन किया।

मुझे जानकारी है कि श्री वासुदेव आचार्य और वरिष्ठ सांसद एवं मेरे मित्र श्री मुलायम सिंह यादव क्यों इसका विरोध कर रहे हैं। उनकी कुछ शर्तें हैं। मैं सोचता हूँ, यहाँ कुछ राजनीतिक विचार हैं। परंतु सैद्धांतिक तौर पर इसका पूरे दिल से समर्थन करने पर भी मैं इस पर अधिक नहीं बोलना चाहूँगा। मुझे ज्यादा कुछ नहीं कहना है। मैं केवल कुछ सुझाव देना चाहता हूँ। मैं श्री जीतेंद्र प्रसाद द्वारा किए गए संशोधन का पूरी तरह से समर्थन करता हूँ कि इस विधेयक में अनुसूचित जाति और अनुसूचित जनजातियों के लिए सीटों में आरक्षण के लिए एक स्पष्ट प्रावधान होना चाहिए था।

***

हाँ, मायावतीजी ने भी यह मुद्दा उठाया था। मेरे विचार से, श्री एन.डी. तिवारी ने भी यह मुद्दा उठाया था।

5 लोकसभा सीटों में से अनुसूचित जातियों के लिए 1 सीट आरक्षित है। मैं सरकार से निवेदन करूँगा कि उत्तराखंड की अनुसूचित जनजातियों के लिए संसद् में एक और सीट आरक्षित की जा सकती है। मैं यह एक अनुरोध अवश्य करना चाहूँगा। 90 विधानसभा सीटों में से, जो कि बनाई जानी है, जैसाकि श्री जीतेंद्र प्रसाद ने पहले ही संशोधन का प्रस्ताव दिया है, वास्तव में मेरा मत उनसे संख्या में भिन्नता का है। उन्होंने 4 की माँग की है, मैं निश्चित तौर पर अधिक की माँग करूँगा। मैं यह सुझाव दूँगा कि अनुसूचित जनजातियों के लिए 8 सीटें होनी चाहिए।

***

इस संशोधन के साथ मैं इसका पूरा समर्थन करता हूँ।

दूसरा मुद्दा, जो कि मैं सदन के संज्ञान में लाना चाहता हूँ, वो है कि हालाँकि अविभक्त उत्तर प्रदेश में अनुसूचित जनजातियों की जनसंख्या करीब 0.2 प्रतिशत थी और जहाँ तक राज्य में सरकारी सेवा में प्रवेश का संबंध है, अनुसूचित जनजातियों को 2 प्रतिशत नौकरियाँ दी गईं। उनके लिए 2 प्रतिशत नौकरियाँ आरक्षित की गईं। अब यह कि प्रतिशतवार उनकी जनसंख्या उत्तराखंड में कहीं अधिक होगी, मैं माननीय गृहमंत्रीजी से अनुरोध करूँगा, यह सही है कि यह उनके अधिकार-क्षेत्र में नहीं है, परंतु जब वहाँ सरकार बन जाएगी तो उस सरकार को प्रभावित करने के लिए, यदि वह प्रभावित हो सकती है तो, राज्य सेवा में उच्चतर प्रतिशत के साथ कुछ आरक्षण अनुसूचित जातियों और अनुसूचित जनजातियों के लिए आरक्षित किए जाएँ।

मैं श्री मुलायम सिंह यादव के इस तथ्य पर विवाद नहीं करूँगा कि उत्तराखंड आर्थिक रूप से संभव होगा या नहीं? परंतु वह एक मुद्दा है, जो श्री सिंह ने उठाया है। जब आप देश की एकता और अखंडता की बात कर रहे हैं, जब आप राष्ट्रीयता को मजबूत बनाने की बात कर रहे हैं, मैं नहीं सोचता कि हम हर समय, हर अवसर पर आर्थिक विचार करें।

पूर्व प्रधानमंत्री श्रीमती इंदिरा गांधी ने उत्तर-पूर्व में एक में से नौ राज्य बनाने का निर्णय लिया था? क्या वह आर्थिक विचारधाराओं पर था? नहीं, वह एक राजनीतिक विचारधारा थी। उन्हें पता था कि उत्तर-पूर्वी राज्य उस समय आर्थिक रूप से संभव नहीं होंगे और फिर भी एक निर्णय लिया गया। हम आर्थिक विचारधाराओं पर हर जगह नहीं जा सकते। राष्ट्र की एकता और अखंडता के मुद्दे को देखते हुए आर्थिक विचारधाराओं के अलावा राजनीतिक विचारधारा, सामाजिक विचारधारा अधिक महत्त्वपूर्ण है।

उत्तराखंड बहुत ही अमीर राज्य बनने वाला है, क्योंकि उसके पास अनेक प्राकृतिक संसाधन हैं। मैं सोचता हूँ, जनरल खंडूरी ने इस बारे में बहुत सुदृढ़ता से कहा है कि यह कैसे आर्थिक रूप से संभव होने वाला है। मैं उन्हें शुभकामनाएँ देता हूँ। परंतु जब तक यह आर्थिक रूप से संभव नहीं होता, शायद उत्तराखंड को उत्तर-पूर्वी राज्यों के बराबर विशेष श्रेणी राज्यों की सूची में शामिल करने पर विचार किया जा सकता है।

उत्तराखंड क्षेत्र में जनजातियों की सुरक्षा के लिए मैं एक और मुद्दा उठाना चाहूँगा। मैं यह

सुझाव वहाँ बननेवाली नई सरकार के लिए दे रहा हूँ। उनके लिए पहले मैं क्षेत्रों में अलग जिले बनाने का सुझाव दे रहा हूँ, जहाँ पर जनजातियों का सर्वाधिक आधिपत्य है और फिर बाद के चरण में यदि उन क्षेत्रों को भारत के संविधान की छठी अनुसूची के अधीन लाया जा सकता है तो मैं सोचता हूँ कि उत्तराखंड में जनजातीय लोगों की आर्थिक और सामाजिक प्रगति का बहुत तेजी से विकास होगा।

अपनी पार्टी की ओर से और स्वयं की ओर से मैं उत्तराखंड के लोगों तक, छत्तीसगढ़ के लोगों तक और झारखंड के लोगों तक अपनी बधाइयाँ पहुँचाना चाहूँगा और उन्हें श्रेष्ठता, सफलता, प्रगति एवं समृद्धि के लिए शुभकामनाएँ देता हूँ।

अल्पसंख्यक और धर्मनिरपेक्ष भारत*

हमारे देश में हमारे पास विश्व की प्राचीनतम सभ्यता की धरोहर है। जैसाकि पहले कहा गया है, हमारा देश अपनी सहिष्णुता के लिए जाना जाता है, हमारा देश और हमारे लोग धर्मनिरपेक्षता के प्रति हमारी प्रतिबद्धता के लिए जाने जाते हैं। दुर्भाग्यवश, तीसरी सहस्राब्दी की दहलीज पर हमारा जीवन अल्पसंख्यकों, विशेष तौर पर ईसाइयों और मुसलमानों, के विरुद्ध हमले द्वारा चिह्नित किया गया है।

यह एक वास्तविकता है कि वर्ष 1998 से अल्पसंख्यकों, विशेष तौर पर ईसाइयों, के खिलाफ हमले वर्ष 1947 से 1998 के बीच कुल हुए हमलों से कहीं अधिक हैं। इसलिए यहाँ एक प्रश्नचिह्न है। यह कैसे संभव है कि हमारे देश में भाजपा के नेतृत्व वाली सरकार के बाद से ईसाइयों के विरुद्ध हमले बढ़े हैं? ये केवल हमले नहीं हैं, जो हमें चिंतित कर रहे हैं।

जहाँ तक मेरा संबंध है, चिंता के पाँच क्षेत्र हैं, जिन्हें मैं माननीय गृहमंत्रीजी को बताना चाहूँगा। पहला है—भौगोलिक विस्तार कि ईसाई समुदाय पर सुव्यवस्थित हमले केवल एक विशेष क्षेत्र और अंचल तक सीमित नहीं हैं। यह कृत्य पूरे देश में फैला हुआ है। हमारे माननीय प्रधानमंत्री की पोप जॉन पॉल-II से साथ बैठक का पहले ही संदर्भ दिया जा चुका है। हमारे पास कोई आधिकारिक सूचना नहीं है कि दोनों नेताओं के बीच क्या घटित हुआ। परंतु मैंने अखबार में पढ़ा है कि 24 जून, 2000 को जब हमारे प्रधानमंत्री पोप के साथ बैठक के बाद बाहर आए और जब उनसे मीडिया ने पूछा तो उन्होंने जवाब दिया, "भारतीय ईसाइयों के सदस्यों पर हमले केवल एकल कार्य है और उनके विरुद्ध कोई संगठित अभियान नहीं है।"

परंतु सच्चाई कुछ और है। मैं सन् 1998 से अब तक ज्ञात हुई घटनाओं के बारे में पढ़

* 17 अगस्त, 2000 को देश में भाषाई और धार्मिक अल्पसंख्यकों पर अत्याचार के संबंध में नियम 193 के अधीन चर्चा में भाग लेते हुए दिया गया भाषण।

रहा था और मैंने पाया कि उत्तर में, दक्षिण में, पश्चिम में, पूर्व में और उत्तर-पूर्व में कम-से-कम 13 राज्य हैं, जहाँ अल्पसंख्यकों पर हमले हुए हैं। अब यदि उत्तर-पूर्व में हमले हो रहे हैं और ये देश के उत्तर में, दक्षिण में, पश्चिम में, पूर्व में और मध्य भाग में हो रहे हैं तो हम कैसे कह सकते हैं—हमले अकेले किए जा रहे हैं? ये ऐसे नहीं हैं। ये पूरे देश में हो रहे हैं।

चिंता का दूसरा कारण हिंसा की प्रचंडता है। प्रत्येक प्रकार का किया गया अपराध, जिसकी गंभीर अपराध के तौर पर व्याख्या की गई है—घर में जबरन प्रवेश, चोरी, डकैती, गैर-कानूनी अवरोधन, हत्या, आगजनी, ननों का बलात्कार, प्रार्थना-स्थलों का अपवित्रीकरण, 'बाइबल' को जलाना इत्यादि। इसलिए हिंसा की प्रचंडता ऐसी है कि आज हमारे देश के अल्पसंख्यक सरकार में निश्चित तौर पर विश्वास खोते जा रहे हैं। इस बारे में कोई संशय नहीं है।

आप इसका अपने अनुसार बचाव कर सकते हैं; आप स्वेच्छानुसार किसी भी तरीके से बोल सकते हैं; आप कहीं से उद्धृत कर सकते हैं। आप यहाँ किसी भी प्रकार के आँकड़े उद्धृत कर सकते हैं; परंतु अल्पसंख्यकों की भावनाएँ बहुत महत्त्वपूर्ण हैं। अल्पसंख्यक इस बारे में कैसा महसूस करते हैं? आप केवल आँकड़ों द्वारा लोगों की भावनाओं से नहीं खेल सकते। आज का अनुभव क्या है, जैसाकि श्री सुरेश कुरुप ने कहा है कि हमारे साथ इस महान् देश में द्वितीय श्रेणी के नागरिकों जैसा बरताव किया जाता है। इसलिए आप जो करना चाहते हैं, वह करने की कोशिश कर सकते हैं—जैसाकि विख्यात विचार है, "न्याय न केवल किया जाना है, बल्कि किया हुआ दिखाई भी देना है।" आपको इस देश के अल्पसंख्यक लोगों के दिमाग में आत्मविश्वास लाना है। केवल एक अच्छा भाषण देना अल्पसंख्यकों की भावनाओं को शांत नहीं कर सकता। इसलिए यह मामला बहुत गंभीर है।

चिंता का तीसरा क्षेत्र राजनीतिक दलों की सहमति है और राजनीतिक तत्त्वों की सहमति है। चाहे यह बजरंग दल है, वि.हि.प. है या आर.एस.एस., ये संगठन कई वर्षों से विद्यमान हैं। यह कैसे है कि ये वर्ष 1998 से पहले काम नहीं कर रहे थे? यह कैसे है कि 1998 के बाद से ये संगठन खुलकर सामने आ रहे हैं और सभी भड़काने वाले बयान दे रहे हैं? यह संभव नहीं होता, यदि राजनीतिक दलों को पीछे से समर्थन नहीं मिला होता। उन समूहों द्वारा, जो कि राजनीतिक दलों का हिस्सा हैं। इसलिए मैं सोचता हूँ कि भारत सरकार द्वारा बहुत महत्त्वपूर्ण भूमिका अदा की जानी है।

चिंता का चौथा क्षेत्र राज्य मशीनरी की सह-अपराधिता है। जब भी कोई दुर्घटना होती है, बाह्य जाँच की जाती है। राज्य का तंत्र असली अपराधियों को पकड़ने में गंभीर नहीं है। श्री संतोष मोहन देव ने पूछा था कि यदि यह बजरंग दल, आर.एस.एस., वि.हि.प. या भाजपा नहीं है तो यह कौन कर रहा है? क्या यह आई.एस.आई. है? मैं आई.एस.आई. की बात पर बाद में आऊँगा; परंतु यह बहुत महत्त्वपूर्ण है कि हम सच का पता लगाएँ और तंत्र इसके लिए तैयार है।

पाँचवाँ और सबसे महत्त्वपूर्ण मुद्दा, जो मैं उठाना चाहूँगा, वह माननीय गृहमंत्री के

बयानों में दिखाई दिए लापरवाह, तकनीकी और दैनिक रवैए के बारे में है। इस मामले को संसद् के पिछले सत्र में उठाया गया था। मामले पर बारहवीं लोकसभा के दौरान चर्चा की गई थी। बारहवीं लोकसभा और तेरहवीं लोकसभा के दौरान अनेक तारांकित व अतारांकित प्रश्न पूछे गए हैं। यदि आप माननीय गृहमंत्री के उत्तरों पर ध्यान दें तो कोई अंतर नहीं दिखाई देता। बारहवीं लोकसभा के दौरान दिए गए यही उत्तर दोबारा दिए गए हैं। वही उत्तर आया है, जिसके लिए मेरा नवीनतम उत्तर है।

25 जुलाई, 2000 को श्री जे.एस. बरार और श्री कमल नाथ को जवाब देते हुए माननीय गृहमंत्री ने कहा था कि ईसाइयों के विरुद्ध हिंसा की घटनाएँ कुछ हद तक बढ़ी हैं। मुझे नहीं पता कि 'कुछ हद तक' का क्या मतलब है ? उन्होंने आगे कहा कि कानून एवं व्यवस्था राज्य सरकार के क्षेत्राधिकार में आते हैं और इसलिए हमारे पास कहने के लिए ज्यादा कुछ नहीं है। मैं नहीं सोचता कि यह पर्याप्त है।

यदि आप सच में इस बात को गंभीरता से लेंगे, जो कुछ मैंने भौगोलिक फैलाव, अपराध की गंभीरता और किस तरह राज्य-तंत्र काम कर रहे हैं, के बारे में कहा है, तो मैं सोचता हूँ कि माननीय गृहमंत्री को इसे दैनिक मामले से कहीं अधिक गंभीरता से लेना होगा। गृहमंत्री केवल यह कहकर अपनी जिम्मेदारी से नहीं भाग सकते कि कानून और व्यवस्था राज्य का मामला है। यह राज्य के मामले से कुछ अधिक है। मैं हतप्रभ था कि क्यों ऐसी घटनाएँ हो रही हैं ? क्या गलती है ? भारत में ईसाई समुदाय ने कौन सा अपराध किया है ? मैं कोई भी कारण नहीं ढूँढ़ पा रहा हूँ।

इस देश में ईसाई समुदाय बेहद संकोची समुदाय है। वास्तव में, मैं गिरजाघर के नेतृत्व को दोष देता आया हूँ। मैं स्वयं ही गिरजाघर के धर्माधिकारी वर्ग को दोष देता रहा हूँ कि क्यों उन्होंने हमें इतना संकोची बनाया ? मैंने उन्हें बताया कि उन्होंने हमें कभी भी अपने अधिकारों के लिए लड़ना नहीं सिखाया। मैंने उन्हें बताया कि उन्होंने हमेशा हमसे कहा कि यदि कोई आपके दाएँ गाल पर तमाचा मारे तो हमें अपना बायाँ गाल आगे कर देना चाहिए और कहना चाहिए, 'मुझे एक और मारो।' उन्होंने कहा कि हमें इस तरह करना चाहिए और हम वही करने की कोशिश करते रहे हैं। हमने इस देश में किसी को चोट नहीं पहुँचाई है। यदि यही मामला है तो कोई हमारे खिलाफ क्यों है ? मुझे यह समझ नहीं आता।

एकल समुदाय के तौर पर हमने इस देश को बहुत कुछ दिया है। हमारे हजारों शैक्षणिक संस्थान हैं। हमारे 10 लाख से अधिक छात्र ईसाई संस्थानों में पढ़ रहे हैं और उनमें से 95 प्रतिशत गैर-ईसाई हैं।

बारहवीं लोकसभा के दौरान जब मामले पर बहस की गई थी, मुझे याद है, माननीय गृहमंत्री शीघ्रता से उठे और बोले, 'क्या आपको पता है श्री संगमा, मैंने भी सेंट पैट्रिक स्कूल से ही शिक्षा प्राप्त की है ?' कुमारी उमा भारती भी खड़ी हुईं और बोलीं, 'क्या आपको पता

है श्री संगमा, मैंने अपने घर में ईसा मसीह की तसवीर लगाई हुई है?' कुमारी उमा भारती ने कहा, 'आओ और देखो, मैंने अपने घर में ईसा मसीह की तसवीर लगाई हुई है।' यदि ऐसा भाव है तो ये घटनाएँ क्यों होती हैं?

डॉ. मल्होत्रा ने हमें कुछ संकेत दिए हैं। उन्होंने कहा कि पोप यहाँ आए थे और उन्होंने आत्माओं की उपज के विषय में कहा। उन्होंने पूछा कि आत्माओं की उपज का क्या अर्थ है? मुझे नहीं पता कि डॉ. मल्होत्रा ने 'बाइबल' पढ़ी है या नहीं! वह सोचते हैं कि आत्माओं की उपज का अर्थ धर्म-परिवर्तन है। आखिरकार, धर्म-परिवर्तन क्या है? वे बड़ी संख्या में धर्म-परिवर्तन से डरे हुए हैं। बड़ी संख्या में धर्म-परिवर्तन कहाँ हो रहे हैं?

मुझे नहीं मालूम कि डॉ. मल्होत्रा को मुसलमानों की संख्या के 8 प्रतिशत से 12 प्रतिशत तक बढ़ने के आँकड़े कहाँ से मिले हैं!

***

ईसाई धर्म की बात करते हैं। भारत में ईसाइयों की जनसंख्या कितनी है? वर्ष 1961 में यह 2.4 प्रतिशत थी, 1971 में 2.6 प्रतिशत, 1981 में 2.4 प्रतिशत थी—2.6 प्रतिशत से घटकर यह 2.4 प्रतिशत तक आ गई, और 1991 में 2.3 प्रतिशत थी। ईसाइयों की जनसंख्या कम हो रही है, बढ़ नहीं रही है। परंतु आप कहते हैं कि बड़ी संख्या में धर्म-परिवर्तन हो रहा है! भारत में ईसाई धर्म से धर्म-परिवर्तन के कारण हमारी जनसंख्या 0.1 प्रतिशत घट गई है।

***

भारत में कई सौ वर्ष तक अंग्रेजी शासन रहा। गोवा में पुर्तगालियों का शासन रहा। पुदुचेरी में फ्रांसीसी शासन रहा। फिर भी हमारी जनसंख्या केवल 2.3 प्रतिशत है। यह कैसे है? डर कहाँ है?

चलिए, उत्तर-पूर्व की बात करते हैं। कहते हैं कि संपूर्ण उत्तर-पूर्व पर कब्जा कर लिया गया है। उत्तर-पूर्व के लोगों का धर्म-परिवर्तन कर ईसाई बना दिया गया है और वे देशद्रोही बन गए हैं। उत्तर-पूर्व में क्या स्थिति है? उत्तर-पूर्व में सात राज्य हैं। जनगणना के आँकड़ों के अनुसार, अरुणाचल प्रदेश में ईसाइयों की जनसंख्या 10.29 प्रतिशत है; असम में यह 3.31 प्रतिशत है; मणिपुर में यह 34.1 प्रतिशत है; मेघालय में यह 64 प्रतिशत है; मिजोरम में यह 85 प्रतिशत है; नागालैंड में यह 87 प्रतिशत है; त्रिपुरा में यह 1.6 प्रतिशत है। सात राज्यों में से केवल तीन राज्यों में ईसाई बहुसंख्या में हैं और शेष चार राज्यों में वे अल्पसंख्या में हैं। तब आप कैसे कह सकते हैं कि उत्तर-पूर्व ईसाई धर्म में परिवर्तित हो चुका है! ये सभी छिपे हुए डर हैं।

जब मैं लोकसभा अध्यक्ष था, तब वह वर्ष स्वतंत्रता-प्राप्ति का पचासवाँ वर्ष था। यह सदन याद रखेगा कि स्वतंत्रता-प्राप्ति के पचास वर्ष का गुणगान करने के लिए हमने एक विशेष सत्र बुलाया था। उस समय अनेक विदेशी यात्री और अनुसंधान अध्येता यह पता करने के लिए मेरे पास आए कि भारत ने बिना किसी रुकावट के किस तरह संसदीय लोकतंत्र को

पचास वर्षों तक बचाकर रखा है; जबकि अनेक विकासशील देश अपने लोकतंत्र को बचाकर नहीं रख पाए? भारत बिना किसी रुकावट के अपने लोकतंत्र को पचास वर्षों तक बचाकर रख पाया है। अनेक अनुसंधान कार्य अभी भी चल रहे हैं। जो भी मुझसे मिला है, उसने मुझे बताया कि वे एक बात से प्रभावित हैं—नामतः वे विश्वस्त थे कि भारत में बिना किसी रुकावट के लोकतंत्र पचास वर्षों तक इसलिए बचा रहा, क्योंकि भारत के संविधान ने अल्पसंख्यकों और जनता के निम्न वर्ग को पर्याप्त सुरक्षा व संरक्षा दी हुई है। इसे नष्ट मत करो। इसे भंग करने की कोशिश मत करो। अल्पसंख्यकों की सुरक्षा हमारी सफलता की कुंजी है। अल्पसंख्यकों की सुरक्षा और बचाव हमारे देश के लोकतंत्र के संरक्षण की कुंजी है।

प्रो. विजय कुमार मल्होत्रा ने 15 सूत्रीय कार्यक्रम और अल्पसंख्यक आयोग के बारे में बात की। पूरा सदन जानता है कि 15 सूत्रीय कार्यक्रम किस तरह काम कर रहा है और 15 सूत्रीय कार्यक्रम से अल्पसंख्यकों को कितना लाभ हो रहा है। मैं नहीं सोचता कि मुझे इसे दोहराने की आवश्यकता है। मैं केवल एक बात कहना चाहूँगा। राष्ट्रीय अल्पसंख्यक अधिनियम आयोग वर्ष 1972 में पारित किया गया था। इसने वर्ष 1973 में स्थापित आयोग का स्थान लिया। मैंने सरकारी स्रोतों और साथ-साथ पुस्तकालय से पता लगाया है कि अभी तक संसद् के दोनों सदनों में आयोग की बारह रिपोर्टें प्रस्तुत की गई हैं। परंतु दुर्भाग्य से इन बारह रिपोर्टों में से किसी पर भी कोई चर्चा नहीं की गई। एक भी रिपोर्ट पर चर्चा नहीं की गई है। अब गलती किसकी है? मैं केवल सरकार को दोष नहीं दे रहा हूँ। मैं सोचता हूँ कि विपक्ष भी दोषी है। हम केवल अल्पसंख्यकों के बारे में सोचते हैं। मुझे नहीं मालूम कि हम में से कितनों के पास उन बारह रिपोर्टों की प्रति है। बारह रिपोर्टें प्रस्तुत की गई हैं और एक भी रिपोर्ट पर चर्चा नहीं की गई है। मैं माननीय गृहमंत्रीजी से यह एक आश्वासन चाहता हूँ कि यदि इस सत्र में नहीं तो संसद् के अगले सत्र में अल्पसंख्यक आयोग की रिपोर्टों पर चर्चा की जाएगी।

मैं एक प्रश्न पूछना चाहूँगा। मैं हमलों से अधिक चिंतित नहीं हूँ। प्रो. मल्होत्रा, यदि आप पूरे विश्व में गिरजाघरों का इतिहास पढ़ेंगे तो आप पाएँगे कि गिरजाघरों का इतिहास कुछ नहीं है, बल्कि हमलों का इतिहास है। मैं इससे चिंतित नहीं हूँ। मैं इस बात से चिंतित हूँ कि यह देश से बाहर धर्मनिरपेक्ष भारत के नाम पर धब्बा लगा रहा है। माननीय प्रधानमंत्री जब रोम में पोप से मिले तो वे भारत में जो कुछ हो रहा है, उसे उचित सिद्ध करने की कोशिश कर रहे थे। माननीय प्रधानमंत्री और मंत्रिपीठ के मेरे मित्रो, मैं आपको सूचित करता हूँ कि मैं जब विदेश जाता हूँ—मैं बार-बार विदेश जाता हूँ—मुझसे इस देश में हो रहे अत्याचारों के बारे में प्रश्न पूछे जाते हैं। मुझे इस बात का दुःख होता है। मैं आपको सूचित करता हूँ कि जहाँ तक संभव है, मैं यहाँ अपनी कार्रवाइयों को बचाने की कोशिश कर रहा हूँ। मैं कहता रहा हूँ कि भारत एक धर्मनिरपेक्ष देश है। जो कुछ हो रहा है, वह शायद एक अस्थायी मामला है और भारत धर्मनिरपेक्षता की तरफ लौटेगा। मैं ऐसा कहता रहा हूँ। इसलिए शेष विश्व में हम भारत

की कैसी छवि बना रहे हैं? इसका हमारी विदेश नीति पर क्या प्रभाव होगा? क्या आप विश्व के सभी ईसाइयों को हमारा दुश्मन बनाएँगे? क्या आप सोचते हैं कि भारत इस वैश्विक युग में अलगाव में जी सकता है? इसके अनेक निहितार्थ हैं। यह केवल यहाँ एक गिरजाघर को जलाने का प्रश्न नहीं है। क्या हमारे पास आँकड़े हैं कि यूरोप में कितने मंदिर हैं? यूरोप में कितने गुरुद्वारे हैं? अफ्रीका में कितने मंदिरों का निर्माण किया गया है? भारत से बाहर कितने हिंदू रहते हैं? क्या आप जानते हैं कि इसका उन पर कुछ प्रभाव हो सकता है? क्या हमने भारत से बाहर रह रहे अपने भाइयों और बहनों के बारे में सोचा है? दो वर्ष पहले मैं एक देश क्रोएशिया गया था। क्रोएशिया में 'स्प्लिट' नाम का एक छोटा सा कस्बा है। मैं वहाँ ग्रामीण क्षेत्र देखने के लिए छुट्टीवाले एक दिन तक रहा। जब मैं वहाँ की गलियों में घूम रहा था तो मैंने अनेक लोगों को इकट्ठा होकर कुछ देखते हुए पाया।

जिज्ञासावश, चूँकि मैं वहाँ घूमने गया था, मैंने सोचा कि चलकर देखता हूँ कि वहाँ क्या हो रहा है? मैं वहाँ गया। आपको पता है, वहाँ क्या हो रहा था? क्रोएशिया के उस सुदूर क्षेत्र में 'हरे रामा, हरे कृष्णा' का गायन-वादन चल रहा था। वह बहुत मनोहारी और सुंदर दृश्य था। मुझे बहुत प्रसन्नता और गर्व महसूस हुआ। इसलिए मैं सोचता हूँ, हमें इन सभी रुकावटों के बारे में सोचना चाहिए। यदि कोई सोचता है कि भारत पर शासन किया जा सकता है और भारत उसी तरह जीवन-यापन कर सकता है तो मुझे इस बात का डर है।

मैं यहाँ एक और प्रश्न याद दिलाना चाहूँगा। मैं भारत की स्वतंत्रता के पचास वर्ष पूरे होने पर बुलाए गए विशेष सत्र में बहस के दौरान हमारे पूर्व प्रधानमंत्री श्री पी.वी. नरसिम्हा राव द्वारा दिए गए भाषण को याद दिलाना चाहूँगा। उन्होंने विख्यात हटिंगटन अभिधारणा के आधार पर भविष्य के शीत युद्ध के बारे में बताया। यह 'क्लैश ऑफ सिविलाइजेशन्स' नामक पुस्तक में लिखा गया है, जिसमें उन्होंने कहा कि भविष्य का शीत युद्ध दो प्रभुत्ववाले देशों के बीच नहीं होने वाला। भविष्य का शीत युद्ध दो ब्लॉक के बीच होने वाला है। भगवान् न करे, ऐसा हो! यदि ऐसा होता है और विश्व उसकी तरफ बढ़ रहा है, तब हमारी स्थिति क्या होगी? भारत की स्थिति क्या होगी? यदि भारत परिस्थितिवश मजबूर होगा कि हमें किसी एक ब्लॉक को चुनना होगा—या तो इसलामिक ब्लॉक या ईसाई ब्लॉक—तब हमारा चुनाव क्या होगा? उसे अपने दिमाग में रखना अच्छा होगा। देश के जिम्मेदार नेताओं के तौर पर हमें इसे ध्यान में रखना अच्छा है।

हमें चाहिए कि हम इस देश में धर्मनिरपेक्षता बनाए रखना सुनिश्चित करें। यह धर्मनिरपेक्षता है और अकेली धर्मनिरपेक्षता है, जो कि इस देश की एकता व अखंडता को मजबूत करेगी।

आतंकवाद से बचाव विधेयक, 2002 *

पोटो (POTO) के बारे में आज पहले ही बहुत कुछ कहा जा चुका है। लोकसभा और राज्यसभा में अलग-अलग बहसें हुई हैं। मैं सामान्य तौर पर तीन-चार मुद्दे उठाऊँगा।

आतंकवाद के विभिन्न आयाम हैं। पहला आयाम, हमारे देश में आतंकवाद के निर्यात से पार पाना है, जिसे हम 'सीमा पार से आतंकवाद' कहते हैं। दूसरा आयाम घरेलू विद्रोह है। मैं ऐसे क्षेत्र और प्रदेश से आया हूँ, जहाँ प्रत्येक दिन यह अनुभव करते हैं कि घरेलू विद्रोह का क्या अर्थ है! आतंकवाद का तीसरा आयाम पहले और दूसरे का योग है, वह निर्यात आतंकवाद और घरेलू विद्रोह है। चौथा आयाम नार्को आतंकवाद है, जिसमें सीमा पार से आतंकवाद और संबंधित अपराध शामिल हैं। तब वास्तव में आतंकवाद का पाँचवाँ आयाम साथ-साथ हो रहे संगठित अपराध एवं संचालित आतंकवाद है।

एक और, जिसके बारे में हम कभी-कभी सोचना भूल जाते हैं, वह है आतंकवाद का प्रौद्योगिकीय रूप से बढ़ने का तरीका। अंतिम, लेकिन जिसे कम नहीं आँका जा सकता, वह है—आतंकवाद का वैश्वीकरण। यह किसी विशेष देश या किसी विशेष क्षेत्र तक सीमित अपराध नहीं है। यह वैश्विक हो गया है।

अल कायदा के भारत सहित इक्कीस देशों में संचालन केंद्र होने की जानकारी मिली है। अब आतंकवाद के इन आयामों के होते हुए हम इसका कैसे सामना करते हैं, यह अत्यंत उपयुक्त प्रश्न है। प्रश्न उठता है कि क्या यहाँ और हर जगह विद्यमान, विशेष तौर पर भारत में, वर्तमान प्रकार के आतंकवाद का मौजूदा विधिक प्रणालियों से सामना किया जा सकता है? भारतीय दंड संहिता या आपराधिक व्यवहार संहिता टाडा (TADA) को निरस्त कर दिया गया है? देश के सम्मुख यह एक प्रश्न है कि क्या इस समस्या का मौजूदा कानून से सामना किया जा सकता है? मेरा विनम्र मत है कि आतंकवाद के आयामों ने ऐसा आकार लिया है—मैंने कुछ उदाहरण दिए हैं—यानी मौजूदा कानूनों के ढाँचे के अंतर्गत इस समस्या का मौजूदा कानूनी प्रणाली से सामना नहीं किया जा सकता।

क्या है आतंकवाद? हमारा कानून आतंकवाद के बारे में क्या कहता है? क्या भारतीय दंड संहिता के अधीन आतंकवाद एक अपराध है? मेरी जानकारी के अनुसार, नहीं, आतंकवाद को परिभाषित नहीं किया गया है। इसलिए हम सोचते हैं कि देश में आतंकवाद का सामना करने के लिए एक अलग विधानसभा की आवश्यकता है। यह हमारा देश है, जिसने सीमा पार आतंकवाद के कारण सर्वाधिक पीड़ा सहन की है और भारत पूरे विश्व से प्रत्येक अंतरराष्ट्रीय मंच पर वकालत करता रहा है; आतंकवाद के खतरों, सीमा पार आतंकवाद के

---

* 26 मार्च, 2002 को श्री एल.के. आडवाणी द्वारा प्रस्तुत आतंकवाद से बचाव विधेयक, 2002 पर चर्चा में भाग लेते हुए दिया गया भाषण। विधेयक में आतंकवादी गतिविधियों से बचाव के उपाय और सामना करने एवं उससे संबंधित मामलों को जगह दी गई है।

खतरों, से विश्व समुदाय को परिचित कराता रहा है।

मुझे अनेक देशों में अनेक बार भारतीय प्रतिनिधिमंडल का नेतृत्व करने का सौभाग्य मिला है। प्रत्येक अंतरराष्ट्रीय मंच पर हमने यह पता लगाने के लिए उन्हें प्रभावित किया है कि यह कितना खतरनाक है, भारत कैसे सीमा पार से आतंकवाद का सामना कर रहा है। सच कहूँ तो हमें अधिक जवाब नहीं मिला। हाल ही में भारत सरकार संसदीय प्रतिनिधिमंडल को अनेक देशों में भेजने के मामले में बहुत उदार थी। मुझे यूरोपीय संसद् में एक प्रतिनिधिमंडल का नेतृत्व करने का सौभाग्य प्राप्त हुआ। हम यूरोपीय समुदाय को यह बताने के लिए वहाँ गए कि सीमा पार आतंकवाद का क्या अर्थ है! श्रीमती मार्गरेट अल्वा अभी-अभी मराकेश में आई.पी.यू. सम्मेलन से वापस आई हैं और श्रीमती नजमा हेपतुल्लाह आई.पी.यू. सम्मेलन की अध्यक्ष हैं। मुझे जानकारी है कि आई.पी.यू. में भारत-प्रायोजित प्रस्ताव था; क्योंकि जब मैं विदेश गया, यूरोपीय देशों में गया, मुझे अनेक फैक्स संदेश मिले, जिनमें कहा गया था कि आतंकवाद पर भारत द्वारा प्रस्तुत प्रस्ताव के लिए समर्थन माँगने के लिए अभियान चलाया जाएगा। जब हम यह सब कर रहे हैं और जब हम आतंकवाद के विरुद्ध वैश्विक मत को आगे बढ़ाने की कोशिश कर रहे हैं तो हम कैसे कह सकते हैं कि हमारे पास आतंकवाद को दबाने के लिए एक कानून नहीं होना चाहिए? मैं नहीं सोचता कि हम यह विचार दे सकते हैं। हमें एक कानून की आवश्यकता है। हमारे पास एक कानून होना चाहिए, जिससे आतंकवाद का गंभीरता से सामना किया जा सके।

जब यह अध्यादेश लागू किया गया था, हमारी कुछ सीमाएँ थीं। हमारी पार्टी की बैठक हुई, जिसके अध्यक्ष हमारे प्रमुख श्री शरद पवार थे। हमने हमारे विधिक प्रकोष्ठ से सलाह माँगी। हमारे पास अध्यादेश के विषय में बहुत सीमाएँ थीं, परंतु जब माननीय प्रधानमंत्रीजी ने सर्वदलीय बैठक बुलाई, तब मेरे नेता श्री शरद पवार ने उसमें भाग लिया और उन्होंने संशोधित विधेयक में शामिल आठ विशिष्ट संशोधन प्रस्तावित किए।

मैं सरकार को धन्यवाद देता हूँ। हमने उस बैठक में जितने संशोधनों का सुझाव दिया, सरकार ने उनमें से अधिकांश को मान लिया है। हम उसके लिए आभारी हैं।

जो आशंका व्यक्त की गई है, वह एकदम सही है। इस कानून का दुरुपयोग हो सकता है, जिस तरह टाडा (TADA) का दुरुपयोग हुआ है। विशेष रूप से इस देश में अल्पसंख्यक समुदाय बहुत आशंकित है। हमें उसकी पहचान करनी चाहिए और स्वीकार करना चाहिए। हमें यह सुनिश्चित करना होगा कि इस कानून का दुरुपयोग न हो।

परंतु महत्त्वपूर्ण तथ्य है कि इसका दुरुपयोग किया जाएगा। मैं सोचता हूँ कि हमारे देश में ऐसा कोई कानून नहीं है, जिसका दुरुपयोग न होता हो। प्रत्येक कानून का दुरुपयोग होता है। मेरे विचार से, कानून के दुरुपयोग की आशंका किसी कानून को लागू न करने का कारण नहीं होना चाहिए। किसी कानून को लागू न करने का यह कारण कैसे हो सकता है?

अब दुरुपयोग कौन करेगा? वह प्राधिकरण, जो इसे कार्यान्वित कर रहा है, इसका दुरुपयोग

करेगा? यह राज्य सरकार होगी, जो पोटा (POTA) का आह्वान करेगी। यह राज्य सरकार है, जो इस कानून को कार्यान्वित करेगी। जैसाकि श्री सोमनाथ चटर्जी ने सही चिह्नित किया है, इस देश में अधिकांश राज्य विपक्षी दलों द्वारा चलाए जा रहे हैं। इसलिए मुझे समझ नहीं आता, वे इसका दुरुपयोग करने की क्यों सोच रहे हैं? उन्हें ऐसा नहीं करना चाहिए। मैं इस कानून का दुरुपयोग न करने की उनसे अपील करता हूँ।

इन शब्दों के साथ हम इस विधेयक का समर्थन करते हैं।

भारतीय सुरक्षा प्रबंधन प्रणाली को मजबूत बनाना *

प्रारंभ में मैं यह कहना चाहूँगा कि पाकिस्तान द्वारा सीमा पार से आतंकवाद, आतंकवादी हमलों के स्थान पर मंत्रियों, राजनीतिक दलों के नेताओं की यात्राएँ, अंतरराष्ट्रीय समुदाय द्वारा कूटनीतिक जवाब, तथाकथित उच्च स्तर की बैठकें और वास्तव में संसद् के मंच पर चर्चा, इलेक्ट्रॉनिक मीडिया पर चैट शो, प्रिंट मीडिया में कहानियाँ और उसके बाद का जीवन नित्यक्रम-सा बन गया है।

कृपया जम्मू व कश्मीर में हुए आतंकवादी हमले से उजागर ताजा स्थिति पर नजर डालें, वह मामला जिस पर अब यह सदन चर्चा कर रहा है। माननीय रक्षा मंत्री हमले की जगह पर पहुँचने में बहुत शीघ्रता करते हैं। इसलिए अनेक अन्य नेता भी उन जगहों पर पहुँचे। माननीय श्री कोफी अन्नान, संयुक्त राष्ट्र के महासचिव, ने सीधे प्रो. विजय कुमार मल्होत्रा, सत्ताधारी भाजपा संसदीय दल के प्रवक्ता को अपना बयान भेजा है।

किसी तरह के बयान आए हैं? मैं इस सदन को भारत के माननीय प्रधानमंत्री की त्वरित प्रक्रिया के बारे में याद दिलाना चाहूँगा। मैं उद्धृत करता हूँ—'घटना अन्यायपूर्ण है।'

भारत के माननीय रक्षा मंत्री की त्वरित प्रतिक्रिया क्या है? मैं उद्धृत करता हूँ—'राष्ट्रपति मुशर्रफ से इससे अधिक अच्छे की आशा नहीं की जा सकती। पाकिस्तान को सजा दी जाएगी। उपयुक्त समय पर उपयुक्त काररवाई की जाएगी।'

अब इस संसद् को और भारत के सौ करोड़ लोगों को उस उपयुक्त समय के आने की प्रतीक्षा करनी होगी। प्रो. विजय कुमार मल्होत्रा बहुत निडर हैं। मैं उद्धृत करता हूँ—'हम सहायता के लिए अमेरिका पर निर्भर नहीं रह सकते। हमें अपनी लड़ाई स्वयं लड़नी होगी।'

विदेश मंत्रालय की आधिकारिक प्रवक्ता सुश्री निरुपमा राव की क्या प्रतिक्रिया थी? मैं उद्धृत करता हूँ—'अमेरिका हमारी चिंता को समझता है।' हम अमेरिका के बारे में बहुत बातें कर रहे हैं। मेरे मित्र श्री दासमुंशी ने सुश्री क्रिस्टीना रोक्का से व्यापक रूप से उद्धृत किया है।

* 17 मई, 2002 को जम्मू में कालूचक में यात्रियों और सेना के शिविर पर आतंकवादी हमले के संबंध में नियम 193 के अधीन चर्चा में भाग लेते हुए दिया गया वक्तव्य।

परंतु व्हाइट हाउस के आधिकारिक प्रवक्ता का क्या कहना है ? मैं उद्धृत करता हूँ—'अनियमित हिंसा सहित कश्मीर में हालात बहुत मुश्किल हैं।'

व्हाइट हाउस के प्रवक्ता ने ये बातें कही हैं।

अमेरिका के राजदूत श्री ब्लैकवेल ने यह कहा। मैं यह सब स्टार टी.वी. पर देख रहा था। माननीय गृहमंत्री से मिलने के बाद वह बाहर आते हैं और कहते हैं—'आतंकवाद है, आतंवाद है, आतंकवाद।'

परंतु हमारे सशस्त्र सेना प्रमुख जनरल पद्मनाभन वास्तव में स्पष्टवादी हैं। उन्होंने कहा, 'वक्तव्य देने का समय निकल चुका है। अब काररवाई का समय है।'

वह बहुत निर्भीक हैं। हालाँकि वस्तव्य का समय निकल चुका है। मेरे द्वारा दिए सभी बयानों के अलावा मुझे एक और बयान देने पर विवश किया जा रहा है। मैं यह कहने को बाध्य हूँ कि हमारा देश खोखले बयानों और सुस्पष्ट बयानों का देश बन गया है। कब तक हम बयान देते रहेंगे ? कब तक हम तथाकथित उच्च स्तरीय बैठकें करते रहेंगे ? विभिन्न मंत्रियों और राजनीतिक दलों के नेताओं की यात्राओं से कितना लाभ हुआ है ? क्या हमने कोई हल निकाला ? वर्तमान परिस्थितियों के अंतर्गत हमारे पास क्या विकल्प उपलब्ध हैं ? क्या हमने वास्तव में संभावनाओं की तलाश की है ? क्या यह संसद् आज यह पता लगाएगी कि हमारे पास कौन सी संभावनाएँ उपलब्ध हैं ? मुझे डर है, हम विचारों को कार्यान्वित करने में पिछड़ रहे हैं। रक्षा से संबंधित तथाकथित विशेषज्ञ, सुरक्षा नीति से संबंधित तथाकथित विशेषज्ञ हमें खुले विकल्पों की संख्या बता रहे हैं, जिसे हम सभी समाचार-पत्र में पढ़ रहे हैं।

पहला विकल्प क्या है ? हमें सीमित युद्ध करना चाहिए। मुझे वास्तव में समझ नहीं आता कि सीमित युद्ध का क्या अर्थ है ? क्या कोई सीमित युद्ध हो सकता है ? यदि सीमित युद्ध होता है तो किस प्रकार के सीमित युद्ध की हम बात कर रहे हैं ? परमाणु परीक्षण पोखरण-II के बाद जब संसद् में हमारी परमाणु नीति पर बहस हुई, तब मैंने सदन में कहा था कि आज तक पूरे विश्व ने हमें सैन्य शक्ति के रूप में पाकिस्तान से श्रेष्ठ माना है। परंतु हमने परीक्षण किए, उसके बाद पाकिस्तान ने किए। हमने क्या किया कि हमने अपने आप को पाकिस्तान के समतुल्य बना दिया। हम बराबर हो गए हैं ? भारत एक परमाणु शक्ति है और पाकिस्तान एक परमाणु शक्ति बन गया है। इसलिए सैन्य श्रेष्ठता में हमने स्वयं को बराबरी पर ला खड़ा किया।

उसके बाद आज तक, या कल से पहले तक, मुझे डर है कि मुझे अपने पिछले बयानों में संशोधन करना पड़ सकता है। मैं सुनिश्चित नहीं हूँ कि क्या हम अभी भी बराबर हैं ? इस संबंध में मैं पूरी तरह आश्वस्त नहीं हूँ। आज हम निश्चित तौर पर ऐसे ग्राही सिरे पर हैं। आप राजनयिक चैनलों के विषय में बात करते हैं, जिस बारे में आप बात कर रहे हैं। आप सीमा पार से आतंकवाद की बात करते हैं, इस तरफ मारे गए लोगों की संख्या की बात करते हैं।

हम जिस तरह से आगरा में फँस गए थे, क्या हम अब भी बराबर हैं? मुझे नहीं पता। हमें इस पर बहुत सावधानीपूर्वक सोचना होगा।

हम एक परमाणु शक्ति बन गए हैं और भारत ने संपूर्ण विश्व के सामने प्रतिज्ञा की है, हम इसका पहले इस्तेमाल नहीं करेंगे। हमारी 'पहले उपयोग न करने की नीति' है। हम प्रतीक्षा करेंगे, जब तक कि हम पर पाकिस्तान हमला नहीं कर देता। हम प्रतीक्षा करते रहेंगे, जब तक पाकिस्तान हमला नहीं करता और सहन करते रहेंगे, सहन करते रहेंगे और कहेंगे, चलो, राजनयिक बचाव करते हैं। माननीय रक्षा मंत्री जम्मू एवं कश्मीर जाएँ; संसदीय प्रतिनिधिमंडल को जम्मू एवं कश्मीर जाने दें, हम इस परमाणु अस्त्र का उपयोग नहीं करेंगे। हमने संपूर्ण विश्व के सामने 'पहले उपयोग नहीं करने की नीति' अपनाई है। मुझे नहीं पता, पर शायद भारत के लोग सुन रहे हैं।

अन्य विकल्प क्या हैं? वे कहते हैं कि हमें आर्थिक स्वीकृतियों की माँग करनी चाहिए। किस तरह की आर्थिक स्वीकृतियाँ? क्या पाकिस्तान अपना अस्तित्व बनाए रखने के लिए भारत के साथ व्यापार पर निर्भर है? क्या वे हम पर निर्भर हैं? हम आर्थिक स्वीकृतियाँ घोषित करते हैं, अमेरिका और पश्चिमी देश अपने स्वयं के स्वार्थी हित के लिए पाकिस्तान में लाखों और लाखों डॉलर का निवेश कर देंगे। ऐसे में आपकी आर्थिक स्वीकृतियाँ क्या करेंगी? क्या यह व्यवहार्य है? यह एक व्यवहार्य विकल्प नहीं है।

हमें पाकिस्तानी उच्चायोग का कार्यालय बंद कर देना चाहिए। हमें उसके उच्चायुक्त को भारत से बाहर कर देना चाहिए। क्या परिणाम है? मुझे समझ नहीं आता। मुझे समझ नहीं आता कि सिंधु जल-संधि से क्या हल निकलेगा? ये सारे विकल्प हमारे सामने हैं। हमें नहीं पता कि क्या ये सही विकल्प हैं और क्या हम यहाँ खुलकर चर्चा कर सकते हैं? यदि देश इस बारे में बहुत गंभीर होता तो मैं संसद् को कैमरे में कैद करना पसंद करता।

मैं इसे पसंद करता, यदि हम भविष्य के प्रति वास्तव में गंभीर होते। तब हमें क्या करना चाहिए? हल कहाँ है? हल वास्तव में यहाँ कारगिल समीक्षा समिति रिपोर्ट में है। हल यहाँ है; 50 प्रतिशत हल यहाँ इस पुस्तक में है और 50 प्रतिशत हल उस दिन की सरकार की इच्छा पर निर्भर करता है। यदि सरकार के पास इच्छा-शक्ति है और वह यहाँ कही बात का अनुसरण करती है तो हम हल निकाल सकते हैं। कारगिल समीक्षा समिति रिपोर्ट करीब तीन वर्ष पहले प्रस्तुत की गई थी। सदन के पास इस पर चर्चा करने का अवसर है। जब यह सदन में पेश की गई थी तो सरकार ने कहा था—

> 'कारगिल समीक्षा समिति रिपोर्ट ने कम-से-कम 25 सिफारिशें की हैं, जो कि भारत की सुरक्षा प्रबंधन प्रणाली में मुख्य रूप से कमियों को बाहर लाना चाहती हैं। इन सिफारिशों पर विधिवत् विचार के बाद अपनी संपूर्णता में एक राष्ट्रीय सुरक्षा प्रणालीवाले एक उपयुक्त निकाय, जिसमें समिति की उपर्युक्त सिफारिशों द्वारा शामिल क्षेत्र भी शामिल है, द्वारा एक पूर्ण समीक्षा का आदेश सरकार द्वारा दिया गया है।

करीब दस वर्ष बीत गए हैं। इस संबंध में क्या कारवाई की गई है ? मैं इस राष्ट्र को याद दिलाना चाहूँगा—शायद हम भूल गए हैं, मैं भी इस बारे में करीब-करीब भूल गया था; मैं तभी खड़ा हुआ, जब मेरे नेता ने मुझे सदन में बोलने के लिए कहा। मैंने अपने पुस्तकालय से इस पुस्तक को यहाँ लाने की कोशिश की है कि कारगिल समीक्षा समिति की रिपोर्ट में क्या लिखा है। मैं सोचता हूँ—देश के लिए यह जानना जरूरी है। मुझे इस रिपोर्ट के चैप्टर-XIV से केवल तीन अनुच्छेद पढ़ने की अनुमति दी जाए, जिसमें सिफारिशें दी गई हैं। उसमें बताया गया है—

> 'इसकी जाँच में भारतीय सुरक्षा प्रबंधन प्रणाली में गंभीर खामियाँ मिली हैं। जो ढाँचा लॉर्ड इस्मे ने बनाया था और लॉर्ड माउंटबेटन ने जिसकी सिफारिश की थी, को राष्ट्रीय नेतृत्व ने स्वीकार किया, जो कि राष्ट्रीय सुरक्षा प्रबंधन की जटिलताओं से अनभिज्ञ था। सन् 1962 की पराजय, 1965 के गतिरोध और 1971 की विजय, बढ़ता परमाणु खतरा, शीत युद्ध का अंत, एक दशक से अधिक से कश्मीर में छद्म युद्ध का जारी रहना और सैन्य मामलों में क्रांति के बावजूद पिछले बावन वर्षों में बहुत कम बदलाव हुए हैं। राजनीतिक, अफसरशाही, सैन्य और गुप्तचर स्थापनाओं ने यथा पूर्व स्थिति में अपनी रुचि बढ़ाई है। राष्ट्रीय सुरक्षा प्रबंधन शांति के समय पृष्ठभूमि में चला जाता है और युद्ध एवं छद्म युद्ध के समय इसमें हस्तक्षेप करना बहुत नाजुक मामला समझा जाता है। समिति पुरजोर तरीके से सोचती है कि कारगिल का अनुभव, मौजूदा छद्म युद्ध और प्रचालित परमाणु सुरक्षा वातावरण अपनी संपूर्णता में राष्ट्रीय सुरक्षा प्रणाली की पूर्ण समीक्षा को उचित ठहराता है। एक अति भारवाली अफसरशाही द्वारा ऐसी समीक्षा का जिम्मा नहीं लिया जा सकता। विश्वसनीय विशेषज्ञों का एक स्वतंत्र निकाय, चाहे वह एक राष्ट्रीय आयोग हो या एक या उससे अधिक कार्यबल हो अथवा फिर लाभ कर हों कि ऐसे अध्ययन आयोजित करने के लिए आवश्यकता होती है, जिसे शीघ्रता से करना चाहिए। वे विशिष्ट मामले, जिन पर ध्यान देने की आवश्यकता है, नीचे दिए गए हैं।

अगला अनुच्छेद बहुत महत्त्वपूर्ण है।

❑

मुझे जानकारी नहीं है और मैं सरकार से जानना चाहूँगा। आपको और प्रत्येक व्यक्ति को पूरे आदर से साथ—कोई निंदा नहीं—कृपया अगले पैराग्राफ को सुनें। इसमें कहा गया है—

> राष्ट्रीय सुरक्षा परिषद् (एन.एस.सी.), जिसका अप्रैल 1999 में गठन किया गया था, अभी भी विकसित हो रही है और इसकी प्रक्रियाओं को परिपक्व होने में समय लगेगा।
>
> इसके कुछ भी लाभ हों, जिसमें राष्ट्रीय सुरक्षा सलाहकार होता है, जो कि प्रधानमंत्री का प्रधान सचिव भी होता है, केवल एक अंतरिम व्यवस्था ही हो सकती है। समिति यह सोचती है कि एक पूर्णकालिक राष्ट्रीय सुरक्षा सलाहकार होना चाहिए और वह सुझाव देगी कि प्रणाली में द्वितीय पंक्ति का कार्मिक शीघ्रातिशीघ्र शामिल किया जाना चाहिए और उच्चतर जिम्मेदारी के लिए उसे तैयार करना चाहिए।

क्या मैं सरकार से जान सकता हूँ कि कारगिल समीक्षा की सिफारिशों को कार्यान्वित किया गया है या नहीं ? क्या हमारे पास देश का पूर्णकालिक राष्ट्रीय सुरक्षा सलाहकार है या हम अब भी

अंशकालिक सलाहकार के साथ काम कर रहे हैं ? यह एक बहुत महत्त्वपूर्ण प्रश्न है। इस सरकार को देश को स्पष्टीकरण देना पड़ेगा। इस रिपोर्ट में सैन्य गोपनीयता के बारे में बहुत कुछ बताया गया है। हमने इलेक्ट्रॉनिक मीडिया में यह सुना व देखा है कि तालिबान शासन की मदद के लिए जो पाकिस्तानी अफगानिस्तान गए थे, उन्हें वापस पाकिस्तान भेज दिया गया है। क्या हमें पता है, वे अब क्या कर रहे हैं ? क्या हमें पता है, वे कहाँ हैं ? क्या हमें पता है, उनमें से कितने वहाँ हैं ?

समाचार-पत्रों और इलेक्ट्रॉनिक मीडिया ने यह अनुमान लगाया है कि सीमा पार से आतंकवाद बढ़ने की उम्मीद है; क्योंकि वे लोग, जो अफगानिस्तान में थे, पाकिस्तान वापस आ गए हैं। क्या हम उन्हें नहीं रोक सकते ? यह इसलिए था, क्योंकि हमारे पास उन्हें रोकने के लिए शायद कोई एजेंसी नहीं थी।

यहाँ मेरा एक प्रश्न है। मैं भारत सरकार से प्रत्येक सिफारिश, जिनकी संख्या 25 है, का उत्तर जानना चाहूँगा। उन सभी 25 सिफारिशों पर क्या काररवाई की गई है, देश को यह मालूम होना चाहिए।

सीमा पार से आतंकवाद : भारत का क्या जवाब होना चाहिए ?

मैं आतंकवादियों, जो कि निश्चित तौर पर सीमा पार से थे, द्वारा कासिमपुरा निर्दोष लोगों के नर-संहार की निंदा करते हुए इस सदन में उपस्थिति दर्ज कराता हूँ। 17 मई, 2002 को इस सदन में कालूचक में हुए नर-संहार पर बहस हुई थी। उस बहस में सदन ने पाकिस्तान के विरुद्ध संभव विकल्पों की तलाश की। क्या हमें एक संपूर्ण युद्ध की तैयारी करनी चाहिए ? क्या हमें सीमित युद्ध की तैयारी करनी चाहिए ? क्या हमें आर्थिक स्वीकृतियों पर विचार करना चाहिए ? क्या हमें अवपीड़क कूटनीति अपनानी चाहिए इत्यादि। सदन इस बात पर एकमत था कि पाकिस्तान के विरुद्ध कुछ काररवाई की जानी जरूरी है और हमने यह निर्णय पूरी तरह से सरकार पर छोड़ दिया कि किस प्रकार का निर्णय लिया जाना चाहिए। हमने सरकार को यह कहते हुए पूरा समर्थन दिया कि आपको जो करना है कीजिए, हम पूरी तरह से सरकार के साथ हैं। और आप आगे बढ़ सकते हैं, जो भी आप करना चाहते हैं। सरकार ने अपने विवेक से अवपीड़क कूटनीति अपनाने का निर्णय लिया है।

अवपीड़क कूटनीति का विकल्प चुनने के बाद सरकार ने दावा किया है कि उनकी नीति

---

* 16 जुलाई, 2002 को 13 जुलाई, 2002 को कासिमपुरा, जम्मू में नर-संहार और सीमा पार से आतंकवाद को रोकने में केंद्रीय सरकार की विफलता पर श्री शिवराज वी. पाटिल द्वारा शुरू किए गए स्थगन प्रस्ताव में भाग लेते हुए दिया गया भाषण।

सफल रही है। अब उस कूटनीति के भाग के रूप में सरकार ने क्या किया ? मैं, जब से इस सरकार ने सत्ता सँभाली है, तब से अपनी नीति का इतिहास, कश्मीर मामले पर हमारी कारवाइयों का पता लगाना चाहूँगा। माननीय रक्षा मंत्री श्री जॉर्ज फर्नांडीस ने सेनाओं को नियंत्रण रेखा पर तैनात कर दिया। उन्होंने रणनीतिक तौर पर नौसेना को भी अरब सागर में तैनात कर दिया। सरकार ने पाकिस्तानी उच्चायुक्त को भारत से निकाल दिया। भारत सरकार ने पाकिस्तानी उड़ानों का हमारे वायु क्षेत्र में प्रवेश प्रतिबंधित कर दिया। सरकार ने इस्लामाबाद से अपने उच्चायुक्त को वापस बुला लिया। श्री जसवंत सिंह, जो उस समय विदेश मंत्री थे, ने अपना राजनयिक कार्य किया। सरकार की तरफ से यह सब किया गया। अंतरराष्ट्रीय स्तर पर अमेरिका के प्राधिकारियों की ओर से गूढ़ कूटनीति अपनाई गई, जिसमें रक्षा सचिव श्री रम्सफील्ड शामिल थे और यूरोपीय संघ प्राधिकारी एवं ब्रिटेन से श्री जैक स्ट्रॉ भी इसमें शामिल हो गए। वे नई दिल्ली और इस्लामाबाद की लगातार यात्रा करते रहे। मुझे जानकारी नहीं है कि वे कितनी बार आए। मुझे यह याद करना होगा, जब भी वे भारत आए, चाहे वह श्री जैक स्ट्रॉ हों या श्री रम्सफील्ड हों या वह कोई और हों, उन्होंने भारत द्वारा लगाई गई रोक की बहुत प्रशंसा की। उन्होंने यह भी दावा किया कि पाकिस्तान के जनरल मुशर्रफ ने भारत में घुसपैठ और सीमा पार से आतंकवाद को पूर्ण रूप से बंद करने का वादा किया था। उन्होंने यह दावा किया और भारत सरकार इससे बहुत प्रसन्न थी। अमेरिका, ब्रिटेन और यूरोपीय संघ द्वारा दी जानेवाली सहायता से हमारे रक्षा मंत्री, हमारे विदेश मंत्री, हमारे प्रधानमंत्री और हमारे गृहमंत्री बहुत गद्गद थे।

वे उन पर इतना अधिक विश्वास करते हैं कि सरकार और रक्षा मंत्री ने नौसेना को वापस बुलाने का निर्णय ले लिया। नौसेना को हटा लिया गया। भारत सरकार ने पाकिस्तानी उड़ानों को भारतीय वायु मार्ग से पुनः गुजरने देने का निर्णय लिया। सरकार ने इस्लामाबाद के साथ राजनीतिक संबंध पुनः बनाने का निर्णय लिया। पाकिस्तान में भारतीय उच्चायुक्त का नाम सुझा लिया गया है, हालाँकि उन्होंने वहाँ अपना कार्यभार ग्रहण नहीं किया है। ऐसा करने के बाद पाकिस्तान में कैसा वातावरण है ? जनरल मुशर्रफ की क्या प्रतिक्रिया है ? जनरल मुशर्रफ हँस रहे हैं। उन्होंने भारत का उपहास उड़ाया है।

25 जून, 2002 को 'टाइम्स ऑफ इंडिया' ने अपनी रिपोर्ट में जनरल मुशर्रफ को यह कहते हुए उद्धृत किया है कि भारत द्वारा तथाकथित वृद्धि वापस लेने और अरब सागर से नौसेना को हटाना एक स्वागत योग्य कदम है। जो बात कही, वह है कि यह कुछ नहीं, केवल एक कृत्रिम उपाय है। जनरल मुशर्रफ ने कहा—

> "तथाकथित वृद्धि में कमी के कारण भारत अपनी स्वयं की कठिनाइयों को कम कर रहा है। भारत के रक्षा मंत्री ने नियंत्रण रेखा पर सेनाओं को लामबंद करके और अरब सागर में अपनी नौसेना को लामबंद करके स्वयं के लिए मुसीबतें खड़ी की हैं और इसलिए वे अपनी मुसीबतों को कम करना चाहते थे और उन्होंने नौसेना को हटा लिया है। वह केवल अपनी स्वयं की मुसीबतों को कम कर रहा है।"

यह वह बात है, जो जनरल मुशर्रफ हमारे रक्षा मंत्री और प्रधानमंत्री के बारे में कह रहे हैं। इस तथ्य के बावजूद कि अमेरिका के रक्षा सचिव ने यह कहा कि जनरल मुशर्रफ ने भारत में घुसपैठ और सीमा पार से आतंकवाद को पूरी तरह से खत्म करने का वादा किया है, उन्होंने कहा कि उन्होंने इन बातों के लिए किसी को कोई भी आश्वासन नहीं दिया है। जनरल मुशर्रफ ने इलेक्ट्रॉनिक मीडिया पर जो भी कहा, वह मैंने स्वयं देखा और सुना है। उन्होंने कहा है कि घुसपैठ के संबंध में किसी को भी कोई आश्वासन नहीं दिया गया है और वह यह आश्वासन नहीं दे सकते कि आनेवाले वर्षों में कुछ नहीं होगा। जनरल मुशर्रफ ने यह सब कहा। उन्होंने कहा, "मैंने किसी को भी कोई आश्वासन नहीं दिया है। मैं गारंटी नहीं दे सकता कि इसके बाद सीमा पार से आतंकवाद नहीं होगा कि भारत में इसके बाद कोई घुसपैठ नहीं होगी। मैं इसकी गारंटी नहीं दे सकता।" जनरल मुशर्रफ ने यह सब कहा। लेकिन क्योंकि अमेरिकी यह कह रहे थे कि 'नहीं, जनरल मुशर्रफ ने हमसे कहा है और वादा किया है कि वह घुसपैठ और सीमा पार से आतंकवाद को पूरी तरह से बंद कर देंगे।' हमारे भले भारतीय प्रधानमंत्री और रक्षा मंत्री अमेरिका पर बहुत विश्वास करते हैं। मुझे वह याद है, जब श्री फर्नांडीस ने स्टार टी.वी. पर आकर यह कहा था कि सीमा पार से आतंकवाद में कमी आई है। उन्होंने इसका दावा किया है। कासिमपुरा में जो कुछ हुआ, उसके बाद आप अपने कथन को कैसे सिद्ध करेंगे कि आतंकवाद और सीमा पार से आतंकवाद में कमी आई है? क्या यह रक्षा मंत्री के कथन को उचित सिद्ध करता है?

मैं हमारे गृह राज्य मंत्री श्री आई.डी. स्वामी का वास्तव में आदर एवं प्रशंसा करता हूँ, क्योंकि वह वास्तव में एक सुस्पष्ट और बेहद आत्मविश्वासी व्यक्ति हैं। वह जब कभी टेलीविजन पर आते हैं, मैं उन्हें इतना आत्मविश्वासी और सुस्पष्ट पाता हूँ कि वास्तव में उनकी प्रशंसा करता हूँ। मैंने उन्हें कासिमपुरा की घटना पर टी.वी. पर बोलते हुए सुना। उन्होंने टी.वी. पर यह कहा कि इस तरह की घटना को नहीं रोका जा सकता। सरकार की कितनी असहाय-सी स्थिति नजर आती है और सरकार के भाग पर आत्मसमर्पण की कैसी स्थिति है? यह 100 करोड़ लोगों की सरकार है और माननीय गृह राज्य मंत्री इस तरह से बोलते हैं! मैं भी करीब पंद्रह वर्ष पहले गृह राज्य मंत्री था। मेरा कभी भी ऐसा आत्मसमर्पण वाला कथन बोलने की हिम्मत नहीं हुई। देश के गृह राज्य मंत्री को क्यों ऐसा बोलना चाहिए कि इस तरह की घटना को नहीं रोका जा सकता? ठीक है, यदि इसे व्यावहारिक रूप से नहीं रोका जा सकता तो आपको ऐसा कहने का कोई हक नहीं है। यह संपूर्ण देश को हतोत्साहित करता है। मैं सोचता हूँ कि गृह राज्य मंत्रीजी को अपने कथनों में थोड़ा अधिक सावधान रहना चाहिए।

आज का कुल परिदृश्य क्या है? यह बहुत ही मुश्किल स्थिति है। पाकिस्तान में एक ऐसा शासक है, जो अलग-अलग बातें बोलता है। उसे भारत का उपहास उड़ाने में मजा आता है। हम बहुत ही शांत समाज और शांत देश में रहते हैं, जो सबकुछ सहन कर लेते हैं। हमारे पास तथाकथित अंतरराष्ट्रीय समुदाय है, जिसमें अमेरिका, ब्रिटेन और संपूर्ण यूरोपीय संघ है, जो

कि जनरल मुशर्रफ को काबू कर पाने में असमर्थ हैं, जो कि जनरल मुशर्रफ से वह करवाने में असमर्थ है, जिसे करने का उन्होंने वादा किया था।

जब बात अमेरिका की आती है और जब न्यूयॉर्क के ट्विन टावर्स पर हमले की बात आती है तो अमेरिका वाले बहुत संवेदनशील हो जाते हैं। उन्हें महसूस हुआ कि इसने उनके आत्मसम्मान को ठेस पहुँचाई है और उन्होंने आतंकवाद के विरुद्ध युद्ध छेड़ दिया। वे संयुक्त राष्ट्र प्रस्ताव सं. 1373 को कार्यान्वित करने के प्रति बेहद गंभीर और प्रतिबद्ध हैं। परंतु जब बात भारत की होती है और जब बात जम्मू एवं कश्मीर की होती है तो सबकुछ ठीक रहता है। क्या करें? यह पिछले पचास वर्षों से घटित हो रहा है। यह होता रहेगा। वे बिल्कुल भी चिंतित नहीं हैं। हमारे बारे में क्या?

17 मई को इस सदन में मैंने कालूचक हमले पर इससे भी लंबा भाषण दिया था। हर बार कुछ-न-कुछ होता है। विपक्ष की माँग होती है कि सदन में चर्चा हो। सरकार कहती है कि वह किसी भी मामले पर चर्चा के लिए तैयार है। हर कोई बोलता है, हर कोई सरकार को दोष देता है और हर कोई अपने विचार रखता है। संसद् का सत्र समाप्त होने पर सबकुछ भुला दिया जाता है। संसद् में हम हर बार कहते हैं, 'हम आपको स्वेच्छा से काम करने के लिए प्राधिकृत करते हैं। हम सरकार के साथ हैं और देश में एकता है।' इस सबके बाद भी निर्दोष लोग मारे जाते हैं। हम क्या कर रहे हैं? 17 मई की बहस का क्या लाभ हुआ है? मैंने दो महीने पहले 17 मई की संसद् का कोई प्रभाव नहीं देखा है। मैंने कारगिल रिपोर्ट के एक के बाद एक चैप्टर को पढ़ा। उसमें कारगिल कमीशन की करीब 25 सिफारिशें थीं। क्या मैं जान सकता हूँ कि सरकार द्वारा कारगिल कमीशन की उन 25 सिफारिशों में से किसी एक को भी कार्यान्वित किया गया है क्या? नहीं, तब यहाँ बहस करने का क्या औचित्य है? मैं सोचता हूँ कि चर्चा की माँग करते समय विपक्ष को सावधानीपूर्वक सोच लेना चाहिए। यदि विपक्ष चर्चा की माँग करता है और जब सरकार उसे तुरंत स्वीकार कर लेती है, तब हम केवल सरकार की ही मदद करते हैं। यह सोचा जाए कि ठीक है, इसे प्रस्तुत करने दो, उन्हें चिल्लाने दो और बहस को आगे बढ़ने दो। हमें इससे कुछ लेना-देना नहीं है। विपक्ष को चिल्लाने दो। उन्हें जो अच्छा लगता है, उन्हें बोलने दिया जाए। हम शांत बैठेंगे। संसद् में होनेवाली बहस एक नियमित प्रक्रिया है। लेकिन सत्र समाप्त होने के बाद क्या होता है? सरकार द्वारा सबकुछ भुला दिया जाता है।

मुझे लगता है कि भारत सरकार की तथाकथित मजबूरी वाली कूटनीति एक आपदा है, पूर्णतया आपदा है। सरकार दावा करती है कि उसकी कूटनीति बेहद सफल रही है। यदि यह सफल रही है तो इसका श्रेय किसे जाता है? इसका श्रेय उस समय के विदेश मंत्री श्री जसवंत सिंह को जाता है। तो सरकार ने उन्हें वित्त मंत्रालय में क्यों स्थानांतरित कर दिया? इसका क्या तर्क है? एक सफल विदेश मंत्री, जिन्होंने सरकार की मजबूरी वाली कूटनीति को सफलतापूर्वक आगे बढ़ाया, को अचानक वित्त मंत्रालय में स्थानांतरित कर दिया गया! और अब विदेश मंत्री

कौन हैं? क्या यशवंत सिन्हा हैं? मैं भारत सरकार में सत्रह वर्षों तक केंद्रीय मंत्री रहा। मैंने नौकरशाही को भी सँभाला। मैं आई.ए.एस. अधिकारियों के आत्मसम्मान को जानता हूँ। मैं आई.एफ.एस. अधिकारियों के आत्मसम्मान को भी जानता हूँ। अपने पिछले अनुभव से मुझे एक आई.एफ.एस. अधिकारी द्वारा एक आई.एफ.एस. अधिकारी की सत्ता पर पीठासीन होने पर संदेह है। श्रीमान मंत्रीजी, इसे केवल करने के मकसद से ऐसे काम न करें। आपको अपने दिमाग से सोचना चाहिए। मुझे इस बारे में स्वयं भी संदेह है। मैं आपसे इस विषय में और अधिक सोचने का आग्रह करता हूँ। मुझे विदेश मंत्री का बदलकर वित्त मंत्री बनना और वित्त मंत्री का बदलकर विदेश मंत्री बनना समझ में नहीं आया।

भाजपा के पास अनेक गुण हैं। आप बहुत सक्षम हैं। मेरा मानना है कि केवल भाजपा ही ऐसी पार्टी है, जिसके पास ठोस ढंग से सोचनेवाला विशेषज्ञ दल है, जो कि अपना दिमाग लगाता है। इसे इस प्रकार से प्रदर्शित किया गया है कि भाजपा विशेषज्ञ दल प्रधानमंत्री श्री अटल बिहारी वाजपेयी के विरुद्ध इतनी सहजता से, इतनी सफलता से और इतनी कूटनीति से चाल चलने में सक्षम हो पाया है। जब आप प्रधानमंत्री श्री वाजपेयी के खिलाफ षड्यंत्र रच सकते हैं तो मुझे समझ नहीं आता कि आप क्यों जनरल मुशर्रफ के खिलाफ कोई योजना नहीं बना सकते और ऐसा ही षड्यंत्र क्यों नहीं रच सकते? आप ऐसा क्यों नहीं कर सकते? यदि आप ऐसा करना चाहते हैं तो मुझे मालूम है, आप यह कर सकते हैं। आपने ऐसा किया है। प्रधानमंत्री के विरुद्ध षड्यंत्र एक बड़ी बात है। आप ऐसा पाकिस्तान के विरुद्ध क्यों नहीं कर सकते? माननीय उप-प्रधानमंत्रीजी, मुझे लगता है कि अब आपके द्वारा काररवाई करने का समय आ गया है। इसके साथ-साथ मैं युद्ध करने की वकालत नहीं कर रहा हूँ। परंतु यदि अमेरिका अफगानिस्तान जा सकता है और अफगानिस्तान में प्रशिक्षण केंद्रों व आतंकवादी शिविरों को तबाह कर सकता है, यदि अमेरिका के पास ऐसा करने का अधिकार है तो भारत के पास ऐसा करने का अधिकार क्यों नहीं है? आप इस बात पर इतना अधिक निर्भर कर रहे हैं कि अमेरिका क्या कर रहा है? आपको भी वह करना चाहिए, जो अमेरिका कर रहा है। इस पर निर्भर मत रहिए कि वे क्या कहते हैं?

गुजरात की घटना : देश के धर्मनिरपेक्ष ढाँचे पर आघात*

महोदय, मैं पिछले कुछ वर्षों से सदन की कार्यवाहियों को समझने की कोशिश कर रहा था और मैंने यह पाया कि यह संसद्, बल्कि एन.डी.ए. सरकार का यह कार्यकाल एक ऐसा समय है, जिसमें इस सदन ने देश में सांप्रदायिक स्थिति पर सर्वाधिक बार चर्चा की है। इस सदन ने आज तक कभी भी इतनी बार देश की सांप्रदायिक स्थिति पर चर्चा नहीं की है, जितनी

* 18 नवंबर, 2002 को देश में, विशेष तौर पर गुजरात में, सांप्रदायिक तत्त्वों को दबाने में सरकार की विफलता के मुद्दे पर स्थगन प्रस्ताव में भाग लेते हुए दिया गया वक्तव्य।

जल्दी-जल्दी हम अब कर रहे हैं। मुझे लगता है कि सदन इस बात को याद रखेगा कि हमने कितनी बार गुजरात की स्थिति पर चर्चा की है। हमने इस पर पिछले बजट सत्र के दौरान और साथ-साथ मॉनसून सत्र के दौरान भी चर्चा की है। हमें इस बात पर गहनता से विचार करना चाहिए कि आखिर यह क्यों हो रहा है? माननीय गृहमंत्रीजी को विशेष तौर पर यह पता करना चाहिए कि क्यों इस सदन को देश में सांप्रदायिक स्थिति पर बिना किसी परिणाम के बार-बार चर्चा करने के लिए इतना समय व्यतीत करना पड़ता है?

वास्तव में, मैं इस बहस में भाग लेने का अनिच्छुक था; क्योंकि मुझे ज्ञात हुआ कि हम एक-दूसरे पर दोषारोपण कर समय बरबाद कर रहे हैं और गुजरात में हालात पहले जैसे चले आ रहे हैं। मुझे लगता है कि माननीय प्रधानमंत्रीजी और गृहमंत्रीजी को इसे गंभीरता से लेना चाहिए।

यह सत्य नहीं है कि पूर्व में कोई सांप्रदायिक हिंसा की स्थिति या सांप्रदायिक समस्या उत्पन्न नहीं हुई। वास्तव में ऐसा हुआ है। लेकिन जो कुछ गुजरात में हुआ, उसका इतिहास में कोई उदाहरण नहीं है। यह सर्वाधिक चिंता का विषय है। जस्टिस वर्मा, अध्यक्ष, राष्ट्रीय मानवाधिकार आयोग के शब्दों में—"प्रभावितों द्वारा सहन की गई पीड़ा और तकलीफ के संदर्भ में गुजरात में सांप्रदायिक हत्याकांड किसी युद्ध से कम नहीं है।" इसलिए, यह एक बेहद गंभीर परिस्थिति है। इसलिए मैं यह सब घटित होने के तरीके से व्यक्तिगत तौर पर चिंतित हूँ। गुजरात में सांप्रदायिक दंगों ने जो रूप लिया है, वह सचमुच में एक चिंताजनक विषय है।

मैं तीन क्षेत्रों के प्रति चिंतित हूँ। गुजरात में जो कुछ हो रहा है, उसे देखते हुए मैं यह पाता हूँ कि सत्ता में वापस आने के लिए सांप्रदायिक बँटवारा भाजपा की एकमात्र रणनीति रही है। यह एक बेहद खतरनाक बात है। यह सच है कि सांप्रदायिक सद्भाव पर विभिन्न राजनीतिक पार्टियों द्वारा दिए गए इतने सारे आडंबरी आश्वासनों कि हम सब वादा करते हैं कि चुनाव के समय सांप्रदायिकता का कभी भी इस्तेमाल नहीं किया जाएगा, के बावजूद सभी राजनीतिक दल किसी-न-किसी धार्मिक भावुकता में संलिप्त हैं। इसे हम नहीं झुठला सकते; लेकिन गुजरात में आज जो कुछ हो रहा है, वह यह है कि स्वयं भाजपा की चुनावी रणनीति सांप्रदायिक विभाजन पर पूरी तरह से अवलंबित है। मेरी सोच में यह सही नहीं है। यह न केवल गुजरात के लिए, बल्कि भारत के भविष्य के लिए, भारत की एकता व अखंडता के लिए और इससे भी अधिक, इस देश में धर्मनिरपेक्षता के लिए बहुत खतरनाक है।

दूसरा पक्ष जो मैं रखना चाहूँगा, वह संस्थानों के लिए दिखाया गया एक तरह का निरादर है। वह तरीका, जिसमें गुजरात के मुख्यमंत्री चुनाव आयोग जैसे एक संवैधानिक प्राधिकारी का विरोध कर रहे हैं और जातिगत टिप्पणी कर रहे हैं, बहुत ही खतरनाक संकेत हैं। यहाँ तक कि सर्वोच्च न्यायालय को भी कुछ मुख्यमंत्रियों ने चुनौती दी है। मैं 'क', 'ख' या 'ग' को दोष नहीं दे रहा हूँ; लेकिन एक संवैधानिक संस्थान पर हमला, उसका विरोध और बदनाम करने की प्रवृत्ति एक खतरनाक चलन है। अंत में, यदि किसी देश को बने रहना है—मैंने इस मामले पर

इस सदन में एक बार खुलकर कहा था—तो हमें यह सुनिश्चित करना है कि हम उन प्रणालियों को थामे रखें, जो हमने देश में सृजित की हैं। एक बार आप एक प्रणाली को कमजोर करने की कोशिश करते हैं तो सुशासन का प्रश्न नहीं उठता। इसलिए, सुशासन के उद्देश्य के लिए हमें अपनी प्रणाली को बचाकर रखना होगा तथा और मजबूत करना होगा और जो प्रणालियाँ हमने स्थापित की हैं, उनका अनुसरण करना होगा। इसलिए मैं सभी संवैधानिक प्राधिकारियों से यह अपील करूँगा—चाहे वे राज्यपाल हों, मुख्यमंत्री हों, सांसद हों या अफसर हों—यह कि इस देश के जिम्मेदार नागरिक का पहला कर्तव्य अपने संस्थानों का आदर करना होना चाहिए।

जिस तरह श्री मोदीजी ने अपनी सीमा से बाहर जाकर मुख्य चुनाव आयुक्त पर हमला बोला है, उससे मुझे बहुत दु:ख पहुँचा है। श्री लिंगदोह मेरे ही राज्य से हैं। मैं उन्हें भली प्रकार जानता हूँ। श्री लिंगदोह, जो ईमानदारी और प्रतिबद्धता में विश्वास करते हैं, उन जैसा सीधा-सादा व्यक्ति मिलना मुश्किल है। मेघालय के हम लोग इस सत्पुरुष पर बहुत गर्व करते हैं। वह बहुत ही निष्पक्ष हैं। वह संविधान और अपने कर्तव्यों के प्रति बहुत प्रतिबद्ध हैं। यह कहना कि श्री लिंगदोह का विपक्ष के नेताओं से और कांग्रेस पार्टी के साथ संबंध है, तो इसके लिए मुझे क्षमा करें—यह कुछ नहीं, लेकिन इस सत्पुरुष के विरुद्ध एकदम अविवेचित, अविवेचित, अविवेचित आरोप हैं।

यह एकदम अनुचित है। वास्तव में, मैं व्यक्तिगत तौर पर यह महसूस करता हूँ और मेघालय के लोग यह महसूस करते हैं कि यह उनका अपमान है, यह आदिवासी लोगों का अपमान है, यह मेघालय के लोगों का अपमान है और यह उत्तर-पूर्वी क्षेत्र के लोगों का अपमान है। यह अच्छा नहीं है और मैं इसे एकदम स्पष्ट करना चाहता हूँ।

महोदय, मैं पूरे आदर के साथ कहता हूँ कि कृपया एक चुनाव को जीतने की मत सोचिए। आप पाँच चुनाव जीत सकते हैं; आप दो चुनाव हार सकते हैं। चुनाव में जीतना और हारना मायने नहीं रखता। यह बिल्कुल भी मायने नहीं रखता। जरूरी है—भारत का भविष्य; जरूरी है तो वह है—आनेवाली पीढ़ियों का भविष्य; जरूरी है तो वह है—भारत का संविधान; जरूरी है तो वह है—वे प्रणालियाँ, जो हमने स्थापित की हैं; अधिक जरूरी है तो वह है—संवैधानिक संस्थान, जो हमने स्थापित किए हैं। इन सबको बचाना हमारा दायित्व है। मैं इन सभी को ध्यान में रखने की सरकार से अपील करता हूँ।

सफल लोकतंत्र : लोगों की आकांक्षाओं को पूरा करना*

उप-सभापति महोदय, कल रक्षा मंत्रीजी ने भारत में अमेरिका के एक राजदूत द्वारा लिखी पुस्तक से एक पैराग्राफ उद्धृत किया था। आज मैं किसी अन्य राजदूत को उद्धृत करना चाहूँगा।

* 19 अगस्त, 2003 को मंत्रिपरिषद् में अविश्वास प्रस्ताव पर चर्चा में भाग लेने के दौरान दिया गया वक्तव्य।

भारत में एक समय राजदूत रहे श्री जॉन केनेथ गैलब्रेथ ने भारत की एक कार्यशील अव्यवस्था के रूप में व्याख्या की थी। मैं आश्चर्यचकित था कि यदि श्री गैलब्रेथ ने इस महान् सदन की कार्यवाही देख ली होती तो उन्होंने इसकी एक अकार्यशील अव्यवस्था के रूप में व्याख्या की होती। मैं सोचता हूँ कि हमें एक अर्थपूर्ण बहस करने के लिए कुछ करने की आवश्यकता है। यह जरूरी नहीं कि बहस हमेशा तनाव में ही की जाए। हमें कभी-कभी शांत रहना चाहिए, एक-दूसरे की बात सुननी चाहिए और कुछ सहनशीलता भी होनी चाहिए।

भारतीय संसद् के इतिहास में यह 26वाँ अविश्वास प्रस्ताव है। श्री येरेन नायडू को मैं अपने पूरे आदर के साथ कहना चाहूँगा कि एक अविश्वास प्रस्ताव प्रस्तुत करना विपक्षी पार्टी का अधिकार है। अविश्वास प्रस्ताव के समय, उद्देश्य और जारी करने के बारे में विपक्ष के लिए यह एक निर्णायक प्रश्न है। कुछ लोग कल मुझसे मिलने आए थे। वे हमें बता रहे थे कि—

> चंद्रशेखरजी और ममताजी के भाषण सुनने के बाद मैं महसूस कर रहा हूँ कि अविश्वास प्रस्ताव की क्या आवश्यकता थी।

मुझे लगता है कि श्री चंद्रशेखरजी ने उस तरीके का संदर्भ दिया है, जिसमें कांग्रेस बिना किसी चर्चा के विधेयक पारित करने में सरकार का सहयोग करती आई है। उनमें से एक थोड़ा निराशाजनक था। मुझे लगता है, वह कांग्रेस के बहुत बड़े समर्थक हैं। उन्होंने कहा, "मुझे नहीं पता कि यह अविश्वास प्रस्ताव लाने की सलाह मैडम को किसने दी?" दूसरे व्यक्ति ने कहा, "क्या आपको नहीं पता कि उन्हें किसने सलाह दी है?" पहले व्यक्ति ने कहा, "नहीं।" इस पर दूसरे व्यक्ति ने कहा, "अरे, वह स्वयं अटलजी होंगे। वह स्वयं प्रधानमंत्री होंगे, जिन्होंने यह अविश्वास प्रस्ताव लाने के लिए विपक्ष के नेता को सलाह दी है।" यहाँ यह संदेश है कि शासन करनेवाली पार्टी और मुख्य विपक्षी पार्टी के बीच एकदम सही समझ है, कम-से-कम दो शीर्षों के बीच है।

जब भी हम श्री जयपाल रेड्डी को सुनते हैं, हम में से कुछ के लिए हमारी अंग्रेजी की शब्दावली को सुदृढ़ करने का अवसर होता है और मुझ जैसे कुछ लोग वास्तव में उत्तेजित हो जाते हैं। यहाँ पर आदेश का एक प्रश्न था, जो कि एक माननीय सदस्य द्वारा उठाया गया था कि वह यह समझने में असमर्थ थे कि श्री जयपाल रेड्डी क्या बोल रहे हैं और अध्यक्ष ने यह कहते हुए आदेश के बिंदु को अनुमोदित किया कि 'मैं भी नहीं समझ पाया।' श्री जयपाल रेड्डी ने कल कहा कि यह अविश्वास प्रस्ताव क्यों लाया गया था और मैंने उद्धृत किया—'लोगों के दिल व दिमाग को जीतने के लिए।' यह अविश्वास प्रस्ताव लोगों के दिल व दिमाग को जीतने के लिए लाया गया है। यह वाक्यांश किसने बनाया है—'लोगों के दिल व दिमाग को जीतना?' संयोगवश या दुर्घटनावश, यह डोनाल्ड रम्सफील्ड द्वारा बनाया गया है, जो कि बुश प्रशासन में रक्षा सचिव हैं, ताकि इराक पर युद्ध को तर्कसंगत ठहराया जा सके। मुझे नहीं पता कि श्री जयपाल रेड्डी ने डोनाल्ड रम्सफील्ड के इस कथन को क्यों विशेष तौर पर चुना है।

यह अविश्वास प्रस्ताव लाने का त्वरित कारण, जैसाकि हम सभी समझते हैं, मुख्य सतर्कता

आयुक्त के साथ-साथ पी.ए.सी. रिपोर्ट रही है। मैं उसमें विस्तार से नहीं जाना चाहता। मैं समझता हूँ कि श्री के. सुब्रह्मण्यम, जिन्हें कल माननीय विपक्ष के नेता द्वारा उद्धृत किया गया था, को उद्धृत करना मेरे लिए सही है। श्री के. सुब्रह्मण्यम अपने हाल के अनुच्छेद 'हम कितने सुरक्षित हैं, यह गुप्त है' में लिखते और उद्धृत करते हैं—

> द्वितीय विश्व युद्ध के बाद ब्रिटेन और अमेरिका में रक्षा प्रबंधन एवं बजट की अच्छी तरह जाँच की गई है और आधुनिकीकरण किया गया है; लेकिन भारत में यह महत्त्वपूर्ण क्षेत्र राजनीतिक श्रेष्ठता का अखाड़ा बना हुआ है। उदाहरण के लिए, शस्त्र अधिग्रहण डील के संबंध में हमारे तथाकथित घोटाले करीब-करीब पूरी तरह ऐसी बातचीतों के प्रक्रियात्मक पहलुओं पर ध्यान केंद्रित करती है और इस तथ्य को नजरअंदाज करते हुए कि यह वह प्रक्रिया नहीं है, जो कि छँटनी के लिए कहती है; लेकिन ये वे गुप्त निर्णय हैं, जो कि लूप से बाहर होते हैं। इसका परिणाम यह है कि अधिकांश बार तत्काल आवश्यक सामग्री की खरीद में कालक्रमानुसार देरी हुई है; क्योंकि वे लोग, जो इस कार्य से जुड़े हुए हैं, उन्हें निर्णय लेने में बहुत चिंता सता रही है, क्योंकि उन्हें भ्रष्टाचार के लिए निरंतर प्रताड़ित होने का डर सता रहा है। एक बार फिर राष्ट्रीय सुरक्षा के नाम पर इस सुरक्षा को जोखिम में डाला गया है।

मैं सोचता हूँ कि यह काफी अच्छा है।

विपक्ष के कई अन्य माननीय सदस्यों ने रक्षा मंत्री के बहिष्कार से संबंधित मुद्दे को उठाया है। एक विनम्र सांसद के रूप में अब मैं इस संसद् में पिछले पच्चीस वर्षों से भी अधिक समय से हूँ—मैं समझता हूँ कि किसी मंत्री का बहिष्कार करना संसद् या किसी पार्टी के लिए सही नहीं है। यह माननीय प्रधानमंत्री के संवैधानिक प्राधिकार को एक चुनौती है। इसलिए, यदि किसी का बहिष्कार करना है तो वह प्रधानमंत्री होना चाहिए, न कि रक्षा मंत्री।

माननीय उप-प्रधानमंत्री और गृहमंत्री ने कल अपना भाषण आरंभ करते समय कहा, "मैं इस प्रस्ताव का स्वागत करता हूँ, क्योंकि इसने सरकार को अपनी उपलब्धियों को विशेष बल देने का अवसर दिया है।" मैंने आज सुबह दो घंटे से अधिक समय तक सोचा कि माननीय संसदीय कार्य मंत्री श्रीमती सुषमा स्वराज ने भी इसकी कोशिश की है। मैं बहुत संक्षेप में कहूँगा और एक छोटी प्रगति रिपोर्ट का अध्ययन करूँगा, जो कि मैंने एन.डी.ए. सरकार के लिए बनाई है।

सन् 1999 के एन.डी.ए. घोषणा-पत्र के पहले पैराग्राफ में यह कहा गया है—'पुलिस और अन्य सिविल सेवाओं सहित प्रशासनिक सुधारों के लिए समयबद्ध कार्यक्रम।' यह पहले पैराग्राफ में कहा गया है। मुझे नहीं मालूम कि क्या काररवाई की गई है। मेरी जानकारी के अनुसार, कोई काररवाई नहीं की गई है। घोषणा-पत्र के दूसरे पैराग्राफ में कहा गया है—'जी.डी.पी. विकास को 7 से 8 प्रतिशत स्तर तक लाएँ और राजकोषीय व राजस्व घाटे को नियंत्रित करें।' मुझे लगता है कि हम सब जानते हैं कि जी.डी.पी. विकास कितना है! जी.डी.पी. विकास दर वर्ष 1999-2000 में 6.25 प्रतिशत थी, 2000-2001 में 4.3 प्रतिशत और 2001-2002 में 6 प्रतिशत तथा 2002-2003 में इसका 4.2 प्रतिशत रहने का अनुमान है। एन.डी.ए. सरकार का

यह प्रदर्शन था। इसी पैराग्राफ में उन्होंने कहा—'न्यूनतम 10 अरब अमेरिकी डॉलर प्रति वर्ष का प्रत्यक्ष विदेशी निवेश प्राप्त करें।' यह घोषणा-पत्र के दूसरे पैराग्राफ में कहा गया है। माननीय मंत्री श्री अरुण शौरी यहाँ मौजूद हैं और वे हमें बताएँगे। लेकिन आपके आर्थिक सर्वेक्षण के अनुसार, मेरी सूचना यह है कि वर्ष 1999-2000 में प्रत्यक्ष विदेशी निवेश का वास्तविक निर्गम 2.2 अरब अमेरिकी डॉलर था, 2000-2001 में 2.3 अरब अमेरिकी डॉलर और 2001-2002 में 3.9 अरब अमेरिकी डॉलर था। यह घोषणा-पत्र में दरशाए अनुसार 10 अरब अमेरिकी डॉलर के विरुद्ध था। घोषणा-पत्र के पैराग्राफ 6 में कहा गया है—'राष्ट्रीय बचत को जी.डी.पी. के 30 प्रतिशत तक बढ़ाएँ।' आपके घोषणा-पत्र में यह कहा गया है। परंतु आर्थिक सर्वेक्षण के अनुसार, कुल घरेलू बचत 23 प्रतिशत तक थी। घोषणा-पत्र के पैराग्राफ 7 में कहा गया है—'स्वरोजगार और गैर-निगमित क्षेत्रों की आवश्यकताओं को समर्थन देने के लिए हम एक विकास बैंक का गठन करेंगे।' मैंने ऐसे किसी विकास बैंक के बारे में नहीं सुना है, जो कि हमारे युवाओं के लिए स्वरोजगार को समर्थन देना चाहता है। घोषणा-पत्र के पैराग्राफ-11 में कहा गया है—'संगठित और गैर-संगठित क्षेत्रों में श्रम को उत्पादन में बराबर का भागीदार बनाएँ।' मुझे पता है कि दूसरे राष्ट्रीय श्रम आयोग का गठन किया गया है और इसकी रिपोर्ट 1 जून, 2002 को प्रस्तुत की गई है। मैं इस मामले में बहुत रुचि लेता हूँ, क्योंकि मैं नौ वर्षों तक श्रम मंत्री रहा हूँ। मैं आश्वस्त नहीं हूँ कि राष्ट्रीय आयोग की इस रिपोर्ट को कार्यान्वित भी किया गया है या नहीं।

बेरोजगारी पर उन्होंने घोषणा-पत्र के पैराग्राफ 12 में कहा है, 'बेरोजागारी हटाने पर जोर दो।' अब आपकी अपनी रिपोर्ट के अनुसार, जहाँ तक असंगठित व निरक्षर मजदूर का संबंध है, वर्तमान दैनिक आधार पर बेरोजगारी का स्तर 7 से 8 प्रतिशत है। जब आप साक्षर युवा की बात करते हैं, बेरोजगारी की दर 17 से 20 प्रतिशत होती है। मैं इस सरकार से पूछना चाहूँगा कि 'बेरोजगारी हटाओ' का नारा कहाँ गया?

घोषणा-पत्र के पैराग्राफ 13 में यह कहा गया है कि 'गरीबी रेखा से नीचे रहनेवाले लोगों के उत्थान के लिए हम रणनीतिपूर्वक गरीब नीति प्रारंभ करेंगे।' अब गरीबी उत्थान कार्यक्रमों के अंतर्गत सभी विभिन्न गतिविधियाँ, जो कि काफी लंबे समय से विद्यमान हैं और कांग्रेस पार्टी द्वारा चालू की गई थीं, शुरू की गई हैं। हो सकता है, लोग कहते हैं कि गरीबी रेखा से नीचे रहनेवाले लोगों की संख्या घटकर 26 प्रतिशत तक आ गई है, लेकिन मैं वास्तविक स्थिति नहीं जानता।

घोषणा-पत्र के पैराग्राफ 14 में कहा गया है, 'एक भूख-मुक्त भारत के निर्माण और जन वितरण प्रणाली में सुधार के लिए हम सभी के लिए खाद्य सुरक्षा सुनिश्चित करेंगे।' हमें पता है, उड़ीसा में क्या हो रहा है? हमारे पास भुखमरी से मौतों की रिपोर्ट है और 1.7 करोड़ टन सुरक्षित भंडार की आवश्यकता के विपरीत, हमारे पास 4.8 करोड़ टन अनाज का भंडार है, फिर भी हमारी जन वितरण प्रणाली पूरी तरह से असफल हो गई है।

पेयजल के मुद्दे पर आपके घोषणा-पत्र के पैराग्राफ 15 में कहा गया है, 'पाँच वर्ष के

भीतर सभी गाँवों में पेयजल की आपूर्ति।' मेरी सूचना के अनुसार, देश में अभी भी 1,27,000 प्रजातियाँ हैं, जो कि जहाँ तक स्वच्छ एवं सुरक्षित पेयजल की आपूर्ति का संबंध है, अभी तक केवल आंशिक रूप से शामिल हैं या बिल्कुल ही शामिल नहीं हैं। पाँच वर्षों में सुरक्षित पेयजल का नारा कहाँ है ?

आपके घोषणा-पत्र के पैराग्राफ 16 में 'सभी के लिए शिक्षा' की बात कही गई है। इसमें कहा गया है, 'सभी के लिए शिक्षा और जी.डी.पी. के 6 प्रतिशत का शिक्षा पर निवेश'। वास्तव में, शिक्षा के लिए जी.डी.पी. के 6 प्रतिशत का शिक्षा पर निवेश का निर्णय नरसिम्हा राव सरकार द्वारा लिया गया था; लेकिन आज इसके कार्यान्वयन की स्थिति क्या है ? यदि आप बजट की छँटनी करते हैं तो आप यह पाएँगे कि आज की तारीख में देश जी.डी.पी. का केवल 3.7 प्रतिशत शिक्षा पर खर्च कर रहा है; हालाँकि हमने एक नीति बनाई थी कि जी.डी.पी. का 6 प्रतिशत शिक्षा पर खर्च होना चाहिए।

आज सुबह महिला सशक्तीकरण, महिलाओं के राजनीतिक सशक्तीकरण पर एक तीखी बहस हुई थी। मैं उसमें नहीं जा रहा हूँ। मेरा नाम भी श्रीमती सुषमा स्वराज द्वारा घसीटा गया था, लेकिन मैं उस पर कोई प्रतिक्रिया नहीं करना चाहता।

एन.डी.ए. के घोषणा-पत्र के पैराग्राफ 18 में कहा गया है कि आप महिला उद्यमियों के लिए एक विकास बैंक स्थापित करेंगे। मुझे नहीं पता कि महिला उद्यमियों के लिए वह विकास बैंक कहाँ है ? मुझे अभी उसे देखना और उसके बारे में सुनना बाकी है। फिर आपके घोषणा-पत्र के पैरा-20 में कहा गया है, 'बच्चों को भूख और निरक्षरता से छुटकारा दिलाने और उन्हें स्वास्थ्य सुविधा देने के लिए बच्चों के लिए एक राष्ट्रीय चार्टर की स्थापना।' मुझे नहीं पता, वह राष्ट्रीय चार्टर कहाँ है ?

पैरा-21 में आपने प्राथमिक शिक्षा, स्वास्थ्य सेवाओं तक पहुँच में सुधार करके और प्राथमिक शिक्षा के वैश्वीकरण द्वारा वर्ष 2010 तक जनसंख्या में स्थिरता लाने की बात कही है। मैं समझता हूँ कि हम सब यह जानते हैं कि यह एक बहुत बड़ा लक्ष्य है।

अब अनुसूचित जाति और अनुसूचित जनजाति के मुद्दे पर घोषणा-पत्र के पैरा 37 में कहा गया है कि आप अनुसूचित जाति और अनुसूचित जनजातियों हेतु सामाजिक न्याय के लिए एक राष्ट्रीय चार्टर प्रस्तुत करेंगे। मुझे नहीं पता कि क्या यह कर दिया गया है ? लेकिन इस विशेष मामले पर मैं एक बात और कहना चाहूँगा। मैं इस विशेष मामले पर इस सदन में अनेक अवसरों पर बोल चुका हूँ। मैं माननीय गृहमंत्री से भी अनेक बार मिल चुका हूँ। दिल्ली सरकार की नौकरियों में अनुसूचित जातियों के लिए नौकरियों में आरक्षण को स्थगित रखा गया है। हजारों की संख्या में नौकरियाँ, जो कि दिल्ली प्रशासन में अनुसूचित जाति के लिए थीं, उसे नहीं दी गई हैं। उन्हें फिलहाल स्थगित रखा गया है। हमने अनेक कदम उठाए हैं। अनुसूचित जाति और अनुसूचित जनजाति के लिए आयोग ने एक निर्णय लिया है।

माननीय गृहमंत्री ने मुझे अनेक बार आश्वासन दिया है, परंतु आज तक यह नहीं किया गया है। मुझे यह कहते हुए दु:ख हो रहा है, परंतु अनुसूचित जनजाति के लड़कों व लड़कियों को भारत की राजधानी में सरकारी नौकरियों में कोई प्रवेश नहीं मिलता। फिर आप किस आधार पर जनजातियों को राष्ट्रीय धारा या मुख्य धारा में लाने की बात करते हैं! आप जो कर रहे हैं, यह उसके पूरी तरह से उलट है।

मुझे खेद है कि माननीय गृहमंत्री यहाँ नहीं हैं। मैंने यह निर्णय लिया है कि यदि इस मामले पर अगले एक सप्ताह में निर्णय नहीं लिया जाता है तो मैं गृहमंत्रीजी के आवास के सामने अनिश्चित कालीन भूख हड़ताल पर बैठ जाऊँगा।

इससे आगे, मैं धर्मनिरपेक्षता के मुद्दे पर आता हूँ। मैं धर्मनिरपेक्षता पर अधिक नहीं बोलना चाहता। पिछली बार बहस के दौरान मैंने सभ्यताओं के टकराव पर आधारित प्रोफेसर हटिंगटन की पुस्तक के बारे में बात की थी। लेकिन मैं यह कहना चाहता हूँ कि किस तरीके से अल्पसंख्यकों—विशेष तौर पर मुसलमानों और ईसाइयों—को इतने सारे अत्याचारों को सहना पड़ता है। मुझे लगता है कि आप भूल गए हैं कि हमारे करोड़ों लोग उन देशों में चले गए हैं, जहाँ वे उस विशेष धर्म से संबंध रखते हैं। आप पश्चिम की बात करते हैं, आप अमेरिका की बात करते हैं, आप मध्य-पूर्व—करोड़ों भारतीय वहाँ जा चुके हैं और अपनी रोजी-रोटी कमा रहे हैं, और यहाँ हमने उनसे इस तरह से व्यवहार किया है! मैं समझता हूँ, यह बहुत ही अनुचित है। मुझे लगता है, आपकी सोच को और विस्तार पाया जाना चाहिए।

जहाँ तक इस बहस का संबंध है, मैं इसे और नहीं बढ़ाना चाहता; लेकिन शुरुआत में मैंने यह कहते हुए शुरुआत की थी, यदि मि. जॉन कैनेथ गैलब्रेथ ने हमारा सत्र देखा होता तो उन्होंने इसकी एक अकार्यात्मक अव्यवस्था के रूप में व्याख्या की होती!

❑

महोदय, आज के 'टाइम्स ऑफ इंडिया' समाचार-पत्र में श्री आर.के. लक्ष्मण द्वारा एक बेहद रोचक कार्टून दिया गया है। उसमें दो सांसदों को संसद् के भीतर प्रवेश करते और यह कहते दिखाया गया है—'11 बजे हो-हल्ला, 11:30 बजे काररवाई में बाधा डालना, 12 बजे सदन का बहिष्कार। उसके बाद हम मिलकर अपनी चुनावी रणनीति बना सकते हैं।' हमारे बारे में, संसद् के बारे में और हमारे व्यवहार के बार में लोगों की यह प्रतिक्रिया है! चलिए, हम स्वयं को सुधारते हैं। इस महान् सदन के पूर्व अध्यक्ष के तौर पर मैं सभी माननीय सदस्यों से एक बार फिर विनती करूँगा कि चलिए, हम सब एक-दूसरे को सुनते हैं। हमें इतने सारे भड़काऊ भाषण देने की क्या जरूरत है? मुझे लगता है कि सत्तारूढ़ दल अभी भी विपक्ष सिंड्रोम से ग्रस्त है। मुझे याद है, अटलजी ने अनेक अवसरों पर गर्वपूर्वक कहा है कि 'मैं चालीस वर्षों तक विपक्ष में रहा हूँ।' गर्व के साथ वह कहते हैं, माननीय प्रधानमंत्रीजी, मैं सोचता हूँ कि विपक्ष में रहने के ये चालीस वर्ष उनके दिमाग से नहीं निकल रहे हैं और आप में से अनेक के दिमाग से नहीं

निकल रहे हैं। इसलिए मैं ट्रेजरी बेंचों में अभी भी विपक्ष सिंड्रोम को देखता हूँ। क्यों आपको ऐसे भड़काऊ भाषण देने पड़ते हैं?

मैं नहीं सोचता कि आपके इस अविश्वास प्रस्ताव के विषय में चिंता करने की आवश्यकता है। माननीय रक्षा मंत्रीजी यहाँ आए हैं और उन्हें रक्षा के बारे में बहुत कुछ पता है। वास्तव में, किसी समय में मेरे नेता भी रक्षा मंत्री थे।

मुझे बताया गया है कि यहाँ यू.एक्स.ओ. नाम से कुछ है। इसका मतलब बिना फटा आयुध है। मुझे लगता है कि यह अविश्वास प्रस्ताव और कुछ नहीं, यू.एक्स.ओ. है। यह फटेगा नहीं।

नागरिकता अधिनियम में संशोधन की आवश्यकता*

माननीय अध्यक्ष महोदय, आई.एम.डी.टी. वर्ष 1983 में अपने विधिकरण के समय से ही एक विवादास्पद कानून रहा है। इस अधिनियम ने असम की राजनीति में दो दशक से भी अधिक समय तक शासन किया है। यह अधिनियम दो दशक से भी अधिक समय तक चुनावी मुद्दा रहा था।

मुझे एक बार गृह मंत्रालय की ओर से स्थायी समिति का सदस्य बनने का मौका मिला था। तब सदन के नेता उसके अध्यक्ष थे। मैंने सभी अभिवेदनों एवं सभी सबूतों को सुना है और अनेक दस्तावेजों को देखा है; परंतु मैं उन सभी विवरणों में नहीं जाना चाहता। सच्चाई यह है कि मध्य-पूर्व में घुसपैठ एक समस्या है और कोई भी इसे नकार नहीं सकता। सच्चाई यह है कि मध्य-पूर्व में जनसांख्यिकीय बदलाव हो रहे हैं और कोई भी इसे नकार नहीं सकता। सच्चाई यह ह कि यह सिर्फ असम के लोगों की ही चिंता का विषय नहीं है, बल्कि संपूर्ण मध्य-पूर्व क्षेत्र का है।

हमने अरुणाचल प्रदेश के माननीय सदस्य का वक्तव्य सुना है और हम इस मामले पर असम के एक प्रतिनिधि की बात सुनेंगे। मैं यह भी सोचता हूँ कि इस समस्या से किस तरह जूझना है?

मैं किसी को भी दोष नहीं दे रहा हूँ और शायद इस पर अधिक बहस की आवश्यकता है। आज हम आई.एम.डी.टी. अधिनियम को समाप्त करने के सर्वोच्च न्यायालय के फैसले पर बहस कर रहे हैं। जबकि आप एक पहलू देख सकते हैं कि लोग सर्वोच्च न्यायालय के फैसले पर खुश हो रहे हैं और दूसरी तरफ, आप अल्पसंख्यकों के दिमाग में मनोवैज्ञानिक डर देख सकते हैं। मैं श्री कपिल सिब्बल से सहमत हूँ, जो कहते हैं कि हमें ऐसा कुछ नहीं करना चाहिए, जिससे देश विभाजित होता है। परंतु मैं आपको एक ऐसे कानून के बारे में बताता हूँ, जिसने वास्तव में असम के लोगों को बहुसंख्यक और अल्पसंख्यक के बीच बाँट दिया है। आप उस

* 26 जुलाई, 2005 को बँगलादेश से बड़ी संख्या में पलायन पर स्थगन प्रस्ताव में भाग लेने के दौरान दिया गया भाषण।

सच्चाई को नकार नहीं सकते। हालाँकि कानून को निरस्त कर दिया है, हमें अल्पसंख्यकों के वास्तविक डर को पहचानना चाहिए।

मैं सदन के माननीय नेता से पूरी तरह सहमत हूँ, जिन्होंने अपने भाषण में कहा है कि अपने नागरिकों के मौलिक अधिकारों की सुरक्षा करना हमारा कर्तव्य है। मैं उसका पूर्ण रूप से समर्थन करता हूँ। मेरा केवल यही अनुरोध है कि असम में रहनेवाले भारत के नागरिकों के मौलिक अधिकारों को बचाने के उद्देश्य को प्राप्त करने के लिए, जो कि धार्मिक अल्पसंख्यक भी हो सकते हैं, मैं सलाह देता हूँ कि विदेशी अधिनियम में संशोधन करने के बजाय सरकार को नागरिकता अधिनियम में संशोधन की संभावना को देखना चाहिए। यह वह मतभेद है, जो मेरा सदन के नेता के साथ है। आप सोचते हैं कि विदेशी अधिनियम में संशोधन की आवश्यकता है। मैं उसका समर्थन नहीं करता हूँ। मेरे खयाल से, हमें नागरिकता अधिनियम में संशोधन करने की आवश्यकता है। इससे उस समस्या का निदान होगा, यानी धारा 3 में संशोधन। एक बार आप संशोधन का प्रस्ताव, लाइए उस पर भी कार्य किया जाएगा।

वह मुद्दा, जिसे मैं आगे बढ़ाना चाहता हूँ, वह है कि हमने विदेशियों की पहचान करने में दो दशक से भी अधिक का समय बरबाद कर दिया है। मेरे पास आँकड़े हैं, जिन्हें पहले ही उद्धृत किया जा चुका है। मेरे पास वही आँकड़े हैं; क्योंकि हमारे पास वही स्रोत है, जो सदन के नेता के पास है। वह एक बात, जिसका सदन के नेता उल्लेख करना भूल गए हैं, वह है कि 11,306 अवैध प्रवासियों की पहचान की गई थी; लेकिन निर्वासित लोगों की संख्या 1,500 थी। इसका मतलब यह हुआ कि वे सभी निर्वासित नहीं हुए थे। हमने विदेशियों की पहचान करने की कोशिश में अपना समय बरबाद किया है। सरकार को मेरी सलाह है कि क्यों न दूसरे तरीके से देखा जाए? चलिए, हम सब पहले सच्चे भारतीय नागरिकों की पहचान करने की कोशिश करें। कृपया भारतीय नागरिकों की पहचान करें। उन्हें अरुणाचल प्रदेश के माननीय सदस्य द्वारा सुझाए अनुसार 'राष्ट्रीय नागरिकता पहचान कार्ड' प्रदान करें। उदाहरण के लिए, मैं उन्हीं आँकड़ों से उद्धृत करना चाहूँगा। आई.एम.डी.टी. अधिनियम के अंतर्गत 3,68,609 के विरुद्ध जाँच शुरू की गई, 3,61,162 के विरुद्ध जाँच पूरी की गई और 11,306 अवैध प्रवासियों की पहचान की गई। इससे यह तथ्य सामने आया कि 3,68,609 जाँच में से 3,49,658 की संख्या भारतीय नागरिकों की थी। क्यों नहीं हम सीधे तौर पर इन 3,49,658 लोगों को नागरिकता पहचान-पत्र दे सकते हैं, ताकि पुलिस उन्हें परेशान न करे? अल्पसंख्यक आज वास्तव में बचाव चाहते हैं और उन्हें परेशान नहीं किया जाना चाहिए।

विदेशी अधिनियम के अंतर्गत 5,17,955 लोगों में से केवल 28,000 लोगों की विदेशी के रूप में पहचान की गई। इसका मतलब 5,17,531 विशुद्ध भारतीय नागरिक थे। आप उन्हें पहचान-पत्र क्यों नहीं देते, ताकि उनके मनों में डर की कोई भावना नहीं रहे? मैं चाहता हूँ कि प्रक्रिया बदली जाए। विदेशियों के पीछे जाने की बजाय आप भारतीयों की पहचान करें,

उन्हें प्रमाण–पत्र दें और उन्हें पहचान–पत्र दें। लेकिन यह छह महीने की समय–सीमा में किया जाना है। उसके बाद वे लोग, जो भारतीय नागरिक के रूप में पंजीकृत हैं, को पहचान–पत्र दिया जाए। शेष लोगों को आप कार्य परमिट दे सकते हैं।

लाखों भारतीय खाड़ी देशों में काम कर रहे हैं। लाखों भारतीय विश्व के अन्य भागों में काम कर रहे हैं। बँगलादेशी भारत में आकर काम क्यों नहीं कर सकते? आप उन्हें कार्य परमिट दें। उन्हें यहाँ काम करने दें और उन्हें अपनी रोजी–रोटी कमाने दें; लेकिन उनका कोई राजनीतिक अधिकार नहीं होगा। यही बात है। उन लोगों को छोड़कर, जिन्हें पहचान–पत्र जारी किए गए हैं और वे, जिन्हें कार्य परमिट जारी किए गए हैं, शेष जनसंख्या को स्वतः ही निर्वासित कर दिया जाए। यह वह फॉर्मूला है, जिसकी सलाह मैं माननीय प्रधानमंत्री द्वारा गठित मंत्रियों के समूह को देना चाहूँगा।

□

वाणिज्य, उद्योग और आर्थिक विकास से संबंधित मामले

भारत में हथकरघा और हस्तशिल्प क्षेत्र का विकास करना *

माननीय उपाध्यक्ष महोदय, मैं अपना हस्तक्षेप बहुत संक्षेप में कहूँगा। माननीय सदस्यों को यह जानकारी है कि इस महीने की 5 तारीख को आयात-निर्यात नीति की घोषणा हो गई है और कुछ माननीय सदस्यों ने अब इसका संदर्भ दिया है। मुझे लगता है कि बार-बार आई.एम.एफ. (अंतरराष्ट्रीय मुद्रा कोष) का नाम लेना विपक्ष का नवीनतम रिवाज बन गया है। मुझे माननीय सदस्यों को यह बताना पड़ेगा कि हमारी नीति का न केवल मीडिया सहित व्यापार और उद्योग ने स्वागत किया है, बल्कि मुझे यह कहना पड़ेगा कि इसे एक गंभीर कदम माना गया है और यह लघु स्तर क्षेत्र इत्यादि के लिए एक उपहार भी है।

महोदय, मैं स्वयं को एक सीमित मामले तक ही परिसीमित कर रहा हूँ। मैं दो महत्त्वपूर्ण क्षेत्रों को संदर्भित करूँगा—हथकरघा और हस्तशिल्प। हथकरघा को हमारी नई कपड़ा नीति में एक गर्वित जगह दी गई है, जिसकी पिछले वर्ष घोषणा की गई थी और जिसे माननीय प्रधानमंत्री द्वारा घोषित संशोधित 20-सूत्रीय आर्थिक कार्यक्रम में बहुत महत्त्वपूर्ण स्थान भी दिया गया है।

रोजगार के संदर्भ में—हथकरघा उद्योग, जो करीब 10 लाख लोगों को रोजगार देता है, का कृषि के बाद स्थान आता है।

छठी पंचवर्षीय योजना में इस हथकरघा क्षेत्र में 410 करोड़ मीटर के कुल उत्पादन पर विचार किया गया है। यह मिल क्षेत्र में 8 प्रतिशत के मुकाबले आधार स्तर पर करीब 40 प्रतिशत की वृद्धि को दरशाता है। जो महत्त्व सरकार इस क्षेत्र को देती है, सरकार ने जो प्राथमिकता दी हुई है और हथकरघा उद्योग के विकास को जो प्रतिबद्धता हम देते हैं, वह इस तथ्य से प्रदर्शित होगा कि पाँचवीं पंचवर्षीय योजना की केवल 37.70 करोड़ रुपए की लागत के मुकाबले छठी पंचवर्षीय योजना के अंतर्गत लागत 120 करोड़ रुपए होती है। इसके अलावा, राज्य क्षेत्र के

---

* 8 अप्रैल, 1982 को वाणिज्य मंत्रालय के लिए अनुदानों की माँग पर सामान्य चर्चा में भाग लेने के दौरान दिया गया वक्तव्य, वर्ष 1982-83)।

अंतर्गत 190.93 करोड़ रुपए का एक अन्य प्रावधान भी किया गया है।

बुनकरों को धागे की उपलब्धता के संबंध में प्रश्नकाल के दौरान इस सदन में कई बार प्रश्न उठाए गए हैं। हथकरघा बुनकरों को लच्छा धागे की उपलब्धता सुनिश्चित कराने के लिए सरकार ने कई कदम उठाए हैं। उनमें से कुछ इस प्रकार हैं—

यह सभी बुनकर मिलों और संगठित मिलों के लिए अनिवार्य है कि वे लच्छों के रूप में उनके कुल बाजारीय धागे का 50 प्रतिशत से कम पैक न करें। इसके आगे लच्छा धागे का 85 प्रतिशत 40 और उससे कम की गिनती में होना चाहिए।

दूसरी बात—25 हथकरघा बुनकर सहकारी स्पिनिंग मिलों की स्थापना, जिसमें प्रत्येक में 25,000 टेकुरी होंगी, जिसके लिए छठी पंचवर्षीय योजना में 32 करोड़ रुपए का प्रावधान रखा गया है। अभी तक 84 लाख टेकुरी वाली 36 मिलें हथकरघा बुनकर सहकारी क्षेत्र में आई हैं। वर्ष 1981-82 के दौरान सहायता के रूप में 650 लाख रुपए दिए गए हैं और वर्ष 1982-83 में 800 लाख रुपए का प्रावधान रखा गया है।

हथकरघा बुनकरों को कार्यात्मक पूँजी की उपलब्धता के संबंध में मैं इस सदन के माननीय सदस्यों को यह सूचित करना चाहता हूँ कि इस संबंध में भी यथेष्ट सुधार हुआ है।

जहाँ तक सहकारी क्षेत्र में उधार का संबंध है, भारतीय रिजर्व बैंक ने हथकरघा अर्थव्यवस्था के लिए आर.बी.आई. योजना के अध्ययन के लिए स्थापित समिति की सिफारिशों पर ऋण की शर्तों में यथेष्ट लचीलापन अपनाया है। योजना के अधीन स्वीकृत ऋण सीमा वर्ष 1976-77 में 26.43 करोड़ रुपए से बढ़कर 1979-80 में 60 करोड़ रुपए से अधिक और 1980-81 में 90 करोड़ रुपए हो गई है। वर्तमान वित्त वर्ष में यह आँकड़ा 100 करोड़ रुपए पार कर जाने का अनुमान है।

जहाँ तक सहकारी क्षेत्र के बुनकरों का संबंध है—सरकार हथकरघा क्षेत्र को ऋण देनेवाले व्यावसायिक बैंक के अध्ययन के लिए स्थापित अध्ययन समूह की सिफारिशों पर विचार कर रही है। पहले से ही हथकरघा बुनकर 2,500 रुपए तक के संयुक्त ऋण के योग्य हैं, जिसमें ब्याज दर 9 प्रतिशत से 11.5 प्रतिशत तक होती है और इसमें प्रारंभिक ऋण स्थगन होता है।

कुछ माननीय सदस्यों ने 'जनता कपड़ा योजना' का भी उल्लेख किया है। हथकरघा क्षेत्र में नियंत्रित कपड़े के उत्पादन के लिए यह योजना अक्तूबर 1976 में शुरू की गई थी, जिसके दो उद्देश्य—जनसंख्या के गरीब तबके को सस्ता कपड़ा उपलब्ध करवाना और हथकरघा बुनकरों को लगातार काम मिलना, थे। यह योजना वर्तमान में चौदह राज्यों और एक केंद्र-शासित प्रदेश में कार्यान्वित की गई है। जनता कपड़ा का कुल उत्पादन वर्ष 1976-77 के करीब 10 लाख मीटर के स्तर से बढ़कर 1980-81 में 290 लाख मीटर के प्रभावी आँकड़े तक पहुँच गया है। वर्ष 1981-82 के प्रथम नौ महीनों के लिए अस्थायी आँकड़ा करीब 258 लाख मीटर है और 1982-83 के लिए हमारा लक्ष्य 325 लाख मीटर है।

हथकरघा क्षेत्र को बचाने के लिए सरकार द्वारा किए गए विभिन्न उपायों की जानकारी इस सदन को है। हथकरघा क्षेत्र में मार्केटिंग समस्याओं का सामना करने के लिए नीति-समर्थित उपायों में से एक उपाय उत्पादन की विभिन्न लाइनों, विशेषकर हथकरघा क्षेत्र, के लिए आरक्षण की योजना है। जैसाकि माननीय सदस्यों ने चिह्नित किया है, मुझे यह स्वीकार करना होगा कि यहाँ पर अनेक व्यावहारिक समस्याएँ हैं, जो कि आज की तारीख में विद्यमान आरक्षण आदेशों की उपयोगिता को सीमित करती हैं। अधिसूचनाओं को न्यायालय में निरंतर चुनौतियाँ मिली हैं। हथकरघा क्षेत्र के आरक्षण के बारे में विभिन्न समस्याओं के अध्ययन के लिए वाणिज्य मंत्रालय द्वारा पूर्व कपड़ा आयुक्त की अध्यक्षता में एक अध्ययन समूह स्थापित किया गया था। इस अध्ययन समूह से आरक्षण आदेशों के संपूर्ण सप्तक का अध्ययन करने की आशा की गई, जिसमें आरक्षण को अनिवार्य सामग्री अधिनियम के अधीन रखने के बजाय एक नया कानून लाने की आवश्यकता थी। अध्ययन समूह की रिपोर्ट पहले ही प्रस्तुत की जा चुकी है और यह सरकार के पास विचाराधीन है। हमने पहले भी घोषणा की थी कि सरकार ने राष्ट्रीय हथकरघा विकास निगम स्थापित करने का निर्णय लिया है और हम इस कार्य को इस वित्तीय वर्ष में करने की आशा करते हैं। हम यह भी आशा करते हैं कि मध्य-पूर्व के लिए हथकरघा प्रौद्योगिकी संस्थान शीघ्र ही काम करना शुरू कर देगा। हथकरघा निर्यात ने वर्ष 1970-71 में 25.61 करोड़ रुपए से 1980-81 में 330 करोड़ रुपए की असाधारण वृद्धि दर्ज की है।

अब हस्तशिल्प क्षेत्र की बात करते हुए मैं यह जरूर कहूँगा कि यह हमारी अर्थव्यवस्था के विकेंद्रीकृत क्षेत्र का बराबर का महत्त्वपूर्ण खंड है। वर्ष 1982-83 के लिए 10 करोड़ रुपए की लागत राशि प्रदान की गई है।

वर्ष 1982-83 के दौरान हाथ में ली जानेवाली प्रमुख विकासात्मक गतिविधियाँ गलीचा बुनना, धातु के बरतनों पर कलाकृति, हस्त छपाई वस्त्र, सरकंडे और बाँस में सघन प्रशिक्षण, डिजाइन बनाना और तकनीकी विकास, शिल्प कौशल एवं मार्केटिंग की विरासत को बचाकर रखने से संबंधित हैं। इस उद्देश्य के लिए 6.90 करोड़ रुपए का प्रावधान किया गया है। अकेले ही हाथ से गलीचा बुनने के 463 प्रशिक्षण केंद्र चल रहे हैं और 1,00,000 से अधिक लोगों को प्रशिक्षण दिया गया है। आजकल उच्चतर गाँठ और गुणवत्तावाले गलीचों को बुनने के उन्नत प्रशिक्षण पर अधिक जोर दिया जा रहा है। अन्य शिल्प में भी प्रशिक्षण केंद्र चलाए जा रहे हैं और धातु के बरतनों पर चित्रकारी में 41 हैं और सरकंडे केंद्र एवं बाँस में 39 हैं। एक राष्ट्रीय गलीचा संस्थान और एक हस्त छपाई वस्त्र संस्थान स्थापित किए जाने का प्रस्ताव है, ताकि इन दोनों मदों में तकनीकी और डिजाइन सुधार किए जा सकें।

❑

हम इन उद्योगों के स्थान के संबंध में निर्णय लेंगे। महोदय, जम्मू एवं कश्मीर में 100 उन्नत प्रशिक्षण केंद्र स्थापित करने का भी प्रस्ताव है। शिल्पकारों, जो कि आमतौर पर गरीब

तबके से संबंध रखते हैं, को फायदा पहुँचाने के लिए राज्य सरकारों, राज्य निगमों और सहकारी सोसाइटियों के सहयोग से आम सुविधा केंद्र स्थापित करने का प्रस्ताव दिया जाता है। यदि आप वार्षिक रिपोर्ट पढ़ेंगे तो पाएँगे कि इसका वहाँ भी उल्लेख है। ये आम सुविधा केंद्र विभिन्न शिल्पों, जिनमें हस्तशिल्प छपे वस्त्र, गलीचे, लकड़ी और धातु के बरतन शामिल हैं, के शिल्प केंद्रीयकरण क्षेत्रों में स्थापित किए जाएँगे और डाई, लकड़ी काटना, इलेक्ट्रो-प्रिंटिंग इत्यादि जैसी सुविधाएँ प्रदान करेंगे। राज्य सरकारों और बैंकिंग संस्थानों के सहयोग से घर-कम-कार्य शेड के निर्माण में शिल्पकारों की सहायता करनेवाली एक योजना का जिम्मा लेने का भी प्रस्ताव है। हमारे द्वारा किए गए उपायों, खासतौर पर प्रशिक्षण के क्षेत्र में, के फलस्वरूप रत्नों और आभूषणों को छोड़कर हस्तशिल्प का हमारा निर्यात सन् 1970-71 में 37.54 करोड़ रुपए से बढ़कर 1979-80 में 314.26 करोड़ रुपए हो गया है। श्री पाटिल ने उल्लेख किया है कि हस्तशिल्प में निर्यात मुख्यत: रत्नों और आभूषणों से संबंधित होता है; लेकिन मैंने जो आँकड़े दिए हैं, उनमें रत्न एवं आभूषणों का निर्यात शामिल नहीं है।

अस्थायी आँकड़े के अनुसार, सन् 1980-81 में निर्यात 357.10 करोड़ रुपए तक बढ़ गया है और 1981-82 के पहले दस महीनों में 313.60 करोड़ रुपए तक बढ़ गया है। अपने निर्यात-प्रदर्शन में और अधिक सुधार करने के लिए गलीचों के लिए एक नई निर्यात प्रचार परिषद् का फरवरी में पंजीकरण किया गया है। यह शीघ्र ही कार्य करने लगेगी।

मैंने यह भी सोचा है कि मैं सिल्क उद्योग का जिम्मा लूँगा और उसके बारे में कुछ निर्णय लूँगा; लेकिन हाल ही में इस सदन के पास सिल्क उद्योग के विषय में विस्तार से चर्चा करने का अवसर था, जब हमने संशोधन विधेयक को केंद्रीय सिल्क बोर्ड अधिनियम में भेजा था। इसलिए मैं सिल्क उद्योग के विषय में आगे जिम्मा लेने का प्रस्ताव नहीं रखता। हालाँकि मैं इस सदन को आश्वासन देता हूँ कि जहाँ तक हथकरघा, हस्तशिल्प और सिल्क उद्योगों का संबंध है, हम यह देखने के लिए कि इन क्षेत्रों में समग्र विकास हो रहा है, सभी संभव कदम उठा रहे हैं।

हथकरघा (उत्पादन के लिए वस्तुओं का संरक्षण) अधिनियम, 1985 *

माननीय उपाध्यक्ष महोदय, मैं बोलने की अनुमति चाहता हूँ—

हथकरघा द्वारा विशेष उत्पादन के लिए, विशिष्ट वस्तुओं का संरक्षण प्रदान करने के लिए और उससे संबंधित मामलों के लिए बिल, जो कि राज्यसभा द्वारा पारित किया गया है, पर विचार किया जाए।

* 28 मार्च, 1985 (विधेयक को लोकसभा में पेश करते समय कहा)। हथकरघों द्वारा अत्यधिक उत्पादन के लिए विशेष वस्तुओं के आरक्षण और उससे संबंधित मामलों के लिए विधेयक में जगह दी गई है।

यह एक बहुत महत्त्वपूर्ण विधेयक है। हथकरघा कपड़ा उद्योग का एक बेहद महत्त्वपूर्ण क्षेत्र है। हमारे यहाँ देश भर में करीब 3.5 लाख करघे फैले हुए हैं और ये करीब 10 लाख लोगों को रोजगार प्रदान करते हैं। यह इस परिदृश्य से है कि यह देखने के लिए कि हथकरघा उद्योग सुरक्षित है और यह कि हमारे देश के बुनकर भी सुरक्षित हैं, इस पर सरकार विशेष ध्यान दे रही है। पहली पंचवर्षीय योजना के दौरान हथकरघा के विकास के लिए केंद्रीय आवंटन केवल 11.10 करोड़ रुपए था और छठी पंचवर्षीय योजना तक यह 120 करोड़ रुपए तक पहुँच गई है। राज्य की योजनाओं में भी समतुल्य राशि पर छाप लगा दी गई है। अब हमारा हथकरघा क्षेत्र करीब 3,252 लाख मीटर कपड़े का उत्पादन करता है, जो कि देश में कपड़े के कुल उत्पादन का करीब 30 प्रतिशत है। यदि हम निर्यात की दृष्टि से भी देखें तो हथकरघा उद्योग बहुत अच्छा प्रदर्शन कर रहा है और वर्ष 1983-84 में इस क्षेत्र से उपार्जित कुल विदेशी विनिमय 310 करोड़ रुपए बैठता है। अब, चूँकि हथकरघा क्षेत्र पूरे देश में फैला हुआ है, अतः उद्योग के अन्य दो क्षेत्रों नामतः मिल और पावरलूम से मुकाबला करना इस क्षेत्र के लिए बहुत मुश्किल है; क्योंकि मिल और पावरलूम के पास श्रेष्ठ प्रौद्योगिकी है और उनके पास उच्चतर उत्पादकता भी है तथा वे बेहतर तरीके से स्थापित भी हैं। इसलिए, शुरुआत से ही भारत सरकार हथकरघा क्षेत्र द्वारा विशेष उत्पादन के लिए ऐसी कुछ वस्तुओं का संरक्षण कर रही है। यह सन् 1950 में पहली बार कपड़ा आयुक्त द्वारा कपास वस्त्र नियंत्रण अधिनियम, 1948 के खंड-20 में उनको दी गई शक्तियों के द्वारा किया गया। फिर सन् 1955 में इसे अनिवार्य सामग्री अधिनियम, 1955 के खंड-3 के प्रावधानों के अधीन लाया गया। लेकिन देर से ही सही, हम कुछ परेशानियों का सामना कर रहे हैं; क्योंकि कुछ लोगों ने भारत सरकार के इस आदेश को चुनौती देने के लिए न्यायालय का दरवाजा खटखटाया है। इसलिए, विभिन्न फोरम से यह माँग उठी है कि एक कानून बनना चाहिए, जो कि हथकरघा उद्योग को सुरक्षा प्रदान करे और इस उद्देश्य को प्राप्त करने के लिए हम यह विधेयक लाए हैं, जिसे राज्यसभा ने पहले ही पारित कर दिया है।

वर्तमान कपड़ा नीति में हथकरघा का एक बहुत महत्त्वपूर्ण स्थान है। अब आपको जानकारी है कि हम एक नई कपड़ा नीति बनाने वाले हैं और मैं सदन को यह आश्वासन दे सकता हूँ कि हमारी नई नीति में भी हथकरघा क्षेत्र एक महत्त्वपूर्ण स्थान रखता रहेगा।

❑

माननीय अध्यक्ष महोदय, इस विधेयक का स्वागत करने और पूरे हृदय से अपना समर्थन करने के लिए मैं सभी माननीय सदस्यों का आभारी हूँ। मैं यह कहना चाहूँगा कि इस सदन का प्रत्येक माननीय सदस्य, जिसने इस बहस में भाग लिया है, ने बहुत ही संगत और महत्त्वपूर्ण बिंदु बताए हैं। उन्होंने अनेक मूल्यवान् सुझाव भी दिए हैं। मैं इस सदन को आश्वस्त करता हूँ कि जब हम इस अधिनियम के अंतर्गत अपने नियम बनाएँगे और जब हम हथकरघा के विकास

के लिए विभिन्न परियोजनाओं के कार्यान्वयन की ओर कदम बढ़ाएँगे, तब जो भी सुझाव दिए गए हैं, उन पर विचार किया जाएगा।

पृष्ठभूमि के तौर पर एक बात अवश्य दिमाग में रखनी चाहिए और वह यह है कि हथकरघा एक राज्य का विषय है। हथकरघा उद्योग का विकास करना प्रारंभिक तौर पर राज्य सरकारों की जिम्मेदारी है। वास्तव में, वर्ष 1976 तक केंद्र सरकार का हथकरघा से व्यावहारिक तौर पर कुछ लेना-देना नहीं था। लेकिन केंद्र सरकार ने देश में हथकरघा क्षेत्र के महत्त्व को समझा और इसलिए हथकरघा क्षेत्र के विकास में केंद्र सरकार को शामिल करने के लिए, उन क्षेत्रों में पहुँच के लिए श्री शिवरामन की अध्यक्षता में एक समिति का गठन किया गया था और उस समिति की सिफारिशों के आधार पर भारत सरकार में एक अलग विभाग और विकास आयुक्त, हथकरघा के एक पद का सृजन किया गया। तब से भारत सरकार विभिन्न राज्य सरकारों की विभिन्न तरीकों से मदद करने की कोशिश कर रही है।

अनेक माननीय सदस्यों ने यह प्रश्न उठाया है कि क्या हथकरघा पर ध्यान देने के लिए एक अलग मंत्रालय या विभाग स्थापित करना भारत सरकार के लिए संभव होगा? मुझे संदेह है कि यह प्रस्ताव राज्य सरकारें स्वीकार नहीं करेंगी।

व्यावहारिक तौर पर, सभी माननीय सदस्यों ने उल्लेख किया है कि यह एक विधेयक हथकरघा उद्योग की सभी समस्याओं को नहीं सुलझा सकता। मैं इस बिंदु पर उनसे सहमत हूँ। परंतु मुझे विश्वास है कि यह विधेयक हथकरघा उद्योग की अनेक समस्याओं को सुलझाने में लंबे समय तक कारगर सिद्ध होगा।

जब हम हथकरघा उद्योग की बात करते हैं, यह हथकरघा क्षेत्र में उत्पादन के लिए केवल कुछ वस्तुओं के संरक्षण का प्रश्न नहीं है। माननीय सदस्यों ने यह सही चिह्नित किया है कि सरकार को बुनकरों को अनिवार्य इनपुट की आपूर्ति करने, करघों के आधुनिकीकरण और उन्हें मार्केटिंग नेटवर्क प्रदान करने की ओर ध्यान देना चाहिए।

ये सभी बातें बहुत महत्त्वपूर्ण हैं। जब तक कि हम उन्हें मार्केटिंग नेटवर्क प्रदान नहीं कर देते, अपने करघों को आधुनिक बनाने में उनकी सहायता नहीं कर देते और उचित मूल्य पर उन्हें शीघ्रता से इनपुट प्रदान नहीं कर देते, उनमें से अधिकांश लोग ऐसे ही रहेंगे। हम इस सच्चाई से पूरी तरह अवगत हैं। मुझे विश्वास है कि सदन को यह याद है कि वर्ष 1984 को 'हथकरघा वर्ष' घोषित किया गया था। हमने बुनकरों की सहायता के लिए, राज्य सरकारों की सहायता के लिए कई कदम उठाए हैं। मैंने स्वयं पूरे देश में भ्रमण किया है और निगमों, शीर्ष सोसाइटियों, बुनकरों, हथकरघा निदेशकों एवं हथकरघों का भार सँभालनेवाले मंत्रियों से भी मिला हूँ। मैंने उनसे अलग से बैठकें की हैं। उसके परिणामस्वरूप हथकरघा क्षेत्र के विकास के लिए भारत सरकार ने वास्तव में अनेक योजनाएँ प्रारंभ की हैं। मैं माननीय सदस्यों को एक बार फिर, केवल यही आश्वासन दे सकता हूँ कि हमने मामले की तह तक काम किया है कि

सातवीं पंचवर्षीय योजना के दौरान हथकरघा क्षेत्र के लिए ऐसा और क्या कुछ करना चाहिए। हम वह करने के लिए प्रतिबद्ध हैं।

यदि हम हथकरघा उद्योग के विकास के विभिन्न पहलुओं पर बातचीत करेंगे तो मैं सोचता हूँ कि इसमें बहुत समय लगेगा। इससे अधिक महत्त्वपूर्ण इनपुट की आपूर्ति विशेष रूप से हथकरघा क्षेत्र को धागे की आपूर्ति है, जो कि हमेशा से एक विवादास्पद विषय रहा है; क्योंकि कभी-कभी मूल्य अत्यधिक बढ़ जाता है और यदि मूल्य कम भी हैं तो बुनकरों को लाभ नहीं मिलता। भारत सरकार ने इस समस्या से निजात पाने के लिए अनेक कदम उठाए हैं। उदाहरण के लिए, भारत सरकार ने कातना और सम्मिश्रित मिलों के लिए यह अनिवार्य कर दिया है कि अपने कुल बाजारीय धागे में से 50 प्रतिशत से कम तैयार नहीं करेंगे और यह लच्छा धागे के रूप में होगा। उस 50 प्रतिशत में से उनके लिए यह भी अनिवार्य कर दिया गया है कि 85 प्रतिशत चालीस से कम होना चाहिए, जिसकी प्राथमिक तौर पर हथकरघा क्षेत्र में आवश्यकता होती है। यह एक कदम है, जो सरकार ने उठाया है और इसे पहले ही लागू कर दिया है। एक लंबी अवधि की नीति के तौर पर भी हमने छठी पंचवर्षीय योजना के दौरान प्रारंभ में 25 लाख तकली क्षमतावाली 25 बुनकर सहकारी बुनाई मिलें स्थापित करने का निर्णय लिया है। हमने बुनकर सहकारी क्षेत्र के अंतर्गत छह बुनाई मिलों को विस्तार देने का भी निर्णय लिया है, ताकि बुनकर स्वयं अपनी आवश्यकताओं का ध्यान रख सकें। इस उद्देश्य के लिए 32 करोड़ रुपए निर्धारित किए गए थे। बाद में जब हमें पता चला कि जो राशि हमने निर्धारित की थी, वह पर्याप्त नहीं थी और जो इकाइयाँ सामने आनी थीं, वे नहीं आ पाईं—वास्तव में 25 के बजाय यह संख्या घटकर 13 पर आ गई। हम योजना आयोग के पास गए और उस उद्देश्य के लिए अतिरिक्त आवंटन के तौर पर करीब 10 करोड़ रुपए प्राप्त किए और अंत में, हम इस संख्या को 13 से बढ़ाकर 20 कर सकते हैं, जो कि सब जगह फैली हुई है और इसकी अतिरिक्त क्षमता 5.84 लाख तकली है। मैं आश्वस्त हूँ कि ये सभी नई इकाइयाँ कार्यान्वयन के विभिन्न चरणों के अधीन हैं। एक बार ये प्रचालन में आ जाएँगी तो धागे की कमी की अधिकांश समस्याएँ सुलझ जाएँगी।

बुनकरों के लिए धागे की न्यूनतम आवश्यकता को पूरा करने के लिए हमने 'धागा बैंक' स्थापित करने की भी सोची है। श्री प्रियरंजन दासमुंशी ने उसके लिए कड़ी दलील दी। वास्तव में, राष्ट्रीय हथकरघा विकास निगम, जो हमने हाल ही में स्थापित किया है, वह यह कार्य कर रहा है और अभी तक हम संपूर्ण उत्तर-पूर्वी क्षेत्र के लिए गुवाहाटी में ऐसा एक बैंक स्थापित करने में सक्षम हुए हैं। केरल राज्य में ऐसे दो बैंक पहले ही खोले जा चुके हैं और शीघ्र ही हम बिहार में एक खोलने वाले हैं।

❑

खैर, अब तक कताई मिलों के संबंध में सरकार की नीति बदल चुकी है, क्योंकि हमने

पहले ही अपने देश में तकली की कुल क्षमता को प्राप्त कर लिया है। हमारे पास विश्व में तकली की उच्चतम स्थापित क्षमता है। इसलिए हमने इसे गैर-लाइसेंसी सूची से हटाकर लाइसेंसी सूची में डाल दिया है। इसे प्रतिबंधित नहीं किया गया है। लेकिन मैं सोचता हूँ कि भविष्य में कताई मिलों को मेरिट के आधार पर स्थापित किया जाएगा और हम इसे जिलों की श्रेणी तक सीमित रखने की कोशिश कर रहे हैं।

जहाँ तक अन्य राज्यों का संबंध है, हमने कहा है कि राज्य सरकारें अपना धागा बैंक स्थापित करने के लिए स्वतंत्र हैं और जो कुछ सहायता हम दे सकते हैं, देने के लिए तैयार हैं। वास्तव में, केरल की राज्य सरकार ने इस पर स्वयं पहल कर दी है। मैं राज्य सरकारों पर जोर डालता रहा हूँ कि उन्हें इसके लिए तुरंत कदम उठाने चाहिए। हमारे वाणेज्य मंत्री ने वास्तव में यह निर्णय लिया है कि धागा, जिसका हम राष्ट्रीय वस्त्र निगम में उत्पादन करते हैं, को धागा बैंकों को उपलब्ध कराया जाएगा, जो कि मिल दर पर संबंधित राज्य सरकारों द्वारा स्थापित किया जाएगा।

❑

वास्तव में, हम शीर्ष सहकारी सोसाइटियों को बेहद उदार बैंक ऋण देते हैं और मैं सदन को सूचित करता हूँ कि सन् 1976-77 में शीर्ष सोसाइटियों के लिए ऋण सीमा 24 करोड़ रुपए थी, 1982-83 में इसे 153 करोड़ रुपए तक बढ़ा दिया गया और अब 1983-84 में हमने इसे 198 करोड़ रुपए तक बढ़ा दिया है। हम संबंधित राज्य सरकारों को ब्याज पर छूट भी दे रहे हैं। इसलिए यह सच नहीं है कि हथकरघा क्षेत्र को ऋण नहीं मिल रहा है। ऋण उपलब्ध है। यह पूरी तरह से इस बात पर निर्भर करता है कि संबंधित सहकारी या शीर्ष सोसाइटियाँ कितनी सक्रिय हैं!

कुछ माननीय सदस्यों ने बिचौलियों द्वारा पैसा कमाने का एकदम सही प्रश्न उठाया है। यह भी सुझाव दिया गया है कि हथकरघा क्षेत्र को सहकारी सोसाइटियों के अधीन लाया जाना चाहिए। यह भारत सरकार की सुविचारित नीति रही है। वास्तव में, छठी योजना के दौरान हमारा लक्ष्य हथकरघा क्षेत्र का 60 प्रतिशत सहकारी क्षेत्र में लाना है। मुझे इस सदन को यह सूचित करते हुए खुशी हो रही है कि हम 60 प्रतिशत का लक्ष्य सहकारी योजना के अधीन प्राप्त करने में सफल होंगे।

संसाधित करना अन्य क्षेत्र है, जिसका माननीय सदस्यों ने उल्लेख नहीं किया है। लेकिन मैं इसका उल्लेख करना चाहूँगा। करघा पूर्व और करघा के बाद के कार्य हथकरघा के बहुत महत्त्वपूर्ण भाग हैं। इसके लिए हम बहुत सारा धन भी उपलब्ध करवा रहे हैं। मैं विभिन्न स्तरों पर रँगाई घरों की स्थापना के लिए राज्य सरकारों को दी गई राशि के संबंधित आँकड़ों को उद्धृत करना नहीं चाहता। मैं सदन को आश्वस्त करता हूँ कि यदि भविष्य में राज्य सरकारें

सहायता के लिए आती हैं तो हम यह देने को तैयार हैं। मैं स्वयं की प्रशंसा नहीं कर रहा हूँ; लेकिन यह एक वास्तविक तथ्य है कि मैं कुछ राज्यों में गया था और जोर दिया कि उन्हें कुछ राशि लेनी चाहिए, बजाय उसके बीत जाने के।

मार्केटिंग एक बहुत महत्त्वपूर्ण क्षेत्र है, जिस पर सक्षम रूप से जोर दिया गया और माननीय सदस्यों ने इस पर चिंता व्यक्त की। जब तक हम हथकरघा बुनकरों को मार्केटिंग नेटवर्क नहीं देते, तब तक उनका बने रहना भी मुश्किल है, प्रगति की तो बात ही क्या करें! मुझे नहीं पता कि हम किस तरह इस समस्या को सुलझा पाएँगे!

इस समय हमारे पास विभिन्न शहरों में राष्ट्रीय हथकरघा डिपो आयोजित करने की प्रणाली है या देश में विभिन्न स्थानों पर, जहाँ हम हथकरघा कपड़े पर 20 प्रतिशत छूट प्रदान करते हैं। स्पष्टतया ऐसा लगता है कि यह एकदम सही कार्य कर रहा है। मुझे नहीं पता, क्या यह वास्तव में सही कार्य कर रहा है; क्योंकि कुछ माननीय सदस्यों ने कुछ शिकायतें की हैं। तमिलनाडु से एक माननीय सदस्य यह कह रहे थे कि हम प्रतिपूर्ति के लिए पर्याप्त राशि अदा नहीं कर रहे हैं। मैं उन्हें सूचित करता हूँ कि हाल में हमने तमिलनाडु सरकार को छूट के तौर पर करीब 5 करोड़ रुपए जारी किए हैं। इसलिए हम उनकी सहायता करने की कोशिश कर रहे हैं।

मैं व्यक्तिगत तौर पर सोच रहा हूँ—मैं इसे सरकार के निर्णय के तौर पर व्यक्त नहीं कर रहा हूँ—प्रथमतया इनपुट बनाना हथकरघा क्षेत्र में महत्त्वपूर्ण है, विशेषतया धागा बुनकर को नियमित और यथोचित दामों पर उपलब्ध है। मैं व्यक्तिगत तौर पर यह देख रहा हूँ कि इसे कितने श्रेष्ठतम तरीके से किया जा सकता है। सातवीं योजना के दौरान हग्ें इसके लिए कोई सूत्र बनाना होगा।

श्री रेड्डी ने एक बेहद उचित बिंदु उठाया कि क्यों हमारे पास कोई अनुसूची नहीं है, जहाँ हम कुछ वस्तुओं का उल्लेख कर सकते थे, जिन्हें हम हथकरघा क्षेत्र के लिए संरक्षित करने की सोच रहे हैं? हमने इसे दो कारणों से जान-बूझकर नहीं किया है। जैसाकि मैंने शुरुआत में कहा, विधेयक प्रस्तुत करते समय सरकार इस समय एक नई कपड़ा नीति बना रही है, जिसमें हम कपड़ा उद्योग के ढाँचे पर ध्यान दे रहे हैं। इसलिए हमने यह बेहतर समझा कि हम इसे बाद में करें।

दूसरा, यदि हमारे पास अनुसूची है और उसे तब परिशिष्ट के रूप में रखें, यदि हमें किसी समय किसी वस्तु का पुनरावलोकन करना है तो सरकार को अधिनियम में संशोधन के लिए संसद् आना होगा, जो कि एक समय साध्य प्रक्रिया होगी। इसलिए हमने इसे जान-बूझकर खुला रखा है, ताकि जब कभी इस सूची का पुनरावलोकन करना आवश्यक समझें, हम इसे तुरंत कर सकें। मैं श्री रेड्डी और सदन को यह आश्वासन देता हूँ कि हम वास्तव में काररवाई चाहते हैं और मैं यह सुनिश्चित करूँगा कि इस विधेयक के कार्यान्वयन में कोई देरी न हो। हम इस विधेयक को निश्चित ही शीघ्रातिशीघ्र कार्यान्वित करेंगे।

❑

श्रीमान डागा ने एक अत्यंत रोचक मुद्दा उठाया है। मैं आपको तो भूल ही रहा था, श्रीमान डागा। आप वास्तव में इस महान् सदन के बेहद रोचक सदस्य हैं। मैं श्री डागा को पिछले पाँच वर्षों से देख रहा हूँ और अब पिछले तीन महीने से। हर बार जब भी सदन में किसी विधेयक पर चर्चा होती है, वह कहते हैं कि यह विधेयक आवश्यक नहीं है। ऐसा विधेयक लाने का कोई औचित्य नहीं है। ये कानून कार्यान्वित नहीं किए जाते और इसलिए यह विधेयक पेश नहीं किया जाना था और यह विधेयक तो बिल्कुल भी नहीं लाया जाना चाहिए था। मुझे लगता है कि श्रीमान डागा गलती से इस महान् सदन में हैं।

❑

आप देश में कानूनों और अध्यादेशों की प्रासंगिकता को नकार नहीं सकते। यह वो बात है, जिसके खिलाफ आप वकालत करते आए हैं। आखिरकार संसद् का क्या कार्य है ? यह सरकार का कानूनी निकाय है।

❑

श्रीमान डागा भूल जाते हैं कि वह रेगिस्तानी क्षेत्र से संबंध रखते हैं और मैं पर्वतीय क्षेत्र से आया हूँ। यदि श्री डागा को खादी की कमीज पहनकर मेरे क्षेत्र में आना पड़े तो वह दो घंटे तक भी नहीं टिक पाएँगे और यदि मुझे अपनी हिमालयी (पर्वतीय) वेशभूषा में रेगिस्तानी क्षेत्र में जाना पड़े तो मैं भी दो घंटे तक नहीं टिक पाऊँगा। इसलिए मैं सोचता हूँ कि किसी व्यक्ति की वेशभूषा को व्यक्ति की पसंद एवं आवश्यकता और वह क्षेत्र, जहाँ से उसका संबंध है, पर छोड़ देना चाहिए।

यदि हम खादी की बात करते हैं तो मेरे व्यक्तिगत दृष्टिकोण में मैं यह कहूँगा कि हमें खादी की संकल्पना के बारे में सोचना चाहिए, जब खादी को स्वतंत्रता आंदोलन के दौरान प्रचारित किया गया था। गांधीजी ने हम सभी से खादी पहनने का आह्वान किया था, अपने लिए खादी कातने के लिए कहा था; क्योंकि उस विशेष समय अंग्रेज सरकार के नियंत्रणाधीन वस्त्र उद्योग हमें स्वीकार्य नहीं था। इसलिए उस समय अलाव की घटना हुई। गांधीजी ने आवाज उठाई कि हमें अंग्रेजों की कपड़ा मिलों में बना कपड़ा नहीं पहनना चाहिए। और उसका विकल्प वह था! उसका विकल्प था कि हम खादी की ओर मुड़ें और अपने कपड़े स्वयं बुनें।

अब क्या यह आज प्रासंगिक है ? अब यदि आज हमें यह कहना हो कि सभी को खादी पहनना है, तो मैं सोचता हूँ कि कपड़ा उद्योग, जिसने पिछले पैंतीस वर्षों में विकास किया है, शायद नहीं टिक पाएगा।

❑

महोदय, मैं सादर यह कहता हूँ कि मैं खादी के विरुद्ध नहीं हूँ। खादी यहाँ रहनी चाहिए।

खादी एक राष्ट्रीय पोशाक है। इसे स्वीकार किया गया है। परंतु मैं सिर्फ ये कह रहा हूँ कि इस चरण में हमारे लिए यह कहना अच्छा नहीं होगा कि सभी को खादी पहननी चाहिए। यह संभव नहीं है। एक को ही लें, यदि मैं इसे पहनना पसंद नहीं करता तो मैं अपना व्यक्तिगत विचार रख रहा हूँ।

❑

मैं पूरी विनम्रता से कहता हूँ, मेरा मतलब खादी का निरादर करना नहीं है। खादी यहाँ रहनी चाहिए। मैं इस पर बिल्कुल भी विवाद नहीं कर रहा हूँ। वास्तव में जब मैं यह कह रहा हूँ कि मैं इसका आदी नहीं हूँ तो मैं आपको यह बताना चाहूँगा कि मैं कभी-कभी खादी पहनता हूँ; लेकिन मैं इसे हमेशा नहीं पहनता। मैं अपना व्यक्तिगत स्पष्टीकरण दे रहा हूँ, इससे अधिक कुछ नहीं।

❑

अन्य मुद्दे, जो माननीय सदस्यों द्वारा उठाए गए हैं, में सलाहकार समिति का गठन शामिल है। और दूसरे अन्य मुद्दों पर मैं आपको यह आश्वासन देता हूँ कि इस समिति का गठन करते समय सरकार सभी सुझावों का अवश्य ध्यान रखेगी, जो इस महान् सदन में दिए गए हैं।

यहाँ पर जुरमाने का एक विशेष मुद्दा था, जिसे मैं समझता हूँ, कुछेक माननीय सदस्यों ने उठाया था और यह कि छह महीने और 5,000 रुपए का जुरमाना बहुत कम है। मैं समझता हूँ कि आपने इसे आंशिक तौर पर पढ़ा है। यह 5,000 रुपए प्रति करघा है। निर्धारित जुरमाना 5,000 रुपए प्रति करघा है।

एक अन्य माननीय सदस्य ने प्रश्न उठाया है कि नियम बनाने का कोई प्रावधान नहीं है। असल में, धारा 19 ने सरकार को नियम बनाने की शक्ति प्रदान की है।

इन कुछ शब्दों के साथ मैं अनुरोध करता हूँ कि विधेयक पर विचार किया जाए।

❑

मैं एक बात सामने लाना चाहूँगा कि विधेयक की धारा 19 सरकार को नियम बनाने की शक्ति प्रदान करती है कि किस तरीके से सलाहकार समिति का गठन किया जाएगा। धारा 19 स्पष्ट तौर पर यह भी अधिकार प्रदान करती है कि इन सभी नियमों को इनके बनने के बाद संसद् के दोनों सदनों के पटल पर रखा जाएगा और यदि संसद् चाहेगी तो वह नियमों पर चर्चा करेगी और नियमों में बदलाव की सिफारिशें करेगी। मैं यह जोड़ना चाहूँगा कि सलाहकार समिति का गठन करते समय हम वास्तव में बुनकरों के हितों का ध्यान रखेंगे, जैसाकि मैंने वादा किया है।

कॉफी (संशोधन) विधेयक, 1985 *

श्री विश्वनाथ प्रताप सिंह की ओर से मैं यह कहने की अनुमति चाहूँगा कि कॉफी अधिनियम, 1942 में संशोधन के लिए विधेयक पर और आगे विचार-विमर्श किया जाए।

जैसाकि इस सदन को जानकारी है कॉफी बोर्ड कॉफी के पौधों के विकास एवं बिक्री के विनियमन और ऐसे कॉफी के पौधों के उत्पाद के निर्यात के प्रमुख उद्देश्य से काम करता रहा है। बोर्ड का योजना और गैर-योजना व्यय कॉफी अधिनियम 1942 के अंतर्गत उगाहे गए सीमा शुल्क और उत्पाद शुल्क से पूरा किया जाता है। कॉफी पर सीमा शुल्क और उत्पाद शुल्क की वर्तमान दर 11.80 रुपए प्रति क्विंटल की ऊपरी सीमा पर पहुँच गई है, जिसमें प्रत्येक को इस अधिनियम के अंतर्गत निर्धारित किया गया है। ये दरें 16 दिसंबर, 1977 से प्रचलन में हैं।

बोर्ड का योजनाबद्ध और गैर-योजनाबद्ध व्यय, जिसमें ऋण और आर्थिक सहायता शामिल नहीं है—सन् 1978-79 में 1.78 करोड़ रुपए से बढ़कर 1984-85 में 3.90 करोड़ रुपए हो गया है। 1985-86 के लिए बजट प्राक्कलन 6.45 करोड़ रुपए के हैं। हालाँकि व्यय में विगत वर्षों में अत्यधिक उछाल आया है, जबकि सीमा शुल्क और उत्पाद शुल्क की दरें उसी स्तर पर हैं, जितनी वे 16 दिसंबर, 1977 को तय की गई थीं।

गैर-योजना के अधीन स्थापना की तरफ से व्यय में वृद्धि मुख्यत: महँगाई भत्ता, ए.डी.ए., अंतरिम राहत इत्यादि में वृद्धि और अनुसंधान गतिविधियों एवं मार्केटिंग गतिविधियों में वृद्धि के कारण हुई है। योजना पक्ष के अधीन भी अनेक नई योजनाएँ, यानी जनशक्ति विकास, कॉफी प्रदर्शन फार्मों का खुलना, रासायनिक प्रयोगशालाओं की स्थापना, भंडारण और माल गोदाम क्षमता इत्यादि शुरू की गई हैं तथा 1985-86 के दौरान आठ नई योजनाएँ शुरू करने का प्रस्ताव है। दो शुल्क लगाना पर्याप्त नहीं होगा और इसलिए केंद्र सरकार को वित्तीय वर्ष 1985-86 के दौरान बोर्ड के व्यय को पूरा करने के लिए अनुदान सहायता का सहारा लेना पड़ा। यह पता चलने पर कि अधिनियम के तहत उगाहे गए दो शुल्कों का उत्पन्न होना बोर्ड के बढ़ते व्यय के आनुपातिक नहीं है, यह आवश्यक समझा गया कि एक ऐसी दर, जो प्रत्येक के लिए 50 रुपए प्रति क्विंटल से अधिक न हो, पर सीमा शुल्क और उत्पाद शुल्क की उगाही की उच्चतर सीमा प्रदान करने के लिए कॉफी अधिनियम की धाराओं 11 और 12 में संशोधन किया जाए। हालाँकि दो शुल्कों की वास्तविक प्रचालन दरें ऐसे स्तर पर तय की जाएँ, जो कि भविष्य में बोर्ड के बजट व्यय के महत्त्वपूर्ण भाग को पूरा करने के लिए निधि का सृजन करने के लिए पर्याप्त हो।

---

* 29 जुलाई एवं 19 अगस्त, 1985 (विधेयक को लोकसभा में पेश करते समय कहा)। किसी उद्देश्य के लिए और कॉफी के निर्यात के संबंध में कॉफी अधिनियम 1942 के अधीन सीमा शुल्क के भुगतान से छूट के लिए लागू, सीमा शुल्क अधिनियम 1962 का प्रावधान बनाने के साथ-साथ कॉफी अधिनियम 1942 में अधिक संशोधन करने को विधेयक में जगह दी गई है।

एकरूपता और प्रशासनिक सुगमता के हित में सीमा अधिनियम 1962 में धन वापसी के उद्देश्यों के लिए और कॉफी के निर्यात के संबंध में कॉफी अधिनियम 1942 के अधीन सीमा शुल्क के भुगतान से छूट के लिए प्रावधानों को लागू करना प्रस्तावित है।

उपधारा (3) और धारा (48) में उद्धृत नियमों को लागू करने से संबंधित प्रावधानों के बदले में अवसर भी प्रदान किया गया है। एक नया प्रावधान प्रस्तावित किया गया है, जिसकी सिफारिश अधीनस्थ कानून समिति द्वारा की गई है।

इन शब्दों के साथ मैं विधेयक पर चर्चा के लिए सदन में प्रस्ताव रखना चाहता हूँ।

❑

माननीय अध्यक्ष महोदय, मैं सभी माननीय सदस्यों को धन्यवाद देता हूँ, जिन्होंने इस बहस में भाग लिया और अपने बहुमूल्य सुझाव दिए हैं।

इस सदन में चर्चा के लिए विधेयक प्रस्तुत करते समय इस विधेयक का उद्देश्य मैंने समझा दिया था। इसलिए मैं फिर से वह दोहराना नहीं चाहूँगा।

जैसे संगठन का विकास होता है, जैसे-जैसे एक संगठन की गतिविधियाँ बढ़ती हैं, स्वत: ही व्यय भी बढ़ता है। संगठन की गतिविधि को आगे बढ़ाने के लिए, संगठन की प्रचारात्मक गतिविधि को आगे बढ़ाने के लिए यह आवश्यक हो जाता है कि उनके पास भी राजस्व के कोई स्रोत हों। वर्ष 1984-85 में शुल्क संचयन के माध्यम से कुल उपलब्ध राजस्व केवल 143.29 लाख रुपए था। 1 अप्रैल, 1985 को प्रारंभिक राशि 67.22 लाख रुपए थी। और इस वर्ष के लिए हमारा बजट प्राक्कलन, ऋण और आर्थिक सहायता को छोड़कर, जिसका उल्लेख मैंने पहले भी किया है, 6.45 करोड़ रुपए तक बैठता है। इसलिए यह हमारे लिए आवश्यक हो गया है कि हम कुछ निधि खोजें, ताकि हम कॉफी उत्पादन की सामान्य गतिविधि को आगे बढ़ा सकें।

कॉफी एक अति महत्त्वपूर्ण फसल है। यह हमारे देश की अर्थव्यवस्था, विशेष तौर पर देश के दक्षिणी भाग, में भरपूर योगदान देती है। यह करीब 3.5 लाख लोगों को रोजगार देती है और इसका विदेशी मुद्रा अर्जित करने में भरपूर योगदान है, जो कि 400 करोड़ रुपए तक है। मैं विस्तार में नहीं जा रहा हूँ। कॉफी उद्योग का एक पहलू यह है कि चाय उद्योग से भिन्न 97 प्रतिशत कॉफी उत्पादक छोटे उत्पादक हैं। इसलिए यह और भी महत्त्वपूर्ण हो जाता है कि सरकार उनका पूरा ध्यान रखे। एक आरोप लगाया गया है कि सरकार चाय उद्योग को अत्यधिक महत्त्व दे रही है और कॉफी उद्योग को नहीं। खैर, इस मामले में हमारे विचार भिन्न हैं और मैं स्पष्ट तौर पर सहमत नहीं हूँ कि जैसाकि किसी ने इस उद्योग को संज्ञा दी है कि इस उद्योग के साथ सौतेला व्यवहार किया जा रहा है। दूसरी तरफ, मैं यह बताना चाहूँगा कि जहाँ तक कॉफी उत्पादकों का प्रश्न है, वे इस तथ्य से खुशकिस्मत हैं कि जहाँ तक कॉफी का प्रश्न है, इसमें एक स्थिर नीति रही है। चाहे वह उत्पादन के क्षेत्र में हो, चाहे वह घरेलू बाजार में बोली लगाने के क्षेत्र में हो या फिर निर्यात बाजार के लिए, इसमें कुछ स्थिरता रही है, जो कि

चाय उद्योग के मामले में नहीं बन पाई है। चाय उद्योग की किस्मत उतार-चढ़ाव वाली रही है। यह समस्या कॉफी उत्पादकों के सामने नहीं आई है; केवल इसलिए, क्योंकि जहाँ तक कॉफी उद्योग का संबंध है, सरकार अभी तक एक स्थिर नीति अपनाती आई है।

किसी ने प्रश्न उठाया है कि यह विधेयक ऐसे समय में आया है, जब इसे नहीं आना चाहिए था। शायद लंबे समय से यह बात माननीय सदस्य के दिमाग में थी कि अंतरराष्ट्रीय बाजार में कॉफी का मूल्य गिर गया है। मैं सहमत हूँ कि अंतरराष्ट्रीय बाजार में कॉफी का मूल्य गिर गया है और यह वह कारण है कि हाल में जैसे ही अंतरराष्ट्रीय बाजार में कॉफी का मूल्य गिरा, निर्यात शुल्क घटा दिया गया है और माननीय सदस्य को इसकी जानकारी है।

किसी ने न्यूनतम जारी मूल्य का प्रश्न उठाया है। हालाँकि न्यूनतम जारी मूल्य प्रत्येक तीन वर्षों में निर्धारित किया जाता है। मैं सोचता हूँ कि इसे प्रतिवर्ष किया जाना चाहिए। लेकिन मुझे बताया गया है कि मूल्य-निर्धारण इतना बोझिल कार्य है कि इसमें काफी कठिनाई होती है। लेकिन मैं सदस्यों को खुश करने की कोशिश कर रहा हूँ कि जहाँ तक संभव हो, हमें प्रत्येक तीन वर्ष में मूल्य-निर्धारण करना चाहिए। मैं आशा करता हूँ, मैं इसमें सफल होऊँगा। लेकिन एक बात जो याद रखनी चाहिए, वह है कि हालाँकि न्यूनतम जारी मूल्य 654 रुपए प्रति बोरी पर नियत है, प्रभावी कीमत 911 रुपए प्रति बोरी है। इसलिए प्रभावी कीमत न्यूनतम जारी कीमत से कहीं अधिक है। इसलिए यह कहना सही नहीं होगा कि उत्पादकों को लाभकारी कीमत नहीं मिल रही है। दूसरी तरफ, जैसाकि मैंने उल्लेख किया है, कॉफी उत्पादकों को लाभकारी कीमत मिल रही है और उनकी कीमतें हमेशा स्थिर रही हैं।

निर्यात शुल्क के विषय में मैं एक बात और कहना चाहूँगा। जब सबसे सस्ती किस्म की कॉफी की अंतरराष्ट्रीय कीमतें आधारभूत लाभकारी कीमत से नीचे गिर जाती हैं, तब निर्यात शुल्क नहीं वसूला जाता। यह तब होता है, जब यह आधारभूत लाभकारी कीमत से अधिक होता है तो निर्यात शुल्क की उगाही की जाती है। इसलिए मैं सोचता हूँ कि जहाँ तक सरकार का प्रश्न है, हम यह देखने के लिए सभी प्रयास करेंगे कि जहाँ तक कॉफी का संबंध है, एक स्थिर नीति बन गई है।

मैं केवल एक और प्रश्न करूँगा, जिसका संदर्भ श्री रथ ने दिया है। यह कॉफी को गैर-परंपरागत क्षेत्रों में उगाने के संबंध में है। कॉफी देश के सभी भागों में नहीं उगाई जाती। अभी तक यह केवल कुछ राज्यों में ही उगाई जाती है। हम कॉफी की पैदावार गैर-परंपरागत क्षेत्रों, खास तौर पर आंध्र प्रदेश, उड़ीसा और नागालैंड में करने के लिए एक व्यापक योजना पर विचार कर रहे हैं।

तंबाकू बोर्ड (संशोधन) बिल, 1985 *

तंबाकू बोर्ड अधिनियम, 1975 के अधीन 1976 में स्थापित किया गया। तंबाकू बोर्ड तंबाकू उद्योग के विकास और उत्पादन के विनियमन और भारत में एवं विदेश में इसकी माँग के संबंध में अकृष्टपूर्व तंबाकू का उपचार और तंबाकू के निर्यात एवं तंबाकू उत्पादन के प्रचार के मुख्य उद्देश्य के साथ कार्य कर रहा है। तंबाकू बोर्ड का कार्य, अधिनियम के विभिन्न प्रावधानों की क्षमता और उनकी कमियाँ, उत्पादकों, क्यूरर, व्यापारियों, निर्यातकों और गैर-निर्मित तंबाकू तथा तंबाकू उत्पादों से जुड़े अन्य लोगों की समस्या की सरकार निरंतर जाँच कर रही है। उत्पादन, विकास, मार्केटिंग और तंबाकू के निर्यात में बोर्ड को अधिक प्रभावी भूमिका निभाने में सक्षम बनाने के उद्देश्य से तंबाकू अधिनियम 1975 के प्रावधानों में उपयुक्त रूप से संशोधन करना आवश्यक समझा गया है। निम्नलिखित उद्देश्यों को प्राप्त करने के लिए अधिनियम में संशोधन लाने का तदनुसार प्रस्ताव लाया गया है—

(i) अधिक प्रभावी भागीदारी के लिए बोर्ड में उत्पादकों के प्रतिनिधित्व में वृद्धि करना।

(ii) देश के विभिन्न क्षेत्रों, जहाँ इस प्रकार का तंबाकू उगाया जाता है, में मृदा विशेषताओं और कृषि-वातावरणीय कारकों में भिन्नता के आधार पर वर्जीनिया तंबाकू के उत्पादन का भी साथ-साथ विनियमन करने के लिए तंबाकू बोर्ड को शक्ति प्रदान करना और इन क्षेत्रों में उगाए गए तंबाकू की गुणवत्ता एवं मात्रा का उस पर प्रभाव।

(iii) वर्जीनिया तंबाकू को संसाधित करनेवालों की आवश्यकता और उन्हें तंबाकू बोर्ड में पंजीकृत करने के लिए उनसे बने उत्पादों के निर्माता। इससे बोर्ड को सिगरेट निर्माताओं को नियंत्रित करने में मदद मिलेगी, जो कि इस वर्जीनिया तंबाकू के प्रमुख खरीदार हैं और उत्पादकों में से निर्माताओं द्वारा इस तंबाकू की नियमित आवाजाही का अनुवीक्षण करने में मदद मिलेगी।

(iv) व्यावसायिक ग्रेडिंग का जिम्मा लेने के लिए ग्रेड देनेवालों को लाइसेंस प्रदान करना। इससे किसानों की सही प्रकार ग्रेड किए हुए वर्जीनिया तंबाकू को नीलामी प्लेटफॉर्म तक लाने में मदद मिलेगी, जिससे उन्हें नीलामी के समय बेहतर मूल्य प्राप्त करने में सहायता मिलेगी।

(v) निर्माण के लिए लाइसेंस और बखार का प्रचालन प्रदान करना, जो कि बखार क्षमता को विनियमित करेगा और इस प्रकार उत्पादन नियंत्रण को अप्रत्यक्ष रूप से प्रभावित करेगा।

---

* 9, 20 और 22 अगस्त, 1985 को विधेयक को लोकसभा में पेश करते हुए दिया गया भाषण। तंबाकू बोर्ड में उत्पादकों का प्रतिनिधित्व बढ़ाने और वर्जीनिया तंबाकू का उत्पादन, प्रक्रमण एवं लाइसेंस से संबंधित मामले साथ-साथ करने के लिए तंबाकू बोर्ड अधिनियम 1975 में और अधिक संशोधन के लिए विधेयक में जगह दी गई है।

(vi) तंबाकू व्यवसाय की कुछ गलत प्रथाओं को रोकना।

(vii) उसके भीतर बनाए गए न केवल अधिनियमों या नियमों के प्रावधानों के उल्लंघन के लिए सजा देने, बल्कि अधिनियम के अधीन बनाए एक विनियम और उसके उल्लंघन के लिए अधिक जुरमाना लगाना।

अधिनियम में अधीनस्थ कानून समिति की सिफारिशों के अनुसार शामिल करने के लिए अवसर दिया गया है और हानियों को घटाने के लिए तंबाकू बोर्ड की शक्तियों से संबंधित प्रावधान है। संसद् के समक्ष तंबाकू बोर्ड अधिनियम के अधीन विनियमों को प्रस्तुत करने की अनुमति के लिए भी अवसर दिया गया है।

❑

श्रीमान उपाध्यक्ष महोदय, मैं इस बहस में भाग लेने के लिए माननीय सदस्यों का धन्यवाद करता हूँ और तंबाकू की फसल में अपनी रुचि दिखाने के लिए, विशेषकर उत्पादकों के कल्याण के लिए, जिनके लिए तंबाकू बोर्ड बनाया गया है।

एक माननीय सदस्य ने कहा है कि सरकार को एक अधिक व्यापक संशोधन विधेयक लाना चाहिए। प्रोफेसर रंगा, श्री वी.एस. राव और अन्य अनेक माननीय सदस्यों ने प्राक्कलन समिति एवं सार्वजनिक उपक्रम समिति की सिफारिशों और टिप्पणियों का संदर्भ दिया। प्राक्कलन समिति की सिफारिशों और साथ-साथ सार्वजनिक उपक्रम समिति की इन सभी रिपोर्टों का अध्ययन करने के बाद भारत सरकार ने तंबाकू उद्योग और तंबाकू उत्पादकों के पूरे पहलू पर बात करने के लिए सन् 1981 में एक विशेषज्ञ समूह का गठन किया। यह विधेयक इस कार्य का परिणाम है। मेरे विचार से, वर्तमान संशोधन विधेयक अत्यधिक व्यापक है और मेरे मन में कोई शंका नहीं है कि यह विधेयक जब पारित होगा तो हमारे देश में किसानों की काफी लंबे समय तक सहायता करेगा।

तंबाकू बोर्ड को प्राथमिक रूप से तीन कार्य सौंपे गए हैं—पहला, उत्पादन को व्यवस्थित करना; दूसरा, उत्पादकों को लाभप्रद कीमतें मिलना सुनिश्चित करना और तीसरा, हमारे देश से तंबाकू का अधिकतम निर्यात करना है। अनेक माननीय सदस्यों ने अपनी चिंता जाहिर की है कि हमारे देश में तंबाकू के उत्पादन को व्यवस्थित किए जाने की आवश्यकता क्यों है?

यह सच है कि पिछले कुछ वर्षों में हम उत्पादन के विनियमन का आश्रय ले रहे हैं। सन् 1981 में मैं समझता हूँ, यह 1.9 लाख हेक्टेयर था—वह क्षेत्र, जो तंबाकू उत्पादन के अधीन था; 1982 में हम इसे कम करके 1.3 लाख हेक्टेयर तक ले आए, 1983 में 1 लाख हेक्टेयर तक और ताजा सोच यह है कि हम इसे कम करके 90,000 हेक्टेयर तक ले आएँगे। हमारे देश में तंबाकू उत्पादन के विनियमन का कारण बहुत सरल है। हम अपने किसानों को संकट में नहीं डाल सकते। जब तक कि सरकार उन्हें लाभप्रद कीमतें नहीं देती, जब तक हम उन्हें देश में और बाहर बाजार उपलब्ध नहीं कराते, तब तक अधिक तंबाकू उत्पादन का कोई औचित्य नहीं है।

यदि हम देश की और विश्व की परिस्थिति को इस तरह देखें तो हम पाते हैं कि लगभग सभी देशों में तंबाकू का उत्पादन कम हो रहा है और विश्व में भी तंबाकू का उत्पादन तेजी से घट रहा है। मुझे नहीं पता कि क्या मुझे इस बात पर विस्तार से जाना चाहिए कि उत्पादन क्यों घट गया है और इन सभी बातों में; लेकिन मैं केवल एक बात कह सकता हूँ, क्योंकि श्री अमर राय प्रधान ने प्रभावशाली तरीके से एक बात कही है कि तंबाकू पर प्रतिबंध लगा देना चाहिए, क्योंकि यह स्वास्थ्य के लिए बेहद हानिकारक है। विश्व में धूम्रपान के विरुद्ध अभियान वास्तव में अपनी जड़ें पकड़ता जा रहा है। अब अमेरिका में ऐसे कुछ स्थान हैं, जहाँ धूम्रपान पूर्णतया प्रतिबंधित है। यदि हम ब्रिटेन की बात करें तो ताजा रिपोर्ट यह दरशाती है कि ब्रिटेन की सरकार ने प्रयोग के तौर पर बारह महीने की अवधि के लिए लंदन की भूमिगत ट्रेनों में धूम्रपान पर प्रतिबंध लगाने का निर्णय लिया है। ब्रिटेन में बीमा कंपनियाँ भी देर से ही सही, धूम्रपान करनेवाले व्यक्तियों का बीमा करने से मना कर रही हैं, या वे केवल घटी हुई बीमा राशि पर ही बीमा कर रही हैं। उन्हें न्यूनतम राशि की अनुमति होगी।

एक अध्ययन में यह दिखाया गया है कि सन् 1984 में 197 लाख सिगरेट की रिकॉर्ड वार्षिक दर से घटकर खपत 100 लाख सिगरेट तक आ गई है। मुझे नहीं पता कि धूम्रपान करनेवाले व्यक्तियों की संख्या कम हो रही है या नहीं, लेकिन धूम्रपान की जानेवाली सिगरेटों की संख्या अवश्य घटी है। और इसलिए, सरकार को एक बेहद सचेतन विचार करना होगा और निर्णय लेना होगा, क्या हमें अपने किसानों को अधिक उत्पादन के लिए प्रोत्साहित करना चाहिए या हमें उन्हें साफ-साफ यह कह देना चाहिए कि उन्हें अधिक तंबाकू उत्पादन नहीं करना चाहिए और आजीविका के लिए कोई अन्य साधन तलाश करना चाहिए।

हमारे विचार से, हम समझते हैं कि आज की विशेष परिस्थितियों में अधिक तंबाकू का उत्पादन करना हमारे लिए प्रेरक नहीं है। हम समझते हैं कि यह सरकार का कर्तव्य है कि वह किसानों को बताए कि जैसे आज के हालात हैं, उनके अनुसार हमारे देश में तंबाकू का अधिक उत्पादन करना हमारे लिए प्रेरक नहीं है। इसलिए हम अपने किसानों को यह साफ-साफ बता रहे हैं कि उन्हें आजीविका के लिए कोई अन्य साधन तलाश करने की कोशिश करनी चाहिए। और इसलिए, हमें उत्पादन के संबंध में विनियमनों का आश्रय लेना होगा।

वास्तव में, दो या तीन अवसरों पर, जैसाकि प्रो. रंगा ने सही प्रश्न किया है, हमारे किसानों की वास्तव में समस्याएँ हैं; क्योंकि तंबाकू का कोई खरीदार नहीं था। वर्ष 1978, 1979 और 1983 में सरकार द्वारा एस.टी.सी. को निर्देश देना पड़ा कि वह किसानों की सहायता के लिए बाजार में प्रवेश करे। वर्ष 1978 में एस.टी.सी. ने 1,413.1 करोड़ किलो, 1979 में 566 करोड़ किलो और 1983 में 1,800 करोड़ किलो खरीदा। इसमें से सरकार द्वारा वर्ष 1979-80 में 13 करोड़ रुपए और 1983 में 21.40 करोड़ रुपए का व्यय वहन किया गया। और मुझे स्वयं तंबाकू की खरीद के पर्यवेक्षण के लिए गुंटूर जाना पड़ा।

हमारी चिंता किसानों की मदद करना है। सच्चाई यह है कि किसान विपत्ति में थे। सच्चाई यह है कि उन्हें अपने उत्पादन के निपटान का मौका नहीं मिल रहा था। प्रो. रंगा के अनुरोध और सरकार के कई अन्य नेताओं ने किसानों के बचाव के लिए हस्तक्षेप किया है और इस प्रक्रिया में सरकार को 21 करोड़ रुपए का नुकसान हुआ। लेकिन हमें उस बात पर गर्व है।

अनेक माननीय सदस्यों ने ठीक ही कहा है कि किसानों को अपनी फसल के लिए लाभकारी कीमतें मिलनी चाहिए। मैं माननीय सदस्यों की भावनाओं से पूरी तरह सहमत हूँ। भारत सरकार का यह हमेशा सतत प्रयास रहा है कि तंबाकू उत्पादकों को अपनी फसल के लिए लाभकारी मूल्य मिले।

श्री राव ने कहा है कि चूँकि यहाँ एक न्यूनतम निर्यात मूल्य है और यहाँ न्यूनतम समर्थन मूल्य भी होना चाहिए। न्यूनतम समर्थन मूल्य विद्यमान है।

❑

कृषि मूल्य आयोग उत्पादन और उन सभी की लागत पर विचार करता है। यह मेरा मूल्यांकन नहीं है, यह ए.पी.सी. द्वारा किया गया मूल्यांकन है। उन्होंने मूल्य–निर्धारण किया है। लेकिन मैं केवल अपने अनुभवों से बता सकता हूँ कि तंबाकू का मूल्य, जो कि पिछले कई वर्षों से नियंत्रण में था, हमेशा से भारत सरकार द्वारा निर्धारित न्यूनतम समर्थन मूल्य से अधिक रहा है। यह विशेष रूप से पिछले वर्ष था, जब भारत सरकार ने बोली प्रणाली आरंभ की थी। नीलामी प्रणाली आरंभ करने के बाद मैं केवल यह कह सकता हूँ कि कीमतें बढ़ी हैं। वास्तव में, नीलामी आरंभ होने से पहले हमने इसे अनिवार्य विनियमन बनाया है कि नीलामी में पहली बोली न्यूनतम समर्थन मूल्य से 15 पैसे अधिक होगी। इसलिए, सबसे कम नीलामी मूल्य न्यूनतम समर्थन मूल्य से कम नहीं हो सकता। वास्तव में, वर्ष 1984 में कर्नाटक में उच्चतम मूल्य, जो हमें नीलामी के द्वारा मिला था, वह 25 रुपए प्रति किलोग्राम था और आंध्र प्रदेश में यह 21 रुपए प्रति किलोग्राम था और औसत समर्थन मूल्य 12 रुपए प्रति किलोग्राम था। ऐसा यह सभी मामलों में नहीं था, लेकिन कुछ मामलों में था। लेकिन औसत नीलामी कीमत 13 रुपए प्रति किलोग्राम से कम नहीं थी, जब औसत न्यूनतम समर्थन मूल्य 9 रुपए प्रति किलोग्राम था।

एक और प्रश्न, जिस पर मैं जोर देना चाहूँगा कि जैसाकि अनेक माननीय सदस्यों ने प्रश्न उठाया है कि अभी तक ट्रेड द्वारा इस मतलब से किसानों का शोषण किया गया था कि किसानों को दो वर्षों के लिए अपना मूल्य नहीं मिल रहा था।

यदि उन्होंने इस वर्ष अपना तंबाकू बेच दिया, उन्हें दो वर्ष बाद या तीन वर्ष बाद अपना मूल्य मिलेगा। किसानों की वह स्थिति थी। कर्नाटक में हमने नीलामी प्रक्रिया आरंभ की है, जिससे किसानों को उनका भुगतान मिल सके। उसी समय चेक द्वारा दस दिनों के भीतर शत–प्रतिशत भुगतान। उससे पहले उन्हें भुगतान मिलने में दो से तीन वर्ष तक प्रतीक्षा करनी पड़ती थी। आंध्र प्रदेश में हमने यह एक मुद्दा उठाया है कि किसानों को पहले दस दिन के भीतर 50

प्रतिशत भुगतान मिल जाए और शेष 50 प्रतिशत अगले 45 दिनों में। इसलिए मैं सोचता हूँ कि सरकार किसानों की समस्याओं के लिए बहुत जागरूक है और भारत सरकार का यह प्रयास उनकी सहायता करने के लिए बहुत दूरगामी प्रयास है।

कुछ माननीय सदस्यों ने अपने सुझाव दिए हैं कि ऐसे कुछ शुल्क हैं, जो कि नीलामी प्रणाली के प्रारंभ होने के पहले से हैं और अभी तक लंबित हैं। मैं यह एकदम सही-सही नहीं कह पाऊँगा कि क्या स्थिति है; लेकिन मैं निश्चित तौर पर इस पर एक बार जरूर ध्यान दूँगा और देखूँगा कि इसके लिए क्या किया जा सकता है! तो हमने किसानों की सहायता के लिए अपना सर्वश्रेष्ठ प्रयास किया है और इस नीलामी प्रणाली को प्रारंभ करने की प्रक्रिया में भारत सरकार ने वास्तव में 8 करोड़ रुपए खर्च किए हैं।

❑

मालगोदाम और उससे जुड़े सभी निर्माण किए गए हैं। एक प्रश्न, जो प्रो. रंगा और अन्य ने किया है, वह मुख्यालय को गुंटूर से हैदराबाद स्थानांतरित करने का मामला था। मैं सदन को आश्वासन देता हूँ कि तंबाकू बोर्ड के मुख्यालय को गुंटूर से स्थानांतरित नहीं किया जाएगा। यह गुंटूर में ही रहेगा। हमने पहले ही एक प्रशासनिक भवन के निर्माण के लिए 85 लाख रुपए जारी कर दिए हैं। और यह कार्य के.लो.नि.वि. (C.P.W.D.) को पहले ही सौंप दिया गया है।

एक और प्रश्न, जो मैं उठाना चाहूँगा, वह हमारे निर्यात में वृद्धि का है। लेकिन जैसाकि मैंने प्रारंभ में प्रश्न किया था, हमें निर्यात के मामले में मुश्किलों का सामना करना पड़ रहा है और वास्तव में पिछले दो या तीन वर्षों में हमारा निर्यात कम होता जा रहा है। यह सिगरेट या धूम्रपान और ऐसी सभी बातों के खिलाफ हो रहे अनेक अभियानों के कारण एकदम सही है। वर्ष 1982-83 में हमारे निर्यात की कीमत 192 करोड़ रुपए थी। 1983-84 में यह घटकर 161.8 करोड़ रुपए तक आ गई और 1984-85 में यह और घटकर 139.6 करोड़ रुपए तक आ गई। हमें इसके लिए सचेत रहना होगा।

श्री रावत ने एक प्रश्न किया है कि हमें केवल हमारे परंपरागत बाजार पर ही निर्भर नहीं रहना चाहिए, बल्कि हमें गैर-परंपरागत बाजारों और अन्य बाजारों की भी खोज करनी चाहिए। ये हमारे प्रयास रहे हैं और वास्तव में पिछले कुछ महीनों में हमें कुछ अन्य नए बाजार भी मिले हैं। मैं स्वयं मोरक्को गया था। पहली बार मोरक्को हमसे तंबाकू खरीदने को सहमत हुआ है और एक परीक्षण खेप पहले ही भेजी जा चुकी है। वास्तव में, हमने यह देखने के लिए कि हम अधिक-से-अधिक निर्यात करें, पहले ही अपना सर्वश्रेष्ठ प्रयास शुरू कर लिया है।

यहाँ पर कुछ व्यक्तिगत मुद्दे हैं। ऋण आवश्यकता एक अन्य मुद्दा है, जो माननीय सदस्यों द्वारा जोरदार ढंग से उठाया गया है। हमें इसकी जानकारी है। वास्तव में, जब हमने नीलामी प्रणाली प्रारंभ करने का प्रयास किया, तब एक प्रश्न यह भी उठाया गया कि हालाँकि

किसान व्यापारियों या निर्यातकों को अपना सामान बेचने के दो या तीन वर्ष बाद भुगतान प्राप्त कर रहे थे, परंतु वे किसानों को अग्रिम राशि देकर उनकी सहायता भी करते थे। वे उन्हें ऋण देते थे, यह मुझे बताया गया था। कुछ लोगों ने मुझे यह भी बताया कि किसान अब मुसीबत में पड़ सकते हैं। नीलामी प्रणाली प्रारंभ होने के बाद उन्हें वह ऋण नहीं मिलेगा, जो उन्हें व्यापारियों से मिलता था। मैंने कहा, मैं किसानों को ऋण देने की भी जिम्मेदारी लेता हूँ। लेकिन नीलामी प्रणाली को प्रारंभ किया जाना था और अनेक विषमताओं के बावजूद हमने इस प्रणाली को प्रारंभ किया है।

❑

एक माँग यह थी कि अन्य प्रकार के तंबाकू, जैसे बीड़ी और सिकुड़न तंबाकू को तंबाकू बोर्ड के अधीन लाया जा सकता है। खैर, हमें निर्यात की जानेवाली वस्तुओं की चिंता है, क्योंकि मेरा वाणिज्य मंत्रालय है। हम उन वस्तुओं को देख रहे हैं, जो निर्यात योग्य हैं और इस वस्तु के निर्यात का 90 प्रतिशत वर्जीनिया तंबाकू का है। इसलिए वाणिज्य मंत्रालय के अधिकार-क्षेत्र में केवल वर्जीनिया तंबाकू आता है। तंबाकू की अन्य किस्में कृषि मंत्रालय के प्रशासनिक नियंत्रण के अधीन आती हैं।

मैं सोचता हूँ कि आपने जोरदार ढंग से प्रश्न किया है कि हम निर्यातकों एवं व्यापारियों की सहायता करने की कोशिश कर रहे हैं और आप यह जानना चाहते थे कि क्या तंबाकू बोर्ड उत्पादकों की रक्षा के लिए मौजूद रहेगा? मैंने समझा दिया है कि हमने उत्पादकों के लिए क्या किया है; परंतु मैं इस बात पर भी बल देना चाहूँगा कि उत्पादकों को प्रोत्साहन देना और सहायता करना ही पर्याप्त नहीं होगा। हमें निर्यातकों के लिए परिस्थितियाँ सृजित करनी होंगी, क्योंकि जब तक आपका तंबाकू निर्यात नहीं हो जाता, उत्पादकों के लिए कोई स्थान नहीं है। इसलिए सरकार का यह कर्तव्य है कि वह हमारे निर्यातकों की मदद करे और उनके लिए अनुकूल परिस्थितियाँ बनाए, ताकि वे उत्पाद का निर्यात कर सकें। इसलिए हम निर्यातकों को पूरी तरह से नहीं हटा सकते।

अंतिम प्रश्न जो उठाया गया है, वह उत्पादकों के प्रदर्शन के बारे में है कि यह कम नहीं होना चाहिए, न ही ज्यादा होना चाहिए। खैर, हमारे पास बोर्ड में इस समय 20 सदस्य हैं, जिनमें से 8 अधिकारी नहीं हैं और 12 अधिकारी हैं। अधिकारी का मतलब विभिन्न राज्य सरकारों, विभिन्न विभागों—कृषि विभाग, आई.सी.ए.आर., वाणिज्य मंत्रालय, वित्त मंत्रालय तथा और भी कई का प्रतिनिधित्व। वर्तमान में 8 गैर-अधिकारी सदस्यों में से हमारे पास 50:50 का अनुपात है—4 उत्पादक और 4 निर्माता व निर्यातक। अब हम इसे बढ़ाकर 6 करने वाले हैं। इसलिए 4 से बढ़ाकर इसे 6 कर दिया जाएगा। इसलिए कुल 10 गैर-अधिकारी सदस्यों में से हमारे पास उत्पादकों में से 6 प्रतिनिधि होंगे। यदि आप इसे इससे कम नहीं होने की बात कहेंगे, तब सभी

10 उत्पादकों के पास जा सकते हैं और हम निर्यातकों व निर्माताओं को भी नहीं छोड़ सकते। उन्हें प्रतिनिधित्व दिया जाना पड़ेगा।

परंतु मैं सोचता हूँ कि यह एकदम साफ प्रतिनिधित्व है। और यदि आप उत्पादकों की प्रभावी सदस्यता लेते हैं तो मैं सोचता हूँ कि तीन और सदस्य, जो उत्पादकों का प्रतिनिधित्व कर रहे हैं, यहाँ हैं। अधिकारी वर्ग के अधीन 3 सांसद होते हैं—लोकसभा से 2 और राज्यसभा से 1, जो कि तंबाकू बोर्ड का प्रतिनिधित्व कर रहे हैं, और मैं सोचता हूँ कि मुझे इसे स्वीकार करना चाहिए कि वे उत्पादकों के प्रतिनिधि होंगे।

भारत में जल प्रबंधन में संस्थागत कारकों की भूमिका*

श्रीमान अध्यक्ष महोदय, एकदम प्रारंभ में मैं हमारे माननीय वरिष्ठ सदस्य श्री सोमनाथ चटर्जी को इस बहस को सरल बनाने के लिए धन्यवाद कहना चाहूँगा। यह बहस संभव हो पाई, क्योंकि उन्होंने और पश्चिम बंगाल से उनके साथियों ने पश्चिम बंगाल में आई बाढ़ के मुद्दे को शून्यकाल के दौरान उठाया था।

मैं यह कहना चाहूँगा कि पूरा सदन पश्चिम बंगाल के लोगों के साथ है। पश्चिम बंगाल में बाढ़ वास्तव में अभूतपूर्व है। लोगों ने बहुत दु:ख सहा है और अब भी सह रहे हैं। मैं भारत सरकार से अनुरोध करूँगा कि वह पश्चिम बंगाल सरकार को अधिकतम सहायता उपलब्ध कराए, ताकि लोगों के दु:ख को कम किया जा सके।

हमें स्वतंत्रता प्राप्त किए पचास वर्ष से अधिक हो गए हैं। हमने आठ पंचवर्षीय योजनाएँ पूरी कर ली हैं। आज हम नौवीं पंचवर्षीय योजना के अंत में हैं और शीघ्र ही दसवीं पंचवर्षीय योजना में प्रवेश करने वाले हैं। हमारे पास वर्ष 1987 की राष्ट्रीय जल नीति है। जुलाई 2000 की नवीनतम राष्ट्रीय कृषि नीति में भी जोखिम प्रबंधन पर एक अध्याय है, जिसमें बाढ़ परिस्थितियों के बारे में बताया गया है। हमारे देश में राष्ट्रीय और राज्य दोनों स्तरों पर बाढ़ नियंत्रण सहित जल संसाधन प्रबंधन के लिए अनेक संस्थान हैं। हमारे पास राष्ट्रीय जल विकास एजेंसी है, जो कि सन् 1982 से कार्य कर रही है।

और फिर भी, अभी भी हम लगातार आ रही बाढ़ की समस्या से जूझ रहे हैं। यह भयानक है और इससे मानव जीवन, जीवन-यापन के संसाधनों, आधारभूत संरचनाओं, मिट्टी का कटाव और इससे भी अधिक बहुत कुछ की भारी क्षति होती है।

यह क्यों हुआ है ? हमारे पास एक नीति है। हमारे पास एक योजना है और फिर भी हम इस

---

* 30 नवंबर, 2000 को देश के विभिन्न भागों में बाढ़, सूखा और अन्य प्राकृतिक आपदाओं के कारण जान-माल के नुकसान के संबंध में लोकसभा में हुई चर्चा में भाग लेते हुए दिया गया भाषण।

समस्या को सुलझा नहीं पा रहे हैं। शायद एक कारण यह भी है कि हम पिछले पचास वर्षों से भी अधिक समय से इस समस्या को वर्ष-दर-वर्ष सुलझाते आ रहे हैं। हम स्वयं को सिर्फ एक संकट प्रबंधन कार्य में संलिप्त कर रहे हैं। संसद् में प्रत्येक वर्ष इस पर बहस होती है और हम देखते हैं कि जब इस गंभीर विषय पर चर्चा होती है तो सदन में उपस्थिति होती है। इस मामले का हमेशा कृषि मंत्री द्वारा स्पष्टीकरण दिया जाता है। मुझे समझ नहीं आता कि बाढ़ और अन्य प्राकृतिक आपदाओं को रोकने में कृषि मंत्री क्या कर सकते हैं? संबद्ध मंत्री यहाँ उपस्थित नहीं हैं। संबद्ध मंत्री बहस में भाग नहीं लेते। मैं इतना खुश हूँ कि श्री अर्जुन सेठी अंतिम समय में यहाँ आए हैं, क्योंकि मेरे भाषण का आपके मंत्रालय से कोई लेना-देना नहीं है।

इससे संबद्ध मंत्रालय वित्त मंत्रालय है; लेकिन जब ऐसी चर्चाएँ होती हैं तो वित्त मंत्री कभी भी उपस्थित नहीं रहते। इसलिए मैं सोचता हूँ कि न केवल सरकार के स्तर पर बल्कि स्वयं संसद् के स्तर पर भी हमें इस मामले पर इस प्रकार बहस करनी होगी, ताकि सभी संबंधित मंत्री यहाँ उपस्थित रहें और सरकार एक दीर्घावधि नीति एवं योजना लेकर आएगी।

दूसरा कारण कि क्यों इस समस्या को प्रभावी तौर पर नियंत्रित नहीं किया गया है, का स्वयं संविधान से भी कुछ लेना-देना है। भारत के संविधान की सातवीं अनुसूची में अंतरराज्यीय नदियाँ संघ सूची में आती हैं। जल, सिंचाई, नहर, अपवहन तंत्र और तटबंध राज्य सूची में आते हैं। जल विकास सीधा समवर्ती सूची में आता है। अंत में, जल प्रबंधन किसी के हिस्से नहीं आता। मैं समझता हूँ कि हमें इस पर सोचना होगा। क्या स्वयं जल संसाधनों को सँभालने के तरीके में कुछ गलत है? प्रत्येक वर्ष बाढ़ आती है, जैसे कि इस वर्ष भारत के अनेक भागों में आई है। इसे देश के विभिन्न भागों के माननीय सदस्यों द्वारा प्रभावी तरीके से जोड़ा गया है। श्री सोमनाथ चटर्जी ने इसकी विस्तृत जानकारी दी है। लेकिन जब हम इस पर चर्चा करते हैं तो हम क्या देखते हैं? जब हम इस पर चर्चा करते हैं तो प्रभावित राज्यों के माननीय सदस्य आमतौर पर केंद्र सरकार को यह कहते हुए दोष देंगे कि राज्यों की उपेक्षा की गई है और यह कि केंद्र सरकार ने उन्हें कोई सहायता प्रदान नहीं की। और केंद्र सरकार क्या कहती है? वह कहती है कि राज्यों को इसका ढंग से प्रबंधन करना होगा। श्री सुदीप बंदोपाध्याय कहते हैं कि बंगाल की बाढ़ मानव-निर्मित बाढ़ थी। यह उनका बचाव पक्ष है। यह केंद्र सरकार के बचाव में दलील है। और तब केंद्र सरकार कहती है कि चूँकि यह आपकी विफलता थी, हम एक केंद्रीय टीम भेज रहे हैं। केंद्रीय टीम वहाँ जाएगी, नुकसान का मूल्यांकन करेगी, वापस आएगी और श्री नीतीश कुमार को रिपोर्ट सौंपेगी।

श्री नीतीश कुमार फिर वित्त मंत्री की ओर देखते हैं। वित्त मंत्री कहते हैं—'बहुत-बहुत धन्यवाद। मुझे आपकी रिपोर्ट यहाँ रखने दीजिए। मैं कुछ नहीं कर सकता।' प्रत्येक वर्ष यह मामला इसी तरह समाप्त हो जाता है। मुझे इसकी जानकारी है। मैं स्वयं एक मुख्यमंत्री रहा हूँ। उत्तर-पूर्व बहुत बुरी तरह प्रभावित है। प्रत्येक वर्ष हमारे यहाँ प्राकृतिक आपदाएँ आती हैं। जब

मैं वहाँ मुख्यमंत्री था तो मैं केंद्र में आता रहता था। मुझे पता है, यह कैसे कार्य करता है और कैसे पैसा आता है! यह बहुत ही दु:ख का मामला है। इसलिए मैं सोचता हूँ, हमें जल संसाधन की वास्तविक नीति में भी जाना होगा। जल संसाधन की वास्तविक नीति में बहुत ही गहराई तक जाना होगा।

महोदय, मैं सदन का अधिक समय नहीं लेना चाहूँगा। लेकिन मुझे उत्तर-पूर्वी क्षेत्र के बारे में कुछ कहना है। जैसी कि सदन को जानकारी है, उत्तर-पूर्व में सात राज्य हैं। हमारी छह नदी घाटी हैं। एक है—ब्रह्मपुत्र घाटी, दूसरी है—बराक घाटी, तीसरी—त्रिपुरा की उपघाटी है; चौथी है—इंफाल-मणिपुरी घाटी, पाँचवीं मिजोरम में कोलोडाइन घाटी है और छठी—नागालैंड में तेजा घाटी है। उत्तर-पूर्व के सभी राज्य बाढ़ और प्राकृतिक आपदाओं से बुरी तरह प्रभावित हैं। परंतु एक राज्य, जो कि ब्रह्मपुत्र नदी के कारण बाढ़ से सबसे अधिक प्रभावित है, वह है असम।

जैसाकि सदन को जानकारी है, ब्रह्मपुत्र नदी विश्व की सबसे विशाल नदियों में से एक है। यह गंगा, मेघना-ब्रह्मपुत्र प्रणाली का प्रमुख अंग है। इसकी लंबाई तिब्बत में 1,629 कि.मी., अरुणाचल प्रदेश में 278 कि.मी., असम में 640 कि.मी. और बँगलादेश में 363 कि.मी. है। ब्रह्मपुत्र नदी का कुल वार्षिक बहाव 500 लाख क्यूबिक मीटर है, जो देश में सभी नदियों के कुल सतही बहाव का 30 प्रतिशत है। यदि किसी को ब्रह्मपुत्र नदी के कारण असम के लोगों के सामने आई परेशानियों को समझना है तो उसे स्वयं जाकर वहाँ देखना होगा, वरना इस पर विश्वास नहीं किया जा सकता। लोगों की पीड़ा इतनी अधिक है कि जब तक आप स्वयं जाकर उस जगह को नहीं देखेंगे, लोगों की हालत नहीं देखेंगे और उनसे बात नहीं करेंगे, तब तक उनके सामने आई परेशानियों को समझ पाना बहुत मुश्किल है। पिछले कुछ महीनों में मैंने असम राज्य की यात्रा की है। अभी हाल ही में मैं डिब्रूगढ़ गया था और मैंने डिब्रूगढ़ में काम भी किया। अब वह पुराना डिब्रूगढ़ शहर नहीं रहा। वह पहले ही नदी में डूब चुका है। एक नए शहर का उदय हुआ है। डिब्रूगढ़ का नया शहर भी इतना खतरे में है कि चाय की खेती की हजारों हेक्टेयर भूमि प्रभावित हुई है। मेडिकल कॉलेज और हवाई अड्डे पर भी उखड़ने का बहुत खतरा है। मैं जोरहाट गया। मैं नीमातीघाट नामक जगह पर गया। मैंने देखा कि सैकड़ों शरणार्थियों को एक कैंप में रखा गया है, क्योंकि उनका पूरा गाँव ब्रह्मपुत्र नदी में बह गया है। मैं वहाँ था। जब वह सब घटित हुआ, मैं मारिगाँव जिले में था। मैं मोइराबाड़ी, लाहोरीघाट उलूबाड़ी, चुटियागाँव, तेंगागुरी, बालीडुंगा, बुड़ागाँव, निज-सहारिया, बरालिमोरी-मोयोंग इत्यादि जगहों पर गया।

यह बहुत दु:ख की बात है। पिछले दो या तीन वर्षों में 356 गाँव बह गए हैं। वे अब दिखाई नहीं देते। लेकिन जब मैं लोगों से मिला और उनसे बातचीत हुई तो उन्होंने मुझे बहुत ही आश्चर्यजनक बात बताई। उन्होंने कहा कि 'सर, आप बाढ़ की चिंता मत कीजिए। हमने सीख लिया है कि पानी के साथ कैसे रहना है।' इसलिए बाढ़ अब समस्या नहीं रही। लेकिन समस्या है—मिट्टी का कटना। गाँवों को कैसे बचाएँ? वह समस्या है, जिसका हल निकालने

की आवश्यकता है। बाढ़-प्रभावित लोगों को सहायता प्रदान करना, चाहे बाढ़ आई हो या नहीं, चाहे हमें आश्रय मिले या नहीं, हम इसके अभ्यस्त हैं—कई युगों से। हमें अपने घर या खाने की चिंता नहीं है। हम अपने गाँवों के प्रति चिंतित हैं। कृपया हमारे गाँव बचा लीजिए।'

मैं ढुबरी शहर के मोतीछार में गया। मैं सालिस्वार, बालिजोरा, सोनारी, गोलपाड़ा जिले के गोआलपाड़ा कस्बे में गया और वहाँ स्थितियाँ एक जैसी हैं। मुझे जानकारी है कि भारत सरकार उसमें बहुत दिलचस्पी ले रही है। संसद् के अधिनियम द्वारा सन् 1980 में ब्रह्मपुत्र बोर्ड का गठन किया गया है। आज हम वर्ष 2000 में हैं। बीस वर्ष बीत गए। बीस वर्षों में क्या हुआ है ? मेरे पास रिपोर्ट है—उत्तर-पूर्व के लिए जल दृष्टिकोण-2050। यहाँ ब्रह्मपुत्र बोर्ड के अध्यक्ष कहते हैं कि 48 महत्त्वपूर्ण नदी घाटियों के लिए मास्टर प्लान, 33 निकासी स्थिति क्षेत्रों की पहचान, 17 बहूद्देश्यीय परियोजनाओं की जाँच की गई है। बोर्ड द्वारा राज्य सरकारों के साथ परामर्श से बहूद्देश्यीय परियोजनाओं के निर्माण का जिम्मा भी लिया जा सकता है, जिसका यह मतलब हुआ कि अभी तक कुछ नहीं किया गया है। इसलिए वे अभी तक यही चर्चा कर रहे हैं कि उन परियोजनाओं को कौन कार्यान्वित करेगा ?

मास्टर प्लान-I बहुत ही रोचक है। मास्टर प्लान-I बहूद्देश्यीय परियोजनाओं और योजनाओं के कार्यान्वयन के लिए है—ब्रह्मपुत्र की मुख्यधारा परियोजना की लागत 91,000 करोड़ रुपए है। मुझे नहीं लगता कि इस देश के वित्त मंत्री के पास कभी इस आँकड़े में झाँकने की हिम्मत होगी।

मास्टर प्लान-II बराक नदी और इसकी चहारदीवारी से संबंधित है। प्रस्तावित लागत 4,000 करोड़ रुपए है। मास्टर प्लान-III ब्रह्मपुत्र की 39 महत्त्वपूर्ण उप-नदियों और त्रिपुरा की आठ नदियों तथा ऐसी ही अनेक से संबंधित है। अधिकांश प्रस्ताव—मैं सदन का समय बरबाद नहीं करना चाहता, मेरे पास सबकुछ है—सी.सी.ई.ए., अर्थव्यवस्था मामलों की मंत्रिमंडलीय समिति के समक्ष झूठ बोल रहे हैं। मैं समझता हूँ कि मैं उन दस्तावेजों को आगे बढ़ा दूँगा। शायद उससे पहले मैं संबंधित मंत्रियों से चर्चा करूँगा।

यदि किसी को आपकी समस्या समझनी और सुलझानी है तो आपको वहाँ जाना होगा। मैंने जो कुछ हो रहा है, उसकी केवल एक झलक दिखलाई है। मैं सन् 1988 के आँकड़े को लूँगा, क्योंकि मंत्रालय के पास वही नवीनतम आँकड़े हैं। ये रहे आपके दस्तावेज, मंत्रीजी। सौभाग्यवश, मैंने आपके कुछ अधिकारियों से बातचीत की और उन्होंने मेरे पास इन दस्तावेजों को भेज दिया। ये दस्तावेज मंत्रालय द्वारा स्वयं भेजे गए हैं।

अकेले सन् 1988 में 1,04,90,000 लाख की आबादी प्रभावित हुई; 334.10 करोड़ रुपए की फसल नष्ट हो गई; 225 करोड़ रुपए का घरों में नुकसान हुआ, 232 लोग मारे गए। यह एक वर्ष का आँकड़ा है। क्या किया गया है ? खैर, मैं टिप्पणी नहीं करना चाहता। यदि मैं इस आँकड़े पर टिप्पणी करूँगा कि केंद्र और राज्य द्वारा ब्रह्मपुत्र नदी को नियंत्रित करने के लिए

कितनी धनराशि व्यय की गई है, तो मुझे विश्वास है, यह असम के लोगों को इतना हतोत्साहित करेगी कि मेरे पास उन आँकड़ों पर टिप्पणी की हिम्मत नहीं है।

महोदय, मैं सोचता हूँ कि समय आ गया है कि हम जागें और समय आ गया है कि हम लघु अवधि एवं दीर्घावधि की योजनाएँ बनाएँ। वास्तव में, योजनाओं की कोई कमी नहीं है; योजनाएँ बनाई जाती हैं, लेकिन संसाधन की आवश्यकता है। आवश्यकता इस बात की है कि सरकार इसे करने में अपनी इच्छा-शक्ति दिखाए। मुझे जानकारी है कि संसाधनों की कमी है। मैं लंबे समय तक सरकार में रहा हूँ। मैं इसकी सराहना करता हूँ। लेकिन जहाँ चाह, वहाँ राह। मैं आशा करता हूँ कि इस सरकार में वह इच्छा-शक्ति होगी।

सार्वजनिक क्षेत्र के उपक्रमों के प्रबंधन के लिए कार्य योजना*

अध्यक्ष महोदय, देश की साख के लिए यह एक अति महत्त्वपूर्ण बहस है और मैं समझता हूँ, इस बहस को पूरी गंभीरता से लेना चाहिए।

स्वतंत्रता-प्राप्ति के बाद हमने ऐसा स्थापित किया, जिसे सामान्य तौर पर कमांड अर्थव्यवस्था कहा जाता है, यानी एक अर्थव्यवस्था, जिसमें सार्वजनिक क्षेत्र प्रभुतावाली ऊँचाइयों पर होगा। इस नीति के प्रमुख उद्देश्य—विकास के आधारभूत ढाँचे का विकास करना, रोजगार के अवसर उत्पन्न करना, आत्मविश्वासी अर्थव्यवस्था का सृजन करना, निवेशवाले संसाधनों का सृजन और निजी आर्थिक शक्ति को रोकना तथा कम करना थे। इन उद्देश्यों के अनुपालन में हमारे पास सन् 1948 का औद्योगिक नीति विनियमन है और 1956 का औद्योगिक नीति कथन है। लेकिन कुछ वर्षों में सार्वजनिक क्षेत्र अनेक समस्याओं से पीड़ित प्रतीत हुआ और इसका परिणाम यह हुआ कि सन् 1998 तक हमारे पास 240 सार्वजनिक क्षेत्र के उपक्रम हैं। वास्तव में हमारे पास 235 कार्यकारी उपक्रम हैं, जिनमें 2,74,000 करोड़ रुपए की राशि निवेश की गई है। वर्ष 1998-99 घाटे वाले सार्वजनिक क्षेत्र के उपक्रमों की संख्या 106 थी। अकेले उस वर्ष 10,000 करोड़ रुपए का नुकसान हुआ।

अब यह सबकुछ क्यों हुआ है ? महोदया, मुझे उपमंत्री के तौर पर दो वर्ष के लिए उद्योग मंत्रालय में कार्य करने का सौभाग्य प्राप्त हुआ था। मैं उपमंत्री के तौर पर चार वर्ष तक वस्त्र मंत्रालय में एन.टी.सी. का कार्य देख रहा था। मैंने इस देश में श्रम मंत्री के तौर पर सात वर्ष तक कार्य किया, साथ में दो वर्ष अपने राज्य में किया। मैं दो वर्ष तक कोयला मंत्री रहा। अत: मेरे कॅरियर का मंत्री के रूप में प्रमुख भाग सार्वजनिक क्षेत्र में कार्य करने हेतु समर्पित रहा।

* 20 दिसंबर, 2000 को 19 दिसंबर, 2000 को श्री वासुदेव आचार्य द्वारा उठाए गए सार्वजनिक क्षेत्र के उपक्रमों में विनिवेश के संबंध में नियम 193 के अधीन लोकसभा में हुई चर्चा में भाग लेते हुए दिया गया वक्तव्य।

सार्वजनिक क्षेत्र के खराब प्रदर्शन में अनेक कारकों का योगदान है। वे हैं—कम प्रौद्योगिकी अद्यतनीकरण, कम उत्पादकता, खराब प्रबंधन, अत्यधिक मानव-शक्ति, कम अनुसंधान और विकास तथा कम मानव अनुसंधान विकास। मैं इन सभी कारकों में से सार्वजनिक क्षेत्र के खराब प्रबंधन पर कुछ विस्तार से बात करना चाहूँगा।

दुर्भाग्यवश, अधिकतर मैंने यह पाया है कि सार्वजनिक क्षेत्र के उपक्रम में सर्वोच्च पद खाली रहता है। एक सार्वजनिक क्षेत्र के उपक्रम के मुख्य कार्यकारी अधिकारी के चयन की प्रक्रिया में इतना लंबा समय लगता है कि अधिकांश समय अधिकांश सार्वजनिक क्षेत्र के उपक्रम बिना सी.ई.ओ. के काम करते हैं। इसके लिए कुछ-न-कुछ किया जाना चाहिए।

दूसरा, एक सी.ई.ओ. की अनुपस्थिति में एक सार्वजनिक क्षेत्र के उपक्रम में मंत्रालय उस पी.एस.यू. को दिल्ली से आंशिक तौर पर चलाती है। मंत्रालय का इतना अधिक हस्तक्षेप होता है कि यदि किसी पी.एस.यू. का सी.ई.ओ. नियंत्रण में है तो उस भले मानव को एक दिन निदेशक, अगले दिन संयुक्त सचिव द्वारा बुलाई गई बैठकों और फिर दोबारा अवर सचिव, मंत्रालय के सचिव, कैबिनेट सचिव और अंत में पी.एम.ओ. द्वारा बुलाई गई बैठकों में शामिल होने के लिए महीने में शायद बीस बार दिल्ली आना पड़ता है। पी.एस.यू. के अधिकारियों के पास अपने कार्य को देखने के लिए पर्याप्त समय नहीं होता। उनके पास अपना दिमाग लगाकर सोचने के लिए भी समय नहीं होता, क्योंकि उन्हें प्रशासनिक मंत्रियों के अत्यधिक हस्तक्षेप का सामना करना पड़ता है।

तीसरा महत्त्वपूर्ण मुद्दा मेरी जानकारी के अनुसार खराब औद्योगिक संबंध हैं। दुर्भाग्यवश, सभी प्रमुख व्यापारी संघ नेताओं ने अपनी गतिविधियाँ सार्वजनिक क्षेत्र के उपक्रमों में केंद्रित कर दी हैं। उसमें सबसे ऊपर सभी राजनीतिक पार्टियों का हरेक नेता सार्वजनिक क्षेत्र में अपनी यूनियन चाहता है। मुझे यह कहते हुए खेद हो रहा है कि यहाँ बैठे कुछ माननीय सदस्य इसका अपवाद नहीं हैं। ट्रेड यूनियनों की बढ़ती संख्या से आप यह जान पाएँगे कि आज कुछ सार्वजनिक क्षेत्र के उपक्रमों में 1,000 से अधिक ट्रेड यूनियनें हैं। इसलिए उस प्रकार की ट्रेड यूनियनों से पार पाना प्रबंधन के लिए असंभव है। जब मैं श्रम मंत्री था तो मैंने औद्योगिक विवाद अधिनियम में कुछ सुधार लाने की कोशिश की। फिर भी, पी.एस.यू. के खराब प्रदर्शन के लिए यह निश्चित रूप से एक कारण रहा है।

अन्य क्षेत्र, जिससे मैं नाखुश हूँ, वह है—सार्वजनिक क्षेत्र के कार्यकारी अधिकारियों के विरुद्ध अनावश्यक सतर्कता एवं अनावश्यक जाँच। चूँकि सार्वजनिक क्षेत्र के कार्यकारी अधिकारी नेताओं और ट्रेड यूनियन के नेताओं सहित बड़ी संख्या में लोगों को सँभाल रहे हैं, उनके लिए उन सभी लोगों को संतोषजनक तरीके से सँभालना असंभव है। इसलिए किसी ने उनके खिलाफ सी.बी.आई. में शिकायत दर्ज करवाई है। मैं इस समय सी.बी.आई. की कार्य-प्रणाली के बारे में नहीं बोलना चाहूँगा। जब मुख्य सतर्कता आयुक्त के मुद्दे पर यहाँ विधेयक पर चर्चा होगी, तब

मैं और विवरण प्रस्तुत करूँगा। लेकिन सार्वजनिक क्षेत्र के उपक्रमों के अधिकारियों के विरुद्ध इतने सारे सी.बी.आई. के मामले हैं कि अपनी ड्यूटी, अपने कर्तव्य निभाने के लिए उनका दिमाग शांत नहीं रह पाता। उन्हें मंत्रालय के सतर्कता अधिकारी, पुलिस और सी.बी.आई. अधिकारियों को जवाब देना पड़ता है। अब परिस्थितियों के अधीन हम अपनी सार्वजनिक क्षेत्र की इकाइयों से लाभप्रद कार्य करने की उम्मीद कैसे कर सकते हैं? मैं अपने स्वयं के अनुभवों से बोल रहा हूँ। यदि मुझे भी किसी सार्वजनिक क्षेत्र के उपक्रम का मुख्य कार्यकारी बना दिया गया होता तो शायद मैं भी कार्य नहीं कर पाता। लेकिन कुछ मामलों में मैंने यह भूमिका निभाने का अंदाजा लगाया। उदाहरण के लिए, जब मैं कोयला मंत्री बना, पहला कार्य जो मैंने किया, वह सभी अधिकारियों के खिलाफ जाँच स्थगित रखने का किया और कोई नई जाँच शुरू नहीं कराने का किया। मैंने उन्हें कहा कि वे जाँच एवं मामलों की चिंता न करें और अपने काम को सही ढंग से करें। पहले कोल इंडिया को 2,800 करोड़ रुपए का घाटा हो रहा था और जिस दिन से मैंने कार्यालय सँभाला, छह महीने के समय में हमने 164 करोड़ रुपए का लाभ कमाया। यह इसलिए हुआ, क्योंकि अधिकारियों को काम करने दिया गया। हमने उन्हें पहले काम नहीं करने दिया।

सन् 1991 तक सार्वजनिक क्षेत्र के लिए स्थिति इतनी कठिन हो गई थी कि तत्कालीन प्रधानमंत्री श्री पी.वी. नरसिम्हा राव की सरकार—और मैं भी उसका एक सदस्य था—को सार्वजनिक क्षेत्र के लिए नीति की समीक्षा करनी पड़ी। रणनीति, उच्च तकनीक और अनिवार्य आधारभूत ढाँचा, सार्वजनिक क्षेत्र के पोर्टफोलियो निवेश की समीक्षा, सार्वजनिक क्षेत्र के शेयरधारकों का एक भाग प्रस्तुत करनेवाली बी.आई.एफ.आर. को बीमार उद्योगों/उपक्रमों का नामांकन, आम जनता को शामिल करना, संसाधन उत्पन्न करना और अधिक सार्वजनिक भागीदारी सुनिश्चित करना, जिसकी अभी चर्चा हुई है, उपक्रमों के बोर्डों की व्यावसायिकता, प्रदर्शन में सुधार, समझौता ज्ञापन पर हस्ताक्षर, उपक्रमों की स्वायत्तता प्रदान करना और उनकी जवाबदेही तय करने पर सार्वजनिक क्षेत्र को केंद्रित करने के लिए एक नया 'नीति कथन' जारी किया गया था। इसलिए विनिवेश की नीति वास्तव में पहली बार कांग्रेस सरकार द्वारा प्रारंभ की गई थी, जब श्री पी.वी. नरसिम्हा राव प्रधानमंत्री थे।

सन् 1996 में तब की संयुक्त मोर्चा सरकार ने अपने आम न्यूनतम कार्यक्रम के द्वारा इस नीति को और आगे बढ़ाया तथा उन्होंने ही विनिवेश आयोग बैठाया था। वर्तमान सरकार भाजपा की है, जो कि प्रमुख दल है। भाजपा का क्या कहना है? अतः सन् 1991 में कांग्रेस सरकार द्वारा अपनाई गई नीति को संयुक्त मोर्चा सरकार द्वारा पुनः आगे बढ़ाया गया। भाजपा ने अपनी चेन्नई घोषणा में कहा, 'निवेश कार्यक्रम का एक विशेष लक्ष्य प्राप्त किया जाना चाहिए और हमारे राष्ट्रीय ऋण में तेजी से कमी आनी चाहिए, ताकि ऋण और ब्याज भुगतान में परिणामगत बचत को अति पिछड़े सामाजिक क्षेत्र में उत्पादन और विकास के लिए निर्दिष्ट किया जा सके। इसे जारी रखने के लिए तब एक वर्ष बाद 25 राजनीतिक दलों वाली एन.डी.ए. सरकार ने

विनिवेश विभाग का गठन किया। विनिवेश विभाग के अध्यक्ष श्री अरुण जेटली थे और अब उसके अध्यक्ष श्री अरुण शौरी हैं।

मैं इस पर एक छोटी सी टिप्पणी करना चाहूँगा। मेरा माननीय प्रधानमंत्री से यह अनुरोध है कि वह माननीय विनिवेश मंत्री को बार-बार न बदलें। जब आपको कोई मंत्रालय दिया जाता है, तब उस मंत्रालय को समझने में वास्तव में तीन से चार महीने का समय लग जाता है; और जब तक आप मंत्रालय को समझते हैं, यदि आपको किसी अन्य मंत्रालय में स्थानांतरित कर दिया जाता है, तब आपको उसे समझने में और चार से पाँच महीने का समय लग जाता है। और समय बहुत मूल्यवान् है। मैं नहीं समझता कि देश इसे खोना वहन कर सकता है। अब इन सब के बावजूद हम अभी भी बहुत सारी परेशानियों का सामना कर रहे हैं। हम अभी भी इस पर चर्चा कर रहे हैं।

मुझे अनेक प्रश्न करने हैं। विनिवेश की प्रक्रिया धीमी होती जा रही है। मेरी समझ से पहला कारण राजनीतिक अस्थिरता है। वर्ष 1989 से 1999 तक दस वर्ष के समय में जहाँ दो चुनाव होने थे, हमारे पाँच चुनाव हुए; जहाँ हमारी दो सरकारें होनी चाहिए थीं, हमारे यहाँ आठ सरकारें और आठ प्रधानमंत्री बने। एक पार्टी की सरकार से अब हम गठबंधन की सरकार पर आ गए हैं। मैं इस सरकार को 'गठबंधन की सरकार' नहीं कहूँगा बल्कि एक बहुदलीय सरकार कहूँगा। एक बहुदलीय सरकार, जिसमें इधर-उधर से खींच-तान लगी रहती है—ठीक ढंग से कार्य नहीं कर सकती। मैं नहीं समझता कि यह सही काम कर सकती है। हमारे पास स्थिरता हो सकती है। मैं समझता हूँ कि मैंने स्थिरता और शासन के विषय पर इस सदन में बोल दिया है। आज वाजपेयी सरकार 25 राजनीतिक पार्टियों के साथ स्थिर हो सकती है। लेकिन शासन कहाँ है?

तीसरा महत्त्वपूर्ण कारण, हम क्यों आगे नहीं बढ़ पा रहे हैं? वह मेरी समझ से यह है कि हालाँकि हम सब राष्ट्रीय मतैक्य पर बात करते हैं, हम वास्तव में एक राष्ट्रीय मतैक्य प्राप्त नहीं कर पाए हैं। मैं कह रहा हूँ कि इस बहस को अलग तरीके से देखा जाना चाहिए। आज की बहस को एक गैर-हिमायती बहस होना होगा, क्योंकि इस विशेष मामले पर हमें वास्तव में एक राष्ट्रीय मतैक्य होने की आवश्यकता है। मैं नहीं समझता कि वर्तमान सरकार उस राष्ट्रीय मतैक्य को प्राप्त करने में सक्षम हुई है। जब तक वे राष्ट्रीय मतैक्य हासिल करें, उससे पहले उन्हें सबसे पहले भाजपा के भीतर मतैक्य बनाने की जरूरत है। भाजपा सरकार विनिवेश के विषय पर बात करती है और 'स्वदेशी जागरण मंच' समाजवाद की बात करता है। इस नीति पर भाजपा के भीतर मतैक्य कहाँ है? इस नीति पर 25 एन.डी.ए. सहयोगियों के बीच मतैक्य कहाँ है? इस सदन में मतैक्य कहाँ है? आर्थिक मामलों पर मतैक्य के बारे में चर्चा करने के लिए भी इस सदन के पास समय कहाँ है? हम देख रहे हैं और हम स्वयं अनुभव कर रहे हैं कि यह संसद् कैसे काम कर रही है। मुझे यह कहते हुए खेद हो रहा है। हम वर्तमान मामलों और भविष्य के मामलों की बजाय प्राचीन मामलों के बारे में अधिक चिंतित हैं।

❑

मैं बताना चाहूँगा कि विनिवेश आयोग ने अपनी रिपोर्ट सौंप दी है। इसमें अनेक सिफारिशें की गई हैं। उनमें से अधिकतर महत्त्वपूर्ण सिफारिशें हैं। उन सिफारिशों की क्या स्थिति है? मैंने विनिवेश आयोग की रिपोर्ट के सभी तीन खंडों का अध्ययन किया है। मेरी समझ में, उन्होंने बहुत बढ़िया काम किया है। कुल मिलाकर 72 पी.एस.यू. को इस आयोग के पास भेजा गया। सरकार ने उनमें से तदनंतर 8 को वापस बुला लिया। इसलिए प्रभावी रूप से 64 पी.एस.यू. के कार्यों में शामिल हो गईं। 52 पी.एस.यू. के लिए सिफारिशें की गई थीं। उनकी क्या स्थिति है? इस आयोग की 30 सिफारिशों पर सरकार द्वारा निर्णय लिया जाना बाकी है। पी.एस.यू. पर विशेष सिफारिशें की गई थीं। 14 सामान्य सिफारिशों में से सरकार द्वारा अभी भी उनमें से 11 पर निर्णय लिया जाना है। उन्होंने उनमें से 3 पर ही निर्णय लिया है। वे सिफारिशें बहुत महत्त्वपूर्ण हैं और उन पर सरकार के त्वरित निर्णय की आवश्यकता है। उदाहरण के लिए, एक अलग विनिवेश निधि की स्थापना की गई है। मैं समय की कमी के कारण उन सभी को नहीं पढ़ूँगा। लेकिन मैं सोचता हूँ कि यह महत्त्वपूर्ण बहस है और मैं उस पर नहीं रुकूँगा। इसलिए एक विनिवेश निधि की स्थापना की गई है। सरकार ने सन् 1968 में एक विनिवेश निधि की स्थापना की है। लेकिन निधि के क्षेत्र और उद्देश्य के संबंध में विवरण उपलब्ध नहीं हैं।

हमने सरकार के बजटीय कार्य से निवेश-प्रक्रिया का लिंक हटाने का निर्णय नहीं लिया है। यह बहुत ही महत्त्वपूर्ण मुद्दा था, जिसे मैं उठाना चाहता था; लेकिन मैं उसे अब नहीं उठाऊँगा। इस पर सरकार की क्या काररवाई है? निर्णय यह है कि निर्णय सुरक्षित है। प्रबंधन का हस्तांतरण—निर्णय सुरक्षित; सरकारी निष्पक्षता में कमी—निर्णय सुरक्षित; विनिवेश पैकेट—निर्णय सुरक्षित; स्वैच्छिक सेवानिवृत्ति योजना, जो कि कर्मचारियों की दृष्टि से बेहद महत्त्वपूर्ण है, कई वर्षों तक श्रम मंत्री रहने के कारण मैं इस पर बोलना चाहूँगा, लेकिन मैं अभी नहीं बोल सकता—निर्णय सुरक्षित; अनुवीक्षण और पर्यवेक्षण शक्ति—निर्णय सुरक्षित; और कार्यान्वयन मशीनरी की स्थापना—निर्णय सुरक्षित।

मैं चाहूँगा कि मंत्रीजी यह देखें कि इन निर्णयों को शीघ्रता से कार्यान्वित किया जाए, जिस भी तरीके से वह चाहते हों। पहले हमें विनिवेश आयोग की सभी आम और विशिष्ट सिफारिशों का विशेष पैकेज दृष्टिकोण लेने की आवश्यकता है और विनिवेश एवं उसके कार्यान्वयन की एक पारदर्शी नीति है। दूसरा, राजनीति स्पेक्ट्रम के साथ कार्य करने के लिए विनिवेश को सफल बनाने के लिए एक विस्तृत राष्ट्रीय मतैक्य बनाने की जरूरत है। तीसरा, सरकार द्वारा उसी दिन मतैक्य के लिए पहल आवश्यक रूप से की जानी चाहिए। चौथा, विनिवेश की प्रक्रिया का राजनीतीकरण न किया जाए। यह बहुत महत्त्वपूर्ण है कि मामले को पेशेवर व्यक्ति को दे दिया जाए और सरकार स्वयं को नीति की तह तक ले जा रही है। परंतु इस पर जब हम व्यक्तिगत मामलों की बात कर रहे हैं, मैं सोचता हूँ कि एयर इंडिया, इंडियन एयरलाइंस, एम.टी.एन.एल.,

गैस अथॉरिटी ऑफ इंडिया इत्यादि के बारे में बहुत बातें हुई हैं। मैं समझता हूँ कि उन क्षेत्रों में हमें सावधान रहने की आवश्यकता है। मेरे पास देने के लिए कुछ सुझाव हैं, परंतु मैं सोचता हूँ, मेरे पास समय नहीं है।

मैं दोहराता हूँ, जो मैंने पहले कहा था। विनिवेश प्रक्रिया को निधि दी जानी चाहिए। विनिवेश का बजट से लिंक हटा देना चाहिए। अंतिम, परंतु बहुत महत्त्वपूर्ण बिंदु यह है कि मानव-शक्ति मामले को बेकार के मामले के तौर पर नहीं देखा जाना चाहिए। कामगारों के हितों की रक्षा की जानी चाहिए और उनके भविष्य को आय की हानि के विरुद्ध प्रावधानों से निरपवाद रूप से बचाए रखना चाहिए।

भारत में वित्तीय प्रबंधन प्रणाली *

श्री राम मनोहर रेड्डी ने 'हिंदू' में अपने लेख में 17 जुलाई, 2004 को यह पाया है और मैं यह उद्धरण देना चाहूँगा—

'केंद्रीय बजट लंबे समय से मुख्य नीति दस्तावेज रहे हैं। ये अब टी.वी. स्टूडियो और सुबह के अखबार की मुख्य खबरों के लिए बनाए जाते हैं।'

मैं और सहमत नहीं हो सकता। हमारे वित्त मंत्री श्री पी. चिदंबरम एक बेहद प्रतिष्ठित वकील हैं। वह बहुत स्पष्ट हैं और बजट पेश करने में उन्होंने अपने कौशल का अच्छा प्रदर्शन किया है।

पहला बजट, जो श्री चिदंबरम ने सदन के समक्ष प्रस्तुत किया था—मैं इस सदन का पीठासीन अधिकारी था, को ड्रीम बजट के रूप में परिभाषित किया गया था। उस ड्रीम बजट में बहुत ही खराब बात थी कि वह पारित भी होगा या नहीं। मुझे उस बजट को पारित कराने में अनेक तरीके और उपाय ढूँढ़ने पड़ेंगे। इस बजट को आपके शुभचिंतकों द्वारा एक ड्रीम बजट का सच होना बताया गया। वास्तव में, मुझे नहीं पता कि यह वास्तव में एक ड्रीम बजट है! मुझे वर्तमान बजट में कोई नया औचित्य, कोई नई दिशा और नया दृष्टिकोण नहीं दिखाई देता।

मैं वित्त मंत्री की परेशानियों को समझ सकता हूँ। मैं काफी लंबे समय से आपका अनुसरण कर रहा हूँ। मैं विभिन्न अखबारों और पत्रिकाओं में आपके लेख पढ़ता आ रहा हूँ। आपने जो बजट पेश किया है, उसमें आपके द्वारा लिखे गए और आपने जो कहा, उसकी झलक दिखाई नहीं दे रही है। मैं विशेष तौर पर एक लेख से बहुत प्रभावित हुआ था, जो 'इंडिया टुडे' में 21 जनवरी, 2002 को प्रकाशित हुआ था। आपके लेख 'गरीबी उन्मूलन—व्यय निवेश नहीं है' का मैं उद्धरण देता हूँ—

---

* 20 जुलाई, 2004 को आम बजट 2004-05 और लेखा (सामान्य) पर अनुदानों की माँगों पर लोकसभा में हुई सामान्य चर्चा में भाग लेते हुए दिया गया वक्तव्य।

'गरीबी हटाने का हमारा दृष्टिकोण असंगत और विकृत है। हम आर्थिक सहायता और अनेक गरीबी-विरोधी योजनाओं के द्वारा गरीबी पर निशाना साधते हैं।'

यह वह बात है, जो कि वित्त मंत्री को लिखनी है और आज बजट में हम क्या पाते हैं? क्या ये सब योजनाएँ हैं? हम योजना-दर-योजना बनाते हैं। हमने कम-से-कम 23 योजनाएँ बनाई हैं। वित्त मंत्री ने तो केवल चालू परियोजनाओं का अनुसरण किया है, जो कि पिछली सरकारों ने प्रारंभ की थीं। योजना-दर-योजनाएँ बनती हैं और उन योजनाओं में वित्त मंत्री क्या करते हैं? मैंने प्रत्येक योजना का मूल्यांकन करने की कोशिश की है। अंत्योदय अन्न योजना और त्वरित सिंचाई लाभ कार्यक्रम—ये दो योजनाएँ हैं, जहाँ कोई प्रगति नहीं हुई है। अपने बजट भाषण में यू.पी.ए. सरकार द्वारा त्वरित सिंचाई लाभ कार्यक्रम को दिए जा रहे महत्त्व की घोषणा करते समय आप गर्व महसूस कर रहे थे। लेकिन आवंटन क्या है? आवंटन वही है, जो पहले था। यह वर्ष 2003-04 के बजट में 2,800 करोड़ रुपए था और वर्तमान बजट में यह एकदम 2,800 करोड़ रुपए है। इसमें गर्व की क्या बात है?

अब मैंने छह चालू योजनाओं की पहचान की है, जहाँ वास्तव में वित्त मंत्री ने बजटीय सहायता कम की है। काम के बदले भोजन कार्यक्रम के संबंध में इस कार्यक्रम के खाद्य घटक में बेतहाशा कमी हुई है। फार्म आय बीमा परियोजना के लिए आवंटन कम किया गया है। औद्योगिक प्रशिक्षण संस्थानों के अद्यतन के संबंध में। मैं इस देश में नौ वर्षों तक श्रम मंत्री रहा हूँ और मैंने ग्रामीण लड़कों व लड़कियों की योजनाओं के अद्यतन के लिए अपना पूरा प्रयास किया। हमारी आई.टी.आई. की स्थिति बेहद खराब है। एक बार मुझे उत्तर-पूर्व के राज्यों में जाने का अवसर मिला। उनके ऑटोमोबाइल सेक्शन में मुझे एक वाहन मिला और जब मैंने उनसे पूछा कि उन्हें यह वाहन कहाँ से मिला, तो उन्होंने जवाब दिया कि यह द्वितीय विश्व युद्ध के दौरान अंग्रेजों द्वारा छोड़ दिया गया था। मैंने आई.टी.आई. को अद्यतित करने का प्रयास किया। मुझे यह कहते हुए खेद हो रहा है कि वित्त मंत्री ने औद्योगिक प्रशिक्षण संस्थान के अद्यतन के लिए एक रुपया भी अधिक नहीं दिया।

वित्त मंत्री किस तरह योजनाओं को पूरा करेंगे? व्यापक स्वास्थ्य बीमा योजना, बीज उत्पादन कार्यक्रम, राष्ट्रीय तिलहन और वनस्पति घी विकास बोर्ड जैसी योजनाओं का उदाहरण लें।

मुझे इन योजनाओं के लिए आवंटन में कोई वृद्धि नहीं दिखाई दी। इसलिए वित्त मंत्री को यह बजट पेश करने की अनुमति प्रदान नहीं की गई। यह वास्तव में उनका बजट नहीं है। यह वास्तव में उनकी सोच के अनुसार नहीं है; उनके ज्ञान के अनुसार और उनकी नीतियों के अनुसार नहीं है। यह इसलिए है कि मैं उनके लेख नियमित तौर पर पढ़ता हूँ और उनके लेख राजनीतिक तौर पर सही हैं और इसलिए, मुझे इस विशेष बजट में अलग चिदंबरम दिखाई दिए।

महोदय, इस बजट में कृषि पर जोर देने के संबंध में बहुत कुछ कहा गया है। बजट में

कृषि पर कहाँ जोर दिया गया है ? वित्त मंत्री ने बजट में कृषि के बारे में क्या कहा है ? उन्होंने सिर्फ यह कहा है कि किसानों को उपलब्ध ऋण अगले तीन वर्षों में दोगुना हो जाएगा। वित्त मंत्री ने किसानों को वित्तीय संस्थानों की दया पर छोड़ दिया है। निवेश कहाँ है ? मैंने कृषि के क्षेत्र में कोई विशिष्ट निवेश नहीं पाया है, हालाँकि वह इसकी वकालत करते रहे हैं। मैंने पहले ही उनके लेखों का उद्धरण दिया है। कृषि में सार्वजनिक निवेश जी.डी.पी. के 1.5 प्रतिशत की समान दर पर रुका हुआ है। यह वह बात है, जो वित्त मंत्री ने अपने लेख में कही है। इसमें निवेश कहाँ है ? उसके अलावा, उन्होंने कहा है कि ऋण उपलब्धता अगले तीन वर्षों में दोगुनी हो जाएगी। मैं एक गाँव से आया हूँ। मुझे पता है कि वित्तीय संस्थान कैसा व्यवहार करते हैं और किन किसानों को ऋण चाहिए। ये वे किसान हैं, जो अपना ऋण नहीं चुका पाए थे, जो उन्होंने पहले लिया था और जब वे वित्तीय संस्थानों के पास जाते हैं, वे कहते हैं, 'आप पात्र नहीं हैं। कृपया बाहर जाएँ। आपको कोई ऋण नहीं मिल सकता।' कृषि में कहाँ निवेश किया गया है ?

महोदय, मैं एक विशेष प्रश्न उठाना चाहता हूँ, क्योंकि मेरी समय की उपलब्धता बहुत कम है। यह ब्रह्मपुत्र बाढ़ नियंत्रण के विषय में है। इसके लिए क्या आवंटन है ? आज माननीय प्रधानमंत्री असम में हैं। अनेक लोग पहले ही मर चुके हैं। बहुत सारी मृदा–क्षय पहले ही हो चुकी है। लाखों लोग भटक रहे हैं और बेघर हो गए हैं, परंतु यह वित्त मंत्री उत्तर–पूर्वी क्षेत्र के विषय में बहुत कुछ बोल रहे हैं। उन्होंने ब्रह्मपुत्र बाढ़ नियंत्रण के लिए कितना आवंटन किया है ? यह एक चालू कार्यक्रम है। पिछले वर्ष 10 करोड़ रुपए आवंटित किए गए और इस वर्ष वित्त मंत्री ने इस परियोजना के लिए और 10 करोड़ रुपए आवंटित किए हैं। यह कुल केवल 20 करोड़ रुपए है। यह राशि किस तरह ब्रह्मपुत्र की बाढ़ को नियंत्रित करने में सहायता करेगी ?

श्रीमान अध्यक्ष महोदय, पिछली सरकार में आप जल संसाधन के लिए माननीय मंत्री थे। एक बार जब मैंने सदन के मंच पर इस विषय पर भाषण दिया था और माननीय प्रधानमंत्री के माध्यम से आपसे बातचीत की थी तो तत्कालीन प्रधानमंत्री ने आपको 50 करोड़ रुपए तुरंत जारी करने का निर्देश दिया था और आपने यह करने में खुशी जाहिर की थी। आपने उस समय जो किया, उसके लिए मैं आपका आभारी हूँ। परंतु आज बजट में क्या आवंटित किया गया है ? एक सरकार, जिसके दिल में उत्तर–पूर्वी क्षेत्र के लिए इतनी दया है, ने ब्रह्मपुत्र बाढ़ नियंत्रण कार्यक्रम के लिए पिछले वर्ष के मुकाबले 10 करोड़ रुपए अधिक की राशि आवंटित की है !

महोदय, बिहार राज्य के लिए इस उद्‌देश्य के लिए 3,500 करोड़ रुपए आवंटित किए गए हैं। उस पर मेरा भी एक प्रश्न है। गंगा घाटी में बाढ़ नियंत्रण के लिए इस बजट में कितना आवंटन हुआ है ? पिछले वर्ष आवंटित राशि के मुकाबले 5.5 करोड़ रुपए अधिक हैं। बिहार में आज क्या स्थिति है ? श्री नीतीश कुमार मुझे राज्य में बाढ़ के कारण लोगों को हो रही परेशानियों

के बारे में बता रहे थे। आज उनके लिए यहाँ उपस्थित होना संभव नहीं है। लेकिन बजट में यह बहुत ही गर्व के साथ उल्लिखित हुआ है कि सरकार ने पिछले वर्ष के मुकाबले 5.5 करोड़ रुपए अधिक आवंटित किए हैं।

महोदय, इस बात का उल्लेख किया गया है कि सरकार उत्तर–पूर्वी क्षेत्र के शीघ्र विकास के लिए प्रतिबद्ध है और सभी मंत्रालयों व विभागों के लिए यह अनिवार्य कर दिया है कि वह अपने नियत बजट का कम–से–कम 10 प्रतिशत हिस्सा उत्तर–पूर्वी क्षेत्र की योजनाओं और कार्यक्रमों के लिए आवंटित करें। क्या यह कोई नई बात है ? हम यह सब श्री देवेगौड़ा के कार्यकाल के दिनों से सुनते आ रहे हैं। जब तत्कालीन प्रधानमंत्री श्री देवेगौड़ा ने उत्तर–पूर्वी क्षेत्र का दौरा किया, उस दौरान मैं पीठासीन अधिकारी था और मेरा उन पर कुछ प्रभाव था। उन्होंने एक सुझाव दिया कि प्रत्येक मंत्रालय उत्तर–पूर्व के विकास के लिए अपने बजट का 10 प्रतिशत हिस्सा निर्धारित करेगा और यदि वह पैसा खर्च नहीं किया जा सकेगा तो वह गैर–व्यापकगत संसाधनों के समूह में शामिल कर लिया जाएगा। वित्त मंत्री ने बिल्कुल वही कहा, जो श्री देवेगौड़ा ने कई साल पहले कहा था। आपने हमें क्या दिया है ? श्री चिदंबरम, कृपया हमें बताएँ कि आपने उत्तर–पूर्वी क्षेत्र को क्या दिया है ? क्या आपने उत्तर–पूर्वी क्षेत्र के लिए एक पैसा भी अधिक दिया है ? आप बस, वही कर रहे हैं, जो श्री देवेगौड़ा बहुत पहले कर चुके हैं। उत्तर–पूर्वी क्षेत्र के लोगों को जिस प्रकार आप बहका रहे हैं, मैं उससे बहुत आहत हूँ। मैं माफी चाहूँगा, क्योंकि यह कोई तरीका नहीं है उत्तर–पूर्वी क्षेत्र के लोगों को बहकाने का।

मैंने टेलीविजन पर माननीय वित्त मंत्री को देखा है। वह बार–बार कह रहे हैं कि वे सुधारों को जारी रखेंगे, और उन्होंने हाल ही में यह भी कहा है कि वे मूल सुधारक हैं। यह 'मूल सुधारक' क्या है ? और क्या आप अपने सुधारों को जारी रखेंगे ? मैं वास्तव में कुछ समझा नहीं। सन् 1991 में जब सुधार शुरू हुए तो मैं मंत्रिपरिषद् का सदस्य था और हम इसके बारे में मंत्रिमंडल में चर्चा कर रहे थे। तत्कालीन वित्त मंत्री डॉ. मनमोहन सिंह बार–बार कह रहे थे कि हमें सार्वजनिक क्षेत्र के उपक्रमों के लिए खर्च किए जा रहे पैसे की ओर देखने की जरूरत है और यदि सार्वजनिक क्षेत्र के उपक्रम कोई भी सुधार लाने में सक्षम नहीं हैं, तो सार्वजनिक क्षेत्र के उपक्रम की ओर निवेश से हमने जो पैसा बचाया, वह सामाजिक क्षेत्र को दिया जाना चाहिए। चर्चा का मुख्य विषय यही था।

उन दिनों श्रम अशांति होने की वजह से श्रम मंत्री होना मेरे लिए सबसे बड़ा और कठिन कार्य था। 224 सार्वजनिक क्षेत्र के उपक्रमों में से 58 उपक्रम लंबे समय से बीमार चल रहे थे। तत्कालीन वित्त मंत्री ने श्रम मंत्री से कहा कि वह और धन नहीं दे पाएँगे और इसे बंद करना ही होगा। मैं इसके लिए लड़ रहा हूँ। उनका तर्क था कि 'नहीं, हमें बंद करना होगा; क्योंकि जिस धन को हम बरबाद कर रहे हैं, उसे सामाजिक क्षेत्र को देना होगा।' और आज आपका बजट क्या कहता है ? क्या आप उससे पलट गए हैं ?

राज्य बिजली मंडलों के मुद्दे पर तत्कालीन वित्त मंत्री, जो कि आज के प्रधानमंत्री हैं, बार-बार मंत्रिमंडल की बैठकों में और मंत्रियों की सामूहिक बैठकों में कह रहे हैं कि देश की अर्थव्यवस्था पर सबसे बड़ा भार इस देश के बिजली मंडल हैं। प्रत्येक वर्ष हमें 25,000 करोड़ रुपए का नुकसान हो रहा है और इस संबंध में हमें अवश्य ही कुछ करना पड़ेगा। मुझे आपके बजट भाषण में सार्वजनिक क्षेत्र के संबंध में एक शब्द नहीं मिला। बिजली क्षेत्र को लेकर आपकी क्या योजना है, आपके बजट भाषण में इसका भी कोई जिक्र नहीं है। और अब, जब बिजली क्षेत्र के बारे में बात हो रही है, मुझे नहीं पता कि आप किस प्रकार इस क्षेत्र में सुधार लाएँगे? यह संभव नहीं है। मुझे उन बिंदुओं पर कोई जवाब नहीं मिला है।

जहाँ तक प्रत्यक्ष विदेशी निवेश की बात है, मुझे उस संबंध में आपसे कोई आपत्ति नहीं है। सुधार की प्रक्रिया को आगे बढ़ना है और आप इसके साथ आगे बढ़ते रहिए। लेकिन समस्या यह है कि आप इसे आगे ले जाने में सक्षम होंगे या नहीं? राष्ट्रीय लोकतांत्रिक गठबंधन ने कहा है कि वह आपके प्रत्यक्ष विदेशी निवेश की अधिकतम सीमा को बढ़ाने के फैसले का विरोध करेंगे। समाजवादी पार्टी ने कहा है कि वे भी इसका विरोध करेंगे। आपके सहयोगी वामपंथी मोरचा ने कहा है कि वह भी इसका विरोध करेंगे, चाहे जो भी हो।

❑

आप कहते हैं कि 'सामान्यत: हम भौकतें नहीं हैं, केवल काटते हैं।' और जब आप काटते हैं तो आप बहुत जोर से काटते हैं। चलो, देखते हैं कि आप इस प्रस्ताव पर कैसे काटते हैं! मेरा दृढ़ मत यह है कि जहाँ तक प्रत्यक्ष विदेशी निवेश और अन्य प्रमुख आर्थिक नीतियों का मुद्दा है, इसके लिए हमारे पास राष्ट्रीय सहमति होनी चाहिए। हमें इसे राजनीतिक संदर्भ में नहीं लेना चाहिए। इस संबंध में मैं वामपंथी दलों से अपील करूँगा।

❑

मैं इस मुद्दे पर पूरे सदन से अपील करूँगा। आखिर हम इस मुद्दे पर गंभीर बहस क्यों नहीं कर सकते? इस प्रमुख नीतिगत निर्णय पर हमारी राष्ट्रीय सहमति आखिर क्यों नहीं बन सकती है?

अपने वामपंथी मित्रों के लिए मैं चीन की नीति को इंगित करना चाहता हूँ। आखिर चीनी साम्यवादी सरकार की नीति क्या है? मैं आपको बताता हूँ। आमतौर पर चीनी नीति यह है कि विदेशी समुदाय द्वारा निवेशित राशि 25 प्रतिशत से कम नहीं होनी चाहिए। इस प्रकार, उन्होंने निवेश की न्यूनतम सीमा निर्धारित की है, न कि अधिकतम सीमा। यहाँ आप कह रहे हैं कि सरकार 29 प्रतिशत से 49 प्रतिशत तक नहीं जा सकती है। माननीय वित्त मंत्री ने स्वयं भी यही पूछा कि आखिर 29 प्रतिशत और 49 प्रतिशत में क्या अंतर है? यह केवल नियंत्रण का प्रश्न है, अर्थात् किसी भारतीय सरकार की भारतीय कंपनी के निजी निवेशक या विदेशी निवेशक के नियंत्रण का। माननीय वित्त मंत्री ने स्वयं ही बार-बार यह कहा है कि 29 प्रतिशत और 49

प्रतिशत के बीच कोई अंतर नहीं है। मुझे यह समझ नहीं आ रहा है कि वामपंथी उसमें इतना अंतर कैसे देख पा रहे हैं?

मुझे लगता है कि यह बेहतर होगा, यदि वामपंथी मोरचे के हमारे मित्रगण चीनी अनुभव से कुछ सीख पाएँ। तो उन्हें देखने दो कि चीनी लोग क्या कर रहे हैं! मेरे पास चीन के संबंध में कुछ आँकड़े हैं। प्रत्यक्ष विदेशी निवेश में उन्होंने सबको पीछे छोड़ दिया है। मुझे लगता है कि उन्होंने संयुक्त राज्य अमेरिका को भी पीछे छोड़ दिया है। सन् 2003-04 के दौरान चीन में विदेशी प्रत्यक्ष निवेश 52 अरब अमेरिकी डॉलर है, जबकि संयुक्त राज्य अमेरिका के लिए यह केवल 40 अरब डॉलर है। आखिर क्यों? क्योंकि उन्होंने न्यूनतम सीमा निर्धारित की है—25 प्रतिशत की न्यूनतम सीमा। आप कुछ भी निवेश कर सकते हैं? लेकिन वह 25 प्रतिशत से नीचे नहीं जा सकता। और यहाँ हम इतना शोर मचा रहे हैं! पता नहीं हम किस बारे में बात कर रहे हैं।

मैं राजकोषीय समेकन के बारे में एक और बिंदु की ओर ध्यान दिलाना चाहूँगा, जिसके बारे में माननीय मंत्री ने बात की थी। उन्होंने अनुमान लगाया है कि वह राजस्व घाटा जी.डी.पी. के 2.5 प्रतिशत तक कम कर देंगे। मैं वास्तव में नहीं जानता कि वह इसे कैसे प्राप्त करेंगे?

मैं मॉनसून कारक की बात नहीं कर रहा हूँ। मैं उनके प्रत्यक्ष विदेशी निवेश के प्रस्तावों का विरोध करनेवाले वामपंथी और अन्य मोरचे के मुद्दे पर भी नहीं जा रहा हूँ। तथ्य यह है कि वित्त मंत्री ने जो अनुमान देश को प्रदान किए हैं, वे अत्यधिक आशावादी हैं। मेरे अपने कुछ अलग संदेह हैं। उनका क्या कहना है? उन्हें 62,810 करोड़ रुपए के कर राजस्व आगम की उम्मीद है। पिछले वर्ष की कर राजस्व वसूली से यह 25 प्रतिशत अधिक है। माननीय मंत्रीजी, क्या आप सहमत हैं? वह 14,150 करोड़ रुपए का सेवा कर इकट्ठा करने की उम्मीद लगा रहे हैं। यह पिछले वर्ष में वसूले सेवा कर का 70 प्रतिशत अधिक है। अब वे सौदा कर या बिक्री कर की समस्या में घुस रहे हैं। आपने 14,170 करोड़ रुपए का राजस्व पेश किया है, जो सरकार द्वारा पिछले वर्ष वसूले गए राजस्व की तुलना में 70 प्रतिशत अधिक है। वह 88,436 करोड़ रुपए के लिए निगम कर इकट्ठा करने की उम्मीद कर रहे हैं, जो कि सन् 2003-04 में हुई कर-प्राप्ति की तुलना में 40 प्रतिशत अधिक है। आय कर के संबंध में वे 50,929 करोड़ रुपए मिलने की उम्मीद कर रहे हैं, जो पिछले वर्ष की प्राप्ति के मुकाबले 26 प्रतिशत बढ़ी है। मुझे लगता है कि यह अति प्राक्कलन है। मुझे उन अनुमानों पर सबसे ज्यादा संदेह है, जो उन्होंने राजस्व घाटे को 2.5 प्रतिशत तक कम करने के लिए लगाए हैं।

मैं केवल एक विषय के संबंध में चिंतित हूँ। बजट सत्र आएगा और चला जाएगा और हम इस पर बहस करते रहेंगे। इस देश में कुछ चीजें ऐसी हो रही हैं। मेरे पास इस बात के बारे में बात करने का अवसर था कि कैसे हमारे संस्थान क्षीण हो रहे हैं! हम अपने संस्थानों को बनाए रखने में सक्षम नहीं हैं। हमारे पास हमारी प्रणाली है और वह प्रणाली काम नहीं कर रही है। जैसाकि मैंने पहले कहा है कि हमारे संस्थान क्षीण हो रहे हैं, न जाने क्यों? मुझे यह कहते हुए बहुत खेद

हो रहा है। देखिए, किस प्रकार के राज्यपाल हैं! अरुणाचल प्रदेश में क्या हुआ है? विधायक जा रहे थे और राज्यपाल की घेराबंदी कर रहे थे। वे बल-प्रयोग करके उससे हस्ताक्षर करने को कह रहे थे। गवर्नर के पद की गरिमा कहाँ है? सदन में हमारे माननीय अध्यक्ष प्रतिदिन कह रहे हैं कि पूरा विश्व हमें देख रहा है, पूरा देश हमें देख रहा है और हमें ठीक से व्यवहार करना चाहिए। पता नहीं संसदीय गरिमाएँ कहाँ जा रही हैं! अब प्रधानमंत्री का स्वयं का संस्थान ही इस हाल का शिकार है। इस देश में प्रधानमंत्री का कार्यालय ही इस हाल का शिकार बन गया है। मैं नहीं जानता कि राष्ट्रीय सलाहकार परिषद् का क्या अर्थ है? उसकी आवश्यकता किसलिए है? यह एक खतरनाक चीज है, जो आप कर रहे हैं। मैं ज्यादा विस्तार में नहीं बताऊँगा। मैं केवल इस सरकार को चेतावनी देना चाहता हूँ कि यह एक खतरनाक आधिकारिक निर्णय होगा। कोई चेन्नई जा रहा है और कह रहा है—'मैं 1 करोड़ रुपए दूँगा।' यह रुपया कहाँ से दिया जाएगा? इसके लिए अधिकृत व्यक्ति कौन है?

***

श्रीमान अध्यक्ष महोदय, मैं वित्त मंत्री से पूरी तरह से सहमत हूँ, जब उन्होंने देश के वित्त मंत्री के रूप में कहा। वह प्रधानमंत्री की तरफ से इसकी घोषणा कर सकते हैं। लेकिन किसने इसकी घोषणा की? किस अधिस्थिति में यह घोषणा की गई थी? यदि यह घोषणा एक मंत्री कर रहा है तो मुझे कोई आपत्ति नहीं है। हम ऐसा करते थे। इसे अन्यथा न लें।

***

महोदय, मैं दिए जानेवाले पैसे का विरोध नहीं कर रहा हूँ। यह 1 करोड़ रुपए से अधिक होना चाहिए था। मैं केवल इतना कह रहा हूँ कि जिस तरीके से और जिस व्यक्ति द्वारा इसकी घोषणा की गई थी, वह सही नहीं था। मैं बस, इतना ही कह रहा हूँ।

उन्होंने मुझे इतना उत्तेजित कर दिया है। मैं बिल्कुल स्पष्ट कहता हूँ। कल अगर वे सत्ता में वापस आते हैं और राष्ट्रीय सलाहकार परिषद् की अध्यक्षता राष्ट्रीय स्वयंसेवक संघ या विश्व हिंदू परिषद् का कोई अध्यक्ष कर रहा हो तो कांग्रेस उसका विरोध कैसे करेगी?

□

श्रमिक मुद्दे

ठेका श्रम (विनियमन और उत्सादन) संशोधन विधेयक, 1986 *

महोदय, मैं निवेदन करता हूँ—

राज्यसभा द्वारा पारित ठेका श्रम (विनियमन और उत्सादन) अधिनियम, 1970 में संशोधन करने के लिए प्रस्तुत विधेयक पर विचार किया जाए।

माननीय मंत्रीगण जानते हैं कि सम्माननीय राष्ट्रपति ने ठेका श्रम (विनियमन और उत्सादन) अधिनियम 1970 में संशोधन के लिए 28 जनवरी, 1986 को एक अध्यादेश जारी किया था। वर्तमान विधेयक अध्यादेश को बदलने के लिए प्रस्तावित किया गया है।

विधेयक का उद्देश्य यह है कि ठेका श्रम (विनियमन और उत्सादन) अधिनियम, 1970 के साथ-साथ औद्योगिक विवाद अधिनियम, 1947 के तहत सत्तारूढ़ सरकार ही इनकी स्थापना के लिए उचित सरकार होगी, जिससे हमें निरीक्षण एजेंसियों की बहुलता को कम करने में मदद मिलेगी, जो प्रशासनिक रूप से वांछनीय नहीं है।

यह विधेयक पहले ही 11 मार्च, 1986 को राज्यसभा द्वारा पारित किया जा चुका है।

श्रीमान अध्यक्ष महोदय, मैं सभी माननीय सदस्यों का, जिन्होंने इस बहस में भाग लिया और मुख्य रूप से विधेयक को भारी समर्थन और अनुमोदन देने हेतु आभारी हूँ।

दूसरी तरफ से स्वीकृति इन माननीय सदस्यों की अनुपस्थिति से इतनी स्पष्ट है, जिन्होंने इस वैधानिक प्रस्ताव को प्रायोजित तो किया, लेकिन सदन में आने में नाकाम रहे हैं। उन्होंने प्रस्ताव को स्वीकृत नहीं करना चुना है। यह विपक्ष के बारे में बहुत कुछ कहता है कि कैसे उन्होंने इस विधेयक का समर्थन किया है। और मैं इसके लिए उनका आभारी हूँ।

❑

मैं किसी पर आक्षेप नहीं लगा रहा हूँ। मैं इतना समर्थन देने के लिए तहेदिल से विपक्ष का शुक्रिया अदा कर रहा हूँ।

---

* 18 मार्च, 1986 को लोकसभा में विधेयक को प्रस्तुत करते समय दिया गया वक्तव्य। ठेका श्रम (विनियमन और उत्सादन) अधिनियम, 1970 में संशोधन हेतु 28 जनवरी, 1986 को तत्कालीन राष्ट्रपति द्वारा जारी अध्यादेश को बदलने के लिए विधेयक को प्रस्तुत किया गया था।

❑

सम्मानित सदस्यों ने केवल एक ही बिंदु पर जोर दिया कि जो भी आगे लाया गया है, वह पर्याप्त नहीं है; हालाँकि यह इस देश में औद्योगिक संबंधों की समान नीति विकसित करने की दिशा में एक अच्छा कदम है।

सभी माननीय सदस्यों ने महसूस किया है कि यह अपर्याप्त है तथा कुछ और किया जाना चाहिए था। मैं सभी माननीय सदस्यों के साथ सहमति की इच्छा रखता हूँ। मैंने अधिनियम पढ़ा है और मुझे लगता है कि अधिनियम के प्रावधानों में कमियाँ हैं और इसे बहुत सावधानी से देखा जाना चाहिए। कई सम्माननीय सदस्यों ने अपने अनुभवों का वर्णन किया है कि कैसे मजदूरों का शोषण किया जा रहा है, कैसे इस अधिनियम के प्रावधानों का पालन नहीं किया जा रहा है।

❑

मैंने उसके प्रभाव-स्वरूप कई शिकायतें भी देखी हैं और मेरा खुद को खोजने का एक कारण यह है कि मुझे लगता है कि अधिनियम में प्रदान किया गया दंड प्रावधान इस अधिनियम के प्रावधानों के उल्लंघन के लिए एक प्रोत्साहन-सा प्रतीत होता है, क्योंकि दंड प्रावधान के अनुसार यदि कोई इस अधिनियम के किसी भी प्रावधान का उल्लंघन करता है तो तीन महीने की कारावास की सजा या 500 रुपए के जुरमाने का प्रावधान है। मुझे लगता है कि इस कानून के प्रावधानों का पालन करने के बदले इसका उल्लंघन कर 500 रुपए के जुरमाने का भुगतान करना निश्चित रूप से ज्यादा आसान है।

❑

एक और बिंदु, जिस पर विचार किया जाना चाहिए, वह शिकायतों को दर्ज करने के बारे में है। हमें इन सभी बिंदुओं पर गहन विचार करना होगा और मैं सुझावों से सहमत हूँ कि हमें इस विशाल सदन में एक और व्यापक संशोधन के साथ आना होगा।

❑

एक और आरोप लगाया गया है और वह राज्य सरकारों की शक्तियों के हनन के प्रयास के संबंध में है। मैं इस बात से भी सहमति रखता हूँ कि कोई भी राज्य सरकार की शक्तियों का हनन करके स्वयं के लिए सिरदर्द नहीं चाहेगा। कुछ लोगों ने भारतीय खाद्य निगम का उदाहरण दिया है। उसे मैं आपको समझाता हूँ। अब सुप्रीम कोर्ट ने यह निर्णय सुनाया है कि जहाँ तक भारत के खाद्य निगम का सवाल है, राज्य सरकार ही उचित सरकार है और उसने निर्देश दिया था कि 31 दिसंबर, 1985 तक राज्य सरकारों को यह अंतिम निर्णय लेना चाहिए कि वे ठेका श्रम का उत्सादन कर रहे हैं या नहीं!

❑

हरियाणा सरकार ने उत्सादन करने का फैसला लिया है। बिहार सरकार ने उत्सादन करने का फैसला लिया है। उत्तर प्रदेश, जम्मू-कश्मीर, उड़ीसा और राजस्थान सरकारों ने कहा है, 'नहीं, हम ठेका श्रम को खत्म नहीं करेंगे।' खैर, पश्चिम बंगाल के माननीय सदस्यों ने बहुत कुछ कहा कि 'हम उनकी शक्ति के हनन की कोशिश कर रहे हैं।' लेकिन मेरी जानकारी के अनुसार, पश्चिम बंगाल सरकार ने सर्वोच्च न्यायालय के दिशा-निर्देशों के बावजूद कोई निर्णय इस संबंध में नहीं लिया है। यदि भारत सरकार श्रमिकों के कल्याण के लिए नहीं है तो हमारे लिए बहुत सुविधाजनक था। सर्वोच्च न्यायालय का निर्णय हमारे यह कहने के लिए बहुत सुविधाजनक था कि 'मैं कुछ भी नहीं कर सकता, क्योंकि राज्य सरकार ही उचित सरकार है।' मैं आसानी से अपनी जिम्मेदारी से भाग सकता था। लेकिन हम ऐसा नहीं चाहते हैं। हम इस देश में कानूनों की एकरूपता, इस देश में नीति की समानता चाहते हैं और यदि एक राज्य के कामगारों को लाभ मिलता है तो हम नहीं चाहते कि किसी अन्य राज्य में कामगारों को वही लाभ नकार दिए जाएँ। यही कारण है कि हम चाहते हैं कि ठेका श्रम विनियमन और उत्सादन अधिनियम के तहत एक उचित सरकार हो और औद्योगिक विवाद अधिनियम भी उसी तर्ज पर हो। यही कारण है कि हम इस प्रस्ताव के साथ आए हैं।

❑

श्री रेड्डी ने सी.पी.डब्ल्यू.डी. से संबद्ध सुप्रीम कोर्ट के फैसले के बारे में मुद्दा उठाया। बेशक, यह बिल्कुल सही है। सी.पी.डब्ल्यू.डी. के बारे में सर्वोच्च न्यायालय का फैसला विभाग के आकस्मिक श्रमिकों पर है और यहाँ हम ठेका श्रम के बारे में बात कर रहे हैं। आप जानते हैं कि ठेकेदार द्वारा क्या लगाया जाता है। आपको कुछ तो कारण यहाँ बताना ही होगा, ताकि हम सी.पी.डब्ल्यू.डी. पर सर्वोच्च न्यायालय के फैसले से निजात पाने का प्रयास कर सकें। यह बिल्कुल अलग है। इसके साथ इसका कोई लेना-देना नहीं है।

सिंगरेनी कोयला खान में दुर्घटना पर*

27 मार्च, 1986 को आंध्र प्रदेश राज्य के रामगुंडम, करीमनगर जिले में स्थित सिंगरेनी कोलीयर्स कंपनी लिमिटेड की गोदावरी खान संख्या 9 में दूसरी पाली के दौरान मध्याह्न 8.20 बजे एक खनन दुर्घटना घटी। यह दुर्घटना चौथी परत के कार्यरत पैनल संख्या 7 में उसी परत से पैनल संख्या 8 के अग्नि अवरोधकों के माध्यम से होनेवाली खतरनाक गैसों के प्रवाह के कारण

* 3 अप्रैल, 1986 को सिंगरेनी कोयला खान में दुर्घटना के बारे में तत्काल सार्वजनिक महत्त्व के मामलों पर ध्यानाकर्षण में भाग लेने के दौरान दिया गया वक्तव्य।

हुई थी। उस क्षेत्र में काम करनेवाले लोगों में से बारह लोग उससे हताहत हुए और बचाए गए तथा उनमें से छह की कंपनी के अस्पताल पहुँचने से पहले ही मृत्यु हो गई। बचाव अभियान के दौरान आठ अधिकारी (महाप्रबंधक, प्रबंधक और दो अधीनस्थ प्रबंधक समेत) भी खतरनाक गैसों से प्रभावित हुए थे और बाद में एक खनन सरदार की मृत्यु हो गई थी। इस प्रकार, कुल सात लोगों की मृत्यु हुई और कुल तेरह लोग हताहत हुए। जिन लोगों को अस्पताल में भरती किया गया था, बाद में उनमें से बारह को छुट्टी दे दी गई और एक व्यक्ति को निगरानी में रखा गया। खान में काम कर रहे प्रभावित लोगों के बचाव के लिए तत्काल उपाय किए गए थे। खान के अन्य हिस्सों में काम कर रहे सभी श्रमिकों को तुरंत वापस बुला लिया गया। खान सुरक्षा, हैदराबाद क्षेत्र के दो उप-निदेशक 28 मार्च, 1986 को दुर्घटनास्थल पर पहुँचे। इसके बाद खान सुरक्षा, हैदराबाद क्षेत्र और खान सुरक्षा विभाग के महानिदेशक ने भी स्थिति का आकलन करने और उचित सलाह देने के लिए दुर्घटनास्थल का दौरा किया। खान सुरक्षा, हैदराबाद क्षेत्र के निदेशक इस मामले की जाँच खान अधिनियम, 1952 के तहत कर रहे हैं।

खान अधिनियम, 1952 विभिन्न नियमों और विनियमों के तहत बनाया गया था, जिसमें खान में मजदूरों की सुरक्षा से संबंधित प्रावधान थे। खान सुरक्षा महानिदेशक और उनके अधिकारी खानों के संबंध में वैधानिक प्रावधानों को लागू करते हैं। यह सुनिश्चित करने के लिए कि खान प्रबंधक उचित निवारक उपायों को करें, इसलिए खान सुरक्षा के महानिदेशक को खानों के निरीक्षण को तीव्र करने और खान अधिनियम के तहत अन्य कार्यवाही करने के निर्देश दिए गए हैं, जिसमें सुधार सूचनाएँ, निषिद्ध आदेश, मुकदमे की शुरुआत आदि शामिल हैं। चरण खान सुरक्षा के महानिदेशक की निरीक्षण मशीनरी को मजबूत करने के लिए भी लिया जा रहा है। खान सुरक्षा महानिदेशक के निरीक्षण उपकरणों को मजबूत करने के लिए भी कदम उठाए जा रहे हैं।

❑

श्रीमान अध्यक्ष महोदय, मैं संसद् के माननीय सदस्यों का आभारी हूँ, जिन्होंने अपने खोज प्रश्नों को डालने के दौरान भविष्य की काररवाई के लिए बहुत मूल्यवान् सुझाव दिए हैं। श्री भूपति ने उल्लेख किया है कि पहले ही खतरे का अंदेशा था, इस विशेष पैनल में एक खतरा देखा गया था। वह प्रबंधन के ध्यान में लाया गया था। यह सच है, ऐसा इसलिए, क्योंकि खतरा देखा गया था और उसे प्रबंधन की नजर में लाया गया था। पैनल संख्या 8 जहाँ दुर्घटना हुई थी—मार्च 1986 में सिर्फ एक महीने पहले ही परित्यक्त कर दिया गया था। वे सील कर दिए गए थे। पहले सील को रखा गया। वहाँ काम करनेवाले लोगों को किसी अन्य पैनल में स्थानांतरित कर दिया गया था। इसलिए दुर्घटना पैनल संख्या 8 में हुई, जिसे परित्यक्त कर दिया गया था। गैस लीक हुई और उससे एक अन्य पैनल संख्या 7 प्रभावित हुआ, जहाँ दुर्घटना हुई ही नहीं थी। पीड़ाएँ हुई हैं, क्योंकि दुर्घटना एक पैनल में हुई है और इससे एक और पैनल प्रभावित हुआ है। लोगों

युवा आँखों में स्वर्णिम भविष्य।

संगमा अपने कॉलेज के सहपाठियों के साथ (तीसरी पंक्ति में, दाएँ से सातवें)।

कॉलेज की एक और स्मृति; संगमा पहली पंक्ति में, बाएँ से दूसरे।

कैप्टन डब्ल्यू.ए. संगमा के साथ संगमा।

विवाह के उपरांत अपनी नववधू के हाथ-में-हाथ डाले हुए।

विवाह के उपरांत अपनी पत्नी के साथ संगमा।

तत्कालीन राष्ट्रपति श्री आर. वैंकटरमन राष्ट्रपति भवन में 21.6.1991 को पी.ए. संगमा को केंद्रीय कोयला राज्यमंत्री (स्वतंत्र प्रभार) की शपथ दिलाते हुए।

तत्कालीन राष्ट्रपति डॉ. शंकर दयाल शर्मा राष्ट्रपति भवन में 09.2.1995 को पी.ए. संगमा को केंद्रीय श्रम मंत्री की शपथ दिलाते हुए।

तत्कालीन लोकसभा अध्यक्ष पी.ए. संगमा 26 अगस्त, 1997 को संसदीय सौध में 'स्वाधीनता के 50 वर्ष' पर प्रदर्शनी का शुभारंभ करने आते हुए।

पी.ए. संगमा प्रदर्शनी का शुभारंभ करते हुए।

नई दिल्ली में मार्च 1997 में संसद् व राज्यों की विधानसभाओं के पब्लिक एकाउंट्स कमेटी के अध्यक्षों की कॉन्फ्रेंस के अवसर पर पब्लिक एकाउंट्स कमेटी के अध्यक्ष डॉ. मुरली मनोहर जोशी व अन्य के साथ पी.ए. संगमा।

23 जनवरी, 1997 को संसद् के केंद्रीय कक्ष में नेताजी सुभाष चंद्र बोस की प्रतिमा का अनावरण करने के बाद उद्‌बोधन देते हुए पी.ए. संगमा।

26.8.1996 को ऑस्ट्रेलियाई संसदीय दल के एक नेता से संवाद करते पी.ए. संगमा।

फरवरी 1997 में एक इजिप्शियन संसदीय दल के साथ पी.ए. संगमा।

13 जुलाई, 1996 को भारतीय संसद् पर एक प्रदर्शनी का शुभारंभ करते
पी.ए. संगमा व तत्कालीन लोकसभा उपाध्यक्ष श्री सूरज भान।

25 जुलाई, 1997 को नवनिर्वाचित राष्ट्रपति के रूप में संसद् के केंद्रीय कक्ष में पहला उद्बोधन देते श्री के.आर. नारायणन। साथ दिख रहे हैं—पूर्व राष्ट्रपति डॉ. शंकर दयाल शर्मा, तत्कालीन लोकसभा अध्यक्ष पी.ए. संगमा, राज्यसभा की तत्कालीन उपसभापति डॉ. नजमा हेपतुल्ला व भारत के तत्कालीन मुख्य न्यायाधीश श्री जे.एस. वर्मा।

23 जुलाई, 1996 को बाल गंगाधर तिलक की जयंती पर उन्हें श्रद्धांजलि अर्पित करने के उपरांत तत्कालीन प्रधानमंत्री श्री एच.डी. देवेगौड़ा व अन्य के साथ पी.ए. संगमा।

9 मई, 1998 को संसद् के केंद्रीय कक्ष में गुरुदेव रवींद्रनाथ टैगोर को उनकी जयंती पर श्रद्धांजलि अर्पित करने के बाद तत्कालीन प्रधानमंत्री श्री अटल बिहारी वाजपेयी, सांसद ममता बनर्जी व अन्य के साथ पी.ए. संगमा।

19 मार्च, 1997 को तत्कालीन राष्ट्रपति डॉ. शंकर दयाल शर्मा संसद् के केंद्रीय कक्ष में श्री सोमनाथ चटर्जी को वर्ष 1996 के 'सर्वोत्कृष्ट सांसद सम्मान' से अलंकृत करते हुए। साथ में हैं भारत के तत्कालीन उपराष्ट्रपति श्री के.आर. नारायणन, तत्कालीन प्रधानमंत्री श्री एच.डी. देवेगौड़ा व तत्कालीन लोकसभा अध्यक्ष श्री पी.ए. संगमा।

तत्कालीन प्रधानमंत्री श्री आई.के. गुजराल के साथ पी.ए. संगमा।

एक विदेशी संसदीय प्रतिनिधिमंडल के साथ पी.ए. संगमा।

एक सज्जन राजनेता बनने के सभी गुण लिये पी.ए. संगमा के लिए कभी कोई बाधा व अड़चन नहीं आई। ग्रेट वॉल ऑफ चायना पर पी.ए. संगमा।

पूर्व राष्ट्रपति डॉ. शंकर दयाल शर्मा के साथ पी.ए. संगमा व उनकी पत्नी।

संगमा अपनी पत्नी सोराडिनी कोंकल संगमा, पुत्रों जेम्स व कॉनरेड तथा पुत्रियों क्रिस्टी व अगाथा के साथ।

प्रफुल्लित मुद्रा में पी.ए. संगमा—उनके व्यक्तित्व का एक अनुपम गुण।

पुस्तकें उनकी सबसे अच्छी मित्र थीं।

प्रेरक व्यक्तित्व के धनी पी.ए. संगमा।

को उससे हानि हुई, क्योंकि दुर्घटना एक पैनल में हुई है और उससे एक और पैनल प्रभावित हुआ है। यही सही स्थिति है।

एक और सवाल यह उठता है कि खानों में पर्याप्त सुरक्षा पूर्वोपाय और सुरक्षा उपाय उपलब्ध हैं या नहीं? पर्याप्त सुरक्षा उपायों की उपलब्धता पर मैं कोई दावा नहीं करना चाहूँगा। मुझे नहीं पता कि पर्याप्त सुरक्षा उपाय क्या हैं और क्या नहीं हैं। तो इस संबंध में दावा करने के लिए मैं सही व्यक्ति नहीं हूँ। लेकिन मुझे यह कहना होगा कि कुछ व्यवस्थाएँ मौजूद थीं और शायद प्रबंधन ने सोचा कि वे पर्याप्त भी थे। लेकिन दुर्घटनाएँ तो आखिर दुर्घटनाएँ ही हैं। कभी-कभी पर्याप्त सुरक्षा उपायों और निवारक उपायों के साथ भी दुर्घटनाएँ होती हैं। दुर्घटनाओं से बचा नहीं जा सकता है। मुझे बताया गया है कि संवेदनशील गैस संसूचक जैसे सुरक्षा उपाय खान में उपलब्ध थे। इन संवेदनशील गैस संसूचकों का उपयोग किया जा रहा था और मुझे यह भी बताया गया है कि लगभग प्रत्येक घंटे बाद गैस की जाँच की जा रही थी तथा सुरक्षा लैंप, जिनका माननीय सदस्यों ने उल्लेख किया था, वह भी उपलब्ध थे। मैं बहुत कुछ नहीं कहूँगा। सक्रिय बचाव-प्रशिक्षित कर्मचारी उपकरणों के साथ भी खान के आसपास मौजूद थे।

जहाँ तक उपकरणों का सवाल है, माननीय सदस्य ने पूछा है कि हमारे खानों में परिष्कृत उपकरण उपलब्ध हैं या नहीं? मुझे बताया गया है कि कई स्थानों पर परिष्कृत उपकरण उपलब्ध नहीं हैं। कारण यह है कि वे परिष्कृत उपकरण हमारे देश में निर्मित नहीं होते हैं और उन उपकरणों को बाहर से आयात किया जाता है।

अब कोल इंडिया ने एक समिति बनाई है और सिंगरेनी कोलायरीज ने भी यह अनुरोध किया है कि भारत की सभी कोलफील्ड्स में आवश्यक सुरक्षा उपकरणों की आवश्यकताओं का अध्ययन करने के लिए उनकी कोलायरीज को भी इसमें शामिल किया जाना चाहिए। और कितना जोखिम होगा और कैसे इसका खर्च होगा? क्योंकि यह देश के भीतर उपलब्ध नहीं है। हमें इसे आयात करना होगा। तो ये सभी प्रयास कोल इंडिया द्वारा किए जा रहे हैं।

जहाँ तक इस प्रकार की दुर्घटना का सवाल है, विशेषकर इस खान में, पिछले पाँच वर्षों में मेरी जानकारी के अनुसार केवल एक दुर्घटना, जो कि वर्ष 1985 में हुई थी, जहाँ एक व्यक्ति की मौत हो गई थी और पिछले पाँच वर्षों में अब यह दूसरी दुर्घटना हुई है।

लेकिन अगर हम पूरी तरह से सिंगरेनी कोलायरीज की बात करें तो निश्चित रूप से यह आँकड़ा अलग है। मैं विशेष रूप से इसी के बारे में बात कर रहा हूँ; लेकिन अगर हम अपने देश की विभिन्न खानों में होनेवाली दुर्घटनाओं के आँकड़ों को देखते हैं और यदि हम उनकी तुलना दुनिया के अन्य हिस्सों में होनेवाली दुर्घटनाओं के आँकड़ों के साथ करते हैं तो साफ तौर पर आँकड़े तुलनीय हैं। लेकिन इसका मतलब यह नहीं है कि हम उन आँकड़ों से संतुष्ट हैं। हमें दुर्घटनाओं की रोकथाम करनी चाहिए और इस हद तक कोशिश करनी चाहिए कि दुर्घटनाएँ हों ही न।

आपको तुलनात्मक विवरण देने के लिए बताना चाहता हूँ कि वर्ष 1984 में भारतीय खानों में प्रति हजार लोगों की मृत्यु दर 0.32 है। बेल्जियम में यह 0.97 है। चेकोस्लोवाकिया में यह 0.49 है। जापान में यह 3.87 है और संयुक्त राज्य अमेरिका में यह 0.63 तथा पश्चिम जर्मनी में यह 0.40 है। यह पूरे देश की समग्र तसवीर है और हम अपने देश में इसे नियंत्रित करने में सक्षम रहे हैं। कम-से-कम दुर्घटनाओं के कारण होनेवाली मौतों की संख्या तो नहीं बढ़ रही है। यह पिछले कई सालों से नियंत्रित है। मुझे लगता है कि निश्चित रूप से हमारे देश में होनेवाली ऐसी दुर्घटनाओं की जाँच और रोकथाम के लिए गंभीर प्रयास करने की आवश्यकता है।

मेरे कथन में ही इसके लिए कई कदम सुझाए गए हैं। मैंने कहा है कि निरीक्षणों को तेज किया जाना चाहिए तथा अधिक प्रतिबंध आदेश जारी किए जाने चाहिए और मुकदमे शुरू किए जाने चाहिए। खान अधिनियम के तहत सारी कारंरवाई की जा चुकी है और मैंने निर्देश दिया है कि इसे तेज किया जाना चाहिए। इसके अलावा, मुझे लगता है कि श्री रेड्डी ने जो सुझाव दिया है, वह बहुत ही सही सुझाव है। श्री रेड्डी ने कहा है कि हमें खानों में अधिक बचाव स्टेशनों और बचाव कक्षों के स्थापन के साथ जाना चाहिए। मैं श्री रेड्डी के सुझावों से सहमत हूँ तथा मुझे और अधिक बचाव स्टेशनों एवं बचाव कक्षों के होने की आवश्यकता महसूस होती है। दरअसल, सरकार द्वारा एक उच्चस्तरीय समिति गठित की गई है कि कितने बचाव स्टेशन व बचाव कक्ष स्थापित किए जाएँ। हमारा इरादा यह है कि बचाव स्टेशन कम-से-कम एक किलोमीटर की सीमा के भीतर उपलब्ध होना चाहिए। यह भारत सरकार का लक्ष्य है और हम इस पर काम कर रहे हैं।

जहाँ तक इस विशेष खान का संबंध है, हमारे पास एक परियोजना या योजना है, जिसे हम दुर्घटना-प्रभावित खानों के सर्वेक्षण और सुधारात्मक उपायों की पहचान कहते हैं। यह योजना वास्तव में धनबाद कोयला खानों के लिए तैयार की गई थी; लेकिन भारत सरकार ने फैसला किया है कि इस योजना को सिंगरेनी कोलायरीज में भी लागू किया जाना चाहिए। हम सिंगरेनी में भी ऐसा करने जा रहे हैं।

फिर एक सवाल था कि कुछ लोगों पर मुकदमा चलाया गया है या नहीं अथवा किसी पर कोई मुकदमा नहीं चलाया गया है? हम मुकदमा चला रहे हैं। जहाँ तक सिंगरेनी कोलायरी का प्रश्न है, पिछले पाँच वर्षों में हमने आठ मामलों में अभियोग लगाया है। जहाँ तक वर्तमान घटना का संबंध है, मैंने कहा है कि खानों के निदेशालय को इसमें जाने के लिए कहा गया है। वह इस मामले की जाँच कर रहा है। आगे और क्या कदम उठाए जा सकते हैं, इस पर हम केवल खान निदेशक से रिपोर्ट मिलने पर ही विचार कर पाएँगे। फिलहाल इस समय वह इन सब में व्यस्त हैं।

आखिरी मुद्दा उन लोगों को किए गए भुगतान पर उठाया गया है। जो लोग मारे गए, उनके अंतिम संस्कार के मुआवजे के रूप में 500 रुपए का भुगतान किया गया और इसके अलावा मृत व्यक्ति के लिए 10,000 रुपए का अंतरिम मुआवजा दिया गया है। यह भुगतान प्रतिकर

अधिनियम के तहत उनके उत्तराधिकारी को किए जानेवाले कुल भुगतान का हिस्सा होगा।

लेकिन मैं घटनास्थल पर मौजूद अधिकारियों के बारे में अपनी प्रशंसा दर्ज करना चाहता हूँ। जैसाकि मैंने अपने बयान में कहा है, बारह व्यक्तियों में से जो हताहत हुए थे, छह लोग वहाँ काम कर रहे थे। मरनेवाला सातवाँ व्यक्ति वह था, जो उनके बचाव के लिए गया था। इस प्रकार, बचाव अभियान तुरंत शुरू हुआ। प्रभावित हुए आठ व्यक्तियों में महाप्रबंधक, प्रबंधक और दो अधीनस्थ प्रबंधक शामिल हैं। वे बाकी लोगों के बचाव कार्य में खुद इतने खतरे में चले गए थे कि खुद भी हताहत हुए। तो उनके द्वारा की गई शीघ्र काररवाई के लिए मैं उनका आभार प्रकट करना चाहूँगा।

प्रशिक्षु (संशोधन) विधेयक, 1986 *

जैसाकि माननीय सदस्य जानते हैं, प्रशिक्षु अधिनियम उद्योगों में प्रशिक्षुओं को प्रशिक्षण प्रदान करने हेतु वर्ष 1961 में प्रशिक्षण कार्यक्रमों को विनियमित करने के उद्देश्यों के साथ अधिनियमित किया गया था। इस अधिनियम को सन् 1973 में व्यावसायिक शिक्षुओं के अलावा अभियांत्रिकी/प्रौद्योगिकी में स्नातकों और डिप्लोमा धारकों को स्नातक/तकनीकी प्रशिक्षुओं के रूप में इस कानून के दायरे में लाने के लिए संशोधित किया गया था।

इस देश में उचित स्तर पर उचित रोजगार के अवसर मिल सकें, इसलिए उच्च माध्यमिक शिक्षा का व्यावसायिकीकरण भी सार्थक शिक्षा प्रदान करने के प्रयासों में किया गया एक प्रयास है। यह भी उम्मीद है कि इससे हमारी उच्च शिक्षा-प्रणाली पर जो दबाव है, वह कम होगा।

व्यावसायिकीकरण में शिक्षा के साथ कार्य अनुभव भी निहित है। इसलिए विषय के व्यावहारिक पहलुओं को सीखने के लिए क्षेत्रीय अध्ययन और संस्थागत शिक्षा की पूर्ति के लिए व्यावसायिक क्षेत्र को पर्याप्त सुविधाएँ प्रदान की जानी चाहिए। व्यावसायिक विषय से जुड़े वर्ग हेतु प्रशिक्षुता सुविधाएँ प्रदान करना इस संबंध में प्रासंगिक लगता है। शिक्षा मंत्रालय के अधीन कार्यरत प्रशिक्षुता क्षेत्रीय मंडलों की देख-रेख में वर्ष 1983-84 में व्यावसायिक विषय से जुड़े वर्ग हेतु कार्यगत प्रशिक्षण के लिए विशेष व्यावसायिक शिक्षा-प्रशिक्षण नामक प्रायोगिक योजना का शुभारंभ किया गया। इस योजना के तहत कमजोर वर्गों, विशेष रूप से अनुसूचित जातियों एवं अनुसूचित जनजातियों, नाबालिगों, शारीरिक रूप से विकलांगों और महिलाओं को भी प्रशिक्षण प्रदान किया गया।

---

* 5 मई और 30 व 31 जुलाई, 1986 को लोकसभा में विधेयक को पेश करते समय दिया गया भाषण। प्रशिक्षु अधिनियम, 1961 में संशोधन के लिए विधेयक लाया गया था, शिक्षुओं की एक पृथक् श्रेणी बनाने के लिए और साथ ही अधिनियम के अनुच्छेद-3 (ए), 6 (बी) और 6 (एए) में संशोधन करने के लिए।

दो वर्षों के दौरान मिले अनुभव की बदौलत, जो यह बताता है कि इस योजना का स्वागत राज्यों, प्रशिक्षण संस्थाओं और व्यावसायिक विषय से जुड़े वर्ग द्वारा खुले मन से किया गया है, प्रशिक्षु अधिनियम, 1961 में संशोधन हेतु यह प्रस्तावित होता है तो व्यावसायिक क्षेत्र में प्रशिक्षण प्रदान करने के लिए तकनीशियन (व्यावसायिक) प्रशिक्षुता नामक एक पृथक् श्रेणी बनाई जाए और इस योजना को प्रशिक्षु प्रशिक्षण के क्षेत्रीय मंडल प्रशासित करें, जो कि स्नातक और तकनीशियन प्रशिक्षुओं के लिए प्रशिक्षु प्रशिक्षण योजना को कार्यान्वित कर रहे हैं।

प्रशिक्षु (संशोधन) विधेयक, 1986 का उद्देश्य तकनीशियन (व्यावसायिक) प्रशिक्षुओं जैसी एक पृथक् प्रशिक्षु श्रेणी बनाने का है, ताकि प्रशिक्षु अधिनियम के तहत 10+2 व्यावसायिक विषय से जुड़े वर्ग को कार्यगत प्रशिक्षण प्रदान किया जा सके, जिससे 10+2 व्यावसायिक विषय से जुड़े वर्ग द्वारा अधिगृहीत किए गए विभिन्न व्यवसायों के लिए पर्याप्त योग्यता और कौशल को सुनिश्चित करने में मदद मिलेगी, जो हमें संगठित क्षेत्र, कृषि और आर्थिक गतिविधियों के अन्य सेवा क्षेत्रों में उचित रोजगार या स्वरोजगार के अवसरों की ओर ले जाएगा, जिसमें कृषि और ग्रामीण आधारित उद्योग भी शामिल हैं।

इस योजना में निर्धारित न्यूनतम दर के भुगतान की परिकल्पना की गई है। इस योजना में नियमों के अनुसार न्यूनतम दर पर वृत्ति के भुगतान की परिकल्पना की गई थी, जिसके 50 प्रतिशत का भुगतान केंद्र सरकार द्वारा प्रशिक्षण संस्थानों को स्नातक और तकनीशियन प्रशिक्षुओं के संबंध में किया जाएगा। अनुमान लगाया गया है कि इसके संचालन के पहले वर्ष में इस योजना से करीब 4,000 प्रशिक्षु लाभान्वित होंगे और सातवीं पंचवर्षीय योजना के अंत तक इन अवसरों की संख्या बढ़कर लगभग 12,000 हो जाएगी। सातवीं पंचवर्षीय योजना की अवधि के दौरान केंद्र सरकार द्वारा भुगतान की जानेवाली राशि 744 लाख रुपए होगी।

अधिनियम की धारा 3 (ए), 6 (बी) और 6 (एए) में संशोधन करने का अवसर भी भुनाया जा रहा है। अधिनियम की धारा 3 (ए) में संशोधन करने का वर्तमान प्रस्ताव अनुसूचित जातियों एवं अनुसूचित जनजातियों के लिए प्रशिक्षण स्थानों के आरक्षण की योजना के प्रचालन में होनेवाली कठिनाइयों को दूर करना है। चूँकि धारा 6 (ए) और 6 (एए) में इस्तेमाल किए गए 'ट्रेड टेस्ट' शब्द का प्रयोग आमतौर पर सभी परीक्षा निकायों द्वारा नहीं किया जाता है, इसलिए प्रस्तावित संशोधन ट्रेड टेस्ट के साथ 'परीक्षा' शब्द को भी शामिल करने का सुझाव देता है।

इन कुछ शब्दों के साथ मैं यह विधेयक सदन के विचारार्थ रखता हूँ।

❑

महोदय, मैं इस विधेयक को पूर्ण समर्थन देने के लिए माननीय सदस्यों का आभारी हूँ, हालाँकि दूसरी तरफ मेरे कुछ मित्रों का मुझसे कुछ मतभेद भी है। मेरे मित्र डॉ. दत्ता सामंत ने सीमित समर्थन दिया।

❑

मैं माननीय सदस्यों के बहुमूल्य सुझावों के लिए भी उनका शुक्रगुजार हूँ। वास्तव में, सदन भी सर्वसम्मत था कि यह संशोधन पर्याप्त नहीं है और सरकार को इस अधिनियम में और अधिक व्यापक संशोधन के बारे में सोचना पड़ सकता है। मैं सदन के सुझावों से सहमत हूँ और हम अधिनियम में व्यापक संशोधन के साथ आ रहे हैं। दरअसल, केंद्रीय शिक्षुता परिषद् ने योजना की कार्य-प्रणाली में जाने के लिए पिछले साल अक्तूबर में एक कार्यकारी समूह नियुक्त कर दिया है कि इसे कैसे कार्यान्वित किया जा रहा है! इसे इस अधिनियम के कार्यान्वयन का कार्यभार भी सौंपा गया है। इन सभी का कार्यान्वयन हो जाने के बाद वे सुझाव देंगे कि संशोधन किए जाने की आवश्यकता है या नहीं। यह कार्यकारी समूह पहले से ही इन सभी पहलुओं पर कार्य कर रहा है। अत: उम्मीद है कि जब केंद्रीय शिक्षुता परिषद् से अक्तूबर माह के अंत में मुलाकात होगी तो वे एक अंतिम रिपोर्ट जमा करने योग्य होंगे। मुझे यह समझने के लिए दिया गया है कि इस कार्यकारी समूह के पास देश भर में चार क्षेत्रीय उपकक्षाएँ पहले से ही हैं और हम अक्तूबर तक रिपोर्ट प्राप्त करने की उम्मीद करते हैं। रिपोर्ट मिलने के बाद हम सम्मानित सदस्यों द्वारा आज और कल दिए गए सुझावों पर विचार करेंगे। हम निश्चित रूप से उन्हें ध्यान में रखेंगे, जबकि हम इस अधिनियम में व्यापक संशोधन के साथ आएँगे।

महोदय, हम यहाँ एक नया पाठ्यक्रम शुरू करने के सीमित मुद्दे के साथ आए हैं और अनुसूचित जाति एवं अनुसूचित जनजातियों की आरक्षण नीति की कुछ कमियों को दूर करने के लिए भी आए हैं।

शायद हम अक्तूबर के बाद आ सकते थे। लेकिन इसके साथ आने का विचार सदन की मनोदशा को जानने के लिए भी था, ताकि जब हम व्यापक संशोधन के साथ आ सकें तो हम सम्मानजनक सदस्यों द्वारा दी गई सलाह और सुझावों पर उचित विचार दे सकते हैं। अगर मैं कहूँ तो शायद हम अक्तूबर के बाद भी यहाँ आ सकते थे; परंतु सच कहूँ तो यहाँ आने का मुख्य उद्देश्य सदन की मनोदशा जानने का था, ताकि जब हम सदन में व्यापक संशोधन के साथ वापस आएँ तो माननीय सदस्यों द्वारा दी गई सलाह और सुझावों को भी उचित महत्त्व दे पाएँ।

नई शिक्षा नीति शिक्षा के व्यवसायीकरण पर जोर देती है या हम इसे नौकरी-उन्मुख शिक्षा कह सकते हैं। यह संशोधन नई शिक्षा नीति के अनुरूप है। वर्तमान में प्रशिक्षु अधिनियम के तहत हमारे पास तीन श्रेणियाँ हैं, जिन पर विचार किया गया है। पहला, आई.टी.आई. छात्रों को शामिल करते हुए व्यावसायिक प्रशिक्षु पाठ्यक्रम, जो कक्षा पाँचवीं से दसवीं के लिए है, जिन्होंने कक्षा 5 से लेकर 10 तक पास की है। दूसरी, तकनीशियन प्रशिक्षु है, जो कि डिप्लोमा-धारकों के लिए है और तीसरी स्नातक प्रशिक्षु, जो कि अभियांत्रिकी तकनीकी में स्नातकों के लिए है। और अब हम चौथी श्रेणी शामिल करना चाहते हैं, जो कि बारहवीं कक्षा के स्तर के विद्यार्थियों के लिए है।

इस प्रकार, हम बारहवीं कक्षा के छात्रों के लिए प्रशिक्षु की एक नई श्रेणी जोड़ने के लिए

इस संशोधन के साथ आए हैं। हम इसे तकनीशियन व्यावसायिक शिक्षुता कह रहे हैं। हमें उम्मीद है कि संशोधन में कम-से-कम तीन बदलाव होंगे। और वे हैं नई शिक्षा नीति के अनुसरण में। यह शिक्षा को व्यावसायिक बनाने का प्रयास होगा। दूसरा, हम उम्मीद करते हैं कि यह उन लोगों को अवसर देगा, जिन्होंने इस प्रशिक्षण को स्वयं रोजगार के तौर पर पूरा किया है। तीसरा, यह निश्चित रूप से सामान्य उच्च शिक्षा-प्रणाली को दबाव से छुटकारा दिलाएगा।

माननीय सदस्यों द्वारा उठाए गए और जोर दिए गए बिंदु यह हैं कि अनुमानित प्रशिक्षुओं की संख्या और उपलब्ध कराई गई धनराशि बहुत कम है। अच्छा, यह बहुत कम हो सकता है। खैर, यह बहुत ही कम है। जो हमें जो उपलब्ध कराया गया है, मैं उससे निश्चित रूप से संतुष्ट नहीं हूँ। काश, कुछ और अधिक दिया जा सकता! लेकिन जब हम प्रशिक्षु की नई श्रेणी की बात कर रहे हैं, जिसको हम प्रस्तावित करने का प्रयास कर रहे हैं तो हमें इसे दिए जानेवाले संपूर्ण व्यावसायिक प्रशिक्षण के संदर्भ में और देश में चल रहे प्रशिक्षु प्रशिक्षण के संदर्भ में देखा जाना चाहिए।

जैसाकि मैंने कहा कि यहाँ तीन श्रेणियाँ हैं, जो पहले से मौजूद हैं और यह चौथी है। मुझे लगता है कि हमें इसे संपूर्णता के साथ देखना होगा। यदि हम पहले से चल रहे विभिन्न पाठ्यक्रमों को देखते हैं तो अब हम पाएँगे कि प्रशिक्षुता प्रशिक्षण की पहली श्रेणी के तहत हमारे पास इस देश में 1,81,935 सीटों की क्षमता है। फिर स्नातक और डिप्लोमा पाठ्यक्रमों के लिए कुल उपलब्ध सीटें 26,240 हैं। और सबसे ऊपर हमारे पास देश भर में 2,60,000 सीटों की क्षमता है, जिसके फलस्वरूप वास्तव में, तीनों पाठ्यक्रमों में मौजूदा उपलब्ध सीटें 4,88,175 हैं। चौथे पाठ्यक्रम की शुरुआत के बाद हमारे पास 12,000 अतिरिक्त सीटें होंगी और सभी चार श्रेणियों में प्रशिक्षु प्रशिक्षण के लिए देश में उपलब्ध कुल सीटें 5 लाख से अधिक होंगी। तो यह इतना भी बुरा नहीं है। मैं कह रहा हूँ कि यह इतना बुरा नहीं है, क्योंकि अगला प्रश्न यह उठता है कि मौजूदा सीटों का उपयोग ठीक से किया जा रहा है या नहीं? यह एक नया प्रश्न है।

मैंने उन आँकड़ों को समझने की कोशिश की और मुझे खेद है कि इन पाठ्यक्रमों में उपलब्ध मौजूदा सीटों का पूरी तरह से उपयोग नहीं किया जा रहा है। उदाहरण के लिए, प्रशिक्षु प्रशिक्षण में 1,91,935 उपलब्ध सीटों में से कुल 1,36,345 सीटों को भी भरा गया है। ये आँकड़े वर्ष 1985-86 के हैं। इसलिए हमने अपने पास अभी भी 55,590 सीटों को रिक्त रखा है। यदि आप स्नातक और डिप्लोमा पाठ्यक्रम की ओर देखें तो देश में उपलब्ध कुल सीटें 26,240 हैं और इन सीटों में से केवल 13,746 सीटों को भरा गया है। इस प्रकार, हमारे पास अभी भी 12,494 सीटें रिक्त हैं।...मुझे उम्मीद है कि चौथी श्रेणी के तहत अब जो भी सीटें उपलब्ध कराई जा रही हैं, उनका पूरी तरह से उपयोग किया जाएगा।

मैं फिर एक बार कहूँगा कि हम देखेंगे कि यह कैसे काम करता है। अनुमानित आँकड़े लचीले हो सकते हैं। मुझे लगता है कि यहाँ अनुमान लगाई गई राशि भी लचीली हो सकती है।

लेकिन जाहिर है, यह मानव संसाधन विकास मंत्रालय द्वारा प्रशासित किया जा रहा है। मेरा मानना है कि यदि कार्यक्रम अच्छी तरह से संचालित हो जाता है तो मैं मानता हूँ कि सरकार निश्चित रूप से लचीली हो सकती है और यदि आवश्यक हो तो हम अगले चरण में उच्च सीटों या उच्च आवंटन के साथ भी आ सकते हैं। यह इस पर निर्भर करता है कि यह कैसे कार्य करता है!

महोदय, कुछ माननीय सदस्यों ने 25 व्यवसायों के बारे में भी पूछा है, जो हम इस नई श्रेणी के तहत पेश करने जा रहे हैं और सूची भी नहीं दी गई है। मैं इन 25 व्यवसायों की सूची को पढ़ूँगा। श्री तोम्बी सिंह जानना चाहते थे कि नया पाठ्यक्रम उत्तर-पूर्वी क्षेत्र में प्रासंगिक होगा या नहीं। मुझे यह कहते हुए खुशी हो रही है कि जिन नए व्यवसाय को हम पेश करने जा रहे हैं, वे उत्तर-पूर्वी क्षेत्र के लिए बहुत प्रासंगिक हैं। मैं उन्हें पढ़ूँगा—लेखा और लेखा परीक्षण, विपणन और बिक्री कौशल, कार्यालय सचिव/आशुलिपि, खाद्य संरक्षण, बेकरी और कन्फेक्शनरी, मुरगी-पालन, मत्स्य-पालन/मत्स्य संसाधन, डेयरी उद्योग, चिकित्सा प्रयोगशाला प्रौद्योगिकी/सहायक, स्वास्थ्य कर्मचारी/नर्सिंग, शिशु-पालन/पोषण, स्वास्थ्य सेवा और सौंदर्य-पालन, नेत्र संबंधी तकनीक, कृषि-पालन/उत्पादन, रेशम कीट पालन, बागबानी/पुष्प कृषि, पौध संरक्षण, ड्रेस डिजाइनिंग एवं निर्माण प्रक्रिया, कपड़ा और डिजाइनिंग, सिविल निर्माण/रख-रखाव, मशीनी सेवा कार्य, विद्युतीय सेवा कार्य, इलेक्ट्रॉनिक्स सेवा कार्य, मोटर संबंधी सेवा कार्य। यही वे 25 व्यवसाय हैं।

❑

व्यावसायिक प्रशिक्षण के लिए पहले ही हमारे पास 135 व्यवसाय हैं। 25 व्यवसाय, जिनका मैंने अभी उल्लेख किया है, वे नए व्यवसाय हैं, जिन्हें हम प्रस्तावित करना चाह रहे हैं। हम पहले से ही मौजूद आई.टी.आई. और व्यावसायिक प्रशिक्षण पाठ्यक्रमों के साथ कोई टकराव नहीं करना चाहते हैं। ये नए व्यवसाय हैं, जिन्हें हम उत्तर-पूर्वी क्षेत्र समेत विभिन्न क्षेत्रों की आवश्यकताओं को ध्यान में रखते हुए प्रस्तावित करना चाह रहे हैं, जैसाकि श्री तोम्बी सिंह ने उल्लेख किया है।

कुछ माननीय सदस्यों ने इसके प्रचालन के बारे में चिंता व्यक्त की है और जिन उपकरण का वे उपयोग कर रहे हैं, वे पुराने हैं और आधुनिकीकरण की आवश्यकता है, आदि। मैं उनके साथ काफी हद तक सहमत हूँ, उपलब्ध सुविधाएँ आधुनिक शैली की नहीं हैं। देश में मौजूद सुविधाओं के मानकों को अपग्रेड और आधुनिकीकृत करने की आवश्यकता है। सातवीं पंचवर्षीय योजना में पहली बार हमने देश में इन सुविधाओं के आधुनिकीकरण के लिए 17 करोड़ रुपए का योजना व्यय आवंटन किया है और इसकी शुरुआत करने के लिए हम पंद्रह वर्ष या उससे अधिक उम्र के वर्ग को चुनेंगे, क्योंकि हमने सोचा है कि जिन लोगों ने काफी काम किया है, उन्हें पहले आधुनिकीकृत किया जाना चाहिए।

❑

शायद हमें पूरी योजना को समझना होगा कि हम इसे कैसे चलाएँगे और इसे कैसे बनाए रखेंगे? मैं इस पूरे मुद्दे की समीक्षा करने के लिए एक बैठक करने का प्रस्ताव करता हूँ। प्रशिक्षण केंद्र केवल राज्य सरकारों द्वारा ही संचालित नहीं होते हैं, बल्कि इन्हें निजी लोगों द्वारा भी चलाया जाता है और उन्हें एन.सी.वी.टी. से संबद्ध होना पड़ता है; उन्हें संबद्धता और मान्यता प्राप्त करनी पड़ती है। हमारे पास उनकी बड़ी संख्या है। देश में उनकी तेजी से वृद्धि हुई है और वे संबद्धता की माँग कर रहे हैं। श्री थॉमस यहाँ हैं। केरल जैसे राज्यों में इसकी संख्या बढ़ रही है और वे संबद्धता के लिए माँग कर रहे हैं। श्री एंथनी ने कई पत्र भी लिखे हैं। हमें इसके समग्र रूप को देखना होगा। क्या हमें वर्तमान में जो मौजूद हैं, उनका आधुनिकीकरण या नवीनीकरण करना चाहिए या लोगों को ऐसे केंद्रों को शुरू करने की अनुमति देनी चाहिए? इन सभी पहलुओं पर विचार करना होगा। मैं आशा करता हूँ कि हम जल्द ही इस पर कोई निर्णय ले पाएँ।

❑

फिर निश्चित रूप से, सदन में उठाया गया एक बहुत ही महत्त्वपूर्ण और प्रासंगिक प्रश्न यह है कि उन लोगों में से, जिन्हें पहले ही आई.टी.आई. में प्रशिक्षित किया गया है और वे, जिन्होंने अपनी डिप्लोमा या डिग्री प्राप्त कर ली है, उनमें से कितने रोजगार में हैं और क्या उनके लिए रोजगार प्राप्त करना आसान है? महोदय, इस संबंध में मेरे पास कोई आँकड़ा नहीं है। लेकिन मुझे निर्देश दिया गया है कि हमें नमूना सर्वेक्षण करना चाहिए, क्योंकि उस पहलू पर एक संपूर्ण सर्वेक्षण कराना बहुत मुश्किल है। यद्यपि इस नमूना सर्वेक्षण द्वारा हम यह पता लगाने की कोशिश करेंगे कि वे प्रशिक्षु, जिन्होंने अपना प्रशिक्षण पूरा कर लिया, वे कैसे अपना जीवन-यापन कर रहे हैं? क्या वे नौकरी प्राप्त कर चुके हैं और यदि हाँ, तो क्या वह सरकारी है या वह स्वयं-रोजगार में हैं अथवा वे सार्वजनिक या निजी क्षेत्र में हैं?

नमूना सर्वेक्षण निश्चित रूप से उन लोगों की स्थिति और हालात जानने में हमारी मदद करेगा, जो पहले ही प्रशिक्षित हो चुके हैं। और जब तक हम स्थिति को नहीं जानते, हम किसी भी नीति को तैयार नहीं कर सकते और उसके लिए कोई समाधान भी नहीं ढूँढ़ सकते हैं। जब सर्वेक्षण रिपोर्ट आएगी तो मुझे सदन के समक्ष वह रखने में अत्यंत खुशी होगी।

फिर महोदय, अनुसूचित जातियों एवं अनुसूचित जनजातियों के आरक्षण के बारे में एक मुद्दा उठाया गया है कि इन अनुसूचित जाति एवं अनुसूचित जनजाति के उम्मीदवारों को बहुत ही कम प्रवेश दिया गया है। अधिनियम में सीटों पर आरक्षण व्यवसाय के अनुसार किया गया है, जो जनसंख्या के प्रतिशत पर आधारित है। इस प्रकार वे अर्हता ही नहीं प्राप्त कर पाए। अब हम सीटों की कुल उपलब्धता पर विचार करेंगे, न कि व्यवसाय के अनुसार। इसलिए इस संशोधन

के बाद मुझे उम्मीद है कि जनजातीय और अनुसूचित जाति के छात्रों का प्रवेश निश्चित रूप से बढ़ जाएगा।

ये कुछ बिंदु हैं, जिनका मैं उल्लेख करना चाहता था। जैसाकि मैंने शुरुआत में कहा था, माननीय सदस्यों ने जो मूल्यवान् सुझाव दिए हैं, निश्चित रूप से उन्हें संज्ञान में रखा जाएगा और सदन द्वारा वांछित व्यापक संशोधन के साथ जब हम दोबारा संसद् में आएँगे तो निश्चित रूप से इस पर विचार किया जाएगा।

बीड़ी और सिगार श्रमिक (नियोजन की शर्तें) संशोधन विधेयक, 1985*

महोदय, मैं इस गैर-सरकारी सदस्य के विधेयक को लाने के लिए श्री अजीत कुमार साहा का आभारी हूँ, क्योंकि इस विधेयक ने सदन को मौका दिया है कि हम पूरे देश में बीड़ी श्रमिकों द्वारा झेली जानेवाली समस्याओं पर चर्चा कर सकें। मैं सदन के माननीय सदस्यों का शुक्रगुजार हूँ कि उन्होंने इनसे संबंधित इनकी समस्याओं को यहाँ उठाया और मैं सदन को आश्वस्त कर सकता हूँ कि माननीय सदस्यों द्वारा जितने भी बिंदु गिनाए गए हैं, उन्हें संज्ञान में लिया गया है, और हम देखेंगे कि उस संबंध में क्या किया जा सकता है।

पूरे देश में लगभग 32.75 लाख बीड़ी श्रमिक हैं, जो मुख्यतया बारह राज्यों में फैले हैं। यह एक तथ्य है कि बीड़ी श्रमिक असंगठित क्षेत्र में कार्यरत हैं। इसलिए सन् 1966 में इन बीड़ी श्रमिकों को कुछ राहत देने के लिए भारत सरकार ने बीड़ी और सिगार श्रमिक (नियोजन और सेवा की शर्तें) नामक विधेयक अधिनियमित किया, जो उनकी कार्य-स्थिति में सुधार और उसके साथ जुड़े उपायों से उद्देशित था। लेकिन यह अधिनियम राज्य सरकारों द्वारा लागू किया जाना था और ऐसी कई शिकायतें थीं कि इस अधिनियम के प्रावधानों को प्रभावी ढंग से कार्यान्वित या लागू नहीं किया गया था। यहाँ तक कि लोकसभा के पिछले सत्र के दौरान इस सदन में भी कई माननीय सदस्य बीड़ी कर्मकारों की समस्याओं का मुद्दा उठा रहे थे। इसलिए भारत सरकार ने 21 जनवरी, 1981 को बीड़ी कर्मकारों से जुड़ी समस्याओं को समझने के लिए एक त्रि-पक्षीय बैठक का आयोजन किया। इस त्रि-पक्षीय समिति ने एक मजबूत स्थायी समिति को गठित करने का फैसला किया, ताकि इस अधिनियम के विभिन्न प्रावधानों के कार्यान्वयन की निगरानी की जा सके तथा स्थायी समिति की 2 फरवरी, 1982 और दिसंबर 1982, 27 सितंबर, 1984 को कई बैठकें हुईं और इसकी अंतिम बैठक 3 जनवरी, 1986 को हुई। इस स्थायी समिति की

---

* 18 जुलाई और 14 अगस्त, 1986 को लोकसभा में विधेयक के प्रत्युत्तर में दिया गया वक्तव्य। श्री अजीत कुमार साहा द्वारा देश में बीड़ी श्रमिकों की समस्याओं संबंधी एक गैर-सरकारी विधेयक पेश किया गया।

सिफारिशों में से एक यह थी कि मौजूदा कानून में कुछ सीमाएँ हैं और इसलिए, उन सीमाओं को दूर करने के लिए कुछ संशोधन लाए जाने चाहिए। हमने उन प्रस्तावों की जाँच की है और हम अर्थात् श्रम मंत्रालय आश्वस्त है कि इस अधिनियम में संशोधन आवश्यक है। हम इस अधिनियम में संशोधन के साथ आएँगे।

ऐसे कई मुद्दे हैं, जिन पर हमें संशोधन की आवश्यकता हो सकती है। उदाहरण के लिए, गोदाम और अन्य जगह पर काम करनेवाले लोगों को शामिल करने के लिए हमें 'कर्मचारी' शब्द की परिभाषा को थोड़ा और व्यापक करना पड़ सकता है। हमें निरीक्षकों की शक्तियों को बढ़ाना पड़ सकता है। हमें केंद्र सरकार के निरीक्षकों की मदद लेनी पड़ सकती है और इसलिए हमें राज्य सरकार को सशक्त करना पड़ेगा, ताकि हम केंद्र सरकार के अधिकारियों को निरीक्षक के तौर पर अधिसूचित कर सकें। ये कर्मचारी अवकाश के हकदार नहीं हैं। यहाँ तक कि कानूनी तौर पर भी 15 अगस्त और शायद 26 जनवरी पर अवकाश के हकदार नहीं हैं, जबकि ये तो हमारे राष्ट्रीय अवकाश हैं। इन सभी की जाँच की जानी चाहिए, और हम इनकी जाँच कर रहे हैं। मुझे उम्मीद है कि अगर इस सत्र के दौरान नहीं तो संसद् के अगले सत्र में हमें इस अधिनियम में संशोधन लाने में सक्षम हो जाना चाहिए।

बीड़ी कर्मकार की स्थिति को समझने के लिए एक सबसे महत्त्वपूर्ण बिंदु यह है कि यह कार्य परिवार तक ही सीमित है, क्योंकि यह कार्य घरों से ही किया जाता है। अत: कभी-कभी नियोक्ता और कर्मचारी के बीच संबंध बनाना मुश्किल हो जाता है। मैंने नियोक्ताओं के साथ एक बैठक की थी, और वहाँ उन्होंने स्वयं स्वीकार किया कि वे यह नहीं जानते थे कि कर्मचारी कौन थे। तो आप कल्पना कर सकते हैं, आप दुविधा को समझ सकते हैं। इसलिए सबसे महत्त्वपूर्ण कार्यों में से पहला वास्तविक बीड़ी कर्मकारों की पहचान करना होगा और उनके नियोक्ताओं के साथ पहले यह पहचानना होगा कि ये बीड़ी श्रमिक कौन हैं? और फिर उनका उनके नियोक्ताओं के साथ संबंध स्थापित करवाना होगा। इसलिए, जब मैंने जनवरी में कार्यभार सँभाला तो मैंने कल्याण आयुक्तों को निर्देश दिया था और राज्य सरकारों व श्रमिक संघों से अनुरोध किया था कि वे बीड़ी श्रमिकों की पहचान करने में हमारी मदद करें। मुझे सदन को यह सूचित करने में अत्यंत प्रसन्नता होगी कि पिछले महीने के अंत तक 32.75 लाख बीड़ी कर्मकारों में से 20 लाख कर्मकारों की पहचान हो चुकी है और साथ ही उन्हें पहचान-पत्र भी जारी कर दिए गए हैं।

यह कदम बीड़ी कर्मकारों की मदद में एक महत्त्वपूर्ण कदम साबित होगा। कानून के अन्य प्रावधान उन पर लागू नहीं किए जा सकते थे, क्योंकि उनकी जानकारी नहीं थी। यही कारण है कि मैं पहचान-पत्रों और मधुर संबंधों की पहचान एवं स्थापना पर जोर दे रहा हूँ।

अब, अधिनियम के तहत, हमारे पास बीड़ी श्रमिक कल्याण कोष भी है और हम कुछ कल्याणकारी गतिविधियों को करने की कोशिश करते हैं। मैं उनको विस्तार में नहीं बताऊँगा।

हम उन्हें चिकित्सा सुविधाएँ देते हैं। वास्तव में, पूरे देश में, फिलहाल, हमारे पास 113 स्थैतिक-सह-मोबाइल डिस्पेंसरी हैं। आंध्र प्रदेश में 9, बिहार में 7, गुजरात में 5, कर्नाटक में 15, केरल में 7, मध्य प्रदेश में 11, महाराष्ट्र में 6, ओड़िशा में 11, राजस्थान में 10, तमिलनाडु में 9 एवं उत्तर प्रदेश में 8 और पश्चिम बंगाल में 9 डिस्पेंसरियाँ हैं। मुझे सदन को यह सूचित करने में खुशी हो रही है कि देश में 18 और स्थैतिक-सह-मोबाइल डिस्पेंसरियों की स्थापना की जाएगी। स्वीकृति आदेश पहले ही जारी किए जा चुके हैं और उन डिस्पेंसरी में से 1 असम में, 1 कर्नाटक में, 5 मध्य प्रदेश में, 7 महाराष्ट्र में, 2 ओड़िशा में, 1 तमिलनाडु में और 1 पश्चिम बंगाल में स्थित होगी।

❑

ऐसी कई गतिविधियाँ हैं, जिन पर मैं विस्तृत रूप से चर्चा नहीं करना चाहूँगा। उदाहरण के लिए, हम बीड़ी कर्मकारों के बच्चों की भी देखभाल करते हैं। हम उन्हें चिकित्सा सुविधाएँ प्रदान करने की कोशिश करते हैं।

❑

खैर, मैं दावा नहीं करूँगा कि ये दवाइयाँ और अस्पताल सुचारु रूप से चल रहे हैं। मैंने केवल इतना कहा कि ये अस्तित्व में हैं। मैं यह प्रमाणित नहीं करूँगा कि वे अच्छे हैं, क्योंकि मैं वहाँ गया नहीं हूँ और उन्हें देखा नहीं है। यह सब श्रम मंत्रालय के कल्याण संगठन द्वारा किया जा रहा है।

❑

खैर, हैदराबाद में हमने इतना कुछ नहीं किया होता। जहाँ तक शैक्षिक सुविधाओं का संबंध है, जो जानकारी मेरे पास फाइल पर है, वह ये है कि वर्ष 1984-85 में कुल 51.5 लाख रुपए खर्च किए गए थे; और यह खर्च बीड़ी कर्मकारों के बच्चों को छात्रवृत्ति देने में किया गया। वर्ष 1985-86 में 61.7 लाख रुपए खर्च किए गए थे।

❑

मैं निश्चित रूप से उन स्थानों पर जाऊँगा। वास्तव में, मैंने पश्चिम बंगाल का दौरा किया है। मैंने कर्नाटक के श्रम मंत्री के साथ वहाँ के कुछ हिस्सों का भी दौरा किया है। मैं महाराष्ट्र जाने में सक्षम नहीं हो पाया हूँ। आप जानते हैं कि मैं कितने महीनों से यहाँ हूँ। इसलिए मैं पहले ही उन राज्यों का दौरा कर चुका हूँ। मैं निश्चित रूप से यह करूँगा और मैं कोशिश करूँगा कि जितना संभव हो सके, उतने स्थानों पर जा पाऊँ। ये कुछ बिंदु हैं, जिन्हें मैं आपके सामने रखना चाहूँगा और माननीय सदस्यों से इस विधेयक को वापस लेने का अनुरोध करूँगा; क्योंकि मैंने खुद कहा कि हम इस अधिनियम के व्यापक संशोधन के साथ वापस आएँगे।

❑

श्री अजीत कुमार साहा के गैर-सरकारी बीड़ी और सिगार कर्मकार (नियोजन की शर्तें) संशोधन विधेयक, 1985 पर 18 जुलाई, 1986 को बहस के दौरान मैंने कहा था कि डिस्पेंसरी और अस्पताल राज्य सरकारों द्वारा चलाए जा रहे हैं। जबकि वास्तव में ये डिस्पेंसरी और अस्पताल श्रम मंत्रालय के कल्याण संस्थान द्वारा चलाए जा रहे हैं।

पृष्ठ 0779 पर 16.7 लाख का आँकड़ा एक टंकण त्रुटि प्रतीत होती है और उसे 61.7 लाख के रूप में पढ़ा जाना चाहिए।

चाय बागान श्रमिकों की स्थिति में सुधार करना*

सबसे पहले वृक्षारोपण श्रम अधिनियम, जो एक केंद्रीय अधिनियम है, इसी सदन द्वारा पारित किया गया था और जैसाकि माननीय सदस्य द्वारा पुष्टि की गई है कि वृक्षारोपण श्रम अधिनियम के कार्यान्वयन के लिए उपयुक्त सरकार केंद्रीय सरकार न होकर राज्य सरकार है। यद्यपि कानून केंद्र का है, परंतु इसका कार्यान्वयन राज्य सरकार द्वारा किया जाना है।

श्री टिर्की ने आरोप लगाया है कि वे सबसे कम वेतन पानेवाले लोग हैं। उन्होंने कुछ आँकड़े उद्धृत किए हैं। मैं उन्हें थोड़ा सा सुधारना चाहता हूँ। मैं उन आँकड़ों को चाय उगानेवाले राज्यों तक ही सीमित रखता हूँ। असम में कृषि क्षेत्र में तय न्यूनतम मजदूरी 12.50 रुपए है और गैर-कृषि क्षेत्र के लिए यह 8 से 12 रुपए तक है। चाय बागान श्रमिकों की वर्तमान मजदूरी की दर 10.30 रुपए है।

जहाँ तक केरल का प्रश्न है, वहाँ कृषि क्षेत्र के लिए न्यूनतम मजदूरी 15 रुपए है। गैर-कृषि क्षेत्र के लिए यह 5.75 रुपए से लेकर 20 रुपए तक है और चाय बागान श्रमिकों के लिए इस समय यह 14.45 रुपए है।

पश्चिम बंगाल में कृषि क्षेत्र के लिए यह 11.70 रुपए है, गैर-कृषि क्षेत्र के लिए यह 15.58 रुपए से लेकर 23.35 रुपए तक है और चाय बागान श्रमिकों के लिए वर्तमान मजदूरी की दर 11.28 रुपए है।

महोदय, आपके अपने राज्य तमिलनाडु में कृषि क्षेत्र के लिए न्यूनतम मजदूरी 8 रुपए, गैर-कृषि क्षेत्र के लिए यह 15 रुपए से 23 रुपए तक और इस समय चाय बागान श्रमिकों को 15.02 रुपए मिल रहे हैं।

यह न्यूनतम मजदूरी और मजदूरी की स्थिति है। न्यूनतम मजदूरी और चाय बागान श्रमिकों

* 26 नवंबर, 1986 को बागान श्रमिकों की कम मजदूरी पर हुई आधा घंटे की चर्चा के दौरान दिया गया वक्तव्य।

द्वारा अर्जित की जानेवाली मजदूरी की यह स्थिति है। हालाँकि यह कृषि क्षेत्र और गैर-कृषि क्षेत्र की तुलना में कम दिखती है। एक पहलू यह ध्यान में रखना भी जरूरी है कि चाय बागान श्रमिकों को मजदूरी न केवल नकदी में मिलती है, बल्कि कुछ हद तक उन्हें वस्तुओं के रूप में भी मिलती है, जैसाकि आपने स्वयं ही बताया कि वस्तुओं से अभिप्राय सब्सिडी दर पर खाद्यान्न-प्राप्ति है। निस्संदेह, उन्हें ईंधन की लकड़ी मुफ्त मिलती है।

मैं सिर्फ यह इस विशाल सदन के सामने रख रहा हूँ। हालाँकि मौद्रिक तौर पर तो यह अन्य क्षेत्रों की तुलना में थोड़ा कम दिखता है। यदि आप उन्हें कम सब्सिडी दर पर वस्तुओं के रूप में मिलनेवाली मजदूरी पर विचार करें तो चाय बागान श्रमिकों की स्थिति तुलनीय है। मैं बस, कह सकता हूँ कि यह तुलनीय है। इनकी सटीक स्थिति है, यह उद्योगों की यथार्थ स्थिति है। जहाँ तक माननीय सदस्य का तर्क है कि वे अधिक विदेशी मुद्रा कमा रहे हैं, इसलिए वास्तविक मजदूरी ज्यादा होनी चाहिए। मुझे नहीं पता कि यह तर्क किस हद तक स्वीकार किया जा सकता है! हम अगर इसे स्वीकार करें तो हमें उस तरह के दूसरे पक्ष को भी स्वीकार करना पड़ सकता है कि जब भी निर्यात से अर्जित आय कम होगी तो श्रमिकों की मजदूरी भी कम हो जाएगी, तो यह एक सही तर्क नहीं है। निर्यात से अर्जित आय घटती-बढ़ती रहती है।

ऐसा जरूरी नहीं है कि हर साल निर्यात आय बढ़ती ही रहे। सन् 1983 में निर्यात आय 557 करोड़ रुपए थी। सन् 1984 में निर्यात आय 740 करोड़ रुपए थी, जबकि 1985 में यह नीचे घटकर 711 करोड़ रुपए पर आ गई। वर्तमान में लाभ साझा करने की अवधारणा बोनस अवधारणा ही है। यह उद्योगों के लाभ को साझा करने की वास्तविक अवधारणा है और इसी का प्रयोग किया जा रहा है।

महोदय, सौभाग्य से चाय उद्योग एक ऐसा उद्योग है, जहाँ व्यापार संघ आंदोलन अत्यधिक मजबूत है। इसलिए मजदूरी सामान्य रूप से संबंधित राज्य सरकारों द्वारा तय की गई न्यूनतम मजदूरी पर आधारित न होकर हमेशा द्विपक्षीय बातचीत पर आधारित होती है। जहाँ तक पश्चिम बंगाल और असम का संबंध है, द्विपक्षीय बातचीत अगस्त 1983 में संपन्न हुई थी और अगस्त 1986 में समाप्त हो गई थी।

और जहाँ तक तमिलनाडु का प्रश्न है, मजदूरी के ऊपर वार्त्ता जनवरी 1984 में शुरू हुई थी और वर्तमान समझौता दिसंबर 1986 में समाप्त हो गया। इस प्रकार, दक्षिण और पूर्व दोनों में ही मजदूरी पर वार्त्ताएँ होनी अभी बाकी हैं। मेरे पास कोई निश्चित जानकारी नहीं है कि मजदूरी वार्त्ताएँ हुई हैं या नहीं, परंतु होनी बाकी हैं।

महोदय, जैसाकि मैंने पहले कहा था, इस क्षेत्र में व्यापार संघ आंदोलन इतना मजबूत है कि मजदूरी द्विपक्षीय वार्त्ता के माध्यम से निर्धारित की जाती है।

महोदय, बागान श्रम अधिनियम का कार्यान्वयन संतोषजनक नहीं है। हमने श्रम मंत्रालय में रहते हुए पूरे देश में बागान श्रम अधिनियम के कार्यान्वयन पर एक अध्ययन किया है। सन्

1983 में अधिकृत किया गया और 1985 में समाप्त हो गया। इस अध्ययन से पता चलता है कि बागान श्रमिक अधिनियम का कार्यान्वयन बिल्कुल संतोषजनक नहीं है।

चाय बागान उद्योगों के लिए एक औद्योगिक समिति है। इस मुद्दे को इस साल 6 अगस्त को औद्योगिक समिति के समक्ष रखा गया था। इस समिति ने रिपोर्ट के विस्तृत अध्ययन के लिए और साथ ही इस अधिनियम के कार्यान्वयन एवं उद्योगों की कार्य-प्रणाली को समझने के लिए एक उप-समिति का गठन किया। और यह उप-समिति वास्तव में बहुत थोड़े समय में ही अपनी अंतिम रिपोर्ट प्रस्तुत करने में समर्थ हो गई और अपनी सिफारिशें दीं।

औद्योगिक समिति द्वारा बागान उद्योग के संबंध में गठित उप-समिति द्वारा दी गई सिफारिशों के आधार पर हम बागान श्रमिक अधिनियम में बदलाव लाने हेतु कई प्रस्तावों पर विचार कर रहे हैं, जो मुख्यतः इनके कल्याणकारी पक्ष पर जोर देते हैं—विशेषकर स्वास्थ्य, आवास; और हम इसमें एक नया अध्याय जोड़ने जा रहे हैं, जो श्रमिकों के सुरक्षा संबंधी मुद्दों पर केंद्रित होगा।

ये कुछ पहले हैं, जो मंत्रालय द्वारा की गई हैं। मुझे विश्वास है कि संसद् के अगले सत्र में निश्चित रूप से इस विशाल सदन के सामने प्रस्तावित संशोधन ला पाऊँगा, ताकि सदन भी इसकी चर्चा करने की स्थिति में हो।

❑

वह बुनियादी प्रश्न, जिन पर चर्चा केंद्रित है, वह न्यूनतम मजदूरी और कल्याण उपाय हैं। यही मुद्दा है, जहाँ मैं व्यक्तिगत रूप से और मंत्रालय चिंतित है। समय-समय पर हम राज्य सरकारों को लिखते रहते हैं और साथ ही न्यूनतम मजदूरी में सुधार के लिए दिशा-निर्देश भी जारी किया जाता है, जो केवल बागान उद्योग में न होकर अन्य कई उद्योगों से भी संबंध रखते हैं। यहाँ जो भी चर्चा हुई है, उसको लेकर मैं इस विशाल सदन को केवल यही आश्वस्त कर सकता हूँ कि मैं यह देखने के लिए कि राज्य सरकारें न्यूनतम मजदूरी की दर में सुधार करनेवाली हालत में हैं भी या नहीं, उनसे इस मुद्दे पर अवश्य ही बात करूँगा। हालाँकि यह राज्य सरकारों द्वारा किया जाना है, परंतु मैं निश्चित रूप से उनसे इस संबंध में बात करूँगा।

जहाँ तक कल्याणकारी उपायों का मुद्दा है, श्री आचार्य ने इस संबंध में कई प्रश्न उठाए हैं। मैंने यह पहले ही स्वीकार कर लिया है कि बागान श्रमिक अधिनियम का कार्यान्वयन संतोषजनक नहीं है। अधिनियम के तहत विचार किए गए कल्याण उपायों को लागू नहीं किया जा रहा है। यही वजह है कि हमने एक समिति की स्थापना की है, जो इन सभी पहलुओं पर विचार कर रही है। हम स्थिति को कुछ हद तक सुधारने की कोशिश कर रहे हैं।

जहाँ तक इस अधिनियम के लागू होने का प्रश्न है, शायद इसके लागू होने के लिए उपलब्ध मशीनरी पर्याप्त नहीं है। प्रस्तावित संशोधन विधेयक के अंतर्गत हम इसे लागू करनेवाली मशीनरी को भी मजबूतीकरण प्रदान करने का प्रयास कर रहे हैं।

इसलिए यह एक पहलू है, जो मैं बताना चाहूँगा; हालाँकि मैं सक्षम नहीं हूँ हर उस बात के बारे में बताने में, जो हम सोच रहे हैं। उदाहरण के लिए, उन्हें श्रमिकों और अन्य सभी को चिकित्सा सुविधाएँ प्रदान करानी हैं। चाय उद्योग में चलने वाले हॉस्पिटलों और डिस्पेंसरियों की मैंने स्वयं समीक्षा की है कि वे कैसे चल रही हैं! क्या वे पर्याप्त हैं? क्या दवाइयाँ उपलब्ध हैं? क्या वहाँ डॉक्टर हैं? क्या वहाँ नर्स हैं? यह कोई खुशहाली की बात नहीं है। मैंने स्वयं यह पाया है। एक मुख्य कारण, जो वह बताते हैं कि वहाँ डॉक्टर उपलब्ध नहीं हैं; लेकिन उनके पास बुनियादी ढाँचा है, हॉस्पिटल है, उपकरण हैं; परंतु डॉक्टर वहाँ सेवा देने के लिए राजी नहीं हैं। तो मैंने उन्हें यह पेश करने का जोखिम लिया। मेरा मतलब है कि उन्हें सुझाव दिया गया कि यदि मजदूरों की संतानों को शिक्षित करना हो और यदि वह इस शर्त के साथ चिकित्सा के पेशे में जाना चाहे कि जब वे अपनी एम.बी.बी.एस. की डिग्री प्राप्त कर लेंगे तो वापस आएँगे और यहाँ पर अपनी सेवाएँ देंगे। क्या आप ऐसे छात्रों को प्रायोजित और वित्त-पोषित करना चाहेंगे? और मुझे इस विशाल सदन को यह बताते हुए खुशी हो रही है कि इस संबंध में चाय उद्योग से एक सहज प्रतिक्रिया मिल रही है और मैं स्वास्थ्य मंत्रालय को यह प्रस्तावित करना चाहता हूँ कि वह चाय उद्योग के लिए कुछ सीटों का आवंटन करे, ताकि कुछ चिकित्सा छात्रों को प्रायोजित किया जा सके।

निधि के निर्माण पर कोई रोक नहीं है; निधि का निर्माण किया जा सकता है। वास्तव में, असम में, उन्होंने पहले से ही चाय पर लगनेवाले उपकर से 'चाय कल्याण विकास निधि' का निर्माण किया है। तो वह पहले ही मौजूद है। एकमात्र सवाल यह है कि इस उपकर विकास निधि को पूरी तरह से केंद्र सरकार द्वारा चलाया जाए या संबंधित राज्य सरकारों द्वारा? यह एक सवाल है, जो मेरे पास है, जिसके बारे में राज्य सरकारों द्वारा निश्चित रूप से बात करनी है। लेकिन फिलहाल असम सरकार ने पहले ही एक चाय कल्याण विकास निधि का निर्माण कर लिया है। मुझे पश्चिम बंगाल सरकार द्वारा इसे न करने की कोई वजह नहीं दिखती, जब असम सरकार इसे पहले ही कर चुकी है।

❑

त्रि-पक्षीय समिति के बारे में, जिसे आपने संदर्भित किया था, यह एक औद्योगिक समिति है; यह एक त्रि-पक्षीय समिति है, जिसका प्रतिनिधित्व व्यापार संघ और उद्योग एवं सरकार करती है और जहाँ चाय उगानेवाले राज्यों के श्रम सचिव इसके सदस्य हैं। तो हम जब भी इन समस्याओं पर चर्चा करते हैं तो निश्चित रूप से राज्य सरकारों को विश्वास में रखा जाता है।

भविष्य निधि कार्यालयों की स्थापना के संबंध में हमने बात की है। हमने सिलीगुड़ी में अपने कार्यालयों को मंजूरी दे दी है और वह कामकाज में है; हालाँकि ज्यादा नहीं। यदि मैं आपको समस्या बताता हूँ तो आप दुःखी हो जाएँगे, क्योंकि कलकत्ता कार्यालय संघ सिलीगुड़ी,

जलपाईगुड़ी और दार्जिलिंग की फाइलों के साथ भागीदारी निभाने में इच्छुक नहीं है। तो यहाँ फाइलों के स्थानांतरण से संबंधित कुछ समस्या है। मैंने आपके श्रम मंत्री से बात की है और उसे सुलझाने के लिए उनसे कहा है। लेकिन कार्यालय केवल सिलीगुड़ी में ही नहीं, बल्कि दार्जिलिंग में भी स्वीकृत किया गया है। अब जो बचा है, जलपाईगुड़ी के संबंध में बचा है। मैंने वह एक शर्त रखी है कि पहले जलपाईगुड़ी और दार्जिलिंग से संबंधित फाइलों को वहाँ भेजा जाना चाहिए, केवल तभी मैं जलपाईगुड़ी में एक कार्यालय की स्थापना के संबंध में विचार करूँगा, अन्यथा नहीं। यही सब मैंने आपकी सरकार को बताया है, ताकि अगर आप अपने संघ के नेताओं को प्रभावित कर सकें तो यह हमें इस कार्यालय के कामकाज को उचित ढंग से करने में मदद करेगा।

जहाँ तक राष्ट्रीयकरण का संबंध है, मुझे लगता है कि सरकार इस स्थिति से निश्चित रूप से वाकिफ है। अब सरकार की यह नीति बिल्कुल नहीं है कि वह हर एक बीमार उद्योग, बीमार मिल को सहारा दे। यह सरकार बीमार और मृत मिलों व मृत उद्योगों का अस्पताल बनने का जोखिम नहीं उठा सकती है। इस प्रकार, हमारी खुद की स्थिति भी पूरी तरह से साफ है। इन शब्दों के साथ मैंने अपनी स्थिति को साफ कर दिया है और मैं इस चर्चा की पहल करने के लिए सभी माननीय सदस्यों का शुक्रिया अदा करता हूँ। मैं आपको सिर्फ इतना ही आश्वस्त कर सकता हूँ कि हमारे संशोधन को तैयार करते समय इस संबंध में दिए गए सभी सुझावों को ध्यान में रखा जाएगा।

बाल श्रम (प्रतिबंधन और विनियमन) विधेयक, 1986 *

महोदय,

मैं प्रस्तुत करना चाहूँगा—

राज्यसभा द्वारा पारित किए गए विधेयक, जो कुछ निश्चित रोजगारों में बच्चों के संलिप्तिकरण को रोकता है और कुछ अन्य निश्चित रोजगारों में बच्चों के काम करने की शर्तों को नियंत्रित करता है, पर विचारार्थ करने हेतु।

मार्च 1985 में योजना आयोग द्वारा लगाए गए अनुमान के अनुसार बाल श्रमिकों की संख्या लगभग 1.76 करोड़ है। इनमें से अधिकतर बाल मजदूर असंगठित क्षेत्र में काम करते हैं, जहाँ पर कुछ श्रम कानून लागू हैं। यह सरकार के लिए बहुत चिंता का विषय है। भारत में भी अन्य कई विकासशील देशों की तरह गरीब परिवारों से संबंध रखनेवाले बच्चे अपने परिवार की कुल आय में पर्याप्त मात्रा में योगदान करते हैं। इन परिस्थितियों में सभी बाल मजदूरी पर पूरी तरह से

* 3 एवं 9 दिसंबर, 1986 को लोकसभा में विधेयक को पेश करते समय दिया गया वक्तव्य। यह बिल कुछ निश्चित रोजगारों में बच्चों के संलिप्तीकरण को रोकता है और कुछ अन्य निश्चित रोजगारों में बच्चों के काम करने की शर्तों को नियंत्रित करता है।

प्रतिबंध लगा देना न तो वांछनीय होगा और न ही संभव। और दूसरी तरफ, इसमें कोई दो राय नहीं हो सकती कि कुछ उद्योगों में बच्चों के लिए रोजगार की स्थिति अत्यधिक खतरनाक है और इस आधार पर उनमें रोजगार की अनुमति कदापि नहीं दी जानी चाहिए।

वर्तमान में, कानून के तहत कुछ विशेष उद्योगों/व्यवसायों में बाल मजदूरी प्रतिबंधित है। भारत का संविधान यह निर्धारित करता है कि चौदह वर्ष से कम उम्र के किसी भी बच्चे को किसी भी कारखाने, खान या खतरनाक रोजगार में नियोजित नहीं किया जाए। कारखाना अधिनियम और खान अधिनियम जैसे श्रम कानून भी कारखानों एवं खानों में एक निश्चित उम्र से कम उम्र के बच्चों से मजदूरी पर प्रतिबंध लगाते हैं। बाल श्रम कानून कुछ निश्चित व्यवसायों और उद्योगों में बालश्रम को प्रतिबंधित करता है। अन्य कानूनों, जैसे कि बागान श्रम अधिनियम, वाणिज्य पोत परिवहन अधिनियम, मोटर परिवहन, कर्मकार अधिनियम और राज्य दुकानें एवं प्रतिष्ठान अधिनियम में एक उम्र से कम के बच्चों का नियोजन प्रतिबंधित है। हालाँकि इन अधिनियमों में न ही कोई समानता है और रोजगार के निर्णय के लिए न ही कोई प्रक्रिया निर्धारित की गई है, जिससे कि बाल श्रम पर प्रतिबंध लगाया जा सके।

मुख्यत: सभी क्षेत्रों में आज जहाँ बाल मजदूरी कानून द्वारा प्रतिबंधित नहीं है, वहाँ बच्चे बिना किसी कानून का लाभ उठाए मजदूरी करते हैं, बच्चे श्रम कानूनों की सुरक्षा का लाभ उठाए बिना मजदूरी करते हैं। वहाँ मजदूरी के कोई निश्चित घंटे नहीं हैं, आराम के लिए कोई समय निश्चित नहीं है और इन बाल मजदूरों के लिए कोई अवकाश निर्धारित नहीं किया गया है, जिसके फलस्वरूप न जाने कितने बच्चे शोषणपूर्ण स्थिति में कार्य करते हैं।

बाल मजदूरी पर लगाए गए मौजूदा प्रतिबंधों के प्रभावी न होने का एक मुख्य कारण विभिन्न अधिनियमों में लगाए गए दंडों का कठोर न होना और उनमें एकरूपता का न होना है। कई नियोक्ता, जो कि विभिन्न अधिनियमों का उल्लंघन करने के दोषी पाए गए थे, बहुत ही छोटी सजा लेकर छूट गए। यह सुनिश्चित करने के लिए कि इन दंडों का नियोक्ता पर और अधिक प्रतिरोधक प्रभाव पड़े, दिसंबर 1985 में बाल मजदूरी अधिनियम, 1938 में संशोधन किया गया, जिसमें दंड और जुरमाने दोनों को ही बढ़ाया गया। हालाँकि यह महसूस किया गया कि बाल श्रम नियोजन और शोषण एक बहुत गंभीर अपराध है, इसलिए इसके लिए निर्धारित जुरमाने को और बढ़ाया जाना चाहिए।

इन पहलुओं का ध्यान रखते हुए ही इस विधेयक को पेश किया गया है। विधेयक प्रारंभिक तौर पर तीन चीजों पर जोर देता है। (क) कुछ निश्चित व्यवसायों और प्रक्रियाओं, जिनको खतरनाक माना जाता है, में चौदह साल से कम उम्र के बच्चों से काम करवाने पर पूर्ण रूप से प्रतिबंध लगाया जाए और ऐसे रोजगार/व्यवसाय, जो कि बच्चों के लिए खतरनाक हैं और जहाँ पर इनके नियोजन को निषिद्ध किया जाना है की पहचान के लिए एक प्रक्रिया का निर्माण किया जाए। (ख) उन क्षेत्रों में, जिनको खतरनाक नहीं माना गया है और जहाँ पर कानून द्वारा प्रतिबंध

नहीं लगाया गया है, में बच्चों की कामकाजी परिस्थितियों को कुछ इस प्रकार नियंत्रित किया जाए, ताकि बाल मजदूरों का शोषण न किया जा सके। (ग) बाल श्रम से संबंधित प्रावधानों को पर्याप्त प्रतिरोधी बनाने के लिए उनके उल्लंघन के लिए लगनेवाले जुरमाने में वृद्धि की जाए। पहले अपराध के लिए जुरमाना, जो कि अब 3 महीने से लेकर 1 वर्ष तक का कारावास या 10,000 रुपए से 20,000 रुपए या दोनों ही प्रस्तावित है और दूसरे अपराध के लिए कम-से-कम 6 महीने से लेकर 2 साल तक की अवधि का अनिवार्य कारावास प्रस्तावित है।

किसी भी प्रतिष्ठान में कार्यरत बच्चों की सुरक्षा और स्वास्थ्य से संबंधित मामलों में नियम बनाने के लिए केंद्रीय व राज्य सरकारों का सशक्तीकरण किया जाएगा। ये नियम पेयजल, इमारतों और मशीनरी की सुरक्षा, धूल व धुआँ, प्रकाश व्यवस्था इत्यादि से संबंधित होंगे।

हम जानते हैं कि बाल श्रम को प्रतिबंधित व विनियमित करनेवाले किसी कानून का केवल अस्तित्व मात्र बाल श्रम की समस्या का समाधान नहीं करेगा। बाल श्रमिक हमारे समाज के सबसे वंचित वर्गों में से हैं, जो अकसर शिक्षा, स्वास्थ्य देखभाल, व्यावसायिक प्रशिक्षण इत्यादि जैसी बुनियादी सुविधाएँ ¯ ाने में असमर्थ हैं। इस उद्देश्य के लिए संबंधित मंत्रालयों से परामर्श के साथ सभी केंद्रीय और राज्य सरकारों के संसाधनों को पूल करती एक समेकित कार्ययोजना को तैयार किया जा रहा है। इस योजना को जल्द ही अंतिम रूप देने की उम्मीद है।

❑

महोदय, मैं माननीय सदस्यों का आभारी हूँ, जिन्होंने इस बहस में भाग लिया और देश में बाल श्रम की समस्या पर अपनी चिंता, भावना और व्यथा को हवा दी। इस विशाल सदन में हम सभी बाल श्रम की समस्या को काफी हद तक जानते हैं। मैं सोचता हूँ कि हम में से कुछ इसे जानते ही नहीं, बल्कि समझते भी हैं; क्योंकि हम में से कई लोगों ने इसका अनुभव भी किया है, कम-से-कम मैंने अनुभव किया है।

श्री चौबे ने कहा कि मैं इस विशाल सदन में एक अच्छे इरादे के साथ आया हूँ। महोदय, मैं इस विधेयक को केवल अच्छे इरादे के साथ नहीं, बल्कि दृढ़ विश्वास के साथ लाया हूँ। हम इस समस्या को हलके में नहीं ले सकते हैं। तथ्य यह है कि हमारे देश में 1.75 करोड़ बच्चे काम कर रहे हैं, अर्थात् यह एक बहुत ही गंभीर मुद्दा है। इसलिए हमें जरूर यह जानने की कोशिश करनी चाहिए कि वे क्या कर रहे हैं?

कमोबेश सदन इस निष्कर्ष पर आ पाया है कि अधिकांश मामलों में बच्चों के मध्य यह मुद्दा उनकी आर्थिक आवश्यकता से जुड़ा है। मैं नहीं मानता कि सभी जानते होंगे कि आखिर आर्थिक आवश्यकता क्या होती है। मैं नहीं मानता कि सभी जानते होंगे कि आखिर गरीबी से क्या अभिप्राय है। जो लोग इस विधेयक का विरोध कर रहे हैं, शायद ऐसा नहीं करते, यदि उन्होंने स्वयं गरीबी का अहसास किया होता। हम जानते हैं, इस देश में गरीबी क्या है। हम जानते हैं कि

इस देश में भुखमरी के क्या मायने हैं। इन लाखों बच्चों को अपनी आजीविका के लिए मजबूर होकर कार्य करना पड़ता है।

एक माननीय सदस्य ने कहा है कि वह इस विधेयक का समर्थन करते हैं, परंतु वह निराश हैं। क्या आपको लगता है कि मैं निराश नहीं हूँ? यह मेरे मन की मंशा होती, अगर बाल मजदूरी को पेन की घसीट मात्र से समाप्त किया जा सकता। यदि मैं इस सदन में आकर कहूँ कि बाल श्रम समाप्त हो गया है, तो पूरा सदन इसका स्वागत करता है और तालियों से अभिवादन करता है। क्या आपका अभिप्राय है कि बाल श्रम इस देश से खत्म हो जाएगा? यह नहीं होगा। इसलिए हमने इस बारे में गहन विचार किया है। हमारे पास केवल तीन उपाय थे। पहला, इसे वैसा ही रहने दिया जाए जैसा यह है; दूसरा, इसको समाप्त किया जाए, रोक लगाई जाए। परंतु जैसाकि मैंने कहा कि क्या यह संभव है? जब यह संभव नहीं है, हम इसको समाप्त नहीं कर सकते हैं। और साथ ही हम चीजों को वैसा नहीं होने दे सकते, जैसा हमने सोचा था। कुछ-न-कुछ अवश्य किया जाना चाहिए। पूरी स्थिति को ध्यान में रखते हुए हमने जो सोचा, जहाँ भी संभव हो, हमें उसे प्रतिबंधित करना चाहिए और जहाँ भी वह संभव नहीं है, हमें विनियमित करना चाहिए।

कुछ माननीय सदस्यों ने विधेयक की संवैधानिकता पर प्रश्न उठाया है। संविधान का अनुच्छेद-24 खानों में, कारखानों में और अन्य खतरनाक व्यवसायों में 14 साल से कम उम्र के बच्चों के रोजगार पर रोक लगाता है। यह बाल श्रम को हर जगह प्रतिबंधित नहीं करता है, अन्यथा संविधान के निर्माताओं ने विशेष रूप से इसका उल्लेख नहीं किया होता। इस प्रकार, संविधान के अनुच्छेद-24 के प्रावधानों के अनुसार हम 14 वर्ष से कम उम्र के बच्चों के रोजगार पर प्रतिबंध केवल उन्हीं क्षेत्रों में लगाते हैं, जिन क्षेत्रों पर विचार अनुच्छेद-24 में किया गया है। लेकिन अन्य क्षेत्रों, गैर-खनन, गैर-उद्योग और गैर-खतरनाक क्षेत्रों—में वर्तमान परिस्थितियों को देखते हुए हमने जाना कि हमारे लिए सबसे बेहतर रास्ता इनको विनियमित करना है और फिर हमें चाहिए कि कुछ कल्याणकारी कदम उठाएँ। सभी सम्मानजनक सदस्य अपनी निराशा व्यक्त करने में काफी उचित थे कि इस विधेयक में कल्याणकारी उपायों के संबंध में कुछ भी नहीं है। मुझे इस सदन को भरोसे में लेना चाहिए कि हमने इस पर गहन विचार किया है और बाल श्रम की समस्याओं से निपटने के लिए हमने तीन तरीकों को निश्चित किया है। प्रथम, इसे प्रतिबंधित किया जाना चाहिए, वहाँ भी जहाँ इसे प्रतिबंधित किया जा सकता है और वहाँ भी जहाँ इसे प्रतिबंधित नहीं किया जा सकता, हमें इसे विनियमित करना चाहिए और फिर उनका पुनर्वास करना चाहिए और उनकी शिक्षा, स्वास्थ्य एवं पोषण के लिए कल्याणकारी कार्यक्रमों को तैयार करना चाहिए तथा उनको सभी कुछ उपलब्ध कराना चाहिए।

जब हमने इस पर चर्चा की तो एक सुझाव था कि हमें यह करना चाहिए, जैसाकि कुछ माननीय सदस्यों ने कर आरोपण और एक कल्याण निधि के लिए सुझाव दिया था, ताकि कल्याणकारी उपायों को मूर्त रूप दिया जा सके। किसी प्रकार इतने विचार-विमर्श के बाद हम

इस निष्कर्ष पर पहुँचे कि हमें कल्याणकारी गतिविधियों के निर्माण के लिए और अधिक कर नहीं लगाया जाना चाहिए और हमें बजटीय समर्थन के साथ जाना होगा, क्योंकि हमने इसका चयन नहीं किया था और विधेयक में इसको कोई जगह नहीं मिली थी। लेकिन मैं सरकार की मंशा को स्पष्ट करना चाहूँगा कि हम बाल श्रम की इस समस्या से तीन तरीकों से निपटना चाहते हैं। सबसे पहले, इसे प्रतिबंधित करें या खानों, कारखानों एवं खतरनाक क्षेत्रों में इसे प्रतिबंधित और विनियमित करें। दूसरा, गैर-खनन, गैर-उद्योग व गैर-खतरनाक क्षेत्रों में इसे विनियमित करें और तीसरा, जो कि सबसे महत्त्वपूर्ण है कि हम कुछ ऐसे कल्याणकारी उपायों के साथ आगे आएँ, जिसमें बच्चों के लिए शिक्षा, बच्चों का स्वास्थ्य, बच्चों के पोषण कार्यक्रम इत्यादि शामिल हों। हम इन कल्याणकारी कार्यक्रमों पर काम कर रहे हैं।

मेरे पास भारत सरकार में दो उच्च स्तरीय बैठकें करने के अवसर हैं और मैं आशा करता हूँ, बल्कि आशा नहीं, निश्चित रूप से संसद् के अगले सत्र में आप लोगों के बीच वापस आऊँगा और राष्ट्रीय बाल श्रम नीति की घोषणा करूँगा, जिसमें बच्चों के कल्याण के लिए एक ठोस कार्य-योजना शामिल होगी। इसकी घोषणा मैं संसद् के अगले सत्र में करूँगा।

मैं सहमत हूँ कि यह अधिनियम अर्थहीन हो जाएगा, जब तक कि इसको सख्ती के साथ कार्यान्वित नहीं किया जाता। इसका कार्यान्वयन सबसे महत्त्वपूर्ण बात है। यह समस्या, मुझे कहना होगा, एक राष्ट्रीय समस्या है और इसे संपूर्ण राष्ट्र मिलकर ही सुलझा पाएगा। मैं यही कहना चाहूँगा। इसलिए स्वयं अधिनियम में हमने इस एक पहलू पर विचार किया है। अधिनियम की धारा-16 में मुकदमा दायर करने के लिए या तो अभियोजन पक्ष को शुरू करने या शिकायत दर्ज करने के लिए देश के प्रत्येक नागरिक को शक्ति/अधिकार दिया गया है।

मुझे कल्याणकारी उपायों के बारे में भी जिक्र करना चाहिए। इस संबंध में कल्याणकारी कार्य करनेवाले और स्वैच्छिक संगठनों को भी शामिल करेंगे और मैं अगले सत्र में इस पहलू पर घोषणा के साथ वापस आऊँगा। इसलिए, पूरे देश को स्वयं ही इस समस्या को संबोधित करना होगा और हम सभी को मिलकर इसे हल करने के लिए ठोस प्रयास करने होंगे।

दूसरे दिन एक प्रतिनिधिमंडल, जिसमें कई महिलाएँ शामिल थीं, आईं और मुझसे मिलीं। वे समस्त भारत से आए हैं, लगभग देश के हर एक हिस्से से हैं। वे मेरे कार्यालय में आए और मुझे भला-बुरा कहा तथा कहा कि मैं अमानवीय हूँ और न जाने क्या-क्या; क्योंकि मैं बाल श्रम को वैध करने जा रहा था। और न जाने उन्होंने मुझे क्या-क्या कहा! मेरा सौभाग्य है कि मैं उनमें से केवल एक महिला सदस्य को जानता था, क्योंकि मैं उनके पति को भी जानता हूँ, जो कि एक बड़े निर्यातक हुआ करते थे। मैं उनके साथ संपर्क में था, जब मैं वाणिज्य मंत्रालय में था। मैंने उनसे कहा कि मैडम, आप मुझे नहीं जानतीं, पर मैं आपके पति को बहुत अच्छी तरह से जानता हूँ। अब आप एक बहुत ही समृद्ध महिला हैं। आपके पति एक बहुत ही संपन्न व्यक्ति हैं। आपकी केवल दो संतानें हैं; परंतु आपके पास सौ से अधिक बच्चों के लालन-पालन की

क्षमता है। अगर आप बच्चों के कल्याण और बाल श्रम के बारे में इतना चिंतित हैं तो क्या आप एक और बच्चे को गोद लेना चाहेंगी? अगर ऐसा नहीं कर सकती हैं तो आप अपने जीवन में मुझसे आखिरी बार मिल रही हैं। आपको मुझसे मिलने का कोई अधिकार नहीं है, जब तक एक और बच्चे को आप गोद न ले लें। मैं यह आपको सिर्फ इसलिए बता रहा हूँ, **क्योंकि** दुर्भाग्यवश हम अकसर जिसका प्रचार करते हैं, वैसा कभी नहीं करते हैं। लोग प्रतिनिधिमंडल के साथ केवल इसलिए आते हैं, क्योंकि या तो वे समाचार-पत्रों में अपने नाम देखना चाहते हैं या खुद को टेलीविजन पर देखना चाहते हैं।

इसलिए, मेरी राष्ट्र से यही अपील है कि जहाँ तक बच्चों के कल्याण का विषय है, जो लोग इस देश में उनके कल्याण के लिए भाषणबाजी करते हैं, उन्हें इन प्रयासों को यथार्थ में भी लेना चाहिए। और अगर यह कर लिया जाता है तो मुझे भरोसा है कि इस देश में बाल श्रम की समस्या को काफी हद तक हल किया जा सकता है।

❑

इन शब्दों के साथ मैं एक बार फिर से सम्मानित सदस्यों का इस विधेयक का समर्थन करने हेतु धन्यवाद करता हूँ और श्री पीयूष तिरकी से नम्रतापूर्वक आग्रह करता हूँ कि इस विधेयक का अनुग्रह से विरोध करने के बजाय वह इस विधेयक से अनुग्रह से सहमति जता सकते हैं।

मैं आगे बढ़ने की अनुमति चाहूँगा—

राज्यसभा द्वारा पारित विधेयक को पारित किया जाए।

कारखाना (संशोधन) विधेयक, 1987 *

मैं आगे बढ़ने की अनुमति चाहूँगा—

कारखाना अधिनियम, 1948 में आगे और संशोधन करने के लिए प्रस्तुत विधेयक पर आगे विचार किया जाए।

कारखाना अधिनियम, 1948 कारखाने में कार्यरत श्रमिकों की सुरक्षा, स्वास्थ्य और कल्याण के पहलुओं पर जोर देता है। यह अधिनियम समस्त भारत में सभी राज्य सरकारों और संघ-शासित प्रशासन में कारखाना निरीक्षकों द्वारा लागू किया गया है। यह अधिनियम राज्य सरकारों/ संघ-शासित प्रशासन को नियम बनाने के लिए सुदृढ़ करता है, ताकि राज्यों में प्रचलित स्थानीय

---

* 19 एवं 20 मार्च, 1987 को लोकसभा में विधेयक को प्रस्तुत करते हुए दिया गया वक्तव्य। यह विधेयक कारखाना अधिनियम, 1948 को और आगे संशोधित करने हेतु है, जो कि खतरनाक पदार्थों के उपयोग और संचालन के दौरान अपनाए जानेवाले सुरक्षा उपायों तथा आपातकालीन मानकों एवं उपायों की स्थापना हेतु उद्देशित है।

स्थितियाँ उचित रूप से परिलक्षित हो सकें। महानिदेशालय, कारखाना सलाह सेवा और श्रम संस्थान, बंबई द्वारा तैयार किए गए आदर्श नियमों के माध्यम से विभिन्न राज्यों में अधिनियम के प्रशासन में एकरूपता का उद्‌देश्य होता है। अधिनियम को अंतिम बार समीक्षित और संशोधित सन् 1976 में किया गया था।

जैसाकि माननीय सदस्य जानते हैं कि अधिनियम में सन् 1976 में हुए अंतिम संशोधन के बाद से विभिन्न प्रकार के खतरनाक और जहरीले पदार्थों से संबंध रखनेवाले रासायनिक उद्योग एवं नई प्रौद्योगिकियों के आने से देश की औद्योगिक और तकनीकी परिस्थितियों में काफी महत्त्वपूर्ण बदलाव आए हैं। इस विकास ने मौजूदा कारखाना अधिनियम, 1948 के प्रावधानों की समीक्षा को आवश्यक बना दिया है।

सरकार को बड़ी संख्या में राज्य सरकारों से, जो कि अधिनियम को लागू करती हैं, केंद्रीय मंत्रालय/विभाग से, जो कि विभागीय और सार्वजनिक क्षेत्र से संबंधित है, केंद्रीय श्रमिक और नियोक्ता संगठनों से, संघवादियों और अन्य से सुझाव प्राप्त हुए हैं। दिसंबर 1984 की भोपाल गैस त्रासदी और हाल ही में घटी अन्य दुर्घटनाओं को संदर्भ में रखकर इन सुझावों की विशेष रूप से जाँच की गई थी।

अन्य पक्षों के साथ-साथ कारखाने में अधिभोक्ता के द्वारा प्रयोग और संचालन के दौरान अपनाए जानेवाले सुरक्षा उपायों के लिए, आपातकालीन मानकों व उपायों की नींव रखने के लिए और श्रमिकों के सुरक्षा प्रबंधन में भागीदारी के लिए अब कारखाना अधिनियम, 1948 में संशोधन करने का प्रस्ताव है।

विधेयक में प्रस्तावित संशोधन के फलस्वरूप खतरनाक पदार्थों, प्रमुख खतरों और प्रदूषण कार्यशील एवं सामान्य वातावरण पर अधिक ध्यान दिया जाएगा। अधिभोक्ता और कारखाने के मालिकों के साथ-साथ उत्पाद सुरक्षा की अवधारणा का निर्माण और निर्माताओं, आपूर्तिकर्ताओं पर जिम्मेदारी तय करने के लिए किए गए उपाय, एक सुरक्षित कार्य प्रबंधन प्रदान करेगा। खतरनाक उद्योगों पर नियंत्रण की नीति औद्योगिक प्रदूषण के प्रतिकूल प्रभावों की जाँच करेगी और साथ ही आम जनों के लिए संभावित जोखिम को कम करेगी। औद्योगिक स्वच्छता के लिए तकनीकों को अपनाकर सीमा मूल्य की उचित निगरानी कार्य वातावरण को और अधिक स्वास्थ्यप्रद बना देती है। सुरक्षा प्रबंधन में मजदूरों की सहभागिता सुरक्षा प्रक्रियाओं में और अधिक भागीदारी को बढ़ावा देगी। कारखाना निरीक्षणालय को मजबूत करने और प्रक्रियाओं को सुव्यवस्थित करने के लिए राज्य सरकारों एवं संघ-शासित प्रशासन द्वारा किए गए उपाय सुरक्षा कानूनों को और बेहतर तरीके से लागू करेंगे तथा बदले में व्यावसायिक दुर्घटनाओं और बीमारियों को कम करेंगे। अधिनियम के प्रावधानों के उल्लंघन के लिए कड़े और निवारक दंड प्रावधानों का खतरनाक उद्योगों के प्रबंधन पर एक प्रभावशाली असर पड़ेगा तथा यह उन्हें सुरक्षा के लिए और जागरूक होने पर मजबूर करेगा। मुझे यकीन है कि यह प्रावधान निश्चित रूप से

सुरक्षा, स्वास्थ्य और श्रमिकों के कल्याण पहलुओं में सुधार करेंगे।

इन शब्दों के साथ मैं कारखाना संशोधन विधेयक, 1987 को विचारार्थ रखे जाने का समर्थन करता हूँ।

❑

मैं एक बार फिर से सभी सम्माननीय सदस्यों का विधायिका के इस महत्त्वपूर्ण भाग का समर्थन करने के लिए शुक्रिया अदा करना चाहूँगा।

जबकि विधेयक के पास इस विशाल सदन का जबरदस्त समर्थन है, बहस के दौरान सदन ने मौजूदा कानूनों के कार्यान्वयन के बारे में चिंता व्यक्त की है और साथ ही इस बारे में भी आशंका व्यक्त की है कि क्या यह कानून, जो आज पारित होने जा रहा है, वह प्रभावी ढंग से कार्यान्वित हो पाएगा? महोदय, चूँकि विधेयक को भारी समर्थन मिला है, इसलिए मैं बिल की खूबियों पर बात नहीं करूँगा, मैं केवल कुछ तथ्य प्रस्तुत करना चाहूँगा। माननीय सदस्यों द्वारा उठाया महत्त्वपूर्ण बिंदु कानून का कार्यान्वयन है। महोदय, यह सच है कि कारखानों के निरीक्षण के लिए आवश्यक निरीक्षकों की संख्या और सभी राज्यों में उनके द्वारा किए गए निरीक्षण की संख्या पर्याप्त नहीं है। इन निरीक्षकों को 150 कारखानों का निरीक्षण करना पड़ता है, जो कि कानून के अंदर निश्चित किए गए कारखानों की संख्या से अधिक है। यहाँ ऐसे राज्य हैं, जहाँ एक इंस्पेक्टर को 600 इकाइयों और 700 इकाइयों का भी निरीक्षण करना पड़ सकता है। इसलिए मैं माननीय सदस्यों के मत से सहमत नहीं हूँ कि वे निरीक्षक अपना कार्य नहीं कर रहे हैं और वे प्रबंधन के साथ मिले हुए हैं। मुझे लगता है कि वे अपनी योग्यता के अनुसार कार्य कर रहे हैं। उन्हें 150 कारखानों का निरीक्षण करने की आवश्यकता है और यदि वे इस संख्या से अधिक निरीक्षण कर रहे हैं तो मुझे लगता है कि हमारे निरीक्षकों को दोष देने में कोई समझदारी नहीं होगी। मुझे लगता है कि वे प्रोत्साहन के योग्य हैं और जहाँ तक निरीक्षकों का प्रश्न है, कुछ माननीय सदस्यों द्वारा व्यक्त किया गया था कि वे निरीक्षक सभी कारखानों का निरीक्षण करने में सक्षम नहीं हैं। माननीय सदस्य श्री अजय विश्वास इस बिंदु पर बहुत सुनिश्चित थे। महोदय, लेकिन आपकी जानकारी के लिए बता दूँ कि आपके अपने राज्य त्रिपुरा में पिछले साल किया गया निरीक्षण अन्य राज्यों के 90 प्रतिशत के मुकाबले केवल 40 प्रतिशत था; कुछ अन्य राज्यों में 60 प्रतिशत था। परंतु त्रिपुरा और पश्चिम बंगाल में केवल 40 प्रतिशत निरीक्षण किया गया था। मैं उन्हें दोष नहीं दे रहा हूँ। में केवल इतना कह रहा हूँ कि निरीक्षण पर्याप्त नहीं है।

❑

निरीक्षण तंत्र को मजबूत करने की आवश्यकता है। मेरा मानना है कि राज्य सरकारों की अपनी अलग समस्याएँ हैं और एक सामान्य शिकायत, जो वे मुझसे करते हैं, वह श्रम विभाग द्वारा योजना आयोग के पास योजना आवंटन के लिए जाते हुए इसको बहुत ही कम प्राथमिकता

देना है। वे आमतौर पर अपना दृष्टिकोण नहीं रख सकते हैं। कई अवसरों पर मुझे राज्य सरकारों ने निधि आवंटन के बारे में बताया है। मैंने खुद पिछले वर्ष यह मामला योजना आयोग के सामने उठाया था। और मैं यह कहते हुए बहुत प्रसन्न हूँ कि योजना आयोग श्रम विभाग के लिए निधि आवंटन को बढ़ाने के लिए दयालु था, विशेष रूप से सुरक्षा उपायों के लिए और अधिक योजना आवंटन के साथ। मुझे विश्वास है कि राज्य सरकारें अपने तंत्र को मजबूत करने में सक्षम हो पाएँगी और उनकी निष्पादन क्षमता निश्चित ही बढ़ेगी।

जहाँ तक हमारा प्रश्न है, केंद्र सरकार में हमारी बहुत ही सीमित भूमिका है; परंतु फिर भी, हम सक्रिय रूप से खुद को राज्य सरकारों के साथ जोड़ने की कोशिश कर रहे हैं। अब वह एक बिंदु, जो यहाँ बहुत ही महत्त्वपूर्ण है कि भले ही निरीक्षणालय बहुत मजबूत हो, भले ही हमारे पास निरीक्षकों की संख्या पर्याप्त हो, अब यहाँ एक प्रश्न और उठता है कि क्या इन निरीक्षकों को सही ढंग से प्रशिक्षित किया गया है और क्या वे योग्य हैं? हमें लगता है कि निरीक्षकों के ज्ञान को बढ़ाने की जरूरत है। उन्हें उचित प्रशिक्षण दिया जाना चाहिए। हमने देश व विदेश दोनों में ही निरीक्षकों के प्रदर्शन में सुधार करने के लिए प्रशिक्षण देने के संबंध में काफी कदम उठाए हैं। महोदय, पिछले दो वर्षों में हम एक विशेष प्रकार के प्रशिक्षण के लिए 27 कारखाना निरीक्षकों को ऑस्ट्रेलिया भेजने में सक्षम रहे हैं। जहाँ तक घरेलू प्रशिक्षण सुविधाओं का सवाल है, हमने अपने संस्थानों को मजबूत करने की भी कोशिश की है, ताकि वे हमारे अधिक-से-अधिक निरीक्षकों को प्रशिक्षण देने में सक्षम हो पाएँ। केंद्रीय श्रम संस्थान और क्षेत्रीय श्रम संस्थान में हमारी प्रशिक्षण सुविधाओं को पर्याप्त रूप से मजबूत किया गया है। प्रशिक्षण में केवल निरीक्षकों का ही प्रशिक्षण शामिल नहीं है, बल्कि सुरक्षा क्षेत्र में प्रबंधन के प्रतिनिधियों का भी प्रशिक्षण शामिल है, क्योंकि हम मानते हैं कि केवल निरीक्षकों को प्रशिक्षित करना ही पर्याप्त नहीं होगा। हमें प्रबंधन को प्रशिक्षित करने की जरूरत है और हमें मजदूरों के मध्य सुरक्षा की समझ लाने की जरूरत है। मजदूरों को स्वयं ही यह जानने में सक्षम होना चाहिए कि उनके सामने क्या खतरा है और उन्हें निरीक्षक एवं प्रबंधन को उस तरह के खतरे के संबंध में किए जानेवाले सावधानीपूर्वक उपायों को इंगित करने में सक्षम होना चाहिए और यह तभी हो सकता है, जब वे सही तरीके से प्रशिक्षित हों। वर्तमान संशोधन के तहत हमने यह शक्ति सभी श्रमिकों को दी है कि वह ऐसे व्याप्त खतरों और उन्हें सुधार के लिए आवश्यक कदमों को निरीक्षकों व प्रबंधकों के संज्ञान में ला सके। तो इन सभी शक्तियों पर इस अधिनियम के तहत विचार किया गया है; परंतु केवल शक्ति देना ही काफी नहीं है, उन्हें प्रशिक्षित करने की भी आवश्यकता है। इसलिए हम केवल निरीक्षकों को ही नहीं, बल्कि श्रमिकों को भी प्रशिक्षण दे रहे हैं। इसी प्रक्रिया में केंद्रीय श्रमिक शिक्षा मंडल द्वारा आयोजित शिक्षा अधिकारियों के प्रशिक्षण के लिए सुरक्षा के एक विषय के रूप में योजना को भी शामिल किया गया है और साथ ही हमने डी.जी. संकाय को भी मजबूत किया है।

❑

वास्तव में, पूरे देश में केंद्रीय श्रमिक शिक्षा बोर्ड के 47 क्षेत्रीय केंद्र हैं और अब तक वे केवल अधिकारों एवं कर्तव्यों के बारे में ही शैक्षणिक कार्यक्रमों का संचालन कर रहे हैं।

❑

लेकिन सुरक्षा को पाठ्यक्रम में शामिल नहीं किया गया था। हमने सुरक्षा को पाठ्यक्रम में शामिल किया है, सिर्फ यह जताने के लिए कि जहाँ तक सुरक्षा का प्रश्न है, हम देश की जरूरतों से अवगत हैं।

हमने कुछ दिशा-निर्देश तैयार करने की भी कोशिश की, जो हम राज्य सरकारों को देते हैं और हमने सुरक्षा के लिए स्वास्थ्य दुर्घटना न्यूनीकरण प्रक्रिया कार्यक्रम नामक एक राष्ट्रीय कार्यक्रम तैयार किया है। संक्षेप में, यह 'सहारा' (SAHARA) नाम से जाना जाता है और यह कार्यक्रम राज्य सरकारों द्वारा स्वीकार कर लिया गया है। इसमें हम सक्रिय रूप से मजदूरों को भी शामिल कर रहे हैं। मुझे यह कहते हुए बहुत ही खुशी है कि सभी राज्य सरकारों से अच्छी प्रतिक्रिया मिली है। सरकार ने भी 'ऑन द स्पॉट' और 'ऑफ द स्पॉट' आपातकालीन योजना के परिचालन के लिए दिशा-निर्देशों को तैयार कर लिया है और उसको राज्य सरकारों एवं केंद्र-शासित प्रदेशों के मध्य अपनाने हेतु वितरित भी कर दिया है। यहाँ भी हमें बहुत अच्छी प्रतिक्रिया मिली है। क्या बहुत महत्त्वपूर्ण था।

सुरक्षा मामलों में एक चेतना लाने के इस कार्यक्रम को शुरू करने में सबसे जरूरी और सबसे पहले यह जाना था कि प्रत्येक राज्य में कितने ऐसे उद्योग हैं, जो श्रमिकों के स्वास्थ्य एवं सुरक्षा के लिए खतरनाक हैं। इसलिए हमने राज्य सरकारों से उनके अपने ही राज्य का सर्वेक्षण करने का निवेदन किया है कि वे राज्य की उन औद्योगिक इकाइयों की संख्या की पहचान करें, जो हमारे द्वारा जारी किए गए दिशा-निर्देशों के अनुसार खतरनाक हैं। यह प्रक्रिया सभी राज्य सरकारों द्वारा की जा रही है। उन्होंने उन सभी औद्योगिक इकाइयों की पहचान कर ली है, जो खतरनाक हैं और हमने पहले से ही उन उपचारात्मक उपायों को लेना शुरू कर दिया है, जिससे कि इसे सुधार जा सके, ताकि निरीक्षकों को भी यह जानकारी हो कि किन इकाइयों के पीछे लगे रहना है, क्योंकि उनके पास उन उद्योगों की पहचान-सूची है।

हमारे पास औद्योगिक स्वच्छता प्रयोगशालाओं की मजबूती के लिए एक केंद्रीय प्रायोजित योजना भी है और इसने अपनी काररवाई भी आरंभ कर दी है। इस योजना के अंतर्गत औद्योगिक स्वच्छता प्रयोगशालाओं में उपकरण, किताबें और रसायनों की आपूर्ति की परिकल्पना की गई है। सातवीं परियोजना में इस योजना का कुल व्यय 106 लाख रुपए है। यह बहुत बड़ी राशि नहीं है, परंतु अभी हमने इसे बस, शुरू किया है और यह योजना 100 प्रतिशत केंद्रीय सहायतार्थ होगी। यहाँ पर राज्य सरकारों की कोई भूमिका नहीं है। इसे हमारे द्वारा ही 100 प्रतिशत वित्त-पोषित

किया जाएगा और फिर हमने उन सभी राज्यों एवं केंद्र-शासित प्रदेशों में औद्योगिक स्वच्छता प्रयोगशाला को मजबूती देने हेतु यू.एन.डी.पी. परियोजना को संपन्न किया है, जहाँ रासायनिक उद्योग केंद्रित हैं। यह भी एक विशेष कार्यक्रम है। इस यू.एन.डी.पी. परियोजना के तहत विभिन्न राज्यों में हमारे पास 18 औद्योगिक स्वच्छता प्रयोगशालाएँ और इन सभी को मजबूत करने में हम सक्षम हैं। इसलिए हमने सुरक्षा के प्रश्न को देखते हुए कई कदम उठाए हैं।

माननीय सदस्य श्री अजय विश्वास ने उल्लेख किया है कि देश में दुर्घटनाओं और क्षति की संख्या बढ़ रही है। लेकिन मुझे नहीं लगता कि यह ऊपर जा रही है, लेकिन यह निश्चित रूप से अस्थिर है। स्थिति यह है कि वर्ष 1971 और 1975 के बीच यह घट रही थी। और फिर वर्ष 1976 से 1978 तक इसमें वृद्धि हुई थी। 1979 से यह नीचे आया और 1981 में फिर बढ़ा। परंतु वर्ष 1982 के पश्चात् यह काफी नीचे आ गया और मैं पिछले दो वर्षों के आँकड़े दे सकता हूँ। 1985 में चोटों की कुल संख्या 3,02,726 थी। सन् 1985 में यह घटकर 2,79,126 पर आ गई और 1984 में घातक चोटों की संख्या 824 थी तथा यह 1985 में 807 हो गई। यह संख्या बहुत छोटी भी नहीं है; लेकिन तथ्य यही है कि यह घटना शुरू हो गई है। लेकिन माननीय सदस्यों द्वारा उठाए गए विशेष बिंदुओं में से एक से दो पर मैं प्रतिक्रिया देना चाहता हूँ। कुछ माननीय सदस्यों ने 'ठेकेदार' शब्द की परिभाषा को सीमित बताते हुए इसको और विस्तृत करने की व्याख्या की है। यदि आप मूल अधिनियम और हमारे द्वारा लाए गए संशोधन में 'ठेकेदार' शब्द की परिभाषा को देखेंगे तो आप पाएँगे कि हमने इसका विस्तार करने की कोशिश की है। पृष्ठ 2 में पंक्ति 35 आप इस प्रकार देखेंगे—

शर्त यह है कि—

(i) किसी फर्म या व्यक्तियों के अन्य संगठन के मामले में और इनमें से किन्हीं भी व्यक्तिगत भागीदारों या उनके सदस्यों को ठेकेदार माना जाएगा।

(ii) किसी कंपनी के मामले में, किसी भी निदेशक को ठेकेदार समझा जाएगा।

इसलिए हमने अधिनियम के अधिकार-क्षेत्र में बहुतायत लोगों को लाने के लिए 'ठेकेदार' शब्द की परिभाषा को विस्तृत करने की कोशिश की है, ताकि हम व्यक्ति विशेष की जिम्मेदारी तय कर पाएँ।

❑

जाँच समिति के लिए एक और सुझाव था। इस अधिनियम को संबंधित राज्य सरकारों द्वारा प्रशासित किया जाना चाहिए और जैसाकि मैंने कहा था, हमारी केंद्र सरकार की इसमें बहुत ही सीमित भूमिका है। लेकिन हमने भोपाल गैस त्रासदी जैसी आपात स्थिति से निपटने के लिए इस विधेयक में एक अधिकार को अपने पास रखा है। हमने राज्य सरकारों के उचित कार्य न करने की स्थिति के लिए भी उपाय किए हैं। ऐसे आपातकालीन मामले में केंद्र सरकार

समस्या सुलझाएगी। हमने केंद्र सरकार द्वारा एक जाँच समिति गठित करने का भी प्रावधान रखा है। माननीय सदस्यों का सुझाव था कि हमें इस जाँच समिति को पूरी तरह से आवश्यक शक्ति प्रदान करनी चाहिए। यह एक सलाहकार निकाय नहीं होना चाहिए। मुझे नहीं लगता कि किसी भी जाँच समिति को पूरी शक्ति देना सरकार के लिए एक अच्छा प्रस्ताव होगा। जाँच समिति की जिम्मेदारी जाँच करने एवं प्रतिवेदन को जमा करने की है और इस निर्णय को सरकार पर छोड़ दिया जाना चाहिए कि क्या काररवाई की जानी है। अगर हम वह शक्ति जाँच समिति को देते हैं तो सरकार को इसे अंतिम अधिकार के रूप में करना होगा। मुझे नहीं लगता कि यह हमारे किसी भी उद्देश्य की पूर्ति करेगा।

❑

माननीय सदस्य श्री श्रीवल्लभ पाणिग्रही ने धारा 23 के संबंध में एक बहुत ही प्रासंगिक प्रश्न उठाया है—

> “किसी भी कारखाने में सुबह 8.00 बजे से शाम 7.00 बजे के अलावा किसी भी बच्ची को कार्य करने की अनुमति या आवश्यकता नहीं है।”

प्रश्न यह है कि बाल श्रम प्रतिबंधन और विनियमन अधिनियम के पारित होने के बाद इस प्रावधान को क्यों लाया गया है? अंतर यह है कि बाल श्रम प्रतिबंधन और विनियमन अधिनियम के तहत हमने उस व्यक्ति के रूप में परिभाषित किया है, जिसने 14 वर्ष की उम्र प्राप्त नहीं की है। कारखाना अधिनियम में बच्चे को उस व्यक्ति के रूप में परिभाषित किया गया है, जिसने 15 वर्ष की उम्र प्राप्त नहीं की है। तो एक वर्ष का मामूली अंतर है। यही कारण है कि इस अधिनियम में यह उपलब्ध कराया जाना है। लेकिन मेरी इच्छा थी कि काश, हम सब एकमत होते! मैंने यह करने की कोशिश की थी, लेकिन पता नहीं यह कैसे हो गया? 14 से 15 साल के बीच थोड़ा अंतर है। मुझे नहीं लगता है, उठाए गए मुद्दे के अलावा अन्य कोई भी प्रासंगिक बिंदु रहा है। मैं उम्मीद करता हूँ कि मैंने सभी बिंदुओं पर जवाब दिया है। मैं एक बार फिर से सभी माननीय सदस्यों का शुक्रिया अदा करता हूँ।

❑

भोपाल की घटना के बाद अंतरराष्ट्रीय श्रम संगठन ने एक अध्ययन शुरू किया है। दो सदस्य अंतरराष्ट्रीय श्रम संगठन से और एक भारतीय सदस्य ने अध्ययन किया है। उन्होंने अपनी सिफारिशों को जमा कर दिया है और अपनी बात को अंतिम करते हुए हमने उन सिफारिशों को संज्ञान में लिया है। जैसाकि मैंने कल कहा था कि यह परिणाम राष्ट्रीय और क्षेत्रीय स्तर पर पिछले दो साल के दौरान हुए कई अध्ययनों व संगोष्ठियों और कई लेखों के फलस्वरूप है। हमें इन सभी का अनुभव है। हम इस अनुभव के साथ आगे आए हैं और हमने विभिन्न विभागों से आए सभी सुझावों को संज्ञान में लिया है।

❑

व्यावसायिक रुग्णता निश्चित रूप से हमारा ध्यान खींच रही है। अब तक हमारे पास इस व्यावसायिक रुग्णता को समझने का रास्ता नहीं था। जैसाकि माननीय सदस्य श्री दामोदर पांडे ने इंगित किया है, हमारे पूरे देश में ई.एस.आई. अस्पताल हैं। बेशक, कारखाना अधिनियम से उन्हें कुछ लेना-देना नहीं है। यह ई.एस.आई. है। हम ई.एस.आई. के प्रत्येक राज्य में एक विशेष अस्पताल को नामित कर रहे हैं, जिसका कर्तव्य केवल व्यावसायिक रुग्णता से निपटना होगा। यह एक बहुत मुश्किल प्रस्ताव है। मैं सबकुछ यहाँ नहीं समझा सकता। हमें सबसे सहयोग की जरूरत है।

❑

हमने एक आदर्श तैयार किया है, जिसे हमने राज्य सरकारों के मध्य वितरित किया है, ताकि राज्य सरकारें केंद्रीय सरकार को जवाब दे सकें कि कितने निरीक्षण किए गए हैं, कितने मुकदमे दर्ज किए गए हैं और कितने लोगों को दंडित किया गया है। तो हमने एक टीम बनाई है और हमने इसे राज्य सरकारों के मध्य वितरित किया है। यह निगरानी का एक तरीका है। हम ऐसा कर रहे हैं। मैं आश्वस्त हूँ कि सब कुछ बहुत अच्छा चल रहा है। आइए, और बेहतर की आशा करते हैं।

सिनेमा कर्मी कल्याण कोष (संशोधन) विधेयक, 1987 *

मैं निवदेन करता हूँ कि—

सिनेमा कर्मी कल्याण कोष अधिनियम, 1981 में संशोधन करने के लिए प्रस्तुत विधेयक पर विचार किया जाए।

महोदय, सिनेमा कर्मी कल्याण कोष अधिनियम, 1981 के प्रबंधन के साथ-साथ सिनेमा कर्मियों से संबंधित दो अन्य अधिनियमों को 1 अप्रैल, 1986 को सूचना एवं प्रसारण मंत्रालय से श्रम मंत्रालय में स्थानांतरित कर दिया गया था। इसमें निम्नलिखित प्रावधान दिए गए हैं—

कुछ सिनेमा कर्मियों के कल्याण को बढ़ावा देने के लिए की जानेवाली गतिविधियों का वित्त पोषण विशेष रूप से इस प्रकार है—

(अ) सिनेमा कर्मिकों के लिए कुछ इस तरह के कल्याणकारी उपायों या सुविधाओं की लागत को वहन करने के लिए निर्णय केंद्रीय सरकार द्वारा लिया जाएगा।

---

* 20 मार्च और 4 मई, 1987 को लोकसभा में विधेयक को प्रस्तुत करते समय कहा। विधेयक द्वारा सिनेमा कर्मी कल्याण कोष अधिनियम के प्रावधानों में संशोधन करने का प्रस्ताव है, ताकि इसे और अधिक प्रभावी बनाया जा सके और साथ ही इसकी पहुँच को विस्तृत किया जा सके।

(ब) जरूरतमंद सिनेमा कर्मिकों को अनुदान या ऋण के रूप में सहायता प्रदान करने के लिए।

(स) सिनेमा कर्मिकों के कल्याण के लिए केंद्रीय सरकार द्वारा अनुमोदित किसी भी योजना में धन मंजूरी के लिए।

इस अधिनियम के प्रावधानों में संशोधन करने का प्रस्ताव है, ताकि इसे और अधिक प्रभावी बनाया जा सके और साथ ही इसकी पहुँच को विस्तृत किया जा सके। प्रस्तावित संशोधन माइका, चूना पत्थर, डोलोमाइट और लौह अयस्क खनिजों के कल्याण हेतु बनाए गए अन्य कल्याण कोष अधिनियमों के सादृश्य आधारित है।

प्रस्तावित संशोधन इस प्रकार हैं—

(i) सिनेमा कर्मकार कल्याण कोष अधिनियम, 1981 की धारा 2 (बी) (ii) में संशोधन करने हेतु जहाँ वर्तमान सीमा को 1,000 रुपए से 1,600 रुपए प्रतिमाह करने हेतु और जहाँ इस पारिश्रमिक का भुगतान एकमुश्त किया जाना हो, वहाँ इसको 5,000 रुपए से 8,000 रुपए करने हेतु।

(ii) सिनेमा कर्मी कल्याण कोष अधिनियम, 1981 की धारा 4 (1) (सी) में संशोधन करने के लिए, ताकि परिवार नियोजन शिक्षा और सेवाओं सहित परिवार कल्याण को एक ऐसे उद्‌देश्य के रूप में शामिल किया जा सके, जहाँ कोष का उपयोग किया जा सके।

(iii) सिनेमा कर्मी कल्याण कोष अधिनियम, 1981 की धारा 6 (2) में संशोधन करने के लिए, ताकि केंद्रीय सलाहकार समिति के सदस्यों की संख्या की अंतिम सीमा को खत्म किया जा सके।

सिनेमा थिएटर कर्मी (रोजगार का विनियमन) अधिनियम के तहत और साथ ही अन्य कल्याण कोष अधिनियमों के अंतर्गत कल्याण योजनाओं में मजदूरी और लाभ की अंतिम सीमा 1,600 रुपए प्रतिमाह है। इसलिए 1,000 रुपए प्रतिमाह की अंतिम सीमा को 1,600 रुपए की अंतिम सीमा के साथ प्रतिस्थापित करना वांछनीय है और जहाँ पारिश्रमिक का भुगतान एकमुश्त राशि के माध्यम से किया जाना हो, वहाँ इस अंतिम सीमा को 5,000 रुपए से बढ़ाकर 8,000 रुपए कर देना वांछनीय है।

अधिनियम की धारा 4 (1) (सी) में गिनाए गए एक उद्‌देश्य के रूप में इसमें परिवार नियोजन, शिक्षा और सेवाओं जैसे परिवार कल्याण के घटकों को शामिल करने का भी प्रस्ताव है, जिसके लिए निधि का उपयोग किया जा सकता है। यह श्रम कानूनों के साथ वर्ष 1984 में आयोजित जनसंख्या नियंत्रण पर राष्ट्रीय नीति की संगतता के संबंध में अंतरराष्ट्रीय श्रम संगठन त्रिपक्षीय संगोष्ठी की अनुपालना में किया जा रहा है।

अधिनियम की धारा 6(2) के अनुसार, केंद्रीय सलाहकार समिति में केंद्र सरकार द्वारा

नियुक्त 11 सदस्य शामिल होंगे और सदस्यों को उसी तरह से चुना जाएगा, जैसाकि निर्धारित किया जाएगा। विभिन्न श्रमिक कल्याण अधिनियमों के तहत गठित सभी सलाहकार समितियों में त्रिपक्षीयता का सिद्धांत अपनाया जाता है और बराबर संख्या में सरकारी प्रतिनिधि, नियोक्ता एवं कर्मचारी शामिल होते हैं। 11 सदस्यों की अंतिम सीमा का पालन करना संभव नहीं होगा और इसलिए प्रस्तावित है कि अधिनियम की धारा 6(2) में सदस्यों की संख्या की अंतिम सीमा को संशोधित किया जाए।

मुझे विश्वास है कि विधेयक में प्रस्तावित संशोधन अधिनियम के प्रबंधन को सुधारने में मदद करेगा। इन शब्दों के साथ मैं इस विधेयक को सदन के विचारार्थ रखता हूँ।

❑

मैं उन सभी माननीय सदस्यों का आभारी हूँ, जिन्होंने इस बहस में भाग लिया। यह एक बहुत ही छोटा विधेयक है, सिनेमा कर्मी कल्याण कोष (संशोधन) अधिनियम, 1987। जैसाकि सदन अवगत है, यह विधेयक भी पारित किया गया था और इसे सूचना एवं प्रसारण मंत्रालय द्वारा प्रशासित किया जाना था। यह हाल ही में पिछले साल अप्रैल में हमें स्थानांतरित किया गया था और तब से ही हमने कुछ कदम उठाने की कोशिश की है।

यहाँ केवल दो या तीन ही बिंदु हैं, जिनको बहस के समय उठाया गया है कि वर्तमान अधिनियम में सिनेमा कर्मियों के कल्याण के लिए उपलब्ध धनराशि बहुत ही कम है; क्योंकि जो कर हम लगाते हैं, वह बहुत कम है। जैसाकि प्रत्येक फिल्म के लिए हम 1,000 रुपए का कर लगाते हैं और माननीय सदस्यों को लगता है कि इसे बढ़ाने की आवश्यकता है।

मैं सूचना एवं प्रसारण मंत्रालय के साथ विचार-विमर्श करूँगा और मुझे स्वयं यही लगता है कि कर, जो हम 1,000 रुपए की दर से लगा रहे हैं, कम है और उसे बढ़ाने की जरूरत है।

कुछ माननीय सदस्य वह राशि जानना चाहते थे, जो कर के संग्रह से वर्तमान में उपलब्ध है, हमारे पास इस समय केवल 22.41 लाख रुपए उपलब्ध हैं; लेकिन जैसाकि माननीय सदस्य जानते हैं कि 'गांधी' फिल्म के मुनाफे से हमारे पास 103 लाख रुपए आए हैं। इसलिए इस समय 'गांधी' फिल्म से मुनाफे और उपलब्ध कर की राशि को मिलाकर 125.41 लाख रुपए हैं और यह राशि बजट के बाद श्रम मंत्रालय को ट्रांसफर कर दी जाएगी। परंतु यह राशि हमारे पास उपलब्ध होने से पहले जो भी सुविधाएँ श्रम मंत्रालय, भारत सरकार के अन्य अलग-अलग कल्याण कोष में उपलब्ध थीं, हमने पहले से ही वही लाभ देने शुरू कर दिए थे। विभिन्न कल्याण निधियों में, जो भी अस्पताल और डिस्पेंसरी में उपलब्ध हैं, को अधिसूचित कर दिया गया है और हमने पहले ही उन्हें निर्गमित कर दिया है। जैसाकि सदन अवगत है, इन सभी सुविधाओं को सिनेमा कर्मियों तक भी विस्तारित किया जाना चाहिए।

हमने अन्य कदम भी उठाने शुरू कर दिए हैं। हम एक केंद्रीय सलाहकार परिषद् की

नियुक्ति की प्रक्रिया में हैं। और जहाँ तक पहचान का प्रश्न है, हमारे पास विभिन्न कल्याण अधिनियमों के तहत श्रम आयुक्त हैं। हमने इस उद्देश्य की पूर्ति के लिए उन श्रम आयुक्तों को कल्याण आयुक्तों के रूप में अधिसूचित किया है। सिनेमा कर्मियों की पहचान करना और उन्हें श्रम आयुक्तों द्वारा पहचान-पत्र जारी करने की जिम्मेदारी आसान नहीं है। हमारे पास एक त्रिपक्षीय सलाहकार परिषद् है। उनके पास सिनेमा कर्मियों का एक संघ है। इस संघ ने बैठक में मजदूरों की पहचान करने और कल्याण आयुक्तों की पहचान-पत्र जारी करने के उद्देश्य में मदद करना तय किया है। एक बार पहचान-पत्र जारी होने के बाद वास्तविक सिनेमा कर्मियों को लाभ देने में कोई समस्या नहीं होगी।

❑

यह सत्य है कि अधिनियम सन् 1981 में पारित किया गया था, लेकिन इसे हमें हस्तांतरित 1 अप्रैल, 1986 को किया गया था। मैं इस परिदृश्य में उसी दिन से आता हूँ। उस दिन के बाद से ही हम कई कदम उठाने की कोशिश कर रहे हैं। कुछ सिनेमा कर्मियों की पहचान पहले ही हो चुकी है। मेरे पास अभी उनकी सटीक संख्या नहीं है, लेकिन उनकी पहचान की गई है। असल में, हमारे पास उपलब्ध धन में से हमने सिनेमा कर्मियों के बच्चों को 1 लाख रुपए तक की छात्रवृत्तियाँ प्रदान की हैं। तो उनकी पहचान करने और उन्हें पहचान-पत्र जारी करने का कार्य भी जारी है। चूँकि अभी केवल एक ही वर्ष हुआ है, इसलिए कुछ ज्यादा हासिल नहीं किया गया है। हम केवल दो ही बैठकें कर पाए हैं, लेकिन विधेयक में संशोधन के पश्चात् हम या तो दक्षिणी क्षेत्र में या पश्चिमी क्षेत्र में एक और बैठक करने का प्रस्ताव रख रहे हैं। मुझे अभी नहीं पता। हमने अभी बैठक स्थल का चुनाव नहीं किया है। हम सभी इस विषय पर चर्चा करना चाहते हैं कि इसे कैसे किया जा सकता है ?

चूँकि विधेयक का दायरा बहुत सीमित है, इस स्तर को प्रतिमाह 1,600 रुपए तक बढ़ाने की आवश्यकता है। माननीय सदस्यों ने केवल दो सीमित बिंदुओं को ही उठाया है। मैं एक बार फिर माननीय सदस्यों को विधेयक का समर्थन करने के लिए धन्यवाद करना चाहूँगा।

❑

फिल्म उद्योग को औद्योगिक विवाद अधिनियम के क्षेत्र का उद्योग घोषित करना मेरे कार्यक्षेत्र में नहीं है। यह अधिनियम उन सिनेमा कर्मियों पर लागू होता है, जो कर्मी इस समय 1,000 रुपए प्रतिमाह कमा रहे हैं। हम इसे प्रतिमाह 1,600 रुपए तक बढ़ा रहे हैं और एकमुश्त राशि को 5,000 रुपए से 8,000 रुपए तक बढ़ा रहे हैं।

~❋~

श्रम कल्याण और सरकारी भागीदारी*

श्रीमान उपाध्यक्ष महोदय, मैं उन सभी माननीय सदस्यों का आभारी हूँ, जिन्होंने वर्ष 1987-88 के लिए अनुदान की माँग पर बहस में भाग लिया है। गहन रुचि, जो माननीय सदस्यों ने बहस के दौरान दिखाई है, वह मजदूर वर्ग के कल्याण के प्रति उनकी वचनबद्धता का संकेत देती है।

कई बिंदुओं पर चर्चा हुई थी और अधिकांश बिंदु मान्य थे। मुझे यह स्वीकार करना चाहिए कि मुझे नहीं लगता कि मेरे लिए प्रत्येक बिंदु पर जवाब देना संभव होगा, जो कि माननीय सदस्यों द्वारा उठाए गए हैं। मैं आश्वासन देता हूँ कि प्रत्येक बिंदु का बाद में उत्तर दिया जाएगा और यहाँ मैं मुख्य मुद्दों से निपटने का प्रस्ताव रखता हूँ, किसी विशिष्ट मामलों से नहीं।

मैं संक्षेप में सारांशित करने की कोशिश करूँगा कि वर्ष 1986-87 में क्या किया गया है और हम 1987-88 में क्या प्रस्तावित कर रहे हैं।

यदि आप कानूनी पहलू को देखते हैं तो आप सभी लोगों को याद होगा कि सन् 1986 में पाँच अधिनियम पारित किए गए और वे गोदी कामगार सुरक्षा एवं कल्याण अधिनियम, 1986; बाल श्रम (प्रतिबंधन एवं विनियमन) अधिनियम 1986; ठेका श्रम (विनियमन और उत्सादन) संशोधन अधिनियम, 1986 थे। एक माननीय सदस्य ने बताया कि यह वादा किया गया था, लेकिन निभाया नहीं गया। यह किया गया है, शायद यह उनकी याददाश्त से निकाल गया है। फिर पाँचवाँ अधिनियम विक्रय संवर्धन कर्मचारी (सेवा की शर्तें) अधिनियम, 1986 था।

फिलहाल हमारे पास चार विधेयक हैं, जो या तो इस सदन या उस सदन के विचारार्थ हैं। यह विधेयक सिनेमा कर्मी कल्याण कोष अधिनियम; कारखाना संशोधन अधिनियम, 1986; श्रम कल्याण निधि विधि (संशोधन) अधिनियम, 1986 और उपदान संदाय (संशोधन) अधिनियम, 1986 हैं। ये प्रमुख विधेयक हैं, जो या तो इस सदन में या दूसरे में विचाराधीन हैं।

इन सबसे ऊपर, हमारे पास हमारे दस एजेंडा बिल्स हैं, जो अभी सदन में प्रस्तुत होने बाकी हैं और जिनमें से सात संशोधन कानून होंगे और बाकी तीन नए कानून होंगे। जो सात संशोधन कानून लाए जाने हैं, उनमें कर्मचारी भविष्य निधि अधिनियम भी शामिल है। कुछ माननीय सदस्यों ने 2 प्रतिशत के योगदान को 10 प्रतिशत तक बढ़ाने का मुद्दा उठाया है।

अंतिम एस.एल.सी. बैठक में नियोक्ताओं और एस.एल.सी. द्वारा इसे बढ़ाने पर सहमति जताई गई थी।

अब यह सरकार के सक्रिय रूप से विचार में है और यह संशोधन के रूप में आ जाएगा। मैं यह सब कह रहा हूँ, क्योंकि कई माननीय सदस्यों ने इस मुद्दे को उठाया है कि इसके

---

* 30 मार्च, 1987 को लोकसभा में अनुदान माँग, श्रम मंत्रालय, 1987-88 पर बहस के दौरान जवाब देते हुए दिया गया वक्तव्य।

साथ क्या हुआ है ? और यही कारण है कि सरकार द्वारा संशोधन नहीं लाए जा रहे हैं। मैं बस, इतना कह रहा हूँ कि कितने बिल आ रहे होंगे। फिर अगला कर्मचारी राज्य बीमा अधिनियम में संशोधन, ठेका श्रम अधिनियम में संशोधन और बागान श्रम अधिनियम में संशोधन है। यह एक बहुत ही महत्त्वपूर्ण विधेयक होगा, जो प्रस्तुत किया जाएगा। विशेष रूप से इस पक्ष के माननीय सदस्यों ने औद्योगिक विवाद अधिनियम और अधिकरण अधिनियम में संशोधन नहीं लाए हैं। ये भी आएँगे।

❑

सातवाँ विधेयक जो आएगा, वह समान पारिश्रमिक अधिनियम होगा। और इन सबसे ऊपर हमारे पास तीन नए प्रस्ताव हैं, जो हम लेकर आएँगे। इन तीन नए प्रस्तावों में से एक अधिनियम औद्योगिक विवाद अधिनियम के दायरे से बाहर निकाल दिए गए अस्पतालों, डिस्पेंसरियों, शैक्षणिक संस्थानों, वैज्ञानिक अनुसंधान और प्रशिक्षण संस्थानों के लिए एक शिकायत निवारण तंत्र स्थापित करने के लिए होगा। चूँकि हमें वैकल्पिक शिकायत-निपटान तंत्र प्रदान करना है, इसलिए वह जल्द ही सदन के सामने प्रस्तुत किया जाएगा।

दूसरा नया विधेयक, जो इस सदन के सामने लाया जाएगा, वह एक सरलीकरण प्रक्रिया होगी। जहाँ तक छोटे पैमाने के उद्योगों द्वारा विभिन्न श्रम कानूनों के पालन का प्रश्न है, आज छोटे पैमाने के उद्योगों को विभिन्न कानूनों के तहत विभिन्न आवश्यकताओं के पालन के लिए कम-से-कम 60 प्रारूपों को भरना होता है। हम उन 60 प्रारूपों के बजाय केवल 3 प्रारूपों को लाने की कोशिश कर रहे हैं। यह प्रक्रिया को सरल बनाने का प्रयास है और यह एक बहुत ही महत्त्वपूर्ण विधेयक होगा।

फिर हम भवन और निर्माण उद्योग के श्रमिकों को सुरक्षा प्रदान करने के लिए एक विधेयक ला रहे हैं। तो ये कुछ विधेयक हैं, जो सदन में आएँगे। परंतु विधेयक के बारे में चर्चा करते हुए माननीय सदस्यों ने एक बहुत ही सही मुद्दा उठाया है कि केवल कानूनों को बना देने मात्र से श्रमिकों की समस्या हल नहीं होगी। जो महत्त्वपूर्ण है, वह है इन कानूनों का कार्यान्वयन। मैं माननीय सदस्यों के साथ 100 प्रतिशत सहमत हूँ। वास्तव में, मैं खुद इस पर बहुत से बयान दे रहा हूँ और मैं सदन को इसके लिए आश्वस्त करता हूँ कि उन विधेयकों के अलावा, जो कि निकट भविष्य में आने वाले हैं, जिनका मैंने उल्लेख किया है, मैंने निश्चय किया कि सन् 1987 में हम कोई नया विधेयक नहीं लाएँगे; 1987 वर्तमान कानूनों के कार्यान्वयन पर नजर रखने में समर्पित किया जाएगा।

❑

अब, सवाल यह है कि संबंधित राज्य सरकारों से अधिकांश श्रम कानूनों का कार्यान्वयन कैसे कराया जाए ? मौजूदा कानूनों के कार्यान्वयन में हमारी बहुत ही सीमित भूमिका है, जब

तक कि कुछ ऐसे कानून, जहाँ केंद्र सरकार ही उपयुक्त प्राधिकरण हो तो हमें प्रत्यक्ष रूप से निपटना होगा। परंतु मुझे कोई संदेह नहीं है कि संबंधित राज्य सरकारें इन कानूनों को लागू करने की स्थिति में होंगी।

❑

मैं राज्य सरकारों को यह कहकर दोष नहीं दूँगा कि इसके कार्यान्वयन की पूरी जिम्मेदारी राज्य सरकारों की है, केंद्र सरकार की इसमें कोई भूमिका नहीं है। मैं उस प्रस्ताव को स्वीकार नहीं करता। केंद्रीय सरकार की जिम्मेदारी बनती है। अगर केंद्र सरकार मुख्य रूप से राज्य सरकारों के साथ सहयोग कर रही है तो यह किया जा सकता है। बाल श्रम (विनियमन और प्रतिबंधन) अधिनियम को पास किया गया था।

❑

इन कानूनों के कार्यान्वयन के लिए संसद् की सलाहकार समिति को स्वयं ही दो समूहों में विभाजित किया गया था और राज्य स्तर पर जाने की कोशिश की गई। एक समूह कृषि मजदूरों की स्थितियों को देखने के लिए चला गया तथा एक और समूह असंगठित क्षेत्रों को देखने के लिए चला गया, जो कि गैर-कृषि मजदूर हैं। अब गैर-कृषि मजदूर समूह को पहले काँच और चूड़ियों के कारखानों में काम कर रहे बच्चों की स्थिति जानने के लिए मुझे बताना होगा। मुझे आपको यह बताना आवश्यक होगा कि उत्तर प्रदेश सरकार ने पूरी तरह से सहयोग किया और आज उनके सभी बच्चे, जो काँच के कारखाने में काम कर रहे थे, अब बाहर हैं।

❑

संसद् ने यह विधेयक पास कर दिया है कि बच्चों को खतरनाक कारखानों और खानों में नियोजित नहीं किया जाएगा। हमने यह कार्यान्वित किया है।

❑

माननीय सदस्य श्री कुमारमंगलम ने सदन के पटल पर शिकायत की है कि सभी 10,000 बच्चे बेरोजगार हो गए हैं। मैं केवल यह बताने की कोशिश कर रहा हूँ कि यदि कानून के कार्यान्वयन की हमारी वास्तव में इच्छा है तो इसे लागू किया जा सकता है; लेकिन कानून के कार्यान्वयन के कारण आगे कौन सी समस्याएँ उत्पन्न होती हैं, यह अलग विषय है। लेकिन हम यह नहीं कह सकते कि इस कानून को लागू नहीं किया जा सकता। श्री चौबेजी ने जूट उद्योग में भविष्य निधि के दोषियों पर सवाल उठाया है।

❑

अब पिछले पंद्रह वर्षों से जूट उद्योग भविष्य निधि के बकाया का भुगतान से बचता रहा है। मैंने उनके साथ बैठक की है तथा समझौते पर पहुँचे हैं। हालाँकि हमें पैसे मिल रहे हैं, लेकिन

वे काफी नहीं हैं। हमारी बैठक के दौरान किए वादे को कुछ लोगों ने नहीं निभाया। मैंने अपने भविष्य निधि आयुक्त को कलकत्ता भेज दिया। उन्होंने आपके गृहमंत्री के साथ एक बैठक की थी तथा पश्चिम बंगाल आई.जी.पी. के साथ भी एक बैठक की थी। उस पर काररवाई शुरू कर दी गई है और 14 लोगों को गिरफ्तार करके जेल में डाल दिया गया है। मैं इसके लिए पश्चिम बंगाल सरकार का शुक्रिया अदा करना चाहता हूँ। यदि पश्चिम बंगाल सरकार इसे करना चाहे तो वह इसे कर सकती है।

❑

पश्चिम बंगाल सरकार ने काररवाई की है। वे पंद्रह साल से सोचते थे कि उनको कोई छू भी नहीं सकता; लेकिन अब उन पर काररवाई की जा रही है। मैं यही कह रहा हूँ कि यदि केंद्र सरकार और राज्य सरकार एक साथ मिलकर काम करें तो कानून लागू किया जा सकता है। लेकिन एक बात हमें समझनी चाहिए कि यह न तो केवल केंद्र सरकार द्वारा और न ही केवल राज्य सरकार द्वारा किया जा सकता है। इसके लिए केंद्र और राज्य की सरकारों के बीच आपसी सहयोग होना चाहिए। अगर हम संयुक्त रूप से आगे बढ़ते हैं तो मैं नहीं समझता कि कानून को लागू नहीं किया जा सकता। इसलिए मैं माननीय सदन को आश्वस्त कर सकता हूँ कि इस वर्ष हम कानूनों के कार्यान्वयन को महत्त्व देने जा रहे हैं तथा इसके लिए मैं माननीय सदस्यों एवं संबंधित राज्य सरकारों की सक्रिय भागीदारी तथा सहयोग चाहता हूँ।

महोदय, मैं विस्तृत रूप से नहीं जाना चाहता। आगे मैं औद्योगिक संबंधों पर कहना चाहूँगा।

महोदय, उन महत्त्वपूर्ण कानूनों में से, जिन्हें लागू करने की आवश्यकता है तथा मौजूदा कानून, जिन्हें लागू किया जाना चाहिए और मेरे अनुसार सबसे महत्त्वपूर्ण अधिनियम न्यूनतम मजदूरी अधिनियम है। यदि न्यूनतम मजदूरी अधिनियम ईमानदारी और प्रभावी ढंग से कार्यान्वित हो जाए तो मैं डॉ. दत्ता सामंत से सहमत हूँ कि हमारे मजदूर वर्ग की स्थितियाँ काफी हद तक बदल जाएँगी। हमें इसको लागू करने की कोशिश करनी चाहिए। जहाँ तक चौबेजी का गरीबी रेखा बनाम न्यूनतम मजदूरी के संबंध में कहना है, न्यूनतम मजदूरी और गरीबी रेखा दो अलग-अलग चीजें हैं। अब, गरीबी रेखा की अवधारणा पारिवारिक आय पर आधारित होती है। जब सरकार गरीबी रेखा की अवधारणा का अवलोकन करती है तो आय को आधार मानकर चलती है। अब हमने इसमें कपड़ों को भी जोड़ा है; लेकिन यह परिवार की आय पर आधारित है और मजदूरी केवल उस आय का एक घटक है। इसलिए मजदूरी और गरीबी रेखा को एक ही रूप में नहीं माना जा सकता। मैं केवल इस अवधारणा को समझा रहा हूँ, न कि यह कि जो हो रहा है, वह सही है।

लेकिन हम माननीय सदस्यों से सहमत हैं कि हमें इसका अवलोकन करना चाहिए कि क्या हमें इस अवधारणा को आगे भी जारी रखना चाहिए? मैं नहीं जानता, लेकिन मैं स्वयं दृढ़ता से यह महसूस करता हूँ कि इस पर पुनर्विचार होना चाहिए। मैं यही कह सकता हूँ। लेकिन

आज के परिदृश्य में न्यूनतम मजदूरी और गरीबी रेखा—ये दो अलग-अलग अवधारणाएँ हैं।

अब मुझे देश में औद्योगिक संबंधों की स्थिति पर आने दीजिए। मैं यह नहीं कहता कि इस देश में औद्योगिक संबंध की स्थिति बहुत अच्छी है। श्री चौबेजी मुझसे सहमत नहीं हैं, क्योंकि उन्होंने मात्र नकारात्मक आँकड़ों को ही उद्‌धृत किया है। मैं उनमें नहीं जा रहा हूँ।

❑

मैं अब बेरोजगारी पर आ रहा हूँ। मैं इसमें शामिल सभी प्रमुख बिंदुओं का उत्तर दूँगा; लेकिन तथ्य यह है श्रीमान चौबेजी, यदि आप देश में औद्योगिक संबंधों की स्थिति जानने के पैमाने के रूप में कम हुए मानवीय श्रम दिवसों की गणना को आधार मानें, मैं इस शब्द का उपयोग कर रहा हूँ (यदि···यदि आप उस तरह के मानकों पर जाते हैं तो निश्चित ही औद्योगिक संबंधों की स्थिति में सुधार हुआ है, क्योंकि वर्ष 1984 में कम हुए मानवीय श्रम दिवसों की संख्या 5.63 करोड़, 1985 में 2.73 करोड़ और 1986 में यह 2.21 करोड़ श्रम दिवस नीचे आ गई है। इस ओर से माननीय सदस्यों ने प्रश्न उठाया है—'अगर हम हड़ताल तथा तालाबंदी के कारण कम हुए मानवीय श्रम दिवसों की संख्या के बारे में बात करते हैं तो क्या हमें बिजली की कमी, मशीनरी की विफलता, कच्चे माल की कमी आदि के कारण मानवीय श्रम दिवसों की संख्या में आई कमी के आँकड़े मिल गए हैं? ये हमारे पास नहीं हैं। मैं इसे स्वीकार कर रहा हूँ। हमें उस शुरुआती पहलू को भी अच्छे से जानना होगा। उससे ही स्पष्टता नजर आएगी। लेकिन वर्तमान मानदंडों के अनुसार, यानी यदि आप वर्तमान मानदंडों को आधार मानते हैं तो आप इसमें आए सुधार से इनकार नहीं कर सकते।

❑

जहाँ तक केंद्रीय क्षेत्र का संबंध है, इसमें मानवीय श्रम दिवसों की संख्या दस साल के सबसे निम्न स्तर पर आ गई। यह केवल 10,40,000 है, और यह आँकड़ा पिछले दस वर्षों में सबसे कम है। यदि कोई आपको सभी आँकड़े, यानी पिछले दस वर्षों के सभी आँकड़े, दे देता है तो श्री चौबेजी तथा अन्य माननीय सदस्यों को इन सभी अच्छे आँकड़ों से निराशा हो सकती है। यदि आप मजदूरी के नुकसान लेते हैं तो यह दस साल में सबसे कम है। यह 21.42 करोड़ रुपए है। यदि आप औद्योगिक विवादों के आँकड़े को देखते हैं तो यह आँकड़ा वर्ष 1985 में 2,095 था, 1985 के लिए यह 1,755 और 1986 के लिए यह 1,581 था।

इसलिए विवादों की संख्या में भी प्रगतिशील गिरावट आई है; यह मानवीय श्रम दिवसों की संख्या में आई कमी से भी सरल नहीं है, बल्कि विवादों की संख्या से भी सरल नहीं है। बेशक, एक बिंदु स्पष्ट किया जा सकता है कि मानवीय श्रम दिवसों की संख्या में हर वर्ष गिरावट आ रही है। यदि हम मानवीय श्रम दिवसों की संख्या की कमी के लिए हड़ताल एवं तालाबंदी का विश्लेषण करें तो हड़ताल के कारण श्रम दिवसों की घटती संख्या में कमी आई

है। वहीं तालाबंदी के कारण श्रम दिवसों की घटती संख्या में बढ़ोतरी हो रही है। यह भी आपके पक्ष में है और कोई इसे छिपाना भी नहीं चाहता।

❑

अब, मैं सामाजिक सुरक्षा पर आऊँगा, क्योंकि कई माननीय सदस्यों ने इस पर सवाल उठाया है। यह बहुत संक्षिप्त होगा। अब मैं भविष्य निधि पर आता हूँ। जो पूछा गया था, मैंने पहले से ही उस बिंदु के एक हिस्से का उत्तर दिया है। अब सभी माननीय सदस्यों ने एक मुद्दा दिया है, हालाँकि पिछले कुछ वर्षों में ब्याज दरों में प्रगतिशील वृद्धि हुई है। वर्ष 1983-84 में ब्याज दर 9.15 प्रतिशत से बढ़कर 1986-87 में 11 प्रतिशत हो गई। माननीय सदस्यों ने महसूस किया है कि यह पर्याप्त नहीं है। यह और अधिक होना चाहिए। यह माननीय सदन की भावना रही है। मैं माननीय सदन को आश्वासन देता हूँ कि इसका अवलोकन किया जाएगा तथा निर्णय उम्मीद के अनुरूप ही रहने की आशा है।

ऐसे कई अन्य मुद्दे हैं, जिनका उल्लेख किया जा सकता है; लेकिन एक और बिंदु, जो मैं जोड़ना चाहता हूँ, वह है 14.68 करोड़ रुपए की बड़ी मात्रा में राशि, जिसका किसी से कोई संबंध नहीं है; क्योंकि किसी ने इस राशि पर अपना दावा नहीं किया है। यह बिना दावे की राशि, किसी के 1,000 रुपए थे, किसी के 2,000 रुपए और यह यथास्थिति में रखे हुए थे। हमने राशि से संबंधित लोगों की पहचान करने के लिए कदम उठाए हैं और मुझे यह कहते हुए खुशी हो रही है कि हमने 3.77 लाख लोगों की पहचान की है, जिनका यह पैसा है और हम हर संभव प्रयास करेंगे कि वर्षों तक पड़े पैसे को संबंधित श्रमिकों तक न केवल पहुँचाएँ, बल्कि यह पैसा उन्हें ब्याज सहित दिया जाए।

ई.एस.आई. के विषय पर आते हुए मैं कहूँगा कि यह एक बहुत मुश्किल विषय है। संसद् सदस्यों के बीच यह भावना व्याप्त है कि ई.एस.आई. ठीक से काम नहीं कर रहा है। हालाँकि मैं स्वीकार करता हूँ कि ई.एस.आई. के काम में बहुत सुधार की आवश्यकता है। लेकिन मुख्य समस्या यह है कि आंशिक रूप से यह केंद्र द्वारा, आंशिक रूप से निगम द्वारा और आंशिक रूप से राज्य द्वारा प्रशासित किया जाता है। अगर कोई वस्तु सबके साझे की होती है तो वह वास्तव में, किसी की नहीं होती। आज इसकी यही स्थिति है। मैं नहीं जानता कि हमें इसे इस तरह जारी रखना चाहिए या नहीं; लेकिन हमें इसका कोई उपाय तो खोजना ही होगा। इसके लिए उपाय खोजने के लिए हमने तीन समितियों का गठन किया है और प्रत्येक समिति का नेतृत्व संसद् के माननीय सदस्य द्वारा किया जाएगा। यह सब किए जाने के लिए मैंने जान-बूझकर संसद् सदस्यों को चुना है।

❑

छह महीने पहले समितियाँ गठित की गई थीं, लेकिन संसद् सत्र के कारण माननीय सदस्य

बैठक नहीं कर पाए। मुझे लगता है कि सत्र के तुरंत बाद वे दौरे पर जाएँगे। हमने जान-बूझकर संसदीय मामलों के मंत्री से पेशेवर डॉक्टर देने का अनुरोध किया, ताकि स्थिति को अच्छे से समझा जा सके। पेशे से इतना है कि वे बेहतर जानते हैं।

महोदय, मैंने ही ई.एस.आई. अस्पताल के विस्तार के बारे में उल्लेख किया है; क्योंकि यह मुद्दा सदन के कई माननीय सदस्यों द्वारा उठाया जा चुका है। हम कुछ नए सुझावों की जाँच करेंगे। लेकिन इस पर क्या निर्णय लिया गया है, यह मैं अभी बताना चाहूँगा।

हमने वर्ष 1987-88 में दस और ई.एस.आई. अस्पतालों का प्रस्ताव दिया गया है। ये अस्पताल निम्नानुसार होंगे—बिहार के राँची में एक (वर्तमान में झारखंड में); दिल्ली में 50 बिस्तरोंवाला एक अस्पताल; झिलमिल में 20 बिस्तरोंवाला एक अस्पताल; केरल में दो, फारुक में एक, अन्य टोडा में, मध्य प्रदेश के भोपाल में हमारे पास 24 बिस्तरोंवाला एक अस्पताल होगा और उत्तर प्रदेश में चार। उत्तर प्रदेश के चार अस्पताल बरेली, नोएडा, किदवई नगर और जाज मऊ, कानपुर में होंगे।

❑

अब जहाँ तक सुरक्षा का सवाल है, सदन के पास कारखाना अधिनियम (संशोधन) विधेयक पर चर्चा करने का अवसर था। जहाँ हमने हाल ही में संशोधन विधेयक पारित किया है। यह सरकार का एक बड़ा कदम है, जो सरकार ने भोपाल गैस कांड के बाद कारखाना अधिनियम में निर्णायक संशोधन करते हुए सुरक्षा मामलों के निपटने में एक और अध्याय का सृजन किया है। इसके अलावा, कुछ और बदलाव हैं।

हाल ही में, अभी पिछले साल हमने डाक कर्मी सुरक्षा तथा श्रम कल्याण अधिनियम पारित किया। मुझे यह भी उल्लेख करना है कि जहाँ तक निर्माण श्रमिक तथा भवन श्रमिक का संबंध है, हम अब एक नए सुरक्षा अधिनियम को लेकर आ रहे हैं और हमने बहुत से लोगों को प्रशिक्षण के लिए भेजा है, जिसका संसद् के पटल पर उल्लेख करने का अवसर मुझे कारखाना संशोधन विधेयक पर पिछली चर्चा के दौरान प्राप्त हुआ था। लेकिन इसमें एक उपलब्धि यह मिली है कि हमने अंतरराष्ट्रीय श्रम संगठन (आई.एल.ओ.) की सहायता से 16 लाख डॉलर की अनुमानित लागत पर देश में आकस्मिक दुर्घटना नियंत्रण प्रणाली का गठन किया है। यह सुरक्षा की दृष्टि से बहुत अच्छी संस्था है। हम आई.एल.ओ. के आभारी हैं तथा उसके साथ हमारे संबंध बहुत अच्छे हैं। आई.एल.ओ. के महानिदेशक जनवरी के महीने में यहीं पर थे, हालाँकि मैं ज्यादा विस्तार में नहीं जाना चाहता।

❑

सुरक्षा के लिहाज से एक महत्त्वपूर्ण मुद्दा छोड़ दिया गया है, जिसके बारे में मैं यह

कहना चाहूँगा, जैसाकि आचार्यजी ने मुद्दा उठाया कि हमारे देश में दुर्घटनाएँ और मौतों की संख्या बढ़ रही है, जो वास्तव में सही नहीं है; बल्कि यह स्थिति स्थिर है।

अगर हम बाकी दुनिया के साथ भारत की स्थिति की तुलना करते हैं तो यह तुलनात्मक ही प्रतीत होता है।

ऐसा नहीं है कि हम इससे खुश हैं। लेकिन स्थिति यह है कि यह संख्या ऊपर नहीं जा रही है। यह कम या ज्यादा स्थिर है; लेकिन बाकी देशों के साथ तुलनीय है। उदाहरण के लिए, वर्ष 1984 में मुख्य रूप से भारत में यह संख्या 0.32 प्रति 1,000 व्यक्ति थी, बेल्जियम में 0.97, चेकोस्लोवाकिया में 0.54 थी, जापान में यह सबसे ज्यादा थी—यानी 3.77, यू.एस.ए. में 0.64, पश्चिम जर्मनी में 0.40। तो ऐसा नहीं है कि इसमें हमारे देश में यह संख्या दुनिया में सबसे ज्यादा है और यह बहुत ही तुलनात्मक होती जा रही है।

अब बेरोजगारी पर आते हैं। अधिकांश माननीय सदस्यों ने रोजगार कार्यालय के आँकड़ों का उदाहरण दिया है। मैंने कई बार सदन पटल पर यह स्थिति स्पष्ट की है। जहाँ तक बेरोजगारी के आँकड़ों का सवाल है, हम रोजगार कार्यालय के आँकड़ों पर निर्भर नहीं हैं, क्योंकि रोजगार कार्यालय बेरोजगारी की वास्तविक तसवीर प्रस्तुत नहीं करता। इसका कारण है कि एक बार एक व्यक्ति रोजगार कार्यालय में अपना पंजीकरण कराता है तो वह पंजीकरण तीन साल तक मान्य रहेगा। तीन साल के बाद अगर वह नवीनीकरण के लिए नहीं आता तो उसका नाम इस अनुमान के तहत स्वत: ही हटा दिया जाता है कि उसे नौकरी मिल गई होगी। लेकिन इन तीन सालों के भीतर ऐसा भी हो सकता है कि उसे पहले ही रोजगार मिल गया हो! एक सर्वेक्षण आयोजित किया गया था और उस सर्वेक्षण में यह पाया गया कि 17 प्रतिशत नामांकित लोगों को पहले ही रोजगार मिल चुका था और लगभग 18 प्रतिशत या थोड़ा अधिक लोग ऐसे पाए गए, जो अभी भी कॉलेजों व स्कूलों में छात्र हैं। इसलिए रोजगार कार्यालय बेरोजगारी की सही तसवीर पेश नहीं करते।

❑

हम योजना आयोग के आँकड़ों पर निर्भर करते हैं, जिनका डॉ. दत्ता सामंत उदाहरण दे रहे थे। योजना आयोग के मुताबिक, छठी पंचवर्षीय योजना के अनुसार बेरोजगारी का पिछला आँकड़ा लगभग 90 लाख था। सातवीं पंचवर्षीय योजना के दौरान श्रमिकों के लिए शुद्ध वृद्धि 3.9 करोड़ होगी। इसलिए सातवीं पंचवर्षीय योजना की अवधि के दौरान हमें 4.8 करोड़ के लिए रोजगार पैदा करना है। योजना आयोग ने सातवीं पंचवर्षीय योजना की अवधि के दौरान 4 करोड़ व्यक्तियों के लिए मानक रोजगार का अनुमान लगाया है। इस प्रकार 80 लाख व्यक्ति सातवीं योजना के अंत तक भी बेरोजगार बने रहेंगे। योजना आयोग के अनुसार यह सही तसवीर है। मैं फिर आपको उदाहरण के साथ बताना चाहता हूँ कि हम रोजगार कार्यालय के आँकड़ों

पर निर्भर नहीं हैं, लेकिन योजना दस्तावेजों पर निर्भर करते हैं। इसलिए मैं कह रहा हूँ—रोजगार कार्यालय देश में बेरोजगारी की वास्तविक स्थिति को नहीं दरशाते।

❑

मैं मानता हूँ कि बेरोजगारी हमारे देश के लिए एक बड़ी समस्या है। हमें बेरोजगारी की समस्या पर ध्यान देना होगा। डॉ. दत्ता सामंत का कहना सही हो सकता है कि पिछले कुछ वर्षों में इसमें निजी क्षेत्र में गिरावट का रुख है। मुझे भी यही बताया गया है।

❑

हमारे लिए यह उम्मीद करना बिल्कुल गलत होगा कि 4.8 करोड़ लोगों को भारत सरकार द्वारा नौकरियाँ मुहैया कराई जा सकती हैं। यह संभव ही नहीं है। मेरे अनुसार, हमें इन लोगों के लिए स्वरोजगार के अवसर पैदा करने पर जोर देना चाहिए, जिसके लिए हमें पूरे देश में प्रशिक्षण केंद्रों को बढ़ावा देना होगा तथा शिक्षा के व्यवसायीकरण एवं आई.टी.आई. के आधुनिकीकरण पर जोर देना होगा। और हम इसी दिशा में जा रहे हैं।

❑

बेरोजगारी क्षेत्र में भी यदि हम अपनी स्थिति की तुलना बाकी दुनिया से करते हैं तो यह नहीं है कि हमारी स्थिति बिल्कुल खराब है। मैं अंतरराष्ट्रीय श्रम संगठन (आई.एल.ओ.) की विश्व श्रम रिपोर्ट के आधार पर कह रहा हूँ, यदि आप कुल जनसंख्या के रूप में बेरोजगार लोगों की संख्या का प्रतिशत लेते हैं तो यह काफी हद तक तुलनात्मक है, यद्यपि कई देशों से बेहतर है। लेकिन अगर संपूर्ण संख्या को लेते हैं तो हमारी आबादी के आकार की वजह से इसमें समस्या नजर आती है। मैं सन् 1985 में बेरोजगारी के प्रतिशत के आँकड़े का उदाहरण दे रहा हूँ। मेरे पास सन् 1983 एवं 1984 के आँकड़े भी हैं—

कनाडा	:	10.50 प्रतिशत
हांगकांग	:	03.90 प्रतिशत
अमेरिका	:	07.20 प्रतिशत
जापान	:	02.60 प्रतिशत
कोरिया गणराज्य	:	04.00 प्रतिशत
फिलीपींस	:	06.10 प्रतिशत
ऑस्ट्रेलिया	:	04.80 प्रतिशत
डेनमार्क	:	09.20 प्रतिशत
स्पेन	:	22.00 प्रतिशत

इटली	:	10.00 प्रतिशत
जर्मनी	:	09.00 प्रतिशत
स्वीडन	:	02.00 प्रतिशत
भारत	:	03.04 प्रतिशत

यह स्थिति बहुत ही तुलनात्मक है।

❑

यदि हम हमारी आबादी के आकार के अनुसार 3.04 प्रतिशत की पूर्ण संख्या लेते हैं तो यह एक बड़ी संख्या है; लेकिन यदि आप इसे कुल जनसंख्या के प्रतिशत के रूप में लेते हैं तो हम अपेक्षाकृत तुलनीय हैं। इसलिए, आप यह कहकर निंदा नहीं कर सकते कि जो देश में हो रहा है, वह सब बुरा हो रहा है और जो बाहर हो रहा है, वह सब अच्छा हो रहा है। हमने दुनिया के कई देशों की तुलना में काफी बेहतर किया है तथा आपको हमारी उपलब्धि पर गर्व होना चाहिए।

❑

अंतिम मुद्दे के रूप में मैं बताना चाहता हूँ कि हम अव्यवस्थित श्रम क्षेत्र पर विशेष जोर दे रहे हैं। कितना अच्छा होता कि हम अव्यवस्थित श्रम क्षेत्र को और बेहतर तरीके से संगठित कर पाते, विशेष रूप से बीड़ी मजदूर, अनुबंधित श्रमिक तथा और इसी तरह के अन्य; लेकिन मैंने पहले भी कई अवसरों पर इस विषय पर अपनी बात रखी है। यह हमारी नीतियों में शामिल है कि हम अव्यवस्थित तथा असंगठित श्रम क्षेत्र पर अधिक-से-अधिक ध्यान दें, जिसमें खेतिहर मजदूर, बाल मजदूर, भवन निर्माण मजदूर, प्रवासी मजदूर आदि शामिल हैं, जिन्हें हमारी देखभाल की आवश्यकता है, जिसके लिए हमें हर संभव कोशिश करनी चाहिए। मैं सदन को याद दिलाना चाहूँगा कि हमारे प्रधानमंत्री श्री राजीव गांधीजी ने स्वयं अपने बजट भाषण में इस विषय से संबंधित एक राष्ट्रीय आयोग गठित करने की घोषणा की थी, जो जल्द ही सदन के पटल के सम्मुख प्रस्तुत किया जाएगा।

जहाँ तक बाल मजदूरी का संबंध है, हमने इस विषय में कुछ कदम उठाए हैं। मेरे पास अपने फिरोजाबाद के दौरे का उल्लेख करने का अवसर था। इन कुछ शब्दों के साथ मैं एक बार फिर माननीय सदस्यों का धन्यवाद करता हूँ।

ग्रेच्युटी भुगतान (संशोधन) बिल, 1987 *

महोदय, ग्रेच्युटी भुगतान बिल, 1972 में संशोधन के लिए मैं आपका ध्यान आकर्षित करना चाहूँगा, जो राज्यसभा में पारित किया गया है, जैसाकि माननीय सदस्य अवगत हैं।

ग्रेच्युटी भुगतान बिल 1972 में, जिसके अंतर्गत कारखानों, खानों, बागानों, तेल क्षेत्रों, बंदरगाहों, रेलवे में नियोजित कंपनियों, दुकानों और कुछ अन्य प्रतिष्ठानों के कर्मचारियों के लिए ग्रेच्युटी के भुगतान का प्रावधान है तथा अन्य मुद्दे सम्मिलित हैं।

इस बिल के अंतर्गत ग्रेच्युटी का भुगतान वैसे तो वर्तमान स्थिति के अनुसार उन कर्मचारियों के लिए सीमित है, जिनकी मासिक आय 1,600 रुपए से कम है।

इस बिल के अंतर्गत ग्रेच्युटी का भुगतान सेवानिवृत्ति, कार्य-मुक्ति या पाँच वर्ष की कार्य अवधि के उपरांत इस्तीफा दिए जाने की स्थिति में देय है। यद्यपि पाँच वर्ष की अनिवार्यता मृत्यु या शारीरिक अक्षमता के मामलों में नहीं लागू होती। गैर-सीजनल उद्यमों में कार्यरत कर्मचारी कार्य अवधि पूरा करने के उपरांत प्रत्येक वर्ष 15 दिनों के वेतन के आधार पर ग्रेच्युटी पाने का हकदार है। किसी वर्ष में 6 महीने से अधिक को ही 15 दिन के ग्रेच्युटी योग्य माना जाएगा, वहीं सीजनल उपक्रम कर्मचारी प्रत्येक सीजन के लिए 7 दिन के वेतन के आधार पर ग्रेच्युटी के हकदार हैं। इसके अलावा, ग्रेच्युटी की सीमा अधिकतम 20 माह के वेतन तक सीमित है।

सन् 1980 तथा 1982 में श्रम मंत्री द्वारा आयोजित बैठकों में अंशदान भुगतान की समय-सीमा को बिल में ही समाहित करने की सिफारिश की गई, साथ ही भुगतान में देरी के लिए ब्याज की वसूली का उपयुक्त प्रावधान किया जाना चाहिए। ट्रेड यूनियनों ने ग्रेच्युटी की सीमा बढ़ाने तथा वेतन सीमा में बढ़ोतरी के लिए अपनी माँग रखी है। ट्रेड यूनियनों ने ग्रेच्युटी के लिए एक कोष के गठन की भी माँग रखी है। अंशदान के कोष के गठन पर चर्चा श्रम मंत्रियों के समूह में और नवंबर 1985 में आयोजित भारतीय श्रम समारोह में की गई तथा एक अनिवार्य बीमा के लिए उपयुक्त प्रावधान की सिफारिश की गई, जिसकी देयता भारतीय जीवन बीमा निगम की होगी या आय कर अधिनियम के अंतर्गत ग्रेच्युटी ट्रस्ट फंड के गठन की सिफारिश की गई, ताकि ग्रेच्युटी भुगतान सुनिश्चित किया जा सके।

विभिन्न सिफारिशों पर विचार किया गया है और अब अधिनियम में कुछ संशोधन करने का प्रस्ताव है। कुछ संशोधन के लिए अधिक महत्त्वपूर्ण प्रस्तावों में से हैं—

(i) इस नियम के तहत कवरेज के लिए मजदूरी की सीमा को 1,600 रुपए से 2,500

---

* 30 जुलाई एवं 6 अगस्त, 1987 को विधेयक को लोकसभा के सम्मुख रखते हुए दिया गया वक्तव्य। ग्रेच्युटी अधिनियम के भुगतान में आगे संशोधन के लिए प्रस्तुत किया गया विधेयक, 1972 के साथ-साथ मजदूरी सीमा बढ़ाने, ग्रेच्युटी के समय पर भुगतान, ग्रेच्युटी का भुगतान करने के लिए कर्मचारियों की देयता का अनिवार्य बीमा इत्यादि।

रुपए प्रतिमाह बढ़ाया जा रहा है। अधिसूचना द्वारा एक सक्षम प्रावधान किया जा रहा है, ताकि कवरेज के लिए मजदूरी में समय-समय पर बढ़ोतरी की जा सके।

(ii) ग्रेच्युटी भुगतान के लिए वर्तमान 20 माह के वेतन की अधिकतम सीमा को 50,000 रुपए मौद्रिक सीमा में परिवर्तित किया जा रहा है।

(iii) देय तारीख से 30 दिनों के भीतर ग्रेच्युटी के भुगतान का प्रावधान किया जा रहा है। यदि निर्धारित समय-सीमा के भीतर ग्रेच्युटी का भुगतान नहीं किया गया तो कर्मचारी निर्धारित साधारण ब्याज पाने का हकदार होगा।

(iv) कर्मचारियों के लिए अनिवार्य बीमा का भी प्रावधान किया जा रहा है।

अधिनियम के तहत ग्रेच्युटी का भुगतान करने के लिए नियोक्ता की देयता होगी या वैकल्पिक रूप में 500 या उससे अधिक लोगों की नियुक्तियों के आधार पर आयकर अधिनियम के अंतर्गत ग्रेच्युटी ट्रस्ट फंड का गठन किया जाएगा।

ये संक्षिप्त में इस बिल के लिए कुछ प्रस्तावित अत्यंत आवश्यक संशोधन हैं। मैं आशा करता हूँ कि सभी माननीय सदस्य प्रस्तावित संशोधन का स्वागत करेंगे, जो कि गैर-विवादित प्रवृत्ति के हैं। इन्हीं शब्दों के साथ मैं बिल को सदन के सम्मुख प्रस्तुत करता हूँ।

❑

महोदय, मैं सम्मानित सदस्यों का आभारी हूँ, जिन्होंने इस बिल के संशोधन की बहस में हिस्सा लिया और समर्थन भी किया। यद्यपि डॉ. राजहंस चाहते थे कि यह अपने आप में परिपूर्ण बिल बन जाए। हमारे माननीय सदस्य डॉ. दत्ता सामंत थोड़े अपरिहार्य लगे, जब उन्होंने कहा कि श्रम मंत्रालय ने कर्मचारियों के लिए कुछ नहीं किया। डॉ. दत्ता सामंत मेरे श्रम मंत्रालय के संपर्क में आने से पहले से ही इस मंत्रालय का अभिन्न अंग रहे हैं। मुझे लगा कि कम-से-कम डॉ. दत्ता सामंत तो कहेंगे कि कुछ तो अच्छा किया गया था, क्योंकि वे इस मंत्रालय का एक अभिन्न अंग रहे हैं। फिर भी, हमने ग्रेच्युटी बिल में कुछ महत्त्वपूर्ण सुधार लाने का प्रयास किया है। मैं इस बात का दावा तो नहीं कर सकता कि यह अपने आप में एक परिपूर्ण बिल है, क्योंकि कोई भी कानून अपने आप में परिपूर्ण नहीं होता।

मजदूरी दर की सीमा 1,600 रुपए से 2,500 रुपए कर दी गई है, जिसका अर्थ है कि ज्यादा कर्मचारी इस दायरे में आ जाएँगे। श्री व्यासजी तथा अन्य माननीय सदस्यों—श्री राज मंगल पांडे ने कहा है कि 2,500 रुपए की सीमा पर्याप्त नहीं है और किसी भी तरह की सीमा होनी ही नहीं चाहिए। मैं सदन के पटल पर वापस दोहराऊँगा कि वेतन सीमा में बढ़ोतरी अवश्य होनी चाहिए। मैं प्रस्ताव को आगे रखना चाहूँगा और अब सदन के पटल पर सीमा बढ़ाने के लिए दोबारा चर्चा की आवश्यकता नहीं है, क्योंकि यह सीमा अब 1,600 रुपए से बढ़ाकर 2,500 रुपए कर दी गई है। साथ ही सीमा बढ़ाने के लिए उचित प्रावधान किया गया है, ताकि सरकार

को जब भी लगे कि सीमा बढ़ाई जानी चाहिए तो सीमा को बढ़ाया जा सकता है। यह संशोधन प्रावधान इस संशोधन विधेयक में ही शामिल है। जब भी सरकार को लगे कि सीमा 2,500 रुपए से बढ़ाई जाए तो सरकार इसे बढ़ा सकती है। डॉ. दत्ता सामंत ने निश्चित रूप से एक बिंदु पर यह कहते हुए ध्यान दिलाया कि 1,600 रुपए और 2,500 रुपए का कोई मतलब ही नहीं है, क्योंकि गणना 1,600 रुपए पर की जाती है, जो कि सत्य नहीं है। नियम के अनुसार ग्रेच्युटी के भुगतान के लिए गणना अंतिम मूल वेतन के आधार पर तय की जाती है।

❑

यह 1,700 रुपए भी हो सकता है और 1,800 रुपए भी, लेकिन उच्चतम सीमा 2,500 रुपए है। लेकिन अगर सरकार चाहे तो इस सीमा को आवश्यकता अनुसार बिना किसी संशोधन के बढ़ा सकती है। दूसरा बिंदु जो माननीय सदस्यों द्वारा उठाया गया, वह पाँच वर्ष की सेवा की अनिवार्यता है। पाँच वर्ष क्यों होनी चाहिए? यदि कोई व्यक्ति एक वर्ष की सेवा देता है तो उसे भी ग्रेच्युटी का लाभ मिलना चाहिए। काश, हम अपने माननीय सदस्यों को प्रसन्न करने के लिए ऐसा कर पाते! लेकिन अभी हम ऐसा करने की स्थिति में नहीं हैं, क्योंकि किसी व्यक्ति की ग्रेच्युटी की अदायगी के लिए पाँच वर्ष की सेवा की समय सीमा धारा 4(A) के तहत की गई है। साथ ही पंजाब उच्च न्यायालय ने किसी व्यक्ति की याचिका पर टिप्पणी करते हुए ग्रेच्युटी अधिनियम की विशेष धारा 4(1) को आधार मानते हुए ग्रेच्युटी के लाभ के लिए पाँच वर्ष की सेवा को अनिवार्य माना है।

अब, पंजाब उच्च न्यायालय के अवलोकन के आधार पर यह उद्धरित है।

> ग्रेच्युटी अनिवार्य रूप से कार्मचारियों को देय सेवानिवृत्ति लाभ है। यह एक अच्छी, कुशल और निष्ठापूर्ण सेवा के लिए एक निश्चित समय-सीमा के लिए पुरस्कार के रूप में प्रदान की जाती है। अत: यह आवश्यक है कि स्वैच्छिक सेवानिवृत्ति के मामले में ग्रेच्युटी अर्जित करने के लिए कम-से-कम न्यूनतम अवधि निर्धारित की जानी चाहिए।

यही है, जो पंजाब के उच्च न्यायालय द्वारा कहा गया है और मैं यह भी स्पष्ट कर देना चाहता हूँ कि हम न्यायालय के फैसले से सम्मानजनक तरीके से अलग राय रखते हैं। सरकार ने पंजाब के उच्च न्यायालय के फैसले के खिलाफ अपील की है और अब मामला सर्वोच्च न्यायालय के समक्ष विचाराधीन है। अत: मैं यह नहीं कह सकता कि पात्रता सेवा पाँच वर्ष से कम होनी चाहिए। यह वह स्थिति है, जिसे मैं स्पष्ट करना चाहता हूँ।

❑

महोदय, अनियमित कर्मचारियों के लिए एक बिंदु तय किया गया है। पात्रता के लिए कार्य-दिवस 240 दिन हैं तथा यह भी उल्लेख किया गया है कि यह छुट्टी, अवकाश, बीमारी तथा अन्य मामलों से अलग होगा।

एक आकस्मिक और अनुबंध श्रमिकों के लिए काम के योग्य 240 दिनों को पूरा करना

बहुत मुश्किल है। अब, इस संशोधन में, हमारे पास एक प्रस्ताव है कि 240 दिनों की गिनती के उद्देश्य के लिए एक वर्ष में काम, छुट्टी और छुट्टियों की भी गणना की जाएगी। यहाँ तक कि अगर एक व्यक्ति ने राष्ट्रीय छुट्टियों पर काम नहीं किया है तो उन दिनों को भी गिना जाएगा और माना जाएगा कि उसने ग्रेच्युटी के भुगतान की गणना के उद्देश्य के लिए काम किया है, ताकि थोड़ा सुधार हो जाए। एक और माँग की गई है कि यह अवधि 120 दिनों तक लाई जाए। इस पर जाँच की जा सकती है। लेकिन मैं कहूँगा कि हाँ, थोड़ी सी गुंजाइश है, क्योंकि इस विषय में छुट्टियों और अन्य मामलों को ध्यान में रखा गया है।

सम्मानित सदस्यों द्वारा उठाया गया तीसरा बिंदु ब्याज के भुगतान के बारे में था। यदि प्रबंधन एक महीने की अवधि के भीतर ग्रेच्युटी का भुगतान नहीं करता है तो वे ब्याज का भुगतान करने के लिए उत्तरदायी होंगे और वह ब्याज एक साधारण ब्याज की दर से हो। अब कई माननीय सदस्यों का कहना है कि साधारण ब्याज के बजाय यह चक्रवृद्धि ब्याज की दर से होना चाहिए। अब, अगर कोई विशेष कार्यकर्ता वास्तव में महसूस करता है कि उसे चक्रवृद्धि ब्याज मिलना चाहिए, क्योंकि उसके भुगतान में बहुत देरी हो रही है, तो वह इसका दावा सक्षम प्राधिकारी और सक्षम प्राधिकारी, जिसके पास कर्मचारी को चक्रवृद्धि ब्याज देने की शक्ति निहित हो, के समक्ष प्रस्तुत कर सकता है। इसके अलावा, जाहिर तौर पर ग्रेच्युटी कोष के गठन तथा अनिवार्य बीमा के प्रस्ताव का पूरे सदन ने स्वागत किया है।

❑

यह ट्रस्ट फंड के संबंध में एक बिंदु था। खैर, जिन लोगों के पास 500 या उससे कम कर्मचारी हैं, उनको ट्रस्ट फंड बनाने से छूट दी जानी चाहिए। उनके लिए बीमा अनिवार्य है। उन्हें ट्रस्ट फंड बनाने की भी अनुमति होगी, अगर वे स्वेच्छा से चाहें।

अब अधिनियम में यह कहा गया है कि यह ट्रस्ट फंड की अधिसूचना की तारीख से ही बनाया जाना चाहिए। अगर किसी ने पहले से ही एक ट्रस्ट फंड बनाया है तो उन प्रतिष्ठानों को, जो 500 से कम लोगों को रोजगार दे रहे हैं, अनुमति दी जाएगी कि वे फंड के साथ बने रहें। वास्तव में, मेरे पास कुछ प्रतिष्ठानों का प्रतिनिधिमंडल आया था। वे चाहते थे कि उन्हें फंड बनाने की अनुमति दी जानी चाहिए। मैंने कहा, अधिनियम अधिसूचित होने से पहले आप ट्रस्ट फंड बना सकते हैं। आप लोगों को परेशान नहीं किया जाएगा तथा अनुमति दे दी जाएगी। यदि कोई नियोक्ता 500 से कम लोगों को रोजगार दे रहा है और कर्मचारी ट्रस्ट फंड के निर्माण के लिए इच्छुक है तो उनका स्वागत है। उन्हें परेशान नहीं किया जाएगा। उन्हें थोड़ी परेशानी हो सकती है, केवल इस अधिनियम की अधिसूचना के बाद।

एक माननीय सदस्य ने दंड का सवाल उठाया है कि दंड पर्याप्त रूप से कठोर नहीं हैं। मूल अधिनियम के अनुसार अधिनियम के किसी भी प्रावधान का उल्लंघन दंडनीय है तथा दंड को एक वर्ष के कारावास तक बढ़ाया जा सकता है, जो दंड की अधिकतम सीमा है। यकीनन,

श्री दिघे एक वकील होने के नाते भलीभाँति जानते हैं कि एक वर्ष तक बढ़ाए जाने का क्या मतलब होता है! आमतौर पर अदालतों में बढ़ोतरी या 5 रुपए का जुरमाना, यही तो है, जिसका हम वकील अनुभव करते हैं।

हमारे द्वारा लाए गए प्रस्ताव में न्यूनतम अवधि का कारावास निर्धारित किया गया है। दूसरी तरफ, मैंने कहा है कि कारावास की सजा एक वर्ष तक बढ़ाई जा सकेगी, पर तीन महीने से कम नहीं होगी। कारावास किसी भी तीन महीने से अधिक हो सकता है, लेकिन यह तीन महीने से कम नहीं होगा। यह निश्चित रूप से एक सुधार है। आप यह नहीं कह सकते हैं कि दंड की मात्रा काफी नहीं है।

❑

तत्कालीन श्रम मंत्री द्वारा दिए गए बयान का हवाला देते हुए जिस बिंदु को श्री दिघे ने जोरदार तरीके से यह कहते हुए रखा कि ग्रेच्युटी का भुगतान सभी प्रतिष्ठानों पर लागू किया जाए, चाहे उन प्रतिष्ठानों में कितने भी कर्मचारी कार्यरत हों। हमने इस मुद्दे पर बहुत अच्छी तरह चर्चा की थी। अब प्रतिष्ठान, जिनमें कम-से-कम 10 लोग ही कार्यरत हैं, वास्तव में ये बहुत ही छोटे क्षेत्र हैं। वे एक छोटे पैमाने पर ही नहीं हैं, बल्कि उद्योग जगत् में अति लघु पैमाने के तथा उनमें से ज्यादातर स्व-नियोजित लोग हैं। हमारे पास पहले से ही लघु उद्योग क्षेत्र की तरफ से अभ्यावेदन प्राप्त हैं कि उन्हें बहुत से श्रम कानूनों का सामना करना पड़ता है। मुझे यह भी लगता है कि छोटे क्षेत्र, जिनमें कम-से-कम 10 लोग कार्यरत हैं और उनमें से भी अधिकतर स्व-नियोजित लोग हैं, उन्हें इतने सारे बोझ के अधीन नहीं रखा जाना चाहिए। यही कारण है कि हमने जान-बूझकर उन्हें इस चरण से बाहर रखा। ऐसा इसलिए है, क्योंकि हमें लोगों को खुद के लिए स्व-रोजगार और फिर कुछ रोजगार दूसरों के लिए भी उत्पन्न करने के लिए प्रोत्साहित करना चाहिए। यदि आप उन पर भविष्य निधि, ई.एस.आई. योगदान, ग्रेच्युटी फंड और उन सभी चीजों का भुगतान करने का बहुत अधिक दबाव डालते हैं तो मुझे नहीं लगता कि हम उनमें स्व-रोजगार को प्रोत्साहित करने की स्थिति में होंगे। यही कारण है कि हमने उन लोगों पर दबाव नहीं डाला, जिन लोगों ने 10 से कम लोगों को रोजगार दिया है। शायद भविष्य में, आर्थिक विकास के आधार पर, हम इसके बारे में सोच सकते हैं।

अब, ग्रेच्युटी देने के उद्‍देश्य से मैंने श्री दत्ता सामंत द्वारा दिए 22 दिनों या 23 दिनों के मुद्‍दे की व्याख्या की है। मुद्‍दा यह था कि केवल 15 दिनों का वेतन क्यों? यह एक महीने का वेतन होना चाहिए। यह बिल्कुल सरकारी कर्मचारियों को देय ग्रेच्युटी के समान है। यहाँ तक कि भारत सरकार ग्रेच्युटी भुगतान के अंतर्गत सरकारी कर्मचारियों को 15 दिनों के बराबर या आधे महीने के वेतन के बराबर ग्रेच्युटी मिलती है। हमने भी इसी बात का पालन किया है।

मुझे नहीं लगता कि कोई और महत्त्वपूर्ण मुद्‍दा ध्यान में लाया जाना है। ये उठाए गए

कुछ बिंदु हैं। लेकिन मैं माननीय सदस्यों को आश्वस्त कर सकता हूँ कि जहाँ तक अधिक प्रतिष्ठानों को दायरे में लाने का संबंध है, सरकार इसके लिए सक्षम है।

❑

यह निश्चित रूप से वही है, जो माननीय सदस्य श्री दत्ता सामंत कह रहे हैं, इस विधेयक में प्रदान किया गया है। हम कह रहे हैं कि एक माह की अवधि के भीतर ग्रेच्युटी का भुगतान किया जाना चाहिए। यह पहले नहीं था, इसलिए पहले श्रमिकों को भुगतान में बहुत देरी हो रही थी। अब हम कह रहे हैं कि इसे एक महीने की अवधि के भीतर भुगतान किया जाना चाहिए। यदि वे असफल होते हैं तो श्रमिकों को ब्याज मिलना चाहिए। मैंने एक बात और कही है। उन्होंने क्लॉज 8 नहीं पढ़ा है। क्लॉज 8 कहता है कि नियंत्रण प्राधिकरण भी यौगिक ब्याज लगा सकता है, लेकिन इसमें एक शर्त यह है कि लगाई गई ब्याज की कुल राशि ग्रेच्युटी की कुल राशि से अधिक नहीं होनी चाहिए। यह एक पैसा कम या दो पैसे कम हो सकता है, लेकिन ग्रेच्युटी की कुल राशि से अधिक नहीं होनी चाहिए। यही एकमात्र प्रतिबंध है, जिसे हमने रखा है।

बीड़ी श्रमिकों के लिए सामाजिक सुरक्षा उपायों को सुदृढ़ बनाना *

महोदय, श्री जैन इन बिंदुओं को कई वर्षों से उठा रहे हैं। बुनियादी मुद्दा यह है कि बीड़ी श्रमिकों पर भविष्य निधि अधिनियम लागू होना चाहिए या नहीं? कठिनाई यह है कि बीड़ी निर्माता इस बीड़ी उद्योग को एक असंगठित उद्योग के रूप में ले रहे हैं। उद्योग, पंजिका उपलब्ध नहीं हैं और क्या नहीं, और क्या उनके भविष्य निधि को उन पर लागू नहीं किया जाना चाहिए। जैसाकि हम हमेशा से कहते रहे हैं कि सरकार की नीति असंगठित क्षेत्र को अब और अधिक लाभ देने जा रही है। ई.एस.आई., भविष्य निधि, ग्रेच्युटी आदि जैसे सामाजिक सुरक्षा का लाभ केवल संगठित क्षेत्र में दिया जाता है। हम चाहते हैं कि असंगठित क्षेत्र में भी इस लाभ को अधिक-से-अधिक लोगों तक पहुँचाना चाहिए। बीड़ी उद्योग एक असंगठित उद्योगों में से एक है। बीड़ी उद्योग उन उद्योगों में से एक है, जहाँ उद्योग असंगठित है; लेकिन हम इस तरह के लोगों में सामाजिक सुरक्षा को बढ़ावा देना चाहते हैं।

इसलिए 1 जून, 1977 को एक अधिसूचना जारी की गई थी, जिसमें भविष्य निधि अधिनियम के अंतर्गत बीड़ी श्रमिकों को भी शामिल कर लिया गया। कुछ बीड़ी निर्माताओं ने सर्वोच्च न्यायालय में याचिका दी कि यह एक असंगठित क्षेत्र है, अतः इस पर यह अधिनियम लागू नहीं होना चाहिए। सर्वोच्च न्यायालय ने उन्हें कुछ वक्त के लिए राहत दी। 1 अक्तूबर,

---

* 12 अगस्त, 1987 को बीड़ी श्रमिकों की स्थिति पर चर्चा में आधे घंटे के लिए सम्मिलित होने के दौरान दिया गया वक्तव्य।

1983 को सुप्रीम कोर्ट के अंतिम फैसले में कहा गया कि भविष्य निधि का आवेदन कानूनी एवं बिल्कुल सही था और इसे जारी रखा जाना चाहिए। तब सर्वोच्च न्यायालय के फैसले से प्रश्न सुलझाया गया था कि भविष्य निधि को बीड़ी श्रमिकों पर लागू किया जाना है।

उद्योग ने पैसा तथा बकाया देने के लिए अपनी असमर्थता व्यक्त की, क्योंकि यह बहुत बड़ी धनराशि होगी। मैंने उद्योग, राज्य सरकारों और श्रमिकों की एक संयुक्त बैठक बुलाई। 20 जून, 1986 को एक त्रिपक्षीय बैठक बुलाई गई। उस बैठक में इस बात पर सहमति हुई कि सर्वोच्च न्यायालय के फैसले की तिथि से ही उद्योग अपना तथा श्रमिकों के हिस्से का भुगतान करते हुए भविष्य निधि में योगदान करें।

अधिसूचना की तारीख से लेकर पूर्व निर्णय तक की अवधि चिंतन योग्य है, यानी 1 जून, 1977 से 30 सितंबर, 1983 तक (बस, उस अवधि के लिए) निर्णय के अनुसार इस बकाए का भुगतान कैसे किया जाना चाहिए? इसके लिए तरीकों और साधनों को जानने के लिए एक त्रिपक्षीय समिति की स्थापना की गई थी तथा इस विषय पर भी चर्चा हुई कि बकाया भुगतान कैसे किया जाए?

त्रिपक्षीय समिति ने एक अध्ययन समूह गठित किया है, जिसने हाल ही में अपनी रिपोर्ट जमा की। त्रिपक्षीय समिति की अंतिम बैठक जल्द ही आयोजित की जानी है और मुझे त्रिपक्षीय समिति की प्राप्त रिपोर्ट जल्द मिलने की उम्मीद है।

तारांकित प्रश्न में, जिसमें से आज की चर्चा उत्पन्न हुई है, श्री जैन जी का तर्क यह था कि जब उत्तर प्रदेश राज्य और पश्चिम बंगाल राज्य में इसका पालन नहीं किया जा रहा है तो अन्य राज्यों में इसको पालन करने के लिए क्यों बनाया जाना चाहिए? मेरे द्वारा दिए बयान के अनुसार, यह सच है कि हमारे देश में 32.75 लाख बीड़ी श्रमिक हैं और उस समय तक, जब सवाल का जवाब दिया गया था, हमने तभी भविष्य निधि अधिनियम लागू करना शुरू कर दिया था। उस समय तक हमने पश्चिम बंगाल और उत्तर प्रदेश में बहुत कुछ किया है। लेकिन जैसाकि अभी की स्थिति है, हमने 31 मार्च, 1987 या कुछ महीने पहले निश्चित रूप से प्रगति की है और 3,568 प्रतिष्ठानों को अधिनियम के दायरे में लाकर लागू किया गया है तथा 9.18 लाख श्रमिकों को भविष्य निधि के दायरे में लाया गया है। अधिनियम के लागू होने से भविष्य निधि द्वारा कुल 46.51 करोड़ की धनराशि व्यवहार में आई है। हम कुल राशि को एकत्रित करने में प्रगति कर रहे हैं, जिसका लाभ श्रमिकों को मिलेगा। मैं सदन को आश्वस्त कर सकता हूँ कि बीड़ी श्रमिक केवल कारखाने के श्रमिक नहीं हैं, बल्कि वे भी अन्य श्रमिकों की तरह हैं।

उन बिंदुओं में से एक, जो निर्माताओं के विवाद का कारण था कि गृह श्रमिकों को बीड़ी श्रमिकों के रूप में नहीं माना जाना चाहिए, क्योंकि उनका कारखाने और निर्माताओं के साथ कोई संबंध नहीं है। सुप्रीम कोर्ट ने उनकी याचिका खारिज कर दी और कहा कि बीड़ी श्रमिकों को भी गृह श्रमिकों की तरह शामिल करें। हम इस भविष्य निधि को गृह श्रमिकों के लिए भी

लागू कर रहे हैं। यह कहना सही नहीं है कि मध्य प्रदेश में बीड़ी श्रमिकों ने इसका स्वागत नहीं किया है और वे भविष्य निधि अधिनियम के अंतर्गत आने के इच्छुक नहीं हैं, जैसाकि अभी श्री जैन द्वारा कहा गया है। वास्तव में, मध्य प्रदेश में हम 212 प्रतिष्ठानों को इस अधिनियम के दायरे में लाए हैं तथा 31 मार्च, 1987 को किए एक अध्ययन के अनुसार 31,679 श्रमिकों को पहले से ही अधिनियम के दायरे में लाया जा चुका है। अत: चीजों को सुलझाया गया है तथा सरकार की अधिसूचना द्वारा बीड़ी श्रमिकों से भविष्य निधि का आवेदन वापस लेने का कोई सवाल नहीं है। हम इसे बहुत ईमानदारी से लागू करने की कोशिश कर रहे हैं और अधिक-से-अधिक लोगों को इस दायरे में लाने की कोशिश कर रहे हैं।

❑

महोदय, चर्चा वास्तव में भविष्य निधि अधिनियम के आवेदन के लिए सीमित होनी चाहिए थी, क्योंकि सवाल उस पर ही था। मुझे मान लेना चाहिए कि मेरे पास कल्याणकारी गतिविधियों के बारे में सभी जानकारियाँ नहीं हैं; क्योंकि सवाल केवल प्रोविडेंट के आवेदन से संबंधित है। फंड एक्ट, चाहे वह लागू हो या नहीं, और यदि वह लागू होता है तो किस हद तक वह सफल रहा है ? लेकिन मुझे उठाए गए कुछ बिंदुओं पर प्रतिक्रिया करनी चाहिए।

डॉ. राजहंस ने कहा कि बीड़ी श्रमिकों की स्थिति में कोई सुधार नहीं है। लेकिन मैं डॉ. राजहंस से अलग राय रखता हूँ। बीड़ी श्रमिकों की स्थिति में सुधार हुआ है। बीड़ी श्रमिक कल्याण निधि के तहत कल्याणकारी गतिविधियाँ कई राज्यों में सुचारु रूप से चल रही हैं। मुझे कहना चाहिए कि कई राज्यों में, विशेष रूप से दक्षिण भारत के—कर्नाटक, आंध्र प्रदेश, तमिलनाडु और यहाँ तक कि केरल भी बहुत अच्छा काम कर रहे हैं।

❑

मुझे खेद है कि पूर्वी क्षेत्र में यह बहुत अच्छा नहीं हुआ। दक्षिण में यह बहुत अच्छा रहा है, क्योंकि इसमें मुख्य रूप से राज्य सरकारों की जिम्मेदारी और पहल है, जिसके कारण कुछ बदलाव लाया जाएगा। इसलिए, इसकी सफलता इस बात पर निर्भर करती है कि राज्य सरकारों ने कितनी पहल की है ! हमारी तरफ से जितना संभव हो, हम उतनी मदद देने की कोशिश करते हैं।

एक माननीय सदस्य ने शिक्षा के बारे में बात कही। उदाहरण के लिए, वित्तीय वर्ष 1986-87 में सभी कल्याणकारी फंडों से हमने बीड़ी श्रमिकों के बच्चों की मुफ्त शिक्षा के लिए 90 लाख रुपए खर्च किए और मुझे यह बताते हुए खुशी होती है कि हमारे द्वारा मुफ्त शिक्षा दिए जाने के कारण आज बीड़ी श्रमिकों के बच्चों में से कई डॉक्टर और इंजीनियर बनकर सामने आ रहे हैं। मैं उन सबसे मिलकर बहुत खुश था। वे एक बहुत ही संतोषजनक टीम हैं। इसलिए यह कहना ठीक नहीं है कि उनके लिए कुछ भी नहीं किया गया है। खैर, हमने पर्याप्त नहीं

किया है। हम जो वांछित लक्ष्य हासिल करना चाहते हैं, वह हासिल नहीं कर पाए। परंतु कुछ तो किया गया है, और मुझे यकीन है कि अगर राज्य सरकारें अधिक पहल करें तो हम बहुत कुछ कर सकते हैं।

डॉक्टर साहब, आपने न्यूनतम मजदूरी अधिनियम के कार्यान्वयन के बारे में भी बात की। मैं केवल उन्हें पत्राचार के माध्यम से और उन्हें याद दिलाने का काम ही कर सकता हूँ।

आपने मुझे यह भी याद दिलाया है कि मेरे पत्र कुछ भी नहीं करेंगे, क्योंकि आपको पता था कि मैं आपको भी इसी तरह का जवाब देने जा रहा था। मैं बार-बार राज्य सरकारों को याद दिला चुका हूँ। वास्तव में, यह मेरे मंत्रालय की प्राथमिकता सूची में है। न्यूनतम मजदूरी अधिनियम का कार्यान्वयन हमारी प्राथमिकता सूची पर नंबर एक पर है, क्योंकि मुझे विश्वास है कि यदि यह एकल अधिनियम ईमानदारी से और प्रभावी ढंग से लागू किया जाए तो इससे असंगठित श्रम से जुड़ी काफी समस्याओं का समाधान किया जा सकेगा। इसलिए हम इसको इतना महत्त्व दे रहे हैं।

❑

डॉक्टर साहब, मैं ऐसा व्यक्ति नहीं हूँ, जो दूरियाँ पैदा करे। मैं यह कह रहा हूँ कि जिस भी सरकार ने अच्छा किया है, उन्होंने अच्छा ही किया है और मैंने जिन राज्यों के नाम दिए हैं, वे सभी विपक्ष-शासित राज्य हैं। आप मेरे दृष्टिकोण को क्यों नहीं समझ पा रहे हैं? नहीं, डॉक्टर साहब, आप विकास नहीं चाहते।

❑

जब भी मैं सदन में रहूँगा, आप मेरे सामने बैठकर शर्म महसूस करेंगे। मैं सदन में सबके सामने आपके बारे में खुलासा नहीं करना चाहता। कृपया ध्यान रखें कि मैं एक श्रम मंत्री हूँ और मैं सभी ट्रेड यूनियनों के नेताओं की गतिविधियों को भलीभाँति जानता हूँ। मुझे पता है कि कौन अच्छे ट्रेड यूनियन नेता हैं और कौन बुरे। आप अच्छी और बुरी सरकारों के बारे में बात क्यों कर रहे हैं?

यहाँ अच्छे ट्रेड यूनियन नेता भी हैं और बुरे ट्रेड यूनियन नेता भी।

❑

हमारे पास कल्याण निधि योजना के तहत कई अस्पतालों के लिए कई विशेष योजनाएँ हैं—कल्याण निधि योजना। जहाँ तक स्वास्थ्य कार्यक्रम का संबंध है, हम अपनी गतिविधि को विस्तारित करने की भी कोशिश कर रहे हैं।

जैसाकि माननीय सदन को याद होगा, मैंने भी एक घोषणा की है कि हमें बीड़ी पर उत्पाद शुल्क में वृद्धि करनी है। इस समय श्रमिकों की स्थिति अच्छी नहीं पाई गई। उत्पाद शुल्क में वृद्धि के साथ-साथ हमें कल्याण कोष के तहत पर्याप्त राशि मिलने की उम्मीद है तथा हम इसे

और आगे बढ़ाने के प्रयत्न जारी रखने की उम्मीद करते हैं।

अब, जहाँ तक बीड़ी श्रमिकों की पहचान का संबंध है, डॉ. राजहंस ने कहा है कि यह एक बहुत ही महत्त्वपूर्ण विषय है। मैं यह बार-बार कह रहा हूँ—जब तक हम यह पहचान नहीं कर पाते कि कौन-कौन बीड़ी श्रमिक हैं, उन्हें किसी भी तरह की मदद मुहैया करा पाना बहुत ही मुश्किल है। इसलिए हम पहचान की प्रक्रिया को प्राथमिकता दे रहे हैं, पहचान-पत्र जारी कर रहे हैं। सदन को याद होगा, पिछले सत्र में हमने श्री साहा के अनुरोध पर अधिनियम में संशोधन किया था। जब हम उनके विधेयक पर चर्चा कर रहे थे, उस संशोधन में मैंने एक प्रावधान प्रस्तुत किया था कि यदि कोई नियोक्ता अपने कर्मचारी को पहचान-पत्र जारी करने में विफल रहता है तो उसे दंडित किया जाएगा। इसे एक संज्ञेय व दंडनीय अपराध बना दिया गया है। इसलिए हमने इस समस्या को हल करने के लिए कदम उठाए हैं।

आवास के संबंध में श्री रावत ने बहुत महत्त्वपूर्ण सवाल उठाए हैं। फिलहाल हमारे पास दो योजनाएँ हैं।

1. हम इसे 'अपना घर बनाएँ' योजना कहते हैं।

यदि कोई भी बीड़ी श्रमिक घर बनाना चाहता है तो हम उसे कुछ हिस्सा ऋण के रूप में तथा कुछ हिस्सा सब्सिडी के रूप में देते हैं, ताकि वह अपना घर बना सके।

2. दूसरी योजना भी बहुत अच्छी तरह से चल रही है।

इसके लिए मैं संबंधित राज्य सरकारों का शुक्रिया अदा करता हूँ। यह योजना आर्थिक रूप से कमजोर वर्गों के लोगों के लिए है। यह योजना वास्तव में बहुत अच्छी तरह से चल रही है। मुझे कहना ही होगा कि महाराष्ट्र जैसे राज्यों में यह बहुत सफल रही। सोलापुर नामक एक जिला है, जहाँ हमने लगभग 4,000 मकान बनाने की आधारशिला रखी और जिनका निर्माण कार्य काफी तेजी से चल रहा है। इसी तरह गुजरात में भी यह योजना अपनाई जा रही है। मैं माननीय सदन को आश्वस्त कर सकता हूँ कि अब हमारी प्राथमिकता असंगठित क्षेत्र है। अब असंगठित क्षेत्र के भीतर ही हमने बाल श्रम, महिला श्रम, निर्माण कार्यकर्ता और बीड़ी श्रमिक जैसे कुछ क्षेत्रों की पहचान की है, जहाँ हम उन पर विशेष ध्यान देने की वकालत करते हैं और यही कारण है कि हम भविष्य निधि जैसी सामाजिक सुरक्षा योजनाओं के कार्यान्वयन को लेकर काफी उत्सुक हैं, जिन पर हमने चर्चा की है। सामाजिक सुरक्षा योजनाओं का लाभ ज्यादा-से-ज्यादा लोगों तक पहुँचाना चाहिए। इसके लिए हम काफी उत्साहित हैं।

मुझे अपनी बात रखने का अवसर देने के लिए मैं माननीय सदस्यों का धन्यवाद करता हूँ।

समान पारिश्रमिक (संशोधन) विधेयक, 1987 *

मैं काररवाई को आगे बढ़ाना चाहता हूँ—

समान पारिश्रमिक अधिनियम, 1976 में संशोधन करने के लिए विधेयक, जो राज्यसभा में पास किया जा चुका है, के बारे में विचारणीय।

महोदय, महिलाओं के रोजगार से संबंधित सबसे महत्त्वपूर्ण अधिनियमों में से एक समान पारिश्रमिक अधिनियम, 1976 वर्ष 1975 के पारिश्रमिक अध्यादेश की जगह पारित किया गया था।

अधिनियम में पुरुष एवं महिला श्रमिकों को एक ही काम तथा एक तरह की प्रकृति के काम के लिए बराबर पारिश्रमिक के भुगतान का प्रावधान है, ताकि रोजगार के मामलों में महिलाओं के खिलाफ भेदभाव की रोकथाम की जा सके। समान पारिश्रमिक अधिनियम के अगले संशोधन के लिए प्रदान किया गया विधेयक इसके साथ-साथ काम के दौरान महिलाओं के खिलाफ भेदभाव की रोकथाम के लिए अधिक कठोर दंड आदि की वकालत करता है।

अधिनियम संगठित और असंगठित क्षेत्रों में रोजगार की सभी श्रेणियों को शामिल करता है।

एक दशक के दौरान या जब से अधिनियम लागू किया गया है, कुछ कमियों और विसंगतियों पर हमारा ध्यान गया, जिनके कारण अधिनियम की प्रभावशीलता पर हमारे अनुमान से ज्यादा प्रतिकूल प्रभाव पड़ा।

इन विसंगतियों और चूक को सुधारने के लिए हम अधिनियम में कुछ संशोधन करना चाहते हैं। मौजूदा अधिनियम में प्रमुख चूक यह है कि अधिनियम में महिलाओं के खिलाफ भेदभाव प्रतिबंधित है; लेकिन रोजगार के दौरान ऐसे भेदभाव को प्रतिबंधित करनेवाला कोई विशिष्ट खंड नहीं है। मौजूदा अधिनियम के तहत महिलाओं के खिलाफ पदोन्नति, वेतन वृद्धि आदि के मामलों में भेदभाव समान पारिश्रमिक अधिनियम के तहत किसी अपराध श्रेणी में नहीं है, इसलिए वर्तमान विधेयक में सुधार की माँग की जा रही है।

अधिनियम के अधिक प्रभावी न होने के कारणों में से एक कारण यह था कि अधिनियम के अंतर्गत दिया जानेवाला दंड तुलनात्मक रूप से कम कठोर है। इसमें सजाओं को और कठोर बनाए जाने का प्रस्ताव है।

अभियोजन पक्ष को आसान बनाने के लिए व्यक्तियों तथा कल्याण संस्थानों या संगठनों को न्यायालय में शिकायत दर्ज कराने के लिए अनुमति देने का भी प्रस्ताव है। मौजूदा अधिनियम की धारा-15 को भी स्पष्ट किया जा रहा है, ताकि इसका उपयोग महिला कर्मचारियों के खिलाफ भेदभावपूर्ण प्रथाओं को न्यायसंगत साबित करने के लिए न किया जा सके।

यह महसूस किया जाता है कि यह संशोधन समान पारिश्रमिक के कार्यान्वयन में आई कठिनाइयों को हटाने की दिशा में बहुत कारगर सिद्ध होगा तथा रोजगार में महिलाओं के खिलाफ

* 7 एवं 9 दिसंबर, 1987 को विधेयक को लोकसभा के सम्मुख प्रस्तुत करते समय दिया गया वक्तव्य।

किए जा रहे भेदभावपूर्ण कार्यों पर लगाम लगेगी।

इन शब्दों के साथ मैं बिल पर विचार के लिए सदन की सराहना करता हूँ।

❑

महोदया, मैं सम्मानित सदस्यों का आभारी हूँ, जिन्होंने इस संशोधन विधेयक का सहृदय समर्थन दिया तथा उपयोगी सुझाव दिए। मुझे यह स्वीकार करना होगा कि बहस बहुत दिलचस्प व फायदेमंद थी और यह मालूम चलता है कि वास्तव में, बड़े पैमाने पर देश में क्या हो रहा है। महिलाओं के खिलाफ भेदभाव पर बहुत सी चर्चा हुई है; लेकिन मैं इस सदन को सूचित करना चाहूँगा कि मैं एक ऐसी जगह से तथा समाज से आता हूँ, जहाँ महिलाओं का आधिपत्य रहता है और वहाँ यदि किसी भी प्रकार का भेदभाव होता है तो वह पुरुषों के साथ होता है। इसलिए महिलाओं के प्रति भेदभाव को कम करने के लिए यह सबसे अच्छा तरीका है कि हमारे यहाँ के रीति-रिवाज तथा संस्कृति को अपनाया जाए।

महोदय, हमारे देश में 29.2 करोड़ श्रमिकों में से 8.2 करोड़ खाते महिलाओं के हैं, जो हमारे देश में महिला श्रमिकों का 28 प्रतिशत है। हमारी इन 8.2 करोड़ कार्यकारी महिलाओं में से 86 प्रतिशत ग्रामीण क्षेत्रों में काम करती हैं।

मैं विशेष रूप से इस पहलू पर सदन का ध्यान आकर्षित करने के लिए कह रहा हूँ कि हमारे देश की 86 प्रतिशत महिला श्रमिक असंगठित क्षेत्र से हैं, इसलिए हम महिला श्रमिकों की स्थिति को लेकर बहुत चिंतित हैं।

महोदय, काफी सारे कानून पारित किए गए हैं। हमारे पास कारखानों से संबंधित विभिन्न अधिनियम हैं; जैसे—बागान श्रम अधिनियम, खान अधिनियम, मातृत्व लाभ अधिनियम, कर्मचारी राज्य बीमा अधिनियम तथा वर्तमान में समान पारिश्रमिक अधिनियम आदि, जिनमें महिलाओं की सुरक्षा के लिए विशेष प्रावधान हैं। महिलाओं के संरक्षण के लिए इतने सारे कानून होने के बावजूद मैं सोचता हूँ कि माननीय सदस्य ने सही प्रश्न उठाया है कि क्या महिलाओं को वास्तव में सुरक्षा मिल गई है और क्या ये कानून वास्तव में सख्ती और प्रभावी ढंग से कार्यान्वित किए गए हैं? मुझे यह स्वीकार करना होगा कि इनके कार्यान्वयन में प्रभावी ढंग से वांछित सुधार होना अभी बाकी है। मैं समान पारिश्रमिक अधिनियम की ही नहीं, बल्कि उन सभी कानूनों की बात कर रहा हूँ, जो सरकार द्वारा महिलाओं की सुरक्षा के लिए बनाए गए हैं।

ऐसे कई कारण हैं, जिनसे कानून प्रभावी ढंग से कार्यान्वित नहीं हुए।

मुझे लगता है कि सम्माननीय सदन ने इसके लिए आवाज उठाई है और बहुत से कारणों की ओर इशारा किया गया है। मैं इससे सहमत हूँ। सबसे महत्त्वपूर्ण कारण यह है कि 86 प्रतिशत महिला श्रमिक ग्रामीण इलाकों से हैं और वे असंगठित क्षेत्र से संबंधित हैं। वे व्यवस्थित नहीं हैं। उनके पास कोई सौदेबाजी की समझ नहीं है। वे सौदेबाजी नहीं कर सकतीं, क्योंकि वे कानून के प्रावधानों को भी नहीं जानती हैं। आज देश में कितनी महिलाएँ जानती हैं कि

संसद् द्वारा सात कानून, विशेष रूप से महिलाओं की सुरक्षा को ध्यान में रखकर, बनाए गए हैं? शायद इस तरह के उदाहरण कई और राज्यों में भी हैं। उनमें से कुछ जानते हैं कि हमारे देश में महिला श्रमिकों में किसी भी तरह की जागरूकता नहीं है। यह दूसरा महत्त्वपूर्ण कारण है कि क्यों कानूनों का कार्यान्वयन प्रभावी ढंग से नहीं किया जा रहा है।

तीसरा कारण पूँजी की समस्या है, जैसाकि राज्य सरकारों ने मुझे बताया। सरकारी तंत्र में पर्याप्त प्रतिपादन का न हो पाना। सरकारी तंत्र के प्रतिपादन के संदर्भ में मैंने सभी राज्यों की समीक्षा की है। मुझे कहना ही होगा कि यह बहुत अपर्याप्त है। जो भी सरकारी तंत्र के प्रतिपादन की उपलब्धता राज्य सरकारों के पास है, उनकी कार्यशीलता की स्थिति बहुत खराब है। उनके पास परिवहन की सुविधा भी नहीं है। यदि उन्हें किसी कारखाने या खदान के निरीक्षण के लिए जाना होता है तो आमतौर पर वे नियोक्ता के परिवहन में यात्रा करते हैं। आप यह समझ सकते हैं कि जब वे नियोक्ता के परिवहन में यात्रा करते हैं तो इसका क्या परिणाम होगा? इसलिए, उनकी कार्यशीलता सीमित है। सरकारी तंत्र के प्रतिपादन को सशक्त बनाने के लिए कार्यशीलता को और अधिक सक्षम व प्रभावी बनाना होगा।

इसके अलावा, हमने यह भी देखा है कि जो भी कार्यकारी सरकारी मशीनरी उपलब्ध है, वह ज्यादातर जिला मुख्यालय में ही उपलब्ध है। ग्रामीण इलाकों में कितने लोग जिला मुख्यालय तक पहुँच सकते हैं? नहीं पहुँच सकते। यहाँ तक कि अगर कुछ असंगठित क्षेत्र के मजदूर भी हैं, जो अपने अधिकारों और मिलनेवाली सुविधा से अवगत हैं, वे भी लंबी दूरी और परिवहन की कमी के कारण किसी न्यायोचित स्थिति तक पहुँचने में अक्षम हैं। ये सभी समस्याएँ हैं।

इस साल हमने 28 मई को श्रम मंत्रियों का एक सम्मेलन बुलाया था, जहाँ हमारे पास चर्चा के लिए केवल एक ही विषय था। आमतौर पर ऐसे सम्मेलनों में 10-15 मुद्दों की कार्य-सूची होती थी। इस बार जैसाकि मैंने कहा था, हमारे पास श्रम कानूनों के कार्यान्वयन का केवल एक ही मुद्दा होगा। श्रम कानूनों के कार्यान्वयन के लिए दो दिवसीय सत्र चर्चा भी की गई थी।

इस देश में कार्यान्वयन के लिए 140 श्रम कानून हैं। मैंने कहा कि मुझे नहीं लगता कि सभी 140 श्रम कानूनों को लागू कर दिया जाए। आइए, केवल कुछ महत्त्वपूर्ण कानून अल्प सूचीबद्ध करके चुनें। हम काररवाई की योजना तैयार करके देखेंगे कि इसे कैसे कार्यान्वित किया जा सकता है! हमारे पास कार्यान्वयन के लिए सात महत्त्वपूर्ण कानून हैं। ये इस प्रकार हैं—

(i) न्यूनतम मजदूरी अधिनियम; मैं इसे सबसे महत्त्वपूर्ण मानता हूँ;

(ii) बँधुआ श्रम अधिनियम का उत्सादन;

(iii) बाल श्रम (उत्सादन और विनियमन) अधिनियम;

(iv) अनुबंध श्रम (उत्सादन और विनियमन) अधिनियम;

(v) अंतर-राज्य प्रवासी श्रम अधिनियम;
(vi) समान पारिश्रमिक अधिनियम; तथा
(vii) बीड़ी और सिगरेट श्रमिक अधिनियम।

कुल 140 कानूनों में से हमने 80 कानूनों को चुना है और मुझे सदन को यह सूचित करते हुए प्रसन्नता हो रही है कि समान पारिश्रमिक अधिनियम भी इसमें शामिल है। हमने अधिनियम कारवाई की योजना तैयार कर ली है।

मैं सभी अधिनियमों का उल्लेख करके माननीय सदन का समय बरबाद नहीं करना चाहता हूँ, जो व्यापक रूप से प्रकाशित किए गए हैं।

मैं एक बात का उल्लेख करना चाहता हूँ कि कारवाई की योजना, जिसे हमने तैयार किया है, वह 28 मई, 1987 को श्रम मंत्रियों के सम्मेलन में अवलोकन के लिए रखी जाएगी। इसका अवलोकन क्षेत्रीय स्तर पर किया जाएगा। हमने देश को छह क्षेत्रों में बाँटने का निर्णय लिया है और मंत्रियों की लगातार क्षेत्रीय बैठकें होती रहेंगी, जिसमें हम लिये गए निर्णयों की समीक्षा करेंगे, साथ ही उसमें हुई प्रगति का भी जायजा लिया जाएगा।

हम दक्षिणी क्षेत्र के मद्रास (वर्तमान में चेन्नई) में पहले ही एक बैठक कर चुके हैं। हम पूर्वी क्षेत्र के कलकत्ता (वर्तमान में कोलकाता) में 12 दिसंबर को एक बैठक करेंगे। उत्तरी क्षेत्र के दिल्ली में भी बैठक की जाएगी तथा पश्चिमी क्षेत्र के बंबई (वर्तमान में मुंबई) में भी 17 दिसंबर को बैठक करेंगे। इसी प्रकार, हमने पूरे कार्यक्रम तैयार किए हैं। सभी कार्यक्रम 15 जनवरी, 1988 तक समाप्त कर लिये जाएँगे। हम सभी निर्णयों का पालन कर रहे हैं और मुझे सदन को यह बताते हुए बहुत हर्ष हो रहा है कि राज्य सरकारें भी इसमें काफी रुचि दिखा रही हैं। हमने न्यूनतम मजदूरी के संशोधनों में से एक निर्णय लिया है कि न्यूनतम मजदूरी गरीबी रेखा से नीचे नहीं होनी चाहिए। यह एक बहुत ही महत्त्वपूर्ण निर्णय लिया गया है। राज्य सरकारों को गरीबी रेखा से ऊपर न्यूनतम मजदूरी में संशोधन करने के लिए कहा गया है और उन्होंने इस संबंध में कदम भी उठाए हैं। महाराष्ट्र सरकार ने अभी तक नहीं किया है, लेकिन 17 दिसंबर को उन्हें ऐसा करना होगा, क्योंकि उस दिन मैं वहाँ जा रहा हूँ। मैं उसी तरीके से कारवाई कर रहा हूँ, जैसा मैं चाहता हूँ; लेकिन इसके लिए मैं राज्य सरकारों का भी आभारी हूँ।

❑

मैं न केवल मंत्रियों से मिल रहा हूँ, बल्कि संसदीय सलाहकार समिति और श्रम मंत्रालय से जुड़े संसद् के माननीय सदस्यों से भी मिल रहा हूँ; लेकिन पूरे देश के लिए मैंने उन्हें दो समूहों में बाँटा है। पहला समूह कृषि-प्रधान श्रम की देख-रेख करता है और दूसरा गैर-कृषि श्रम की। मुझे खुशी है कि संसद् के माननीय सदस्यों ने देश भर का दौर किया है। वास्तव में कृषि श्रम समिति रिपोर्ट के साथ तैयार है। वे इसे 11 दिसंबर को मुझे सौंपना चाहते हैं, यानी कल के बाद का दिन। इतना ही नहीं, हमारे पास स्व-नियोजित महिलाओं की देखभाल करने

के लिए दो राष्ट्रीय आयोग हैं। इनमें भी कुछ काम चल रहा है। ग्रामीण श्रमिकों, विशेष रूप से महिला श्रमिकों के लिए राष्ट्रीय आयोग भी है। माननीय संसद् सदस्य देश भर में दौरा कर रहे हैं। मैं कहना चाहूँगा कि हम लोगों में जागरूकता लाने का प्रयास कर रहे हैं और केंद्र कानून के कार्यान्वयन के लिए वास्तव में गंभीर है।

हमने फिलहाल गरीबी रेखा की अवधारणा को स्वीकार कर लिया है, जिसे योजना आयोग द्वारा उन्नत किया गया है। मुझे यह भी पता है कि यह अवधारणा पश्चिम बंगाल सरकार को स्वीकार्य नहीं है। पश्चिम बंगाल सरकार का अपना खुद का फॉर्मूला है, जो मेरे पास है।

❑

जैसाकि मैं हमेशा हमारे देश में ट्रेड यूनियन के बारे में बताता रहा हूँ, दुर्भाग्यवश हमारे देश में ट्रेड यूनियन आंदोलन शहरी क्षेत्रों तक ही सीमित बना हुआ है। कुछ मामलों में हमारे पास एक इकाई में ज्यादा-से-ज्यादा 125 यूनियनें हैं। हमारे पास एक इकाई में 40 यूनियनें हैं और मैंने डी.टी.सी. का उदाहरण दिया है, जिसमें 40 से अधिक यूनियनें हैं। जैसाकि मैंने कहा, प्रत्येक ट्रेड यूनियन नेता शहरी क्षेत्रों तक ही सीमित रहता है। हमारा देश एक विशाल देश है, जिसमें कुल 29 करोड़ श्रमिक हैं, जिसमें से केवल 2.5 करोड़ ही व्यवस्थित हैं और 2.5 करोड़ अव्यवस्थित हैं। हमारे पास उनके लिए कोई यूनियन नहीं है। मैं संसद् के माननीय सदस्यों और ट्रेड यूनियन नेताओं से अपील करता हूँ कि वे ग्रामीण इलाकों में जाएँ तथा श्रमिकों को व्यवस्थित करें।

❑

श्रमिकों को उनके अधिकारों के बारे में जागरूक करने का सवाल कई बार उठाया गया है। मैंने खुद ही इसके लिए एक सुझाव दिया है। हमने श्रम मंत्रियों के सम्मेलन में श्रमिकों को अपने अधिकारों के बारे में जागरूक करने के लिए मीडिया, विशेष रूप से रेडियो और टेलीविजन, का उपयोग करने का फैसला किया है। हमने इस योजना को अभी अंतिम रूप नहीं दिया है, लेकिन हम इसके लिए कोशिश कर रहे हैं।

❑

मैंने कहा है कि राज्य सरकार के पास जो उपलब्ध संसाधन हैं, वे सीमित एवं अपर्याप्त हैं और जो भी संसाधन हैं, वे सरलता से पहुँच में नहीं हैं। मैंने हमेशा से कहा है तथा इस पर चर्चा भी की गई है। राज्य सरकारों को सरकारी तंत्र को मजबूत करने के लिए निश्चित रूप से कुछ केंद्रीय सहायता चाहिए। मैं इस पर सहमत हूँ और वास्तव में, हमने एक छोटी उप-समिति का गठन किया, जिसमें श्रम मंत्रालय के एक संयुक्त सचिव के साथ कुछ अन्य अधिकारी भी शामिल होंगे, जो इस योजना पर काम करेंगे कि इन दो बिंदुओं पर राज्य सरकारों को केंद्रीय सहायता कैसे दी जा सकती है।

हमने श्रम मंत्रियों के सम्मेलन में भी कहा है कि निवारण तंत्र या दावा प्राधिकारी को जितना संभव हो सके, लोगों के समीप ले जाया जाना चाहिए। इस समय यह जिला स्तर पर उपलब्ध है। हमने आरंभ में इसे ब्लॉक स्तर तक ले जाने का निर्णय लिया है। उसके लिए हमें कुछ कानूनों में संशोधन करने की आवश्यकता है। यह प्रगति पर है और हम इसे कर रहे हैं। इसलिए हमारी तरफ से जो भी संभव है, हम कोशिश कर रहे हैं। अब महत्त्वपूर्ण प्रावधान, जो कि संशोधन में प्रस्तावित किया गया है, वह अभियोग चलाने के उद्देश्य के लिए शिकायतें दर्ज करवाने के उद्देश्य के लिए है। हमने इस संशोधन के द्वारा किसी व्यक्ति, स्वैच्छिक संगठनों और ट्रेड यूनियनों को अधिकार प्रदान किया है। यह भारत सरकार की एक सोची-समझी नीति रही है। यह केवल यही नहीं है, यह प्रावधान आप हमारे सामने आनेवाले करीब सभी संशोधनों में पाएँगे। हम श्रम कानूनों को कार्यान्वित करने के लिए स्वैच्छिक संगठनों को शामिल करना चाहते हैं। हम इस देश में व्यक्तियों को शामिल करना चाहते हैं, क्योंकि मैं सरकार की सीमाओं और निरीक्षकों की सीमाओं को जानता हूँ। अभी तक यह अधिकार केवल निरीक्षक के पास उपलब्ध है और अब हम इसे प्रत्येक व्यक्ति को देना चाहते हैं। कोई भी ईमानदार व्यक्ति, जो समाज-सेवा में लगा हुआ है, मेरे विचार से, इन कानूनों को कार्यान्वित करने के लिए पहल कर सकता है। मैं यह करना चाहता हूँ, क्योंकि हर बार लोग सरकार को दोष देते हैं। मेरे विचार से, इसमें लोगों की भागीदारी की आवश्यकता है। हम इसमें लोगों की भागीदारी चाहते हैं।

जहाँ तक इस अधिनियम का संबंध है, इस जैसी अनेक बातों, जिनके बारे में कहा गया है, को कार्यान्वित नहीं किया गया है।

❑

मेरे विचार से, डॉ. सामंत और अन्य अनेक माननीय सदस्यों ने मुझसे पूछा है कि इसे कैसे कार्यान्वित किया गया है? मेरे पास तथ्य मौजूद हैं या नहीं। मैं बेहद असम्मत आँकड़े प्रस्तुत कर रहा हूँ और यह कई वर्षों से नहीं, बल्कि केवल वर्ष 1987 के लिए है। इस वर्ष आयोजित निरीक्षणों की संख्या 1,037 है, शुरू किए गए अभियोजन की संख्या 248 है और दोष-सिद्धि की संख्या 138 है। अब आप मुझसे पूछिए कि दोष क्या है? मैं आपको यह बताने में संकोच नहीं करूँगा कि सभी श्रम कानूनों में प्रदान किए गए दंड प्रावधानों में उल्लंघनों के लिए प्रोत्साहन मौजूद है। यदि किसी को कानूनों का पालन करना पड़े तो शायद उसे 50,000 रुपए खर्च करने पड़ें; लेकिन वह न करने के लिए जब उसे न्यायालय ले जाया जाता है तो वह केवल 100 रुपए जुरमाना भरकर उससे बच सकता है। यह अनेक कारणों में से एक कारण है कि ये कानून प्रभावी नहीं थे। इसलिए इस विशेष कानून को मिलाकर सभी श्रम कानूनों में हम एक प्रावधान लाए हैं, जहाँ हमने सजा को अधिक कठोर किया है। इसलिए महोदय, मैं सिर्फ यह कहना चाहता हूँ कि जो संशोधन हम लाए हैं, ये हमारी लंबे समय तक मदद करेंगे। ये आँकड़े, जो मैंने उद्धृत किए

हैं, राज्य विभाग के हैं और ये केंद्र से नहीं हैं। माननीय सदस्यों ने यह सही कहा है कि इसका इलाज इन कानूनों को बनाने में और इस महान् सदन के मंच पर इनमें संशोधन करने में नहीं है, बल्कि जमीनी स्तर पर इनके वास्तविक कार्यान्वयन में है। मैं सदन को यह आश्वासन दे सकता हूँ कि हम यह देखने के लिए कि भविष्य में कार्यान्वयन और अधिक बेहतर होगा, अपना भरपूर प्रयास कर रहे हैं। इन शब्दों के साथ मैं सभी माननीय सदस्यों का फिर से धन्यवाद करता हूँ।

कृषि कामगार (न्यूनतम मजदूरी और कल्याण) बिल, 1993 *

श्रीमान अध्यक्ष महोदय, मैं माननीय सदस्य श्री चंदूभाई देशमुख का आभारी हूँ कि उन्होंने यह बिल इस महान् सदन के समक्ष प्रस्तुत किया, जिसने इस महान् सदन को कृषि कामगारों, जो कि देश का सबसे बड़ा कार्यबल है, से संबंधित परेशानियों पर चर्चा करने का अवसर दिया। मैं सभी माननीय सदस्यों का भी आभारी हूँ, जिन्होंने इस बहस में भाग लिया। कम-से-कम 29 माननीय सांसदों ने बहस में भाग लिया है।

बहुत मूल्यवान् सुझाव दिए गए हैं और मैं उन सभी का बहुत आभारी हूँ। परंतु यदि मैं 29 माननीय सदस्यों द्वारा उठाए गए प्रत्येक मुद्दे का जवाब नहीं दे पाया, यदि मैं प्रत्येक को एक मिनट भी देता हूँ, तब बिल प्रस्तुत करनेवाले माननीय सदस्य के पास बहस का जवाब देने के लिए समय नहीं बचेगा; क्योंकि हमें सायं 5.30 बजे तक समाप्त करना है। इसलिए मैं माननीय सदस्यों के सम्मुख विषयवार जवाब देने का प्रस्ताव नहीं रखूँगा।

महोदय, कृषि कामगार हमारे देश में सबसे बड़ा कार्यबल है। हमारे देश में कुल 31.5 करोड़ कार्यबल में से कम-से-कम 11 करोड़ कृषि कामगार और कृषि मजदूर हैं। यदि हम छोटे और हाशिए पर गए किसानों का संदर्भ लें, तब कृषि क्षेत्र में कार्यरत श्रेणी की संख्या करीब 18 करोड़ होगी।

हमारे देश में करीब आधा दर्जन कानून उपलब्ध हैं, जो कि कृषि कार्यों पर भी लागू होते हैं। हमारे पास कृषि कामगारों के रोजगार की परिस्थिति का विनियमन करने के लिए कोई व्यापक कानून नहीं है। न्यूनतम मजदूरी अधिनियम, अंतरराज्यीय प्रवासी कामगार रोजगार विनियमन अधिनियम, श्रमिक प्रतिपूर्ति अधिनियम, व्यापार संघ अधिनियम, समान पारिश्रमिक अधिनियम इत्यादि कानून कृषि मजदूरों पर लागू होते हैं। देश भर में कृषि मजदूरों की परिस्थितियाँ वास्तव में बेहद दयनीय स्थिति में हैं और इसलिए व्यापक कानून की आवश्यकता है, जिसकी पहचान कर ली गई है। इस प्रश्न पर देश में दो दशक से भी अधिक समय तक बहस हो चुकी है।

---

* 30 जुलाई, 1993 को लोकसभा में श्री चंदूभाई देशमुख द्वारा पेश अशासकीय सदस्य विधेयक पर जवाब देते हुए दिया गया वक्तव्य।

मैं एक संक्षिप्त इतिहास बताना चाहूँगा कि किस तरह सन् 1978 में कृषि श्रमिकों के लिए इस कानून के संबंध में इस देश में बहस होती रही है। ग्रामीण असंगठित मजदूर की कार्य करने की स्थिति में सुधार के लिए कानूनी और प्रशासनिक उपायों की सिफारिश के लिए सरकार ने ग्रामीण असंगठित मजदूर के लिए एक केंद्रीय स्थायी समिति नियुक्त की। इस स्थायी समिति ने एक उप-समिति गठित की, जिसने सन् 1980 में यह सुझाव देते हुए अपनी रिपोर्ट सौंपी कि कृषि श्रमिकों के लिए एक कानून होना चाहिए। यह रिपोर्ट अगस्त 1981 में श्रम मंत्रियों के सम्मेलन में प्रस्तुत की गई। किसी अध्यक्ष की अनुपस्थिति में या कृषि श्रमिकों के लिए केंद्रीय कानून के लिए सर्वसम्मति न होने पर भी श्रम मंत्रियों के सम्मेलन में यह निर्णय लिया गया कि केंद्रीय सरकार की बजाय राज्य सरकारों को कानून बनाना चाहिए। इस विशेष सम्मेलन में देश में उपलब्ध एकमात्र कानून केरल कृषि श्रमिक अधिनियम, 1975 था। दुर्भाग्यवश, त्रिपुरा राज्य को छोड़कर किसी राज्य सरकार ने आज तक उस कानून को नहीं बनाया है।

इसलिए, केंद्रीय कानून के लिए एक नई माँग उठी और श्रम मंत्रालय ने एक मंत्रिमंडलीय दस्तावेज तैयार किया, जो सन् 1983 में मंत्रिमंडल के समक्ष पहुँचा और मंत्रिमंडल ने अपने विवेक से यह निर्णय लिया कि राज्य सरकारों के बीच एकमत और साथ ही सर्वसम्मति न होने पर इससे आगे कोई कानून बनाना केंद्रीय सरकार के लिए उचित नहीं होगा, क्योंकि कृषि राज्य सूची में आता है।

वर्ष 1986-87 में श्रम मंत्रालय द्वारा संसद् की सलाहकार समिति में एक चर्चा हुई। मैं उस समय भी श्रम मंत्री था। सलाहकार समिति के माननीय सदस्यों की माँग पर हमने दूसरे सदन के एक सदस्य माननीय श्री गुरुदास दासगुप्ता की अध्यक्षता में एक उप-समिति का गठन किया। वह समिति पूरे देश भर में गई और उसने कृषि श्रमिकों के लिए एक केंद्रीय कानून की सिफारिश करते हुए अपनी रिपोर्ट सौंपी। इस पर सन् 1988 में श्रम मंत्रियों के सम्मेलन में फिर से चर्चा की गई।

वास्तव में, कृषि श्रमिकों के लिए बने कानून के इस भाग पर वर्ष 1981, 1990, 1992 और 1993 में श्रम मंत्रियों के सम्मेलन में कम-से-कम पाँच बार चर्चा हो चुकी है।

परंतु सन् 1988 के उस विशेष श्रम मंत्रियों के सम्मेलन, जो कि 37वाँ था, में राज्यों से मंत्रियों ने कहा कि कृषि श्रमिकों के लिए केंद्रीय कानून बनाने की कोई आवश्यकता नहीं थी। उस समय मंत्री ने यह निर्णय लिया कि उपलब्ध वर्तमान कानून के कार्यान्वयन की स्थिति देखना महत्त्वपूर्ण था, जो कि कृषि श्रमिकों पर लागू होता है और विद्यमान कानून के बारे में चर्चा करते समय न्यूनतम मजदूरी अधिनियम के कार्यान्वयन पर जोर दिया गया। माननीय सदस्य, जिन्होंने इस बहस में भाग लिया है, ने यह सही चिह्नित किया है कि न्यूनतम मजदूरी अधिनियम कानून का एक ऐसा भाग है, जो कि प्रभावी तौर पर कार्यान्वित नहीं किया गया था। तब कृषि श्रमिकों की अनेक समस्याएँ सुलझाई जा सकती हैं और इसलिए श्रम मंत्रियों के 37वें सम्मेलन में यह

संकल्प लिया गया कि पहले से उपलब्ध केंद्रीय कानून और न्यूनतम मजदूरी अधिनियम, समान पारिश्रमिक अधिनियम, श्रमिक प्रतिपूर्ति अधिनियम जैसे कृषि मजदूरों के अधिकारों को प्रभावी तौर पर कार्यान्वित किया जाना चाहिए। इसलिए मामला वहीं समाप्त हो गया।

सन् 1990 में भारतीय मजदूर सम्मेलन हुआ, जो कि शीर्ष सम्मेलन था और यह मामला इस भारतीय मजदूर सम्मेलन में उठाया गया। राज्य सरकारों के संबंधित श्रम मंत्रियों द्वारा इसका फिर से प्रतिनिधित्व किया गया। किसी तरह एक विशेष समय पर एकमत आया कि यहाँ केंद्रीय कानून बनाया जाए।

इसलिए वर्ष 1990 के भारतीय मजदूर सम्मेलन तक इस मामले पर कोई एकमत नहीं था। एक कानून बनाए जाने की आवश्यकता महसूस की गई। परंतु यह प्रश्न कि इस कानून को राज्य सरकार द्वारा बनाया जाना चाहिए या केंद्रीय सरकार द्वारा, यह संकल्प नहीं लिया जा सका और यह केवल सन् 1990 में भारतीय मजदूर सम्मेलन में हुआ कि किसी तरह एक सर्वसम्मति बनी कि कृषि श्रमिकों के लिए एक केंद्रीय कानून हो सकता है।

वास्तव में, तब तक हमें राष्ट्रीय ग्रामीण मजदूर आयोग की रिपोर्ट प्राप्त हुई थी, जिसने सर्वसम्मति से यह भी सिफारिश की कि कृषि श्रमिकों के लिए केंद्रीय कानून होना चाहिए।

मैं पूरे इतिहास में नहीं जाना चाहता, परंतु वर्ष 1992 के श्रम मंत्रियों के सम्मेलन में हमने राज्यों से 13 श्रम मंत्रियों की एक उप-समिति गठित की, जिसमें पूरे मामले पर विचार के लिए महाराष्ट्र के माननीय श्रम मंत्री को अध्यक्ष बनाया गया।

हम महाराष्ट्र के माननीय श्रम मंत्री की अध्यक्षता में गठित राज्यों के श्रम मंत्रियों की उप-समिति की रिपोर्ट की प्रतीक्षा कर रहे हैं। 7 जुलाई को हमने नई दिल्ली में फिर से श्रम मंत्रियों के सम्मेलन का आयोजन किया। भारत सरकार ने एक प्रारूप बिल तैयार किया है। एक बिल का पहले ही प्रारूप बनाया जा चुका है। 7 जुलाई को हमने इस मामले पर श्रम मंत्रियों के सम्मेलन में चर्चा की थी और हमने राज्य सरकारों के श्रम मंत्रियों को केंद्रीय बिल का प्रारूप परिचालित किया था। उस दिन सभी राज्य सरकारों के श्रम मंत्रियों ने याचना की कि वे बिल के प्रारूप को पढ़ना चाहते हैं और वे शीघ्रातिशीघ्र यथासंभव अपनी टिप्पणियाँ भेजना चाहते हैं। हम उनकी टिप्पणियों की प्रतीक्षा करेंगे। यदि कोई जरूरत होती है तो मुझे इस मामले पर श्रम मंत्रियों की एक और बैठक बुलाने में कोई आपत्ति नहीं है।

तब सिर्फ एक सप्ताह पहले हमारी सलाहकार समिति की बैठक हुई। सलाहकार समिति की उस बैठक में हमने माननीय सदस्यों को बिल के प्रारूप की प्रतियाँ बाँटी थीं। आज सुबह श्री अजय मुखोपाध्याय मुझे बता रहे थे कि सलाहकार समिति के सदस्य आज सुबह आपस में मिले और वे बिल के प्रारूप को पढ़ रहे हैं। मैंने इस इतिहास का वर्णन किया है कि देश कैसे इस अति महत्त्वपूर्ण मसले पर बहस कर रहा है। केवल यह कहने के लिए कि हम एक सरकार के रूप में कृषि श्रमिकों की परिस्थितियों से परिचित हैं। हम यह भी सोचते हैं कि न केवल

उनके रोजगार के विनियमन के संबंध में या उन्हें शिकायत-निवारण के लिए एक तंत्र देने के लिए कुछ किया जाना चाहिए, बल्कि इससे अधिक शायद कृषि श्रमिकों के लिए सामाजिक सुरक्षा और कल्याण उपाय प्रदान करने की आवश्यकता है। इसलिए, हम इसके लिए पूरी तरह आश्वस्त हैं और इसलिए मैंने यह सब बताया है।

महोदय, भारत सरकार पहले ही इस मामले पर चुप है। हम उस स्थिति तक पहुँचे, जहाँ हमने पहले ही बिल का प्रारूप तैयार कर लिया है। बिल का प्रारूप पहले ही 7 जुलाई को सभी राज्य सरकारों को परिचालित कर दिया गया है। व्यक्तिगत तौर पर मैंने उन्हें यह उस बैठक में सौंप दिया है। मैं राज्य सरकारों की टिप्पणियों की प्रतीक्षा कर रहा हूँ। जितनी जल्दी मुझे संबंधित राज्य सरकारों की टिप्पणियाँ प्राप्त होंगी, मैं मंत्रिमंडल के समक्ष जाऊँगा। वास्तव में, मैं नहीं कह सकता कि सरकार किस दिशा में निर्णय लेगी! लेकिन मैंने मंत्रिमंडल के समक्ष जाने का प्रस्ताव रखा है, क्योंकि सरकार पहले ही इस स्थिति पर पहुँच चुकी है। इन कृषि श्रमिकों के लिए कुछ करने की आवश्यकता को पहचानते हुए और माननीय सदस्य श्री चंदूभाई देशमुख को यह बिल आगे लाने के लिए और समस्याओं पर चर्चा के लिए हमें एक अवसर देने के लिए धन्यवाद देते हुए मैं माननीय सदस्य से बिल वापस लेने का अनुरोध करूँगा।

ग्रेच्युटी का भुगतान (संशोधन) बिल, 1994 *

महोदय, राज्यसभा में यथापारित ग्रेच्युटी का भुगतान अधिनियम, 1972 में अतिरिक्त संशोधनवाले बिल पर विचार किया जाए।

जैसाकि माननीय सदस्यों को ज्ञात है, उपदान का भुगतान अधिनियम, 1972 में फैक्टरियों, खदानों, बागबानी, तेल कुएँ, बंदरगाह, रेल कंपनियों, दुकानों एवं कुछ अन्य स्थापनाओं में काम कर रहे कर्मचारियों और उनसे संबंधित मामलों में ग्रेच्युटी के भुगतान के लिए एक योजना प्रदान की गई है। अधिनियम के अंतर्गत ग्रेच्युटी का भुगतान वर्तमान में 3,500 रुपए प्रति वर्ष से कम वेतन पानेवाले कर्मचारियों तक सीमित है।

अधिनियम के अंतर्गत उपदान का भुगतान सेवानिवृत्ति, अवकाश ग्रहण या सेवा से पद-त्याग, जिसमें पाँच वर्ष की सेवा पूरी की गई हो, की स्थिति में किया जाएगा। हालाँकि मृत्यु या अपंगता के कारण रोजगार के समाप्त होने की स्थिति में पाँच वर्ष सेवा पूरी करना लागू नहीं होता।

* 10 जुलाई, 1994 को लोकसभा में विधेयक पेश करते हुए दिया गया वक्तव्य। राज्यसभा में यथापारित ग्रेच्युटी का भुगतान अधिनियम 1972 में अधिक संशोधन करने का प्रस्ताव विधेयक में दिया गया है। इसमें अन्य बातों के साथ-साथ सीमा हटाने और ग्रेच्युटी की अधिकतम राशि पर 50,000 रुपए की सीलिंग को 1 लाख रुपए तक बढ़ाने का प्रस्ताव भी दिया गया है। श्री चंदूभाई देशमुख द्वारा पेश अशासकीय सदस्य विधेयक पर जवाब देते हुए दिया गया भाषण।

गैर-आवर्तक स्थापनाएँ सेवा के पूरे किए प्रत्येक वर्ष या उसके भाग के रूप में, के लिए पंद्रह दिनों के वेतन की दर से उपदान के हकदार हैं और आवर्तक स्थापनाओं में वे प्रत्येक आवर्तक के लिए सात दिनों के वेतन के हकदार हैं। इसके अतिरिक्त, उपदान का भुगतान 50,000 रुपए के कुल परिलाभ पर निर्भर करता है। ट्रेड यूनियनें मजदूरी सीमा हटाने और ग्रेच्युटी की अधिकतम राशि पर रोक में सीमित वृद्धि के लिए भी प्रस्तुति देती रही हैं।

विभिन्न सिफारिशों पर विचार किया गया है और अब अधिनियम में निम्नलिखित संशोधन करने का प्रस्ताव दिया गया है—

(i) अधिनियम के अंतर्गत विस्तार के लिए मजदूरी सीमा को कुल मिलाकर हटा लिया गया है। यह सभी कर्मचारियों को उनकी मजदूरी का ध्यान किए बिना ग्रेच्युटी को कानून योग्य बनाएगा।

(ii) ग्रेच्युटी की अधिकतम राशि पर 50,000 रुपए की मौजूदा रोक को 1 लाख रुपए तक बढ़ा दिया गया है।

संक्षेप में, ये सभी इस विधेयक में प्रस्तावित महत्त्वपूर्ण संशोधन हैं। मैं आशा करता हूँ कि माननीय सदस्य प्रस्तावित संशोधनों का स्वागत करेंगे, जो कि गैर-विवादित प्रकृति के हैं।

इन कुछ शब्दों के साथ मैं सदन में विधेयक पर विचार करने की सिफारिश करता हूँ।

❑

श्रीमान उपाध्यक्ष महोदय, प्रारंभ में ही मैं यह कहना चाहूँगा कि मैं सदन के माहौल को पूरी तरह समझता हूँ और इसलिए मैं संक्षेप में अपना जवाब दूँगा।

महोदय, प्रत्येक बहस हमें जगाती है, हमें बहुत शिक्षा देती है; क्योंकि माननीय सदस्य, जो इस बहस में भाग लेते हैं, नए विचारों व सुझावों के साथ आते हैं और यह सरकार की भविष्य में उसकी नीतियाँ बनाने और लोगों के कल्याण के लिए सही कारखाई करने में मदद करती है। मैं इस महान् सदन को आश्वासन देता हूँ कि आज की बहस में सदन के मंच पर रखे गए प्रत्येक मामले को मैंने नोट कर लिया है और इस पर भविष्य की कारखाई के लिए मैं इन्हें निश्चित तौर पर याद रखूँगा। यहाँ कुछ महत्त्वपूर्ण मामले बताए गए हैं और मैं उन पर काम करना चाहूँगा। पहला बिंदु, जिस पर मैं काम करना चाहूँगा, वह दिल्ली में आयोजित किया गया श्रम मंत्रियों का सम्मेलन है।

एक विचार रखा गया है कि यह प्रस्ताव पहले सन् 1983 में विवादास्पद रहा था और यह केवल इस वर्ष है कि इसमें संशोधन किए गए हैं। यह सत्य है कि यह बहुत लंबे समय बाद लाया गया है। मैं इस तथ्य को पूरी तरह स्वीकारता हूँ।

परंतु जब आप कानून के इस विशेष भाग के इतिहास को देखते हैं तो हम पाते हैं कि यह अधिनियम 1972 में पारित हुआ था। उस विशेष समय यह अधिनियम उन कर्मचारियों पर

लागू था, जिन्हें 750 रुपए प्रतिमाह वेतन मिल रहा था। वह शुरुआत थी। फिर इसे उस समय 1,600 रुपए तक बढ़ा दिया गया, जब श्रम मंत्रियों का सम्मेलन आयोजित हुआ। सन् 1987 में सीलिंग को 2,500 रुपए तक बढ़ा दिया गया। 1992 में इसे 3,500 रुपए तक बढ़ा दिया गया। अतः मजदूरी सीमा में धीरे-धीरे वृद्धि की गई है और आज हम इस सीलिंग को पूरी तरह समाप्त करने के लिए इस महान् सदन के समक्ष उपस्थित हैं। अतः यह सरकार द्वारा किया गया एक प्रगतिशील कार्य है।

दूसरा मुद्दा जो उठाया गया था, वह यह था कि अधिकतम सीमा, जो कि 1 लाख रुपए तक रखी गई थी, कम है और वहाँ सुझाव दिया गया कि इसे बढ़ाकर 2 लाख रुपए कर दिया जाए। सच्चाई यही है कि अन्य कानूनों के अधीन केंद्र सरकार के कर्मचारी और राज्य सरकार के कर्मचारी भी ग्रेच्युटी के हकदार हैं। उन पर विभिन्न अधिनियम लागू होते हैं। जैसाकि मैंने उल्लेख किया है, यह केवल औद्योगिक और अन्य कर्मचारियों पर लागू हो रहा है। सरकारी कर्मचारियों के लिए उच्च सीमा 1 लाख रुपए है। हमने सोचा कि यदि हम इसे अब 2 लाख रुपए तक बढ़ा दें तो हमारी नीति में एकरूपता होनी चाहिए। फिर अचानक सरकारी कर्मचारियों द्वारा सीलिंग को इसी प्रकार 2 लाख रुपए तक बढ़ाने की माँग उठाई जाएगी। जहाँ तक व्यवहार्य है, सरकार एकरूपता बनाए रखना चाहती है। इसलिए, मैं इस सीलिंग को अधिकतम 1 लाख रुपए तक लाया हूँ।

❑

हम पश्चिम बंगाल का अनुसरण करते हैं। वास्तव में, यह पश्चिम बंगाल ही था, जिसने सन् 1971 में उपदान अधिनियम को पहली बार लागू किया। यह पश्चिम बंगाल अधिनियम के आधार पर था, जिसके बाद केरल अधिनियम बना। सन् 1971 में हुए सम्मेलन में श्रम मंत्रियों ने केंद्रीय कानून बनाने का निर्णय लिया और यह 1972 में लागू किया गया। अतः हम पश्चिम बंगाल का अनुसरण कर रहे हैं। श्री तोपदार ने पश्चिम बंगाल विधानसभा द्वारा किए गए नए संशोधनों का संदर्भ दिया है, जो कि भारत के राष्ट्रपति के समक्ष उनकी सहमति के लिए रखा है। मैं उस अधिनियम के प्रावधानों को दोबारा नहीं दोहराता। मैं निश्चित तौर पर इस पर बात करूँगा। मैं देखूँगा कि पश्चिम बंगाल ने कितना काम किया है और मैं इसकी तुलना करने की कोशिश करूँगा। सीमा को 2 लाख रुपए तक बढ़ाने के विषय में बताया गया, वह दूसरा मुद्दा था। हम इस प्रस्ताव की प्रतिक्रियाओं, जिनका मैंने अभी उल्लेख किया है, को उसकी प्रतिक्रियाओं के कारण इस प्रस्ताव को स्वीकार करने में सक्षम नहीं हैं।

तीसरा मुद्दा जो उठाया गया था, वह विलंब से भुगतान करने और भुगतान न करने के बारे में था। यह वास्तव में एक समस्या है। मैंने देश भर से इस स्थिति का पता लगाने की कोशिश की है। वास्तव में, हमने सूचना प्रदान करने के लिए सभी राज्य सरकारों को लिखा है, क्योंकि

मुझे पता था कि यह मुद्दा इस बहस में उठाया जाएगा। दुर्भाग्यवश दिल्ली, पंजाब, त्रिपुरा और मणिपुर राज्यों को छोड़कर मुझे सूचना नहीं मिल पाई है। उन्होंने कुछ सूचना दी है। मैं अन्य राज्यों से सूचना की प्रतीक्षा कर रहा हूँ। जैसे ही मुझे सूचना मिलेगी, यदि कोई माननीय सदस्य आँकड़ों के बारे में जानने का इच्छुक है, जो कि हमारे लिए जानना बहुत रोचक होगा, मैं माननीय सदस्यों को सूचना प्रदान करूँगा।

कुछ माननीय सदस्यों ने एक सुझाव दिया है कि ग्रेच्युटी का भुगतान तीन महीने के भीतर किया जाना चाहिए। मैं समझता हूँ कि श्री तोपदार ने यह सुझाव दिया है। वास्तव में, अधिनियम की धारा 7 में यह कहा गया है कि ग्रेच्युटी का भुगतान 30 दिनों के भीतर किया जाना है। यहाँ तीन महीने का कोई प्रश्न नहीं है। इस अधिनियम में ग्रेच्युटी का भुगतान इसके लागू होने की तिथि से 30 दिनों के भीतर दिया गया है। यदि कोई नियोक्ता इसका 30 दिनों के भीतर भुगतान करने में असमर्थ होता है या 30 दिनों के बाद भुगतान करता है तो उसे ब्याज सहित ग्रेच्युटी का भुगतान करना होगा, यह प्रावधान भी इसमें है। कुछ माननीय सदस्यों ने माँग की है कि इसमें ब्याज का एक प्रावधान होना चाहिए; यह पहले से अधिनियम में मौजूद है। यदि नियोक्ता भुगतान नहीं करता है, तब कर्मचारी निश्चित रूप से न्यायालय जा सकता है। वास्तव में, अधिनियम की धारा 9 में सजा निर्धारित की गई है, जिसके बारे में मैं नहीं बताऊँगा। ग्रेच्युटी के गैर-भुगतान के लिए कानूनी प्रावधान भी उपलब्ध हैं और ब्याज सहित ग्रेच्युटी की राशि की वसूली के लिए प्रावधान उपलब्ध हैं, यदि इसका निर्धारित समय में भुगतान नहीं किया जाता है।

एक और मुद्दा जो उठाया गया है, वह संविदा कर्मचारियों और बदली कर्मचारियों के लिए लागू अधिनियम के बारे में था।

❑

मैं केवल प्रावधानों का मुद्दा उठा रहा हूँ। मैं सोचता हूँ, यह बहुत महत्त्वपूर्ण मुद्दा है, जो कि बहस की अवधि के दौरान उठाया गया है। वास्तव में, इस अधिनियम में स्थायी कर्मचारियों, संविदा कर्मचारियों और बदली कर्मचारियों में कोई भेद नहीं किया गया है। यह अधिनियम सभी स्थापनाओं पर लागू होता है, जिनकी सूची बनाई गई है और जिनका नाम मैंने शुरू में लिया था। आवश्यक परिस्थितियाँ हैं कि कर्मचारी ने पाँच वर्ष कार्य किया हो और यह कि उस स्थान, जहाँ वह कार्य करता है, में दस व्यक्ति कार्यरत हों। ये दो मापदंड हैं, जो कि बनाए गए हैं। नहीं तो यह संविदा कर्मचारियों पर लागू नहीं होता है और आप भली प्रकार से कह सकते हैं कि यह संविदा कर्मचारियों पर इस शर्त पर लागू होता है कि वे इन दो शर्तों को पूरा करें। एक और प्रश्न पूछा गया कि यह पाँच वर्षों के लिए क्यों होना चाहिए और इसे क्यों दो वर्ष तक कम नहीं किया जाना चाहिए? अनेक माननीय सदस्यों ने यह सुझाव दिया है। सुश्री ममता बनर्जी, श्री रामाश्रय प्रसाद सिंह और अन्य ने यह सुझाव दिया है। वास्तव में, जहाँ

तक सरकारी कर्मचारियों का संबंध है, ग्रेच्युटी के भुगतान का हकदार बनने के लिए दस वर्ष की सेवा आवश्यक है; जहाँ तक औद्योगिक कर्मचारियों का संबंध है, हमने इसे पाँच वर्ष कर दिया है। इसलिए हम समझते हैं कि अभी के लिए पाँच वर्ष की सेवा ठीक है।

मैं समझता हूँ, श्री धनंजय कुमार ने ग्रेच्युटी की राशि के लिए आय कर में छूट के विषय में महत्त्वपूर्ण बात कही है। यह पहले से मौजूद है। यह कर के दायरे में नहीं आती। कर्मचारियों को ग्रेच्युटी की जितनी भी राशि का भुगतान किया जाता है, उसे आय कर से छूट प्रदान की गई है।

एक अन्य माननीय सदस्य ने असंगठित श्रम, विशेष तौर पर कृषि श्रमिकों के विषय के बारे में बात रखी है और पूछा है कि हम उनके लिए क्या कर रहे हैं? मैं समझता हूँ कि इस महान् सदन के मंच पर कम-से-कम एक या दो अवसरों पर मैंने यह सूचित किया है कि निर्माण उद्योग में कृषि श्रमिकों और संविदा श्रमिकों के लिए एक केंद्रीय कानून लाने के लिए सरकार विचार कर रही है। हमने संबंधित राज्य सरकारों के साथ अपनी बातचीत पूरी कर ली है। मुझे अभी तक राज्य सरकारों के प्रस्तावित प्रारूप बिल की लिखित टिप्पणियाँ प्राप्त नहीं हुई हैं, जो हमने राज्य सरकारों को परिचालित कर दी हैं। मैं आशा करता हूँ कि इन दो अति महत्त्वपूर्ण प्रस्तावित कानूनों पर अपने विचार को अंतिम रूप देने की स्थिति में होंगे, क्योंकि हम असंगठित श्रमिक के बारे में बात करते हैं। असंगठित श्रमिक की अधिकतम संख्या कृषि क्षेत्र में है और इसकी संख्या 110 लाख है। यही स्थिति निर्माण क्षेत्र में भी है। मैं आशा करता हूँ कि हम उन बातों को शीघ्र ही अंतिम रूप देने की स्थिति में होंगे।

मैं समझता हूँ कि ये कुछ विषय हैं, जो कि माननीय सदस्यों द्वारा यहाँ बताए गए हैं, जिस पर मैंने सोचा कि मुझे प्रतिक्रिया देनी चाहिए।

मैं एक बार फिर सभी माननीय सदस्यों का धन्यवाद करूँगा, जिन्होंने इस बहस में भाग लिया है और जिनके पास अब यहाँ देर शाम तक रुकने का धैर्य है। मैं विधेयक के लिए अनुमोदन चाहता हूँ।

❑

आपने (श्री मोहन रावले) बंबई की निजी कपड़ा मिलों के बारे में बहुत सी बातें कही हैं। दूसरे दिन भी सदन में प्रस्तुत आपका वक्तव्य विचारणीय है। सार्वजनिक क्षेत्र की एन.टी.सी. मिलों के संबंध में त्रिपक्षीय समिति में चर्चाएँ करने के बाद एक फॉर्मूला तैयार किया गया है और आधुनिकीकरण प्रस्ताव मंत्रिमंडल के पास भेज जाना है। निजी मिलों के संबंध में 30 मई को बंबई में त्रिपक्षीय समिति की एक बैठक बुलाई गई है, जिसमें इस मुद्दे पर चर्चा की जाएगी।

❑

श्रीमान उपाध्यक्ष महोदय, मेरे पास व्यक्तिगत मिल के बारे में कोई जानकारी नहीं है। धारा 7, 8 और 9 में भुगतान का तरीका, भुगतान न करने की स्थिति में वसूली और उस पर सजा

तथा उन सभी का तरीका बताया गया है।

मैं प्रस्तुत करने की अनुमति चाहता हूँ—

कि यथा संशोधित विधेयक पारित किया जाए।

देश में फार्म और कृषि श्रमिकों की स्थिति में सुधार की आवश्यकता*

श्रीमान अध्यक्ष महोदय, मुझे समय का महत्त्व पूरी तरह मालूम है, इसलिए मैं संक्षेप में कहूँगा। मैं केवल तीन बातें कहूँगा।

महोदय, कृषि हमारी अर्थव्यवस्था की रीढ़ है। दुर्भाग्यवश, इस क्षेत्र पर पर्याप्त ध्यान नहीं दिया गया है। भारत सरकार के आर्थिक सर्वेक्षण के अनुसार, अर्थव्यवस्था में विकास केवल तभी धारणीय होगा, जब कृषि में विकास की वार्षिक दर 4 प्रतिशत तक पहुँचेगी। वर्तमान परिदृश्य क्या है ? यदि आप पिछले पंद्रह वर्षों में कृषि की विकास दर पर ध्यान दें तो आप पाएँगे कि यह 3.6 प्रतिशत पर ठहर गई है।

जबकि आर्थिक सर्वेक्षण के अनुसार, इसे वर्ष 1990 से 1997 तक कम-से-कम 4 प्रतिशत होना चाहिए था, खाद्यान्न उत्पादन की वार्षिक यौगिक विकास दर 1.7 प्रतिशत रही है, जबकि जन्म विकास दर 2.1 प्रतिशत रही है। मैं यह बात सदन को सिर्फ यह याद दिलाने के लिए कह रहा हूँ कि हालाँकि हम खाद्यान्न उत्पादन में अपनी आत्मनिर्भरता पर गर्व करते हैं, फिर भी आज की सच्चाई यह है कि जनसंख्या वृद्धि दर खाद्यान्न उत्पादन की दर से अधिक है। इसलिए मैं समझता हूँ कि हमें बहुत सावधान रहना होगा। मेरे अनुसार, हमारे देश में दूसरी हरित क्रांति की आवश्यकता है। यह वह बात है, जिस पर डॉ. एम.एस. स्वामीनाथन ने बल देकर कहा है। उन्होंने सुझाव दिया है कि हरित क्रांति को भारत द्वारा केंद्रीय महत्त्व दिया जाना चाहिए। परंतु हरित क्रांति को प्राकृतिक तौर पर दूसरे क्षेत्रों तक ले जाने के लिए यहाँ निवेश का प्रश्न उठता है। आर्थिक सर्वेक्षण में कहा गया है—

> 'इस विकास को सुनिश्चित करने के लिए ग्रामीण परिसंपत्तियों में उच्च निवेश के प्रोत्साहन के लिए सर्वेक्षण बुलावा और सहायक आधारभूत ढाँचे की और लोक खर्च की चैनलिंग, जिसमें ग्रामीण सड़कें, सिंचाई, कृषि अनुसंधान एवं विस्तार सेवाएँ, मृदा संरक्षण, सिंचाई और जल-संभार प्रबंधन।'

अत: ये वे क्षेत्र हैं, जहाँ हमें पर्याप्त निवेश करना होगा। जैसाकि पिछले अध्यक्षों द्वारा कहा गया है, दुर्भाग्यवश कृषि क्षेत्र में पर्याप्त निवेश नहीं हो रहा है। इसलिए हमारे देश में कृषि के

---

* 22 नवंबर, 2000 को श्रीमती सोनिया गांधी द्वारा पेश उत्पादन की हाल में बढ़ी हुई लागत और कृषि पदार्थ मूल्य में कमी के कारण किसान समुदाय के सामने आए गंभीर संकट पर स्थगन प्रस्ताव में भाग लेते हुए दिया गया भाषण।

प्रबंधन में अत्यधिक रणनीतिक सोच की आवश्यकता होगी। मुझे योजना बनाने और अनुवीक्षण करने की आवश्यकता होगी।

दूसरी बात जो मैं कहना चाहूँगा, वह यह है कि वर्तमान परिस्थिति एक असाधारण परिस्थिति है। वर्ष 1999-2000 के आर्थिक सर्वेक्षण में भी कहा गया है कि वह राशि, जिसकी खाद्यान्न में आर्थिक सहायता प्रदान करने में आवश्यकता होगी, 8,500 करोड़ रुपए की होगी या कुछ उस जैसी होगी। अतः एक तरफ तो आर्थिक सहायता प्राप्त खाद्यान्न के प्रापण की ओर अत्यधिक राशि खर्च कर रहे हैं और दूसरी तरफ आज उन्हें लेनेवाला कोई नहीं। एफ.सी.आई. के गोदाम अत्यधिक स्टॉक से ओवर फ्लो हो रहे हैं। तेल डिपो अत्यधिक स्टॉक से ओवर फ्लो हो रहे हैं। खाद्य तेल के क्षेत्र में भी यही स्थिति है। नैफेड (NAFED) के पास आवश्यकता से कहीं अधिक माल है। दूसरी तरफ हम अत्यधिक राशि खर्च कर रहे हैं और निवेश कर रहे हैं। क्यों? मैं सोचता हूँ कि इसका कारण बिल्कुल सुस्पष्ट है। यह प्रबंधन की नाकामी है। मैं दोहराता हूँ कि यह प्रबंधन की पूर्ण नाकामी है। मुझे नहीं पता कि कैसे आज बाजार में खाद्यान्न और तेल की कीमत एफ.सी.आई. या नैफेड या जन वितरण प्रणाली के आर्थिक छूट प्राप्त खाद्यान्न से कम है? एक तरफ हम कहते हैं कि हमारे पास खाद्यान्न उत्पादन आवश्यकता से अधिक है तो दूसरी तरफ हमारे देश में लाखों लोग गरीबी रेखा से नीचे जीवन-यापन कर रहे हैं। मेरी समझ में इसका कारण केवल प्रबंधन है। हमें देश में अपनी वितरण प्रणाली सुधारनी होगी। हमें एफ.सी. आई. और अन्य एजेंसियों की कार्यात्मकता का व्यवसायीकरण करना होगा।

तीसरी बात जो मैं समय के कारक को ध्यान में रखकर कहना चाहूँगा, जैसाकि पहले भी कहा गया है, मेरे विचार से संकट का मुख्य कारण खाद्यान्न और तेल का आयात करना है।

अनिवार्य सामग्रियों का अंधाधुंध आयात, चाहे वह चीनी हो या खाद्य तेल हो, पिछले दो वर्षों में हम पाकिस्तान व ब्राजील से चीनी का आयात कर रहे हैं। पिछले वर्ष मुझे बताया गया कि खाद्य तेल का आयात पेट्रोल उत्पादों के आयात के बाद दूसरे स्थान पर आता है। अनेक माननीय सदस्यों ने पहले ही हमारे किसानों की दयनीय स्थिति के बारे में बताया है। चाहे वह केरल और अन्य स्थानों के चीनी, गेहूँ एवं रबड़ उत्पादकों के क्षेत्र में हो, हमें बहुत सावधान रहने की आवश्यकता है।

मैं डब्ल्यू.टी.ओ. के साथ अपनी प्रतिबद्धताओं के प्रति सचेत हूँ; परंतु हमारे पास डब्ल्यू. टी.ओ. की संरचना नहीं है। मैं सोचता हूँ कि सरकार उपयुक्त कदम उठा सकती है और उसे उठाने चाहिए। एक कारण, जैसाकि श्री माधवराव सिंधिया ने पहले ही बताया है, वह है कि हमारे पास आयात शुल्क की उगाही करने का अधिकार है। हम क्यों बिना किसी आयात शुल्क के तेल को आने देते हैं? कल ही सरकार ने तेल के आयात पर आयात शुल्क की उगाही का निर्णय लिया है। यह इसलिए है, क्योंकि सदन में आज इस मामले पर चर्चा होनी है। इसलिए कुछ ऐसे क्षेत्र हैं, जिनका उपयोग किया जा सकता है और सरकार सुधारात्मक कदम उठा सकती है।

मैं सरकार को याद दिलाना चाहूँगा कि मेक्सिको में—मैं सोचता हूँ कि हमें उनसे सीखना चाहिए—जहाँ निफ्टीयर (NIFTIER) के अंतर्गत सस्ते आयात के फलस्वरूप मक्का की कीमतों में गिरावट के कारण 7 से 8 लाख आजीविकाएँ समाप्त हो गईं। मॉस्को की अर्थव्यवस्था में यह सब हुआ। फिलीपींस में खाद्यान्न क्षेत्र में मात्रा स्थिर रही। जो कि हमारे देश में आज हो रहा है, यह फिलीपींस में वर्ष 1998 में हुआ और उसके परिणामस्वरूप ऐसी स्थिति आई, जिसमें दो वर्ष पहले फिलीपींस में चावल आयात के शेयर कुल कृषि आयात के 35 प्रतिशत तक बढ़ गए।

मैं कुल मिलाकर अंधाधुंध आयात के पक्ष में नहीं हूँ, जिसके कारण हमारे किसानों को इतनी सारी परेशानियाँ और कष्ट सहना पड़ रहा है। परंतु जब हम किसानों की बात करते हैं, जब हम कृषि क्षेत्र की बात करते हैं, मैं सोचता हूँ कि हम कभी-कभी उन लोगों को भूल जाते हैं, जो कि कृषि श्रमिक हैं, जो कि दिहाड़ी मजदूर हैं। हमारे पास देश में 31.5 करोड़ कार्यबल है, उसमें से 11 करोड़ कृषि श्रमिक हैं। वे दिहाड़ी मजदूरी कर अपनी आजीविका कमाते हैं। मैं समझता हूँ कि सरकार को इस पर विचार करना चाहिए।

मैं पिछले कुछ समय से श्रम मंत्रालय में हूँ। मैं कृषि श्रमिकों की परिस्थितियों को जानता हूँ। हमने इस विषय पर कि उनके लिए क्या किया जा सकता है, देश के श्रम मंत्रियों के अनेक सम्मेलन आयोजित किए हैं। एक सुझाव यह था कि फार्म श्रमिकों की कल्याण गतिविधियों के लिए केरल में एक कानून है। भारत सरकार द्वारा वैसा ही कुछ कृषि श्रमिकों के लिए किया जा सकता है। मेरे विचार से, यह ड्राफ्टिंग के अंतिम चरण पर है और सरकार को उस विशेष बिल में तेजी लानी चाहिए, जो कि कृषि श्रमिकों के लिए कल्याण उपायों का विनियमन करेगा।

हमने आजादी के बाद कृषि क्षेत्र में बहुत प्रगति की है। दुर्भाग्यवश, जैसाकि मैंने कहा है, पिछले कुछ वर्षों में जहाँ तक विकास दर का संबंध है, यह स्थिर रही है। अधिकांश श्रेय न केवल हमारे किसानों को जाता है, न केवल हमारे कृषि श्रमिकों को जाता है, बल्कि मेरे विचार से, हमारे वैज्ञानिकों को भी श्रेय जाता है। हमारे वैज्ञानिकों ने अपने अनुसंधान कार्य में बहुत प्रगति की है। दुर्भाग्यवश, आज मुझे यह बताया गया है कि हमारे वैज्ञानिक पूर्ण रूप से हतोत्साहित हो गए हैं।

डॉ. आर.एस. परोडा, महानिदेशक, भारतीय कृषि अनुसंधान परिषद् एवं सचिव, कृषि अनुसंधान एवं शिक्षा विभाग को जिस तरीके से सेवा से हटाया गया है, वह ठीक नहीं है। वर्तमान वर्ष में वह भारतीय विज्ञान कांग्रेस के अध्यक्ष भी हैं। भारतीय विज्ञान कांग्रेस की शीघ्र ही बैठक होने वाली है और प्रधानमंत्रीजी इसका उद्घाटन करेंगे। मुझे नहीं पता कि प्रधानमंत्री किस तरह उस व्यक्ति के साथ मंच साझा करेंगे, जिसे उनकी अपनी सरकार ने ही बरखास्त किया है! डॉ. एम.एस. स्वामीनाथन, डॉ. अब्दुल कलाम, डॉ. खुश आदि द्वारा लिखे लेखों, जिसमें उन्होंने अपना दु:ख जाहिर किया है, के बाद मैं डॉ. आर.एस. परोडा की बरखास्तगी को

लेकर वास्तव में बहुत चिंतित हूँ। अनेक प्रतिष्ठित वैज्ञानिक, न केवल भारत से बल्कि विदेशों से भी, जिसमें नोबेल विजेता डॉ. नॉर्मन ई. बोरलॉग शामिल हैं, ने ऐसे प्रतिष्ठित वैज्ञानिक से किए गए व्यवहार के तरीके पर अपना दु:ख और वेदना जाहिर की है।

इसलिए, मैं मंत्रीजी से अपने निर्णय पर पुनर्विचार करने का अनुरोध करूँगा। हम अपने देश के वैज्ञानिकों के भीतर भ्रष्टीकरण करने को सहन नहीं कर सकते, जिन्होंने इस देश की इतनी अधिक सेवा की है। इसलिए मैं श्री नीतीश कुमार से व्यक्तिगत तौर पर अनुरोध करता हूँ कि वे अपने निर्णय पर पुनर्विचार करें। यदि वे अपने निर्णय में सुधार कर सकते हैं तो यह न केवल हमारे वैज्ञानिकों के लिए बहुत बड़ी सेवा होगी, बल्कि भारतीय कृषि के लिए भी एक बड़ी सेवा होगी, जो कि हमारी अर्थव्यवस्था की रीढ़ है।

□

सामाजिक मामले

अनुसूचित जनजातियों के लिए शिक्षा नीति में सुधार करना*

श्रीमान उपाध्यक्ष महोदय, माननीय गृहमंत्रीजी ने 15 जुलाई, 1977 को यहाँ नई दिल्ली में जनजातीय आयुक्तों को संबोधित करते हुए यह टिप्पणी की थी कि भारत में जनजातीय जनसंख्या ने सबसे खराब उपेक्षा सही है। मैं कहना चाहूँगा कि जनजातियों, अनुसूचित जनजातियों, ने न केवल सबसे खराब उपेक्षा सही है, बल्कि सबसे खराब शोषण और सबसे खराब प्रहार सहा है। मैं यह कहता हूँ, क्योंकि योजना बनने के 30 वर्ष बाद—आजादी के 30 वर्ष बाद और जनजातियों की तथाकथित सुरक्षा एवं बचाव के 30 वर्ष बाद—भारत में जनजातियों की स्थिति बुरी से बहुत बुरी हुई है।

❑

यह उन लोगों के मामले में अधिक है, जो कि उत्तर-पूर्वी क्षेत्र में रह रहे हैं और मैं कुछ परिस्थितियों को उजागर करना चाहूँगा, जो कि वहाँ प्रचलन में हैं; क्योंकि संपूर्ण उत्तर-पूर्वी क्षेत्र एक ऐसा क्षेत्र है, जिसमें अनुसूचित जनजातियों का प्रवास है।

जैसा मैंने कहा है, जहाँ तक संचार का संबंध है, असम राज्य और नागालैंड राज्य में कुछ किलोमीटर तक छोड़कर उत्तर-पूर्वी क्षेत्र में आजादी के 30 वर्षों बाद भी उत्तर-पूर्वी क्षेत्र का कोई भी राज्य अभी तक रेल से नहीं जुड़ा है। वहाँ ऐसी अनेक जगहें हैं, जहाँ कई शताब्दियों तक सड़क से कोई संपर्क नहीं रहा है। अरुणाचल प्रदेश, नागालैंड और मेरे अपने राज्य मेघालय में लोगों को अपने दैनिक जीवन के जरूरी सामान खरीदने के लिए बाजार पहुँचने के लिए कई दिन तक इकट्ठे लगातार चलना पड़ता है।

रेलवे के बारे में नहीं बोलूँगा। मेरे राज्य में एक भी उद्योग स्थापित नहीं किया गया है। आज माननीय उद्योग मंत्री ने मेरे यू.एस.क्यू. सं. 6030 का जवाब दिया है। मैंने पूछा था, 'क्या उद्योग

---

* 30 अगस्त, 1997 को अनुसूचित जातियों और अनुसूचित जनजातियों के आयोग की 20वीं, 21वीं और 22वीं रिपोर्ट के प्रस्ताव पर चर्चा में भाग लेते हुए दिया गया भाषण। लोकसभा में श्री पी.ए. संगमा का यह एकमात्र भाषण था।

मंत्री यह बताएँगे? (क) मेघालय में सार्वजनिक क्षेत्र के अधीन विशाल और मध्यम उद्योगों की संख्या, और (ख) क्या सरकार इस वर्ष मेघालय में सार्वजनिक क्षेत्र के अधीन कोई विशाल/मध्यम स्तर के उद्योग स्थापित करने पर विचार कर रही है?' भाग (क) का उत्तर 'कोई नहीं' है और भाग (ख) का उत्तर 'वर्तमान में केंद्रीय सरकार के विचारार्थ ऐसा कोई प्रस्ताव नहीं है।' हमारे राज्य में मामलों की यह स्थिति है।

वहाँ रहनेवाले लोग आधी-भुखमरी की परिस्थितियों के अधीन जीवन-यापन कर रहे हैं। उन लोगों के उत्थान और उनकी परिस्थितियों में सुधार के लिए कोई गंभीर प्रयास नहीं किया गया है। मैं शिक्षा पर अधिक जोर देना चाहूँगा। वे कहते हैं कि शिक्षा, मैट्रिक पूर्व स्कॉलरशिप, मैट्रिक के बाद स्कॉलरशिप, हॉस्टलों का निर्माण और अन्य अनेक बातों पर अत्यधिक राशि खर्च की गई है। मैं कहूँगा कि वह राशि, जिसके खर्च होने का दावा किया गया है, का हमारे राज्य में दुरुपयोग हुआ है।

मैं संघ लोक सेवा आयोग की ताजा रिपोर्ट में से छब्बीसवीं रिपोर्ट उद्धृत करना चाहूँगा, जिसमें पृष्ठ सं. 28 में यह कहा गया है—'आयोग सामान्य शैक्षणिक अर्हताओं की आवश्यकता वाली परीक्षाओं, जैसे—भारतीय आर्थिक सेवा/भारतीय सांख्यिकी सेवा परीक्षा (केवल भारतीय आर्थिक सेवा) और सहायक ग्रेड परीक्षा में अनुसूचित जाति से संबंध रखनेवाले अभ्यर्थियों के लिए सभी रिक्तियाँ आरक्षित रखने की सिफारिश करने में सफल रहा। भारतीय वन सेवा परीक्षा को छोड़कर अनुसूचित जाति से संबंधित अभ्यर्थियों का प्रदर्शन, हालाँकि छूट मानक प्रदान करने के बाद भी, तय मानक तक नहीं था। इंजीनियरिंग सेवा परीक्षा और आशुलिपिक परीक्षा, जिनमें तकनीकी और व्यावसायिक अर्हताएँ आवश्यक होती हैं, जैसी परीक्षाओं में मानकों में छूट प्रदान करने के बावजूद पर्याप्त संख्या में अनुसूचित जाति एवं अनुसूचित जनजाति के अभ्यर्थी आगे नहीं आए। परीक्षा-वार विवरण परिशिष्ट V-ख में दिए गए हैं।'

इसका कारण यह है—पहले तो सरकार ने हमारे राज्य में विद्यालयों की स्थिति सुधारने का प्रयास नहीं किया है। जब तक कि सरकार अच्छे विद्यालय और अच्छे कॉलेज स्थापित करने को प्रोत्साहन नहीं देती, कोई भी विद्यार्थी मानकों पर खरा नहीं उतरेगा। मैं अपना स्वयं का उदाहरण देना चाहूँगा। जब मैं निचले प्राथमिक विद्यालय में पढ़ रहा था मुझे एक विद्यालय के शिक्षक ने पढ़ाया था, जिनकी शैक्षिक योग्यता केवल कक्षा-IV थी, वह स्कूल चला रहे थे। जब मैं माध्यमिक विद्यालय में पढ़ रहा था, तब वहाँ तीन शिक्षक थे और वे सभी दसवीं कक्षा से कम पढ़े हुए थे। मैं एक हाई स्कूल में पढ़ा, जिसका संचालन एक दसवीं पास और एक स्नातक शिक्षक कर रहे थे। हमारे राज्य में विद्यालयों की यह स्थिति है। यह सदन बहुत अच्छी तरह समझ सकता है कि ऐसे मामलों की क्या स्थिति होगी, यदि एक शैक्षणिक संस्थान अयोग्य और गैर-प्रशिक्षित शिक्षकों द्वारा चलाया जाएगा? एक संस्थान कैसे अच्छे नागरिक बना सकता है? आज भी हमारे जिले में करीब 2,000 निम्न

प्राथमिक विद्यालय हैं, जहाँ मैट्रिक से भी कम पढ़े हुए लोग विद्यालयों का संचालन कर रहे हैं। उनमें से कुछ की योग्यता कक्षा-IV तक है, कुछ की योग्यता कक्षा-V तक है; कुछ तो केवल कक्षा-II तक पढ़े हैं। और उन्हें कुल मिलाकर पाँच या छह महीने से अपना वेतन नहीं मिल रहा है। यही स्थिति हाई स्कूलों और मिडिल स्कूल की है।

प्रत्येक व्यक्ति, जो हाई स्कूल जाता है, एक मैट्रिक पूर्व छात्रवृत्ति का हकदार है। मुझे एक मैट्रिक पूर्व छात्रवृत्ति प्रदान की गई थी। सभी को छात्रवृत्ति मिलती है, परंतु नाम के अनुरूप कोई विद्यालय नहीं है। उस राशि को विद्यार्थी पर खर्च करने का क्या फायदा? यह एकदम बरबादी है। छूट प्रदान किए गए मानकों के बाद भी हमारे अनुसूचित जनजाति के लोगों को आरक्षित सीटें नहीं मिल पा रही हैं। यह इसलिए है, क्योंकि सरकार ने अच्छे स्कूल और कॉलेज स्थापित करने का प्रयास ही नहीं किया।

गृह मंत्रालय की रिपोर्ट में अनेक बातें कही गई हैं—भारत के बाहर भी बहुत लोगों को भेजा गया, अनेक को प्रशिक्षण दिया गया है, अनेक हॉस्टलों का निर्माण किया गया है, इधर-उधर के अनेक काम किए गए हैं। परंतु हम अपने राज्य में कुछ नहीं पाते—लड़कों या लड़कियों के लिए हॉस्टल या उस तरह का कुछ भी नहीं है। हम अपने स्कूलों का स्वयं परिचालन करते हैं। गारो पहाड़ियों के संपूर्ण जिले में केवल एक सरकारी हाई स्कूल है; पूरे जिले में केवल एक कॉलेज है, जिसे कुछ वर्ष पहले सरकार ने अपने अधीन लिया था। अनेक संस्थान गाँवों के स्वयं के योगदान द्वारा स्वयं संचालित किए जाते हैं।

लगभग तीन-चार वर्ष पहले इतनी लड़ाई के बाद एक सेंट्रल स्कूल, जिसे हम 'केंद्रीय विद्यालय' कहते हैं, मेरे गृह नगर में खोला गया था। परंतु जो कोई अच्छे स्कूल में जाता है, छात्रवृत्ति का हकदार नहीं होता; परंतु यदि वह एक ऐसे स्कूल में जाता है, जहाँ अच्छे शिक्षक नहीं हैं, भवन नहीं है, ब्लैकबोर्ड नहीं हैं, कोई बेंच नहीं है इत्यादि, वह छात्रवृत्ति का हकदार है! मुझे नहीं पता कि हम देश को कैसे चला रहे हैं?

इसलिए, मैं आज की सरकार से गंभीरतापूर्वक अपील करूँगा कि वह इस समस्या पर गंभीरता से विचार करे, पूरे हालात की समीक्षा करे और संपूर्ण स्थिति को बदले। यह इसलिए है, क्योंकि यहाँ गलत ढंग से योजना बनाई गई और गलत नीति का अनुसरण किया गया कि हम अब भी पिछड़े हैं। इसलिए मैं दोहराऊँगा कि सबसे पहला काम जो किया जाना है, वह अच्छे संस्थान स्थापित करना है, ताकि हमारे लोग—पिछड़े लोग, जनजातीय लोग आगे आएँ। आरक्षण देने का कोई मतलब नहीं है, यदि हम मानकों में छूट देने के बावजूद रिक्तियाँ नहीं भर सकते। यदि आरक्षण दिया जाता है, तब तो सब सही है, परंतु यदि आरक्षण देने के बजाय सरकार उन लोगों के उत्थान की कोशिश करे और उनका स्तर ऊँचा करने की कोशिश करे, ताकि वे दूसरे लोगों के साथ भी प्रतियोगिता कर सकें, यह बेहतर होगा। हम समझते हैं कि आरक्षण के नाम पर, सुरक्षा के नाम पर, इसके नाम पर

और उसके नाम पर हम लोगों का शोषण हो रहा है। इसलिए मैं सरकार से अनुरोध करूँगा कि वह पूरी स्थिति पर एक बार फिर से विचार करे और उपयुक्त कदम उठाए, खासतौर पर शिक्षा नीति के मामले में, जिनका मैंने संदर्भ दिया है।

ईसाइयत , धर्मनिरपेक्षता और भारतीयता *

शुरुआत में ही मैं माननीय गृहमंत्रीजी को सूचित करना चाहता हूँ कि मैं उत्तर-पूर्वी क्षेत्र से संबंध रखनेवाला आदिवासी हूँ और मैं ईसाई हूँ। क्यों यहाँ के लोगों में यह भावना है कि जब एक आदिवासी ईसाई बनता है, वह विदेशी हो जाता है; वह भारतीय नहीं रहता ?

❑

हम आदिवासी हैं और हम ईसाई हैं या नहीं, पर हम इस देश के सच्चे नागरिक हैं। दुर्भाग्यवश ईसाई समुदाय, खासतौर पर उत्तर-पूर्वी क्षेत्र से संबंध रखनेवालों, को सरकार द्वारा संदेह की दृष्टि से देखा गया है। अभी-अभी माननीय गृहमंत्री ने कहा कि उत्तर-पूर्वी क्षेत्र में ईसाई धर्म-प्रचारकों को करोड़ों रुपए प्राप्त हो रहे हैं। गृहमंत्री को हमारे क्षेत्र में आ रही कुछ राशि के लिए क्यों ईर्ष्या और संदेह हो रहा है ? आज यदि मैं यहाँ आपके सामने खड़ा हूँ...कृपया मुझे मेरी पूरी बात कहने दीजिए। मैंने कभी किसी के वक्तव्य के बीच व्यवधान नहीं डाला। मैं नहीं चाहता कि कोई बीच में हस्तक्षेप करे। यह एक आदिवासी का आचरण है।

❑

यदि आज हम किसी विशेष मुकाम तक पहुँचे हैं, यदि आज हम पढ़-लिख सकते हैं, यदि हम स्कूल जा सकते हैं, यदि हमारे पास कुछ न्यूनतम चिकित्सा सुविधाएँ इत्यादि हैं तो वह धर्म-प्रचारकों के कारण ही है। आप जब उत्तर-पूर्वी क्षेत्र में जाते हैं और देखते हैं कि वहाँ कितने मिशनरी स्कूल व कॉलेज हैं और वहाँ कितने सरकारी स्कूल व कॉलेज हैं! आप पाएँगे कि वहाँ मिशनरियों द्वारा संचालित कॉलेजों व अस्पतालों की संख्या अधिक है।

सिर्फ इसलिए, क्योंकि हम ईसाई हैं, हम देश के प्रति अपनी ईमानदारी नहीं छोड़ते। हम इस देश के नागरिक हैं और हमेशा रहेंगे। यहाँ वक्तव्य में दी गई सूचना अरुणाचल प्रदेश सरकार द्वारा दी गई सूचना के आधार पर है। मैं आपको याद दिलाता हूँ कि अरुणाचल प्रदेश एक पूर्ण राज्य नहीं है। यह केंद्र-शासित प्रदेश है। यह केंद्रीयकृत प्रशासनिक क्षेत्र है। मैं आश्चर्यचकित हूँ कि माननीय गृहमंत्री यहाँ कैसे आ सकते हैं और बोल सकते हैं! क्या आपके पास स्वयं के स्रोत द्वारा सूचना नहीं है ?

---

* 27 मार्च, 1979 को अरुणाचल प्रदेश में चर्चों इत्यादि को गिराए जाने के संबंध में ध्यानाकर्षण प्रस्ताव में भाग लेते हुए दिया गया भाषण।

❑

श्रीमान उपाध्यक्ष महोदय, मेरे साथियों द्वारा कितने सारे परिपत्र और सरकारी पत्र पढ़े गए हैं, मैं उन्हें दोहराना नहीं चाहता। माननीय गृहमंत्री ने कहा है कि यदि कुछ विशेष अभिकथन उनके संज्ञान में लाए जाते हैं तो वह उन पर विचार करेंगे। मैं आपको कुछ विशेष अभिकथन देना चाहता हूँ। मेरे पास यहाँ ज्ञापन है, जो कि माननीय प्रधानमंत्रीजी को प्रस्तुत किया गया था (सुबानसिरी बैप्टिस्ट क्रिश्चियन कॉन्वेंशन के अध्यक्ष द्वारा हस्ताक्षरित), जब वे 3 नवंबर, 1978 को ईटानगर में थे। मुझे विश्वास है, उसकी एक प्रति गृहमंत्री की फाइल में पहुँची है। उस ज्ञापन के पैरा 4 में कहा गया है—

> 'अत्याचारियों द्वार 102 रिहायशी मकान और 46 चर्च जला दिए गए, एक ईसाई सदस्य (ताना ईखा) मार दिया गया। हाल ही में 5 मार्च, 1978 को पाँच ईसाई विद्यार्थियों को सरकारी उच्चतर माध्यमिक विद्यालय, यजाली से निकाल दिया गया। उन्हें बताया गया कि 75,000 रुपए का नियमित वजीफा उन्हें नहीं दिया जाएगा। 6 सितंबर, 1978 को ईसाइयों पर अत्याचार हुए, चुल्यु गाँव में चौकी में बाँधे गए। चुल्यु बैप्टिस्ट चर्च में जानवरों को मारा गया और जलाया गया…'

ये वे घटनाएँ हैं, जो कि माननीय प्रधानमंत्रीजी के संज्ञान में लाई गई थीं। फिर भी, मार्च के महीने में गृहमंत्री आज यह कह रहे हैं कि उन्हें विशिष्ट अभिकथन प्राप्त नहीं हुए हैं। मैं हतप्रभ हूँ कि गृह मंत्रालय कैसे कार्य कर रहा है? इसका संदर्भ कल की 'अमृत बाजार पत्रिका' में था, जिसका एक भाग यहाँ मेरे मित्र द्वारा पढ़ा गया है।

इसमें कहा गया है—

> '…वे (श्री वांगलाट लोवांग्चा) एक ईसाई थे और अपनी पसंद की ईसाई लड़की से विवाह करना चाहते थे। स्थानीय सरकारी अधिकारियों ने आग्रह किया कि वह इसके बजाय अन्य धर्म की लड़की से विवाह कर लें। उन्होंने एक और घटना का उदाहरण दिया, जहाँ उन्होंने कहा—सरकारी अधिकारियों द्वारा भड़काए जाने पर कुछ लोगों ने श्री त्राइनांग, जो कि श्री लोवांग्चा के साथ प्लेटफॉर्म पर खड़े थे, की पत्नी को नग्न कर दिया; क्योंकि उन्होंने अधिकारियों की इच्छानुसार ईसाई धर्म छोड़कर दूसरे धर्म को नहीं अपनाया। उन्हें फिर उलटा लटका दिया गया। श्री लोवांग्चा ने कहा, सरकारी अधिकारियों के आदेश पर 40 चर्चों को जला दिया गया। उन्होंने कहा कि अरुणाचल प्रदेश में सन् 1830 में चर्च स्थापित किया गया था।'

ऐसी घटनाएँ हुई हैं, आजकल ये अत्याचार हो रहे हैं।

मैं समझता हूँ, क्योंकि वर्तमान विधेयक, जिसे अरुणाचल प्रदेश विधानसभा ने पारित कर दिया है और माननीय राष्ट्रपतिजी ने अपनी मंजूरी दे दी है, के कारण अरुणाचल प्रदेश में एक धर्म से दूसरे धर्म में परिवर्तन पर प्रतिबंध लगा दिया गया है।

❑

इस विधेयक को पारित करने की क्या आवश्यकता है, जब भारतीय दंड संहिता के अंतर्गत

जबरदस्ती धर्म-परिवर्तन एक अपराध है? जब यह विधेयक पारित हुआ था और राष्ट्रपति के पास उनकी मंजूरी के लिए भेजा गया था, तब देश भर के ईसाई समुदाय ने यह आशंका जताई थी कि यह मुख्य तौर पर ईसाइयों और अन्य अल्पसंख्यक धर्मों के लिए था। उसे अब सिद्ध किया गया है। क्यों एक बिशप, जो एक भारतीय नागरिक है, जो कि श्री ए.सी. जॉर्ज के करीबी रिश्तेदार हैं, को क्रिसमस सेवा आयोजित करने की अनुमति नहीं दी गई? क्या क्रिसमस सेवा आयोजित करना जबरदस्ती धर्म-परिवर्तन है? जब एक लड़का अपनी पसंद की ईसाई लड़की से विवाह करना चाहता है तो क्या यह जबरदस्ती धर्म-परिवर्तन है?

ये वे बातें हैं, जो कि संवेदनशील क्षेत्र के नाम पर और जनजातियों के नाम पर हो रही हैं। माननीय गृहमंत्री ने गर्व से घोषणा की थी—'हम जनजातियों से प्रेम करते हैं।' मैं कहता हूँ, आप जनजातियों को नहीं जानते। मैं स्वयं एक जनजातीय हूँ और मैं कहता हूँ कि जनजातियों के नाम पर, संवेदनशील क्षेत्र के नाम पर उत्तर-पूर्वी क्षेत्र के लोगों की उपेक्षा की गई है, हम पर शक किया जाता है और हमें शेष देश से अलग रखा गया है।

❑

यह इसलिए है, क्योंकि उत्तर-पूर्वी क्षेत्र में अधिकांश लोग, जनजाति, ईसाई हैं। हमारा यह अपराध है। गृहमंत्री ने कहा कि कुछ नहीं हो रहा है, परंतु हम यह दावे के साथ कह रहे हैं और माननीय गृहमंत्री को यह बता रहे हैं कि अत्याचार हो रहे हैं। मैं उनसे जानना चाहूँगा कि क्या वह अरुणाचल प्रदेश में डॉ. सुब्रह्मण्यम स्वामी सहित एक सार्वभौम संसदीय प्रतिनिधिमंडल भेजने पर विचार करेंगे, जो वहाँ उसी समय अपने सामने सर्वेक्षण करेंगे और रिपोर्ट देंगे?

गो-हत्या और जनजातीय धर्म पर प्रतिबंध*

श्रीमान अध्यक्ष महोदय, मैं प्रस्ताव का विरोध करता हूँ। मेरी समझ में यह लगता है कि यह एक बहुत धार्मिक एवं भावनात्मक मामला है, हालाँकि प्रस्तुत करनेवाले और कुछ अन्य मित्रों ने इसे आर्थिक दृष्टिकोण से न्यायपूर्ण ठहराने की कोशिश की है। मैं समझता हूँ कि यहाँ शामिल मामला आर्थिक नहीं है, बल्कि मुख्य तौर पर धार्मिक मामला है। जैसाकि इस ओर से कई मित्रों द्वारा बताया गया है, यदि हम वास्तव में देश की अर्थव्यवस्था के बारे में सोच रहे हैं तो यह केवल गाय के संरक्षण से देश की अर्थव्यवस्था का हित नहीं होने वाला, यह अन्य अनेक बातों, अन्य पशुओं, जंगलों और अन्य बातों के संरक्षण पर निर्भर करता है। हमने इस देश में अन्य पशुओं, खनिजों इत्यादि के संरक्षण के बारे में क्यों नहीं सोचा? मैं यह विश्वास करने को मजबूर हूँ कि यह प्रस्ताव मुख्य तौर पर धार्मिक है।

---

* 30 मार्च, 1979 को गो-हत्या पर प्रतिबंध के संबंध में संकल्प में भाग लेते हुए दिया गया भाषण।

हमारा देश एक धर्मनिरपेक्ष देश है और धर्मनिरपेक्षता हमारे देश का एक मूलभूत ढाँचा है। मैं हैरान था, जब श्री कामत, जो कि मेरे दादा की तरह हैं, जो कि संविधान सभा के सदस्य थे, ने कहा कि गो-हत्या पर पूर्ण प्रतिबंध का संविधान से कुछ लेना-देना नहीं है और यह देश में धर्मनिरपेक्षता को प्रभावित नहीं करता। मैं उन्हें याद दिलाना चाहता हूँ कि हमारे देश के संविधान ने किसी व्यक्ति द्वारा चुने गए किसी धर्म को 'स्वतंत्रता से प्रदर्शित करने, पालन करने और प्रचार करने' का अधिकार और स्वतंत्रता दी है। मैं 'पालन करना' शब्द पर जोर दूँगा। यदि मेरा मित्र कहता है कि हत्या एक धर्म नहीं है, तो मैं कहूँगा कि मेरे मित्र शायद उस धर्म, जिसका वह पालन करते हैं, को छोड़कर यह नहीं समझ पाए हैं कि धर्म क्या है? इस देश में कितने धर्म हैं? इस देश के लोगों द्वारा कितने धर्मों का पालन किया जाता है? क्या यह केवल हिंदू धर्म है? क्या यह केवल बौद्ध धर्म है? क्या यह केवल इसलाम धर्म है? इस देश में कई अन्य धर्म हैं।

❑

मुझे सर्वोच्च न्यायालय के निर्णय की जानकारी है। मैंने ऐसा क्यों कहा कि यह धर्म के विरुद्ध है; क्योंकि परसों, जो कि माननीय मित्रों को याद होगा कि गृहमंत्री बड़े गर्व से कह रहे थे कि वे जनजातियों से प्रेम करते हैं। वे कह रहे थे कि हम जनजातियों से प्रेम करते हैं। वे कह रहे थे कि जनजातीय क्षेत्र की सुरक्षा के लिए वे हमेशा मौजूद हैं। आप जनजातीय धार्मिक विश्वास के बारे में कितना जानते हैं? जनजातियों का क्या धर्म है? गो-हत्या करना कुछ जनजातीय धर्मों का एक भाग है। गाय का बलिदान देना उनका (जनजाति का) धार्मिक समारोह है। क्या यह हमारे धर्म को प्रभावित नहीं करता? क्या यह प्रथा मुसलमानों में नहीं है? क्या है 'कुरबानी'? फिर आप कैसे कह सकते हैं कि यह लोगों की धार्मिक भावनाओं से खिलवाड़ नहीं करता? यह करता है।

मैं यहाँ दी गई अनेक बहस—आर्थिक और अन्य—में नहीं पड़ना चाहता। मैं केवल इस विशेष मुद्दे पर बोलना चाहता हूँ। यदि वे सच में धार्मिक हैं, जैसाकि मेरे मित्र ने सही बात कही है कि यदि हम एक विशेष धर्म का पालन करते हैं—हमारे भीतर अन्य धर्मों के लिए भी आदर-भाव होना चाहिए। हमारा देश धर्मनिरपेक्ष देश है, जहाँ कोई राज्य धर्म नहीं है।

❑

मैं केवल यह उचित ठहराना चाहता हूँ कि यह कुछ लोगों के विश्वास, यानी जनजातियों के धार्मिक विश्वास से खिलवाड़ नहीं करता। शायद सर्वोच्च न्यायालय को जनजातीय धर्म की जानकारी नहीं है।

मैं डॉ. रामजी सिंह द्वारा पेश प्रस्ताव और विधेयक के बारे में भी बात कर रहा हूँ। इसका विधेयक से संबंध है।

❑

पूरे देश भर में पूर्ण प्रतिबंध सही नहीं है। मैं कह रहा हूँ कि हमारे जनजातीय क्षेत्र भी इस देश का हिस्सा हैं और यह हमारे क्षेत्र में नहीं चल सकता।

हमारे धर्म—स्वदेशी विश्वास, जनजातीय धर्म—में गाय का बलिदान अनिवार्य है। मैं आपको यही तो समझाना चाह रहा हूँ। इस संदर्भ में यह हमारे देश की धर्मनिरपेक्षता को प्रभावित करता है, क्योंकि मुझे अपने धर्म का पालन करने का अधिकार है और मेरे धर्म का पालन करने के रास्ते में जो कुछ भी आएगा, वह संविधान के भाव के खिलाफ है। इसलिए मैं डॉ. रामजी सिंह से अपील करूँगा कि वह मामले पर पुनर्विचार करें, ताकि वह लोगों के बहुत बड़े तबके की भावनाओं को आहत न करे। जब मैं कहता हूँ कि मैं अपने धर्म से प्रेम करता हूँ, मैं भगवान् से प्रेम करता हूँ तो मैं तब तक भगवान् से प्रेम नहीं कर सकता, जब तक मैं दूसरों से प्रेम नहीं करता। ईसाई धर्म का मूलभूत सिद्धांत है—जैसा स्वयं से प्रेम करते हो, वैसा ही पड़ोसी से करो। दूसरों के साथ वैसा मत करो, जो आप नहीं चाहते कि दूसरे आपके साथ करें। यह ईसाई धर्म का मूलभूत सिद्धांत है। यदि गो-हत्या हिंदू धर्म को प्रभावित करता है तो आपको भी इस भावना को समझना चाहिए कि गो-हत्या पर प्रतिबंध लगाना भी किसी के धर्म को प्रभावित करता है। इसलिए मैं डॉ. रामजी सिंह से इस प्रस्ताव को वापस लेने की अपील करता हूँ।

❑

विदेश मामले और अंतरराष्ट्रीय राजनीति

भारत की विदेश नीति : पूर्व सर्वसम्मति बनाम वर्तमान दुविधा*

श्रीमान अध्यक्ष महोदय, सबसे पहले मैं श्री जसवंत सिंह को विदेश मंत्रालय का कार्य-भार सँभालने के लिए बधाई देता हूँ। हालाँकि यह बहुत देर से हुआ है; कभी नहीं से देर भली!

❑

विदेश मामलों की स्थायी समिति की एक बैठक में मैंने विदेश मंत्रालय में एक मंत्री की अनुपस्थिति के बारे में अपनी चिंता जाहिर की। जब हमने पोखरण-II पर चर्चा की, जब हमने यहाँ विदेश नीति पर चर्चा की, मैंने प्रश्न उठाया, 'क्यों इस महत्त्वपूर्ण समय में भारत के पास कोई विदेश मंत्री नहीं है?' अंततः हमें एक बहुत सक्षम विदेश मंत्री देने के लिए मैं माननीय प्रधानमंत्रीजी को धन्यवाद देना चाहता हूँ।

यह कहने के बाद मैं एक बहुत महत्त्वपूर्ण बात कहना चाहूँगा। माननीय प्रधानमंत्री ने अमेरिका के साथ बातचीत के लिए श्री जसवंत सिंह को योजना आयोग का उपाध्यक्ष नियुक्त किया है। अमेरिकी राष्ट्रपति बिल क्लिंटन ने श्री जसवंत सिंह से बातचीत के लिए अमेरिका के उप-विदेश मंत्री श्री टालबोट को अपनी ओर से नियुक्त किया है। श्री जसवंत सिंह अब अकेले योजना आयोग के उपाध्यक्ष नहीं हैं। श्री जसवंत सिंह दुनिया के इस सबसे बड़े लोकतंत्र के विदेश मंत्री हैं। मैं उम्मीद करूँगा कि भारत बातचीत के स्तर को ऊपर उठाने के लिए अमेरिका से अनुरोध करेगा। मैं नहीं चाहूँगा कि श्री जसवंत सिंह श्री टालबोट, से बातचीत जारी रखें। मैं उम्मीद करूँगा कि भविष्य में भारत और अमेरिका के बीच बातचीत श्री जसवंत सिंह और श्रीमती अल्ब्राइट के बीच होगी।

मैंने माननीय प्रधानमंत्रीजी का वक्तव्य पढ़ा है। वक्तव्य में कहा गया है कि पोखरण में मई 1998 में जो कुछ हुआ, वह 25 वर्ष पहले भारत सरकार द्वारा अपनाई गई नीति के अनुसरण में था। मैं आदर सहित इससे असहमत हूँ। वास्तव में, पिछली बहस में मैंने यह बात कही

* 22 दिसंबर, 1998 को अमेरिका के साथ द्विपक्षीय वार्त्ता के संबंध में नियम 193 के अंतर्गत चर्चा में भाग लेते हुए दिया गया भाषण

थी और कहा था कि सन् 1974 के बाद से भारत सरकार की संगत नीति अपने विकल्पों को आरक्षित रखने की रही है—अपने विकल्प इस बात के लिए खुले रखने की कि हमें स्वयं को रोकना चाहिए या परीक्षण करना चाहिए। 25 वर्षों तक हमने स्वयं पर संयम रखा है। और मई में वर्तमान सरकार ने परीक्षण करने के विकल्प को अपनाने का निर्णय लिया। इसलिए अपने विकल्प खुले रखने के लिए न तो कांग्रेस सरकार और न ही उसके बाद की अन्य सरकारों की नीति में यह बात थी। यहाँ यह अंतर है।

दूसरा अंतर, जो मैंने पहले ही बताया है कि जब भी कोई नया परीक्षण हुआ है, यह विभिन्न देशों द्वारा अपनाए गए विभिन्न सिद्धांतों पर आधारित रहा है। सन् 1974 का विकल्प, जिसका हमने पालन किया है, वह स्पष्ट तौर पर शांति उद्देश्यों के सिद्धांतों पर था। परंतु परीक्षण के लिए सरकार का वर्तमान विकल्प शांति उद्देश्यों के लिए नहीं था। यह 'पड़ोसी देशों से सुरक्षा खतरे की दृष्टि' से था। वास्तव में, श्री बिल क्लिंटन को माननीय प्रधानमंत्री के पत्र में राष्ट्रों के नाम दिए गए, जो कि राजनय के क्षेत्र में कभी नहीं होता। और इसलिए प्रधानमंत्री का संसद् में आना और यह कहना कि जो कुछ किया गया है, वह 25 वर्ष पहले भारत सरकार द्वारा लिये गए निर्णय के अनुसरण में है, मैं इस मत के पक्ष में नहीं हूँ।

इसका क्या परिणाम है? हम सभी को पता है कि आज भारत विश्व समुदाय में अलग खड़ा है। चाहे हमें यह पसंद हो या न हो, हमारे देश को अंतरराष्ट्रीय समुदाय में अपने उद्देश्य में प्रमुख के तौर पर पर प्रदर्शित किया गया है।

पिछली बहस में हमने यह बताया था कि इस देश की परमाणु नीति और हमारी विदेश नीति राष्ट्रीय सर्वसम्मति पर आधारित रही हैं और दूसरा परीक्षण करने के लिए भारत सरकार का निर्णय उस राष्ट्रीय सर्वसम्मति से अलग है।

मैंने यह आशा की है कि उस तरह की गलती करने के बाद सरकार अंतरराष्ट्रीय समुदाय को परीक्षण का मूलाधार समझाने के लिए रणनीति पर कम-से-कम एक सर्वसम्मति बनाने का प्रयास करे। परंतु ऐसा नहीं हुआ। संसद् में हमने इस पर बहस की और मामला वहीं समाप्त हो गया। मैंने विश्व के विभिन्न भागों में यात्रा की है और मैं विश्व के विभिन्न भागों में माननीय सांसदों के संपर्क में भी रहा। मैं विश्व के विभिन्न भागों में हमारे राजनयिकों के संपर्क में भी रहा। मुझे जो असर दिखाई दिया, वह है—'हमने अपनी रणनीति समझाने के लिए भरपूर प्रयास नहीं किए हैं।' यह वह समय है, जब सरकार को इसके विषय में गंभीरता से सोचना चाहिए।

मुझे समझ में नहीं आता कि विपक्ष और महत्त्वपूर्ण राजनीतिक दलों को बुलाने और उन्हें अन्य मामलों में भी विश्वास में लेने में प्रधानमंत्री को क्या कठिनाई है? जिस पर मैं थोड़ी देर में बात करूँगा। उदाहरण के लिए, व्यापक परमाणु परीक्षण संधि (C.T.B.T.) पर श्री जसवंत सिंह और श्री स्ट्रोब टालबोट के बीच क्या बातचीत हो रही है?

वक्तव्य के पैरा 6 में माननीय प्रधानमंत्री कहते हैं—श्री जसवंत सिंह और श्री टालबोट

के बीच बातचीत भारत द्वारा अग्रेषित विस्तृत प्रस्तावों के सेट के आधार पर आयोजित हुई थी। भारत द्वारा ये प्रस्ताव रखे गए। हमें जानकारी नहीं है कि अमेरिका द्वारा प्रत्युत्तर में कोई प्रस्ताव पेश किए गए हैं। परंतु माननीय प्रधानमंत्री के वक्तव्य में निम्नलिखित है—

> भारत द्वारा ये प्रस्ताव रखे गए हैं और ये प्रस्ताव वक्तव्य में बताए गए हैं, जिसमें भविष्य के परीक्षणों का ऐच्छिक विलंबन, ऐच्छिक विलंबन को कानूनन प्रतिबद्धता में बदलने की तत्परता, मिसाइल सामग्री के भविष्य में उत्पादन पर प्रतिबंध के लिए संधि पर बातचीत में शामिल होना, संवेदनशील सामग्री और प्रौद्योगिकी पर अधिक कड़े नियंत्रण को कार्यान्वित करना।

इन प्रस्तावों की पूर्ण विवक्षाएँ क्या हैं? हमें जानकारी नहीं है। देश को इसकी जानकारी नहीं है। इन प्रस्तावों की पूर्ण विवक्षाओं की देश को जानकारी नहीं दी गई है। भारत द्वारा जिस प्रकार से ये प्रस्ताव अमेरिका के समक्ष रखे गए हैं, मुझे यह लगता है कि हमने 11 और 13 मई को जो कुछ किया है, उसके लिए आप क्षमा-याचक हैं। आप पछता रहे हैं और आप कहते हैं कि हमने जो कुछ किया, उसके लिए हम क्षमा चाहते हैं। मैंने पिछली बहस में कहा था कि दूसरा परीक्षण करने के लिए भारत सरकार की सोच हमें अमेरिका के समानांतर रखने के लिए थी। यदि अमेरिका और भारत दोनों आज परमाणु शक्ति हैं तो भारत का अमेरिका के पास जाना और कहना कि ये मेरे प्रस्ताव हैं और हमने यह किया है और अब हमें क्या करना चाहिए और कृपया हम पर दया करें—जैसी बातों का प्रश्न कहाँ उठता है? मैं समझता हूँ कि हम ताकत की स्थिति की बात नहीं कर रहे हैं। हमें ताकत की स्थिति की बात करनी चाहिए। मैं माननीय महिला सदस्य श्रीमती कृष्णा बोस द्वारा बताई गई बातों का समर्थन करता हूँ। कुछ दिन पहले इराक में जो कुछ हुआ है, उसके बाद मैं इस पर कुछ नहीं कहूँगा। मैं स्वयं को इस बात तक सीमित रखूँगा कि भारत को अधिक सतर्क रहने की आवश्यकता है, भारत को अधिक निश्चयात्मक होने की आवश्यकता है। फिर भी बातचीत हो रही है। बातचीत के छह चरण पहले ही हो चुके हैं। छह चरण की बातचीत के बाद माननीय प्रधानमंत्रीजी देश को यह बताते हैं कि अमेरिका भारत के दृष्टिकोण और चिंताओं पर विचार करने के लिए अपना रुख बदल रहा है। क्या इसमें अधिक कुछ बचता है या यह काफी है? हम कुछ और विवरण जानना चाहेंगे।

अमेरिका द्वारा हमारे दृष्टिकोण पर विचार करने के लिए अपना रुख बदलने के बाद क्या स्थिति है? स्वीकृतियाँ अभी भी जारी हैं। अमेरिका की सूची में 200 निजी और सार्वजनिक भारतीय कंपनियाँ हैं। बड़ी संख्या में भारतीय संगठन, सार्वजनिक क्षेत्र के उपक्रम, वैज्ञानिक संस्थान इत्यादि को सूची में शामिल किया गया है। उपसंविदा फर्मों को भी सूची में शामिल किया गया है और ये निकाय निर्यात प्रतिबंधों पर निर्भर हैं। उनसे व्यापार छीन लिया जाएगा, खासतौर पर प्रौद्योगिकी निर्यात के मामले में। वास्तव में, मैं सरकार के स्वदेश और आत्मनिर्भरता के रवैए को जानता हूँ, परंतु मुझे डर है कि वास्तविकताएँ अलग हैं।

हम सभी को जानकारी है कि भारत को विश्व बैंक द्वारा सहायता दिए जाने पर अमेरिकी

सरकार ने एक आधिकारिक फैसला लिया है, जो कि पक्षपातपूर्ण है। क्या स्थिति है ? अमेरिका ने अपना पक्ष रखा है कि विश्व बैंक द्वारा सहायता दिए जाने के मामले में पाकिस्तान भारत के मुकाबले अधिक उदार बरताव किए जाने का हकदार है। छह चरण की बातचीत के बाद अमेरिका का यह आधिकारिक पक्ष है।

मैं अधिक देर नहीं बोलूँगा। मैं सीधे ही व्यापक परीक्षण प्रतिबंध संधि (C.T.B.T.) पर आता हूँ। प्रारंभिक चरणों में पोखरण परीक्षणों के बाद—मुझे इस बारे में जानकारी नहीं है, लेकिन श्री जसवंत सिंह जवाब दे पाएँगे—मीडिया में व्यापक रूप से प्रचार किया गया कि भारत विशेष शर्तों पर अंततः सी.टी.बी.टी. पर हस्ताक्षर कर देगा। क्या हैं वे परिस्थितियाँ ? इसका मीडिया में व्यापक प्रचार किया गया। मैं समझता हूँ, कुछ माननीय सदस्यों ने भी कुछ धीरे से कहा है; परंतु मैं उनके नाम नहीं लेना चाहूँगा। पहली शर्त यह थी कि भारत द्वारा द्वि-उपयोग प्रौद्योगिकी के उपयोग पर अमेरिका को प्रतिबंध हटा लेने चाहिए। दूसरी शर्त में अंतरराष्ट्रीय सेफगार्ड मेकैनिज्म से स्वदेश में निर्मित रिएक्टरों पर छूट शामिल थी। तीसरी शर्त यह थी कि मिसाइलें तैनात करने या भारतीय परमाणु क्षमताओं का सशक्तीकरण करने की भविष्य की योजनाओं पर कोई रोक नहीं होनी चाहिए। मैं वास्तव में नहीं जानता कि इसके लिए वास्तव में कोई शर्त हो सकती है।

मैं उरुग्वे के साथ बातचीत के चरणों से प्रत्यक्ष या अप्रत्यक्ष रूप से जुड़ा हुआ था। डब्ल्यू. टी.ओ. पर हुई बातचीत के साथ प्रत्यक्ष या अप्रत्यक्ष रूप से जुड़ा हुआ था। वास्तव में, जब सामाजिक शर्त का प्रश्न उठा, तब मुझे तत्कालीन प्रधानमंत्री श्री नरसिम्हा राव द्वारा शर्त के समावेशन के विरोध के लिए गैर-पंक्तिबद्ध और विकासशील देशों में जनता की राय जुटाने की जिम्मेदारी दी गई। वहाँ श्रम मंत्रियों की एक बैठक आयोजित की गई और मुझे बातचीत के दौरान एक सप्ताह तक रात को नींद नहीं आई। मुझे विषय की भलीभाँति जानकारी है। मेरे अनुसार, या तो आप इसे लीजिए या छोड़ दीजिए। हम ऐसे चरण पर पहुँच गए हैं, जहाँ सी.टी.बी.टी. है, चाहे हम हस्ताक्षर करें या न करें। मुझे नहीं पता कि किसी शर्त को लगाने की गुंजाइश कहाँ है ?

मैं माननीय विदेश मंत्री से यह जानना चाहूँगा कि क्या श्री टालबोट के साथ उनकी बातचीत में ये मानक हैं ? माननीय प्रधानमंत्री के वक्तव्य से कुछ भी स्पष्ट नहीं है, जिस पर आज हम चर्चा कर रहे हैं।

वास्तव में, मैं विस्तार में नहीं जाना चाहता। उदाहरण के लिए, द्वि-उपयोगी प्रौद्योगिकी की अधिकता पर प्रतिबंध वास्तव में सी.टी.बी.टी. से संबंधित नहीं है और मुझे नहीं पता कि इसे किस तरह एक शर्त के तौर पर रखा गया है ? जबकि यह परमाणु अप्रसार संधि (एन.पी.टी.) से संबंधित है। सी.टी.बी.टी. पर मेरे सहयोगी और पूर्व लोकसभा अध्यक्ष श्री शिवराज पाटिल ने हमारी स्थिति बिल्कुल स्पष्ट की है। पंचमढ़ी सम्मेलन में हमारी नीति स्पष्ट की गई थी। हमने सरकार को चेताया था कि वह जल्दबाजी न करे। हमारे पास इस पर सोचने का एवं चर्चा करने का समय है। यदि हम ऐसा चाहते हैं, शायद श्री जसवंत सिंह हम में कुछ को विश्वास में ले

सकते हैं, यानी राजनीतिक पार्टियों के कुछ नेताओं को विश्वास में ले सकते हैं। हमारा मुद्दा केवल यह है कि उन्हें जल्दबाजी नहीं करनी चाहिए।

एफ.एम.सी.टी. दूसरा क्षेत्र है। मैं स्पष्ट कहता हूँ कि इस पर माननीय प्रधानमंत्री के वक्तव्य से ज्यादा कुछ समझ नहीं आता। जबकि वक्तव्य अस्पष्ट है। यहाँ फिर से मैं चाहता हूँ कि सरकार ने राजनीतिक दलों के कुछ नेताओं को विश्वास में लिया है, कम-से-कम चर्चा के मापदंडों पर, जब तक कि वह इसे हमसे गोपनीय के रूप में दूर रखना चाहते हैं।

❑

श्रीमान अध्यक्ष महोदय, माननीय प्रधानमंत्री ने अपने वक्तव्य में पाया है और मैं उद्धृत करता हूँ—

> जेनेवा में एफ.एम.सी.टी. वार्त्ताओं का उद्देश्य अस्त्रों के उद्देश्यों के लिए मिसाइल सामग्री के भविष्य में उत्पादन को समाप्त करना है।

इस संबंध में मुझे कुछ प्रश्न पूछने हैं। पी-5 देशों द्वारा पहले से अनुरक्षित मिसाइल सामग्री के भंडारों की श्रेष्ठता को हम कैसे पूरा करेंगे? रूस और अमेरिका के पास 10,000 युद्धोपकरणों का उत्पादन करने का भंडार है। हम किस तरह श्रेष्ठता को पूरा करने वाले हैं? दूसरा प्रश्न, जो मैं पूछना चाहूँगा, वह है कि हम किस प्रतिबद्धता से सहमत होंगे? तीसरा प्रश्न है कि हमारी मिसाइल सामग्री क्षमता उत्पादन के किस स्तर और जाँच के प्रकार पर हम सहमत होंगे? क्या भारत विभिन्न देशों के मिसाइल सामग्री भंडार में वर्तमान विषमताओं को रोकने के लिए तैयार होगा? आपके जेनेवा जाने से पहले मैं सरकार से उम्मीद करता हूँ कि वह यह सब संसद् को बताएगी।

मैं दो और बातें कहना चाहूँगा। माननीय प्रधानमंत्री के वक्तव्य में जर्मनी, फ्रांस, चीन, रूस और जापान के साथ चल रही वार्त्ताओं का भी संदर्भ दिया गया है। इन देशों के नाम वक्तव्य में दिए गए हैं, परंतु पाकिस्तान का कहीं उल्लेख नहीं है। मैं चीन का संदर्भ देना चाहूँगा, क्योंकि माननीय प्रधानमंत्री ने चीन का संदर्भ दिया है। क्या विदेश मंत्री अपने जवाब में हमें बता सकते हैं कि भारत और चीन के बीच वार्त्ता में क्या प्रगति हुई है? देश जानता है कि किस तरह हमारे संबंधों को छाना गया है और किस तरह इन दो देशों के बीच विश्वास-निर्माण का कार्य पोखरण विस्फोट से व्यर्थ हो गया है! भारत और चीन के बीच विश्वास वापस पाने के लिए हम क्या कर रहे हैं? कितनी प्रगति हुई है? मैं खुश हूँ कि रूस के साथ हमारे संबंध में प्रगति हुई है और रूस के प्रधानमंत्री श्री प्रिमाकोव यहाँ भारत में हैं। रूस के साथ हमारे संबंधों को मजबूत बनाने के लिए सरकार जो कुछ भी कर रही है, उसके लिए मैं सरकार को धन्यवाद देना चाहूँगा। मैं पाकिस्तान और अन्य सार्क (SAARC) देशों के साथ अपने संबंधों को लेकर चिंतित हूँ। मैं विशेष रूप से चिंतित हूँ, क्योंकि सार्क का उत्तर-पूर्व के लोगों पर सीधा प्रभाव है। मुझे नहीं

पता कि सार्क का भविष्य क्या है। उत्तर-पूर्वी भारत पड़ोसी देशों, खासतौर पर बँगलादेश, के साथ अपनी अर्थव्यवस्था को एकीकृत करने की कोशिश कर रहा है। सिर्फ इसी उद्देश्य से दो समझौते हुए—एक दक्षिण एशिया अधिमान्य व्यापार समझौता (SAFTA)। 'SAPTA' पहले से लागू है और 'SAFTA' वर्ष 2001 तक लागू हो जाएगा। यह उत्तर-पूर्व के लिए अत्यधिक महत्त्वपूर्ण है। क्या आपने इस मामले पर पाकिस्तान से बात की ? मैं जानना चाहूँगा कि पाकिस्तान ने 'साफ्टा' पर हस्ताक्षर किए हैं या नहीं, खासतौर पर परमाणु विस्फोटों के बाद ? यह सुनिश्चित करने के लिए 'सार्क' सफल हो जाए और 'साफ्टा' का वर्ष 2001 तक संचालन शुरू हो जाए, इसके लिए आप क्या उपाय कर रहे हैं ?

आज हम विदेश नीति पर बहस नहीं कर रहे। आज की वार्त्ता भारत-अमेरिका रिश्तों तक सीमित है। हमारी विदेश नीति बहुत महत्त्वपूर्ण है। जब हम युवक कांग्रेस में थे, हम नेतृत्व प्रशिक्षण और सेमिनार के लिए प्रायः नई दिल्ली आते थे। दूसरों के बीच वित्त मंत्री और विदेश मंत्री द्वारा इसे संबोधित किया जाता था। वित्त मंत्री हमें आर्थिक नीतियों के बारे में बताते थे और विदेश मंत्री विदेश नीति समझाते थे। मुझे याद है, एक सेमिनार में उस समय के विदेश मंत्री सरदार स्वर्ण सिंह हमें बता रहे थे कि राष्ट्रों के समुदाय में भारत की स्थिति इतनी ऊँची है कि किसी अंतरराष्ट्रीय सम्मेलन में भारत को बोलने की आवश्यकता नहीं है।

यह आवश्यक नहीं है कि भारत को बहस में भाग लेना चाहिए, बहस में बोलना चाहिए। सम्मेलन कक्ष में भारत की उपस्थिति ही काफी है। भारत की इतनी अधिक सामाजिक प्रतिष्ठा है। वह था भारत! मुझे नहीं पता कि क्या हमारा देश वही है ? क्यों विश्व में हमें उस प्रकार से पहचाना जाता है ? मैं समझता हूँ, क्योंकि जहाँ तक विदेश नीति का संबंध था, हम राष्ट्रीय सर्वसम्मति को लेते थे। पूरे विश्व को ज्ञात था कि जहाँ तक भारत का प्रश्न है, वे अपनी विदेश नीति पर एकमत हैं। दुर्भाग्यवश, अब ऐसा नहीं है। यह बहुत महत्त्वपूर्ण है। पूरे विश्व को पता था कि भारत विश्व का सबसे बड़ा लोकतंत्र है। यह न केवल सबसे बड़ा लोकतंत्र है, बल्कि यह भारत का कार्यात्मक लोकतंत्र है, स्थिर लोकतंत्र है और एक अबाधित लोकतंत्र है। यह बहुत महत्त्वपूर्ण है कि भारत का आदर किया जाता था। और अब इस पर हमें प्रश्न पूछने पड़ते हैं!

मैं श्री जसवंत सिंह या श्री वाजपेयी के नेतृत्ववाली सरकार की बात नहीं कर रहा हूँ। मैं इस पूरे महान् सदन को संबोधित कर रहा हूँ। आज जिस तरीके से हमारी संसद् कार्य कर रही है, क्या हम पूरे विश्व तक पहुँच पा रहे हैं कि हम कार्यात्मक लोकतंत्र हैं, एक स्थिर लोकतंत्र हैं ? मैं समझता हूँ, यह अति महत्त्वपूर्ण प्रश्न है। इसका हमारी विदेश नीति से बहुत गहरा संबंध है। पूरे विश्व को पता था कि हमने अनेक और अधिकांश राष्ट्रीय मामलों पर राष्ट्रीय सर्वसम्मति ली है। देश के लिए अति महत्त्वपूर्ण मामलों पर पूरा देश एक होगा। मुझे पता होगा कि क्या हम उस चित्र को आज प्रदर्शित कर रहे हैं ?

यह संसद् कई दिनों तक लगातार काम नहीं कर पाई, क्योंकि हम स्वयं को सबसे अलग

दिखा रहे हैं, जैसे कि हमारे पास इस देश में कोई सर्वसम्मति या एकमत नहीं है। यह हमें कमजोर बना रहा है। अत: श्री जसवंत सिंह, जो कि श्रीमती अल्ब्राइट से मिलने नहीं जा रहे, का सहयोग करने से भी मजबूत होंगे। मैं उन्हें न केवल वार्त्ताओं में, बल्कि इस महान् देश के विदेश मंत्री के रूप में उनके कॅरियर में भी सफलता की शुभकामनाएँ देता हूँ।

आगरा शिखर वार्त्ता और भारत-पाकिस्तान संबंध*

अध्यक्ष महोदया, मैं उन बिंदुओं को नहीं दोहराने वाला, जिन्हें पिछले वक्ता ने पहले ही बहुत अर्थपूर्ण ढंग से सदन के समक्ष रखा था, विशेषकर श्री माधवराव सिंधिया ने। मैं विषय पर अलग ढंग से बातचीत करने का प्रयास करूँगा।

शिखर वार्त्ता के बाद जब जनरल मुशर्रफ इस्लामाबाद पहुँचे तो उन्होंने घोषणा कर दी और मैं उसे उद्धृत करता हूँ—'मैं खाली हाथ लौटा हूँ'। मैं एक प्रश्न करना चाहता हूँ कि क्या यह बयान सच है? क्या जनरल मुशर्रफ पाकिस्तान खाली हाथ लौटे हैं? अगर वे खुद की बात कर रहे हैं, अगर वे खुद के हितों या खुद के फायदे की बात कर रहे हैं तो मेरे विचार से, वे गलत-बयानी कर रहे हैं। अगर वे पाकिस्तान के लोगों के कल्याण के विषय में बात कर रहे हैं तो मेरे विचार से, वे सही हैं। पाकिस्तान के लोगों के लिए वे पाकिस्तान खाली हाथ लौटे हैं।

लेकिन उनके खुद के लिए, मेरे विचार से वे सबकुछ लेकर लौटे हैं। वे यहाँ क्यों आए थे? मुझे वास्तव में नहीं पता कि माननीय प्रधानमंत्रीजी ने उन्हें आमंत्रित क्यों किया। मैं अभी भी इस बात को स्वीकार नहीं कर पा रहा हूँ। मैंने माननीय प्रधानमंत्रीजी से पूछा कि क्या उन्हें आमंत्रित करना जल्दबाजी नहीं थी? लेकिन माननीय प्रधानमंत्रीजी द्वारा दिया गया आमंत्रण जनरल मुशर्रफ के लिए एक दैवी अवसर था। वे यहाँ कश्मीर की समस्या सुलझाने नहीं आए थे। वे यहाँ दोनों देशों के बीच संबंध सुधारने या सामान्य करने नहीं आए थे। वे यहाँ पाकिस्तान के लोगों के लिए कुछ लेने नहीं आए थे। वे यहाँ अपने द्वारा किए गए तख्तापलट तथा स्वयं के लिए राष्ट्रपति पद की वैधता सिद्ध करने आए थे और उन्हें हमसे सबकुछ प्राप्त हो गया। वे यहाँ से अपने देश उस पहचान, उस वैधता, उस ओहदे और उस प्रकार के अंतरराष्ट्रीय आकर्षण को वापस लेकर गए। जब जनरल मुशर्रफ का ऐसा कोई इरादा ही नहीं था तो वे कैसे पाकिस्तान के लोगों के लिए कुछ ले जा सकते हैं?

वे कहते हैं—गरीबी, शांति, प्रगति, विकास कोई मुद्दे नहीं हैं और भारत-पाकिस्तान के बीच संबंधों को बेहतर बनाना मुश्किल ही मायने रखता है। आप किस विषय पर बात कर रहे

* 1 अगस्त, 2001 को नियम 193 के अंतर्गत हाल ही में आगरा में भारत-पाकिस्तान के बीच हुई शिखर वार्त्ता से संबंधित चर्चा पर बोलते हुए, जिसे 24 जुलाई, 2001 को मुलायम सिंह यादव द्वारा उठाया गया था।

हैं ? लोगों से लोगों तक संपर्क ! विश्वास बनाने के उपायों से आपका क्या आशय है ? इन सबके बारे में भूल जाइए।

ये प्रासंगिक नहीं हैं। प्रासंगिक कुछ है तो वह है कश्मीर—क्रमश: आगे बढ़ना। पहले तुम कश्मीर को एक महत्त्वपूर्ण समस्या बनाओ और फिर तुम आगे बढ़ो। अगर तुम कश्मीर को महत्त्वपूर्ण मुद्दा नहीं मानते तो बाकी सब अप्रासंगिक है। वे एक चालाक व्यक्ति हैं। मेरे विचार से, वे पाकिस्तान के लोगों को यह दिखाने में कामयाब हो गए कि उन्हें पाकिस्तान की चिंता है। मुझे नहीं लगता कि वे पाकिस्तान के लोगों के लिए बिल्कुल भी चिंतित हैं। उन्हें सिर्फ अपनी कुरसी और अपनी हुकूमत की चिंता है।

मैं जानता हूँ कि श्री येरन नायडू ने कहा है कि दोनों देशों के लोग अमन चाहते हैं, दोनों देशों के लोग रक्षा पर खर्च होनेवाले धन में कमी चाहते हैं, ताकि गरीबी उन्मूलन को बढ़ाया जा सके। लेकिन जनरल मुशर्रफ यह नहीं चाहते। मेरे पास वर्ष 2001-02 का पाकिस्तान का संपूर्ण बजट है। उनका 10.5 अरब पाकिस्तानी रुपए के घाटे का बजट है। ऋण सेवा खर्च 329.2 अरब पाकिस्तानी रुपए हैं, रक्षा बजट 131.6 अरब पाकिस्तानी रुपए हैं और इन दोनों को मिलाकर 460 अरब पाकिस्तानी रुपए हैं। उनका विकास खर्च कितना है ? यह 130 अरब पाकिस्तानी रुपए हैं। साल 2001-02 के लिए 329 अरब के ऋण सेवा खर्च और 131 अरब के रक्षा बजट के समक्ष पाकिस्तान का विकास खर्च केवल 130 अरब पाकिस्तानी रुपए है। क्या वे बजट की चिंता करते हैं ? वे नहीं करते।

मैं और बातों में नहीं जाना चाहता हूँ। मैं अब सरकार की और आलोचना नहीं करना चाहता हूँ; परंतु इस समय जो बात महत्त्वपूर्ण है, वह यह है कि हमें आगे क्या करना चाहिए ? विदेश मंत्री ने कहा है कि शांति का कारवाँ जारी रहेगा।

माननीय प्रधानमंत्रीजी ने कहा कि हमें फिर से सहभागिता के साथ आगे बढ़ना होगा। मुद्दा यह है कि हम शांति के कारवाँ के साथ कैसे आगे बढ़ें ? हम खुद को पाकिस्तान से फिर से कैसे मिलाएँ ? मुझे वास्तव में नहीं पता। अंतत: पाकिस्तान यही कहता है कि सीमा पार आतंकवाद नहीं है। यह आजादी की लड़ाई है। उन्होंने कहा, 'यह आजादी की लड़ाई है।' वे कहते हैं—'नियंत्रण रेखा एक समस्या है, समाधान नहीं; जब तक आप कश्मीर को एक मुख्य मुद्दा नहीं मानेंगे, तब तक मैं एक भी कदम आगे नहीं बढ़ सकता।' अब अगर पाकिस्तान का अंतिम पक्ष यही है तो हम कैसे आगे बढ़ें ? मुझे कोई रास्ता नहीं दिखाई देता, जिस पर हम आगे बढ़ें। मेरे विचार से, इस सदन ने भारत के माननीय प्रधानमंत्रीजी को बिल्कुल सही आगाह किया है कि क्या वे वाकई पाकिस्तान का दौरा करने वाले हैं ? हम उनके दौरे के खिलाफ नहीं हैं। बिल्कुल जाइए। लेकिन बात यह है कि आप वहाँ करेंगी क्या ? एक शिखर वार्त्ता पहले ही हो चुकी है। सभी ने कहा था कि यह ऐतिहासिक वार्त्ता होगी।

जब माननीय प्रधानमंत्रीजी ने इस शिखर वार्त्ता पर 9 जुलाई, 2001 को राजनीतिक दलों के

नेताओं की बैठक की थी तो मैंने माननीय प्रधानमंत्रीजी को शुभकामनाएँ देने से इनकार कर दिया था। अगर आपको याद हो तो सब कह रहे थे, 'मैं आपको शुभकामनाएँ देता हूँ।' उस दिन मुझे उन्हें शुभकामना देने का कोई कारण नजर नहीं आया, क्योंकि मुझे पता था कि क्या होने वाला है! जब मैंने माननीय विदेश मंत्रीजी से पूछा कि एजेंडा कहाँ है, तो उन्होंने कहा था, 'हमने नौ बिंदुओं का एजेंडा पाकिस्तान को सौंप दिया है, लेकिन उन्होंने अभी तक कोई प्रतिक्रिया नहीं दी है।' 9 जुलाई को कोई एजेंडा नहीं था। मैंने विदेश मंत्री से पूछा कि पाकिस्तानी प्रतिनिधिमंडल में कितने लोग शामिल हैं; कितने लोग आ रहे हैं? हमारे प्रतिनिधिमंडल में कौन-कौन लोग हैं? विदेश मंत्री ने कहा—हमारा प्रतिनिधिमंडल प्रधानमंत्री, गृह मंत्री, विदेश मंत्री, वाणिज्य एवं उद्योग मंत्री और वित्त मंत्री से बना है। मेरे विचार से, यही सबकुछ है। मैं विद्रोह नहीं कर रहा हूँ। पाकिस्तान की ओर से उन्होंने 9 जुलाई तक इस विषय पर कोई खुलासा नहीं किया। मैंने यह प्रश्न किया कि क्या यह सही है कि पाकिस्तानी प्रतिनिधिमंडल में केवल जनरल मुशर्रफ और विदेश मंत्री अब्दुल सत्तार होंगे? विदेश मंत्री ने कहा, 'मुझे नहीं पता।' मैंने कहा कि प्रतिनिधिमंडल में यही लोग होने वाले हैं। पाकिस्तान के गृहमंत्री नहीं आ रहे हैं। तो जहाँ तक हमारा सवाल है, सीमा पार आतंकवाद के बारे में बात कौन करेगा, जो कि एक महत्त्वपूर्ण मुद्दा है? पाकिस्तान के वाणिज्य मंत्री प्रतिनिधिमंडल के सदस्य नहीं हैं। फिर कौन द्विपक्षीय संबंधों के बारे में बात करने जा रहा है? आर्थिक सहयोग इतना महत्त्वपूर्ण है। और यह ऐसे हुआ, जैसे कोई चर्चा ही नहीं हुई।

जनरल मुशर्रफ को यह कहते हुए बहुत गर्व हो रहा था कि उनकी 90 प्रतिशत बातचीत कश्मीर पर थी और बाकी 10 प्रतिशत स्नैक्स और चाय पर। उस दृष्टिकोण से विश्व कूटनीति के इतिहास में यह शायद पहली बार है, जहाँ सरकारों के दो प्रमुखों के बीच एक शिखर वार्त्ता बिना एजेंडे के आयोजित की गई थी। हम क्या करें? मैं नहीं जानता कि सरकार को क्या सलाह दी जाए?

लेकिन मुझे लगता है कि कारगिल समीक्षा समिति की यह रिपोर्ट भविष्य के लिए हमारा मार्गदर्शन होना चाहिए। रिपोर्ट के अध्याय-III में हमें क्या ध्यान में रखना चाहिए, यह स्पष्ट रूप से बताया गया है और मैंने उद्धृत किया है—

> पाकिस्तान का व्यवहार सन् 1971 में अपनी हार और बाद में सियाचिन की हार का बदला लेने की इच्छा से प्रेरित है।
>
> इस संदर्भ में भारत के समक्ष पाकिस्तान के तीन व्यापक अंत:संबद्ध उद्देश्य हैं—'शिमला समझौते' को कमजोर और कश्मीर मुद्दे को अंतरराष्ट्रीय बनाना, भारत के खिलाफ छद्म युद्ध शुरू कर भारतीय सेना को जवाबी कारवाई में उलझाना और भारत के समक्ष परमाणु क्षमता उपयोग करने के लिए सामरिक समानता हासिल करने के उद्देश्य से एक परमाणु कार्यक्रम शुरू करना, ताकि अवसर मिलने पर कश्मीर पर कब्जा किया जा सके।

यह पाकिस्तान का रवैया है!

क्या 'शिमला समझौता' प्रासंगिक नहीं है? श्री अब्दुल सत्तार ने भारत आने से पहले

इस्लामाबाद में क्या कहा ? पाकिस्तान के विदेश मंत्री ने कहा—'एक समझौते को टूटने में कितना वक्त लगता है—54 वर्षों से संयुक्त राष्ट्र प्रस्ताव या 29 वर्षों से शिमला समझौता ?' पाकिस्तान के विदेश मंत्री ने यह कहा था—'अगर संयुक्त राष्ट्र प्रस्ताव, शिमला समझौता, 'लाहौर घोषणा' टूट चुकी है।' तो अब बचा क्या है ? विश्वास बनाने के उपाय, द्विपक्षीय व्यापार, केवल द्विपक्षीय वार्त्ता और परमाणु निरस्त्रीकरण, जैसाकि 'लाहौर घोषणा' में घोषित किया गया था, का सवाल ही नहीं उठता। केवल एक ही समस्या है और वह है—कश्मीर।

पाकिस्तान द्वारा कश्मीर मुद्दे के अंतरराष्ट्रीयकरण पर हम कैसी प्रतिक्रिया दें ? मैंने एक अन्य दिन माननीय विदेश मंत्री के सामने यह विशेष प्रश्न रखा था कि 'अगर यह बातचीत असफल हो जाती है और अगर भविष्य में होनेवाली ऐसी शिखर वार्त्ता असफल हो जाती है तो क्या यह तीसरे पक्ष को हस्तक्षेप करने के लिए प्रोत्साहित नहीं करेगा ? यह सही है कि माननीय मंत्री ने कहा कि इस बारे में कोई प्रश्न ही नहीं उठता। परंतु क्या इतना कहना उचित होगा कि कश्मीर मुद्दे का अंतरराष्ट्रीयकरण करने का कोई औचित्य नहीं था ? सन् 1973 से पाकिस्तान संयुक्त राष्ट्र में इस मुद्दे को उठाता आ रहा है। हर साल वे कोशिश करते हैं कि संयुक्त राष्ट्र सुरक्षा परिषद् की कार्यसूची में कश्मीर मुद्दे को शामिल किया जाए।

मेरे पास 20 वर्षों तक भारत सरकार में रहने का सौभाग्य रहा। मैंने न केवल सम्मेलनों में भाग लिया है, बल्कि कई भारतीय प्रतिनिधिमंडलों का नेतृत्व भी किया है। चाहे वह यू.एन.ओ., आई.एल.ओ., यू.एन.आई.डी.ओ., ई.एस.सी.ए.पी. या राष्ट्रमंडल हो, एक बार भी ऐसा नहीं हुआ, जब पाकिस्तान ने अंतरराष्ट्रीय मंच पर कश्मीर का मुद्दा न उठाया हो। वे हमेशा इसे उठाएँगे, फिर चाहे यह प्रासंगिक हो या अप्रासंगिक।

❑

कृपया चीजों को हलके में न लें। जनरल मुशर्रफ ऐसे व्यक्ति नहीं हैं, जिन्हें हलके में लिया जाए। वह अलग प्रकार के व्यक्ति हैं। मैंने एक अखबार या पत्रिका पढ़ी थी, जिसमें उन्हें 'मर्सिलेस काउबॉय' बताया गया है। मुझे इस विषय में पता नहीं, लेकिन यह सच है। वह एक मर्सिलेस काउबॉय हैं और प्रधानमंत्रीजी एक पूर्ण सज्जन, एक ईमानदार आदमी। एक मर्सिलेस काउबॉय शैलीवाले के साथ माननीय प्रधानमंत्रीजी जैसे पूर्ण सज्जन का क्या मेल ? मैं वास्तव में नहीं जानता कि यह कैसे होगा ?

मेरे विचार से, अगर पाकिस्तान अपने फैसले पर स्पष्ट है और अगर पाकिस्तान कहता है कि एल.ओ.सी. समस्या है, समाधान नहीं, तो हमें भी अपने फैसले पर स्पष्ट रहना चाहिए।

यही सब है, जो मैं कहना चाहता हूँ। हमारा अंतिम निर्णय क्या है ? हमारा अंतिम निर्णय विशाल सदन द्वारा पारित वर्ष 1994 का संकल्प है। वह संकल्प क्या है ? मैं सदन को याद दिला देता हूँ। 22 फरवरी, 1994 को हमने सदन में संकल्प लिया था कि 'जम्मू व कश्मीर राज्य भारत का अभिन्न अंग था, है और रहेगा। पाकिस्तान को जम्मू व कश्मीर का वह हिस्सा

खाली कर देना चाहिए, जिस पर उसने कब्जा कर रखा है। यह हमारा अंतिम निर्णय है।' हमें इस पर अडिग रहना चाहिए, हम इस पर अडिग हैं; क्योंकि यह संसद् द्वारा सर्वसम्मति से पारित संकल्प है। यह भारत सरकार का अकेले का निर्णय नहीं है। यह वह अंतिम निर्णय है, जिसे विशाल सदन द्वारा सर्वसम्मति से लिया गया है।

यह हमारा अंतिम निर्णय है। मेरे विचार से, हमें इसके साथ आगे बढ़ना चाहिए। हमारा देश बड़ा है। मैं सन् 1965 की एक बात याद दिलाना चाहता हूँ। सन् 1965 में जब पाकिस्तान अंतरराष्ट्रीय सीमा लाँघकर कश्मीर तक आ पहुँचा तो तत्कालीन प्रधानमंत्री श्री लाल बहादुर शास्त्री ने भारतीय सेना को पंजाब में अंतरराष्ट्रीय सीमा पार करने के लिए अधिकृत किया। उन्होंने कहा कि वे वर्ष 1950 में पं. जवाहरलाल नेहरू के अवलोकन के आधार पर ऐसा कर रहे थे कि जम्मू व कश्मीर पर आक्रमण भारत के खिलाफ आक्रमण माना जाएगा, जिसका यह एक अभिन्न हिस्सा है।

माननीय प्रधानमंत्रीजी, आपको इतना विनम्र भी नहीं होना चाहिए। आपको खुद दृढ़तापूर्वक कहना चाहिए। आप 1 अरब लोगों के प्रधानमंत्री हैं। यह कौटिल्य का देश है, जिन्होंने हमें शासन चलानेवाला ग्रंथ 'अर्थशास्त्र' दिया था। आइए, हम उनके द्वारा दी गई शिक्षा से अपने दिमाग को ताजा करने का प्रयास करें। हमें भाई-भाई की भावना में नहीं बहना चाहिए। हमें कारगिल युद्ध के अपने 800 शहीदों की आत्माओं का निरादर नहीं करना चाहिए। मुझे माननीय प्रधानमंत्रीजी का एक बयान पसंद है—यह एकमात्र बयान है, जो मुझे पसंद आया—जिसमें उन्होंने कहा, 'मैंने जम्मू व कश्मीर राज्य में आतंकवाद पर ध्यान केंद्रित किया, जिसे बढ़ावा दिया जा रहा है। मैंने स्पष्ट शब्दों में बताया कि भारत के पास हिंसा और आतंकवाद से निपटने के लिए संकल्प, ताकत और सहन-शक्ति है, जब तक कि इसे निर्णायक रूप से समाप्त न कर दिया जाए।

मैं आज इस दृढ़ संकल्प को विशाल सदन के पटल पर दोहराना चाहता हूँ। प्रधानमंत्रीजी को यही बात करनी चाहिए और बोलना जारी रखना चाहिए।

इराक युद्ध से सीख*

माननीय उपाध्यक्ष महोदय, अब जब युद्ध लगभग खत्म होने जा रहा है और दोनों सरकारी पक्ष एवं विपक्ष द्वारा सहमत प्रारूप संकल्प को अध्यक्ष द्वारा स्थानांतरित कर दिया गया है, मैं युद्ध के औचित्य या अनौचित्य के विस्तार में नहीं जा रहा। मैं यहाँ केवल चार बिंदु रखूँगा। यह अच्छा है कि हम इस युद्ध से सबक लें। मैंने युद्ध की कार्यवाही सावधानी से देखी है और मैं चार क्षेत्रों में एक निष्कर्ष पर पहुँचा हूँ।

---

* 8 अप्रैल, 2003 को इराक की स्थिति से संबंधित संकल्प में भाग लेने के दौरान दिया गया भाषण।

पहला बिंदु यह है कि युद्ध नैतिकता के बारे में नहीं है। मुझे लगता है कि यह स्पष्ट है। यह स्पष्ट रूप से एक व्यक्तिगत देश के राष्ट्रीय हित के विषय में है। मुझे लगता है कि आप भी इस बात से इनकार नहीं कर सकते हैं। अन्यथा इस युद्ध में, इसलामी दुनिया में कोई मतभेद नहीं होता। यही वह बिंदु है, जिसे मैंने सोचा था कि मैं इसे रखूँगा, ताकि हम इसे याद रखें।

दूसरा बिंदु यह है कि युद्ध एक देश के वाणिज्यिक हित के विषय में है। यह पूरी तरह से वाणिज्यिक है। इराक पर हमला करने के अमेरिका के उद्‍देश्यों के संबंध में पिछले सदस्यों द्वारा यह बिंदु पर्याप्त रूप से रखा गया है। यह बिंदु स्पष्ट रूप से रखा गया है और मैं सहमत हूँ कि युद्ध देश के वाणिज्यिक हित के अलावा कुछ भी नहीं है।

युद्ध शुरू होने से पहले फ्रांस, जर्मनी एवं रूस का क्या निर्णय था और अब उनके द्वारा लिये गए निर्णय क्या हैं? मेरे विचार से, हमें इसे ध्यान से देखना चाहिए। फ्रांस, जर्मनी और रूस अब इतना शोर क्यों मचा रहे हैं? रूसी राष्ट्रपति पुतिन, जिन्होंने युद्ध का विरोध किया था, ने यहाँ तक कहा है, 'संयुक्त राज्य अमेरिका का अलगाव व्यवस्थित अंतरराष्ट्रीय संबंधों के हित में नहीं है।' राष्ट्रपति पुतिन ने यही कहा है।

तीसरी बात जो मैं रखना चाहता हूँ, वह यह है कि यह युद्ध स्पष्ट रूप से संयुक्त राष्ट्र प्रणाली की अक्षमता और विफलता को दिखाता है। संयुक्त राष्ट्र असफल रहा है और मेरे विचार से, इस बारे में कुछ किया जाना आवश्यक है।

हमारे रक्षा विशेषज्ञ श्री के. सुब्रह्मण्यम ने अवलोकन किया है कि संयुक्त राष्ट्र प्रणाली वास्तव में अराजक है। उन्होंने 'अराजक' शब्द का प्रयोग किया है। भारत उन देशों में से एक रहा है, जो पूरी तरह से संयुक्त राष्ट्र प्रणाली के पुनर्गठन की वकालत करता रहा है, ताकि यह अधिक लोकतांत्रिक और अधिक प्रातिनिधिक बन सके। मेरे विचार से, भारत को इस मामले को आगे बढ़ाना चाहिए, विशेष रूप से इराक युद्ध के इस अनुभव के बाद। सबसे महत्त्वपूर्ण बात जो मैं कहना चाहता हूँ, वह यह है।

चौथा सबक, जो हमें सीखना चाहिए, वह यह है कि किस प्रकार युद्ध लड़ा गया है? मेरे विचार से श्री रेड्डी ने यह बात रख दी है। संपूर्ण इराक युद्ध हाई टेक हो चुका है। हमें अपनी खुद की रक्षा प्रणाली देखने की आवश्यकता है। अगर भविष्य के युद्ध हाई टेक होने वाले हैं तो क्या हम उनका सामना करने लायक, आधुनिक हैं? मेरे विचार से यह बहुत जरूरी बात है।

मैं यहाँ एक बात कहने के लिए माफी चाहूँगा। मैंने पिछले वर्ष के बजट में देखा कि रक्षा मंत्रालय लगभग 6,500 करोड़ रुपए खर्च नहीं कर पाया। उदाहरण के लिए, रक्षा के लिए आवंटित बजट का 30 प्रतिशत खर्च नहीं किया गया है।

❑

स्वचालित एवं वायु रक्षा तोप की बंदूकें और रात में लड़ने की क्षमता वे रक्षा क्षेत्र हैं,

जिनमें भारत को आधुनिकीकरण की आवश्यकता है। भारत को हमला करनेवाले हेलीकॉप्टरों, निगरानी करनेवाले रडार, प्रारंभिक चेतावनी उपकरण, इलेक्ट्रॉनिक युद्ध प्रणाली इत्यादि के क्षेत्रों में आधुनिक होना चाहिए, विशेषकर तब जब हमारे पड़ोसी के रूप में एक आतंकवादी देश हो। हम नहीं जानते कि कब क्या होगा?

अंतिम बात जो मैं कहना चाहूँगा, वह यह है कि शायद अमेरिका इराक में युद्ध जीत जाएगा। लेकिन क्या वे इराक में शांति कायम कर पाएँगे? अमेरिकियों को यह समझने दिया जाए कि शांति बहाल करना युद्ध जीतने से कहीं अधिक महत्त्वपूर्ण है।

एक राष्ट्र के रूप में, मेरे विचार से, हमें ऐसे मामलों में निष्कर्ष पर पहुँचने में जल्दबाजी नहीं करनी चाहिए। इस पर पहले विचार करने की जरूरत है। ऐसा मेरा विचार है। यदि आप पूर्व इतिहास को देखते हैं तो सन् 1956 में जब सोवियत सेना ने हंगरी पर हमला किया और इमर नागी की सरकार को हटा दिया तो हमने सोवियत संघ की निंदा नहीं की। हमने सोवियत संघ की निंदा करनेवाले संयुक्त राष्ट्र के प्रस्ताव के विरुद्ध वोट किया। सन् 1968 में जब सोवियत संघ ने चेकोस्लोवाकिया पर हमला किया और अलेक्जेंडर डबसेक की सरकार को हटा दिया तो हमने सोवियत संघ की निंदा नहीं की। सन् 1980 में दोबारा जब सोवियत संघ अफगानिस्तान में गया, अफगानिस्तान में सोवियत काररवाई के विषय में भारतीय संसद् बहुत गंभीर थी, हमने इस तथ्य के बावजूद उसकी निंदा नहीं की। इसके बावजूद भारत सरकार ने उसकी निंदा करने से इनकार कर दिया। मैं उन दिनों भारत सरकार में था। इसलिए मैं कहना चाहता हूँ कि युद्ध में कोई नैतिकता नहीं होती। अगर कुछ अधिक महत्त्वपूर्ण है तो वह है—राष्ट्रीय और वाणिज्यिक हित।

इन्हीं शब्दों के साथ मैं अपना भाषण समाप्त करता हूँ। धन्यवाद!

भारत की रक्षा नीति और अमेरिका*

माननीय उपाध्यक्ष महोदय, मैं इस बहस को हमारे राष्ट्रीय हित में बहुत महत्त्वपूर्ण मानता हूँ। अंतरराष्ट्रीय संबंध कभी स्थिर नहीं होते हैं। राजनीति, अर्थव्यवस्था और प्रौद्योगिकी में राष्ट्रीय व अंतरराष्ट्रीय परिवर्तनों द्वारा संचालित उनकी अपनी गतिशीलता है। यह सब जानते हैं कि आज का चीन माओ का चीन नहीं है।

संयुक्त राज्य अमेरिका और चीन एक-दूसरे के साथ बहुत व्यस्त हैं। आज पुतिन का रूसी संघ अब पूर्ववर्ती सोवियत संघ नहीं रहा। संयुक्त राज्य अमेरिका एवं रूसी संघ द्विपक्षीय और वैश्विक मुद्दों पर एक-दूसरे के साथ बहुत व्यस्त हैं। उस परिदृश्य में भारत को क्या करना

*3 अगस्त, 2005 को 29 जुलाई, 2005 को संयुक्त राज्य अमेरिका की हाल ही में की यात्रा पर सम्माननीय प्रधानमंत्री द्वारा दिए गए बयान के संबंध में नियम 193 के तहत चर्चा में भाग लेने के दौरान दिया गया भाषण।

चाहिए ? दुनिया बदल रही है, और दुनिया बदलेगी। भारत को अपने राष्ट्रीय हित में बदलना होगा। यह समय है, जब हमें शीत युद्ध के लक्षण से उबरना होगा। हम गैर-गठबंधनवाले धर्मशास्त्र और उदार कूटनीति के बीच डगमगाने का जोखिम नहीं उठा सकते हैं। अपने स्वयं के राष्ट्रीय हित में हमें व्यावहारिक होना चाहिए।

माननीय प्रधानमंत्रीजी की अमेरिका यात्रा, संयुक्त वक्तव्य और सदन के पटल पर उनका बयान बहुत महत्त्वपूर्ण है। राष्ट्रपति जॉर्ज डब्ल्यू. बुश के साथ माननीय प्रधानमंत्री की बातचीत में कई द्विपक्षीय और वैश्विक मुद्दे शामिल थे, जिनका पूर्व प्रधानमंत्री श्री वाजपेयी ने पहले ही उल्लेख कर दिया है। मैं इन सभी पहलुओं पर बात नहीं करना चाहता। शायद बहस का मुख्य बिंदु परमाणु समझौता है। मुझे इसे भी सीमित करने दें।

लेकिन इससे पहले मैं माननीय प्रधानमंत्रीजी की अमेरिका यात्रा और संयुक्त बयान के बारे में कहना चाहता हूँ। मुझे नहीं पता कि मुझे श्री ज्योति बसु को उद्धृत करना चाहिए या नहीं। वे कहते हैं कि 'यह आमतौर पर ठीक था।' लेकिन मुझे व्यक्तिगत रूप से लगता है कि यह उससे कहीं अधिक है। मेरे विचार से, यह भारत के दृष्टिकोण से बहुत सफल यात्रा है।

परमाणु पहलू पर मेरे विचार से श्री वाजपेयी, मेजर जनरल खंडूरी और श्री सुरेश प्रभु ने इसका उल्लेख किया है कि असैन्य परमाणु और सैन्य परमाणु ऊर्जा को अलग करना क्या है ? क्या यह संभव है ? यदि यह संभव है तो क्या यह देश के हित में है ? मेरे विचार से, आज यह बहस का केंद्र है।

मैं श्री के. सुब्रह्मण्यम को उद्धृत करना चाहता हूँ, जो हमारी रक्षा रणनीति के विशेषज्ञ हैं और उन्हें सब जानते हैं। मेरे विचार से वे जो कहेंगे, उससे हम सभी को स्पष्ट हो जाएगा। उन्होंने कहा—

> 'यह आश्चर्यजनक है कि सैन्य और असैन्य परमाणु सुविधाओं को अलग करने का कई लोग विरोध कर रहे हैं। इसका मूल सुझाव प्रथम पोखरण बम के डिजाइनर डॉ. राजा रामन्ना ने दिया था। रामन्ना के तर्क को चुनौती नहीं दी जा सकती है। यदि सैन्य और असैन्य सुविधाएँ अलग नहीं होती हैं...'

यह सबसे महत्त्वपूर्ण बात है। अगर वे अलग नहीं होते तो क्या होता ? उन्होंने कहा—

> 'यदि सैन्य और असैन्य सुविधाएँ अलग नहीं होती हैं तो इसका मतलब यह होगा कि भारत में सभी रिएक्टर हमारे सैन्य कार्यक्रम का समर्थन करते हैं।'

यह सबसे महत्त्वपूर्ण बात है। बिना अलगाव के इसका यह मतलब होगा कि हमारे सभी परमाणु निवेश का उपयोग सैन्य उद्देश्यों के लिए होगा।

यही कारण है कि अमेरिका ने हमारे तारापुर संयंत्र को यूरेनियम की आपूर्ति करने से मना कर दिया। अब मैं हैरान हूँ कि हमारे पूर्व प्रधानमंत्रीजी ने आज यह सवाल क्यों किया था ? ऐसा इसलिए, क्योंकि वह एन.डी.ए. सरकार थी, जिसने संयुक्त राज्य अमेरिका से बात

की कि हम भारत में सैन्य व असैन्य ऊर्जा को अलग करने जा रहे हैं और इसलिए आपको यूरेनियम की आपूर्ति करने में संकोच नहीं करना चाहिए। यह भारत-अमेरिका रिश्तों की शुरुआत थी। क्षमा चाहता हूँ, मैं कोई सटीक शब्द नहीं ढूँढ़ सका। वैसे भी, ये तकनीकी शब्द हमारे लिए बहुत कठिन हैं। हम इसे सामरिक साझेदारी के रूप में अगला कदम कहते हैं। मैं यही शब्द ढूँढ़ रहा था। यह एन.डी.ए. सरकार की पहल का ही परिणाम था कि माननीय प्रधानमंत्री डॉ. मनमोहन सिंह संयुक्त राज्य अमेरिका के साथ आगे बढ़ने और समझौता करने में सक्षम रहे हैं। इसलिए इस विषय में चिंतित होने की कोई आवश्यकता नहीं है।

श्री सुरेश प्रभु ने एक सवाल पूछा था कि क्या सैन्य ऊर्जा और असैन्य ऊर्जा का रूपांतरण उस तरह की सामग्री के द्वारा किया जा सकता है? मुझे नहीं लगता कि हमें उन प्रश्नों को पूछना चाहिए। यह फैसला हमें वैज्ञानिकों पर छोड़ देना चाहिए कि हमें ऐसा करना चाहिए या नहीं!

फिर श्री वाजपेयी ने यह भी उल्लेख किया था कि प्रधानमंत्री ने इस समझौते पर हस्ताक्षर करने से पहले वैज्ञानिकों के साथ विचार-विमर्श किया था या नहीं। उन्होंने पूछा था कि वैज्ञानिकों को विश्वास में लिया गया है या नहीं? वैज्ञानिकों की प्रतिक्रिया क्या है? मैंने पहले ही उद्धृत किया है कि श्री के. सुब्रह्मण्यम ने क्या कहा है। मैं प्रो. यू.आर. राव को उद्धृत करना चाहता हूँ। उन्होंने क्या कहा? वे कहते हैं—'हाँ, यह एक सकारात्मक कदम है। यह ठीक है कि भारत तकनीकों के लिए पूरी तरह से अमेरिका पर निर्भर नहीं रहा है; परंतु यह सहयोग के नए क्षेत्र खोलता है, विशेषकर ग्लोबल पोजिशनिंग सिस्टम तकनीक के संदर्भ में।' प्रोफेसर राव ने यही कहा है।

डॉ. कस्तूरी रंगन, जो इसरो (ISRO) के पूर्व अध्यक्ष भी हैं, ने क्या कहा? उन्होंने क्या कहा है। उन्होंने कहा, मैं उद्धृत करता हूँ—'मेरे विचार से भारत-अमेरिका संबंधों में यह एक मील का पत्थर है।' हमारे प्रधानमंत्री और अमेरिकी राष्ट्रपति को बधाई दी जानी चाहिए। जो उन्होंने हासिल किया है, उसका प्रभाव आनेवाले कई वर्षों तक रहेगा। इसीलिए हमारे देश में वे वैज्ञानिक, जो रक्षा रणनीति में व्यस्त हैं, जो स्वयं इसमें शामिल हैं, इसके बारे में बहुत चिंतित हैं। यह हमारे वैज्ञानिकों की राय है। इसीलिए सामान्य जन होने के नाते हमें इस पर चिंता करने की आवश्यकता नहीं है।

मैं नहीं मानता, अगर कोई यह कहे कि हम दूसरे देश के सामने आत्मसमर्पण कर रहे हैं या यह दूसरे देश द्वारा बिक जाना है। क्या हम एक स्वतंत्र देश नहीं हैं? क्या हम स्वयं निर्णय लेने के काबिल नहीं हैं? हम किसी के आगे आत्मसमर्पण क्यों करें? इस दुनिया में ऐसा कौन से देश का प्रधानमंत्री होगा, जो अपने खुद के देश को बेचना चाहेगा? इसीलिए मुझे यह समझ नहीं आता। मेरे विचार से ये सब आरोप हैं, जो बिल्कुल भी ठीक नहीं हैं। श्री रूपचंद पालजी मेरी ओर बहुत उत्तेजना से देख रहे हैं। एक अन्य दिन मैं नेताओं के पुराने

भाषण पढ़ रहा था और मुझे श्री ई.एम.एस. नंबूदरीपाद का भाषण मिला। जब वे केरल के मुख्यमंत्री बने थे, तब उन्होंने यह कहा था।

उन्होंने घोषणा की कि 'हमारी नीति प्रशासन और आंदोलन है। एक मुख्यमंत्री के रूप में मेरा कर्तव्य प्रशासन है और आपका कर्तव्य आंदोलन है। इसलिए आंदोलन और प्रशासन एक साथ चलना चाहिए।' मेरे विचार से यह वही है, जो आप कह रहे हैं। वैसे भी, मैं इसके लिए आपको दोष नहीं दे रहा हूँ।

❑

अब मैं आतंकवाद की बात पर आता हूँ। मेरे विचार से, हम सभी जानते हैं कि हम सीमा पार आतंकवाद के शिकार रहे हैं। हमने संयुक्त राज्य अमेरिका और दुनिया के अन्य देशों को अपना पक्ष समझाने का प्रयास किया है। वे हमें कभी नहीं समझे। अमेरिका पाकिस्तान की ओर से सीमा पार आतंकवाद को रोकने में सक्षम नहीं रहा है। पाकिस्तान लगातार आतंकवादियों के प्रशिक्षण शिविर चला रहा है। 'टाइम्स ऑफ इंडिया' के अनुसार, ऐसे लगभग 55 शिविर हैं। उनकी अवस्थिति की पहचान कर ली गई है।

इन सभी परिस्थितियों के कारण माननीय प्रधानमंत्रीजी और संयुक्त राज्य अमेरिका के राष्ट्रपति ने संयुक्त बयान के साथ सबके समक्ष आने का निर्णय किया कि वे सितंबर तक अंतरराष्ट्रीय आतंकवाद पर संयुक्त राष्ट्र सम्मेलन करने जा रहे हैं। मेरे विचार से, हमें इसका स्वागत करना चाहिए। आशापूर्वक यह एक सकारात्मक कदम है। हालाँकि मेरे पास रखने के लिए कई बिंदु हैं, परंतु मैं निष्कर्ष पर आऊँगा। माननीय प्रधानमंत्रीजी की यात्रा पर एक बात से मैं खुश नहीं हूँ, और यह है उनका अमेरिका से संयुक्त राष्ट्र सुरक्षा परिषद् में स्थायी सदस्य बनाने का निवेदन करना।

मैं नहीं जानता कि हमें यह सब करना चाहिए या नहीं। हमें दुनिया के सामने यह नहीं कहना चाहिए कि 'कृपया हमें सुरक्षा परिषद् का सदस्य बना दो।' मेरी कुछ शंकाएँ हैं। मैंने श्री गुरुचरण दास द्वारा लिखा एक लेख पढ़ा। वे कहते हैं कि हमें यह नहीं करना चाहिए। वे कहते हैं और मैं उद्धृत करता हूँ—

'प्रधानमंत्रीजी द्वारा सुरक्षा परिषद् में सदस्य बनाए जाने का निवेदन करना एक अशोभनीय अभियान की प्रकृति है। यह हमारे आत्मविश्वास में कमी और अपनी प्रतिष्ठा के विषय में हमारी आशंका को दरशाता है।'

हम ऐसा क्यों न करें कि हमें अपनी प्रतिष्ठा के पीछे न भागना पड़े! प्रतिष्ठा को हमारे पीछे भागने दीजिए। और मेरे विचार से, हम ऐसा तभी कर सकते हैं, जब हम अपने देश को प्रगति और संपन्नता की ओर ले जाने का हर संभव प्रयास करें।

इसी के साथ मैं निष्कर्ष पर आना चाहूँगा और माननीय प्रधानमंत्रीजी को इस तथ्य के लिए बधाई देने चाहूँगा कि प्रधानमंत्रीजी के अमेरिका जाने से पहले भारत को एक परमाणु

शक्ति-संपन्न राष्ट्र के रूप में जाना जाता था और जब वे वापस आए तो भारत को एक सैन्य परमाणु शक्ति के रूप में पहचान दिलाकर वापस आए। मेरे विचार से, एक परमाणु शक्ति-संपन्न और सैन्य परमाणु शक्ति-संपन्न में अंतर है। माननीय प्रधानमंत्री इस पहचान के साथ वापस लौटे कि आज भारत एक सैन्य परमाणु शक्ति है। मैं इसके लिए प्रधानमंत्रीजी को बधाई देता हूँ।

□

संसदीय मुद्दे

श्री पी.एम. सईद का अभिनंदन*

माननीय अध्यक्ष महोदय, मानव अधिकारों पर संयुक्त राष्ट्र के घोषणा-पत्र के अधिग्रहण की दुनिया स्वर्ण जयंती मना रही है। घोषणा-पत्र के अनुसार, अन्य चीजों के मध्य सामाजिक उत्पत्ति भेदभाव का आधार नहीं होनी चाहिए। श्री पी.एम. सईद लक्षद्वीप के समुद्र से सटे एक छोटे से क्षेत्र से आते हैं। आज उन्हें माननीय उपाध्यक्ष के रूप में चुनकर इस सदन ने यह इशारा किया है कि हमारे उपमहाद्वीपीय आकार के देश में दूर-दराज के छोटे क्षेत्रों से संबंध रखनेवाले लोगों को नजरअंदाज नहीं किया जाएगा।

हमारे लिए 'मानव अधिकार घोषणा-पत्र' की स्वर्ण जयंती मनाने के लिए इससे बेहतर मार्ग नहीं हो सकता था।

श्री सईद एक भाषाविद् हैं। वे हिंदी, अंग्रेजी, मलयालम, कन्नड़, तमिल और तेलुगु में निष्णात हैं। एक तरह से वे हमारे देश की घुली-मिली संस्कृति का प्रतिनिधित्व करते हैं और इसीलिए वे माननीय उपाध्यक्ष पद के लिए उत्कृष्ट रूप से योग्य हैं।

यह वर्ष 1996 की बात है, जब मैं श्री सईद की बेटी की शादी के उपलक्ष्य में आयोजित रिसेप्शन में शामिल होने लक्षद्वीप गया था। तब मुझे यह आभास हुआ कि अपने लोगों के दिलों में श्री सईद का क्या स्थान है! उनके सादे से घर में पूरा गाँव आया हुआ था। वास्तव में, गाँव और आसपास के इलाकों के सारे द्वीपवासियों ने रिसेप्शन में शिरकत की। वे समुद्र के सामने स्थित उनके घर के आँगन में नारियल के पेड़ के नीचे बैठे और एक-दूसरे के साथ सामूहिक रूप से खाना खाया। वहाँ अमीर-गरीब, ऊँचा-नीचा, सगे-संबंधियों और अन्य में कोई फर्क नहीं था।

यह आश्चर्य की बात नहीं कि श्री सईद इस विशाल सदन में लगातार नौ बार वापस आए हैं। बल्कि श्री सईद और श्री खगपति प्रधानी इस विशाल सदन के ऐसे दो सदस्य हैं, जिनका नाम 'गिनीज बुक ऑफ वर्ल्ड रिकॉर्ड' में संसद् में लगातर आठ बार चुने जाने के लिए नामित किया गया है।

---

* 17 दिसंबर, 1998 को श्री पी.एम. सईद के लोकसभा के उपाध्यक्ष के रूप में नियुक्त होने के अभिनंदन अवसर पर दिया गया भाषण।

उनके लिए हमारे संसदीय लोकतंत्र में बारह राष्ट्रपतियों में से ग्यारह और चौदह प्रधानमंत्रियों में से ग्यारह पदों के माध्यम से परिपक्व होना एक भव्य अनुभव होना चाहिए था। यह सदन अध्यक्षों के पैनल के सदस्य के रूप में श्री सईद के कार्य में इस अनुभव को पहले ही देख चुका है। श्री सईद एक वरिष्ठ राजनेता हैं, राजनीति में मुझसे वरिष्ठ हैं। फिर भी वर्ष 1995-96 में जब हम दोनों सूचना एवं प्रसारण मंत्रालय में काम कर रहे थे, मैं कैबिनेट मंत्री था और वे राज्य मंत्री थे। श्री सईद इतने सज्जन हैं कि उन्होंने कभी भी हमारी राजनीतिक पदों की वरिष्ठता को मंत्रालय में हमारे पदानुक्रमिक संबंध को प्रभावित नहीं करने दिया। हमारे संबंध अति उत्तम थे। मैंने पाया कि भगवान् ने श्री सईद को ऐसा दिल-ओ-दिमाग दिया है, जो लक्षद्वीप की नीली झील जितना पवित्र है।

प्रसिद्ध ब्रिटिश कवि थॉमस ग्रे ने अपने 'एलेगी रिटर्न इन ए काउंटी चर्चयार्ड' में लिखा—

खो देती हैं वे कई निर्मल सूर्य की किरणें भी
समंदर की गहराइयों में जाकर अपनी पहचान,
फूल भी मुरझा जाते हैं
गर नहीं मिलते सही कदरदान।

श्री सईद उस निर्मल किरण के जैसे हैं, जिसे हमने लुप्त नहीं होने दिया। हमने उन्हें समंदर की गहराइयों से बाहर निकाला और वे उस फूल की तरह हैं, जिसने इस पेड़ को सुसज्जित करने का कार्य किया है। हमने कवि को गलत साबित किया है। मुझे विश्वास है कि वे उस किरण की तरह चमकेंगे और फूल की तरह अपनी सुगंध से सभी को महकाएँगे।

माननीय श्री पी.एम. सईद, मैं आपको अपने नए कार्य में भगवान् की कृपा और सफलता मिलने की कामना करता हूँ।

श्री रंगराजन कुमारमंगलम का निधन*

अध्यक्ष महोदय, मैं अपने और अपनी पार्टी की ओर से सदन के नेता, विपक्ष के नेता और अन्य नेताओं द्वारा व्यक्त की गई भावनाओं में सहभागी हूँ।

इस विशाल सदन में उपस्थित हम सभी में से प्रत्येक व्यक्ति को यही लग रहा है कि उसने एक निजी दोस्त खो दिया है। इस सदन के बाहर बैठे हजारों लोगों में यह भावना प्रबल है। श्री रंगराजन में मित्र बनाने की अद्‌भुत क्षमता थी। मैं उन्हें व्यापार संघ के नेता के रूप में जानता था। इस देश के श्रम मंत्री के रूप में मेरे सात वर्षों के कार्यकाल के दौरान ऐसे कई मौके आए, जब

* 24 अगस्त, 2000 (23 अगस्त, 2000 को लोकसभा के आठवें, नौवें, दसवें, बारहवें, तेरहवें सदस्य श्री रंगराजन कुमारमंगलम के देहांत पर शोक संवेदना व्यक्त करते हुए)।

मुझे उनसे गुफ्तगू करने का मौका मिला, उनसे बहस करने का मौका मिला; क्योंकि वे मजदूर वर्ग की समस्याओं को लेकर मेरे पास आते थे। वे बड़े प्रतिनिधिमंडलों के साथ मेरे कार्यालय आया करते थे। उनके पास कुछ इस तरह की प्रेरक शक्ति थी कि उनकी माँगों को मानने के अलावा मेरे पास और कोई विकल्प नहीं होता था।

मुझे वह एक विशेष अवसर याद है, जब श्री रंगराजन 50 कर्मचारियों के एक प्रतिनिधिमंडल के साथ आए थे। उनके पास माँगों की एक लंबी सूची थी। हमारी तीन घंटों तक लंबी बातचीत हुई। तीन घंटों की बातचीत, बहस और तर्क-वितर्क के बाद जब उन्होंने पूछा, 'मिस्टर संगमा, क्या मैं इन सभी माँगों को वापस ले लूँ? क्या आप मुझे इस ज्ञापन को वापस लेने देंगे?' तो मैं आश्चर्यचकित हो गया। श्रम मंत्री के रूप में मेरे कार्यकाल के दौरान यह पहला अवसर था, जब एक व्यापार संघ के नेता ने तीन घंटे की बातचीत के बाद अपनी माँगें वापस ले लीं! इतने बुद्धि-संपन्न थे वे।

वे सक्रिय थे। वे युवा थे। उनके पास अपने विचारों को स्पष्ट करने की अद्‌भुत क्षमता थी। श्री राजेश पायलटजी के हम सब को छोड़कर चले जाने के बाद तीन महीने की समयावधि में देश ने एक दीप्तिमान युवा राजनेता खो दिया। मैं उनके निधन पर बेहद अफसोस प्रकट करता हूँ। अपनी और अपनी पार्टी की ओर से मैं आपके शोकग्रस्त परिवार के सदस्यों के प्रति हृदय से संवेदना व्यक्त करता हूँ।

श्री सोमनाथ चटर्जी का अभिनंदन*

माननीय अध्यक्ष महोदय, सात वर्ष पूर्व 19 मार्च, 1997 को मुझे आपको वर्ष 1997 का 'उत्कृष्ट सांसद पुरस्कार' देने का सौभाग्य प्राप्त हुआ था। उस अवसर पर मैंने आपके विषय में जो कहा था, मैं उद्‌धृत करता हूँ—

'आत्मिक रूप से मैंने हमेशा श्री सोमनाथ चटर्जी को गुरु का दर्जा दिया है।'

महोदय, आज माननीय अध्यक्ष पद के लिए सर्वसम्मति से चुनाव के बाद आप यकीनन हम सभी के लिए महागुरु बन गए हैं।

मुझे आपके साथ भारत और विदेश दोनों में ही यात्रा करने का अवसर मिला। एकाधिक अवसरों पर मैंने अपने मित्रों को बताया है कि श्री सोमनाथ चटर्जी के साथ रहना अपने आप में ही एक अनुभव, ज्ञान और बौद्धिक उन्नति है। मैं आपकी बीजिंग में आई.पी.यू. सम्मेलन में भारतीय संसद् की ओर से महत्त्वपूर्ण भूमिका को भूला नहीं हूँ, जहाँ आपको सम्मेलन का निर्विरोध प्रतिवेदक चुना गया था।

* 9 जून, 2004 को लोकसभा अध्यक्ष चुने जाने पर श्री सोमनाथ चटर्जी का अभिनंदन करते हुए दिया गया वक्तव्य।

आज अपने गुरु को इस पद पर विराजमान होते देख मुझे सचमुच में प्रसन्नता हो रही है। मैं आपको बहुत-बहुत शुभकामनाएँ देता हूँ। मैं आपको एक सफल कार्यकाल की शुभकामनाएँ देता हूँ और हृदय से आपको बधाई देता हूँ।

श्री चरणजीत सिंह अटवाल का अभिनंदन*

अध्यक्ष महोदय, सबसे पहले तो मैं माननीय प्रधानमंत्रीजी और ट्रेजरी बेंचों को विपक्षी बेंचों को यह पद देने के लिए बधाई देना चाहता हूँ। उन्होंने संसदीय लोकतंत्र की इस अच्छी संस्कृति को बरकरार रखा है। एन.डी.ए. में सबसे बड़ी पार्टी होने के नाते विपक्ष को यह पद देने के बजाय भाजपा यह पद स्वयं के पास रख सकती थी, लेकिन उन्होंने ऐसा नहीं किया। छोटे साझीदारों को इस तरह जगह और मान्यता देना अपने आप में एक बहुत बड़ी बात है। इसीलिए मैं भाजपा को बधाई देता हूँ, विशेषकर पूर्व प्रधानमंत्री श्री अटल बिहारी वाजपेयीजी को, जिन पर यह निर्णय छोड़ दिया गया था। मैं अकाली दल को भी इस सम्मान के लिए बधाई देता हूँ और श्री अटवाल को अपने उम्मीदवार के रूप में चुनने के लिए अकाली दल का शुक्रिया अदा करता हूँ।

मेरे विचार से, इस विशाल सदन में ऐसे बहुत कम सदस्य होंगे, जो श्री अटवाल को उतना जानते होंगे, जितना मैं जानता हूँ; क्योंकि हमारे पास एक लंबे समय के लिए कॉमनवेल्थ एसोसिएशन की कार्यकारी समिति के सदस्य के रूप में कार्य करने का अवसर था। अंतरराष्ट्रीय सम्मेलनों में मुझे हमेशा से श्री अटवाल पर गर्व रहा है। सी.पी.ए. सम्मेलनों, विशेषकर कार्यकारी समिति में उनका चीजों को प्रस्तुत करने और उनसे निपटने का उन्नत तरीका और जब भी मुझे मिले, अन्य कार्यों की वजह से मैं कुछ बैठकों में भाग नहीं ले पाता था, तो मुझे हमेशा विश्वास रहता था कि भारत का एक बहुत ही गौरवशाली रूप से प्रतिनिधित्व करने में अटवालजी हमेशा आगे रहेंगे।

आज मैं निजी रूप से गर्व और खुशी महसूस करता हूँ, क्योंकि अंतरराष्ट्रीय मंच पर उनका जैसा प्रदर्शन मैंने देखा है, वे इस पद के निश्चित रूप से योग्य हैं।

मैं उन्हें हृदय से ढेर सारी बधाइयाँ और सफलता की शुभकामनाएँ देता हूँ।

□

* 4 जून, 2004 को लोकसभा का उपाध्यक्ष बनने पर श्री चरणजीत सिंह अटवाल का अभिनंदन करते हुए दिया गया भाषण।

उत्तर-पूर्व से जुड़े मामले

रेलवे : पिछड़े हुए क्षेत्रों को जोड़ना*

माननीय अध्यक्ष महोदय, देश के पिछड़े हुए क्षेत्रों के विकास में आधारभूत ढाँचे के रूप में रेलवे लाइनों की भूमिका का माननीय रेल मंत्री ने बिल्कुल सही अवलोकन किया है। इसके अतिरिक्त, उन्होंने नई लाइनों के निर्माण की उत्सुकता भी व्यक्त की है। लेकिन यह हमारा दुर्भाग्य है कि देश के अधिकतम पिछड़े क्षेत्र—मेघालय जैसा क्षेत्र या संपूर्ण उत्तर-पूर्वी क्षेत्र, माननीय रेलमंत्री के पिछड़े क्षेत्रों के मानचित्र में अपना स्थान नहीं ढूँढ़ पाया।

मेघालय राज्य—विशेषकर गारो हिल्स, जिसका मैं प्रतिनिधित्व करता हूँ, शायद देश का सबसे पिछड़ा हुआ क्षेत्र है। कई सदियों से वहाँ ऐसी कई जगहें हैं, जहाँ सड़क परिवहन नहीं है। देश के उस हिस्से में लोग अलग-थलग पड़े हुए हैं। देश के बाकी हिस्स्से से वे पूरी तरह अलग हो गए हैं। हालाँकि यह एक पिछड़ा जिला है, फिर भी यह खनिज संसाधनों और वन्य उत्पादों से समृद्ध है। परिवहन की कमी के कारण इन खनिज संसाधनों का दोहन नहीं किया जा सका। इसके खनिज संसाधनों का दोहन करने की क्षमताएँ उत्पन्न करने का एकमात्र रास्ता रेलवे की स्थापना है। मेरी सलाह है कि फुलवारी, महेंद्रगंज और बाघमारा होते हुए गारो हिल्स में बोंगाईगाँव से महेशखोला तक रेलवे लाइन बिछाई जाए। इससे असम राज्य का दक्षिणी किनारा भी कवर हो जाएगा। वहाँ के लोग केवल इस वजह से पिछड़े हुए हैं, क्योंकि उन्हें अवसर नहीं मिले, क्योंकि वहाँ सुविधाएँ नहीं हैं। वे शैक्षिक, सामाजिक और आर्थिक हर तरह से पिछड़े हुए हैं। जब तक केंद्र सरकार से विशेष-ध्यान और सहायता नहीं मिलती, क्षेत्र का विकास नहीं हो सकता। एक पिछड़ा क्षेत्र होने के अलावा मेघालय राज्य, विशेष रूप से गारो हिल्स, का जिला रक्षा के नजरिए से बहुत राजनीतिक महत्त्व है। यह राज्य बँगलादेश की सीमा से लगा हुआ है। अतः सुरक्षा के नजरिए से भी इसका देश के बाकी हिस्से से सीधा संबंध है।

हमारे जिले में कई नकदी और खाद्य फसलें जैसे—संतरे, अनानास, अदरक इत्यादि उगाई

---

* 16 जून, 1977 को वर्ष 1977-78, रेलवे के अनुदानों के लिए माँग पर चर्चा में भाग लेने के दौरान दिया गया भाषण।

जाती हैं। ये रेल परिवहन की अनुपस्थिति के कारण बाजार तक नहीं पहुँच पातीं, क्योंकि ये जिले से बाहर नहीं जा सकती हैं। इसी कारण मैं माननीय रेलवे मंत्री से आग्रह करता हूँ कि फुलवारी, महेंद्रगंज और बाघमारा होते हुए गारो हिल्स में बोंगाईगाँव से महेशखोला तक नई रेलवे लाइन बिछाई जाए, जो असम के दक्षिणी किनारे को कवर करे। यह लाइन वर्तमान वर्ष के बजट में शामिल की जानी चाहिए।

रेलवे : राष्ट्रीय विकास को गति देने के लिए एक आवश्यक घटक*

अध्यक्ष महोदय, मैं बहुत संक्षिप्त में अपनी बात रखूँगा। रेलवे बजट के विभिन्न पहलुओं पर कई बातों पर चर्चा की गई थी, इसलिए मैं उन चर्चाओं पर नहीं आना चाहूँगा। अत: मैं माननीय मंत्रीजी का ध्यान उस क्षेत्र की अनोखी और विशेष समस्याओं की ओर दिलाना चाहूँगा, जिसका मैं प्रतिनिधित्व करता हूँ। इससे पहले कि मैं अपने विनम्र निवेदन की ओर बढ़ूँ, मैं एक छोटा सा दिलचस्प वाकया बताना चाहूँगा, जो हाल ही में घटित हुआ।

8 फरवरी, 1978 को मैंने अपने निर्वाचन क्षेत्र के विशेष क्षेत्र का दौरा किया। वह ब्लॉक मुख्यालय से लगभग 27 किलोमीटर दूर था। जब मैं वहाँ पहुँचा तो मैंने पाया कि वहाँ हजारों लोग जमा थे। आमतौर पर हमारे क्षेत्र में किसी बैठक के लिए 1,000 लोगों को इकट्ठा करना भी बहुत मुश्किल कार्य है, क्योंकि गाँव बहुत बिखरे हुए हैं। लेकिन उस विशेष दिन मैंने पाया कि लगभग 4,000 लोग वहाँ पहुँचे हुए थे। जब मैंने स्थानीय नेताओं से पूछा कि उन्होंने इतने सारे लोगों को कैसे इकट्ठा किया, तो उन्होंने मुझे बताया कि ये लोग मुझे देखने नहीं, बल्कि उस जीप को देखने आए हैं, जिससे मैंने यात्रा की। जीप से मैंने उस रोड पर यात्रा की, जिसे पहली बार बनाया गया था। 27 किलोमीटर के उस मार्ग से मुझे वहाँ पहुँचने में तीन घंटे लगे। यह वह क्षेत्र है, जिसका मैं प्रतिनिधित्व कर रहा हूँ। मैं आपको बता सकता हूँ कि दो जिलों के मेरे निर्वाचन क्षेत्र की 1 प्रतिशत आबादी ने भी ट्रेन नहीं देखी है।

अब मैं पूछना चाहता हूँ—इस विशेष बजट में उन लोगों के लाभ के लिए क्या प्रावधान किए गए हैं? जिस क्षेत्र का मैं प्रतिनिधित्व करता हूँ, वह एक उत्तर-पूर्वी क्षेत्र है और राज्य का नाम मेघालय है, और जिस निर्वाचन क्षेत्र का मैं प्रतिनिधित्व करता हूँ, वह गारो हिल्स जिला है।

यह सरकार की नीति थी, विशेषकर जनता सरकार की, कि उन क्षेत्रों पर विशेष ध्यान दिया जाएगा, जो पिछड़े और पहाड़ी हैं। मेरा क्षेत्र दोनों ही श्रेणियों में आता है। यह पहाड़ी भी है और सबसे पिछड़ा भी।

पिछले वर्ष, रेलवे बजट की चर्चा के दौरान, मैंने इन सभी स्थितियों का उल्लेख किया था और मैं माननीय रेल मंत्रीजी को प्रभावित करने की कोशिश कर रहा था कि इस राज्य को

* 9 मार्च, 1978 (रेलवे बजट 1978-79 की आम चार्चा में भाग लेते हुए दिया गया भाषण।

रेल लाइन से जोड़ने के लिए कदम उठाए जाने चाहिए। दुर्भाग्य से कुछ नहीं किया गया है। हमेशा की तरह हमसे बचने के लिए यह कह दिया जाता है कि संसाधनों की कमी के कारण यह नहीं किया जा सकता। मैं नहीं जानता कि कितने वर्षों तक संसाधनों की यह कमी जारी रहेगी? हम पिछले तीस वर्षों से संसाधनों की यह कमी देख रहे हैं। मुझे नहीं पता कि अगले कितने वर्षों तक हमें यही सब सुनना पड़ेगा।

पिछले वर्ष मैंने यह जानने के लिए एक प्रश्न किया था कि भारत में कितने राज्य और केंद्र-शासित प्रदेश रेलवे से नहीं जुड़े हुए हैं? उत्तर यह था कि निम्नलिखित राज्य और केंद्र-शासित प्रदेशों का रेलवे से जुड़ाव नहीं है। ये हैं—मणिपुर, मेघालय, अरुणाचल प्रदेश, मिजोरम, सिक्किम, अंडमान व निकोबार, दादर व नगर हवेली और लक्षद्वीप। ये वे राज्य और केंद्र-शासित प्रदेश हैं, जिन्हें अभी तक रेलवे से नहीं जोड़ा गया है। अगर आप सूची पर नजर डालें तो पाएँगे कि ये सभी राज्य और अधिकतम केंद्र-शासित प्रदेश एक विशेष क्षेत्र में स्थित हैं और यह उत्तर-पूर्वी क्षेत्र है। उत्तर-पूर्वी क्षेत्र एक बहुत महत्त्वपूर्ण क्षेत्र है। हमेशा यह कहा गया है कि यह एक बेहद संवेदनशील क्षेत्र है। रेलवे लाइन को आर्थिक विकास के आधारभूत ढाँचे के एक महत्त्वपूर्ण घटक के रूप में परिभाषित किया गया है।

इसके अलावा, उत्तर-पूर्वी क्षेत्र का एक विशेष महत्त्व है। यह अंतरराष्ट्रीय सीमा से लगा हुआ है। एक तरफ चीनी सीमा है, वहीं दूसरी ओर बर्मा सीमा और तीसरी ओर बँगलादेश की सीमा। हमें याद रखना चाहिए कि देश को दो बार युद्ध लड़ना पड़ा और दोनों बार यह उत्तर-पूर्वी क्षेत्र में हुआ। सन् 1962 में हमें चीनी आक्रमण को झेलना पड़ा और 1970 में बँगलादेश युद्ध। इसीलिए सुरक्षा की दृष्टि से भी यह बहुत महत्त्वपूर्ण है कि इस क्षेत्र को रेल लाइन से जोड़ा जाए।

उन क्षेत्रों में हमारे लोग इतने गरीब व अनपढ़ हैं कि यह कल्पना से भी परे है। ऐसे क्षेत्र हैं, जहाँ सदियों से कोई संचार साधन नहीं है। अगर लोगों को अपनी दैनिक आवश्यकताओं की कोई वस्तु चाहिए, अगर लोगों को एक किलो नमक या एक लीटर मिट्टी का तेल चाहिए तो उन्हें विशेष बाजार तक पहुँचने के लिए लगातार दो-तीन दिनों तक चलना पड़ता है। हम हमेशा कहते हैं कि पिछड़े हुए क्षेत्रों पर विशेष ध्यान दिया जाएगा। हर वर्ष हम आस लगाते हैं, लेकिन कुछ नहीं मिलता। यहाँ तक कि इस वर्ष भी हमें रेल बजट में कुछ नहीं दिखाई देता।

पिछले वर्ष दोबारा रेलवे बजट की चर्चा के दौरान मैंने माँग की थी कि ग्वालपाड़ा से लेकर सीमा से सटे महेशखोला तक रेलवे लाइन बिछाई जानी चाहिए। मुझे उत्तर देने के लिए मंत्रीजी काफी उदार थे। उन्होंने कहा कि प्रस्ताव पर विचार किया गया है और ग्वालपाड़ा से महेंद्रगंज तक रेलवे लाइन का सर्वेक्षण पहले ही कर लिया गया है। मैं यह भी समझता हूँ कि मेरे राज्य में दो और रेलवे लाइनें हैं, जहाँ सर्वेक्षण पूरा किया जा चुका है। ये गुवाहाटी-बर्निहाट और जोगीघोपा-दारानगिरि है। ये तीन लाइनें हैं, जहाँ सर्वेक्षण का कार्य पूरा कर लिया गया

है। अत: रेल मंत्री से मेरी अपील है कि अगर सभी न सही तो एक लाइन पर ही इस वर्ष काम शुरू कर दिया जाए, ताकि कम-से-कम एक प्रारंभिक चरण तो शुरू हो सके।

चूँकि ज्यादा समय नहीं है, इसलिए इन्हीं शब्दों के साथ मैं अपना भाषण समाप्त करता हूँ।

जनजातियों को मुख्यधारा में लाना*

अध्यक्ष महोदय, सबसे पहले तो मैं माननीय रेलमंत्रीजी प्रो. मधु दंडवते का धन्यवाद करना चाहता हूँ, जिन्होंने हमारे क्षेत्र यानी उत्तर-पूर्वी क्षेत्र के छह पहाड़ी राज्यों में नई लाइन का निर्माण करने का प्रस्ताव आगे बढ़ाकर उत्तर-पूर्वी क्षेत्र की ओर इतनी दिलचस्पी दिखाई। मैं उन्हें आश्वस्त कर सकता हूँ कि यह प्रस्ताव लोगों के दिलों में कई सारी आशाएँ जगाएगा। लेकिन साथ ही मैं यह उल्लेख करना चाहूँगा कि इतने लंबे इंतजार और हमारे क्षेत्र की उपेक्षा को ध्यान में रखते हुए अगर हमारे लोगों के साथ बराबर न्याय करना है तो यह प्रस्ताव बिल्कुल भी पर्याप्त नहीं है। जहाँ तक हमारे क्षेत्र का सवाल है, मैं केंद्र में बैठे लोगों के दिमाग में व्याप्त गलतफहमियों और कुछ समस्याओं का विश्लेषण करना चाहता हूँ। केंद्रीय नेता हमारे क्षेत्र की वास्तविक समस्याओं को समझ नहीं पाए हैं। जिस परिस्थिति में हम लोग वहाँ रह रहे हैं, उसे हमारे देश के शेष भाग के लोग अभी तक नहीं समझे हैं। ऐसे लोग हैं, जो हमें गलत समझते हैं और हम पर आरोप लगाते हैं कि हम आज देश की मुख्यधारा से जुड़े हुए नहीं हैं। ऐसा इसीलिए है, क्योंकि हम अलग-थलग पड़े रहने पर मजबूर हैं। यहाँ मैं माननीय सदस्यों के ध्यान में एक दिलचस्प बात लाना चाहूँगा कि हमारे क्षेत्र के ज्यादातर लोगों ने आज तक ट्रेन नहीं देखी है। वे नहीं जानते कि ट्रेन क्या होती है। हमारे क्षेत्र के 1 प्रतिशत लोगों ने भी देश का कोई अन्य हिस्सा नहीं देखा है। सबसे बड़ी बाधा परिवहन व्यवस्था है और इसी कारण हमारे क्षेत्र में सभी चीजें महँगी हैं। एक अन्य बात पर कई लोग हमारी आलोचना करते हैं कि उत्तर-पूर्वी क्षेत्र के पहाड़ी राज्य, छोटे राज्य केंद्र से अधिक अनुदान की माँग करते हैं। वे हमेशा केंद्र से अनुदान चाहते हैं। वे हमेशा केंद्रीय सहायता चाहते हैं और उनकी अपनी कोई आय नहीं है। महोदय, मैं आपको बताना चाहूँगा कि हमारे क्षेत्र में विकास की लागत बहुत अधिक है। दिल्ली के लोग या देश के अन्य क्षेत्रों के लोग यह बात नहीं समझेंगे। अगर किसी को एक छोटा सा मकान बनाना है, यहाँ तक कि अगर किसी सरकारी एजेंसी को एक किलोमीटर की सड़क का निर्माण भी करना होता है तो सबकुछ बैलगाड़ी या मजदूरों के माध्यम से लाना पड़ता है। कुछ क्षेत्रों में यह सब ट्रकों से लाया जा सकता है, परंतु यह सिर्फ कुछ ही क्षेत्रों में संभव है। इसीलिए अगर हमारे क्षेत्र में किसी सड़क का निर्माण किया जाना है तो यह देश के अन्य क्षेत्रों में आनेवाली लागत का दस से बीस गुना अधिक है। यही कारण है कि हमें केंद्र से अधिक धन

* 8 मार्च, 1979 को रेल बजट, 1979-80 पर आम चर्चा में भाग लेने के दौरान दिया गया भाषण।

की आवश्यकता है और हमें केंद्र पर बहुत निर्भर होना पड़ता है।

हमारे साथ एक समस्या और है। हमारे पास परिवहन के उचित साधन नहीं हैं। इसका परिणाम यह है कि हम खनिज संसाधनों का दोहन करने की स्थिति में नहीं हैं। हमारे क्षेत्र में खनिज संसाधन, वन्य उत्पाद भरपूर हैं, परंतु परिवहन साधनों की कमी के कारण हम उनका दोहन नहीं कर सकते हैं। हम वहाँ कुछ नहीं कर सकते हैं। यही कारण है कि इस मुद्दे पर मैं सदन को प्रभावित करने का प्रयास कर रहा हूँ। पिछले वर्ष भी रेल बजट में भाग लेते हुए मैंने यह कहा था और समय-समय पर यह कहता आया हूँ। यह बहुत जरूरी है कि हमारे क्षेत्र में उचित रेलवे व्यवस्था होनी चाहिए। मैं बहुत प्रसन्न हूँ कि माननीय रेलमंत्रीजी ने यह समझा है, इस सरकार ने यह समझा है और हमारे क्षेत्र के प्रत्येक छह पहाड़ी राज्यों को कम-से-कम एक किलोमीटर की नई रेल लाइन दी गई है।

मैंने केवल यही अभिलाषा की थी कि नई योजनाओं को लाते समय रेलमंत्री ने ध्यान दिया होता कि मेरे राज्य में पहले किस लाइन को लाया जाए; तीन लाइनों के संदर्भ में सर्वेक्षण किए गए हैं। ये हैं—गुवाहाटी से बर्निहाट, जोगीघोपा/पंचरत्ना से दारानगिरी और ग्वालपाड़ा से महेंद्रगंज।

❑

मैं सोचता हूँ कि काश, माननीय रेलमंत्रीजी ने अन्य दो लाइनों में से कोई एक चुनी होती! अन्य दो लाइनें मुझे अधिक महत्त्वपूर्ण दिखाई देती हैं। ये वहाँ जाती हैं, जहाँ खनिज संसाधन हैं और उनका दोहन किया जा सकता है। रेलवे लाइनों का आगे भी विस्तार किया जा सकता था। इस वर्ष जिस गुवाहाटी से बर्निहाट तक की रेल लाइन को लिया गया है, वह वहीं खत्म हो जाती है। उसका आगे विस्तार नहीं किया जा सकता। आर्थिक रूप से वह बहुत अधिक साध्य नहीं है। मेरे मतानुसार, अन्य दो लाइनों को लिया जाना चाहिए था और मैं माननीय रेलमंत्रीजी से निवेदन करूँगा कि इस बात को गंभीरता से लें।

इसके बाद मैं रेलमंत्रीजी का शुक्रगुजार हूँ कि वे ब्रह्मपुत्र पर एक अन्य पुल का निर्माण करने जा रहे हैं। लेकिन वहाँ एक अन्य प्रस्ताव था, जो बहुत महत्त्वपूर्ण है। जहाँ तक मैं जानता हूँ, उत्तर-पूर्वी राज्यों के माननीय राज्यपाल और उत्तर-पूर्वी परिषद् ने ब्रह्मपुत्र पर जोगीघोपा/पंचरत्ना में एक तीसरे पुल के निर्माण की सिफारिश की है। यह पुल बहुत महत्त्वपूर्ण है। और मेरी जानकारी के अनुसार एन.ई.सी. ने यह सिफारिश की है कि इस पुल का निर्माण प्राथमिक रूप से किया जाना चाहिए। मैं माननीय रेलमंत्रीजी से निवेदन करता हूँ कि वे इस पुल का निर्माण कार्य शुरू करवाएँ, ताकि उत्तर-पूर्वी क्षेत्र के जो राज्य इस पुल के निर्माण पर काफी हद तक निर्भर हैं, उनका समुचित रूप से विकास हो सके और कई अन्य चीजें भी की जा सकती हैं।

इन्हीं शब्दों के साथ मैं अपना भाषण समाप्त करता हूँ। धन्यवाद।

मेघालय में प्राथमिक स्कूल के शिक्षकों की स्थिति*

महोदय, मैं भारत सरकार और इस विशाल सदन के ध्यान में मेघालय के पूर्वी और पश्चिमी गारो पहाड़ी जिलों में निचले प्राथमिक स्कूलों के शिक्षकों के वेतन के अनियमित भुगतान की समस्या को लाना चाहूँगा। कभी-कभी शिक्षकों को तीन से चार महीनों तक वेतन प्राप्त नहीं होता। मेघालय में शिक्षकों को वेतन का देरी से भुगतान अब एक साधारण नियम-सा बन चुका है। इससे शिक्षकों को गंभीर कठिनाइयों का सामना करना पड़ रहा है। उन्हें अपने खर्चों को सँभालने में बहुत कठिनाई आती है। शिक्षकों के समूचे परिवार को असुविधा में डाल दिया गया है। इन क्षेत्रों में ऐसे लगभग 2,500 शिक्षक हैं, जहाँ समय पर वेतन का भुगतान न होने को एक गंभीर समस्या माना गया है। शिक्षकों में बहुत असंतोष है। अगर समय पर कोई काररवाई नहीं की गई तो हालात बिगड़ सकते हैं। शिक्षकों ने प्रदर्शन करने और अधिकारियों का ध्यान अपनी न्यायसंगत माँगों पर दिलाने के लिए अन्य तरीके अपनाने की योजना बनाई है। केंद्र सरकार ने शिक्षा के लिए मेघालय सरकार को भारी मात्रा में धन आवंटित किया है। शायद यह पैसा जिला परिषद् के अधिकारियों द्वारा अन्य वस्तुओं पर खर्च किया जा रहा है। पिछले कई वर्षों से शिक्षक समुदाय इस समस्या से ग्रस्त है।

शिक्षक काम में अपनी दिलचस्पी खो रहे हैं और इसका सीधा असर शिक्षण के स्तर एवं गुणवत्ता पर पड़ रहा है। एक असंतुष्ट और भूखा शिक्षक अपने शिष्यों के साथ न्याय कैसे कर सकता है ? वे अपना संयम खोने के चरम पर हैं। मैं केंद्र सरकार से निवेदन करता हूँ कि वह राज्य के अधिकारियों पर जोर डाले, ताकि शिक्षकों को उनका वेतन समय पर मिले, अन्यथा स्थिति किसी भी क्षण बिगड़ सकती है। मैं आशा करता हूँ कि सरकार जल्द-से-जल्द इस मामले पर काररवाई करेगी।

उत्तर-पूर्व में अनुसूचित जनजाति की स्थिति*

माननीय उपाध्यक्ष महोदय, अनुसूचित जाति और जनजाति इस देश की कुल आबादी का पाँचवाँ हिस्सा है। देश की कुल आबादी के इस पाँचवें हिस्से का भाग्य और भविष्य बहस एवं संविधान सभा में चर्चा का विषय रहा है, जिसके पश्चात् इन अनुसूचित जातियों और जनजातियों के हितों की रक्षा के लिए हमारे संविधान में कुछ प्रावधान किए गए हैं।

---

* 9 मई, 1979 को मेघालय के कुछ क्षेत्रों में प्राथमिक स्कूल के शिक्षकों के वेतन के अनियमित भुगतान से संबंधित चर्चा में नियम 377 के अंतर्गत भाग लेते हुए दिया गया भाषण।

* 15 मई, 1979 को अनुसूचित जातियों और जनजातियों पर आयोग की 23वीं और 24वीं रिपोर्ट से संबंधित प्रस्ताव की चर्चा में भाग लेने के दौरान दिया गया भाषण।

संविधान लागू होने के बाद से इस विशाल सदन ने इन अनुसूचित जातियों और जनजातियों के लोगों के भाग्य और भविष्य पर चर्चा की है। इन बत्तीस वर्षों में न जाने कितनी बार कई आयोग गठित किए गए हैं। कई बार हजारों नेताओं ने अपने घड़ियाली आँसू बहाए हैं।

❑

अब तक जो कुछ भी किया गया है, उसके पश्चात् रिपोर्ट के अनुसार परिणाम कुछ इस प्रकार है। मैं रिपोर्ट में से उद्धृत करता हूँ—

> 'स्वतंत्रता के तीन दशक और स्वतंत्रता का आरंभ अभी तक कई अनुसूचित जातियों एवं जनजातियों के गाँव और झोंपड़ियों को एक मुसकराहट मुहैया कराने की राह देख रहा है। वे हमारे मूल कानूनों के लाभ लेने के बजाय भाग्य के नियमों पर आश्रित हैं। भारत के संविधान में समृद्ध रूप से व्याप्त स्वतंत्रता, समानता और भाईचारा अब भी इनमें से अधिकतर लोगों के लिए कुछ कर सकने की राह देख रहा है। अस्पृश्यता को संविधान के अनुच्छेद 17 द्वारा समाप्त कर दिया गया है; लेकिन वे लोग, जिनका इस कार्य में मूल विश्वास संविधान के अनुच्छेद से कहीं अधिक बड़ा है, वे इस मूल कानून की अवमानना करने का चयन करते हैं।'

अस्पृश्यता को खत्म करने के लिए नागरिक अधिकार संरक्षण अधिनियम जैसा कानून और कड़े प्रावधानों सहित स्वतंत्रता के तीस वर्ष बाद अस्पृश्यता अपराध अधिनियम 1955 में संशोधन लागू किया जाना था। यह इस तथ्य की पर्याप्त गवाही है कि हम एक बड़े वर्ग को मानव अधिकार जैसा मूल अधिकार नहीं देने जैसा अपराध करना जारी रखते हैं।

देश में ऐसे कई क्षेत्र हैं, जहाँ अनुसूचित जातियों को पीने के पानी के आम स्रोतों से वंचित रखा जाता है। उन जगहों से वे अंतिम यात्रा ले जाने की हिम्मत नहीं करते, जिन जगहों से अन्य लोग जाते हैं।

नागरिकों के सामाजिक और आर्थिक न्याय को सुरक्षित करने के लिए गंभीरता से बना देश का संकल्प मात्र एक वादा रह गया है। शायद अनुसूचित जातियों और जनजातियों के मामले में इसका अधिक पालन किया जाता है। यहाँ तक कि अगर ये सामाजिक/आर्थिक रूप से वंचित हों तो राजनीतिक न्याय भी अपना अर्थ खो देता है।

आयोग की रिपोर्ट पढ़ने के बाद मुझे लगा कि आज यह चौथा दिन है, जब यह सदन इस पर चर्चा कर रहा है। मैं निर्णय नहीं ले पाया कि मुझे इस चर्चा में भाग लेना भी चाहिए या नहीं। मैं ऐसा इस कारण से कह रहा हूँ कि वैसे तो कई चर्चाएँ हो चुकी हैं, कई वादे किए जा चुके हैं, कई सारे कानून लाए जा चुके हैं, फिर भी इन लोगों का भाग्य ज्यों-का-त्यों है। जब इन लोगों का भाग्य ज्यों-का-त्यों ही रहना है तो मुझे इस चर्चा का कोई उपयोगी उद्देश्य नजर नहीं आ रहा है। मेरे विचार से, अब समय आ गया है कि हम अध्ययन करें कि आखिर गलती कहाँ हो रही है ? अगर बत्तीस वर्षों की स्वतंत्रता इन लोगों को न्याय नहीं दे सकी तो मेरे विचार से, हमें देखना चाहिए कि गलती कहाँ हो रही है ? कानून तो हैं, परंतु वास्तविक परेशानी इनके

कार्यान्वयन की है। इस संबंध में कई माननीय सदस्यों ने गलतियों का उल्लेख किया है। यूँ तो हमारे संविधान में उनके हितों की रक्षा के लिए प्रावधान हैं, फिर भी, हम पाते हैं कि जो लोग इन कानूनों को लागू कर रहे हैं, वे इन कानूनों को पसंद नहीं करते। इसीलिए जरूरी है कि दृष्टिकोण में बदलाव आए। जरूरी और महत्त्वपूर्ण यह है कि प्रशासनिक कर्मचारियों को पुनः शिक्षित किया जाए, उनके दृष्टिकोण को व्यापक किया जाए तथा महत्त्वपूर्ण यह है कि हमारे सामाजिक ढाँचे का पुनर्निर्माण किया जाए। किसी भी तरह का कानून, बहस, सदन में किसी भी तरह का शोर इन लोगों के भाग्य को नहीं बदलेगा। जब तक इस देश को प्रशासित करनेवालों, चलानेवालों का हृदय परिवर्तन नहीं होता, तब तक इन लोगों की आर्थिक व सामाजिक स्थिति में सुधार नहीं होगा। इस संदर्भ में मैं कुछ सुझाव देना चाहूँगा, जो मेरे विचार से कुछ सीमा तक इस समस्या का हल करेंगे। इस मुद्दे के दो पहलू हैं। पहला सामाजिक अन्याय, इन लोगों के साथ होनेवाले जिस अत्याचार पर हम बात कर रहे हैं और दूसरा पहलू आर्थिक पहलू है। मैं रिपोर्ट से उल्लेख करने में गर्व महसूस कर रहा हूँ, भाग 2, पृष्ठ 49—

> 'हरिजन, अनुसूचित जातियों और अनुसूचित जनजातियों पर अत्याचारों के संबंध में, वर्ष 1974, 1975 और 1976 में असम, मणिपुर, मेघालय, नागालैंड और अरुणाचल प्रदेश राज्य में, हरिजन पर किसी भी अत्याचार का कोई मामला नहीं रहा है।'

मैं पश्चिम बंगाल के बारे में नहीं जानता। इस अवधि के दौरान शायद पश्चिम बंगाल में भी अत्याचार का कोई मामला नहीं रहा है। मैं इस सब का उल्लेख इसलिए कर रहा हूँ, क्योंकि उत्तर-पूर्वी क्षेत्र में ज्यादातर राज्यों, जैसे—मेघालय, नागालैंड, मणिपुर, अरुणाचल प्रदेश इत्यादि में ज्यादातर लोग अनुसूचित जनजातियों के हैं। अतः अनुसूचित जातियों और जनजातियों पर अत्याचार का प्रश्न नहीं उठता, क्योंकि हम हमारे अपने लोगों पर शासन कर रहे हैं। इस प्रकार के अत्याचार केवल उन राज्यों में हो रहे हैं, जहाँ ज्यादातर लोगों की जाति हिंदू है। जहाँ अनुसूचित जातियाँ अल्पसंख्यक हैं, वहाँ हिंदू उनका शोषण कर रहे हैं। अतः अगर आप इन लोगों की परेशानियों को हल करना चाहते हैं तो मेरे विचार से हमें छोटे राज्यों को बनाने पर विचार करना चाहिए, ताकि वे क्षेत्र, जहाँ अनुसूचित जाति व जनजाति के लोग सर्वाधिक हैं और अपने बल पर प्रशासन को चलाने की स्थिति में हों, वहाँ उन्हें एक अलग राज्य दे दिया जाए। उ.प्र. में, बिहार में ऐसी माँगें हैं कि इन राज्यों को छोटे राज्यों में विभाजित कर दिया जाए। इसीलिए ऐसे सुसंबद्ध क्षेत्र, जहाँ ज्यादातर लोग अनुसूचित जाति और अनुसूचित जनजाति हैं, उन्हें अलग राज्य दे दिया जाए, ताकि किसी के पास उनका शोषण करने का कोई मौका ही न हो। जहाँ उन्हें अलग राज्य देना संभव न हो, वहाँ मेरे विचार से उन जिलों का कुछ स्वराज्य दे दिया जाए, जहाँ अनुसूचित जाति, अनुसूचित जनजाति लोगों की संख्या अधिक है। राज्यों के भीतर ही इस उद्देश्य से अलग जिलों को बनाया जा सकता है, ताकि इन जिलों में भारत के संविधान की छठी अनुसूची के लोगों को स्वराज्य दे दिया जाए। उत्तर-पूर्वी क्षेत्र में छोटे-छोटे राज्य बनने

से पूर्व हम सभी असम का हिस्सा थे। तब भी भारत के संविधान की छठी अनुसूची के अनुसार हमें अपने जिलों में स्वराज्य प्राप्त था। उस समय भी अत्याचारों का प्रश्न तक नहीं था। आज मेरा विनम्र निवेदन यह है कि जहाँ तक संभव हो, जहाँ कहीं भी अनुसूचित जाति और अनुसूचित जनजाति अधिक संख्या में रहते हैं, वहाँ उन्हें राजनीतिक अधिकार दिए जाने चाहिए। एक बार उन्हें राजनीतिक अधिकार मिल जाए तो सामाजिक न्याय स्वत: ही मिल जाएगा। एक बात केवल यही है कि हमें उनकी आर्थिक रूप से सहायता करनी चाहिए, ताकि उनका आर्थिक उत्थान हो सके। इस देश के प्रशासक उन्हें मिल रही सुरक्षा के नाम का सहारा ले रहे हैं और उन्हें शैक्षिक एवं अन्य सुविधाएँ देकर उनका कल्याण किया जा रहा है, ताकि उनके सामाजिक व आर्थिक स्तर को बेहतर बनाया जा सके। इससे पूर्व कि हम अनुसूचित जाति और जनजाति की सुरक्षा की बात करें, हमें उनकी आजादी पर बात करनी चाहिए। हमें उन लोगों को आजाद करना चाहिए, राजनीतिक अधिकार देने चाहिए, सामाजिक न्याय एवं समानता देनी चाहिए और इसके बाद इनकी आर्थिक सहायता के लिए आगे आना चाहिए। अनुसूचित जातियों और जनजातियों की समस्याओं को सुलझाने का यही एक मार्ग है।

असम आंदोलन : क्षेत्रीयता और राष्ट्रीयता के बीच की दुविधा*

जो कुछ भी आज असम और उत्तर-पूर्वी क्षेत्र में हो रहा है, वह एक अनोखी घटना है, जो शायद कहीं और नहीं देखी गई होगी। कई माननीय सदस्य, जिन्होंने पहले भी अपना डर बयाँ किया है कि अगर असम में स्थिति ऐसी ही रही तो इसका प्रभाव बढ़ने और देश के अन्य क्षेत्रों में भी आंदोलन होने की संभावना है। किसी ने उल्लेख किया है कि ऐसे ही मत अब उड़ीसा, बंगाल और बिहार में भी देखे जा रहे हैं। मैं एक कदम आगे जाकर कहूँगा कि ऐसे मत न सिर्फ हमारे अपने देश को प्रभावित कर सकते हैं, बल्कि अंतरराष्ट्रीय स्तर पर भी हमें प्रभावित कर सकते हैं।

आंदोलन की प्रवृत्ति पर कई बातें कही जा चुकी हैं। लेकिन उत्तर-पूर्वी क्षेत्र में जो कुछ भी हो रहा है, उसका वास्तविक आभास एक बात है, जो मैं इस विशाल सदन को आभास कराना चाहता हूँ। असम की समस्या को पृथक् करके नहीं समझा जा सकता। इसे व्यापक रूप से, उत्तर-पूर्वी क्षेत्र को संपूर्ण मानकर, समझना जरूरी है।

आज उत्तर-पूर्वी क्षेत्र में उभरते राजनीतिक प्रवाह को समझना जरूरी है। मैं सदन का ध्यान 'ऑल असम स्टूडेंट यूनियन' (AASU) के विशेष बयान की ओर दिलाना चाहूँगा। उन्होंने कहा कि उन्हें राष्ट्रीय दलों पर भरोसा नहीं है। राष्ट्रीय दल इस समस्या का समाधान नहीं कर सकते। अगर हम अरुणाचल प्रदेश या मेरे राज्य मेघालय के आंदोलन की ओर देखें तो पाते

* 9 जून, 1980 को असम में राष्ट्रपति शासन पर सांविधिक संकल्प में भाग लेते हुए दिया गया भाषण।

हैं कि यह आंदोलन है, जिससे राष्ट्रीय दल जुड़े हुए हैं; लेकिन वे माध्यम क्षेत्रीय दलों को बना रहे हैं। अत: मैं कहूँगा कि हमारे क्षेत्र में उभरते राजनीतिक प्रवाह को समझना देश के शेष भाग के लिए बहुत आवश्यक है।

आंदोलन एक बड़े संकट का हिस्सा है—एक विचारधारात्मक संकट, जो अभी चल रहा है। क्षेत्रीयता और राष्ट्रीयता के मध्य एक बड़ा मतभेद है। अलगाव में रहना और राष्ट्रीय जीवन की मुख्यधारा से जुड़ाव की विचारधारा में मतभेद है। सुरक्षा और आजादी, भय-मुक्ति और प्रतिस्पर्धा तथा संस्कृति और आधुनिकीकरण के बीच मतभेद हैं। उत्तर-पूर्वी क्षेत्रों में लोकप्रिय हो चुके विदेशी नागरिकों के नारों से उभरती बुनियादी समस्या पहचान का संरक्षण और लोगों की संस्कृति है।

विचारों के दो विद्यालय हैं। क्षेत्रीय दल कहते हैं कि क्षेत्रीय दलों में रहकर उनकी पहचान को संरक्षित किया जा सकता है। एक बार अगर वे राष्ट्रीय दल में शामिल हो जाएँ तो और अधिक बाहरी, विदेशी लोग आएँगे और उनकी संख्या कम हो जाएगी। अत: वे अपने आप को सुरक्षित नहीं कर सकते; राष्ट्रीय दलों में रहकर वे स्वयं को सुरक्षित नहीं कर सकते। उत्तर-पूर्वी क्षेत्र में ऐसे नेता हैं, जो राष्ट्रवादी हैं, जो राष्ट्रीय दलों से जुड़े हुए हैं और वे कहते हैं कि अगर हमें अपनी पहचान को बचाना है तो केवल राष्ट्रीय मुख्यधारा से जुड़कर ही हम खुद को सुरक्षित कर सकते हैं, क्योंकि हम खुद को सुरक्षित नहीं कर सकते; किसी को तो हमें सुरक्षित करना होगा। यह भारत का संविधान है, जो हमें सुरक्षित करता है। मेघालय और अन्य जनजातीय क्षेत्रों का मामला ही ले लीजिए। यह संविधान की छठी अनुसूची है, जो जनजातीय लोगों को सुरक्षा प्रदान करती है। वे अपनी संस्कृति और पहचान को केवल संविधान की छठी अनुसूची के कारण ही संरक्षित कर पा रहे हैं। अगर आज राष्ट्रीय दल द्वारा शासित संसद् संविधान की छठी अनुसूची को खत्म करने का निर्णय कर ले तो क्या उनकी पहचान रहेगी? अगर आज संसद् संविधान में से छठी अनुसूची को हटाने का निर्णय ले तो क्या मेघालय और अरुणाचल प्रदेश के क्षेत्रीय दल यह कह सकते हैं कि उनकी पहचान को संरक्षित किया जा सकता है? यह नहीं हो सकता। इसीलिए असम और उत्तर-पूर्वी क्षेत्र के अन्य हिस्सों के जनजातीय नेता उस क्षेत्र के लोगों को यह विश्वास दिलाने का प्रयास कर रहे हैं कि वे उनकी पहचान को केवल राष्ट्रीय दलों से जुड़कर ही संरक्षित कर सकते हैं। यह हमारे क्षेत्र की एक गंभीर समस्या है। मैं आपको बता चुका हूँ कि विकल्प अलगाव में रहने या राष्ट्रीय दल से जुड़ने के बीच का है। अगर हम विकास की ओर जाना चाहते हैं, हमारे पास हमारे लोग नहीं हैं; हमारे पास इंजीनियर्स, तकनीकविद्, डॉक्टर्स आदि नहीं हैं। अगर हम विकास चाहते हैं तो हमें बाहर से लोगों को लाना पड़ेगा; फिर क्षेत्रीय दल ऐसी बातें कहेंगे कि बाहरी लोग अंदर आ रहे हैं या उनकी पहचान खो रही है। अत: क्या हमें पिछड़ा रहना चाहिए, अलगाव में रहना चाहिए या हमें राष्ट्रीय मुख्यधारा से जुड़ना चाहिए?

छठी अनुसूची के अनुसार, उत्तर-पूर्वी क्षेत्रों के जनजातीय क्षेत्रों में जो सुरक्षा दी जाती है, वह ज्यादा प्रभावी नहीं रही है। हमने इसकी चर्चा राष्ट्रीय नेताओं से की है। इस बिंदु पर हाल ही में हमने प्रधानमंत्री से चर्चा की। मुद्दा यह है कि सुरक्षा तो दी गई है, परंतु लोग खुद को सुरक्षित करने में सक्षम नहीं हैं। यह एक ऐसे आदमी को बंदूक देने जैसा है, जिसे वह चलाना नहीं जानता। राष्ट्रीय दल से जुड़े लोग—वे लोग, जो इस देश को शासित करते हैं, उन्हें यह महसूस होना चाहिए कि अगर हम असम और उत्तर-पूर्वी क्षेत्रों की समस्या के लिए कोई टिकाऊ और स्थायी उपाय चाहते हैं तो लोगों को राष्ट्रीय जीवन की मुख्यधारा में लाने के लिए गंभीर प्रयास करने होंगे। अगर हम क्षेत्रीय भावनाओं को प्रोत्साहित करें और क्षेत्रीय दलों को आगे आने दें तो इस समस्या का अस्थायी समाधान हो सकता है। लेकिन मैं आपको बता सकता हूँ, कोई भी स्थायी समाधान नहीं होगा। अत: राष्ट्रीय दलों से मेरी अपील यह है कि इस बात को ध्यान में रखा जाए; बल्कि मैं आश्चर्यचकित था, जब कुछ राष्ट्रीय दलों ने प्रधानमंत्री द्वारा आयोजित बैठक में भाग लेने से इनकार कर दिया।

प्रो. मधु दंडवते मजदूर संघ के नेता हैं; कई हैं। हम मजदूर संघ के नेता हैं। हम विनम्र छात्र नेता रहे हैं, युवा नेता रहे हैं और कुछ आंदोलनों का नेतृत्व भी कर रहे हैं। एक आंदोलन को शुरू करना कोई नई बात नहीं है। यह तब से है, जब स्वतंत्रता का सूर्योदय भी नहीं हुआ था। प्रदर्शन या आंदोलन का मुख्य विचार क्या है? इस तरह के आंदोलन का मुख्य विचार या उद्देश्य उन समस्याओं की ओर सरकार का ध्यान आकर्षित करना है, जिन्हें हम व्यक्त करने की कोशिश कर रहे हैं। आज असम आंदोलन ने सरकार का ध्यान खींचा है। माननीय प्रधानमंत्री और कई राष्ट्रीय नेताओं ने बार-बार और स्पष्ट रूप से कहा है—'हम असम के लोगों की भावनाओं की पूरी तरह से कद्र करते हैं। हम उनकी समस्याओं को समझते हैं। हम इस समस्या को हल करेंगे।' उनका ध्यान खींचा गया है। फिर भी आंदोलन चल रहा है। कई सदस्यों ने राष्ट्रीय अर्थव्यवस्था पर इस आंदोलन के प्रभावों की ओर इशारा किया है। मैं इससे निपटना नहीं चाहता हूँ। उत्तर-पूर्वी क्षेत्र के लोग इस आंदोलन से सबसे ज्यादा पीड़ित हैं। अरुणाचल प्रदेश, नागालैंड, मणिपुर, मेघालय, मिजोरम और त्रिपुरा के लोगों को बाहर जाने या आने के लिए असम से होकर जाना पड़ता है। यहाँ तक कि मेरे राज्य मेघालय के दो जिलों—पूर्वी और पश्चिमी गारो हिल्स के मुख्यालय से राज्य की राजधानी तक कोई सीधी सड़क नहीं है। हमें असम से होकर जाना पड़ता है। पिछले संसदीय सत्र के बाद जब मैं अपने निर्वाचन क्षेत्र में गया तो मैंने जिला प्रशासन से संपर्क किया। उन्होंने मुझे बताया कि धान आंदोलन रुक गया था। मेघालय के दो संपूर्ण गारो जिलों के लिए धान की मात्रा 137 क्विंटल थी। हमारे पास दो जिलों के लिए 1,300 लीटर मिट्टी का तेल था। वहाँ डीजल नहीं था, पेट्रोल नहीं था। वहाँ गुवाहाटी से तुरा तक और शिलांग से तुरा तक बस सेवा नहीं थी। यहाँ तक कि जिले के भीतर भी यातायात व्यवस्था नहीं थी। वहाँ कोई टेलीफोन संचार

नहीं था, क्योंकि वहाँ बिजली नहीं है। डीजल की कमी के कारण पूरे जिले में बिजली नहीं थी। 6.30 बजे से 9.30 बजे तक वहाँ बिजली नहीं थी। यह टेलीफोन केंद्र में उपयोग नहीं की जा सकती थी। उतना समय टेलीफोन केंद्र में उपयोग की जा रही बैटरी को चार्ज करने के लिए काफी नहीं था। डाक और टेलीग्राफ सेवा पूरी तरह से अव्यवस्थित थी। यहाँ तक कि उस विशेष स्थिति में प्रधानमंत्रीजी से बात करने के लिए भी मुझे पुलिस और अर्धसैनिक दूरसंचार प्रणाली की सहायता लेनी पड़ी। वहाँ किसी भी प्रकार की संचार व्यवस्था नहीं थी।

चीनी का दाम 10 रुपए किलो था। यह बिल्कुल भी उपलब्ध नहीं थी। नमक 6 रुपए किलो बेचा जा रहा था। उपायुक्त ने मुझसे उन जगहों पर जाने के लिए कहा और बताया कि वहाँ केवल 1,300 लीटर मिट्टी का तेल है। जिले भर में स्कूल और कॉलेज की परीक्षाएँ चल रही थीं। लोग शिकायत कर रहे थे। कानून और व्यवस्था को बनाए रखना जरूरी था। 1,300 लीटर मिट्टी के तेल को कैसे वितरित किया जाए? अंततः हमने निर्णय लिया कि हम प्रत्येक पुलिस थाने और कुछ अस्पतालों को 1-1 लीटर पेट्रोल देंगे तथा शेष पेट्रोल हम उन छात्रों को देंगे, जो परीक्षा दे रहे हैं। यह स्थिति अरुणाचल प्रदेश की थी, यह स्थिति मेघालय की थी और यही स्थिति शेष उत्तर-पूर्वी क्षेत्र के लोगों की थी।

विदेशी नागरिकों के नाम पर या किसी भी मुद्दे के नाम पर, लोगों को भुखमरी से मरने नहीं दिया जाना चाहिए। इसलिए तत्काल समाधान ढूँढ़े जाने चाहिए। लेकिन मैं फिर से स्थायी उपायों पर जोर देना चाहता हूँ, राष्ट्रीय नेताओं को उत्तर-पूर्वी क्षेत्र के लोगों को राष्ट्रीय जीवन की मुख्यधारा में लाने के विषय में सोचना चाहिए। वर्ष 1977 से पूर्व प्रधानमंत्री इंदिरा गांधी के समय में यह लगभग हासिल कर लिया गया था। वर्ष 1976 तक अधिकांश क्षेत्रीय दलों को आश्वस्त कर लिया गया था कि उनका भविष्य राष्ट्रीय जीवन की मुख्यधारा में शामिल होने में है। इसलिए अधिकांश क्षेत्रीय दलों का कांग्रेस पार्टी में विलय हो गया। वे राष्ट्रवादी बन रहे थे। इस बीच क्या हुआ? एक बहुत दुर्भाग्यपूर्ण बात हुई। श्री बीजू पटनायक यहाँ नहीं हैं। उन्होंने कहा था कि उन्होंने असम में सेना नहीं भेजी थी। यह उन्होंने नहीं किया था। खैर, उन्होंने कुछ भी नहीं किया है। मैं उनसे काफी सहमत हूँ।

जो कुछ भी पूर्व में हुआ था, जो कुछ भी पहले बनाया गया था, उसे उन्होंने समाप्त कर दिया गया था। जनता शासन के ढाई वर्ष के दौरान उत्तर-पूर्वी क्षेत्र की पूरी व्यवस्था को लापरवाही से लिया गया। हालाँकि मैं सभी जनता नेताओं को दोषी नहीं ठहराऊँगा। मैं विशेष रूप से तत्कालीन प्रधानमंत्री मोरारजी देसाई को दोषी ठहराऊँगा। वे शिलांग जाते हैं और कहते हैं, 'आपको एक वर्ष में हिंदी सीखनी है। अगर आप यह नहीं कर सकते तो आप भारत से बाहर चले जाइए।' मैं आज इस सदन में उन्हें चुनौती देता हूँ कि 'मैं आपकी हिंदी एक वर्ष में सीखूँगा, लेकिन आपको भी मेरी भाषा गारो एक वर्ष में सीखनी होगी।' वे नागालैंड गए। छह नागा नेता उनका स्वागत करने आए। उन्होंने उनसे जो पहला प्रश्न किया, वह यह था

कि 'क्या आप भारतीय हैं?' नागा भड़क गए और उन्होंने कहा, 'हम नागा हैं।' फिर उन्होंने कहा, 'मैं आपसे बात नहीं करूँगा; आप चले जाइए।' फिर यह रिपोर्ट आई कि उन्होंने नागा नेता लालडेंगा को बुलाया, मिजो के लोगों की समस्या सुलझाने के लिए नहीं, बल्कि एक बात कहने के लिए, 'मुझे आप पर विश्वास नहीं है।' वे लंदन जाते हैं, फिजो से मिलते हैं और कहते हैं, 'मैं नागाओं को उखाड़ फेंकूँगा।' ये वे चीजें हैं, जो क्षेत्र के लोगों की भावनाओं को आहत करती हैं। जनजातीय लोगों की एक प्रवृत्ति, जो आपको समझनी चाहिए, वह यह है कि इन लोगों पर आप इस तरह से कुछ भी थोप नहीं सकते। आप कहते हैं, 'अगर आप एक वर्ष में हिंदी नहीं सीखेंगे तो आपको देश से चले जाना चाहिए।' इसके लिए मैं सारी जनता पार्टी को दोष नहीं दूँगा। लेकिन उस समय के प्रधानमंत्री ने यह कहा। जो लोग छठी लोकसभा में थे, वे जानते हैं कि नागालैंड से एक सदस्य श्रीमती रानो शैजा थीं। वे जनता संसदीय पार्टी से थीं। जब वे प्रधानमंत्री के साथ नागाओं की समस्या साझा करने गईं तो उन्होंने कहा, 'आपको जो ठीक लगे कीजिए, मुझे उस क्षेत्र की परवाह नहीं। अगर आप जाना चाहते हैं तो चले जाइए।' आप कल्पना कीजिए कि प्रधानमंत्री ऐसी बातें करते हैं! क्या यह किसी परिस्थिति से निपटने का तरीका है? अगर हम इन लोगों को राष्ट्रीय जीवन की मुख्यधारा से जोड़ने का प्रयास न करें तो मुझे नहीं लगता कि हमें इस समस्या का स्थायी समाधान मिल सकता है। केंद्र में ऐसे कई लोग हैं, जो सोचते हैं कि जनजातीय लोग राष्ट्रीय दलों के विरुद्ध हैं। जबकि ऐसा नहीं है। मैं अपने राजनीतिक जीवन में आरंभ से ही कांग्रेस से जुड़ा हुआ हूँ। यहाँ तक कि उन दिनों में भी, जब मेघालय में क्षेत्रीय दलों का शासन था, मैं तब से कांग्रेस से जुड़ा हुआ हूँ। असम और मेघालय में पिछले संसदीय चुनावों के दौरान एक आंदोलन चला था कि जब तक निर्वाचक नामावली में से 'विदेशी राष्ट्रिक' नाम नहीं हट जाता, तब तक चुनाव नहीं होने चाहिए। 500-600 विद्यार्थियों ने मुझे घेरते हुए कहा कि आपको अपना नामांकन नहीं करना चाहिए। मैंने उनसे कुछ प्रश्न किए। मैंने पूछा, 'आपकी माँग क्या है?' उन्होंने कहा, 'विदेशी राष्ट्रिक नाम हटाए जाने चाहिए।' मैं निर्वाचक नामावली लेकर आया और उन्हें बताया, 'यह है निर्वाचक नामावली। सरकार के अनुसार जो विदेशी राष्ट्रिक हैं, उनके नाम हटा दिए गए हैं। अगर आपके पास विदेशी राष्ट्रिक के कोई अतिरिक्त नाम हैं, तो बताएँ।' उन्होंने कहा, 'हमें नहीं पता।' मैंने कहा, 'अगर आप खुद नहीं जानते कि विदेशी राष्ट्रिक कौन हैं, तो आप किस आधार पर कह रहे हैं कि उनके नाम हटा दिए जाने चाहिए? आपको यह कहने का अधिकार किसने दिया है कि चुनाव नहीं होने चाहिए? 500 छात्रों को निर्वाचन क्षेत्र के 6 लाख लोगों की ओर से बोलने का अधिकार किसने दिया है? अगर उन 6 लाख लोगों को लगता है कि चुनाव नहीं होने चाहिए तो वे मतदान बूथ पर न आएँ।' यह मैंने अपने हर चुनावी अभियान में कहा। लेकिन मेरे निर्वाचन क्षेत्र में 87-90 प्रतिशत मतदान हुआ, जिसमें से मेरी पार्टी कांग्रेस को कुल वोटों में से 74 प्रतिशत वोट मिले। हम न सिर्फ हर विधानसभा क्षेत्र में जीते हैं, बल्कि

हम प्रत्यक्ष रूप से मतदान बूथों पर जीते हैं। तथाकथित क्षेत्रीय दल, जो मेरे जिले और मेघालय में भी समस्याएँ पैदा करने की कोशिश कर रहे हैं, उन्होंने न केवल अपनी जमा राशि खो दी, बल्कि उन्हें कई मतदान केंद्रों में रिक्त स्थान हासिल हुआ।

यह तथ्य नहीं है कि जनजातीय लोग राष्ट्रीय दलों के लिए नहीं हैं। अरुणाचल प्रदेश में हमारी कांग्रेस सरकार है। नागालैंड के पिछले चुनाव में श्री जॉर्ज फर्नांडीस के वहाँ स्थायी रूप से रहकर इतने प्रयासों के बावजूद लगभग 32 सीटों में से, जिन पर हमने चुनाव लड़ा था, हमने 15 सीटें जीती हैं। पिछले संसदीय मतदान में हमने संसदीय सीट भी जीती है।

विपक्ष में बैठे लोगों को मेरा सुझाव है कि आप ईमानदारी से इस समस्या को सुलझाना ही चाहते हैं तो वहाँ हो रही गतिविधियों से मत खेलिए। इस समस्या को राजनीतिक न बनाइए। क्षेत्र में चल रही धार्मिक भावनाओं को प्रोत्साहित करने का प्रयास न करें। अगर आप ऐसा करते हैं तो राष्ट्रीय एकीकरण या देश की एकता पर लंबे-लंबे भाषण देने का कोई औचित्य नहीं है। अगर आप इन समस्याओं को वास्तव में ईमानदारी से सुलझाना चाहते हैं तो आपको इन क्षेत्रीय भावनाओं को उकसाना नहीं चाहिए।

इन्हीं शब्दों के साथ मैं अपनी बात समाप्त करता हूँ। धन्यवाद।

असम में स्थिति : उत्तर-पूर्व में शांति भंग करना*

माननीय सदस्य श्री जॉर्ज फर्नांडीस ने जो विधेयक प्रस्तुत किया है, मैं उसका विरोध करता हूँ और माननीय मंत्री श्री मकवाना द्वारा प्रस्तुत विधेयक का समर्थन करता हूँ।

सबसे पहले तो मैं यह रिकॉर्ड में दर्ज करवाना चाहूँगा कि 'विदेशी राष्ट्रिक' मुद्दे पर मैं असम के लोगों की भावनाओं और महत्त्वाकांक्षाओं को पूरी तरह से समझता हूँ। यह मुद्दा केवल असम तक ही सीमित नहीं है, बल्कि यह समूचे उत्तर-पूर्व के लिए चिंताजनक है। इसलिए मैं उस क्षेत्र की वास्तविक समस्याओं को समझता हूँ। लेकिन उस क्षेत्र के लोगों की वास्तविक समस्या को समझने के साथ-साथ मैं असम में आंदोलन का नेतृत्व करनेवालों को बताना चाहता हूँ कि उनका उद्देश्य फलीभूत हो चुका है तथा इस आंदोलन का ऐसे ही चलते रहना लोगों के हित में नहीं है। इसलिए उन्हें गंभीरता से इसके समाधान के बारे में सोचना चाहिए।

श्री फर्नांडीस और उस ओर के अन्य मित्रों ने इस विधेयक का विरोध किया है। मेरे माननीय मित्र श्री संतोष मोहन देव उनके प्रति काफी कठोर थे। मैं उनसे निवेदन करूँगा कि

---

* 3 जुलाई, 1980 को (i) असम सरकार द्वारा जारी अधिसूचना का अनुमोदन, जिसमें कुछ सुविधाओं को आवश्यक घोषित किया गया; (ii) (असम) अध्यादेश, आवश्यक सुविधाओं के रख-रखाव का अनुमोदन; (iii) असम में आवश्यक सुविधाओं के रख-रखाव से संबंधित विधेयक संबंधी संकल्प पर चर्चा में भाग लेने के दौरान दिया गया भाषण।

वे इस कारण से उनके लिए कठोर न हों कि वे इस विधेयक का विरोध कर रहे हैं। इसका कारण यह है कि शायद वे जानते नहीं हैं कि उत्तर-पूर्व में वास्तविक रूप से हो क्या रहा है।

असम में नौ महीनों से चल रहे इस विवाद ने न केवल असम राज्य को, बल्कि समूचे उत्तर-पूर्वी क्षेत्र को प्रभावित किया है। सदन को याद होगा कि इस सत्र के आरंभिक दिवस पर मैंने सदन के समक्ष लोगों को हो रही कठिनाइयों का जिक्र किया था। श्री संतोष मोहन देव ने यह बताने के लिए पर्याप्त उदाहरण दिए हैं कि किस प्रकार से लोग वहाँ पीड़ित हैं। आप श्रमजीवी वर्ग की बात कर रहे हैं। इस विधेयक का उनसे कोई संबंध नहीं है। यह विधेयक समूचे उत्तर-पूर्वी क्षेत्र में भूख से मर रहे लोगों के लिए है और आप श्रमजीवी वर्ग की वकालत कर रहे हैं। वहाँ जो पीड़ित हैं, वे श्रमजीवी वर्ग के नहीं हैं, वे सामान्य लोग हैं, जो पीड़ित हैं। वहाँ न चावल है, न संचार है, न कोई उपयोगी वस्तु है। सामान्य लोगों का जीवन पूरी तरह से स्तब्ध और अव्यवस्थित है। मुझे समझ में नहीं आता कि आप केवल श्रमिक वर्ग की बात ही क्यों करते हैं, जबकि आज हम लोगों के लिए चिंतित हैं, केवल श्रमिक वर्ग के लिए नहीं।

क्या आप जानते हैं कि मेरे निर्वाचन क्षेत्र में ऐसी जगहें हैं, जहाँ एक साबुन खरीदने के लिए भी आपको बाजार तक पैदल जाने में दो दिन लगते हैं? क्या आप जानते हैं कि पुलिस थाने तक पहुँचने में एक व्यक्ति को सात दिन चलना पड़ता है? क्या आप कभी उत्तर-पूर्वी क्षेत्र में आए हैं? क्या आपने कभी वहाँ के लोगों को जाना है? क्या आपने वहाँ पहाड़ियाँ देखी हैं? कभी महसूस किया है कि वहाँ के लोग कितनी कठिनाइयों से जीवन-यापन करते हैं? जहाँ एक ओर लोग भूख से मर रहे हैं और उनके पास जीवन की मूलभूत चीजें तक नहीं हैं, वहाँ आप श्रमिक वर्ग की बात कर रहे हैं! इस आंदोलन के कार ण सबकुछ ठप्प हो गया है। कल फिर से वहाँ कोई रेल सेवा नहीं होगी। आप नहीं जानते। मैं आपको शिक्षित करने की कोशिश कर रहा हूँ। आप खुद को शिक्षित क्यों नहीं करते? हमारे क्षेत्र के विषय में आपको स्वयं को शिक्षित करना चाहिए। आप जानते हैं, कितने लोग असहाय हैं? मेरे घर में लगभग 35 पर्यटक लड़के हैं, जो फँसे हुए हैं; क्योंकि असम में बंद के कारण वे हमारे हिस्से में वापस नहीं जा सकते हैं। क्या आप जानते हैं कि लोग गंभीर रूप से बीमार हैं, लेकिन उन्हें दिल्ली के अस्पतालों में नहीं लाया जा सकता; क्योंकि व्यवस्था नहीं है? क्या आप वहाँ लोगों के असली दु:ख को जानते हैं? वे इतने दिनों से भूखे हैं। हजारों छात्रों ने अपनी एक वर्ष की पढ़ाई खो दी है। क्या हम उन छात्रों के लिए क्षतिपूर्ति कर सकते हैं, जो तकनीकी शिक्षा, इंजीनियरिंग, मेडिकल जैसे हर क्षेत्र में एक वर्ष खो चुके हैं? इस साल हमारे पास कोई कॉलेज नहीं है, जहाँ हम अपने छात्रों को भेज सकते हैं। हम भारत सरकार पर जोर डालने की कोशिश कर रहे हैं कि हमारे छात्रों, उनमें से बड़ी संख्या को उत्तर-पूर्वी क्षेत्र के बाहर प्रवेश दिया जाना चाहिए, क्योंकि आंदोलन के कारण मेडिकल कॉलेज बंद कर दिए गए हैं। आप समाज का निर्माण कैसे कर रहे हैं? दूसरे दिन जब आई.ए.एस. परीक्षा के

नतीजे सामने आए, एक बहुत ही सम्मानित असमिया सज्जन ने मुझे फोन किया और बताया कि ऐसा कोई असमिया लड़का नहीं है, जिसने इस वर्ष आई.ए.एस. परीक्षा उत्तीर्ण की है। असमिया बुद्धिजीवी हैं। इतने सारे असमिया हैं, जो पिछले कई वर्षों में आई.ए.एस. अधिकारी बने हैं। वास्तव में, उत्तर-पूर्वी क्षेत्र असमिया बुद्धिजीवियों से भरा हुआ है; लेकिन आज ऐसा कोई भी असमिया नहीं है, जो सफल हुआ या जिसने परीक्षा दी हो। क्या इस तरह से हम अपने समाज का निर्माण करने जा रहे हैं?

❑

इसी कारण वर्तमान सरकार वहाँ के लोगों की मदद करने की कोशिश कर रही है। श्रमिक वर्ग के नाम पर यह कहा गया है कि यह विधेयक्र जन-विरोधी है।

❑

श्री फर्नांडीस ने कहा—"मैं नहीं जानता कि सरकार को कैसे चलाया जा रहा है!" खैर, यह देश के लोग समझ चुके हैं और विशेषकर इसलिए, क्योंकि आप नहीं जानते थे कि सरकार को कैसे चलाया जाता है! प्रारंभ में आपको पाँच वर्ष के लिए चुना गया था, परंतु लोगों ने आपको सत्ता से हटा दिया। यदि आप उत्तर-पूर्वी क्षेत्र में स्थिति सामान्य करना चाहते हैं, यदि आप उन लोगों की सेवा करना चाहते हैं, जो पूर्ण रूप से देश के शेष हिस्से से कटे हुए हैं, जिन्हें जीवन की मूलभूत आवश्यकताओं से वंचित कर दिया गया है, उनके लिए यह विधेयक एक आवश्यकता बन गया है, बल्कि एक परम आवश्यकता। मुझे कल रात कई फोन कॉल्स आईं कि हम अपने क्षेत्र से कुछ कोयले को देश के बाकी हिस्सों में भेजने की कोशिश कर रहे हैं। न्यू बोंगाईगाँव में सबकुछ फेंका गया है। वहाँ कोई गाड़ी नहीं है। इसके बारे में कुछ किया जाना चाहिए। अरुणाचल प्रदेश के मेरे मित्र ने मुझे बताया कि जो लोग लकड़ी और प्लाईवुड के निर्यात पर निर्भर करते हैं, आंदोलन के कारण इन वस्तुओं को निर्यात करने में सक्षम नहीं हैं। हमारा भौगोलिक स्थान ऐसा है कि सबकुछ असम के माध्यम से हमारे क्षेत्र में आता है। इसलिए भूखे लोगों को बचाने के लिए यह विधेयक एक आवश्यकता है और मैं इसे पूरी तरह से समर्थन देता हूँ। मुझे जो भी बात कहनी थी, मैं पहले ही बहस में कह चुका हूँ। मैं उन्हें हमेशा से कह रहा हूँ। इस विधेयक को वहाँ के लोगों की रहन-सहन की स्थिति, वर्तमान में उनकी गरीबी और आवश्यक वस्तुओं की कमी को ध्यान में रखते हुए प्रस्तुत किया गया है। मुझे नहीं पता कि श्री फर्नांडीस ने क्यों कहा कि यह जन-विरोधी है? यह विधेयक लोगों को खाद्य वस्तुओं और पेयजल जैसी आवश्यक वस्तुओं को उपलब्ध कराने के उद्देश्य से प्रस्तुत किया गया है। इन्हीं शब्दों के साथ मैं पूरी तरह से इस विधेयक को अपना समर्थन देता हूँ।

उत्तर-पूर्वी प्रशासन को मजबूत बनाना*

मैं गृह मंत्रालय के संबंध में अनुदान की माँगों का समर्थन करता हूँ। मैं सोच रहा था कि इससे पहले मैं स्वयं को और महोदय, आपको असमंजस की स्थिति में डाल दूँ, क्या मुझे भाषण देना चाहिए? मेरे विचार से, जितने समय की आपने मुझे अनुमति दी है, मैं उससे कुछ कम ही समय लूँगा और जो भी शेष समय होगा, वह श्री मनोरंजन भक्त के लिए छोड़ दूँगा; क्योंकि वे एक केंद्र-शासित प्रदेश से हैं, अतः उन्हें अधिक समय चाहिए।

श्री राम जेठमलानी ने बहुत वाक्पटुता से कहा कि जब से श्रीमती गांधी की सरकार सत्ता में आई है, उसके बाद से इस देश के लोगों के मन में एक अजीब सा डर और असुरक्षा की भावना घर कर गई है। लेकिन मेरे विचार से, वे इस सदन को एक बहुत महत्त्वपूर्ण बात बताना भूल गए, जो वे बताना चाहते थे कि जनता शासन के दो वर्षों के दौरान इस देश के लोगों ने खुद को बहुत सुरक्षित महसूस किया! यह बात वे बताना भूल गए।

फिर वे वर्तमान सरकार की लापरवाही के बारे में कहते हैं। मैं केवल एक उदाहरण देना चाहता हूँ कि किस प्रकार अपने शासन के दौरान जनता दल ने जिम्मेदारी से कार्य किए। हरिजनों पर हो रहे अत्याचारों पर विपक्ष के कई सदस्य कई सारे बिंदु लेकर आए। अब बेल्ची हादसा 27 मई, 1977 को हुआ और मामले की सुनवाई 5 फरवरी, 1980 को शुरू हुई, अर्थात् ढाई वर्ष बाद। वहीं जो हादसा हाल ही में पिपरा में हुआ है, वह 25 फरवरी को हुआ और उसकी सुनवाई 8 अप्रैल को शुरू हुई, जिसमें केवल डेढ़ महीने का समय लगा। अतः मैं नहीं जानता कि वे इसे कैसे न्यायोचित ठहराएँगे कि वे जिम्मेदारी से कार्य कर रहे हैं और हमारी सरकार बहुत लापरवाही से कार्य कर रही है?

श्री जेठमलानी ने यह भी कहा कि उत्तर-पूर्व में उथल-पुथल श्रीमती गांधी के सत्ता में आने के बाद ही शुरू हुई थी। मुझे नहीं पता कि वह पूर्वोत्तर के बारे में कितना जानते हैं। उनकी जानकारी के लिए बता दूँ कि उत्तर-पूर्वी क्षेत्र में उथल-पुथल इस सरकार के आने से पहले शुरू हुई थी। वह भूल जाते हैं कि दो सदस्यों को छोड़कर हमारे पास इस सदन में असम से कोई प्रतिनिधि नहीं है। यह अशांति पिछले लोकसभा चुनावों से पहले शुरू हुई थी। मुझे नहीं पता कि उन्होंने किस आधार पर कहा कि इस सरकार के आने के बाद यह उथल-पुथल शुरू हुई।

हमें इस विशाल सदन को यह बताना होगा कि हम उत्तर-पूर्वी क्षेत्र के लोग यह महसूस करते हैं कि वर्षों तक हमारी उपेक्षा की गई है। लेकिन एक बात मैं रिकॉर्ड में दर्ज करवाना चाहता हूँ कि राजनीति, समाज और आर्थिक क्षेत्र में जैसे भी स्तर का आज हम आनंद ले रहे हैं, मुझे कहना होगा कि यह सब प्रधानमंत्री श्रीमती इंदिरा गांधी के कारण है। आप जानते हैं

---

* 21 जुलाई, 1980 को वर्ष 1980-81, गृह मंत्रालय की माँगों पर सामान्य बहस में भाग लेते हुए दिया गया भाषण।

कि हम उत्तर-पूर्वी क्षेत्र के लोग असम का एक संघटक भाग थे। मिजोरम सहित मेरे समुदाय का इस सदन में कभी कोई प्रतिनिधित्व नहीं था। और वे असमिया लोग थे, जो इस सदन में समूचे उत्तर-पूर्वी क्षेत्र का प्रतिनिधित्व कर रहे थे। लेकिन वह प्रधानमंत्री श्रीमती इंदिरा गांधी थीं, जिन्होंने मेघालय को एक अलग राज्य का दर्जा दिया। यह वे थीं, जिन्होंने मिजोरम को बनाया। यह वे थीं, जिन्होंने अरुणाचल प्रदेश को बनाया। यह वे थीं, जिन्होंने मणिपुर को बनाया और यह वे ही थीं, जिन्होंने त्रिपुरा को एक राज्य का दर्जा दिया। इसीलिए, अगर आज इस देश में जो हमारी राजनीतिक या सामाजिक स्थिति है, वह प्रधानमंत्री श्रीमती इंदिरा गांधीजी की देन है।

मैं कुछ सुझाव देना चाहता हूँ। जैसाकि मैंने कहा, मैं सदन का अधिक समय नहीं लेना चाहता। जहाँ तक प्रश्न उत्तर-पूर्वी क्षेत्र का है, माननीय गृहमंत्री के विचार के लिए मेरे पास कुछ गंभीर सुझाव हैं। मेरे सम्मानित मित्र श्री चिंगवांग कोन्या ने कुछ घंटों पहले सुझाव दिया था कि उत्तर-पूर्वी-क्षेत्र की समस्या को हल करने के लिए, इस भाग के लिए एक अलग मंत्रालय बनाया जाना चाहिए। मैं इस सुझाव का समर्थन करता हूँ। वास्तव में, उत्तर-पूर्वी क्षेत्र के लोगों ने कुछ समय तक आवाज उठाई थी। इसलिए मैं माननीय प्रधानमंत्रीजी से उत्तर-पूर्वी क्षेत्र के लिए एक अलग मंत्रालय बनाने का आग्रह करता हूँ। किसी कारण या दूसरे कारण से यदि भारत सरकार के लिए ऐसा करना संभव न हो तो मैं वैकल्पिक सुझाव दूँगा कि अनुसूचित जाति, जनजाति और अन्य अल्पसंख्यकों के कल्याण के लिए प्रधानमंत्री के प्रभार में एक अलग मंत्रालय होना चाहिए। उस मंत्रालय में उत्तर-पूर्वी क्षेत्र की देखभाल के लिए एक अलग सेल होना चाहिए, क्योंकि उस क्षेत्र का एक बड़ा हिस्सा अनुसूचित जनजातियों का है।

एक और महत्त्वपूर्ण मुद्दा, जो मैं रखना चाहता हूँ, वह यह है कि उत्तर-पूर्वी क्षेत्र में पाँच राज्य हैं और इन पाँच राज्यों के लिए हमारे पास एक ही राज्यपाल है। इन क्षेत्रों में जो मौजूदा स्थिति है, उसके तहत मैं भारत सरकार से इन पाँच राज्यों के लिए अलग-अलग राज्यपाल नियुक्त करने का आग्रह करता हूँ, क्योंकि एक अकेले व्यक्ति के लिए इतने बड़े क्षेत्र की देखभाल करना बहुत कठिन है। देश के इस हिस्से में आबादी कम हो सकती है, लेकिन परिवहन की बाधाओं के कारणवश एक अकेले व्यक्ति के लिए पूरे उत्तर-पूर्वी क्षेत्र की देखभाल करना वास्तव में मुश्किल है।

फिर एक मुश्किल संवैधानिक नजरिए से भी है। श्री चिंगवांग ने असम और नागालैंड, असम और मेघालय, असम और अरुणाचल प्रदेश, असम और मिजोरम के बीच सीमा विवाद का संदर्भ दिया। इन सभी राज्यों में सीमा विवाद है। ऐसा इसलिए होता है, क्योंकि राज्यपाल मेघालय के खिलाफ असम विधानसभा को संबोधित करेगा और मणिपुर में वह नागालैंड के खिलाफ बात कर सकता है और जब वह नागालैंड विधानसभा को संबोधित करता है तो वह असम सरकार के खिलाफ बात कर सकता है और दूसरी स्थिति में इसी के विपरीत। ऐसा करने पर वह अन्य विधानसभा में खुद का विरोधाभास कर सकता है। इसलिए संवैधानिक दृष्टिकोण से यह सभी पाँच

राज्यों के लिए उत्तर-पूर्वी क्षेत्र में एक ही गवर्नर होने के लिए कुछ हद तक अव्यावहारिक है। इसलिए मैं सरकार से फिर से उत्तर-पूर्वी क्षेत्र में विभिन्न राज्यों के लिए अलग-अलग राज्यपाल नियुक्त करने का आग्रह करता हूँ। पूरे क्षेत्र के विकास की देखभाल के लिए भारत सरकार उत्तर-पूर्वी परिषद् का गठन करने के लिए बहुत उदार थी। लेकिन फिर भी, मुझे उत्तर-पूर्वी परिषद् के सुचारु कामकाज पर संदेह है। अब कई क्षेत्रीय परिषदों और अन्य निकायों से संसद् के सदस्य जुड़े हुए हैं, लेकिन इस विशेष उत्तर-पूर्वी परिषद् में संसद् सदस्य अब तक जुड़े नहीं हैं।

मैं सरकार—गृह मंत्रालय—से यह देखने का आग्रह करता हूँ कि क्या उस परिषद् में उत्तर-पूर्वी क्षेत्र से संबंधित संसद् सदस्यों में से एक या दो प्रतिनिधि होना संभव होगा?

कई माननीय सदस्यों ने मिजोरम समस्या के बारे में बात की है। खैर, मुझे खुशी है कि भारत सरकार, माननीय प्रधानमंत्री और माननीय गृहमंत्री मिजोरम के विकास में गहरी दिलचस्पी दिखा रहे हैं। इस संबंध में चर्चाएँ हुई हैं। समाचार-पत्रों की रिपोर्ट के अनुसार, मिजोरम समस्या का शांतिपूर्ण समाधान खोजने के लिए श्री लालडेंगा और भारत सरकार के बीच वार्त्ता चल रही है। मैं इस कदम का स्वागत करता हूँ। लेकिन मैं भारत सरकार को चेतावनी देना चाहता हूँ कि ऐसे लोग भी हैं, जो यह कोशिश कर रहे हैं कि यह बातचीत धरातल पर परिणाम लेकर न आए।

मेरे विचार से, इस समूह का प्रतिनिधित्व और कोई नहीं, बल्कि ब्रिगेडियर साइलो स्वयं कर रहे हैं, जो मुख्यमंत्री हैं। इसलिए मैं भारत सरकार को सावधान करना चाहूँगा कि शांतिपूर्ण वार्त्ता के रास्ते में कोई भी व्यक्ति नहीं आना चाहिए।

एक और बात जो मैं कहना चाहता हूँ, वह संविधान (अनुसूचित जाति और जनजाति), 1951 और 1976 के आदेश से संबंधित है। ऐसे कई समुदाय हैं, जिन्हें एक राज्य में अनुसूचित जातियों और जनजातियों के रूप में पहचाना गया था, लेकिन उन्हें अन्य राज्यों में मान्यता नहीं मिली है। मैं इस क्षेत्रीय प्रतिबंध को हटाने के लिए सरकार से आग्रह करता हूँ। उदाहरण के लिए, मेरे समुदाय गारो समुदाय को नागालैंड में और यहाँ तक कि पश्चिम बंगाल, मेघालय में एक अनुसूचित जनजाति समुदाय के रूप में मान्यता प्राप्त है; लेकिन हमें असम में निर्धारित जनजातियों के रूप में नहीं माना जाता है। असम में गारो लोगों की लगभग एक लाख आबादी है, लेकिन हमें असम में अनुसूचित जनजाति के रूप में मान्यता प्राप्त नहीं है। असम में हाजांग को अनुसूचित जनजाति के रूप में मान्यता प्राप्त नहीं हैं, लेकिन उन्हें मेरे राज्य में अनुसूचित जनजाति के रूप में मान्यता प्राप्त है। मेरे क्षेत्र में रावस और कोच जैसे समुदाय हैं, जिन्हें अन्य स्थानों पर अनुसूचित जनजाति के रूप में मान्यता दी गई है; लेकिन मेरे राज्य में उन्हें अनुसूचित जनजातियों के रूप में मान्यता नहीं दी गई है। इसलिए मैं चाहता हूँ कि सरकार इस बिंदु पर विचार करे और इस आदेश के संशोधन की दिशा में कानून लाकर प्रतिबंधों को हटाए, ताकि देश भर में सभी को समान दर्जा मिल सके। इन्हीं शब्दों के साथ मैं गृह मंत्रालय की माँगों का समर्थन करता हूँ।

उत्तर-पूर्व में विकास के द्वारा शांति*

श्रीमान अध्यक्ष महोदय, बहुत-बहुत धन्यवाद। मैं भाषण नहीं दूँगा। मैं केवल चार सुझाव दूँगा।

उत्तर-पूर्व की समस्या के लिए संपूर्ण दृष्टिकोण विकास द्वारा शांति स्थापित करना है। ऐसा इसलिए है, क्योंकि दिल्ली में कुछ लोग हैं, जो कहते हैं कि जब तक शांति बहाल न हो जाए, कोई विकास कार्य नहीं किया जा सकता है। लेकिन मैं इसमें विश्वास नहीं रखता। वास्तव में, यह दूसरे तरीके से हो सकता है। आपको विकास के माध्यम से शांति स्थापित करनी चाहिए। विकास के माध्यम से शांति भारत सरकार की अवधारणा होनी चाहिए। यह भारत सरकार का दृष्टिकोण होना चाहिए। जहाँ तक विकास का सवाल है, कई मुद्दे उठाए गए हैं। मैं केवल अनुरोध करूँगा कि लगातार तीन प्रधानमंत्रियों द्वारा घोषित किए गए पैकेजों को लागू किया जाना चाहिए, वह भी प्रभावी रूप से। तत्कालीन प्रधानमंत्री श्री देवगौड़ा द्वारा लिये गए निर्णय कि भारत सरकार के हर मंत्रालय को उत्तर-पूर्व के लिए 10 प्रतिशत निर्धारित करना चाहिए, लागू होना चाहिए।

बेहतर होगा, यदि हमारे पास उत्तर-पूर्व में सीधे निवेश करनेवाली ज्यादा-से-ज्यादा सरकारी एजेंसियाँ हों, विशेषकर खेती, बागबानी और वस्तुओं के क्षेत्र में। केंद्रीय रबड़ बोर्ड, चाय बोर्ड, कॉफी बोर्ड, मसाला बोर्ड जैसी एजेंसियाँ उत्तर-पूर्वी राज्यों की आर्थिक स्थिति को बदलने में बहुत बड़ी भूमिका निभा सकती हैं। ऐसा इसलिए, क्योंकि ऐसी वस्तुओं की खेती के लिए उत्तर-पूर्व एक उपयुक्त क्षेत्र है।

यकीनन उत्तर-पूर्व का आधारभूत ढाँचा बहुत खराब है। आधारभूत ढाँचे के क्षेत्र में कुछ और निवेश किया जाना आवश्यक है। मैं नहीं जानता कि दक्षिण एशिया मुक्त व्यापार समझौता (SAFTA) का क्या निर्णय है। मैं नहीं जानता कि कोलंबो में इस मामले की चर्चा हुई थी या नहीं। यह बहुत प्रासंगिक मामला है। मैं नहीं जानता कि परमाणु परीक्षण के बाद पाकिस्तान का क्या निर्णय है। लेकिन उत्तर-पूर्व के आर्थिक विकास के नजरिए से साफ्टा (SAFTA) बहुत महत्त्वपूर्ण है। इसलिए मैं माननीय गृहमंत्रीजी से जानना चाहूँगा कि क्या उनके पास कोई सूचना है कि वर्ष 2001 तक साफ्टा प्रवर्तन में आएगा या नहीं?

इसके बाद मैं केंद्र सरकार से अनुरोध करूँगा कि वह राज्य सरकारों को अपना पूर्ण समर्थन दे। मैं ऐसा इसलिए कह रहा हूँ, क्योंकि इस सरकार के कुछ छोटे अधिकारी कुछ ऐसी बातें कहते रहते हैं, जो बिल्कुल भी सहायक नहीं हैं।

पिछले वर्ष आम चुनाव के दौरान एक पहलू था। नागालैंड में गुप्त संगठन के लोगों ने चुनाव का बहिष्कार किया था और कहा था कि नागालैंड में चुनाव नहीं होने चाहिए। मेरे विचार

---

* 31 जुलाई, 1998 को विद्रोह के कारण उत्तर-पूर्वी क्षेत्र की स्थिति के संबंध में नियम 193 के तहत चर्चा में भाग लेने के दौरान दिया गया भाषण।

से, हमें नागालैंड के मुख्यमंत्री श्री एस.सी. जमीर का शुक्रिया अदा करना चाहिए, जिन्होंने यह कहते हुए एक दृढ़ निर्णय लिया कि 'चाहे जो हो जाए, चुनाव होंगे'। मान लीजिए, यदि चुनाव नहीं होते तो यह गुप्त संगठन की विजय होती। लेकिन मुख्यमंत्री ने दृढ़ निश्चय किया और कहा कि चुनाव होंगे और चुनाव हुए।

कई क्षेत्रों में लोग वोट देने नहीं आए, यह अलग बात है। लेकिन जो हिम्मत खुद मुख्यमंत्री द्वारा चुनाव कराने में दिखाई गई है, वह उत्कृष्ट है और देश को ऐसे नेताओं का शुक्रगुजार होना चाहिए।

यह मैं इस दृष्टिकोण से कह रहा हूँ कि जो कोई भी भारत सरकार को चलाता है, जहाँ तक उत्तर-पूर्वी राज्यों का संबंध है—जो भी सरकार उत्तर-पूर्व में राज्य चला रही है, यह कांग्रेस सरकार हो सकती है। मैंने यह बिल्कुल भी नहीं कहा कि केंद्र को पूर्ण समर्थन देना चाहिए और उन उत्तर-पूर्वी सरकारों को प्रश्रय देना चाहिए, जो विद्रोह के खिलाफ लड़ रही हैं।

तीसरी बात जो मैं रखना चाहता हूँ, वह यह है कि सेना की भूमिका क्या होनी चाहिए? हमने आज कई अप्रिय चीजें सुनी हैं। मेरा दृढ़ विश्वास है कि उत्तर-पूर्व में विद्रोह का सामना करने के लिए सेना का उपयोग नहीं किया जाना चाहिए। मैं रक्षा मंत्री श्री जॉर्ज फर्नांडीस के बयान को देखकर बहुत खुश था, जिन्होंने अपने कारण भी दिए हैं। यह बेहतर है कि हम स्थानीय सरकारों को मजबूत करें और हमें स्थानीय लोगों का सहयोग मिले। मुझे नहीं लगता कि सेना के माध्यम से कभी भी कोई समाधान हो सकता है। इसलिए समाधान बातचीत से होना चाहिए, और मैं सरकार से अपील करूँगा कि वह उनके साथ बातचीत शुरू करे।

मणिपुर में सशस्त्र बल (विशेष शक्तियाँ) अधिनियम, 1958 को रद्द करना*

महोदय, सर्वप्रथम मैं यहाँ बोलने के लिए आपकी अनुमति चाहता हूँ। यह मेरा पद नहीं है, क्योंकि मुझे अभी पद आवंटित किया जाना है। इसलिए मुझे यहाँ बोलने के लिए आपकी अनुमति लेनी होगी।

❑

धन्यवाद महोदय!

महोदय, मैं इस विशाल सदन के माध्यम से भारत सरकार का ध्यान मिस इरॉम चानू शर्मिला की गंभीर स्थिति की ओर आकर्षित करना चाहता हूँ, जो पिछले छह वर्षों से आमरण उपवास कर रही हैं। वे सशस्त्र बल (विशेष शक्तियाँ) अधिनियम, 1958 को रद्द करने की माँग कर रही हैं।

* 12 दिसंबर, 2006 को मणिपुर में सशस्त्र बल (विशेष शक्तियाँ) अधिनियम, 1958 को रद्द करने की जरूरत के विशेष उल्लेख में भाग लेने के दौरान दिया गया भाषण।

अब, जब मैं कहता हूँ कि वह पिछले छह सालों से उपवास कर रही हैं, तो सदन यह सोच रहा होगा कि वह अभी भी जीवित कैसे हैं? वे अभी भी जीवित हैं, क्योंकि उन्हें गिरफ्तार कर लिया गया है और ऑल इंडिया इंस्टीट्यूट ऑफ मेडिकल साइंसेज में ले जाया गया है। उन्हें उनकी नाक से जबरदस्ती खाना दिया जा रहा है। अब उनकी हालत बहुत नाजुक हो गई है। हाल ही में माननीय प्रधानमंत्रीजी ने दौरा किया है और वहाँ उन्होंने कानून में संशोधन करने की पेशकश की है। लोग अधिनियम को रद्द करना चाहते हैं और माननीय प्रधानमंत्रीजी अधिनियम को संशोधित करना चाहते हैं, जो कि स्वीकार्य नहीं है।

महोदय, मैं यहाँ उनकी बात का समर्थन करने आया हूँ, मणिपुर के लोगों का समर्थन करने, और मैं माँग करता हूँ कि सशस्त्र बल (विशेष शक्तियाँ) अधिनियम, 1958 को रद्द कर दिया जाना चाहिए, इसलिए उन्होंने अपना जीवन रक्षक हटा लिया है। अत: मेरे विचार से यह ऐसा मुद्दा है, जो सबसे अधिक आवश्यक है।

मैं इसकी माँग केवल श्रीमती शर्मिला का जीवन बचाने के लिए ही नहीं, बल्कि इसके इस योग्य होने के कारण भी कर रहा हूँ। मैंने कानून को जाँचा-परखा है। अगर आप इसे ध्यान से देखें तो पाएँगे कि यह कानून अस्तित्व में होने के योग्य है ही नहीं।

यह नियम वर्ष 1958 में पारित हुआ था। अब इसे करीब-करीब 50 वर्ष हो चुके हैं। जब यह नियम पारित हुआ था, तब केवल एक विद्रोही समूह था। सन् 1980 में जब यह लागू हुआ, तब केवल चार विद्रोही समूह थे। आज अकेले मणिपुर में पच्चीस विद्रोही समूह हैं। इसलिए महोदय, यह नियम, जो विद्रोह को समाप्त करने के लिए बना था, पूरी तरह से असफल हो चुका है। अत: इसे रद्द कर दिया जाना चाहिए। यह अधिनियम वर्चस्व और दमन का प्रतीक बन चुका है। भारत सरकार द्वारा गठित जीवन रेड्डी समिति ने इसकी जाँच की और रिपोर्ट कहती है—

> 'कारण चाहे जो भी हो, यह अधिनियम उत्पीड़न, घृणा की वस्तु, जुल्म और भेदभाव का यंत्र बन चुका है।'

इसके अतिरिक्त, माननीय प्रधानमंत्री स्वयं कहते हैं कि यह अमानवीय अधिनियम है। जब माननीय प्रधानमंत्री स्वयं यह कहते हैं कि यह अधिनियम अमानवीय है तो इस अधिनियम को अस्तित्व में क्यों होना चाहिए? इसलिए निष्कर्ष यह है कि समिति, जिसने इसकी जाँच की, ने विशेष रूप से कहा है—

समिति का यह निश्चित दृष्टिकोण है कि सशस्त्र बल (विशेष शक्ति) अधिनियम, 1958 को निरस्त कर दिया जाना चाहिए।

इसलिए उत्तर-पूर्व के लोगों की ओर से, मणिपुर के लोगों की ओर से और श्रीमती शर्मिला का अनमोल जीवन बचाने के लिए मैं माँग करता हूँ कि अधिनियम निरस्त कर दिया जाए। इन्हीं शब्दों के साथ मैं अपना भाषण समाप्त करता हूँ।

☐

भाग-4

राज्यसभा में भाषणों का चयन

वाणिज्य, उद्योग और आर्थिक विकास से संबंधित मामले

प्रिंट मीडिया की उत्तरजीविता को खतरा*

महोदय, नेशनल न्यूज प्रिंट एंड पेपर मिल लिमिटेड, नेपा नगर देश की एकमात्र न्यूजप्रिंट बनानेवाली इकाई है। चालू वर्ष में न्यूजप्रिंट की कुल जरूरत लगभग 4.1 लाख टन है, परंतु उसमें से नेशनल न्यूजप्रिंट और पेपर मिल द्वारा लगभग 50,000 टन का उत्पादन किया जा रहा है। शेष का भारत के राज्य व्यापार निगम द्वारा दूसरे देशों से आयात किया जा रहा है।

एन.ई.पी.ए. न्यूजप्रिंट के मूल्य पर कोई वैधानिक नियंत्रण नहीं है; परंतु औद्योगिक लागत और कीमत ब्यूरो के परामर्श से समय-समय पर उचित बिक्री मूल्य निर्धारित किया जा रहा था। दिसंबर 1978 में औद्योगिक लागत और कीमत ब्यूरो ने एन.ई.पी.ए. के न्यूजप्रिंट की लागत मूल्य का अध्ययन किया और प्रमुख निवेश कारकों जैसे कच्चा माल, ऊर्जा, भाप, रसायन आदि में वृद्धि के आधार पर समय-समय पर बढ़नेवाले बिक्री मूल्य में प्रभावी संशोधन के लिए एक वृद्धि सूत्र के साथ 3,085 रुपए के उचित बिक्री मूल्य की सिफारिश की। औद्योगिक लागत और कीमत ब्यूरो द्वारा निर्धारित की गई क्षमता प्राप्त करने में एन.ई.पी.ए. मिलों द्वारा अनुभव की गई कठिनाइयों के कारण कुछ अंतर की अनुमति देने के बाद अप्रैल 1979 में एन.ई.पी.ए. न्यूजप्रिंट का मूल्य 3,200 रुपए प्रति टन निर्धारित कर दिया गया। औद्योगिक लागत और कीमत ब्यूरो सूत्र में सूचीबद्ध वस्तुओं में बढ़ोतरी को ध्यान में रखते हुए एन.ई.पी.ए. के न्यूजप्रिंट का मूल्य 17 मार्च, 1980 से प्रभावी रूप से फिर संशोधित कर 3,682 रुपए कर दिया गया।

जिस प्रकार से मुद्रास्फीति की प्रवृत्तियाँ बनी हुई हैं, सितंबर 1980 में एन.ई.पी.ए. न्यूजप्रिंट का उचित मूल्य लगभग 4,275 रुपए प्रति टन तक था। हालाँकि यह आँकड़ा 4,420 रुपए के 51 जी.एस.एम. आयातित न्यूजप्रिंट के तत्कालीन मौजूदा मूल्य के बहुत करीब था। इस स्तर

---

* 8 सितंबर, 1981 को एन.ई.पी.ए. मिल्स द्वारा न्यूजप्रिंट की कीमत में सूचित वृद्धि के कारण मध्यम और छोटे अखबारों तथा आवधिकों की उत्तरजीविता पर खतरे को ध्यान में लाने के लिए लाए गए प्रस्ताव में भाग लेने के दौरान दिया गया भाषण।

पर सरकार ने ग्रामेज अंतर को ध्यान में रखकर एक निर्णय लिया कि एन.ई.पी.ए. अखबार-पत्र के लिए भविष्य की कीमतें आयातित अखबार-पत्र की कीमत के सापेक्ष होंगी। इस नीति के निर्णय के परिणामस्वरूप 25 अक्तूबर, 1980 से प्रभावी कीमत केवल 3,886 रुपए प्रति टन पर अनुमेय थी।

संशोधित मूल्य-निर्धारण नीति अतिरिक्त विस्तार के लिए और समय-समय पर मूल्य-निर्धारण पर तेजी से निर्णय करने के लिए सरकार ने सन् 1981 में अध्यक्ष-सह-प्रबंध निदेशक, एन.ई.पी.ए. मिल्स और दो सरकारी निदेशकों सहित एक सशक्त उप-समिति का गठन करने का निर्णय लिया, जो ग्रामेज अंतर को ध्यान में रखते हुए आयातित न्यूजप्रिंट कीमतों में त्रैमासिक बिक्री मूल्य तय करे।

एन.ई.पी.ए. न्यूजप्रिंट के मूल्य समय-समय पर कुछ इस प्रकार सशक्त उप-समिति द्वारा संशोधित किए गए थे—

प्रभावी तिथि	प्रति टन मूल्य
1 जनवरी, 1981	3,956 रुपए
1 अप्रैल, 1981	4,277 रुपए
1 जुलाई, 1981	4,700 रुपए

मूल्य संशोधन के अंतिम अवसर पर ग्रामेज को भी बाहरी एजेंसियों की जाँच रिपोर्टों के द्वारा सत्यापित किया गया। एन.ई.पी.ए. मिलों ने यह भी तय किया था कि बी.आई.सी.पी. सूत्र के अनुसार, निवेश की लागत के आधार पर स्वीकार्य मूल्य 4,925 रुपए प्रति टन होगा।

एन.ई.पी.ए. न्यूजप्रिंट की मौजूदा कीमतें और समय-समय पर आयातित न्यूजप्रिंट की कीमत (सी.एम.एल. के अलावा) मुक्त समुद्र (high seas) के आधार पर संक्षेप में इस प्रकार है—

प्रभावी तिथि (प्रासंगिक तिमाही के दौरान)	एन.ई.पी.ए. अखबार-पत्र प्रति टन मूल्य (रुपयों में)	आयातित अखबार-पत्र प्रति टन मूल्य (रुपयों में)
17 मार्च, 1980	3,682	4,090
25 अक्तूबर, 1980	3,886	4,275
01 जनवरी, 1981	3,956	4,365
01 अप्रैल, 1981	4,277	4,730
01 जुलाई, 1981	4,700	5,195

भारतीय और पूर्वी समाचार-पत्र सोसाइटी यह कह रही है कि पिछले दो वर्षों के दौरान एन.ई.पी.ए. अखबार-पत्र के मूल्यों में बार-बार और पर्याप्त संशोधन हुआ है। साथ ही, उन्होंने एन.ई.पी.ए. न्यूजप्रिंट की निम्न कोटि और ज्यादा ग्रामेज होने की भी शिकायत की है। एन.ई.पी.ए.

न्यूजप्रिंट की गुणवत्ता में सुधार के लिए लगातार प्रयास किए जा रहे हैं; लेकिन स्वदेशी कच्चे माल (बाँस और स्थानीय ठोस लकड़ी का मिश्रण) को उपयोग करने की बाधाओं को ध्यान में रखते हुए, इसे आयातित न्यूजप्रिंट (जो सुरक्षित लकड़ी से निकाली गई लुगदी से बना होता है) की गुणवत्ता जैसा बनाना मुश्किल होगा। जहाँ तक ग्रामेज का प्रश्न है, एन.ई.पी.ए. न्यूजप्रिंट मूल्य निर्धारित करते समय अंतर के लिए देय भत्ता बनाया जा रहा है।

समय-समय पर एन.ई.पी.ए. न्यूजप्रिंट का मूल्य संशोधित करने के बावजूद अखबार-पत्र मिलें कई समस्याओं का सामना कर रही हैं और पिछले कुछ वर्षों में इसका कार्यान्वयन लाभकारी नहीं रहा है। 31 मार्च, 1981 तक कंपनी की कुल संचित हानि 3.33 करोड़ रुपए था। यह आंशिक रूप से कच्चे माल की अनुपयुक्तता के कारण है, जो हमारे विदेशी मुद्रा संसाधनों को संरक्षित करने की आवश्यकता के संबंध में इष्टतम सीमा तक उपयोग करने के करीब भी नहीं है। मिल को ऊर्जा की कमी के साथ-साथ परिचालन की कमी से उत्पन्न कठिनाइयों का भी सामना करना पड़ रहा है। मिल ने नवीनीकरण का एक कार्यक्रम शुरू किया है और उम्मीद है कि इसकी क्षमता का उपयोग बेहतर होगा, जिससे उत्पादन और वित्तीय स्थिति में सुधार हो सके।

केंद्रीय रेशम बोर्ड (संशोधन) विधेयक, 1982 *

महोदय, मैं प्रस्ताव रखना चाहता हूँ—

> कि लोकसभा द्वारा पारित केंद्रीय रेशम बोर्ड अधिनियम, 1948 में संशोधन के लिए विधेयक पर विचार किया जाए।

महोदय, इस चरण पर मैं अत्यंत संक्षिप्त रूप में अपनी बात रखूँगा। यह विधेयक मौजूदा अधिनियम की धारा 4 और मौजूदा अधिनियम की धारा 13 में संशोधन की माँग करता है। इस बोर्ड में अध्यक्ष सहित 36 सदस्य हैं। अधिनियम के भाग 4 के तहत बोर्ड के अध्यक्ष, जो इन 36 में से एक सदस्य हैं, की नियुक्ति केंद्र सरकार द्वारा की जाती है। अब अधिनियम की धारा 13 के तहत, जिसमें नियम बनाए गए हैं, बोर्ड के अध्यक्ष को व्यापक प्रशासनिक और वित्तीय शक्तियाँ प्राप्त हैं और बोर्ड का सचिव, जिसकी नियुक्ति केंद्र सरकार द्वारा की जाती है, को अध्यक्ष के सामान्य नियंत्रण के अधीन काम करना होता है। महोदय, वर्तमान अधिनियम में एक महत्त्वपूर्ण कमी यह है कि इसमें वे स्थितियाँ, जिनमें अध्यक्ष को हटाया जा सके या जब वह त्याग-पत्र दे तो ऐसी स्थिति से निपटने की प्रक्रिया का कोई उल्लेख नहीं है। इस मामले को

---

* 25 व 31 मार्च, 1982 को राज्यसभा में विधेयक प्रस्तुत करते हुए दिया गया भाषण। इस विधेयक में अन्य बातों के साथ-साथ केंद्रीय रेशम बोर्ड के अध्यक्ष पद की विशिष्ट अवधि, समय से पूर्व अध्यक्ष को अपदस्थ करने की प्रणाली और अपनी अवधि से पूर्व अपना पद त्यागने से संबंधित अधिकार देने के लिए केंद्रीय रेशम बोर्ड अधिनियम, 1948 में संशोधन की माँग की गई थी।

धारा 13 में व्यापक रूप से इंगित किया गया है, बोर्ड की नियम बनाने की शक्तियों का उल्लेख किया गया है। इन नियमों के तहत यदि अध्यक्ष सहित बोर्ड का कोई भी सदस्य अनैतिक कार्य में लिप्त किसी अपराध का दोषी पाया जाता है तो केंद्र सरकार उसे हटा सकती है। अब अध्यक्ष के कार्यालय की विशिष्ट अवधि, उसके कार्यकाल की समाप्ति से पहले उसे हटाने की विधि और अध्यक्ष के अपने कार्यकाल की समाप्ति से पूर्व किसी भी समय पद त्यागने के अनुरूप अधिकार को अधिनियम के प्रावधानों में शामिल करना आवश्यक प्रतीत होता है।

इस संशोधन का लाभ उठाते हुए अधिनियम की धारा 13 में संशोधन करने का भी प्रस्ताव है, जो उपधारा-3 में नियम बनाने का अवसर देता है और यह हम उस सिद्धांत के सख्त अनुपालन से ला रहे हैं, जिसकी संसद् के दोनों सदनों—लोकसभा और राज्यसभा की समिति ने सिफारिश की है।

जैसाकि मैंने कहा कि यह एक छोटा सा संशोधन है, बहुत मामूली सा संशोधन, जिसका उद्देश्य केवल अध्यक्ष को हटाने की प्रक्रिया को लाना है। चूँकि इसे लोकसभा में पहले ही पारित किया जा चुका है, मुझे नहीं लगता कि सदन को इस पर और समय लेना चाहिए। इन्हीं शब्दों के साथ मैं निवेदन करता हूँ कि इस विधेयक को विचारार्थ लिया जाए।

❑

माननीय उपसभापति महोदय, मैं माननीय सदस्यों का आभारी हूँ, पहले तो इस विधेयक का समर्थन करने के लिए, दूसरा देश में रेशम उद्योग के विकास में इतनी दिलचस्पी दिखाने के लिए। मैं उन माननीय सदस्यों का भी आभारी हूँ, जिन्होंने इस बहस के दौरान बहुत अच्छे सुझाव दिए। मैं इस विशाल सदन को आश्वासन देता हूँ कि जितने भी सुझाव दिए गए हैं, उन पर विचार किया जाएगा।

महोदय, जैसाकि मैंने विधेयक को विचार के लिए आगे बढ़ाते हुए कहा था, इस संशोधन का बहुत सीमित कार्य-क्षेत्र है और मैंने इसका विवरण बहुत मामूली तौर पर दिया है, क्योंकि यह केवल अध्यक्ष को हटाने और अध्यक्ष की सेवाओं को खत्म करने की प्रक्रिया को शामिल करने के लिए है। यह अधिनियम की धारा 13 को संशोधित करने की भी माँग करता है, जिसमें एक माननीय सदस्य ने कई सारी चीजें पढ़ने की कोशिश की है। परंतु यह संसद् के दोनों सदनों—लोकसभा और राज्यसभा की अधीनस्थ विधान संबंधी समितियों द्वारा की गई सिफारिशों के अनुरूप लाया गया है, इसलिए इस पर कहने के लिए और कुछ शेष नहीं है।

हालाँकि यह विधेयक एक सीमित कार्य-क्षेत्र तक ही सीमित है, जैसाकि मैंने कहा, इस बहस में देश में कीट-पालन उद्योग के सभी पहलू आ चुके हैं। हालाँकि मैं इस सदन में कही गई सभी बातों पर विचार करने का प्रस्ताव नहीं रखता, मैं उन मुख्य बिंदुओं पर चर्चा करने का प्रस्ताव रखता हूँ, जिनका माननीय सदस्यों ने जिक्र किया है।

सबसे पहले तो मैं उन बातों का जवाब देना चाहूँगा, जिनमें माननीय सदस्यों ने यह कहा

है कि हमारे देश में रेशम उद्योग की वृद्धि नहीं हुई कि सरकार ने देश में रेशम की उद्योग की वृद्धि पर ध्यान नहीं दिया और यह कि रेशम बोर्ड ने ठीक से काम नहीं किया है। महोदय, यह कथन बिल्कुल भी सत्य नहीं होगा और मुझे कहना होगा कि पिछले तीन दशकों के दौरान रेशम उद्योग ने स्थिर वृद्धि दरशाई है। वर्ष 1950-51 में देश में कच्चे रेशम का उत्पादन 900 मीट्रिक टन था और 1980-81 में उत्पादन का आँकड़ा 5,041 मीट्रिक टन तक पहुँच चुका है। अगर हम इसके निर्यात को देखें तो वर्ष 1950-51 में हमारा रेशम का निर्यात 53 लाख रुपए का था और 1980-81 में निर्यात का आँकड़ा 53 करोड़ रुपए तक पहुँच गया। 53 लाख रुपए से यह आँकड़ा बढ़कर 53 करोड़ रुपए हो गया और चालू वर्ष के अंत तक हम इसके 63 करोड़ रुपए के लक्ष्य तक पहुँचने की आशा कर रहे हैं। और मैं आगे यह कह सकता हूँ कि छठी पंचवर्षीय योजना के अंत तक हमारा लक्ष्य 100 करोड़ रुपए तक पहुँचने का है।

कुछ माननीय सदस्यों ने यह भी कहा है कि भारत सरकार ने इस उद्योग के विकास पर ज्यादा ध्यान नहीं दिया और इस देश में रेशम उद्योग के विकास के लिए पर्याप्त धन का निवेश नहीं किया। महोदय, पहली पंचवर्षीय योजना में रेशम उद्योग के विकास के लिए आवंटित राशि केवल 45.9 लाख रुपए थी और जैसाकि माननीय सदस्य जानते हैं, छठी पंचवर्षीय योजना के दौरान हमारा आवंटन 167.37 करोड़ रुपए है। अत: यह कहना सही नहीं होगा कि भारत सरकार ने इस उद्योग के विकास पर कोई ध्यान नहीं दिया। परंतु मैं सहमत हूँ कि शायद इससे कहीं अधिक किया जा सकता था। मैं माननीय सदस्यों से सहमत हूँ कि हमारे देश में कीट-पालन उद्योग के विकास की पर्याप्त क्षमता, पर्याप्त संभावना है। इसके अभी भी ऐसे अनेक क्षेत्र हैं, जिन्हें छुआ तक नहीं गया है। मैं इस विशाल सदन को आश्वस्त करता हूँ कि भारत सरकार के लिए जितना संभव है, हम उसे करने का पूरा प्रयास कर रहे हैं। लेकिन एक बात को ध्यान में रखना होगा कि कीट-पालन प्राथमिक रूप से राज्य सरकार का विषय है और यह प्राथमिक रूप से राज्य सरकार का कर्तव्य है कि वह देश में कीट-पालन उद्योग का विकास करे। भारत सरकार के रूप में और केंद्रीय रेशम बोर्ड के माध्यम से हमारा कर्तव्य इस उद्योग की वृद्धि का प्रसार करना है और संबंधित राज्य सरकारों को थोड़ी और सहायता व सहयोग प्रदान करना है। और इससे पहले कि मैं भूल जाऊँ, मैं रेशम उद्योग की वृद्धि के बारे में यह भी बताना चाहूँगा कि कुछ वर्षों पूर्व, सन् 1978 में, विश्व में रेशम उत्पादन में हमारा स्थान चौथा था और आज हमारा स्थान तीसरा है। एक समय में हमारा स्थान पाँचवाँ था। पाँचवें से हमारा स्थान वर्ष 1978 में चौथा हो गया और आज हम तीसरे स्थान पर हैं।

हमारे देश की एक और खास बात यह है कि विश्व में हमारा देश ही एक ऐसा देश है, जो रेशम की व्यावसायिक रूप से जानी जानेवाली चारों किस्में, जैसे—मुलबेरी, तसर, एरी और मुगा का उत्पादन करता है। जहाँ तक तसर का प्रश्न है, कोचीन के बाद हम विश्व के दूसरे सबसे बड़े उत्पादक हैं। जहाँ तक मुगा का प्रश्न है, जैसाकि माननीय सदस्यों ने अंकित किया

है, भारत ऐसा इकलौता देश है। विश्व में हमारे पास मुगा का एकाधिकार है।

कई माननीय सदस्यों ने कुछ बिंदु रखे हैं। मैं उन पर बहुत संक्षेप में बात करूँगा। श्री हेगड़े अब यहाँ नहीं हैं। उन्होंने एक बात रखी थी कि यह विधेयक प्रतिशोधात्मक विधेयक है और यह विधेयक केवल एक विशेष व्यक्ति अर्थात् वर्तमान अध्यक्ष को दंडित करने के लिए लाया गया है। वैसे उनका आरोप समझा जा सकता है। हमारा इरादा, सरकार का इरादा, केवल इस तथ्य से समझा जा सकता है कि वर्तमान अध्यक्ष की अवधि अगले महीने की 8 तारीख को समाप्त हो रही है। आज इस महीने का आखिरी दिन है और उनका कार्यकाल अगले महीने की 8 तारीख को समाप्त हो जाएगा। यह सिर्फ एक सप्ताह का प्रश्न है। इसलिए मुझे नहीं पता कि श्री हेगड़े ने इस विधेयक में अपना उद्देश्य किस प्रकार बताया है। मुझे श्री हेगड़े को भी याद दिलाना चाहिए कि अगर हम वास्तव में प्रतिशोधी होते, अगर हम वास्तव में न्याय से मुँह मोड़ते तो हम तीन महीने का नोटिस क्यों देते? कई माननीय सदस्यों ने इंगित किया है, 'आप तीन महीने का नोटिस क्यों दे रहे हैं? आप उसे एक महीने के नोटिस के साथ क्यों बरखास्त नहीं कर सकते?' हम ऐसा कर सकते थे। परंतु हम प्रतिशोधी नहीं होना चाहते थे, हम कोई अन्याय नहीं करना चाहते थे—और यही कारण है कि एक महीने का नोटिस देने के बजाय सरकार तीन महीने का नोटिस दे रही है।

ऐसे कई माननीय सदस्य हैं, जिन्होंने अपनी भावना व्यक्त की है कि जहाँ तक कीट-पालन उद्योग के विकास का संबंध है, भारत सरकार देश के केवल एक हिस्से या देश के एक क्षेत्र को ही महत्त्व दे रही है। जैसाकि मैंने पहले ही बताया है, महोदय, कीट-पालन राज्य का विषय है और यह राज्य सरकार पर निर्भर करता है तथा हमारे केंद्रीय रेशम बोर्ड पर भी। यह कहना उचित नहीं होगा कि हम केवल एक विशेष राज्य या क्षेत्र को महत्त्व दे रहे हैं। हम हमेशा देश के सभी हिस्सों को महत्त्व देने की कोशिश करते हैं। महोदय, मैं कहता हूँ कि देश में कच्चे रेशम के उत्पादन में वृद्धि के लिए विभिन्न विकास कार्यक्रम लागू किए जा रहे हैं और भारत-स्विस अंतरराज्य तसर परियोजना—जिसकी पहुँच बिहार, मध्य प्रदेश, उड़ीसा, आंध्र प्रदेश, महाराष्ट्र, पश्चिम बंगाल और उत्तर प्रदेश तक है—को वर्ष 1981-82 से लागू किया जा रहा है। इस परियोजना का परिव्यय 10.5 करोड़ रुपए है और इस परियोजना के लागू होने के बाद यह आशा है कि देश में कच्चे तसर का उत्पादन 100 मीट्रिक टन तक हो जाएगा। अत: हम देश के सभी हिस्सों पर ध्यान दे रहे हैं।

कुछ माननीय सदस्यों ने कहा है कि केंद्रीय रेशम बोर्ड के अधीन कोई क्षेत्रीय कार्यालय नहीं है। इस समय हमारे पास चार क्षेत्रीय कार्यालय हैं, जो देश के अलग-अलग हिस्सों में स्थित हैं; और मुझे इस विशाल सदन को यह बताते हुए बहुत खुशी हो रही है कि जल्द ही केंद्रीय रेशम बोर्ड असम, ओडिशा, उत्तर प्रदेश, आंध्र प्रदेश और तमिलनाडु में एक-एक क्षेत्रीय विकास कार्यालय खोलेगा।

❑

कश्मीर में पहले से ही एक क्षेत्रीय कार्यालय है। कुछ माननीय सदस्यों ने कहा है कि हमने इस क्षेत्र पर अधिक ध्यान नहीं दिया है, शायद इसलिए कि एक माननीय सदस्य ने इंगित किया कि मैं पूर्वोत्तर क्षेत्र असम से संबंध रखता हूँ, शायद उन्होंने मुझे उत्तेजित करने का प्रयास किया। यह गरिमामयी सदन इस बात से अवगत है कि यह सरकार, विशेषकर माननीय प्रधानमंत्रीजी, पूर्वोत्तर क्षेत्र के विकास को कितना महत्त्व दे रहे हैं। यह सरकार पूर्वोत्तर क्षेत्र के एक विशेष विषय या कीट-पालन उद्योग के विकास को ही नहीं, बल्कि सभी पहलुओं को महत्त्व दे रही है।

❑

मैं इस विशाल सदन को आश्वस्त करता हूँ कि हम कीट-पालन उद्योग के विकास को महत्त्व दे रहे हैं, विशेषकर मुगा को; क्योंकि जैसा मैं देख रहा हूँ, विश्व में इस पर हमारा एकाधिकार है।

महोदय, हम रेशम की इस किस्म के विकास को ज्यादा महत्त्व देने की कोशिश कर रहे हैं और पूर्वोत्तर क्षेत्र में इस उद्योग के विकास का हम भरसक प्रयत्न कर रहे हैं।

एक प्रश्न उठाया गया था कि अध्यक्ष की योग्यता निर्धारित क्यों नहीं की गई है ? महोदय, रेशम बोर्ड की अध्यक्षता का इतिहास बहुत लंबा है। रेशम बोर्ड के पास स्वयं पं. जवाहरलाल नेहरू जैसी शख्सियत के अध्यक्ष होने की सुविधा रही है। डॉ. श्यामाप्रसाद मुखर्जी, जो वाणिज्य मंत्री थे, रेशम बोर्ड के प्रथम अध्यक्ष थे। प्रारंभ में प्रथा यह थी कि वाणिज्य प्रभारी मंत्री केंद्रीय रेशम बोर्ड के अध्यक्ष बनते थे। बाद में कपड़ा आयुक्त द्वारा इसकी अध्यक्षत' की परंपरा बनी; क्योंकि मंत्री काफी सारी जिम्मेदारियों में बहुत व्यस्त रहते थे। केवल सन् 1968 से ही गैर-सरकारी अध्यक्ष की यह प्रथा शुरू हुई और उस समय से हमारे यहाँ गैर-सरकारी अध्यक्ष हैं। वर्तमान में यह पद एक अंशकालिक पद है। इसके अध्यक्ष को संघ लोक सेवा आयोग (यू.पी.एस.सी.) या किसी अन्य चयन एजेंसी द्वारा चयनित नहीं किया जाता है। मैं माननीय सदस्यों से सहमत हूँ कि केंद्रीय रेशम बोर्ड के अध्यक्ष की नियुक्ति करते समय हमें यह ध्यान में रखना चाहिए कि इस पद पर नियुक्त व्यक्ति की रेशम उद्योग की पर्याप्त पृष्ठभूमि होनी चाहिए और उसे उद्योग का ज्ञान होना चाहिए। यह हमेशा सरकार द्वारा विचार किया जाता है। मैं माननीय सदस्यों को आश्वस्त करता हूँ कि जब भी हम रेशम बोर्ड के अध्यक्ष नियुक्त करेंगे तो हम इस पहलू को ध्यान में रखेंगे।

महोदय, मैं यहाँ उठाए गए सभी बिंदुओं पर बात करने का प्रस्ताव नहीं रखता। मैं माननीय सदस्यों को सीधे उन बिंदुओं के बारे में पत्र लिख सकता हूँ, जो उन्होंने उठाए हैं। मैं इस सदन से अपील करता हूँ कि इस विधेयक को सर्वसम्मति से पारित किया जाए।

❑

माननीय सदस्य ने रेशम की राजनीति के विषय में कहा। 'रेशम की राजनीति' शब्द से

मैं बिल्कुल ही अनभिज्ञ हूँ। मैं नहीं जानता कि मैंने किस राजनीति के बारे में कहा। मैंने केवल उत्पाद व निर्यात आदि का आँकड़ा पेश किया है। न जाने माननीय सदस्य चाहते क्या हैं!

माननीय सदस्य ने एक मुद्दा उठाया था और वास्तव में मैं उसका जिक्र करना भूल गया। उन्होंने चीन से कच्चे रेशम के आयात की बात कही। कई माननीय सदस्यों ने इसका उल्लेख किया है। महोदय, वर्तमान नीति के अनुसार कच्चे रेशम का आयात प्रतिबंधित है। यह वर्तमान की आयात नीति है। परंतु जैसाकि माननीय सदस्यों में से एक ने बताया है कि इस वर्ष हमारे कुछ रेशम उगानेवाले इलाकों में उजी-फ्लाई का संकट था और कच्चे रेशम की कीमत को स्थिर करने के लिए हमें 250 टन कच्चे रेशम के आयात का सहारा लेना पड़ा। कीमतों को कम करने और बुनकरों की मदद करने के लिए यह सिर्फ एक अस्थायी व्यवस्था है। कई माननीय सदस्यों ने बुनकरों, विशेष रूप से बनारस के बुनकरों, की समस्याओं का उल्लेख किया है। हम बुनकरों की समस्याओं से अवगत हैं। हम बनारस के बुनकरों से अवगत हैं। वे जिस प्रकार के विशेष धागे चाहते हैं, वे अभी तक नहीं पहुँचे हैं। हमें आशा है कि अगले कुछ महीनों में, अप्रैल या मई की शुरुआत तक, वे पहुँच जाएँगे और वे जैसे ही आएँगे, हम उन्हें बुनकरों को वितरित कर देंगे। हमें उम्मीद है कि हम उनकी कुछ हद तक मदद करने में सक्षम होंगे।

रबड़ (संशोधन) विधेयक, 1982*

महोदय, मैं निवेदन करता हूँ कि रबड़ अधिनियम, 1947 में संशोधन के लिए विधेयक पर विचार किया जाए।

महोदय, रबड़ अधिनियम, 1947 के प्रावधानों के तहत केंद्रीय सरकार ने रबड़ बोर्ड का गठन किया है, जिसका कर्तव्य यह है कि वह देश में रबड़ उद्योग के विकास के लिए जैसा उचित हो, उस प्रकार से उसे बढ़ावा दे। रबड़ बोर्ड में अध्यक्ष सहित अन्य सदस्य हैं, जो अलग-अलग हितों का प्रतिनिधित्व करते हैं।

बोर्ड के प्रमुख कार्य हैं—

(क) वैज्ञानिक, तकनीकी एवं आर्थिक अनुसंधान को सहायता और प्रोत्साहन देना।

(ख) रबड़ उत्पादकों को तकनीकी सलाह प्रदान करना।

(ग) रबड़ के विपणन में सुधार करना।

(घ) श्रमिकों के लिए काम करने की बेहतर स्थितियों और प्रावधानों, सुविधाओं और प्रोत्साहनों में सुधार को सुनिश्चित करना।

---

*26 जुलाई, 1982 को राज्यसभा में विधेयक पेश करते हुए दिया गया भाषण। रबड़ बोर्ड में कार्यकारी निदेशक की नियुक्ति और रबड़ अधिनियम, 1947 की वर्तमान धारा-25 की उपधारा (3) में संशोधन का प्रस्ताव किया गया है, जिससे सदन में नियम बनाने का सूत्र बनाया जा सके।

रबड़ बोर्ड के अध्यक्ष पद का वेतनमान 2,000-2,250 रुपए है। अध्यक्ष बोर्ड के मुख्य कार्यकारी हैं और इसकी बैठकों की अध्यक्षता करते हैं। बोर्ड देश में रबड़ उत्पादन को बढ़ावा देने के लिए बड़ी संख्या में विकास योजनाएँ लागू कर रहा है। बोर्ड के खर्च को प्रत्येक वर्ष सरकार द्वारा जारी की गई भारत की समेकित निधि से पूर्ण किया जाता है।

रबड़ अधिनियम, 1947 की धारा 4 के उपधारा (3) के अंतर्गत रबड़ बोर्ड के अध्यक्ष की नियुक्ति केंद्र सरकार द्वारा की जाती है। पूर्व में सामान्यत: 2,000-2,250 रुपए के वेतनमान में अध्यक्ष पद पर भारतीय प्रशासनिक सेवा के पूर्णकालिक अधिकारी की नियुक्ति की जाती थी। कभी-कभी एक गैर-सरकारी व्यक्ति को पूर्णकालिक अध्यक्ष के रूप में नियुक्त किया जाता था।

यह देखा गया है कि निजी क्षेत्र और सार्वजनिक जीवन से कई ऐसे व्यक्ति उपलब्ध हैं, जिन्होंने रबड़ वृक्षारोपण के क्षेत्र में स्वयं को प्रतिष्ठित किया है और जो रबड़ के विकास से संबंधित समस्याओं से पूरी तरह परिचित हैं। वे रबड़ पौधारोपण में अपने व्यापक अनुभव के आधार पर रबड़ पौधारोपण उद्योग में पर्याप्त योगदान दे सकते हैं और बोर्ड के मामलों का बड़े फायदों के लिए मार्गदर्शन कर सकते हैं। ऐसे व्यक्ति हमेशा पूर्णकालिक सेवा के लिए अध्यक्ष के रूप में उपलब्ध नहीं हो सकते हैं; जबकि उन्हें उनकी क्षमता के अनुरूप अंशकालिक आधार पर अंशकालिक अध्यक्ष के रूप में सेवा प्रदान करने के लिए तैयार किया जा सकता है। हालाँकि अधिकांश कार्यकारी, प्रशासनिक और अन्य कार्यों के निर्वहण के लिए एक पूर्णकालिक सरकारी अधिकारी का होना जरूरी है, जिन्हें वर्तमान में पूर्णकालिक अध्यक्ष द्वारा किया जाना आवश्यक है।

यह इस संदर्भ में है कि इसके द्वारा कार्यकारी निदेशक के वैधानिक पद का निर्माण किया जाए। फिलहाल इस अधिनियम में कार्यकारी निदेशक की बोर्ड में नियुक्ति के लिए कोई प्रावधान नहीं है और इसलिए इस संशोधन विधेयक को प्रस्तुत किया गया है। अधिनियम की वर्तमान धारा-25 की उप-धारा (3) में संशोधन का प्रस्ताव किया गया है, जिससे सदन में नियम बनाने का सूत्र बनाया जा सके।

महोदय, इन्हीं शब्दों के साथ मैं निवेदन करूँगा कि इस विधेयक पर विचार किया जाए।

❑

उपसभापति महोदय, मैं इस विधेयक का समर्थन करने और इस देश में रबड़ पौधारोपण उद्योग के साथ-साथ रबड़ आधारित उद्योग में इतनी रुचि दिखाने के लिए भी सम्मानित सदस्यों का आभारी हूँ। मैं हमारे देश में पौधारोपण उद्योग के विकास के संबंध में मूल्यवान् सुझाव देने के लिए माननीय सदस्यों का भी आभारी हूँ। माननीय सदस्यों ने हमारे देश में रबड़ के महत्त्व पर जोर दिया है। रबड़ कृषि, परिवहन और घरेलू क्षेत्र में प्रयुक्त होनेवाले विभिन्न प्रकार के उत्पादों के निर्माण के लिए आवश्यक एक बुनियादी और महत्त्वपूर्ण कच्ची सामग्री है। सभी माननीय सदस्यों ने इस बहस में भाग लिया और हमारे देश में रबड़ के उत्पादन में वृद्धि की आवश्यकता एवं महत्त्व पर बिल्कुल सही जोर दिया। हमारे देश में पिछले तीन दशकों के दौरान

रबड़ पौधारोपण उद्योग ने एक सराहनीय प्रगति दर्ज की है, जो वर्ष 1947 से है या तब से, जब से यह अधिनियम लागू हुआ है। वर्ष 1947 में रबड़ पौधारोपण के अंतर्गत 63,000 हेक्टेयर क्षेत्र था। वर्ष 1981-82 में यह 2,77,000 हेक्टेयर बढ़ गया। वर्ष 1981-82 में प्राकृतिक रबड़ का उत्पादन सन् 1947 के 15,000 टन से बढ़कर 1,52,000 टन हो गया। अगर उत्पादकता की ओर देखें तो हमारे सफल शोध कार्य के कारण प्रति हेक्टेयर उत्पादन 320 किलोग्राम से बढ़कर 800 किलोग्राम तक पहुँच गया है। इसके बावजूद मैं माननीय सदस्यों से सहमत हूँ कि हम देश में पर्याप्त रबड़ उत्पादन करने में सक्षम नहीं हो पाए हैं। माननीय सदस्यों और विशेषकर डॉ. भाई महावीर ने माँग व आपूर्ति का उल्लेख किया है। उन्होंने आँकड़े देने में पूर्ण अराजकता की स्थिति का उल्लेख किया। हम इन सभी पहलुओं से अवगत हैं कि हम देश में पर्याप्त रबड़ उत्पादन करने में सक्षम नहीं हो पाए हैं। सरकार देश में रबड़ का उत्पादन बढ़ाने के लिए कई कदम उठा रही है। देश में रबड़ का उत्पादन बढ़ाने के लिए सरकार ने कई विकास योजनाएँ लागू की हैं। रबड़ बोर्ड द्वारा संचालित की गई सबसे महत्त्वपूर्ण योजना छठी योजना अवधि के दौरान लागू की जानेवाली रबड़ पौधारोपण विकास योजना है। हालाँकि यह छठी योजना के लिए है, यह वर्ष 1993-94 तक संचालित होगा और तब तक के लिए वित्तीय खर्च 49.7 करोड़ रुपए है। वर्ष 1982-83 के लिए इस योजना का खर्च करीब 4 करोड़ रुपए है। सटीक रूप से कहा जाए तो यह 3.85 करोड़ रुपए है। जैसाकि डॉ. भाई महावीर पहले ही बता चुके हैं, इस योजना से लाभान्वित होनेवाला अनुमानित क्षेत्र वर्ष 1984-85 तक प्रत्येक नए वृक्षारोपण और पौधारोपण के तहत लगभग 30,000 हेक्टेयर है। मैं समय की कमी के कारण रबड़ बोर्ड द्वारा शुरू की गई सभी विकास योजनाओं पर चर्चा नहीं कर पाऊँगा। लेकिन इस विशेष बात के अलावा रबड़ बोर्ड द्वारा कई अन्य योजनाएँ भी शुरू की जा चुकी हैं। मैं संक्षेप में उल्लेख करूँगा कि रबड़ विकास योजना के तहत हम उत्पादकों को बहुत सारी सहायता देते हैं, जैसे—नकद सब्सिडी, जो छोटे उत्पादक को 5,000 रुपए प्रति हेक्टेयर और बड़े उत्पादकों को 3,000 रुपए प्रति हेक्टेयर है। कमजोर वर्गों और छोटे उत्पादकों, जिनके पास 6 हेक्टेयर से अधिक रबड़ पौधारोपण नहीं है, के लिए अतिरिक्त सहायता का प्रावधान है। इसमें पौधारोपण की लागत, सामग्री का उपयोग, परिपक्वता अवधि के दौरान लागू उर्वरकों की आधी लागत को वापस लौटाना और मृदा संरक्षण कार्यों के लिए 150 रुपए प्रति हेक्टेयर की सब्सिडी शामिल है। फिर इस योजना के तहत रबड़ बोर्ड द्वारा नकद सहायता लागू करने के लिए ए.आर.डी.सी. के तहत सब्सिडी घटक समेत अधिकतम 15,000 रुपए प्रति हेक्टेयर तक दीर्घकालिक बैंक ऋण प्रदान किया जाता है। बोर्ड द्वारा सामान्य रूप से ऋण पर 12 प्रतिशत तक लगनेवाले ब्याज पर प्रति वर्ष 3 प्रतिशत तक की सब्सिडी दी गई है। फिर इसी योजना के तहत रबड़ बोर्ड उत्पादकों को मुफ्त सलाह और वृद्धि के लिए सहायता भी प्रदान करता है। साथ ही रबड़ बोर्ड पौधशाला की देख-रेख भी करता है। उत्पादकों के लिए आवश्यक रोपण सामग्री आंशिक रूप से बोर्ड

की पौधशालाओं और आंशिक रूप से निजी पौधशालाओं से उपलब्ध कराई जाती है। बोर्ड ने अब तक दस पौधशालाएँ स्थापित की हैं, जिनकी वार्षिक उत्पादन क्षमता प्रति वर्ष 12 लाख रबड़ पौधों की है। फिर हमारे पास छोटे धारकों के रबड़ के प्रसंस्करण में सुधार के लिए एक योजना भी है। हमारे पास छोटे धारकों के रबड़ के विपणन के लिए एक योजना है। और सबसे महत्त्वपूर्ण बात, जिस पर कई माननीय सदस्यों ने जोर दिया है कि गैर-परंपरागत क्षेत्रों में रबड़ की खेती का विस्तार किया जाए।

जैसाकि डॉ. आदिशेषिया ने बिल्कुल सही उल्लेख किया है कि रबड़ को कहीं भी और सभी जगह नहीं उगाया जा सकता। इसके लिए एक विशेष जलवायु चाहिए और रबड़ बोर्ड ने कुछ सर्वेक्षण किए हैं कि देश के किन क्षेत्रों में रबड़ का उत्पादन किया जा सकता है। हालाँकि अब तक रबड़ उत्पादन केवल कुछ ही राज्यों (केरल, कर्नाटक, तमिलनाडु) तक सीमित है। अब रबड़ बोर्ड, रबड़ उत्पादन को गैर-परंपरागत क्षेत्रों में लाने को महत्त्व दे रहा है। रबड़ बोर्ड ने पाया है कि असम, त्रिपुरा, मेघालय, अरुणाचल प्रदेश, मिजोरम, मणिपुर, महाराष्ट्र, गोवा आदि क्षेत्रों में रबड़ का व्यापक पैमाने पर वाणिज्यिक पौधारोपण सफलता से किया जा सकता है और राज्य सरकारें, जो रबड़ पौधारोपण को महत्त्व दे रही हैं, की सहायता के लिए हमसे जितना हो सकता है, हम कर रहे हैं, विशेषकर उत्तर-पूर्व क्षेत्रों में; क्योंकि उत्तर-पूर्व के क्षेत्रों को यह आभास हो गया था कि पौधारोपण उद्योग झूम खेती का एक विकल्प हो सकता है और इसीलिए वे उन क्षेत्रों में व्यापक स्तार पर रबड़ की खेती को अपना रहे हैं। इस विचार को ध्यान में रखते हुए बोर्ड के क्षेत्रीय कार्यालय खोले गए हैं और वे त्रिपुरा के अगरतला, असम के गुवाहाटी एवं गोवा के कोंडा में कार्यरत हैं।

महोदय, इसके बाद रबड़ पौधारोपण उद्योग के विकास के लिए योजना आयोग द्वारा छठी पंचवर्षीय योजना के दौरान 36 करोड़ रुपए की राशि आवंटित की जा चुकी है। अब इस प्रावधान के अनुसार, चालू वर्ष 1982-83 में 8 करोड़ रुपए खर्च किए जाने का अनुमान है। वर्ष 1980-81 और 1981-82 की योजना के दौरान इस योजना पर शुद्ध खर्च क्रमश: 3.37 करोड़ और 4.81 करोड़ रुपए है। जैसाकि फिर से माननीय सदस्य ने उल्लेख किया कि छठी पंचवर्षीय योजना का उत्पादन लक्ष्य 2 लाख टन है, हम आशा करते हैं कि इस लक्ष्य को छठी योजना अवधि में ही प्राप्त कर लिया जाएगा। एक माननीय सदस्य द्वारा उठाए गए मुद्दे पर मैं संक्षेप में कहना चाहूँगा। उन्होंने उत्पादन की कीमत पर बात की और उन्होंने कहा कि श्रमिकों व मजदूरों के कल्याण के लिए भी कुछ किया जाना चाहिए। हम मानते हैं कि हमारे देश में उत्पादन की कीमत बहुत अधिक है। इसका कारण यह है कि उत्पादन सामग्री की कीमत बहुत अधिक है और इस उत्पादन सामग्री में उर्वरक भी शामिल हैं। और फिर श्रम कानूनों के अंतर्गत मजदूरों के वेतन में भी समय-समय पर बढ़ोतरी करनी पड़ती है इन कारणों से रबड़ उत्पादन के मामले में रबड़ के उत्पादन की कीमत अधिक होती है। अगर हम यह चाहते हैं कि मजदूरों

के कल्याण पर ध्यान दिया जाए और उन्हें ज्यादा-से-ज्यादा सुविधाएँ एवं ज्यादा वेतन दिया जाए तथा उसी समय हम माँग करते हैं कि रबड़ के उत्पादन की कीमत कम हो जाए तो मुझे खेद है कि ये दोनों चीजें एक साथ प्राप्त नहीं की जा सकतीं। हमें एक संतुलन बनाना है और हम अपनी पूरी कोशिश कर रहे हैं कि यह संतुलन बना रहे।

आँकड़ों की बात करें तो अलग-अलग लोगों द्वारा अलग-अलग आँकड़े दिए गए हैं। शायद डी.जी.टी.डी. का आँकड़ा किसी अखबार में से दिया गया है। मैंने भी वह आँकड़ा पढ़ा है। परंतु मैं सदन को आश्वस्त करता हूँ कि आँकड़ों का आकलन अंतर-मंत्रालयी समिति द्वारा किया गया है, जिसमें उद्योग मंत्रालय, वाणिज्य मंत्रालय और रबड़ बोर्ड शामिल हैं।

कई माननीय सदस्यों ने कहा कि इस वर्ष (1982-83) के दौरान माँग और आपूर्ति के मध्य 80,000 टन का अंतर है। लेकिन हमारे आधिकारिक आँकड़े 1982-83 के दौरान 1,62,000 टन का उत्पादन होगा और 1,97,000 टन की खपत होगी और हमने निर्णय लिया है कि 30,000 का आयात किया जाएगा। इसीलिए माँग और आपूर्ति के मध्य का आधिकारिक अंतर 85,000 टन नहीं बल्कि 35,000 टन है।

कार्यकारी निदेशक और सचिव पदों के डुप्लिकेशन के संबंध में मैं सदन को आश्वस्त करता हूँ कि इनके कार्य में कोई डुप्लिकेशन नहीं होगा। रबड़ बोर्ड एक बड़ा संगठन है। माननीय सदस्य ने पूछा कि क्या कोई ऐसा समय होगा, जब पूर्णकालिक अध्यक्ष और कार्यकारी निदेशक होंगे? यह विधेयक इसलिए लाया गया है, जिससे कि केंद्र सरकार जब जरूरी समझे, तब एक अंशकालिक अध्यक्ष की नियुक्ति कर सके। ऐसा नहीं है कि हमने अंततः हमेशा अंशकालिक अध्यक्ष नियुक्त करने का निर्णय लिया है। यह केवल एक प्रावधान है, जो राज्य सरकार को जब जरूरत पड़े, तब एक अंशकालिक अध्यक्ष की नियुक्ति करने का अधिकार प्रदान करे और जब सरकार इस विधेयक को लाई है तो इसे अच्छे उद्‌देश्य से लाई है। आखिरकार रबड़ बोर्ड उत्पादकों का प्रतिनिधित्व करता है। कुछ माननीय सदस्यों ने कहा कि यह एक तकनीकी कार्य है और इसका राजनीतीकरण किया जा रहा है; और पता नहीं क्या-क्या!

महोदय, इस विधेयक का किसी भी तरह से कोई राजनीतिक उद्‌देश्य नहीं है। विपक्षी सदस्यों को परेशानी यह है कि उन्हें स्वयं स्पष्ट नहीं है कि वे चाहते क्या हैं! कभी वे कहते हैं कि देश को ऐसी नौकरशाही द्वारा चलाया जा रहा है, जिसे काम करना ही नहीं आता और राजनीतिक स्तर के लोगों की प्रशासन में कोई भूमिका नहीं है और ऐसी नौकरशाही सरकार को चला रही है। जब हम ऐसे लोगों को लाना चाहते हैं, जिन्हें उद्योग के विषय में बहुत ज्ञान हो, जिसके लिए रबड़ बोर्ड को बनाया गया है, और जब हम ऐसे लोगों को उत्पादकों और उद्योग के भले के लिए इसमें शामिल करते हैं तो ये कहते हैं कि यह एक राजनीतिक चाल है! मैं इस विशाल सदन को आश्वस्त कर सकता हूँ कि इस विधयेक को उन लोगों को पहचान दिलाने के उद्‌देश्य से लाया गया है और मैं फिर से जोर देकर कहता हूँ कि अगर हमें जरूरी लगा तो देश

में रबड़ उद्योग के भले के लिए ऐसे व्यक्ति की सेवाओं को लेना पड़ेगा, जिसे इस उद्योग के विषय में अच्छा ज्ञान हो, जो इस उद्योग के विकास से स्वयं भावनात्मक तौर पर जुड़ा हो और इसी उद्देश्य से हम इस विधेयक को लाए हैं। कार्यकारी निदेशक की नियुक्ति का प्रश्न केवल तब खड़ा होगा, जब हम अंततः एक अंशकालिक निदेशक की नियुक्ति का निर्णय लें। अगर सरकार द्वारा एक पूर्णकालिक निदेशक को नियुक्त किया जाता है तो एक कार्यकारी निदेशक को नियुक्त करने का प्रश्न ही नहीं खड़ा होगा। लेकिन जब हम एक अंशकालिक निदेशक को नियुक्त करते हैं तो उसके अधीन एक ऐसे अधिकारी की आवश्यकता होगी, जो उसके पद से हटने के बाद बोर्ड के दैनिक प्रशासन का प्रभार सँभाल सके। रबड़ उत्पाद आयुक्त है, परंतु उसका प्राथमिक कर्तव्य इसके तकनीकी विकास को देखना है। महोदय, जैसाकि आप जानते हैं कि रबड़ बोर्ड के चार प्रमुख क्रियाकलाप हैं—शोध, रबड़ उत्पादन, रबड़ प्रसंस्करण और प्रशासन। ये चार प्रमुख श्रेणियाँ हैं, जिनके अंतर्गत रबड़ बोर्ड कार्य करता है और सचिव का कार्य घरेलू मामलों को देखना होगा। अध्यक्ष या उपाध्यक्ष, अंशकालिक अध्यक्ष या कार्यकारी निदेशक के कार्यों में कोई डुप्लिकेशन नहीं होगा और मुझे नहीं लगता कि इस विधेयक के इरादे के बारे में कोई गलतफहमी होनी चाहिए। महोदय, मैं सभी तथ्यों पर बात नहीं करना चाहता हूँ। मैं समझता हूँ, मैंने माननीय सदस्यों द्वारा उठाई गई सभी प्रमुख समस्याओं का जवाब दे दिया है। और एक बार फिर से मैं इस विशाल सदन को यह आश्वासन दे सकता हूँ कि हम देश में रबड़ के उत्पादन में बढ़ोतरी करने, ग्राहकों के हित का ध्यान रखने और रबड़ आधारित उद्योगों के हितों की सुरक्षा करने के लिए प्रतिबद्ध हैं।

❑

महोदय, मैंने यह नहीं कहा कि यह विधेयक केवल उत्पादकों के लाभ के लिए है। मैंने केवल यह कहा है कि रबड़ बोर्ड का गठन रबड़ उद्योग के विकास के लिए किया गया है। मैंने यह नहीं कहा कि उत्पादन की लागत मजदूरों का वेतन बढ़ाने के कारण हुई है। मैंने कहा है कि रबड़ उत्पादन की लागत में बढ़ोतरी उत्पादक सामग्री की अधिक कीमत के कारण हुई है, जैसाकि मैंने उर्वरकों का जिक्र किया। इसीलिए मैंने उत्पादन सामग्री की लागत की बात कही है। यह एक कारण है। लेकिन मैंने वेतन के बारे में भी कहा। मैंने यह श्रम कानूनों के तहत मजदूरी और अनुदान के आवधिक संशोधन के कारण कहा। यह वेतन के संशोधन के कारण है। और यही मैंने कहा है।

❑

हम श्रम कानूनों का सख्ती से पालन करते हैं। मैंने विशेष रूप से कहा है कि वेतन में संशोधन श्रम कानूनों के अनुसार होता है और उत्पादन सामग्री की कीमत के साथ-साथ यह भी एक कारण है।

❑

यह कहना ठीक नहीं होगा कि मजदूरों के कल्याण के लिए हमारे पास कोई योजना नहीं है। मजदूरों के कल्याण के लिए हमारे पास कुछ योजनाएँ हैं और मैं कुछ का नाम बता सकता हूँ। हमारे पास एक शैक्षणिक छात्रवृत्ति योजना है। हमारे पास पूँजी अनुदान योजना है। हमारे पास लंबे समय तक बीमारी में श्रमिकों को राहत देने के लिए एक योजना है। इसी तरह, हमारे पास मजदूरों के कल्याण के लिए कुछ योजनाएँ हैं।

माननीय सदस्य द्वारा उठाया गया एक अन्य बिंदु यह है कि श्रमिकों का बोर्ड में कोई प्रतिनिधित्व नहीं है। महोदय, श्रमिकों का रबड़ बोर्ड में प्रतिनिधित्व है। यदि आप मेरे निष्कर्षपूर्ण भाषण को देखें तो पाएँगे कि मैंने कहा है कि हमें संतुलन बनाना है और हमें श्रमिकों के हालात को देखना है। हमें उत्पादकों के हितों को देखना है और हमें रबड़ आधारित उद्योग के हितों को देखना है। यह मेरी समापन टिप्पणी थी। मैंने यह नहीं कहा कि यह केवल उत्पादकों के लिए है। यहाँ उपखंड (घ) कहता है, 'दस सदस्यों को केंद्र सरकार द्वारा मनोनीत किया जाएगा, जिनमें से दो निर्माताओं और चार श्रमिकों का प्रतिनिधित्व करेंगे।' तो हमारे पास रबड़ बोर्ड में श्रमिक क्षेत्र से प्रतिनिधि हैं। इसलिए रबड़ बोर्ड में श्रमिकों की भागीदारी है और उन्हें बाहर करने का हमारा कोई इरादा नहीं है। हम उनके कल्याण के बारे में बहुत चिंतित हैं।

कपड़ा उद्योग की समस्याओं को देखने के लिए त्रिपक्षीय समिति की स्थापना*

श्रीमान उपसभापति महोदय, माननीय सदस्यों को याद होगा कि श्रम मंत्री श्री भागवत झा आजाद ने वस्त्र उद्योग से जुड़ी समस्याओं और खासकर बॉम्बे कपड़ा मिल्स उद्योग में लंबी हड़ताल से उत्पन्न होनेवाली समस्याओं से निपटने के लिए 9 जुलाई, 1982 को संसद् में त्रिपक्षीय समिति की स्थापना की घोषणा की थी। मुझे सदन को सूचित करने में प्रसन्नता हो रही है कि समिति की स्थापना कर दी गई है और आज राजपत्र अधिसूचना जारी की जा रही है।

समिति का नेतृत्व श्री वी.एस. देशपांडे द्वारा किया जाएगा, जो हाल ही में बंबई उच्च न्यायालय के मुख्य न्यायाधीश के पद से सेवानिवृत्त हुए हैं। इसमें व्यापार संघों के पाँच प्रतिनिधि होंगे। इसमें (कपास कपड़ा मिल उद्योग के मालिकों) नियोक्ताओं के पाँच प्रतिनिधि, केंद्र सरकार के दो और राज्य सरकारों के तीन प्रतिनिधि होंगे। हम आशा करते हैं कि यह समिति जल्द ही कार्य करना शुरू करेगी और निर्धारित अवधि में विचारार्थ विषयों पर अपना निष्कर्ष देगी। बंबई

* 13 अगस्त, 1982 को कपड़ा उद्योग की समस्याओं को देखने के लिए राज्यसभा में त्रि-पक्षीय समिति को बनाने पर दिया गया वक्तव्य।

के बादली श्रमिकों की समस्याओं, वाहन भत्ता और मकान किराया भत्ता प्रदान करने पर समिति दो माह या उससे कम समय में अपनी रिपोर्ट देगी। बंबई मिल श्रमिकों के वेतन के संबंध में समिति अपनी रिपोर्ट छह माह या उससे कम समय में देगी। बाकी समस्याओं पर हम आशा करते हैं कि समिति अपनी रिपोर्ट एक वर्ष में दे देगी। संदर्भ विषयों को दोहराने में मैं माननीय सदस्यों का समय नहीं लूँगा, क्योंकि श्रम मंत्री के बयान में उन्हें विस्तार से बताया गया था और उन्हीं शर्तों को आज जारी होनेवाले राजपत्र की अधिसूचना में बताया गया है।

❑

महोदय, इस त्रिपक्षीय समिति को कपड़ा उद्योग की सभी समस्याओं को जानने के लिए नियुक्त किया गया है। मैं यह बिल्कुल स्पष्ट करना चाहता हूँ और बॉम्बे हड़ताल एवं औद्योगिक संबंध उन समस्याओं में से एक है, जिन्हें इस समिति द्वारा देखा जाएगा।

एक माननीय सदस्य ने यह आरोप लगाया है कि यह त्रि-पक्षीय समिति कोई सहायता नहीं करेगी और इससे कोई फायदा नहीं होगा। मुझे इस विशाल सदन को सूचित करना होगा कि जब 9 जुलाई को श्रम मंत्री द्वारा इस समिति के गठन का निर्णय करने की घोषणा की गई थी, जिसमें संदर्भ की विशिष्ट शर्तों और कुछ रियायतों की घोषणा की गई थी, कई मिलों ने काम करना शुरू कर दिया है और आज मैं सदन को सूचित कर सकता हूँ कि लगभग 27,000 श्रमिक पहले ही काम पर आ चुके हैं।

दूसरे मुद्दे के विषय में किसी से कोई परामर्श लेने का प्रश्न ही नहीं उठता। हमने त्रि-पक्षीय समिति को बनाने का फैसला किया है और अब हमने इसे बना दिया है। जो कोई भी इस समिति के समक्ष उपस्थित होना चाहता है, उसका बहुत-बहुत स्वागत है। यह डॉ. सामंत समेत उन सभी लोगों के लिए है और यह उन लोगों पर निर्भर करता है, जो इस समिति के समक्ष उपस्थित होना चाहते हैं तथा अपने विचार रखना चाहते हैं।

❑

आज हमने समिति के गठन की घोषणा कर दी है और घोषणा में हमने कहा है कि इसमें व्यापार संघों के पाँच प्रतिनिधि होंगे और उन व्यापार संघों के नाम हैं—(1) भारतीय राष्ट्रीय व्यापार संघ कांग्रेस; (2) राष्ट्रीय श्रमिक संगठन; (3) अखिल भारतीय व्यापार संघ कांग्रेस; (4) भारतीय व्यापार संघों का केंद्र; (5) हिंद मजदूर सभा। अब अपने प्रतिनिधियों को भेजना इन संघों पर निर्भर करता है। हम इनके प्रतिनिधियों के चुनाव में हस्तक्षेप नहीं करेंगे।

विनिर्माता उपकर विधेयक, 1983 और जूट विनिर्माता विकास परिषद् विधेयक, 1983 *

महोदय, मैं प्रस्ताव रखना चाहता हूँ—

कि जूट विनिर्माताओं के उत्पादन में विकास के लिए उपकर द्वारा उगाही एवं संग्रह, जूट निर्माताओं पर उत्पाद शुल्क लगाने जैसे उपाय करने और इससे जुड़े मुद्दों के लिए लोकसभा से पारित इस विधेयक को विचाराधीन किया जाए।

महोदय, मैं यह भी प्रस्ताव रखना चाहता हूँ—

कि जूट उद्योग में क्षमता और उत्पादकता को बढ़ाकर जूट विनिर्माताओं के उत्पादन में विकास के लिए परिषद् की स्थापना, ऐसे विकास कार्यों के लिए वित्त-पोषण और इससे जुड़े मुद्दों के लिए लोकसभा से पारित विधेयक को विचाराधीन किया जाए।

महोदय, आज जूट उद्योग देश की अर्थव्यवस्था में एक महत्त्वपूर्ण स्थिति में है। देश में लगभग 45,000 टन उत्पादन करनेवाली 69 मिलें हैं, जो विश्व की लगभग 30 प्रतिशत निर्यातित जूट वस्तुओं का उत्पादन करती हैं। उद्योग में नियोजित कुल पूँजी 300 करोड़ रुपए है, जो लगभग 2.5 लाख लोगों को रोजगार प्रदान करता है। इसके अतिरिक्त, जूट की खेती लगभग 40 लाख परिवारों को जीविका प्रदान करती है और जूट उत्पादों की बिक्री एवं अन्य सहायक गतिविधियों से व्यापक स्तर पर कई और लोगों को रोजगार मिलता है। कुछ समय से जूट उद्योग को निर्यात बाजार में दबाव एवं विदेशों से कड़ी प्रतिस्पर्धा और कृत्रिम विकल्प अधिक होने के कारण वित्तीय संकट का सामना करना पड़ रहा है। निर्यात प्रदर्शन घट रहा है। कम माँग के साथ उद्योग की उत्पादकता और क्षमता भी कम बनी हुई है। उद्योग के पुनरुज्जीवन और कायाकल्प के लिए कोई भी योजना बाजार को बढ़ावा, लागत में कमी, अनुसंधान के लिए गतिशील दृष्टिकोण, तकनीकों में सुधार, उत्पादन की प्रक्रिया और कीमतों के स्थिरीकरण के प्रति जोरदार प्रयास की माँग करेगी।

उद्योग (विकास और विनियमन) अधिनियम, 1951 के अंतर्गत बनाई गई मौजूदा जूट विनिर्माता विकास परिषद् इन कार्यों को करने में सक्षम नहीं है, क्योंकि इसके पास पर्याप्त पूँजी नहीं है और न ही इसके पास जूट उद्योग के प्रचार और विकास की जरूरतों पर गतिशील नजर रखने के लिए व्यापक संवैधानिक शक्तियाँ व कार्य हैं। इसीलिए यह प्रस्ताव रखा जाता है कि उद्योग (विकास और विनियमन) अधिनियम, 1951 के अंतर्गत बनाई गई मौजूदा परिषद् के नाम पर ही नई परिषद् का गठन किया जाए। इसे यह ध्यान में रखकर किया गया है कि इतने

* 11 अगस्त, 1983 को राज्यसभा में विधेयक पेश करते हुए दिया गया भाषण। जूट विनिर्माताओं के उत्पादन में विकास के लिए उपकार द्वारा उगाही और संग्रह, जूट निर्माताओं पर उत्पाद शुल्क लगाने जैसे उपाय करने और इससे जुड़े मुद्दों के लिए लोकसभा से पारित विधेयक।

वर्षों में मौजूदा परिषद् ने अंतरराष्ट्रीय मान्यता प्राप्त की है। नई परिषद् को अन्य के साथ गठित करने का प्रस्ताव रखा जाता है, जिसमें जूट विनिर्माताओं के उत्पादकों और निर्यातकों, जूट के उत्पादक, जूट उत्पादों को बनानेवाली फैक्टरियों में काम करनेवाले मजदूर, जूट तकनीकों, शोध, विपणन और अर्थशास्त्र के विशेषज्ञ प्रतिनिधि कृषि, वाणिज्य, कपड़ा, वित्त, उद्योग, नागरिक आपूर्ति और सहयोग से संबंधित केंद्र सरकार के मंत्रालयों से प्रतिनिधि और उन राज्यों से प्रतिनिधि होंगे, जहाँ जूट की खेती बड़ी मात्रा में की जाती है। यह प्रस्तावित किया जाता है कि उद्योग (विकास और विनियमन) अधिनियम, 1951 के विभिन्न पहलुओं से निपटने के लिए परिषद् को पर्याप्त शक्तियाँ प्रदान की जाएँ। प्रस्तावित कानून के तहत परिषद् की स्थापना के तुरंत बाद मौजूदा परिषद् भंग कर दी जाएगी। मौजूदा परिषद् में नियुक्त अधिकारियों और कर्मचारियों के हस्तांतरण के लिए विधेयक में एक प्रावधान किया गया है। परिषद् के वित्त में मौजूदा परिषद् में नियुक्त अधिकारियों और कर्मचारियों द्वारा प्रदान की गई राशि शामिल होगी।

परिषद् के वित्त में केंद्र सरकार द्वारा जूट विनिर्माता उपकर विधेयक के तहत जूट विनिर्माताओं पर लगाए गए उपकर से अर्जित राशि, केंद्र सरकार या किसी भी व्यक्ति और परिषद् द्वारा अपने कार्यों के निर्वहन के लिए वसूली गई राशि को शामिल किया जाएगा। परिषद् के पास प्रस्तावित कानून के तहत उसकी किसी भी संपत्ति या जूट निधि की सुरक्षा पर उधार लेने की शक्ति होगी। महोदय, जूट विनिर्माता उपकर विधेयक के तहत बाहरी और आंतरिक बाजार में बिक्री के लिए अनुमत जूट वस्तुओं की कीमत पर वर्तमान के 0.125 प्रतिशत के बजाय 1 प्रतिशत की दर करने के साथ इसे बाजार की स्थिति और अन्य विकास आवश्यकताओं के आधार पर 3 प्रतिशत तक बढ़ाने के प्रावधान के साथ प्रस्तावित किया गया है। इस 1 प्रतिशत उपकर से सरकार प्रति वर्ष लगभग 650 करोड़ रुपए की जूट वस्तुओं के उत्पादन से 6.5 करोड़ रुपए वसूलेगी। इस वसूली गई रकम से जरूरी प्रचार अभियान और आवश्यक शोध एवं विकास कार्यों को गति मिलेगी।

महोदय, जूट उद्योग की वर्तमान और निरंतर बनी हुई समस्याओं को हल करनेवाली इन कुछ प्रारंभिक टिप्पणियों के साथ मुझे विश्वास है कि माननीय सदस्य इन दो विधेयकों का समर्थन करेंगे, जो अगर पारित हो जाते हैं तो जूट उद्योग की वर्तमान और निरंतर बनी हुई समस्याओं का बहुत लंबे समय तक समाधान करने में सक्षम होंगे।

महोदय, इन्हीं कुछ प्रारंभिक टिप्पणियों के साथ मैं इन दो विधेयकों पर बहस का आग्रह करता हूँ।

❑

बहस में हिस्सा लेने और कई अच्छे परामर्शों को देने के लिए मैं माननीय सदस्यों का बहुत-बहुत आभारी हूँ और मैं विशेष तौर पर श्रीमती चटर्जी एवं अन्य सदस्यों का आभारी हूँ।

महोदय, जैसाकि मैंने पहले भी विधेयक को प्रस्तुत करते हुए कहा है, हमारे देश में जूट

उद्योग बहुत ही नाजुक दौर से गुजर रहा है और जैसाकि माननीय सदस्य ने कहा कि शायद यह हमारे देश में जूट उद्योग का सबसे बुरा समय है। इसलिए महोदय, हम एक सरकार के नाते इसके लिए बहुत चिंतित हैं और हम इस उद्योग की समस्याओं को हल करने की कोशिश कर रहे हैं। इसे ध्यान में रखते हुए वर्ष 1980 में भारत सरकार ने एक कार्यदल को जूट उद्योग के विभिन्न पहलुओं और इसके उपायों के रास्ते तथा माध्यम खोजने के लिए नियुक्त किया था। अब इस कार्यदल ने अपनी रिपोर्ट दे दी है और सरकार ने इसके सुझावों व सिफारिशों को अधिकार प्राप्त समिति को भेज दिया है। श्री सुरेंद्र मोहन ने अपने भाषण में इस विशेष कार्यदल का संदर्भ दिया है और उन्होंने यह भी कहा कि कार्यदल द्वारा लगभग 40 सिफारिशें दी गई थीं तथा यह भी कहा कि हमने इन सिफारिशों के विषय में कुछ नहीं कहा। वास्तव में, कार्यदल द्वारा की गई सिफारिशें 40 नहीं, बल्कि 58 हैं। माननीय सदस्य ने आरोप लगाया है कि कार्यदल द्वारा की गई सिफारिशों पर सरकार ने ध्यान नहीं दिया और यह भी कहा कि उन परामर्शों और सिफारिशों पर हमने कुछ नहीं किया। महोदय, सदन की जानकारी के लिए मैं बता दूँ कि सरकार ने व्यावहारिक रूप से 1-2 सिफारिशों को छोड़कर सभी सिफारिशों को स्वीकार किया है और यह उन सिफारिशों को स्वीकार करने के बाद ही हुआ है कि हम वर्तमान दो विधेयकों को लाए हैं, जो अब विचाराधीन हैं।

जैसाकि मैंने शुरू में कहा कि जूट उद्योग निर्यात बाजार में दबाव के कारण संकट में है। जाने-माने अर्थशास्त्री डॉ. आदिशेषैया कहा है कि निर्यात बाजार में संकुचन है।

❑

संकुचन का एक कारण बाजार की समस्या है। अब दो तरह के बाजार हैं—पहला निर्यात बाजार और दूसरा आंतरिक बाजार या घरेलू बाजार। जहाँ तक निर्यात बाजार का प्रश्न है, तो सभी माननीय सदस्यों और मैंने स्वयं भी यह कहा है कि निर्यात बाजार नीचे जा रहा है और यह बहुत तेजी से गिरा है।

❑

दुर्भाग्य से, माननीय सदस्य श्री हरेकृष्ण मल्लिक तब मौजूद नहीं थे, जब मैं वक्तव्य दे रहा था। वे अंतिम क्षणों में आए हैं और आकर प्रश्न खड़े कर रहे हैं। श्री मल्लिक, अगर आप बहस में सक्रिय रूप से हिस्सा लेना चाहते हैं तो कृपया यहाँ प्रारंभ से ही मौजूद रहें और जो बात रखी जा रही है, उसे जानने का प्रयास करें। कृत्रिम विकल्प और अन्य देशों, खासकर बँगलादेश से प्रतिस्पर्धा के कारण हमारा निर्यात बहुत-बहुत खराब है। अब इस संबंध में मैं सदन को आश्वस्त करता हूँ कि हम अपने बाजार को, जिसे हमने खो दिया था या जिसमें हम उतना नहीं कर पाए जितना हमें आशा थी, को वापस पाने की कोशिश कर रहे हैं। हम आशा करते हैं कि हम अपने खोए हुए बाजार को वापस पाने में सक्षम होंगे। फिर, जहाँ तक बाहर से प्रतिस्पर्धा का प्रश्न है,

खासकर बँगलादेश से, जिसके विषय में कई माननीय सदस्यों ने उल्लेख किया है, हम संयुक्त निर्यात बाजार रणनीति रखने के लिए बँगलादेश के साथ समझौता करने की कोशिश कर रहे हैं। महोदय, मैं बता सकता हूँ कि सचिव स्तर पर दो बैठकें पहले ही हो चुकी हैं—पहली बँगलादेश के ढाका में और दूसरी बैंकॉक में। हम बँगलादेश से समझौता करने की कोशिश कर रहे हैं, ताकि हम संयुक्त निर्यात बाजार रणनीति बना सकें। जहाँ तक घरेलू जूट वस्तुओं की कुल खरीद का प्रश्न है, तो यह बढ़ी है। यह घटी तो नहीं है; लेकिन बढ़ी जरूर है और यह सब सरकार द्वारा उठाए गए विभिन्न कदमों के कारण है। उदाहरण के लिए, हमने यह निर्णय लिया है कि सीमेंट उद्योग और चीनी उद्योग पूरी तरह से जूट थैलों का उपयोग करेगा। हमने उर्वरक विभाग को भी प्रभावित करने की कोशिश की है, जिससे कि वे सिंथेटिक्स के बजाय जूट के थैलों का उपयोग करें, जिसे करने की वे कोशिश कर रहे हैं और मैं आश्वस्त करता हूँ कि वे भी उद्योग की सहायता करने का प्रयास करेंगे। और इसी कदम के कारण देश में जूट वस्तुओं की खरीद बढ़ी है। लेकिन जैसाकि मैंने कहा कि हमारी सिर्फ एक समस्या यह है कि हम निर्यात बाजार के साथ बराबरी नहीं कर पा रहे हैं। एक अन्य महत्त्वपूर्ण बिंदु, जिसका माननीय सदस्यों ने संदर्भ दिया है, शोध और विकास के बारे में है। मैं सभी माननीय सदस्यों से सहमत हूँ, जिन्होंने बिल्कुल सही जोर दिया है कि हमें शोध और विकास को महत्त्व देना चाहिए। डॉ. चटर्जी, जो इस देश में शोध और विकास से जुड़ी रही हैं, ने भी कुछ बिंदु रखे हैं। यह कहा गया है कि हमने देश में शोध और विकास के क्षेत्र में कुछ नहीं किया। हमने काफी सारी चीजें की हैं। वास्तव में, डॉ. चटर्जी ने जूट के साथ प्राकृतिक सिंथेटिक्स, पॉलिस्टर आदि के सम्मिश्रण की तकनीक का उल्लेख किया है। हमने पहले ही इस तकनीक का विकास कर लिया है और वह भी सफलतापूर्वक। शोध के क्षेत्र में कई पहलुओं पर हमने काफी अच्छा कार्य किया है। परंतु केवल एक समस्या यह है कि हम शोध संस्थानों को पर्याप्त सहायता नहीं दे पा रहे हैं, क्योंकि मौजूदा जूट विकास परिषद् के पास शोध संस्थानों को देने के लिए पर्याप्त संसाधन नहीं हैं। परंतु मैं आपको आश्वस्त कर सकता हूँ कि इन विधेयकों के स्वीकार होने के बाद यह दीर्घकालिक होगा, यहाँ तक कि शोध और विकास के क्षेत्र में भी; क्योंकि हमें आशा है कि इस कोशिश से अर्जित पूँजी से हम शोध और विकास कार्यों के लिए बेहतर वित्तीय सहायता प्रदान कर सकेंगे।

कई माननीय सदस्यों ने उत्पादकों के विषय में कहा है कि इस विधेयक में उत्पादकों लिए कुछ नहीं है। महोदय, जो विधेयक इस विशाल सदन के सामने है, वह विनिर्माताओं के विषय में है।

❑

मुझे कहना होगा कि यह विधेयक विनिर्माताओं के लिए है। हम यह जो जूट परिषद् बनाने जा रहे हैं और इससे हमें जो जूट निधि मिलेगी, जो जूट के समग्र विकास के लिए होगी, न

सिर्फ जूट उद्योग बल्कि उत्पादकों की सहायता के लिए भी हमारे पास अलग प्रणाली है। हमारे पास भारतीय जूट निगम है, जो उत्पादकों को समर्थन मूल्य देता है। जहाँ तक मुझे जानकारी है, कम-से-कम इस वर्ष वर्तमान ऋतु में जूट के मूल्य की कोई समस्या नहीं है। मुझे बताया गया है कि इस वर्ष किसान काफी खुश हैं। अगर कीमतें गिरती हैं तो मैं केवल आश्वासन दे सकता हूँ कि जो भारतीय जूट निगम पूर्व में करता आया है कि जब कभी भी किसानों को उचित मूल्य नहीं मिलेगा, तब हम हमेशा बाजार में हस्तक्षेप करेंगे। ऐसी प्रणाली विद्यमान है। जब तक कि देश में जूट उद्योग पुनरुज्जीवित नहीं हो जाता, तब तक किसानों की सहायता नहीं की जा सकती। हम अपने देश से जूट का निर्यात नहीं करते। हमारे निर्यातक बिल्कुल नगण्य हैं। जूट का जितना भी उत्पादन होता है, उसके लिए एक बिक्री केंद्र होना चाहिए। अभी एकमात्र बिक्री केंद्र जूट विनिर्माण उद्योग है। इसीलिए हम उद्योग को पुनरुज्जीवित करने का प्रयास कर रहे हैं और यह निश्चित रूप से उत्पादकों के हित में है। यहाँ तक कि जूट विकास परिषद् में भी हमने उत्पादकों को प्रतिनिधित्व दिया है। कुछ लोगों ने बंद हो चुकी जूट मिलों के आँकड़ों के विषय में पूछा है। इस समय 69 जूट मिलों में से 24 बंद हो चुकी हैं और काम करनेवाले श्रमिक लगभग 60,000 रह गए हैं। यह बहुत दुःखद स्थिति है। मुझे ज्ञात हुआ है कि पश्चिम बंगाल की सरकार कुछ कर रही है। ज्यादातर जूट मिलें पश्चिम बंगाल में हैं और पश्चिम बंगाल के श्रम मंत्री, जो त्रि-पक्षीय समिति की अध्यक्षता कर रहे हैं, इस विषय पर बातचीत कर रहे हैं। हम आशा करते हैं कि उन्हें अपने उद्देश्य में सफलता मिलेगी और ये मिलें फिर से खुल जाएँगी।

श्री भट्टाचार्यजी ने एक बिंदु का उल्लेख किया है। मैं यह स्पष्ट करना चाहता हूँ। संसद् में प्रश्नों और अखबारों द्वारा ऐसी छवि बना दी गई है कि पश्चिम बंगाल सरकार ने पश्चिम बंगाल जूट निगम के गठन के लिए केंद्र सरकार से अनुमति माँगी है। जहाँ तक मुझे जानकारी है, हमें पश्चिम बंगाल सरकार की ओर से पश्चिम बंगाल जूट निगम बनाने के लिए कोई प्रस्ताव प्राप्त नहीं हुआ है। जहाँ तक मेरा सामान्य ज्ञान कहता है, मैंने किसी कानूनी स्थिति की जाँच नहीं की; परंतु मुझे नहीं लगता कि पश्चिम बंगाल में कोई निगम बनाने के लिए हमारी अनुमति लेने की आवश्यकता है। मुझे लगता है कि सरकार इसके साथ स्वयं आगे बढ़ सकती है।

ये कुछ मुख्य बिंदु हैं, जिन्हें माननीय सदस्यों द्वारा उठाया गया है। मैं माननीय सदस्यों को आश्वस्त कर सकता हूँ कि हम अपने प्रयास में बहुत निष्ठावान् हैं। मैं आशा करता हूँ कि सभी माननीय सदस्य इन दोनों विधेयकों का समर्थन करेंगे।

महोदय, मैं निवेदन करता हूँ कि इस विधेयक को वापस लौटा दिया जाए।

दिल्ली के श्रीराम खाद्य पदार्थ एवं उर्वरक औद्योगिक संयंत्र में गैस रिसाव*

महोदय, मुझे सदन को सूचित करते हुए बहुत अफसोस हो रहा है कि आज सुबह 10.30 बजे के करीब दिल्ली के शिवाजी मार्ग पर स्थित मैसर्स श्रीराम खाद्य पदार्थ और उर्वरक औद्योगिक संयंत्र के पड़ोस से गैस रिसाव हो गया। यह रिसाव पेट्रोलियम भंडारण टैंक की आउटलेट पाइपलाइन को नुकसान पहुँचने के कारण हुआ। टैंक की सहायक संरचना के टूट जाने से यह रिसाव हुआ। संयंत्र के कर्मियों ने चूने और पानी की भारी मात्रा से रिसाव को निष्प्रभावित करने का प्रयास किया और भाप एवं संभावित रूप से गैसीय सल्फर ट्रायऑक्साइड-युक्त मोटा धुआँ बना, जो पूर्व दिशा में चला गया। संयंत्र कर्मियों की अग्निशामक दल द्वारा सहायता की गई, जो कि तुरंत वहाँ पहुँच गए थे। भारत सरकार, दिल्ली प्रशासन के अधिकारी और उपराज्यपाल भी तुरंत मौके पर पहुँचे। धुएँ से प्रभावित लोगों को खाँसी, गले व आँखों में जलन और साँस लेने में दिक्कतों का सामना करना पड़ा। उपलब्ध सूचना के अनुसार, अस्पताल जानेवाले लोगों का विवरण इस प्रकार है—

क्रम	अस्पताल का नाम	जाँच की गई/भरती किए गए
1.	जय प्रकाश नारायण अस्पताल	70 की जाँच /12 की भरती
2.	राम मनोहर लोहिया अस्पताल	31 की जाँच/23 की भरती
3.	अखिल भारतीय आयुर्विज्ञान संस्थान	43 की जाँच /6 गंभीर भरती
4.	सफदरजंग अस्पताल	25 भरती किए गए
5.	हिंदू राव अस्पताल	31 भरती /3 गंभीर
6.	अशोक विहार अस्पताल	3 भरती किए गए
7.	जवोध्या अस्पताल	3 भरती किए गए
8.	बालक राम अस्पताल	2 की जाँच / 2 भरती

सल्फ्यूरिक अम्ल/ओलियम संयंत्र में काम करनेवाला कोई भी इससे प्रभावित नहीं हुआ है। सल्फ्यूरिक अम्ल/ओलियम संयंत्र बंद है। पेट्रोलियम को निष्प्रभावी करने का कार्य जारी है। कंपनी के एक महाप्रबंधक, संयंत्र प्रबंधक और संयंत्र अभियंता को गिरफ्तार किया जा चुका है। दिल्ली के उपराज्यपाल ने इस हादसे की जाँच का आदेश दिया है।

❑

* 4 दिसंबर, 1985 को राज्य के विभाग में राज्य मंत्री के रूप में दिया गया वक्तव्य, जो दिल्ली में श्रीराम खाद्य एवं उर्वरक औद्योगिक संयंत्र में गैस रिसाव से संबंधित है।

महोदय, मैं इस घटना के विषय में पूरी तरह से सदन की चिंता साझा करता हूँ और यह वास्तव में बहुत दुर्भाग्यपूर्ण है। मुझे स्वयं इसके लिए बहुत बुरा लग रहा है। कुछ ही दिनों में मुझे सदन के समक्ष इसी मुद्दे पर बात करने के लिए दो बार आना पड़ा है। इसके लिए मुझे भी बहुत खेद है। जो भी जानकारी मैंने सदन में दी है, वह उपलब्ध जानकारी के आधार पर दी है। ज्यादातर जानकारी, जो माननीय सदस्यों ने माँगी है, वह तकनीकी प्रकृति की है और उन प्रश्नों के जवाब देने के लिए मैं सक्षम प्राधिकारी नहीं हूँ। परंतु जैसाकि माननीय सदस्यों ने पहले ही उल्लेखित किया है कि इस सदन के पास इस विशेष मुद्दे पर बहस करने के लिए कई मौके थे, खासतौर पर भोपाल गैस दुर्घटना पर। जो भी जानकारी आज माँगी गई है, वह पहले भी माँगी गई थी और संबंधित मंत्रालय एवं विभाग ने उनके जवाब पहले ही दे दिए हैं। यहाँ तक कि मैंने भी पिछली बार इस पर थोड़ा-बहुत बात की थी। मैं उसे फिर से दोहराना नहीं चाहता।

❑

मैं संतोषजनक जवाब नहीं दे पाऊँगा। मुझे यह जानकारी देनी पड़ रही है, क्योंकि दिल्ली प्रशासन हमारे मंत्रालय के अधीन माना जाता है। परंतु जैसाकि हादसे की प्रकृति या उद्योग की प्रकृति तकनीकी रूप से हमारे प्रशासनिक नियंत्रण के अधीन नहीं आती, मैं सभी प्रश्नों का जवाब देने में सक्षम नहीं हूँ। और मैं वह कोई भी जवाब नहीं देना चाहूँगा, जो मुझे स्वयं स्पष्ट नहीं है। इसीलिए मैं ऐसा कह रहा हूँ। परंतु जहाँ तक जाँच का प्रश्न है, प्रो. लक्ष्मण ने पूछा कि क्या कोई उपयुक्त जाँच बिठाई जाएगी? ऐसा इसलिए, क्योंकि हम उचित जाँच करना चाहते हैं, जिसकी जाँच समिति की हम आज घोषणा नहीं कर पाए हैं; क्योंकि स्वयं मेरा यह मानना है कि इस जाँच की अध्यक्षता किसी तकनीकी व्यक्ति से कराई जानी चाहिए, क्योंकि यह एक तकनीकी विषय है और इसलिए जाँच समिति की सिर्फ घोषणा करने का कोई मतलब नहीं है। अत: उपराज्यपाल ने रसायन मंत्रालय से एक विशेषज्ञ की सहायता माँगी है, जो वास्तव में इस मामले की जाँच कर सके।

❑

एक तकनीकी विशेषज्ञ होगा, जो जाँच करेगा। मुझे नहीं पता कि यह विशेषज्ञ सरकारी होगा या गैर-सरकारी। लेकिन मैं उपराज्यपाल तक आपका संदेश पहुँचा दूँगा। परंतु वह एक तकनीकी विशेषज्ञ होगा और उससे आगे मैं कुछ नहीं कह पाऊँगा।

❑

माननीय महिला सदस्या और श्री जैन ने बहुत अच्छा सुझाव दिया है। मैं निश्चित रूप से इस मामले को सूचना और प्रौद्योगिकी मंत्रालय में उठाऊँगा। मैं जिस बात पर जोर देना चाहता हूँ, वह यह है कि संयंत्र के आसपास हमारे लोग काम कर रहे हैं। वे क्षेत्र की छानबीन यह देखने के लिए कर रहे हैं कि क्या और लोग भी हैं, जो इससे प्रभावित हुए हैं? जहाँ भी उन्हें इससे

प्रभावित लोग मिल रहे हैं, उन्हें पास के अस्पताल में पहुँचाया जा रहा है। लोगों को बताया जा रहा है कि इससे घबराने की कोई बात नहीं है। हालाँकि मैंने उन लोगों के लिए 'गंभीर' शब्द का उपयोग किया है, जो अस्पताल में हैं। मुझे बताया गया है कि कोई भी खतरे में नहीं है। वे सभी खतरे से बाहर हैं। इतना कार्य हमारे लोग कर चुके हैं। वे उस स्थान पर गए हैं। वे उस जगह पर जाने और गैस को निष्प्रभावी करने में सक्षम हैं और वे अभी बाकी गैस को बेअसर करने का प्रयास कर रहे हैं। प्रभावित लोगों को अस्पताल ले जाया गया है। दिल्ली प्रशासन की ओर से निश्चित रूप से तुरंत काररवाई की गई है। जहाँ तक अन्य उपायों का प्रश्न है, जैसाकि मैंने कहा है, मुझे नहीं लगता कि मेरा अब यहाँ और कुछ कहना उचित होगा।

❑

महोदय, मैंने अपने कथन में कहा है कि निष्प्रभावीकरण के लिए काम किया जा रहा है और यह कार्य अभी भी जारी है। मैंने स्वयं दिल्ली प्रशासन और पुलिस के उन लोगों से जवाब-तलब किया है, जो वहाँ गए हैं कि सबकुछ नियंत्रण में है या नहीं? उन्होंने मुझे बताया है कि सबकुछ नियंत्रण में है और चिंता की कोई बात नहीं है। फिलहाल मैं यही कह सकता हूँ। मैं माफी चाहता हूँ; परंतु यह पूरी तरह से निष्प्रभावी हो चुका है या नहीं, इस बारे में मैं अभी कुछ नहीं कह सकता। लेकिन वे कहते हैं कि यह बिल्कुल नियंत्रण में है। और यही कुछ उठाए गए मुख्य बिंदु हैं।

❑

महोदय, जाँच चल रही है और मैं इस सदन को आश्वस्त कर सकता हूँ कि कानून अपना काम करेगा। मैं अभी कह नहीं सकता कि कौन गिरफ्तार होगा और कौन नहीं; परंतु मैं सदन को आश्वस्त कर सकता हूँ कि जाँच की जाएगी।

❑

मजदूर समस्याएँ

गोदी कामगार (सुरक्षा, स्वास्थ्य एवं कल्याण) विधेयक, 1985 *

महोदय, मैं प्रस्ताव रखना चाहता हूँ—

कि गोदी कामगारों की सुरक्षा, स्वास्थ्य एवं कल्याण हेतु और उससे संबंधित मामलों में लोकसभा से पारित विधेयक पर विचार किया जाए।

माननीय उपसभापति महोदय, भारतीय गोदी कामगार अधिनियम, 1934 के तहत बने विनियमन और रोजगार अधिनियम, 1948 के गोदी कामगार विनियम के तहत बनी योजनाएँ वर्तमान में जहाजों में माल चढ़ाने व उतारनेवाले कामगारों की दुर्घटना से सुरक्षा और ऐसे कामगारों की सुरक्षा, स्वास्थ्य एवं कल्याण से संबंधित मामलों से संबंधित हैं। ये जहाजों में माल चढ़ाने व उतारनेवाले कामगारों की दुर्घटना से सुरक्षा संबंधित आई.एल.ओ. समझौते का भी ध्यान रखती हैं।

अधिनियम, 1934 उन कामगारों पर लागू होता है, जो जहाज पर या जहाज के किनारे काम करते हैं। इनमें बंदरगाहों और जहाज घाटों से इतर कोई और क्षेत्र सम्मिलित नहीं है। यह ऐसे कामगारों के स्वास्थ्य एवं कल्याण के उपायों के लिए भी नहीं है। इसके अलावा, अधिनियम ऐसे कामगारों पर भी लागू नहीं होता, जो चढ़ाने व उतारने से संबंधित जोखिम भरे कार्य करें; जैसे माल की आपूर्ति के लिए जहाजों की तैयारी, जिसमें पारगमन शेड, गोदाम, पोत प्रांगण, किनारे आदि आते हों या जल यात्रा, पुताई और सफाई से संबंधित कर्मचारी शामिल हों। अधिनियम, 1948 जहाजों में काम करनेवाले लोगों के अलावा सभी गोदी कामगारों की सुरक्षा का खयाल रखता है। यह कानून मामूली बंदरगाहों पर भी लागू नहीं होता है। पिछले तीन दशकों में जहाज माल-संचालन प्रक्रियाओं में काफी बदलाव आया है। यंत्रीकरण संचालन में बड़े तौर पर बदलाव आया है। माल की प्रकृति बदल चुकी है। ऐसे माल हैं, जो खतरनाक और जहरीले हैं। वहाँ तेल के टैंकर और भारी मशीनरी आदि भी हैं।

---

* 5 व 10 दिसंबर, 1986 को राज्यसभा में विधेयक लाते हुए दिया गया भाषण। गोदी कामगारों की सुरक्षा, स्वास्थ्य एवं कल्याण उपलब्ध कराने और इनसे जुड़े मुद्दों के लिए लोकसभा से पारित विधेयक।

दुर्घटना की सूचना देने, जाँच करने, जिम्मेदारियों के निर्वहण आदि के लिए कोई उपयुक्त प्रणाली नहीं है; क्योंकि एजेंट और अन्य प्रमुख कर्मचारियों के रूप में मालिक के कर्मचारी तथा जहाजों के मालिक काम करते हैं। माल की सुरक्षा के लिए अधीक्षकों के पास पर्याप्त शक्तियाँ नहीं हैं। ऐसी स्थिति में जब कार्यस्थल गोदी कामगारों की सुरक्षा, स्वास्थ्य और जीवन के लिए खतरनाक है, उन्हें माल के संचालन को रोकने की शक्तियाँ मिलनी चाहिए।

ऐसे में गोदी कामगारों की सुरक्षा, स्वास्थ्य एवं कल्याण के सभी पहलुओं को समाहित करने के लिए सरकार ने एक व्यापक कानून लाना जरूरी समझा है। कानून का उल्लंघन करने पर कड़े दंड की भी हमने व्यवस्था की है। यह कानून प्रभावी होने पर प्रवर्तन को आसान बनाएगा, गोदी कार्य में लिप्त जोखिम की जाँच करेगा और जहाज घाट एवं बंदरगाह के हादसों के लिए एक उचित तंत्र उपलब्ध कराएगा।

माननीय सदस्य जानते हैं कि इस विधेयक पर लोकसभा में चर्चा हुई थी और जहाजों पर माल चढ़ाने व उतारने का काम करनेवाले कामगारों की सुरक्षा, स्वास्थ्य, कल्याण और जहाज घाट एवं बंदरगाह क्षेत्रों में जोखिम भरे काम करनेवाले कामगारों के हितों के लिए जो उपाय हम ला रहे हैं, उस पर सर्वसम्मति से समर्थन था। मैं माननीय सदस्यों से निवेदन करता हूँ कि गोदी कामगारों की सुरक्षा और स्वास्थ्य के हितों के लिए इस महत्त्वपूर्ण विधेयक को लाने में हमारा सहयोग करें। मैं माननीय सदस्यों से निवेदन करूँगा कि वे इस विधेयक में सहयोग और समर्थन करें।

❑

माननीया उपसभापति महोदया, मैं इस विधेयक का सर्वसम्मति से स्वागत और समर्थन करने के लिए माननीय सदस्यों का आभारी हूँ।

महोदया, इस समय मुख्यत: दो अधिनियम हैं, जो गोदी कामगारों की सुरक्षा, स्वास्थ्य एवं कल्याण को नियंत्रित करते हैं—भारतीय गोदी कामगार अधिनियम, 1934 एवं उसके अंतर्गत कानून और गोदी कामगार (रोजगार विनियमन) अधिनियम, 1948 एवं इसके अंतर्गत कानून। महोदया, इन अधिनियमों को लागू करने के दौरान कुछ कमियाँ देखने में आई हैं। राष्ट्रीय कामगार आयोग ने इन अधिनियमों एवं इनके अंतर्गत आनेवाले कानूनों को देखा और सिफारिश की कि गोदी कामगारों की सुरक्षा, स्वास्थ्य और कल्याण की देख-रेख के लिए एक व्यापक कानून होना चाहिए। अत: यह राष्ट्रीय कामगार आयोग की रिपोर्ट और बीते वर्षों में इन अधिनियमों को लागू करने में आई समस्याओं के अनुभव का परिणाम है कि सरकार इस व्यापक विधान को लेकर आई है।

कुछ माननीय सदस्यों ने उल्लेख किया कि यह विधेयक पर्याप्त रूप से व्यापक नहीं है। मुझे लगता है, यह काफी व्यापक है। लेकिन मैं मानता हूँ कि यहाँ-वहाँ कुछ कमियाँ हो

सकती हैं। जब हम अधिनियम को लागू करेंगे और जैसाकि श्री मट्टो ने भी उल्लेख किया है, हमें कमियों का पता चलेगा तो हम सदन में उनके निवारण के लिए पुनः प्रस्तुत होंगे।

महोदया, यह विधेयक शुद्ध रूप से बंदरगाहों पर माल उतारने-चढ़ाने की प्रक्रिया में संलग्न कामगारों की सुरक्षा, स्वास्थ्य एवं कल्याण के लिए है। इसीलिए यह उस गतिविधि तक ही सीमित है। बहस के दौरान माननीय सदस्य इस अधिनियम के दायरे से बाहर चले गए और उन्होंने न्यूनतम वेतन, मकान योजनाएँ, चिकित्सा सुविधाएँ, काम की प्रकृति से संबंधित जैसे अनुबंध श्रम पर कुछ सुझाव दिए। सभी तथ्यों पर बहस के दौरान उल्लेख किया गया है; परंतु मैंने पहले ही उल्लेख किया है कि यह अधिनियम माल को चढ़ाने और उतारनेवाले कामगारों की सुरक्षा, स्वास्थ्य एवं कल्याण तक ही सीमित है।

जैसाकि मैंने अपनी प्रारंभिक टिप्पणी में कहा था कि इस अधिनियम ने गोदी कार्य और गोदी कामगारों के दायरे एवं परिभाषा को बढ़ाने का भी प्रयास किया है। मेरी दृष्टि में यह बहुत व्यापक है; परंतु मैं यह नहीं कह रहा कि जो माननीय सदस्यों ने कहा है, वह अप्रासंगिक है। वे काफी प्रासंगिक हैं। मेरे विचार से, यह गोदी कामगारों को होनेवाली समस्याओं पर सामान्य चर्चा करने का मौका है। ऐसा नहीं है कि सरकार इन क्षेत्रों में कुछ नहीं कर रही है। वास्तव में, कई अधिनियम हैं, जो उन पहलुओं को नियंत्रित करते हैं। हमारे यहाँ श्रम अनुबंध विनियमन एवं उत्सादन अधिनियम हैं और हमारे यहाँ न्यूनतम वेतन अधिनियम भी हैं। कई और अधिनियम भी संचालन में हैं और वे उन पहलुओं को देखते हैं, जिनका माननीय सदस्यों ने जिक्र किया है।

जहाँ तक कल्याण के लिए किए जानेवाले उपायों का प्रश्न है, मैं बताना चाहूँगा कि ऐसे कई कल्याणकारी उपाय हैं, जो पहले से सक्रिय हैं; जैसे—महीने में न्यूनतम मजदूरी की गारंटी दी जाती है, उपस्थिति भत्ता, जो वेतन का 1/68वाँ हिस्सा है, वेतन सहित साप्ताहिक छुट्टी, छुट्टी और अवकाश सहित वेतन आदि। पेंशन या अंशदायी भविष्य निधि भी संचालन में है। उनके लिए उपदान भी संचालन में है। वे मुफ्त चिकित्सा सुविधा के भी हकदार हैं। उन्हें मकान किराया भत्ता भी दिया जाता है। उनके पास कैंटीन सुविधा, वरदी सुविधा एवं खेल सुविधा है। गोदी कामगारों के बच्चों को शिक्षा छात्रवृत्ति और स्कूली वरदी दी जाती है। इसी प्रकार ऐसी कई कल्याणकारी योजनाएँ हैं, जो पहले से संचालन में हैं।

अधिनियम के प्रावधानों के विषय में काफी कुछ कहा गया है। एक बात, जिसमें सभी की सर्वसम्मति थी और वह यह कि निरीक्षकों को बहुत अधिक शक्तियाँ दी गई हैं। हम आमतौर पर इंस्पेक्टर राज की बात करते हैं। मैं सदन के इस विचार से सहमत हूँ कि निरीक्षकों को इतनी अधिक शक्तियाँ नहीं दी जानी चाहिए। इस विधेयक में कहा गया है कि अधीक्षक की अनुमति के बिना किसी शिकायत को दर्ज नहीं किया जा सकता, किसी मामले को आगे नहीं बढ़ाया जा सकता। वह प्रावधान पहले ही बनाया जा चुका है।

जैसाकि श्री रेड्डी पहले ही उल्लेख कर चुके हैं कि यह पिछले वर्ष लोकसभा में पारित कर दिया गया था और एक वर्ष बाद हम राज्यसभा में इसे लाए हैं। पिछले एक वर्ष के दौरान सरकार की नजर में भी कई चीजें घटित हुई हैं। अगर आप बाल श्रम (प्रतिबंधन एवं विनियमन) अधिनियम को पुनः उठाकर देखें तो मैंने इस विशाल सदन में बताया है कि निरीक्षक की सारी शक्तियाँ छीन ली गई हैं और वे देश के नागरिकों को दे दी गई हैं। इसी प्रकार एक और अधिनियम है, जो समान पारिश्रमिक अधिनियम में संशोधन के रूप में आ रहा है या अन्य अधिनियम, विशेष तौर पर असंगठित क्षेत्र में, जहाँ हमने प्रगतिशील रूप से निरीक्षकों की शक्तियाँ छीन ली हैं। परंतु चूँकि यह अधिनियम एक वर्ष पूर्व तैयार और लोकसभा से पारित किया गया था, मैं यही कह सकता हूँ कि मैं इस विशाल सदन से सहमत हूँ कि हमें निरीक्षकों को इतनी शक्तियाँ नहीं देनी चाहिए थीं। लेकिन हमें देखने दीजिए कि इसका कैसा प्रदर्शन रहता है। इसके प्रदर्शन के आधार पर हम वापस आएँगे और जरूरत पड़ी तो भविष्य में निरीक्षक की शक्तियाँ भी हटाएँगे।

❑

वैसे, इसमें समय लगता है। इसे एक निश्चित प्रक्रिया से गुजरना होता है। मैं यह समझाना नहीं चाहता। परंतु मैं स्वीकार कर रहा हूँ। अन्य नियम, जो हम पिछले एक वर्ष में लेकर आए हैं, विशेष तौर पर जब से मैं मंत्रालय से जुड़ा हूँ, यह कई अधिनियमों में हुआ है। फिर एक विशेष प्रश्न पूछा गया था कि गोदी सुरक्षा निदेशालय का क्या होगा? क्या कार्य का डुप्लिकेशन होगा? क्या गोदी सुरक्षा निदेशालय जारी रहेगा? महोदया, इस विधेयक में परिकल्पित निरीक्षक की शक्तियाँ मौजूदा गोदी सुरक्षा निदेशालय के निरीक्षकों में निहित की जाएँगी।

एक माननीय सदस्य ने सुरक्षा के विषय में पूछा था और वे वर्तमान स्थिति जानना चाहते थे। महोदया, सौभाग्यवश पिछले कुछ वर्षों में देश के विभिन्न हिस्सों में हमारे बंदरगाहों पर होनेवाले रिपोर्ट करने योग्य हादसों में गिरावट आई है। वर्ष 1983 में देश में 1,500 रिपोर्ट करने योग्य हादसे हुए, 1984 में ये 1,155 पर आ गए। मैं आशा करता हूँ कि आज इस विधेयक के पारित होने के बाद रिपोर्ट करने योग्य हादसों में गिरावट आएगी, क्योंकि हमने पिछले अधिनियम के मुकाबले अधिक कड़े दंड निर्धारित किए हैं। इसी आशा के साथ मैं माननीय सदस्यों को आश्वस्त कर सकता हूँ कि हम इस विधेयक को पूरी ईमानदारी से लागू करेंगे।

इन्हीं कुछ शब्दों के साथ मैं एक बार फिर से माननीय सदस्यों को धन्यवाद देता हूँ, जिन्होंने इस विधेयक की बहस में हिस्सा लिया।

~ ※ ~

बेरोजगारी और औद्योगिक तालाबंदी*

महोदय, वर्ष 1984 के मुकाबले 1985 के दौरान देश में औद्योगिक संबंधों की स्थिति में उल्लेखनीय सुधार हुआ है। विवादों (हड़ताल और तालाबंदी) की संख्या 2,094 से 1,716 हो गई, प्रभावित कर्मचारियों की संख्या 19.5 लाख से 10.7 लाख हो गई, बरबाद हुए कार्य-दिवसों की संख्या लगभग 5.63 करोड़ से घटकर लगभग 2.94 करोड़ हो गई। इसी प्रकार वर्ष 1984 में औद्योगिक इकाइयों में छँटनी की संख्या 1984 में 847 से घटकर 1985 में 665 हो गई, जिसमें श्रमिकों की संख्या 1.4 लाख से घटकर 0.99 लाख हो गई। हालाँकि औद्योगिक बंद की संख्या (औद्योगिक कारणों से इतर दूसरे कारणों की वजह से) वर्ष 1984 में 188 से बढ़कर 1985 में 203 हो गई। इसी अवधि के दौरान प्रभावित श्रमिकों की संख्या तेजी से 72,000 से घटकर 31,270 हो गई।

अनंतिम अनुमानों के अनुसार, गिरावट की यह प्रवृत्ति वर्ष 1986 (जनवरी-अगस्त) के दौरान भी 986 विवादों, 9 लाख प्रभावित कर्मचारियों, 1.40 करोड़ कार्य-दिवसों का नुकसान, औद्योगिक बंद और प्रभावित कर्मचारियों के साथ क्रमशः 145 एवं 15,000 जारी रही। जनवरी-जून 1986 के दौरान बंद हुई इकाइयों और प्रभावित कर्मचारियों की संख्या क्रमशः 242 और 34,000 है।

औद्योगिक रुग्णता पर उपलब्ध आँकड़े बताते हैं कि दिसंबर 1984 में 1,832 से बड़ी और मध्यम रुग्ण इकाइयों की संख्या जून 1985 में 1,778 हो गई। हालाँकि छोटे पैमाने पर रुग्ण औद्योगिक इकाइयों की संख्या इसी अवधि के दौरान 93,282 से बढ़कर 97,890 हो गई है। औद्योगिक रुग्णता से निपटने के लिए सरकार ने बैंकों और वित्तीय संस्थानों द्वारा विस्तारित सहायता पैकेज के माध्यम से रुग्ण औद्योगिक इकाइयों के पुनर्वास के लिए कई कदम उठाए हैं।

पूर्वगामी तथ्यों के प्रकाश में, सरकार इस बात को नहीं मानती है कि औद्योगिक विवादों, छँटनी और बंद होने की घटनाओं में वृद्धि के चलते श्रम अशांति और बेरोजगारी बढ़ रही है।

देश में औद्योगिक संबंधों की स्थिति पर सरकार कड़ी नजर रख रही है। श्रम अशांति और विवादों के संभावित क्षेत्रों की यह देखने के लिए लगातार निगरानी की जा रही है, ताकि विवादों को हल करने और प्रारंभिक अवस्था में ही औद्योगिक अशांति के कारणों को दूर करने के लिए निवारक काररवाई की जा सके। केंद्र और राज्यों में औद्योगिक संबंध व्यवस्था मौजूदा श्रम कानूनों के तहत प्रदान की गई। निवारक मध्यस्थता समझौते और निर्णय के माध्यम से औद्योगिक विवादों को सुलझाने के प्रयास जारी रखती है। श्रम नीतियों और कार्यक्रमों से संबंधित प्रमुख मुद्दों से पहले त्रिपक्षीय परामर्श आयोजित करने पर जोर दिया जा रहा है। कोयला खानों, गैर-कोयला

* 27 नवंबर, 1986 को औद्योगिक क्षेत्र में तालाबंदी, कामबंदी और रुग्णता की बढ़ती घटनाओं के चलते अशांति और बेरोजगारी की ओर ध्यान दिलाने के प्रस्ताव में भाग लेने के दौरान दिया गया भाषण।

खानों, इंजीनियरिंग, जूट, कपास, कपड़ा, रसायन, सीमेंट, पौधारोपण, चमड़े के सामान, निर्माण एवं सड़क परिवहन जैसे उद्योगों के लिए कई त्रिपक्षीय औद्योगिक समितियाँ फिर से गठित की गई हैं। सामंजस्यपूर्ण औद्योगिक संबंधों के रख-रखाव के लिए महत्त्वपूर्ण तत्काल मुद्दों पर समय-समय पर इन त्रिपक्षीय मंचों पर चर्चा की जा रही है।

यह न केवल श्रमिक अशांति को रोकने के लिए कदम उठाकर, बल्कि कर्मचारियों और नियोक्ताओं के साथ लगातार बातचीत कर औद्योगिक संबंधों को सुधारने के लिए सरकार का प्रयास रहा है।

❑

महोदया, मैं माननीय सदस्यों का आभारी हूँ, जिन्होंने हमारे देश में मजदूर वर्ग की समस्याओं, उद्योग की हालत के माध्यम से देश की अर्थव्यवस्था पर प्रकाश डाला है।

प्रारंभ में ही मैं एक बात स्पष्ट कर देना चाहता हूँ। कुछ आरोप लगाए गए हैं कि इस पूरी स्थिति से मैं प्रसन्न हूँ। मैं प्रसन्न नहीं हूँ और देश का कोई भी नागरिक ऐसी स्थिति से प्रसन्न नहीं हो सकता, जो किसी भी वर्ग के लोगों के लिए अहितकारी हो। तथ्य यह है कि वर्ष 1985 में 665 छँटनियाँ हुईं—मैंने आँकड़े प्रस्तुत किए हैं—99,000 कर्मचारी प्रभावित हुए। तथ्य यह है कि वर्ष 1985 में 31,270 कर्मचारियों को प्रभावित करते हुए 203 इकाइयाँ बंद हो गई थीं। तथ्य यह है कि बड़ी, मध्यम और छोटी 99,668 रुग्ण इकाइयाँ हैं और वित्तीय संस्थानों से 3,805.17 करोड़ रुपए रुके हुए हैं। यह न केवल इस देश के श्रम मंत्री के लिए, बल्कि निश्चित रूप से हम सभी के लिए बड़ी चिंता का विषय है। पूरे सदन ने इसे व्यक्त किया है।

मैंने अपने कथन में कहा है कि देश में श्रमिक अशांति में कोई बढ़ोतरी नहीं हुई है। यही मैंने कहा है। और इसके लिए मैंने यह भी कहा है कि अगर हम छँटनी के आँकड़ों पर नजर डालें तो इसमें गिरावट आई है। ऐसा नहीं है कि मैं आँकड़ों से खुश हूँ कि इनमें गिरावट आई है।

❑

तालाबंदी के कारण कार्य-दिवसों की क्षति में बढ़ोतरी हुई है, यह मैंने अपने कथन में कहा है। इस सदन में मैंने यह कई मौकों पर बताया है। वास्तव में, संसद् के पिछले सत्र में श्रम मंत्रालय के कार्यों पर हमारी पूरी तरह से चर्चा हुई थी। और आपकी बात बिल्कुल सही है कि हड़ताल के मुकाबले तालाबंदी के कारण हुए कार्य-दिवसों के नुकसान में बढ़ोतरी हुई है। अत: यह अच्छी प्रवृत्ति नहीं है। यही तथ्य है।

❑

मैं एक कांग्रेसी हूँ ... मैं हड़ताल का बिल्कुल भी समर्थन नहीं कर रहा हूँ। मैं केवल यह कह रहा हूँ कि तुलनात्मक रूप से तालाबंदी के कारण कार्य-दिवसों की क्षति की संख्या बढ़ी है। परंतु दोनों ही इस देश के लिए वांछनीय नहीं हैं।

❑

श्रमिकों की प्रशंसा पर वाजपेयीजी के अवलोकनों के संबंध में है। हाँ, मैं श्रमिकों की तारीफ कर रहा हूँ। क्यों नहीं? मैं श्रम की प्रशंसा कर रहा हूँ। वास्तव में, देश में श्रमिक संबंध की स्थिति में सुधार हुआ है और हमारे श्रमिक वर्ग ने काम किया है। इससे हमारे देश में औद्योगिक उत्पादन की वृद्धि दर में अभिवृद्धि हो पाई है। इस वर्ष के आखिरी दस महीनों में छठी पंचवर्षीय योजना के दौरान अखिल भारतीय आँकड़े के 5.8 प्रतिशत के मुकाबले औद्योगिक उत्पादन में 6.5 प्रतिशत की वृद्धि हुई है। अत: इसे अपनी अभिव्यक्ति मिली है। इस प्रकार, छठी पंचवर्षीय योजना के दौरान 5.8 प्रतिशत के मुकाबले दस महीनों में 6.5 प्रतिशत की वृद्धि हुई। इसीलिए मैं केवल एक बयान दे रहा हूँ कि दिए हुए आँकड़ों पर तुलनात्मक रूप से देखने पर, यहाँ तक कि आप पिछले पाँच वर्षों के आँकड़े भी देखें तो पाएँगे कि देश में औद्योगिक संबंधों में सुधार हुआ है। कार्य-दिवसों के नुकसान और विवादों की संख्या में निश्चित रूप से कमी आई है। मुझे कहना होगा कि यह एक अच्छी प्रवृत्ति है। हमें खुश होना चाहिए। लेकिन इसका यह अर्थ नहीं है कि सबकुछ ठीक है। ऐसी कई चीजें हैं, जिनमें सुधार की आवश्यकता है। मैं केवल एक बात रखना चाहूँगा, जो मेरे विचार से बहुत महत्त्वपूर्ण है। हमारे देश में औद्योगिक संबंधों का रख-रखाव प्राथमिक रूप से संबंधित राज्य सरकारों का काम है। यह राज्य सरकारों का कर्तव्य है कि वे अपने राज्यों में एक औद्योगिक माहौल और बेहतर वातावरण का निर्माण करें। यह मैं नहीं कर सकता। अत: औद्योगिक स्थिति, फिर चाहे वह तालाबंदी के विषय में हो या हड़ताल के विषय में या किसी अन्य के, इसकी प्राथमिक जिम्मेदारी संबंधित राज्य सरकारों की है। ये वे हैं, जिन्हें इसे सँभालना है और ये वे हैं, जिन्हें एक अनुकूल स्थिति बनानी है।

❑

मैं पश्चिम बंगाल के आँकड़े का उल्लेख नहीं कर रहा हूँ। अगर मैं पश्चिम बंगाल के आँकड़े का उल्लेख करूँगा तो मैं जानता हूँ कि आप बैठेंगे नहीं। इसीलिए मैं उनका उल्लेख नहीं करूँगा।

❑

मैं बहुत खुश हूँ कि श्री गुरुदास दासगुप्त ने देश में कृषि श्रम पर महत्त्वपूर्ण प्रश्न उठाया है। देश के 29.6 करोड़ कामकाजी लोगों में से 19.40 करोड़ कृषि श्रम से संबंध रखते हैं। और हमने उस पर ध्यान नहीं दिया है। मैं यह बात बार-बार दोहराता आया हूँ। वास्तव में, माननीय सदस्य श्री गुरुदास दासगुप्त की सलाह से सलाहकार समिति की पिछली बैठक में हमने सलाहकार समिति की 3 दिसंबर को होनेवाली बैठक में केवल इसी मुद्दे पर चर्चा या निर्णय लिया था। दासगुप्तजी, यह आपकी सलाह पर ही था। मैं खुश हूँ कि आपने यह बात यहाँ दोबारा रखी। हम सब इसके लिए आभारी हैं, विशेषकर न्यूनतम वेतन अधिनियम के कार्यान्वयन के लिए,

जिसे नवनिर्मित 20 सूत्रीय आर्थिक कार्यक्रम में जगह मिली है।

कई विशिष्ट मुद्दे उठाए गए हैं। एन.बी.सी.सी. का मुद्दा उठाया गया है। मैं इस समस्या को जानता हूँ। मैं यह नहीं कहूँगा कि मैं इसके लिए क्या करने वाला हूँ, लेकिन मैं बताना चाहूँगा कि मैं इस समस्या से अवगत हूँ और इसका समाधान ढूँढ़ने का प्रयास करूँगा। ऐसे अन्य मामले हैं, जिन्हें श्री अश्वनी कुमारजी ने उठाया है। वे मेरे पास कई बार आए हैं। वे जानते हैं कि हम इस समस्या को हल करने का कितना प्रयास कर रहे हैं।

मेरे विचार से, श्री जी. गोपालस्वामी मुझे जाने नहीं देंगे, अगर मैंने उन्हें जवाब नहीं दिया। यह तमिलनाडु में बंद हुई मिलों से संबंधित है। मैं यह बिल्कुल स्पष्ट करना चाहता हूँ कि जहाँ तक भारत सरकार की नीतियों का संबंध है, देश के किसी भी हिस्से के साथ भेदभाव का प्रश्न ही नहीं उठता। वास्तव में, तमिलनाडु के वित्त मंत्री के साथ मेरी दो बैठकें हुई थीं। उस समय वे तमिलनाडु के वित्त और श्रम मंत्री थे। उन्होंने उस समय के कपड़ा मंत्री श्री खुर्शीद आलम खान से भी मुलाकात की। माननीय सदस्य ने एक प्रश्न किया था कि जब गुजरात की सहायता की जा सकती है तो तमिलनाडु की क्यों नहीं? मुझे अभी की स्थिति का ठीक से पता नहीं है; लेकिन अगर मुझे ठीक से याद है तो जब हमने तमिलनाडु सरकार को गुजरात जैसा ही पैकेज देने की पेशकश की थी तो उन्होंने कहा था कि यह तमिलनाडु के लिए साध्य नहीं होगा। अतः यह हमारी गलती नहीं है। हमने इसकी पेशकश की थी, लेकिन तमिलनाडु सरकार को संदेह था। कम-से-कम वित्त मंत्री ने मुझसे यही कहा था कि उन्हें नहीं लगता कि यह साध्य होगा। ऐसा नहीं है कि हमने उन्हें पेशकश नहीं की। हमने पेशकश की है।

❑

उन्होंने एक प्रस्ताव दिया है, जिस पर मेरे विचार से कपड़ा मंत्रालय विचार कर रहा है। असल में, तमिलनाडु के कपड़ा मंत्री मेरा हस्तक्षेप चाहते थे। उन्होंने प्रेस में एक बयान दिया और फिर यहाँ आ गए। वे मेरा हस्तक्षेप चाहते थे। मैंने इस मामले में हस्तक्षेप किया। इस प्रकार वह चर्चा हुई और हमारी दो बैठकें हुईं।

❑

मैं इस समस्या से भलीभाँति परिचित हूँ। कर्मचारी भूख हड़ताल पर थे और वे बहुत नाजुक स्थिति में थे। मुझे कई सारे टेलीग्राम मिले, जिनके मुताबिक अगर वे लोग एक और दिन भूख हड़ताल पर जाते तो मर जाते। वे मेरा हस्तक्षेप चाहते थे और मैंने हस्तक्षेप किया। मैंने उनसे निवेदन किया कि वे भूख हड़ताल पर न जाएँ, और वे नहीं गए और आज वे जीवित हैं। मैं इसके लिए बहुत खुश हूँ। अतः मैं समस्या से अवगत हूँ और मैं इस मामले से व्यक्तिगत रूप से जुड़ा हुआ हूँ।

महोदया, ज्यादातर मामले, जो माननीय सदस्य ने उठाए हैं, मैं व्यक्तिगत रूप से ऐसे कई

मामलों से परिचित हूँ। परंतु मुझे नहीं लगता कि हमारे पास सबका जवाब देने का समय है, क्योंकि लंच का समय पहले ही खत्म हो चुका है।

विधेयक के विषय में कुछ माननीय सदस्यों ने पूछा है। 22 और 23 सितंबर को हमारी त्रि-पक्षीय बैठक हुई थी और कल भी मेरी इस पर आधे दिन के लिए केंद्रीय व्यापार संघ के नेताओं के साथ बैठक हुई थी। उम्मीद है कि हम जल्द ही हमारे प्रस्तावों को अंतिम रूप देने में सक्षम होंगे और अगले सत्र के दौरान औद्योगिक विवाद अधिनियम एवं व्यापार संघ अधिनियम में संशोधन के साथ संसद् में आ सकते हैं।

एक बार फिर मैं सभी माननीय सदस्यों का धन्यवाद करता हूँ।

श्रम कल्याण निधि कानून (संशोधन) विधेयक, 1986 *

महोदय, मैं अभ्रक खान श्रम कल्याण निधि अधिनियम, 1946, चूना-पत्थर एवं डोलोमाइट श्रम कल्याण निधि अधिनियम, 1972, लौह अयस्क खान, मैंगनीज अयस्क खान एवं क्रोम अयस्क खान श्रम कल्याण निधि अधिनियम, 1976 और बीड़ी श्रमिक कल्याण निधि अधिनियम, 1976 में संशोधन के लिए विधेयक प्रस्तुत करने की अनुमति चाहता हूँ।

महोदय, मैं विधेयक प्रस्तुत करता हूँ।

❑

उपसभापति महोदया, मैं निवेदन करता हूँ—

> कि अभ्रक खान श्रम कल्याण निधि अधिनियम, 1946, चूना-पत्थर एवं डोलोमाइट श्रम कल्याण निधि अधिनियम, 1972, लौह अयस्क खान, मैंगनीज अयस्क खान एवं क्रोम अयस्क खान श्रम कल्याण निधि अधिनियम, 1976 और बीड़ी श्रमिक कल्याण निधि अधिनियम, 1976 में संशोधन के लिए प्रस्तुत विधेयक को विचाराधीन किया जाए।

महोदया, यह एक छोटा सा संशोधन है और इस संशोधन का संपूर्ण विचार यह है कि कर्मकारों के कल्याण के लिए उपलब्ध निधि को केवल उन सीमित उद्देश्यों के लिए खर्च किया जा सके, जो अधिनियम में निर्दिष्ट हों। जब 5 सितंबर, 1986 को परिवार कल्याण मंत्री श्री पी.वी. नरसिम्हा राव ने एक बैठक बुलाई, तब यह निर्णय लिया गया कि भारत सरकार को उपलब्ध परिवार कल्याण निधि और श्रम कल्याण निधि को भी परिवार कल्याण क्रिया-कलापों पर खर्च किया जाना चाहिए; क्योंकि इन कल्याण निधियों के अंतर्गत हमारे पास पूरे देश में पहले

---

* 4 दिसंबर, 1986 और 9 मार्च, 1987 को राज्यसभा में विधेयक प्रस्तुत करते हुए दिया गया भाषण। अभ्रक खान श्रम कल्याण निधि अधिनियम, 1946, चूना-पत्थर एवं डोलोमाइट श्रम कल्याण निधि अधिनियम, 1972, लौह अयस्क खान, मैंगनीज अयस्क खान एवं क्रोम अयस्क खान, श्रम कल्याण निधि अधिनियम, 1976 और बीड़ी श्रमिक कल्याण निधि अधिनियम, 1976 में संशोधन के लिए विधेयक प्रस्तुत किया गया।

से ही अस्पतालों और औषधालयों की कुछ आधारिक संरचना है और चूँकि अत्यधिक जनसंख्या हमारे देश के लिए एक बड़ी चुनौती है, इस संशोधन के द्वारा हम सरकार को परिवार कल्याण क्रिया-कलापों के लिए इसका कुछ हिस्सा खर्च करने का अधिकार देना चाहते हैं। चूँकि इस विधेयक का उद्‌देश्य अच्छा है, मुझे अपेक्षा थी कि यह विधेयक बिना किसी चर्चा के पारित हो सकता है। परंतु अगर माननीय सदस्य इस पर चर्चा करने को इतने उत्सुक हैं तो मुझे कोई आपत्ति नहीं है। परंतु यह बहुत सीमित मुद्‌दा है, जिससे सरकार परिवार कल्याण कार्य-कलापों पर धन खर्च कर सकती है।

❑

मैं माननीय सदस्यों का इस विधेयक का समर्थन करने, अच्छे और रचनात्मक परामर्श देने के लिए आभारी हूँ। जैसाकि मैंने अपने प्रारंभिक अवलोकन में बताया था, इस संशोधन का सीमित उद्‌देश्य यह है कि इसके द्वारा भारत सरकार अपनी कल्याण निधि का कुछ हिस्सा परिवार नियोजन के लिए खर्च कर सके। जनसंख्या वृद्धि हमारे देश की एक प्रमुख समस्या रही है। जनसंख्या नियंत्रण हमारा राष्ट्रीय उद्‌देश्य है और हम सभी को मालूम है कि इस समस्या से निपटने के लिए सभी प्रयास जरूरी हैं। स्वास्थ्य एवं परिवार कल्याण मंत्रालय के माननीय मंत्री इस प्रक्रिया और दिशा में कई कदम उठा रहे हैं। माननीय मंत्री श्री पी.वी. नरसिम्हा राव ने कहा कि अगर संभव हो तो क्षेत्रवार जोर दिया जाना पड़ सकता है। उन्होंने नियोक्ताओं, कर्मचारियों, व्यापार संघ के नेताओं और श्रम मंत्री की बैठक बुलाई। वहाँ हमने यह चर्चा की है कि जनसंख्या नियंत्रण का संदेश कर्मचारियों, औद्योगिक कर्मचारियों तक कैसे पहुँचाया जा सकता है। वहाँ हमने इस बात पर भी जोर दिया कि इस संदेश को टेलीविजन, रेडियो, अखबारों जैसे मीडिया माध्यमों द्वारा कर्मचारियों तक पहुँचाना होगा और जैसाकि माननीय अध्यक्ष एवं प्रथम वक्ता ने उल्लेख किया कि इसे अनौपचारिक शिक्षा, व्यापार संघों के नेताओं और विशेषकर केंद्रीय कर्मचारी शिक्षा बोर्ड द्वारा भी किया जा सकता है। यह बात हुई थी कि सामाजिक सुरक्षा योजना के अंतर्गत श्रम मंत्रालय कई कल्याण कार्यक्रमों, विशेषकर ई.एस.आई. अस्पताल, जो हमारे पास देश भर में उपलब्ध हैं और अस्पताल व औषधालय, जो कल्याण निधि के अंतर्गत उपलब्ध हैं, का संचालन करता है। जहाँ तक ई.एस.आई. अस्पतालों का संबंध है, तो कोई परेशानी नहीं है। हम काम कर रहे हैं। परंतु चार कल्याण निधियों के विषय में, जो हमारे पास उपलब्ध हैं, अधिनियम बताता है कि किस उद्‌देश्य के लिए एक निधि का प्रयोग किया जा सकता है। इसमें विशेष तौर पर उल्लेख किया गया है कि इसे स्वास्थ्य के लिए उपयोग किया जा सकता है, इसे कर्मचारियों की शिक्षा के लिए उपयोग किया जा सकता है और इसे जल आपूर्ति योजना के लिए उपयोग किया जा सकता है। इसलिए, जिस उद्‌देश्य के लिए पैसा खर्च किया जा सकता है, उसे विशेष रूप से निर्धारित किया गया है।

स्वास्थ्य कार्यक्रम के संबंध में, कल्याण निधियों के अंतर्गत हमारे पास पहले से ही 6 अस्पताल और देश भर में फैले हुए 215 डिस्पेंसरियाँ हैं; क्योंकि डॉक्टरों, अस्पताल एवं औषधालय पहले से उपलब्ध हैं और इन अस्पतालों में परिवार नियोजन के विशेष पहलू को नहीं रखा जा सकता, इसलिए यह तय हुआ था कि अभियान के हिस्से के रूप में हम अपनी गतिविधियों का परिवार कल्याण तक विस्तार कर सकते हैं।

❑

मैं माफी चाहूँगा, परंतु आबादी के अनुपात में डॉक्टरों की संख्या का आँकड़ा मेरे पास नहीं है। अब हमारे पास औद्योगिक कर्मचारियों के लिए सामाजिक सुरक्षा योजना है, विशेषकर संगठित क्षेत्र के लिए और हम इस योजना का संचालन कर्मचारी राज्य बीमा निगम के माध्यम से कर रहे हैं। जहाँ तक इस योजना का प्रश्न है, मुझे विश्वास है कि हम उस अनुपात, समानुपात तक नहीं पहुँचे हैं। हम उस तक पहुँचने का प्रयास कर रहे हैं। मुझे ठीक से याद नहीं। जहाँ तक संगठित क्षेत्र का प्रश्न है, हमारे पास आँकड़ा है। परंतु जहाँ तक निधियों का प्रश्न है, मुझे नहीं लगता कि हम उस अनुपात तक पहुँचे हैं। मुझे यकीन है कि हम उस तक नहीं पहुँचे हैं। जैसाकि मैंने कहा, हमारे पास 6 अस्पताल और 215 डिस्पेंसरियाँ हैं। परंतु अब हम अपनी गतिविधियों का विस्तार करने के बारे में सोच रहे हैं। इसमें हमने एक विशेष नीति अपनाई है। प्रश्न यह है कि क्या हमें एक बड़ा अस्पताल बनाना चाहिए, जिसकी लागत 2 या 3 करोड़ रुपए हो सकती है, जिससे 25,000 कर्मचारियों की आबादी को लाभान्वित किया जा सकता है ? मैं अभी-अभी माननीय सदस्य द्वारा उठाई गई बात पर आने का प्रयास कर रहा हूँ। प्रश्न यह है कि क्या हमें 50 या 100 बिस्तरोंवाला अस्पताल बनाना चाहिए, जिसमें मैंने बताया कि 2 या 3 करोड़ रुपए की लागत आ सकती है, या फिर हमें इसका विस्तार करना चाहिए और 3, 4 या 5 डॉक्टरों के साथ छोटी-छोटी डिस्पेंसरियाँ खोलनी चाहिए, जिनमें लगभग 15 से 30 लाख रुपए की लागत आएगी ? लोगों की पहुँच तक अधिक-से-अधिक होने के लिए हमने सोच-विचारकर यह निर्णय लिया है कि भविष्य में हम अस्पताल नहीं बनाएँगे। इससे इतर हम देश भर में डिस्पेंसरियों का विस्तार करेंगे, जिससे ज्यादा-से-ज्यादा कर्मचारियों को लाभान्वित किया जा सके। एक बार हम इसे लागू कर दें तो हम उस अनुपात के करीब पहुँचने में सक्षम होंगे, जिसका माननीय सदस्य ने जिक्र किया था।

श्री मट्टो जानना चाहते थे कि कितना धन खर्च किया जाने वाला है ? हमारा सीमित उद्देश्य यह है कि जहाँ एक ओर हमारे पास पहले से ही आधारभूत संरचना उपलब्ध है, जब हमारे पास अस्पताल और डिस्पेंसरियाँ मौजूद हैं, तो हमें उनका उपयोग विशिष्ट उद्देश्यों के लिए करना चाहिए। यह एक सीमित चीज है। जहाँ तक निधियों का प्रश्न है, तो वे ज्यादा नहीं हैं। काश, हमारे पास और होतीं। जहाँ तक अभ्रक का संबंध है, हमारे पास 201 लाख रुपए हैं।

लौह अयस्क, मैंगनीज और क्रोम अयस्क के लिए 222 लाख रुपए; बीड़ी, यह कुछ हद तक अधिक, 761 लाख रुपए है; चूना-पत्थर 284 लाख रुपए। परंतु एक बात समझनी होगी कि जो कल्याणकारी योजनाएँ हम ला रहे हैं, वे संबंधित राज्य सरकारें और नियोक्ता जो कर रहे हैं, उसके लिए केवल एक संपूरक हैं। ऐसा नहीं है कि इस संबंध में हमने पूरी जिम्मेदारी ले ली है। राज्य सरकारों और नियोक्ताओं द्वारा जो पहले से ही किया जा रहा है, उसके लिए यह केवल एक संपूरक है। इस संबंध में मुझे यह कहकर खुशी हुई कि जहाँ तक सार्वजनिक क्षेत्र के नियोक्ताओं का प्रश्न है, वे काफी योगदान दे रहे हैं। वैसे, सार्वजनिक क्षेत्र में यह सुखद स्थिति नहीं है, फिर भी ऐसे लोग हैं, जो इस क्षेत्र में भी अच्छा कार्य कर रहे हैं। वे सभी बिल्कुल ठीक नहीं कर रहे हैं। उनमें से अधिकतर, बड़े पैमाने पर, बहुत ज्यादा उपलब्ध नहीं हैं। यहाँ तक कि अपने क्षेत्र में भी हमें नियोक्ताओं के सहयोग की आवश्यकता है और मैं उनसे अधिक सहयोग माँगूँगा।

कुछ माननीय सदस्यों ने अन्य कल्याण गतिविधियों पर प्रश्न उठाए हैं। मैंने उसका पहले ही उल्लेख कर दिया है। हम आवास प्रबंध करते हैं, हम जल आपूर्ति करते हैं, हम शिक्षा और स्वास्थ्य चिकित्सा करते हैं; लेकिन जैसाकि मैंने कहा कि यहाँ भी हम केवल संपूरण करते हैं। जहाँ तक आवास प्रबंध का प्रश्न है, हमने आवास प्रबंध पर जोर देना शुरू किया है। पिछले वर्ष हमने कुछ करने का प्रयास किया, लेकिन यह इस वर्ष से है कि हम इसकी शुरुआत करेंगे और आवासीय पक्ष पर कहीं अधिक काम करेंगे। कर्मचारियों के लिए जो घर हमने अभी तक बनाए हैं, उनकी संख्या लगभग 16,335 है और यह कहना उचित नहीं है कि ये घर बुरी परिस्थिति में हैं या इनका निर्माण ठीक से नहीं हुआ है। किसी ने इस विषय में उल्लेख किया था। मैं स्वयं उनमें से कुछ मकानों को देखने गया था और मैं विश्वासपूर्वक कह सकता हूँ कि वे मकान वास्तव में अच्छे हैं। जल आपूर्ति योजना हमने 35 स्थानों पर पूर्ण कर ली है। शिक्षा के क्षेत्र में जहाँ तक वर्ष 1985-86 का प्रश्न है, हमने 26,254 छात्रों को छात्रवृत्ति प्रदान की है और जो राशि हमने पिछले वर्ष खर्च की, वह 75,86,000 रुपए है। मैंने ये भी निर्देश दिए हैं कि इस वर्ष हमें 1 करोड़ रुपए के आँकड़े तक पहुँचना होगा; क्योंकि यही वह क्षेत्र है, जहाँ मुझे लगता है कि हम बहुत कुछ कर सकते हैं। फिर माननीय सदस्य भी यह कह रहे थे कि मजदूरों के बच्चे भी मजदूर ही रह जाते हैं। मुझे नहीं लगता कि ऐसा कुछ है। मैं विश्वास के साथ बता सकता हूँ कि हमारी योजना के अंतर्गत, विशेषकर बीड़ी के क्षेत्र में, मैं स्वयं ऐसे कुछ डॉक्टरों व इंजीनियरों से मिला हूँ, जो मजदूरों के बच्चे हैं और जो डॉक्टर और इंजीनियर बने हैं; क्योंकि हमने उनकी सहायता की है। यह हमारे प्रयासों और कल्याण निधि का परिणाम है कि वे डॉक्टर और इंजीनियर बन गए हैं। फिर भी, मुझे कहना होगा कि जो परिणाम हमने हासिल किया है, वह संतोषजनक नहीं है। यह कहना कि कुछ नहीं किया गया, अनुचित होगा; लेकिन मैं निश्चित रूप से कहूँगा कि सफलता बिल्कुल भी संतोषजनक नहीं है। मैं केवल आश्वस्त कर सकता हूँ कि भारत सरकार की नीति यह है कि संगठित क्षेत्र की तुलना में असंगठित क्षेत्र की ओर अधिक

जोर दिया जाए, जिसके विषय में श्री कल्पनाथजी ने भी पहले कहा है कि ऐसे लोग हैं, जिन्हें और अधिक मिलता जा रहा है और दूसरी तरफ ऐसे लोग हैं, जिन्हें कुछ भी नहीं मिल रहा। मेरे विचार से, हमारा कर्तव्य उनके लिए अधिक है, जिन्हें कुछ भी नहीं मिल रहा।

❑

वार्षिक आय और व्यय के संबंध में मेरे पास आँकड़े हैं, परंतु मुझे कागजों में से ढूँढ़ना पड़ेगा। अगर यह अभ्रक है तो उदाहरण के लिए, पिछले वर्ष यह वार्षिक आय 96 से 97 लाख रुपए थी। चूना-पत्थर के लिए वर्ष 1985-86 में कुल आय 71 लाख रुपए थी। यह संचित है और हमारे पास 14 करोड़ रुपए हैं। इसीलिए मैं कह रहा हूँ कि यह बहुत छोटी राशि है और इतनी राशि से आप हमसे बहुत कुछ करने की आशा नहीं रख सकते।

❑

वैसे सभी क्षेत्रों में से हम सबसे अधिक महत्त्व बीड़ी श्रमिकों को देते आ रहे हैं। इस समय हमारे पास बीड़ी कल्याण निधि में अधिक धन है और इस वर्ष 1 मार्च से लागू पहले के मुकाबले हजार बीड़ी पर 10 पैसे के स्थान पर 30 पैसे उपकर के कारण हमें और भी धन मिलेगा। हम आशा करते हैं कि जहाँ तक बीड़ी का प्रश्न है, तो हम अधिक धन जुटाने में सक्षम होंगे। कुछ माननीय सदस्यों द्वारा पहचान-पत्र का प्रश्न उठाया गया था। मुझे यह कहते हुए खुशी हो रही है कि बीड़ी कर्मचारियों के औपचारिक आँकड़े 30 लाख में से हमने 20 लाख बीड़ी श्रमिकों के पहचान-पत्र पहले ही जारी कर दिए हैं। बीड़ी श्रमिकों को पहचान-पत्र देने की जिम्मेदारी नियोक्ताओं की है। इस संशोधन विधेयक में हम प्रावधान लेकर आए हैं कि अगर नियोक्ता श्रमिकों को पहचान-पत्र देने में असफल होता है तो उसे दंडित किया जाएगा। अतः यहाँ पहली बार एक दंड प्रावधान लाया गया है। हमें आशा है कि हम इससे और अधिक करने में सक्षम होंगे। जैसाकि यह गरिमामयी सदन पहले से परिचित है, हमने बीड़ी श्रमिकों के लिए भविष्य निधि के आवेदन को बढ़ा दिया है और मुझे कहते हुए खुशी हो रही है कि यह बहुत सही कदम है। हमने उनके लिए कुछ धन इकट्ठा करना शुरू कर दिया है।

मेरे विचार से, अब इस विधेयक से संबंधित और कोई महत्त्वपूर्ण बात शेष नहीं है। अतः महोदय, इन कुछ शब्दों के साथ मैं एक बार पुनः सभी माननीय सदस्यों का धन्यवाद करता हूँ और निवेदन करता हूँ कि इस विधेयक को विचाराधीन किया जाए।

❑

मैं निवेदन करता हूँ कि विधेयक को अपेक्षित संशोधन सहित पारित कर दिया जाए।

बाल श्रम संबंधी राष्ट्रीय नीति*

श्रीमान उपसभापति महोदय, कल प्रश्नकाल के दौरान मैंने वादा किया था कि मैं कल बाल श्रम नीति पर बयान दूँगा। मैं अपने वादे से एक दिन पूर्व ही आ गया हूँ। जो बयान यहाँ वितरित किया गया है, मुझे बताया गया है कि वह लोकसभा में दिया जाने वाला बयान है; परंतु जो प्रति अभी मेरे हाथ में है, वह राज्यसभा के लिए है। शायद कहीं कोई भूल हुई है और लोकसभा व राज्यसभा की प्रतियाँ आपस में बदल गई हैं। इसलिए इसे राज्यसभा में दिया गया बयान समझा जाए। बाल श्रम (प्रतिबंधन और विनियमन) विधेयक, 1986, जिसका उद्‌देश्य कुछ व्यवसायों और प्रक्रियाओं में 14 साल से कम उम्र के बच्चों के रोजगार को प्रतिबंधित करना था और अन्य में बच्चों के रोजगार को नियंत्रित करना था, को दिसंबर 1986 में संसद् द्वारा पारित किया गया था। विधेयक की चर्चा के दौरान एक बात बार-बार उठी कि बाल श्रमिकों को शोषण से बचाने के लिए केवल कानून बनाना काफी नहीं होगा। विशेष रूप से कई माननीय सदस्यों ने महसूस किया कि उन बच्चों का उचित रूप से पुनर्वास जरूरी है, जिन्हें निषिद्ध रोजगार से मुक्त कराया जाएगा और अनुमति प्राप्त रोजगार में काम करनेवाले बच्चों को शिक्षा, स्वास्थ्य देखभाल, कौशल विकास जैसी कल्याणकारी सुविधाएँ दी जाएँ। उस समय सरकार ने संसद् में यह वादा किया था कि इन पहलुओं पर ध्यान रखने के लिए बाल श्रम पर नीति बनाई जाएगी। मुझे इस गरिमामय सदन को सूचित करते हुए प्रसन्नता हो रही है कि बाल श्रम पर राष्ट्रीय नीति को सरकार द्वारा मंजूरी दे दी गई है। नीति में तीन मुख्य तत्त्व शामिल हैं—(1) कानूनी काररवाई योजना, (2) बाल श्रमिकों एवं उनके परिवारों के लिए सामान्य कल्याणकारी व विकास कार्यक्रमों पर ध्यान केंद्रित करना, और (3) काररवाई की एक परियोजना आधारित योजना।

कानूनी काररवाई योजना के तहत बाल श्रम (प्रतिबंधन और विनियमन) अधिनियम, 1986, कारखाना अधिनियम, 1948, खान अधिनियम, 1950, पौधारोपण श्रम अधिनियम, 1951 और अन्य अधिनियम, जिनमें बाल श्रम से संबंधित प्रावधान शामिल हैं, के प्रावधानों का प्रभावी और सख्ती से प्रवर्तन करने पर जोर दिया जाएगा।

नीति का दूसरा पहलू यह होगा कि बाल श्रमिकों और उनके परिवारों के लाभ के लिए चालू विकास कार्यक्रमों का उपयोग किया जाए। गरीबों के लिए विभिन्न राष्ट्रीय विकास कार्यक्रम मौजूद हैं, जिनकी शिक्षा, स्वास्थ्य, पोषण, एकीकृत बाल विकास और रोजगार एवं आमदनी पैदा करना जैसे विभिन्न क्षेत्रों तक व्यापक पहुँच है।

इन कार्यक्रमों का उपयोग सामाजिक-आर्थिक स्थितियों का निर्माण करने में होगा, जिनमें बच्चों को काम पर भेजने की मजबूरी में गिरावट आएगी और बच्चों को मजदूरी के लिए काम

---

* 12 अगस्त, 1987 को राज्यसभा में बाल श्रम पर राष्ट्रीय नीति के संदर्भ में चर्चा में भाग लेते हुए दिया गया वक्तव्य।

पर जाने के बजाय स्कूल जाने के लिए प्रोत्साहन मिलेगा।

कारखाई की परियोजना आधारित योजना के तहत बाल श्रम संकेंद्रण के क्षेत्रों में दस परियोजनाएँ शुरू की जाने वाली हैं, जो इस प्रकार हैं—

1. शिवकाशी, तमिलनाडु में दियासलाई उद्योग।
2. सूरत, गुजरात में डायमंड पॉलिशिंग उद्योग।
3. जयपुर, राजस्थान में बहुमूल्य पत्थर पॉलिश उद्योग।
4. उत्तर प्रदेश के फिरोजाबाद में काँच उद्योग।
5. मुरादाबाद, उत्तर प्रदेश में पीतल के बरतनों का उद्योग।
6. उत्तर प्रदेश के मिर्जापुर-भदोही में हस्त-निर्मित कालीन उद्योग।
7. अलीगढ़, उत्तर प्रदेश में ताला बनानेवाला उद्योग।
8. जम्मू-कश्मीर में हस्त-निर्मित कालीन उद्योग।
9. आंध्र प्रदेश के मर्कापुर में स्लेट उद्योग।
10. मध्य प्रदेश के मंदसौर में स्लेट उद्योग।

इन क्षेत्रों में से प्रत्येक में निम्नलिखित कारखाई की जाएगी—

(i) परियोजना क्षेत्र के भीतर बाल श्रम (प्रतिबंधन और विनियमन) अधिनियम, 1986, कारखाना अधिनियम, 1948, खान अधिनियम, 1948 और ऐसे अन्य अधिनियमों के प्रवर्तन को बढ़ाना।

(ii) बाल श्रमिकों के परिवारों को आय रोजगार निर्माण कार्यक्रमों के तहत गरीबी-उन्मूलन कार्यक्रमों के समग्र आधार के तहत शामिल करना।

(iii) बाल श्रम की औपचारिक एवं गैर-औपचारिक शिक्षा और कामकाजी बच्चों के माता-पिता के लिए वयस्क शिक्षा के कार्यक्रमों को आगे बढ़ाना।

(iv) बाल श्रमिकों के लिए विशेष विद्यालयों की स्थापना, जहाँ शिक्षा, व्यावसायिक प्रशिक्षण, पूरक पोषण, स्वास्थ्य देखभाल इत्यादि के प्रावधान किए जाएँगे। यदि आवश्यक हो तो कमाई में अपने नुकसान की भरपाई करने के लिए वर्जित रोजगार से निकाले गए बच्चों को छात्रवृत्तियाँ दी जाएँगी।

(v) सामाजिक कार्यकर्ता समूहों और अन्य माध्यमों द्वारा जागरूकता फैलाना, ताकि बच्चों के श्रम के अवांछनीय पहलुओं के बारे में लोगों को शिक्षित किया जा सके और समझाया जा सके।

प्रत्येक परियोजना के प्रभारी मुख्य कार्यकारी अधिकारी के साथ परियोजनाओं के लिए कुछ आधारभूत संरचना बनाई जाएगी। प्रत्येक परियोजना के लिए एक बाल श्रम प्रोजेक्ट बोर्ड होगा, जिसमें स्थानीय कलेक्टर अध्यक्ष होगा और विभिन्न विभागों द्वारा निवेश के समन्वय को सुनिश्चित करने के लिए अधिकारियों, गैर-अधिकारियों और स्वैच्छिक संगठनों के प्रतिनिधि

इसके सदस्य होंगे। केंद्रीय स्तर पर संबंधित मंत्रालयों, विभागों और राज्य सरकारों के प्रतिनिधियों सहित स्थापित एक उच्च स्तरीय निगरानी समिति भी होगी।

प्रत्येक परियोजना को संबंधित केंद्रीय मंत्रालयों और राज्य सरकारों के परामर्श से ध्यानपूर्वक तैयार किया जाएगा, ताकि केंद्रीय और राज्य सरकारों के कार्यक्रमों की उचित पहुँच और अंत:क्रिया सुनिश्चित की जा सके। पहले चरण में संभावना है कि इन दस परियोजनाओं से 30,000 बाल श्रमिक लाभान्वित होंगे। परियोजनाओं पर संभावित वार्षिक व्यय लगभग 11 करोड़ रुपए रहने की उम्मीद है।

❑

महोदय, मैं सदन के विचारों की सराहना करता हूँ कि मैंने जो बयान दिया है, वह उन्हें बहुत आकर्षक नहीं लगा। यह इतना आकर्षक नहीं लग रहा है; क्योंकि मैं इतने आकर्षक बयान के साथ सदन के समक्ष नहीं आना चाहता था, जिसे पूरा करना संभव ही न हो।

❑

मैं चतुर नहीं, बल्कि ईमानदार हूँ।

❑

महोदय, मैं उस परियोजना की घोषणा करने आया हूँ, जो मेरे विचार से संभव हो सकेगा। अब मैंने अपने बयान में कहा है कि दस परियोजनाओं को चयनित किया गया है और इस वर्ष के लिए 11 करोड़ रुपए की राशि निर्धारित की गई है। अब वित्त वर्ष 1987-88 के लिए हम पहले से ही इसके मध्य में हैं। मार्च 1988 तक वित्त वर्ष समाप्त हो जाएगा। अब पाँच-छह महीनों के समय में ही इन दस परियोजनाओं पर 11 करोड़ रुपए खर्च करना मेरे लिए एक बहुत बड़ा कार्य होगा। अत: मैं सदन को बताने आया हूँ कि पाँच महीनों के समय में मैं क्या करने वाला हूँ! श्री नारायणसामी ने एक प्रश्न उठाया है कि ईंट-भट्ठा उद्योग को क्यों नहीं शामिल किया गया है। इसे शामिल किया जाएगा, परंतु इस वर्ष नहीं। इसे अगले वर्ष की परियोजना में शामिल किया जाएगा। यही कारण है कि मैं एक मामूली से प्रस्ताव के साथ प्रस्तुत हुआ हूँ।

अब, जहाँ देश में कुल बाल मजदूरों की संख्या 7 करोड़ है, वही 30,000 एक छोटी सी संख्या दिखाई देती है। अत: जब मैंने 30,000 का आँकड़ा दिया है तो यह हास्यास्पद लगता है। लेकिन मैं यह स्पष्ट करना चाहता हूँ कि मैंने जिन 30,000 बच्चों का उल्लेख किया है, वे ऐसे बच्चे होंगे, जिन्हें निषिद्ध क्षेत्रों से बचाया जाएगा और फिर हमारे द्वारा उनकी विशेष रूप से देखभाल की जाएगी। मैं उन आँकड़ों के साथ प्रस्तुत नहीं हुआ हूँ, जो हमारे अन्य कार्यक्रमों, कार्यक्रम संख्या एक और दो से लाभान्वित होंगे। उदाहरण के लिए, महोदय, शिवकाशी का प्रश्न उठाया गया है। इन दस परियोजनाओं में शिवकाशी भी शामिल है। शिवकाशी में काम करनेवाले बच्चों की संख्या करीब 25,000 से 30,000 है और इन सभी 20 से 30 हजार बच्चों

को 14 करोड़ रुपए की परियोजना से लाभ होगा। लेकिन मैंने इन 30,000 बच्चों को शिवकाशी में शामिल नहीं किया है, क्योंकि इन 30,000 में से हमें उन कुछ को चयनित करना होगा, जो बहुत दुर्भाग्यपूर्ण हैं, वास्तव में असहाय हैं और मैं उनके जीवन-स्तर को बेहतर बनाऊँगा। यही कारण है कि मैं एक वर्ष के लिए 30,000 की छोटी सी संख्या के साथ प्रस्तुत हुआ हूँ। श्रम मंत्री के रूप में मुझे बहुत खुशी होगी, अगर मैं 30,000 बच्चों को चुन सकूँ, उन्हें बचा सकूँ और उनके जीवन-स्तर को बेहतर बना सकूँ। फिरोजाबाद इस परियोजना में शामिल है और वहाँ कामकाजी बच्चों की कुल संख्या 6,000 है। लेकिन मैं सभी 6,000 का चयन नहीं करूँगा। उन्हें निश्चित रूप से शिक्षा और कुछ अन्य चीजों के रूप में अप्रत्यक्ष रूप से परियोजना का लाभ प्राप्त होगा। लेकिन 30,000 चयनित बच्चे होंगे। भदोही और मिर्जापुर में परियोजना की अंतिम लागत 24 करोड़ रुपए है और उस क्षेत्र में लगभग 1 लाख बच्चे काम कर रहे हैं और इन सभी 1 लाख बच्चों को 24 करोड़ रुपए की परियोजना से लाभ प्राप्त होगा। लेकिन उनमें से मैं कुछ को चुनूँगा, जिनकी हमारे द्वारा पूरी तरह से देखभाल की जाएगी और मैं उनके जीवन-स्तर को बेहतर बनाऊँगा। यही कारण है कि 30,000 की संख्या बहुत छोटी दिखती है। लेकिन कामकाजी बच्चों से वास्तविक लाभार्थी कहीं अधिक होंगे। लेकिन मुझे यह स्पष्ट करना होगा कि हमारे देश में बाल श्रम की समस्या इतनी बड़ी है कि यदि हम एक साल या दो साल में इस समस्या को खत्म करने के बारे में सोच रहे हैं तो मुझे खेद है, हम इसे करने में सक्षम नहीं होंगे। आनेवाले कुछ समय के लिए हमें इस समस्या से लड़ना है। लेकिन वास्तविकता यही है कि हमने बस, अभी काम शुरू ही किया है।

❑

सरकार की नीति स्वयं अधिनियम में शामिल की गई है, जिसकी इस सदन ने चर्चा की थी। अधिनियम पारित होने के बाद बहस से यह निष्कर्ष निकला था कि केवल कानून बनाने से मदद नहीं मिलेगी; हमारे पास पुनर्वास कार्यक्रम भी होना चाहिए। इसलिए, मैं अन्य कार्यक्रमों के अलावा पुनर्वास कार्यक्रम के लिए एक बयान के साथ प्रस्तुत हुआ हूँ। और वह यही है, जिसे मैं स्पष्ट करना चाहता हूँ, और मैं कहूँगा कि बाल श्रम की समस्या की सरकार द्वारा पहचान कर ली गई है। इसे राष्ट्रीय चुनौती के रूप में लिया गया है और हम इस चुनौती पर खरे उतरेंगे। मैं यह स्पष्ट कर देना चाहता हूँ कि यह लड़ाई एक वर्ष अथवा दो या तीन वर्षों में खत्म नहीं होगी; हमें इससे लड़ना है और मुझे उम्मीद है कि अब, जब यह अधिनियम पारित कर दिया गया है और हमने परियोजनाओं को मंजूरी दे दी है, आनेवाले वर्षों में अन्य परियोजनाएँ भी लाई जाएँगी और हम इन दुर्भाग्यपूर्ण बच्चों की मदद करने में बहुत आगे तक जाने में सक्षम होंगे।

राष्ट्रीय ग्रामीण श्रम आयोग का गठन*

माननीय उपसभापति महोदय, माननीय सदस्य परिचित हैं कि प्रधानमंत्रीजी ने वर्ष 1987-88 के लिए अपने बजट भाषण में राष्ट्रीय ग्रामीण श्रम आयोग के गठन की घोषणा की थी। तदनुसार आयोग को गठित करने के लिए एक प्रस्ताव जारी किया गया है। श्री जीनाभाई दर्जी इसके अध्यक्ष होंगे और निम्नलिखित व्यक्ति इसके सदस्य होंगे—

1. श्री एच. हनुमनथप्पा, सांसद
2. श्री आर.पी. पानिका, सांसद
3. श्री केयूर भूषण, सांसद
4. डॉ. पी.सी. जोशी
5. डॉ. प्रधान एच. प्रसाद
6. श्री सुरेश माथुर, सदस्य सचिव

मैं सदन के पटल पर 11 अगस्त, 1987 के प्रस्ताव सं. U-24012/1/87-RW की एक प्रति भी रखता हूँ, जो संदर्भ की शर्तें, सदस्यों के नाम और अन्य जरूरी सूचनाएँ देता है।

❑

उपसभापति महोदय, मैं उन माननीय सदस्यों का आभारी हूँ, जिन्होंने बहुत उचित प्रश्न उठाए हैं। मैं मानता हूँ कि आपके द्वारा उठाए गए प्रश्न बिल्कुल उचित हैं। जहाँ तक संदर्भ की शर्तों का प्रश्न है, चूँकि यह बहुत लंबी है, इसलिए मैंने सोचा कि इन्हें पढ़ने में सदन का समय नष्ट करने के बजाय सदन में रखना उचित होगा। परंतु अगर सदन चाहता है तो मैं इन्हें पढ़ सकता हूँ। अन्यथा कल सुबह आपको सारी प्रतियाँ मिल जाएँगी। मैं आपको आश्वस्त करता हूँ कि संदर्भ की शर्तों के विषय में जो भी प्रश्न उठाए गए हैं, जो भी परामर्श दिए गए हैं, उन्हें संदर्भ की शर्तों में शामिल कर लिया गया है। उदाहरण के लिए, क्या भूमि सुधार का प्रश्न इसमें रखा गया है या नहीं?

❑

संदर्भ की शर्तें बहुत व्यापक हैं और इसमें ग्रामीण श्रम के सभी पहलुओं को शामिल किया गया है। मुझे नहीं लगता कि इसमें किसी और चीज को शामिल करने की कोई गुंजाइश है। यदि आप इसे पढ़ते हैं तो मुझे यकीन है कि आप संतुष्ट होंगे। इसमें भूमि सुधार, ग्रामीण ऋणात्मकता, रोजगार उत्पादन, आवास, वानिकी, जल, सामाजिक सुरक्षा, प्रौद्योगिकी का विकल्प, किसानों के लिए प्रशिक्षण कार्यक्रम और न्यूनतम मजदूरी शामिल है। बाल श्रम,

---

* 13 अगस्त और 9 सितंबर, 1987 को राज्यसभा में ग्रामीण श्रम पर राष्ट्रीय नीति के गठन पर दिया गया वक्तव्य।

महिला श्रम और बँधुआ श्रम पर विशेष जोर दिया गया है। इसमें सबकुछ शामिल है और मुझे विश्वास है कि आप संतुष्ट होंगे।

❑

समिति की संरचना और समिति के सदस्यों की संख्या के बारे में मुझे लगता है कि माननीय सदस्यों द्वारा कही गई बात बिल्कुल उचित है। आपने कहा है कि विपक्ष से कोई सदस्य नहीं है। यह उचित बात है। आपने यह भी कहा कि कोई महिला सदस्य नहीं है। जब आयोग विशिष्ट महिलाओं की समस्याओं से निपटने जा रहा है तो महिला सदस्य होनी चाहिए। यह भी उचित बात है। लेकिन दुर्भाग्यवश, जब हमने एक महिला होने के नाते विपक्ष की एक महिला सदस्य को सदस्यता की पेशकश की तो उन्होंने इस आयोग की सदस्य बनने से इनकार कर दिया। मुझे केवल यही प्रतीत हुआ कि स्वयं को सरकार द्वारा बनाई जानेवाली किसी भी समिति से अलग रखने के लिए यह विपक्ष की नीति-सी बन गई है।

❑

मुझे खुशी है कि आप इस आयोग में सहयोग करने के इच्छुक हैं। मैं इसे उस तरह से लूँगा और आपको आश्वस्त करता हूँ कि विपक्ष का प्रतिनिधित्व होगा और मैं आपका आभारी हूँ कि आप इसके लिए सहमत हैं। मैं विपक्षी सदस्य और महिलाओं के बिना यहाँ आया हूँ, क्योंकि यदि मैं अन्य लोगों के पास जाना शुरू करता और वे इनकार कर देते और फिर, अगर मैं इस प्रक्रिया को दोहराता तो देरी होती, और मैं इसमें देरी नहीं करना चाहता था। जिसने सदस्यता स्वीकार कर ली है, मैंने उसकी घोषणा की है और कुछ सदस्यों को इस आयोग में जोड़ा जाएगा। इसमें कोई समस्या नहीं है।

मुझे खेद है, श्री दासगुप्त ने आयोग के सदस्यों के बारे में कुछ अपरिहार्य टिप्पणी की। मुझे नहीं लगता कि हमें इस तरह की टिप्पणियाँ करनी चाहिए। आयोग का प्रत्येक सदस्य, जिसे सरकार ने चुना है, अपने संबंधित क्षेत्र में एक प्रतिष्ठित सदस्य है। सभी सदस्य अपने संबंधित क्षेत्र में प्रतिष्ठित सदस्य हैं और मुझे अध्यक्ष सहित उनपर पूर्ण विश्वास है। वे सभी प्रतिष्ठित सदस्य हैं और मुझे नहीं लगता कि इस तरह की टिप्पणियाँ करना हमें शोभा देता है।

जहाँ तक संदर्भ की शर्तों पर चर्चा का प्रश्न है, यह मेरे हाथ में नहीं है। यदि कार्य मंत्रणा समिति की इच्छा है, यदि अध्यक्ष ऐसा चाहते हैं तो मुझे इस राष्ट्रीय आयोग के संदर्भ में चर्चा करने में कोई समस्या नहीं है। बल्कि मैं इसका स्वागत करता हूँ, ताकि मुझे इसके बारे में और अधिक विचार मिल सकें कि इस पर कैसे कार्य किया जाए? मेरे लिए बहस करना खुशी की बात होगी। लेकिन यह मेरे हाथ में नहीं है। यह कार्य मंत्रणा समिति के हाथ में है।

फिर दो विशिष्ट बातें कही गई थीं। एक यह कि क्या यह शहरी क्षेत्र में श्रमिकों को भी शामिल करेगा? वैसे यह ग्रामीण श्रम के लिए राष्ट्रीय आयोग है। भारत की जनगणना में यह तय

करने के लिए विशिष्ट मानदंड हैं कि कौन सा ग्रामीण है और कौन सा शहरी! हमने इसे संदर्भ की शर्तों में स्वतंत्र रखा है। यह आयोग पर निर्भर करता है कि या तो वह भारत की जनगणना द्वारा अपनाए गए मानदंडों को स्वीकार करे या ग्रामीण क्षेत्रों की अपनी परिभाषा बनाए। इसमें प्रवासी श्रम के लिए एक विशिष्ट निर्देश है और इसलिए, आयोग के पास निश्चित रूप से उन श्रमिकों पर अधिकार-क्षेत्र होगा, जो ग्रामीण इलाकों से शहरी इलाकों में स्थानांतरित हो गए हैं और उस सीमा तक आयोग के पास अधिकार-क्षेत्र होगा। संदर्भ की शर्तों में शायद आयोग स्वयं पूरे काम को करने में सक्षम न हो, इसलिए हमने यह भी कहा है कि यदि आयोग चाहे तो अध्ययन शुरू कर सकता है। इसलिए वे अलग-अलग क्षेत्रों में विशेषज्ञों की विशेषज्ञता का उपयोग कर सकते हैं। इसलिए यह शक्ति उन्हें दी गई है और यदि उन्हें आवश्यकता हो तो वे कुछ सलाहकार भी नियुक्त कर सकते हैं। इसलिए संदर्भ की शर्तें बहुत व्यापक हैं और हमने कहा है कि उन्हें जल्द-से-जल्द अपनी अंतरिम रिपोर्ट दे देनी चाहिए—श्री मट्टो ने इस प्रश्न को उठाया था; लेकिन आयोग का कार्यकाल तीन वर्ष होगा। यह सब आयोग के बारे में है।

❑

उपसभापति महोदय, मैं सम्मानित सदस्यों का आभारी हूँ, जिन्होंने पिछले शुक्रवार को मेरे द्वारा दिए गए बयान पर स्पष्टीकरण पाने का प्रयास किया था। मुझे खेद है और मुझे सदन से माफी माँगनी चाहिए कि बयान में सिफारिशों की मुख्य विशेषताएँ शामिल नहीं थीं। मैं स्वीकार करता हूँ कि अगर वे होतीं तो शायद यह एक अधिक सार्थक चर्चा होती। मुझे बताया गया है कि प्रतियाँ पुस्तकालय में उपलब्ध हैं, वो भी एक नहीं बल्कि तीन-तीन। लेकिन मैं स्वीकार करता हूँ कि तीन प्रतियाँ भी पर्याप्त नहीं हैं।

हालाँकि मैं तारांकित प्रश्न संख्या 174 की ओर ध्यान दिलाना चाहता हूँ, जिसमें राष्ट्रीय श्रम आयोग के लिए एक संपूर्ण उत्तर दिया गया था। लेकिन मुझे उम्मीद है कि इस रिपोर्ट पर पूरी तरह विस्तार से चर्चा करने के लिए हमारे पास कुछ और मौके होंगे।

❑

यदि आपको लगता है कि इसके लिए सत्र बढ़ाया जाना चाहिए तो मुझे ऐसा नहीं लगता।

महोदय, वर्ष 1985 में, जब स्वर्गीय प्रधानमंत्री श्री राजीव गांधी ने जिनेवा में आई.एल.ओ. को संबोधित किया, उन्होंने एक चेतावनी दी थी कि हमें असंगठित श्रमिकों पर ध्यान देना होगा; क्योंकि विशेष रूप से भारत में असंगठित श्रमिक हमारे कुल कार्यबल का 90 प्रतिशत हैं और ऐसा प्रतीत होता है कि हम संगठित श्रमिकों पर अधिक ध्यान दे रहे हैं और असंगठित श्रम पर कम। जब मैंने श्रम मंत्रालय का कार्यभार सँभाला तो वे चाहते थे कि मैं देश भर में जाऊँ और ग्रामीण श्रमिकों की परिस्थितियों का जायजा लूँ, जो मैंने किया भी। मैं अपने कई सहयोगियों एवं संसद् के सदस्यों का आभारी हूँ, जो कई जगहों पर मेरे साथ गए। सन् 1987 में जब श्री राजीव गांधी

बजट पेश कर रहे थे तो उन्होंने घोषणा की थी कि श्रमिकों पर राष्ट्रीय आयोग गठित किया जा सकता है। तदनुसार आयोग का गठन अगस्त 1987 में हुआ। रिपोर्ट 31 जुलाई को प्रतिस्थापित की गई थी और मुझे खेद है कि 31 जुलाई से 9 सितंबर तक का समय दो महीने भी नहीं होता, जैसाकि मेरे बहुत अच्छे दोस्त श्री दासगुप्त ने दावा किया है, जिन्हें व्यावहारिक रूप से रिपोर्ट का लेखक होने के नाते इस स्पष्टीकरण का जवाब देना चाहिए था।

बहरहाल, रिपोर्ट 31 जुलाई, 1991 को जमा की गई थी और यह एक बहुत ही विशाल रिपोर्ट है, जिसमें कई सिफारिशें हैं। इतना अच्छा काम करने के लिए मैं आयोग का धन्यवाद करता हूँ। रिपोर्ट में कई उपयोगी व ठोस सुझाव और सिफारिशें की गई हैं। मैं सदन को आश्वस्त करना चाहता हूँ कि हम अपने नियंत्रण में पूरा प्रयास करेंगे, ताकि सिफारिशों का तुरंत अध्ययन किया जा सके। जो भी सुझाव शामिल किए जाने हैं, हम उन्हें शीघ्रता से करेंगे और जहाँ तक भी संभव होगा, हम इन सिफारिशों को लागू करने में पीछे नहीं रहेंगे। लेकिन हमें कुछ प्रक्रियाओं का पालन करना है।

वास्तव में, अब हमने राज्य सरकारों को अध्ययन करने के लिए लिखा है। हम प्रस्ताव रखते हैं कि सलाहकार समिति में इन पर चर्चा की जानी चाहिए।

सिफारिशें, उनका अंगीकरण और अंगीकरण की विधि भी निश्चित रूप से सदन में उपलब्ध होगी। लेकिन इससे पूर्व कि हम उस निष्कर्ष पर पहुँचें, इसे कुछ चरणों से होकर गुजरना पड़ेगा। हमें भारतीय श्रम सम्मेलन की एक बैठक बुलानी है। इन सब के बाद हम अपना मन बनाएँगे। हम निश्चित रूप से सदन में आएँगे और सदन इस पर चर्चा कर सकता है।

❑

हम नवंबर 1991 में भारतीय श्रम सम्मेलन की एक बैठक बुलाना चाहते हैं, जहाँ इस पर पूरी तरह से चर्चा की जाएगी।

❑

चूँकि सदन यह निर्णय ले रहा था कि इसे फिर से वापस आना चाहिए, मैंने सोचा कि मेरे लिए कुछ सवालों पर तत्काल प्रतिक्रिया देना आवश्यक नहीं होगा। हालाँकि मैं कुछ सवालों पर तुरंत प्रतिक्रिया दे सकता हूँ। उदाहरण के लिए, मुख्य प्रश्न यह है कि क्या हमारे पास कृषि श्रम की सुरक्षा के लिए केंद्रीय कानून होगा? आयोग ने सिफारिश की है कि यह मुख्य मुद्दा है। जब मैं श्रम मंत्री था तो श्री दासगुप्तजी को मैंने यह व्यक्तिगत रूप से बताया था कि मैं इसके पक्ष में हूँ। मैंने ऐसा कहा है। अब, जब आयोग ने सिफारिश की है कि कृषि श्रम की सुरक्षा और कल्याण के लिए एक केंद्रीय कानून होना चाहिए, मुझे लगता है कि इस सिफारिश को स्वीकार करने के लिए सरकार की ओर से कोई कठिनाई नहीं होनी चाहिए। लेकिन हमें कुछ प्रक्रियाओं से होकर गुजरना होगा।

दूसरा, एक सुझाव था कि न्यूनतम मजदूरी प्रतिदिन 20 रुपए तक बढ़ा दी जानी चाहिए। अभी न्यूनतम वेतन 15 रुपए प्रतिदिन है। मुझे नहीं लगता कि केंद्र सरकार के लिए इस सिफारिश को स्वीकार करने में कोई मुश्किल होगी। वास्तव में, हम न्यूनतम मजदूरी अधिनियम में संशोधन के लिए आगे आ रहे हैं, जहाँ कुछ बड़े बदलाव होंगे। उदाहरण के लिए, न्यूनतम मजदूरी अधिनियम के अनुसार, 'न्यूनतम मजदूरी हर पाँच साल में संशोधित की जाएगी।' अब, हम इसे 'हर दो साल' बनाने जा रहे हैं। इस तरह की कई चीजें हैं, जिन पर मैं प्रतिक्रिया कर सकता हूँ; परंतु मैंने सोचा है कि अब मैं श्रम मंत्रालय के कामकाज पर बहस का जवाब देते हुए उन बिंदुओं पर प्रतिक्रिया दूँगा। तब मैं उन सवालों पर बात करूँगा।

मजदूरी संदाय (संशोधन) विधेयक, 1987 *

माननीय उपसभापति महोदय, मैं इस उपयोगी चर्चा के लिए मिश्राजी और सभी माननीय सदस्यों का आभारी हूँ। मेरे पास इस विधेयक पर कहने के लिए ज्यादा कुछ नहीं है। मजदूरी संदाय अधिनियम, 1936 में अधिनियमित किया गया था और यह मजदूरों के कल्याण की सुरक्षा के लिए था। यह श्रमिकों को मजदूरी का भुगतान न किए जाने, मजदूरी में देरी से भुगतान या कभी-कभी मजदूरी से अनधिकृत कटौती के खिलाफ सुरक्षा के लिए है। जब यह अधिनियम अस्तित्व में आया था, तब यही मुख्य उद्देश्य था। अब इस अधिनियम की धारा 9 उन शर्तों से निपटती है, जिनके तहत नियोक्ता द्वारा (1) सामान्य अनुपस्थिति और (2) समेकित अनुपस्थिति के लिए वेतन में कटौती की जा सकती है। जहाँ तक सामान्य अनुपस्थिति का प्रश्न है, मुझे नहीं लगता कि इस पर कोई विवाद है। धारा 9 के उपखंड (1) और (2) के संबंध में कोई विवाद नहीं है। इस विधेयक के माध्यम से श्री मिश्रा जो हासिल करना चाहते हैं, वह यह है कि धारा 9 की उपधारा (2) के प्रावधानों को हटा दिया जाए।

मुझे लगता है कि एक छवि-सी बन गई है कि एक दिन की अनुपस्थिति के लिए आठ दिन की मजदूरी काट दी जाएगी। स्थिति यह है कि अगर नियोक्ता एक दिन की अनुपस्थिति के लिए आठ दिनों की मजदूरी काटना चाहता है तो उसे तीन शर्तों को पूरा करना होगा। किसी ने—शायद श्री त्रिदीब चौधरी ने—इसे इंगित किया है। ये तीन शर्तें हैं—(1) दस या अधिक व्यक्ति होने चाहिए, जो आपसी मिली-भगत से स्वयं के अनुपस्थित होने का दिखावा कर रहे हों, (2) वे बिना किसी उचित सूचना के काम से अनुपस्थित होते हों और (3) बिना किसी उचित कारण के काम से अनुपस्थित हों। जब तक इन तीन शर्तों को पूरा नहीं किया जाता है,

---

* 20 नवंबर, 1987 को राज्यसभा में श्री चतुरानन मिश्र द्वारा लाए गए निजी सदस्य के विधेयक में भाग लेने और जवाब देने के दौरान दिया गया वक्तव्य, जो मजदूरी संदाय अधिनियम, 1936 की धारा 9 की उपधारा 2 को हटाने के लिए प्रस्तुत किया गया था।

तब तक श्रमिक से आठ दिनों की मजदूरी को छीना नहीं जा सकता है। अन्यथा इसे धारा 9 के उपखंड (1) और (2) द्वारा नियंत्रित किया जाना चाहिए।

अब, प्रश्न यह है कि क्या यह एकपक्षीय प्रावधान है या यह श्रमिकों के हितों के खिलाफ है? किसी ने इस प्रावधान की संवैधानिक वैधता के बारे में प्रश्न उठाया था। इस प्रावधान को चुनौती दी गई है। ऐसे मामले भी रहे हैं। यह माननीय उच्च न्यायालय तक गया है; यहाँ तक कि यह माननीय सुप्रीम कोर्ट तक भी गया है। सदन की जानकारी के लिए मैं यह इंगित करना चाहता हूँ कि इस प्रावधान की संवैधानिक वैधता न्यायपालिका द्वारा सही ठहराई गई है।

उन्होंने कहीं भी नहीं कहा है कि यह संवैधानिक रूप से अमान्य है। लेकिन ऐसे मामले हैं, जहाँ आठ दिन की मजदूरी काटी गई थी। एक मामले में सुप्रीम कोर्ट ने इसे 'एक दिन' कर दिया था। उन्होंने कहा कि आठ दिन की मजदूरी बहुत अधिक है; आप एक दिन की मजदूरी काटिए। लेकिन सुप्रीम कोर्ट ने यह नहीं कहा है कि यह संवैधानिक रूप से अमान्य है। यही वह बिंदु है, जिसे मैं स्पष्ट करना चाहता था।

अब, जैसाकि किसी ने बताया कि यह अधिनियम इक्यावन वर्षों से अस्तित्व में रहा है। लेकिन प्रश्न यह है कि इस विशेष प्रावधान का कितने अवसरों पर उपयोग या दुरुपयोग किया गया है? यही तो बात है। श्री मिश्रा, जो एक व्यापार संघ के नेता हैं, उनके पास जरूर कुछ अनुभव होगा और यही कारण है कि वे इस विधेयक के साथ इस प्रावधान को हटाने के लिए इस सदन में आए हैं। लेकिन उन्होंने स्वयं विधेयक को प्रस्तुत करते हुए स्वीकार किया कि इस प्रावधान का उपयोग नहीं किया गया है, और फिर भी वे चाहते हैं कि इसे नहीं होना चाहिए! वास्तव में, मैं उम्मीद कर रहा था कि इस बहस में माननीय सदस्य आगे आएँगे और मुझे कुछ उदाहरण देंगे, जहाँ इस प्रावधान का उपयोग या दुरुपयोग किया गया हो। एकमात्र उदाहरण जो सामने आया, वह कोल इंडिया का था। मैं इसका जवाब भी दूँगा। कोल इंडिया की हड़ताल 21 जनवरी, 1987 को हुई थी। वे एक दिवसीय हड़ताल पर गए थे। कंपनी प्रबंधन ने श्रमिकों को नोटिस दिया था कि उनकी आठ दिन की मजदूरी क्यों नहीं काटी जानी चाहिए? इस पर संसद् में प्रश्न उठाए गए थे। श्रम मंत्रालय की सलाहकार समिति में इस मुद्दे पर चर्चा की गई थी। संसद् के सदस्यों ने मुझसे विनती की कि मुझे ऊर्जा मंत्री से बात करनी चाहिए और इस मुद्दे को हल करना चाहिए।

मैंने श्री साठे से बात की। कुछ माननीय सदस्यों ने भी श्री साठे से बात की। इस बीच पूर्वी कोयला क्षेत्र के कर्मचारी कलकत्ता उच्च न्यायालय चले गए। मेरी जानकारी के अनुसार, अब तक 21 जनवरी की हड़ताल के लिए कोल इंडिया के श्रमिकों के वेतन से आठ दिनों की मजदूरी को काटा नहीं गया है। इसलिए यह उदाहरण भी सही नहीं है।

जब तक हमारे पास कोई विशिष्ट मामला न हो, जहाँ श्रमिकों के खिलाफ इसका उपयोग या दुरुपयोग किया गया हो; जब तक हमारे पास कोई ऐसा अनुभव न हो, जहाँ यह प्रावधान

श्रमिकों के हितों के खिलाफ चला गया हो, मुझे कोई कारण नहीं दिख रहा है कि हमें इस स्थिति में आकर क्यों इस प्रावधान की समीक्षा करनी चाहिए? लेकिन मैं सदन को आश्वस्त कर सकता हूँ कि यदि इस प्रावधान के शिकार या दुरुपयोग का कोई मामला है, या यदि यह प्रावधान मजदूरों के हितों के खिलाफ चला गया है, या यदि इस प्रावधान का मनमाने ढंग से उपयोग किया गया है तो मैं इस पर बात और इसकी समीक्षा करने के लिए तैयार हूँ। परंतु मुझे सदन में कहना होगा कि अभी तक मुझे कोई कारण नहीं दिख रहा है कि हमें इसकी समीक्षा क्यों करनी चाहिए?

श्री चित्त बसु द्वारा उठाए गए एक प्रश्न का मैं उत्तर देना चाहता हूँ, हालाँकि यह इस विषय से जुड़ा हुआ नहीं है। यह अंतरिम राहत, जिस पर सहमति जताई गई थी, से संबंधित प्रश्न है। श्री चित्त बसु ने कहा कि पश्चिम बंगाल के साथ भेदभाव किया गया है। मैं इस विशाल सदन के समक्ष और श्री चित्त बसु की जानकारी के लिए बताना चाहूँगा कि पश्चिम बंगाल के साथ भेदभाव नहीं हुआ है, क्योंकि यह राज्यों के आधार पर नहीं है। एन.टी.सी. का अर्थ पूरे भारत में है और पूरे भारत में हमने भुगतान नहीं किया है। 4.30 घंटों में मुझे आई.डी.पी.एल., ऋषिकेश के प्रतिनिधिमंडल से मिलना पड़ा, जिन्हें अंतरिम राहत नहीं मिली है। मैं उनसे मिलने के लिए यहाँ से जाऊँगा। बाल्को (BALCO) को भी यह प्राप्त नहीं हुआ है। अत: इसे एक राज्य के खिलाफ भेदभाव नहीं कहा जा सकता।

उन्हें ऐसा नहीं सोचना चाहिए। 31 तारीख को मैंने कलकत्ता में व्यापार संघ के नेताओं से मुलाकात की है। मैंने इस मुद्दे पर पूरी तरह से चर्चा की है और वादा किया है कि मैं इस मामले पर उद्योग मंत्रालय के साथ चर्चा करूँगा। दुर्भाग्यवश, कलकत्ता से मुझे नागालैंड जाना पड़ा और वहाँ से मैं कल ही वापस आया हूँ। इस बीच हमारे अधिकारी उनके संपर्क में रहे हैं। इसलिए मैं अपील करता हूँ कि इस तरह के मामलों को सदन के पटल पर ही हल किया जाना चाहिए। हम हमेशा इसके लिए तैयार रहे हैं और इसीलिए हड़ताल पर जाने की कोई आवश्यकता नहीं है। मैं उनसे अपील करता हूँ कि वे 21 तारीख को हड़ताल रोक दें और मुझसे जब भी बात करना चाहें, मैं उनसे बात करने के लिए तैयार हूँ।

इन्हीं शब्दों के साथ मैं माननीय सदस्यों से अनुरोध करता हूँ कि वे इस विधेयक को वापस ले लें।

❑

मैं एक और बात का उल्लेख करना भूल गया। एक माननीय सदस्य ने हड़ताल के साथ तालाबंदी के बारे में एक बात रखी थी। अब तालाबंदी और हड़ताल पर सरकारी नीति समीक्षा के अधीन है और मैंने वादा किया है कि एक नया कानून आएगा। औद्योगिक संबंध अधिनियम को औद्योगिक विवाद अधिनियम को बदलने के लिए लाया जाएगा। इस विशेष प्रावधान के बारे में मैंने कहा है कि हम स्थिति की समीक्षा करेंगे। यही कारण है कि मैंने कहा कि यदि इस

प्रावधान के परिणामस्वरूप श्रमिकों के खिलाफ कोई भेदभाव या मनमाने ढंग से काररवाई की गई है तो मैं उसकी समीक्षा करने के लिए तैयार हूँ। अतः माननीय सदस्य मुझे कोई विशिष्ट या ऐतिहासिक उदाहरण बताएँ। हालाँकि सभी श्रम कानूनों की निरंतर समीक्षा होती रहती है और मुझे इसकी समीक्षा करने में कोई परेशानी नहीं है।

पत्रकारों की समस्याओं पर चर्चा*

उपसभापति महोदय, कुछ माननीय सदस्यों ने इस सदन में समाचार-पत्र 'टाइम्स ऑफ इंडिया' समूह के प्रबंधन और विशेष रूप से 'नवभारत टाइम्स' के प्रकाशन के संबंध में उठाए गए कदमों संबंधी मुद्दे को उठाया था। प्रेस के एक वर्ग ने यह भी बताया कि 'टाइम्स ऑफ इंडिया' समूह के मैसर्स बेनेट कोलमैन एंड कंपनी ने 'नवभारत टाइम्स' के न्यूज ब्यूरो को बंद करने और 'टाइम्स ऑफ इंडिया' के एक अनुवादित संस्करण में इसे बदलने का फैसला किया था। रिपोर्ट में यह भी कहा गया है कि कई समाचार से संबंधित व्यक्तियों को वापस ले लिया जाएगा। कुछ पत्रकार समुदायों ने भी इस घटनाक्रम के खिलाफ विरोध किया है।

'नवभारत टाइम्स' का प्रबंधन भी उपर्युक्त का अनुसरण करते हुए प्रेस में स्पष्टीकरण के साथ सामने आया है कि समाचार-पत्र की रिपोर्ट निराधार थी। प्रबंधन ने आगे कहा है कि उन्होंने अपनी पहचान को बनाए रखते हुए समूह में प्रत्येक प्रकाशन के मूल्य को बढ़ाने के लिए समूह प्रकाशनों में समूह संपादकीय संसाधनों को साझा करने की माँग की है। हालाँकि सरकार प्रेस की आजादी का सम्मान करते हुए समाचार-पत्र प्रतिष्ठानों के आंतरिक मामलों में हस्तक्षेप नहीं करना चाहती है; परंतु अगर कानून का कोई उल्लंघन होता है तो सरकार आवश्यकतानुसार उचित काररवाई सुनिश्चित करेगी।

❑

उपसभापति महोदय, मैं आधिकारिक रूप से कोयला मंत्री हूँ। लेकिन मैं कुछ समय से श्रम मंत्रालय की देखभाल कर रहा हूँ। किसी भी मामले में हम जो भी जवाब देते हैं, वह सरकार की ओर से है; और जैसाकि हम सभी जानते हैं, हमारे पास सामूहिक दायित्व है।

अपने बयान के बारे में महोदय, मैं यहाँ श्री पद्मनाभन और अन्य सहयोगियों से सहमत हूँ कि इस कथन में अधिक जानकारी नहीं है।

❑

---

* 13 दिसंबर, 1991 को राज्यसभा में अखबारों के 'टाइम्स ऑफ इंडिया' समूह से संबंधित चर्चा में भाग लेते हुए दिया गया वक्तव्य।

मुझे आपको पृष्ठभूमि की व्याख्या करनी है। यह मुद्दा इस सदन में उठाया गया था। इसलिए मैं स्थिति की व्याख्या करूँगा।

महोदय, इस मामले को परसों सदन में उठाया गया था। कुछ माननीय सदस्यों ने माँग की कि कुछ जानकारी दी जानी चाहिए। फिर, कल यह मामला लोकसभा में उठाया गया था और अध्यक्ष ने निर्देश दिया था कि सरकार को एक बयान के साथ प्रस्तुत होना चाहिए। यही कारण है कि क्यों मुझे बयान देना है। और एक बार जब मैं लोकसभा में बयान देता हूँ तो हमारा प्रयास रहता है कि हमें राज्यसभा में भी यही बयान देना चाहिए। तो यह अध्यक्ष द्वारा निर्देशन का मामला है कि इसे किया जाना जरूरी है। मैंने अनुरोध किया था कि मुझे सोमवार को बयान देने की अनुमति दी जानी चाहिए, क्योंकि मेरे पास जानकारी नहीं है। परंतु फिर मुझे बताया गया कि मुझे यहाँ बयान आज देना है।

❑

मैं केवल अपनी चिंता के विषय में कह रहा हूँ कि जहाँ तक पत्रकारों और अन्य समाचार-पत्र कर्मियों की सेवा शर्तों का प्रश्न है, यह राज्य सरकारों द्वारा प्रशासित की जाती है। यह हमारे अधिकार के अंतर्गत नहीं आता है। 'टाइम्स ऑफ इंडिया' समूह प्रतिष्ठान का मुख्यालय बंबई में है और इसलिए उपयुक्त सरकार महाराष्ट्र सरकार है। जहाँ तक 'नवभारत टाइम्स' का संबंध है, यह दिल्ली में स्थित है और उपयुक्त सरकार दिल्ली प्रशासन है।

❑

जब औद्योगिक विवाद होता है, केवल तब हमारी जिम्मेदारी बनती है। हमने उनके दिल्ली और बंबई के दोनों कार्यालयों से भी जाँच की है। कोई औद्योगिक विवाद का मामला नहीं है; हमारे समक्ष कोई औद्योगिक विवाद लंबित नहीं है और इसलिए यह मेरे लिए बहुत मुश्किल है, और मुझे यह स्वीकार करना होगा कि माननीय सदस्य जो जानकारी चाहते हैं, मैं उन्हें देने की स्थिति में नहीं हूँ। हालाँकि जो भी जानकारी हम जुटा पाए, उसे मैंने इस सदन में बताने की कोशिश की है।

कल बेनेट कोलमैन के कर्मचारियों के संघ प्रतिनिधियों ने मुझसे मुलाकात की और उन्होंने आज भी माननीय सूचना एवं प्रसारण मंत्री श्री अजीत पाँजा से मुलाकात की और उन्होंने एक ज्ञापन प्रस्तुत किया है। उस ज्ञापन में उन्होंने हमें बहुत सारी जानकारियाँ दी हैं। चूँकि इस ज्ञापन को सूचना एवं प्रसारण मंत्री श्री पाँजा और स्वयं मुझे संयुक्त रूप से आज दिया गया था, इसलिए मुझे यहाँ दी गई जानकारी की जाँच करने के लिए व्यावहारिक रूप से बिल्कुल भी समय नहीं मिला। लेकिन मेरे पास अविश्वास करने का कोई कारण नहीं है और यह इस पृष्ठभूमि का कारण, जो प्रतिनिधिमंडल ने हमें बताया है, वह यह है कि हाल ही के वर्षों में बेनेट कोलमैन एंड कंपनी ने 'दिनमान टाइम्स', 'सारिका', 'कला भारती', 'परख' के प्रकाशन को रोक दिया

है। ये सभी हिंदी पत्र हैं। उन्होंने 'यूथ टाइम्स', जो अंग्रेजी में प्रकाशित होता है, को भी बंद कर दिया है और उन्होंने बंबई से प्रकाशित 'ईवनिंग न्यूज ऑफ इंडिया' को भी बंद कर दिया है। इस बंद के परिणामस्वरूप यहाँ आरोप लगाया गया है कि एक सौ पत्रकार और गैर-पत्रकारों की छँटनी हो गई है।

❑

यही कारण है कि पत्रकारों के मन में यह आशंका बन गई है कि 'टाइम्स ऑफ इंडिया' प्रबंधन ने कई समाचार-पत्रों को बंद कर दिया है, इसलिए 'नवभारत टाइम्स' को भी बंद किया जा सकता है। बेशक प्रबंधन ने इससे इनकार कर दिया है। उन्होंने एक प्रेस नोट जारी किया है, जिसमें कहा गया है कि यह निराधार है। हालाँकि हम इसे लिखित में प्राप्त नहीं कर सके। किसी ने यहाँ पूछा था कि क्या उनसे कोई संपर्क हो पाया है ? हमने उनसे टेलीफोन पर बात की और उन्होंने हमें बताया कि प्रेस में जो भी कहा गया है, वह सही नहीं है और उनका 'नवभारत टाइम्स' को बंद करने का कोई इरादा नहीं है और इसकी पहचान बरकरार रहेगी। उन्होंने हमें टेलीफोन पर यही बताया है।

❑

अनुवाद पर भी हमने उनसे पूछा और वे कहते हैं—और मैं आपको उनका संस्करण दे रहा हूँ—कभी-कभी वे यह करना चाहते हैं कि अंग्रेजी पत्र 'टाइम्स ऑफ इंडिया' के कुछ संपादकीय, यदि वह बहुत अच्छा है और लोगों के हित में है तो उसका हिंदी में अनुवाद किया जाएगा और 'नवभारत टाइम्स' में प्रकाशित किया जाएगा। इसी तरह, यदि 'नवभारत टाइम्स' में कोई संपादकीय है और वह अच्छा है तो वे उसका अंग्रेजी में अनुवाद करेंगे और उसे 'टाइम्स ऑफ इंडिया' में प्रकाशित करेंगे। यह कभी-कभी ही हो सकता है।

❑

यह विश्वास करने या न करने का प्रश्न नहीं है। चूँकि ये मामले सामने आए, हमने उनसे बात की। यह वह स्पष्टीकरण है, जो उन्होंने दिया था। मैं सिर्फ सदन को सूचित कर रहा हूँ।

यहाँ उठाया गया एक और मुद्दा यह था कि प्रबंधन ठेके के आधार पर पत्रकारों की भरती कर रहा है। प्रतिनिधिमंडल ने हमें बताया कि 'टाइम्स ऑफ इंडिया' में अनुबंध के आधार पर 30 पत्रकार पहले से ही हैं, 'इकोनॉमिक टाइम्स' में 50 और 'नवभारत टाइम्स' में 8। दुर्भाग्यवश, कानूनी स्थिति यह है कि ठेका श्रम (विनियमन और उत्सादन) अधिनियम पत्रकारों पर लागू नहीं होता। यह केवल उन श्रमिकों पर लागू होता है, जो 1,600 रुपए और उससे कम कमा रहे हैं। पत्रकार इस अधिनियम के दायरे में नहीं आते हैं। बेशक, श्री कपिल वर्मा जानना चाहते थे कि कानून की समीक्षा की जाएगी या नहीं ? मैंने उनके सुझाव को नोट कर लिया है।

❑

महोदय, स्थिति यह है कि मेरे पास अभी ज्यादा जानकारी नहीं है। लेकिन मैं सदन का ध्यान अपने बयान के आखिरी वाक्य की ओर चाहूँगा, जिसमें मैंने कहा है—कानून का कोई उल्लंघन होने पर, जो काम करनेवाले पत्रकारों के हितों के विरुद्ध हो, तो ऐसी स्थिति में उचित काररवाई सुनिश्चित की जाएगी। यह सदन को मेरा आश्वासन है।

पत्रकारों के हितों की सुरक्षा के लिए जो भी जिम्मेदारी हमें दी जाएगी, हम उसका निर्वहण करेंगे।

कोयला खान राष्ट्रीयकरण (संशोधन) विधेयक, 1992 *

संवैधानिक प्रावधान बताता है कि इस सदन में एक धन विधेयक पेश नहीं किया जा सकता है। एक विधेयक, जो धन विधेयक है, राज्यसभा में पेश नहीं किया जा सकता है। इसे लोकसभा में पेश किया जाना जरूरी है। भारत के संविधान का अनुच्छेद-117 स्पष्ट रूप से बताता है कि धन विधेयक क्या होता है! यदि आप अनुच्छेद-117 या 110 को देखते हैं, जो मेरे मित्र ने अभी पढ़ा है, यह बहुत स्पष्ट है कि यह विधेयक धन विधेयक के दायरे में नहीं आता है। वास्तव में, प्रावधान कहता है—'सभी या किसी भी मामले से निपटना—(ए) किसी भी कर को लागू, उन्मूलन, छूट, परिवर्तन या विनियमन करना।' फिर खंड संख्या (2) कहती है—भले ही यह स्थानीय अधिकारियों द्वारा लगाया जानेवाला कर हो, तो भी इसे धन विधेयक नहीं माना जाएगा। यह विशेष विधेयक भारत सरकार को बिजली उत्पादन और लोहा एवं इस्पात क्षेत्र या अन्य क्षेत्र, जिन्हें सरकार समय-समय पर अधिसूचित करेगी, में स्वयं के उपयोग हेतु निजी कोयला खनन की अनुमति के लिए सशक्त बनाने का काम करता है। इसलिए धन विधेयक के साथ इसका कोई लेना-देना नहीं है।

❑

मुझे अनुच्छेद-110 (1) (ङ) की व्याख्या करने दें, जिसका माननीय सदस्य ने जिक्र किया है—'भारत की समेकित निधि पर व्यय किए जानेवाले व्यय की घोषणा या व्यय के लिए इस तरह के व्यय की राशि में वृद्धि।' यह वित्तीय ज्ञापन केवल एक कार्यालय के पुनर्गठन से संबंधित है, जो पहले से अस्तित्व में है। हम संशोधन के कार्यान्वयन का प्रबंध करेंगे। हम जो कह रहे हैं, वह यह है कि फिलहाल हम कोयला नियंत्रक के कार्यालय पर कोई अतिरिक्त व्यय की उम्मीद नहीं करते हैं। लेकिन ऐसा हो सकता है कि कभी-कभी आपको एक एल.जी.

---

*15 व 21 जुलाई, 1992 को कोयला खान राष्ट्रीयकरण, संशोधन विधेयक, 1992 को राज्यसभा में प्रस्तुत करते हुए और बहस में भाग लेते हुए दिया गया भाषण।

सहायक या एक यू.जी. सहायक अधिक नियुक्त करना पड़े। लेकिन हम भारत सरकार से कोई अतिरिक्त धन नहीं चाहते हैं।

❑

माननीय उपसभापति महोदय, मैं उन सभी माननीय सदस्यों का आभारी हूँ, जिन्होंने इस अल्पकालीन चर्चा में भाग लिया है और इस विधेयक को अपना समर्थन भी दिया है। इस संशोधन विधेयक को लाने की आवश्यकता विधेयक के प्रयोजन में बताई गई है और उप-मंत्री द्वारा प्रारंभिक टिप्पणियों में विधेयक की सराहना करते हुए कहा गया है कि सदन में विचाराधीन किया जाए। आठवीं पंचवर्षीय योजना में 30,538 मेगावॉट की अतिरिक्त बिजली के उत्पादन की योजना है। आठवीं पंचवर्षीय योजना के दौरान उत्पन्न होनेवाली 30,538 मेगावॉट अतिरिक्त बिजली में से 20,156 मेगावॉट थर्मल सेक्टर से उत्पन्न किया जाना है, जो कि कोयला और लिग्नाइट है।

यदि आठवीं पंचवर्षीय योजना के दौरान 20,156 मेगावॉट अतिरिक्त बिजली उत्पन्न होती है तो आठवीं पंचवर्षीय योजना के अंत तक कोयले की माँग 31.10 करोड़ टन होगी। लेकिन फिलहाल हम केवल 29.80 करोड़ टन उत्पादन करने में सक्षम होंगे। इसलिए आठवीं पंचवर्षीय योजना के अंत तक 1.30 करोड़ टन कोयले का अंतर होगा। यह एक पहलू है।

❑

हमारा उत्पादन 29.8. करोड़ टन होगा, जबकि माँग 31.10 करोड़ टन होगी। अतः आठवीं पंचवर्षीय योजना के अंत तक कोयले का अंतर 1.30 करोड़ टन होगा। यदि 20,156 मेगावॉट बिजली पैदा करने के लिए कोयले की आपूर्ति की जानी है तो हमारे विभाग, कोल इंडिया लिमिटेड, सिंगरनी, नेवेली को 19,374 करोड़ रुपए धनराशि की आवश्यकता है। यह वह आवश्यक धनराशि है, जिसे हमने योजना आयोग को पेश किया है। लेकिन आखिरकार, योजना आयोग ने इसे 11,320 करोड़ रुपए कर दिया है। बेशक, इसे अभी अंतिम रूप दिया जाना बाकी है।

❑

महोदय, 19,374 करोड़ रुपए की अनुमानित माँग के मुकाबले योजना आवंटन 11,320 करोड़ रुपए होगा। इसलिए 25,156 मेगावॉट पैदा करने के लिए हमारे पास 8,000 करोड़ रुपए स्पष्ट रूप से कम हैं। अब, 11,320 करोड़ रुपए, जो कि आठवीं पंचवर्षीय योजना के लिए योजना आयोग द्वारा कम-से-कम अनुमोदित किए जाएँगे, भारत सरकार द्वारा दिया गया यह बजटीय समर्थन बहुत ही कम है। राष्ट्रीयकरण के समय हमें यह 100 प्रतिशत प्राप्त होता था; यहाँ तक कि सन् 1985 में भी कम-से-कम 90 प्रतिशत बजटीय समर्थन मिलता था।

लेकिन इस वर्ष हमारा बजटीय समर्थन केवल 19 प्रतिशत रह गया है। इन सभी कारकों के कारण हम वास्तव में मुश्किल में थे। मंत्रालय में हमारे बीच बहुत सी चर्चाएँ हुईं और हमारे सामने केवल तीन विकल्प हैं। एक विकल्प यह है—यदि हमें आठवीं पंचवर्षीय योजना के अंत तक 31.10 करोड़ टन कोयले का उत्पादन करना है तो हमें भारत सरकार की ओर से बजटीय समर्थन के रूप में आवश्यक धन प्राप्त होना चाहिए, जो कि उपलब्ध नहीं है। दूसरा विकल्प यह है कि बिजली स्टेशन या उपभोक्ता, जो हमसे कोयले लेते हैं, वे हमें नई खानों को विकसित करने के लिए पैसे दें और उनके पैसे से हम नई खानों को विकसित करें तथा उन्हें कोयले की आपूर्ति करें। यह हमारे लिए दूसरा विकल्प उपलब्ध है और हम जानते हैं कि यह संभव नहीं है, क्योंकि आप जानते हैं कि आज भी हमारे उपभोक्ताओं का हम पर 18,000 करोड़ रुपए ऋण शेष है। इसलिए हमारे उपभोक्ता हमें नई खानों का निर्माण करने के लिए अतिरिक्त पैसा दें, यह संभव ही नहीं है। और तीसरा विकल्प यह है कि हम अपनी कुछ विशेष खानों को शुद्ध रूप से उनके अपने उद्‍देश्यों के लिए किराए पर चढ़ा दें—'हमें काफी कोयले की आवश्यकता होती है। हमारे पास खान का विकास करने के लिए पैसा नहीं है, तो आप इसका विकास करें।' हमारे पास यही एकमात्र विकल्प है, जो सबसे उचित है और मैं विशेष रूप से इसी कारण संशोधन के लिए सदन के समक्ष प्रस्तुत हुआ हूँ। मैं इस विशाल सदन को आश्वस्त करता हूँ कि भारत सरकार का फिलहाल इन खानों को विराष्ट्रीयकृत करने का कोई इरादा नहीं है।

सरकार के विचाराधीन ऐसा कोई प्रस्ताव नहीं है। जो लोग नई खानों को किराए पर लेंगे, यह शुद्ध रूप से उनके सीमित उद्‍देश्यों के लिए होगी। उन्हें कोयले का उपयोग किसी और उद्‍देश्य के लिए, बाजार के लिए या दूसरों को बेचने की अनुमति नहीं होगी। श्री दयानंद सहाय ने एक बहुत प्रभावी बात रखी कि क्या विपणन इसका हिस्सा है ? सारा कोयला कोल इंडिया लिमिटेड को मिलेगा और हम इसे किसी अन्य को नहीं देने वाले हैं। यह केवल सीमित उद्‍देश्यों और उनके अंतिम उपयोग के लिए है, जिसके संशोधन का हम प्रस्ताव रखते हैं। कारण मैं पहले ही समझा चुका हूँ।

❑

महोदय, यदि सबकुछ पहले कहा गया होता तो मंत्रीजी के पास बहस के बाद कहने के लिए कुछ नहीं होता। अत: हम ये आँकड़े नहीं देना चाहते थे। संशोधन का दूसरा पहलू यह है कि निजी क्षेत्रों द्वारा वॉशरीज (कच्चे कोयले की धुलाई) की स्थापना की अनुमति दी जाए। इस सदन में जब कोयले पर चर्चा हुई, तब न ही कोई प्रश्न उठाया गया, न ही कोई अन्य विकल्प सुझाया गया और न ही उसकी गुणवत्ता पर कोई चर्चा हुई। संसद् के माननीय सदस्यों और संसद् के दोनों सदनों में होनेवाली चर्चा से मंत्रालय में हमें मिलनेवाली अधिकतम

शिकायतें कोयले की गुणवत्ता के संबंध में हैं। मैंने लोकसभा और इस विशाल सदन दोनों में बहुत स्पष्ट रूप से स्वीकार किया है कि जब तक हम लाभप्रद कोयले की आपूर्ति करने में सक्षम नहीं होते, तब तक गुणवत्ता पर शिकायत रहेगी। हम बढ़िया कोयला नहीं दे पाएँगे। बढ़िया कोयले की आपूर्ति करने का एकमात्र तरीका कच्चे कोयले की धुलाई करना है और उस उद्देश्य के लिए प्रश्न उठता है संसाधनों का। हमारे पास पैसा नहीं है, इसलिए जहाँ तक वॉशरीज (कच्चे कोयले की धुलाई) की स्थापना का प्रश्न है, हम निजी निवेश की अनुमति देने जा रहे हैं, ताकि हम दो चीजें प्राप्त कर सकें। एक तो यह कि हम अपने उपभोक्ताओं को गुणवत्ता के मामले में संतुष्ट करने में सक्षम होंगे और दूसरी बात, हम ढुलाई का दबाव कम कर पाएँगे।

चूँकि कुछ माननीय सदस्यों ने बिल्कुल सही कहा है, ऐसा इसलिए होता है कि कभी-कभी उपभोक्ताओं को जो कच्चा कोयला जाता है, उसमें 25 से 30 प्रतिशत राख होती है और यदि कच्चे कोयले को धोया जाता है और ढुलाई की जाती है तो रेलवे पर दबाव भी कम होगा और हम अधिक आपूर्ति एवं ढुलाई करने में सक्षम होंगे। जैसी स्थिति आज है, रेलवे को सामग्रियों, सामान इत्यादि के परिवहन में बहुत सारी समस्याएँ आ रही हैं; और इसलिए, कभी-कभी अगर हमारे पास कोयला होता भी है तो परिवहन की समस्याओं के कारण हम माँग को पूरा नहीं कर पाते हैं। मेरे पास विवरण है कि हम किस प्रकार की वॉशरीज पर विचार कर रहे हैं, किस समय, यह मुझे पता नहीं है। मुझे नहीं लगता कि इन विवरणों को देने में सदन के समय को बरबाद करना कोई बुद्धिमानी है। हम इन विवरणों की सूचना देंगे। कुछ अलग-अलग मुद्दे हैं, जो उठाए गए थे।

श्री हनुमनथप्पा ने मेरे बैंगलोर से प्रस्थान के चार दिन बाद बिजली संयंत्र के बंद होने का उल्लेख किया है, जहाँ मैंने आश्वासन दिया था कि कोयले की कोई समस्या नहीं होगी। कोयला उपलब्ध है। महोदय, जहाँ तक मैं जानता हूँ, बिजली संयंत्र के बंद होने का कारण यह नहीं कि हमने कोयले की आपूर्ति नहीं की। यह सदन अवगत है कि 1 अक्तूबर, 1991 से हमने नकद और वाहक प्रणाली शुरू की है। हम क्रेडिट पर कोयले की आपूर्ति नहीं करते हैं। उनका क्रेडिट आज 20 करोड़ रुपए है और शायद यही वजह है कि कोयले की आपूर्ति का अस्थायी निलंबन हुआ है।

जहाँ तक तमिलनाडु का प्रश्न है—मेरे मित्र ने तमिलनाडु के विषय में पूछा है—तमिलनाडु के सभी तीन थर्मल पावर स्टेशन सिंगरौली कोयला क्षेत्र और वेस्टर्न कोयला क्षेत्र से जुड़े हुए हैं और यह ऐसे ही जारी रहेगा। मौजूदा बिजली संयंत्रों का निजी खानों पर निर्भर रहने का प्रश्न हीं नहीं उठता। निजी खानों पर निर्भर रहने के लिए कोई बिजली संयंत्र नहीं बनाया जाएगा; क्योंकि मैंने बताया है कि निजी खानें केवल अंतिम और सीमित उद्देश्यों के लिए होंगी। इसलिए पूरे देश में सभी थर्मल संयंत्रों के लिए मौजूदा व्यवस्था जारी रहेगी। इन कुछ

शब्दों के साथ महोदय, मैं एक बार फिर माननीय सदस्यों का समर्थन करने और सुझाव देने के लिए धन्यवाद देता हूँ और अनुरोध करता हूँ कि विधेयक को विचाराधीन किया जाए।

❑

महोदय, वर्तमान में खान अधिनियम की धारा-5 कोयला क्षेत्र में निवेश को रोकती है। इसलिए, जिस निवेश की हम बात कर रहे हैं, वह केवल घरेलू निवेश के लिए है, न कि विदेशी निवेश के लिए। यदि खनन क्षेत्र में विदेशी निवेश को लाना है तो खनन अधिनियम की धारा-5 में संशोधन किया जाना जरूरी है। उससे पहले नहीं।

❑

आंतरिक सुरक्षा

नागरिकता (संशोधन) विधेयक, 1985 *

उपसभापति महोदया, मैं निवेदन करता हूँ कि लोकसभा से पारित नागरिकता अधिनियम, 1955 में संशोधन के लिए प्रस्तुत विधेयक को विचाराधीन किया जाए।

जैसाकि यह सदन अवगत है, 15 अगस्त, 1985 को सरकार के प्रतिनिधियों और अखिल असम छात्र संघ एवं अखिल असम गण संग्राम परिषद् के सभी नेताओं ने निपटारे के एक ज्ञापन पर हस्ताक्षर किए, जो कि 16 अगस्त, 1985 को सदन में रखा गया था। 'असम समझौता' एक राजनीतिक समझौता है, जिसका मूल विदेशियों के मुद्दे से संबंधित खंड हैं। तदनुसार, विदेशियों के मुद्दे से संबंधित समझौते के खंड-5.1 से 5.4, 5.6 और 5.7 को कानूनी आकार देने के लिए नागरिकता (संशोधन) विधेयक, 1985 को लागू करने का प्रस्ताव रखा जाता है। प्रस्तावित कानून, नागरिकता अधिनियम, 1955 में संशोधन के माध्यम से मुख्य रूप से मूल अधिनियम में एक नई धारा 6-ए को शामिल करने की माँग करता है। यह भारतीय मूल के व्यक्तियों की निम्नलिखित दो श्रेणियों से संबंधित है, जो पूर्वी पाकिस्तान (अब बँगलादेश) से असम में आए थे—

i. जो 1 जनवरी, 1966 से पहले आए थे; तथा
ii. जो 1 जनवरी, 1966 और 24 मार्च, 1971 के बीच आए थे।
(दोनों दिन समेत)

प्रस्तावित कानून की मुख्य विशेषताएँ इस प्रकार हैं—

यह कहा गया है कि भारतीय मूल के सभी व्यक्ति, जो 1 जनवरी, 1966 से पहले बँगलादेश से असम आए थे (जिनके नाम वर्ष 1967 की निर्वाचक नामावली में थे) और जो असम में उनके प्रवेश के समय से आमतौर पर असम में निवासी हैं, को 1 जनवरी, 1966 से भारत का नागरिक माना जाएगा।

भारतीय मूल का हर व्यक्ति, जो 1 जनवरी, 1966 से 24 मार्च, 1971 के बीच बँगलादेश

---

* 2 व 3 दिसंबर, 1985 को लोकसभा द्वारा पारित नागरिकता अधिनियम, 1955 में संशोधन के लिए प्रस्तुत विधेयक को राज्यसभा में प्रस्तुत करते हुए दिया गया भाषण।

से असम आया था और जो उस समय से सामान्य रूप से असम का निवासी रहा है और जिसकी पहचान विदेशी के रूप में की गई है, के लिए निम्नलिखित प्रावधान किए गए हैं—

(i) वह स्वयं को इस उद्देश्य के लिए बनाए गए नियमों के अनुसार पंजीकृत करेगा।

(ii) यदि उसका नाम पहचान की तिथि पर लागू किसी भी निर्वाचक नामावली में शामिल है, तो उसे निर्वाचक नामावली से हटा दिया जाएगा।

(iii) प्रत्येक पंजीकृत व्यक्ति के पास भारत के नागरिक (पासपोर्ट प्राप्त करने के अधिकार सहित) के रूप में सभी अधिकार और दायित्व होंगे; परंतु एक विदेशी के रूप में उसकी पहचान होने के बाद दस वर्ष की अवधि समाप्त होने से पूर्व किसी भी निर्वचिक नामावली में उसका नाम शामिल करने का वह हकदार नहीं होगा।

(iv) एक विदेशी के रूप में पहचान होने की तिथि से दस वर्ष की अवधि समाप्त होने के बाद पंजीकृत सभी व्यक्तियों को सभी उद्देश्यों के लिए भारत का नागरिक माना जाएगा।

(v) यह स्पष्ट रूप से दिया गया है कि यह निर्धारित करने में कि पंजीकरण की माँग करनेवाला व्यक्ति उपर्युक्त पंजीकरण की शर्तों को पूरा करता है, के संबंध में पंजीकरण प्राधिकारी विदेशी (अधिकरणों) आदेश, 1964 के तहत गठित अधिकरण की राय के अनुरूप कार्य करेगा।

प्रस्तावित संशोधन किसी भी ऐसे व्यक्ति को प्रभावित नहीं करेगा, जो इस अधिनियम के शुरू होने से पूर्व से भारत का नागरिक है। प्रस्तावित संशोधन का लाभ ऐसे व्यक्तियों को नहीं मिलेगा, जिन्हें इस अधिनियम के शुरू होने से पूर्व विदेशी अधिनियम के तहत भारत से निष्कासित कर दिया गया है।

विधेयक, अन्य बातों के साथ-साथ निर्धारित करता है कि भारतीय मूल के व्यक्ति, जो 1 जनवरी, 1966 और 24 मार्च, 1971 के बीच पूर्वी पाकिस्तान (अब बँगलादेश) से असम आए थे—दोनों दिन सहित—की विदेशियों अधिनियम के प्रावधानों और विदेशियों (ट्रिब्यूनल्स) आदेश, 1964 के अनुसार पहचान की जाएगी। पहचान के बाद इन व्यक्तियों को केंद्र सरकार द्वारा बनाए जानेवाले नियमों के अनुसार पंजीकृत होना होगा। इसके लिए सरकारी मशीनरी को सुदृढ़ करने की आवश्यकता होगी, जिसमें भारत की समेकित निधि से कुछ व्यय शामिल होगा। विभिन्न कारणों से इस समय इस खाते पर होनेवाले व्यय को सटीक रूप से मापना संभव नहीं है।

इन्हीं शब्दों के साथ महोदया, मैं नागरिकता (संशोधन) विधेयक, 1985 को इस गौरवशाली सदन के विचार के लिए सौंपता हूँ।

❑

महोदया, मैं इस महत्त्वपूर्ण विधेयक पर हमें इतनी रोचक बहस प्रदान करने के लिए माननीय

सदस्यों का धन्यवाद करता हूँ। बहस कल हमारे सम्मानित मित्र श्री मोहनन द्वारा अंतर्विरोधी बयान के साथ शुरू हुई। हम श्री हाशमी द्वारा बहुत भावुक, मेरे सम्मानित मित्र श्री पी. बाबुल रेड्डी द्वारा बहुत प्रभावशाली और प्रो. लक्ष्मण द्वारा एक लाजवाब भाषण के साक्षी बने।

महोदया, असम समझौता एक राजनीतिक समझौता है। जैसाकि मैंने पहले भी कहा था, यह विधेयक केवल समझौते के एक हिस्से को कानूनी आकार देना चाहता है, जो विदेशियों से संबंधित है।

इस असम समझौते का व्यापक रूप से पूरे देश में स्वागत किया गया है। इसका इस विशाल सदन और दूसरे सदन द्वारा भी स्वागत किया गया है। इस बहस में यह बिल्कुल स्पष्ट था कि हर माननीय सदस्य ने असम समझौते का स्वागत किया था। जैसाकि मेरे सम्मानित मित्र श्री पी. बाबुल रेड्डी ने कल बिल्कुल उचित कहा था कि जिन्होंने इस समझौते का स्वागत किया है, वे इस विधेयक का विरोध नहीं कर सकते हैं और जो इस विधेयक का विरोध कर रहे हैं, वे इस समझौते का समर्थन नहीं कर सकते हैं। इस संदर्भ में, मैंने कहा है कि हमारे सम्मानित मित्र थोड़े अंतर्विरोधी थे, जब उन्होंने कहा कि हम समझौते का स्वागत करते हैं, लेकिन विधेयक का विरोध करते हैं। मेरे विचार से, समझौते का स्वागत करनेवाले लोगों के पास इस विधेयक का विरोध करने का कोई कारण नहीं है।

अब, अल्पसंख्यकों को नागरिकता के अधिकार या अन्य सभी प्रकार की चीजों से वंचित रखने के विषय में कई प्रश्न उठाए गए हैं। महोदया, मैं यह स्पष्ट करना चाहता हूँ कि यह विधेयक किसी भी तरह के अल्पसंख्यकों के लिए नहीं है। यह विधेयक पूरी तरह से विदेशियों से संबंधित एक मामले को निपटाने के लिए है। जब हम विदेशियों के बारे में बात करते हैं तो अल्पसंख्यकों के बारे में चर्चा करने का कोई मतलब नहीं है, फिर चाहे वह धार्मिक हो या भाषाई।

एक विदेशी एक विदेशी है। वह कोई भी भाषा बोल सकता है, वह किसी भी धर्म का दावा कर सकता है; परंतु एक विदेशी एक विदेशी है। इस विधेयक में हम केवल विदेशियों से संबंधित मामलों पर काम कर रहे हैं। दूसरी बात यह कि यह बिल्कुल स्पष्ट किया जाना चाहिए कि हम किसी के अधिकार को छीनने की बात नहीं कर रहे हैं। फिर अधिकारों से वंचित रखने का तो प्रश्न ही नहीं उठता है। यहाँ किसी को अपने अधिकार से दूर रखने का कोई प्रश्न नहीं उठता। दूसरी ओर, हम उन विदेशियों को अधिकार प्रदान कर रहे हैं, जो हमारे देश में आए हैं और जिन्हें हम स्वीकार कर रहे हैं। यह विधेयक दो श्रेणियों के लोगों के लिए है। पहले लोग वे हैं, जो 1 जनवरी, 1966 को या उससे पहले आए थे और हम उन लोगों को अधिनियम के द्वारा एक ही बार में नागरिकता प्रदान कर रहे हैं। उन्हें किसी प्रक्रिया से होकर गुजरने की आवश्यकता नहीं है। इसलिए यह उन अधिकारों को प्रदान किया जाना है, जिनकी हम बात कर रहे हैं। किसी के अधिकार को छीनने का कोई प्रश्न ही नहीं है। लोगों की दूसरी श्रेणी वह है, जो 1 जनवरी, 1966 और 24 मार्च, 1971 के बीच आए हैं। यह उन लोगों की

दूसरी श्रेणी है, जिन्हें हम विदेशियों के रूप में पाए जानेवाले दिन से दस साल की अवधि के बाद नागरिकता प्रदान करने जा रहे हैं। किसी के अधिकार को छीनने का प्रश्न कहाँ है? बड़ी संख्या में लोगों को नागरिकता के अधिकार से वंचित करने का प्रश्न कहाँ है, जैसाकि किसी ने आरोप लगाया था? किसी को भी वंचित करने का कोई प्रश्न ही नहीं है। यह पूर्व व्यापी प्रभाव के साथ उनको, जो 1 जनवरी, 1966 को या उससे पहले आए थे, नागरिकता अधिकार प्रदान करने और उनको, जिनकी विदेशियों के रूप में पहचान हुई है, को पहचान की तिथि से दस वर्षों के बाद संभावित प्रभाव के साथ नागरिकता अधिकार प्रदान करने का एक प्रश्न है। यह बहुत सरल है।

अब प्रश्न यह है कि क्या संसद् के पास प्राधिकार है कि वह लोगों को इन अधिकारों को प्रदान कर सके? इस विधेयक की संवैधानिक वैधता या संवैधानिकता पर इतने सारे मुद्दों पर चर्चा की गई है। मेरे विचार से, इस तरफ तथा दूसरी तरफ से कई माननीय सदस्यों सहित श्री बाबुल रेड्डी ने बताया है कि संसद् नागरिकता से संबंधित सभी मामलों पर फैसला करने में सक्षम है। और यह बहुत स्पष्ट रूप से भारत के संविधान के अनुच्छेद 11 में लिखा गया है। यह कहता है—

> 'पूर्वगामी प्रावधान के इस भाग में नागरिकता के अधिग्रहण और समाप्ति के संबंध में कोई प्रावधान बनाने के लिए संसद् की शक्ति से कुछ भी वंचित नहीं होगा।'

मैं इसे रेखांकित करना चाहता हूँ—'और नागरिकता से संबंधित सभी अन्य मामले।' इसलिए, इस विधेयक की संवैधानिकता पर संदेह नहीं किया जा सकता है। इस तरह के विधेयक को लागू करने के लिए संसद् की शक्ति को चुनौती नहीं दी जा सकती है। एक प्रासंगिक प्रश्न अभी भी बना हुआ है। जैसाकि आरोप लगाया गया है कि यह विधेयक दो प्रकार की नागरिकता बना रहा है। मुझे नहीं पता कि दो प्रकार की नागरिकता कहाँ है। 1 जनवरी, 1966 को या उससे पहले आनेवाले लोग इस विधेयक के लागू होने पर तत्काल प्रभाव से नागरिक बन जाएँगे और वे लोग, जिनकी विदेशियों के रूप में पहचान हुई है, को पहचान की तिथि से दस वर्षों के बाद नागरिकता प्रदान की जाएगी। दो प्रकार की नागरिकता का प्रश्न कहाँ है? प्रश्न तो यह है कि अपनी पहचान की तिथि से दस वर्ष बाद नागरिक बनने तक उनका क्या होगा? क्योंकि वे नागरिक नहीं हैं, क्योंकि वे दस वर्ष बाद नागरिक बनने वाले हैं, क्या वे सभी अधिकारों का उपयोग करने में सक्षम होंगे? यह एक प्रासंगिक प्रश्न है।

❑

मैं संवैधानिकता पर चर्चा कर रहा हूँ कि जब तक वे पूर्ण नागरिक न बन जाएँ, क्या संसद् को इन लोगों को अन्य अधिकार देने का अधिकार है? और यह प्रावधान नागरिकता अधिनियम की धारा 12 में भी बहुत स्पष्ट दिया गया है, जिसे मैं सम्माननीय सदस्यों की जानकारी के लिए

उद्धृत करना चाहता हूँ। धारा-12 कहती है—

> 'केंद्र सरकार आधिकारिक राजपत्र में अधिसूचित आदेश द्वारा—एक साधारण आदेश द्वारा—पहली अनुसूची में निर्दिष्ट किसी भी देश के नागरिक को भारत के नागरिक के सभी या किसी भी अधिकार को पारस्परिकता के आधार पर प्रदान करने के लिए प्रावधान कर सकती है।'

पहली अनुसूची में गणतंत्र के सदस्यों की सूची है। उस समय पहली अनुसूची में बँगलादेश को शामिल नहीं किया गया था, क्योंकि यह हाल ही में आया है, अन्यथा यह प्रावधान के अंतर्गत एक साधारण-सी अधिसूचना के द्वारा किया जा सकता था। अत: जैसाकि बात हुई थी, नागरिकों की दो श्रेणियों के होने का प्रश्न ही नहीं उठता। फिर भी, बहस के लिए इसे स्वीकार कर भी लिया जाए तो भारत का नागरिक होना एक अलग बात है और मतदाता होना एक बिल्कुल अलग बात। ऐसा नहीं है कि भारत के सभी नागरिकों को मत देने का अधिकार है। केवल अनुच्छेद-326 के अंतर्गत 21 वर्ष की आयु होने के बाद ही किसी को मत देने का अधिकार होता है। परंतु क्या आपके अनुसार 21 वर्ष से कम आयु के लोग इस देश के नागरिक नहीं हैं? मैं केवल कानूनी मुद्दों की बात कर रहा हूँ।

मुद्दा यह है कि अंतरराष्ट्रीय समझौते के बावजूद यह समझौता किया गया है, जो स्पष्ट रूप से 'लियाकत-नेहरू समझौता' और 'मुजीबुर-इंदिरा समझौते' आदि को संदर्भित करता है। मैं इस सदन को सूचित करना चाहता हूँ कि इस समझौते पर पहुँचने से पहले इन सभी पहलुओं का पूरी तरह से खयाल रखा गया है। समझौते का अनुच्छेद-4 कहता है—

> 'संवैधानिक व कानूनी प्रावधानों, अंतरराष्ट्रीय समझौतों, राष्ट्रीय प्रतिबद्धताओं और मानवीय विचारों सहित समस्या के सभी पहलुओं को ध्यान में रखते हुए इस प्रकार आगे बढ़ने का निर्णय लिया गया है…'

अत: सभी पहलुओं का ध्यान रखा गया है।

एक और मुद्दा यह था कि श्रीमती गांधी ने जो वादा किया था, उससे सरकार पीछे हट गई है। श्रीमती गांधी ने कहा कि वर्ष 1971 को कट-ऑफ वर्ष होना चाहिए। बेशक, इस बिंदु पर मेरे वरिष्ठ सहयोगी श्री बहारुल इसलाम ने बहुत प्रभावी ढंग से उत्तर दिया था कि श्रीमती गांधी कभी सहमत नहीं थीं कि वर्ष 1971 को कट-ऑफ वर्ष होना चाहिए। उन्होंने जो हमेशा कहा था, वह यह था कि हम वर्ष 1971 से शुरू कर सकते थे, 1971 एक शुरुआती बिंदु हो सकता है। श्रीमती गांधी ने यही कहा था। इसलिए श्रीमती गांधी ने जो कहा था, उससे पीछे हटने का कोई प्रश्न नहीं है।

कई अन्य प्रश्न उठाए गए हैं, खासकर प्रोफेसर द्वारा। यह कल एक बहुत ही तर्कपूर्ण भाषण रहा है और प्रोफेसर ने समझौते के कई अन्य प्रावधानों को इंगित किया है कि उन पहलुओं पर सरकार कुछ क्यों नहीं कर रही है? यह विशेष बात, जिसका उन्होंने जिक्र किया, वह अनुच्छेद-6 है, जो कहता है—

'असम के लोगों की सांस्कृतिक, सामाजिक, भाषाई पहचान और विरासत को सुरक्षित, संरक्षित और बढ़ावा देने के लिए वैधानिक, विधायी, प्रशासनिक सुरक्षा, जैसे भी उचित हो, प्रदान किया जाएगा।'

संसदीय प्रश्नों में से एक के लिखित उत्तर में मुझे लगता है कि मैंने इसकी पूरी पृष्ठभूमि दी है। समझौते के दौरान, वार्त्ता के दौरान, बातचीत के दौरान यह सहमति हुई थी कि आसू (AASU) नेता एक प्रस्ताव प्रस्तुत करेंगे कि वे उनके अधिकारों और उनकी संस्कृति, विरासत एवं पहचान को किस तरह से संरक्षित करना चाहते हैं? उन्हें हमें एक प्रस्ताव देना है और हम उनके प्रस्ताव की प्रतीक्षा कर रहे हैं। जैसे ही उनका प्रस्ताव आएगा, हम निश्चित रूप से उसकी जाँच करेंगे। या तो मेरा जवाब उनके द्वारा देखा नहीं गया या इसने पृष्ठभूमि को स्पष्ट रूप से नहीं दिया। आपके पास इसे गलत तरह से समझने का हर कारण है। मुझे लगता है कि यह मेरी गलती है, आपकी नहीं।

❑

मैं केवल इस सदन और असम के लोगों को आश्वस्त कर सकता हूँ कि हम असम के सर्वांगीण विकास के लिए प्रतिबद्ध हैं। हमारे पास समझौते के सभी प्रावधानों के प्रति पूर्ण प्रतिबद्धता है और हम इसे पत्र एवं भाव सहित लागू करने जा रहे हैं और यह मैं विशाल सदन के पटल पर कह सकता हूँ। समझौते के किसी भी प्रावधान को लागू न करने का कोई प्रश्न ही नहीं उठता है। समझौते के हर प्रावधान को लागू किया जाएगा और हम पहले ही कई कदम उठा चुके हैं; और यदि मैं बताता जाऊँ कि समझौते के प्रत्येक अनुच्छेद के अनुसार क्या-क्या कदम उठाए गए हैं, तो इसमें काफी समय लगेगा। परंतु मैं सदन को केवल आश्वस्त कर सकता हूँ कि हम असम के विकास के लिए प्रतिबद्ध हैं और वास्तव में, यदि आप सातवीं पंचवर्षीय योजना के आँकड़ों को देखें तो आप पाएँगे कि असम के लिए छठी योजना के 1,115 करोड़ रुपए की तुलना में सातवीं योजना परिव्यय को 2,100 करोड़ रुपए में तय किया गया है। इसलिए सातवीं योजना परिव्यय छठी योजना का लगभग दोगुना है।

❑

पिछड़े राज्यों के मामले में ऐसा है। मुझे लगता है कि यह उत्तर-पूर्वी राज्यों में से अधिकांश के लिए सच है, क्योंकि उन्हें विकसित करने के लिए विशेष प्रयास किया जा रहा है। यह केवल असम तक ही सीमित नहीं है, बल्कि यह उत्तर-पूर्वी क्षेत्र के कुछ अन्य राज्यों पर भी लागू होता है। उस हद तक महोदय, प्रोफेसर सही हैं।

एक अन्य बिंदु पर यह ध्यान दिया जाना चाहिए कि 2,100 करोड़ रुपए की इस राशि में से केंद्रीय सहायता 2,065 करोड़ रुपए होगी, जिसका अर्थ यह है कि व्यावहारिक रूप से सातवीं योजना को पूरी तरह से केंद्र सरकार द्वारा वित्त-पोषित किया जा रहा है। मैं यह दिखाने के लिए

केवल एक छोटा सा उदाहरण दे रहा हूँ कि हम निश्चित रूप से असम के विकास और उस मुद्दे के लिए, देश के सभी हिस्सों के लिए प्रतिबद्ध हैं। लेकिन हम इस समझौते में किए गए वादे के अनुसार असम को विकसित करने के लिए विशेष प्रयास कर रहे हैं।

इन्हीं शब्दों के साथ महोदया, मैं एक बार फिर सभी माननीय सदस्यों का धन्यवाद करता हूँ और अनुरोध करता हूँ कि विधेयक को पारित कर दिया जाए।

❑

महोदया, शब्द 'अविभाजित' का उपयोग नागरिकता अधिनियम, 1955 में किया गया है और यह शब्द स्वयं अधिनियम में ही परिभाषित किया गया है। इसलिए हम इस समय इस शब्द को प्रतिस्थापित नहीं कर सकते, क्योंकि मुख्य अधिनियम स्वयं ही इस शब्द को परिभाषित करता है। अतः हमारे लिए यह स्वीकार करना संभव नहीं है।

❑

महोदया, मैं निवेदन करता हूँ कि विधेयक को पारित कर दिया जाए।

□□□